KB001791

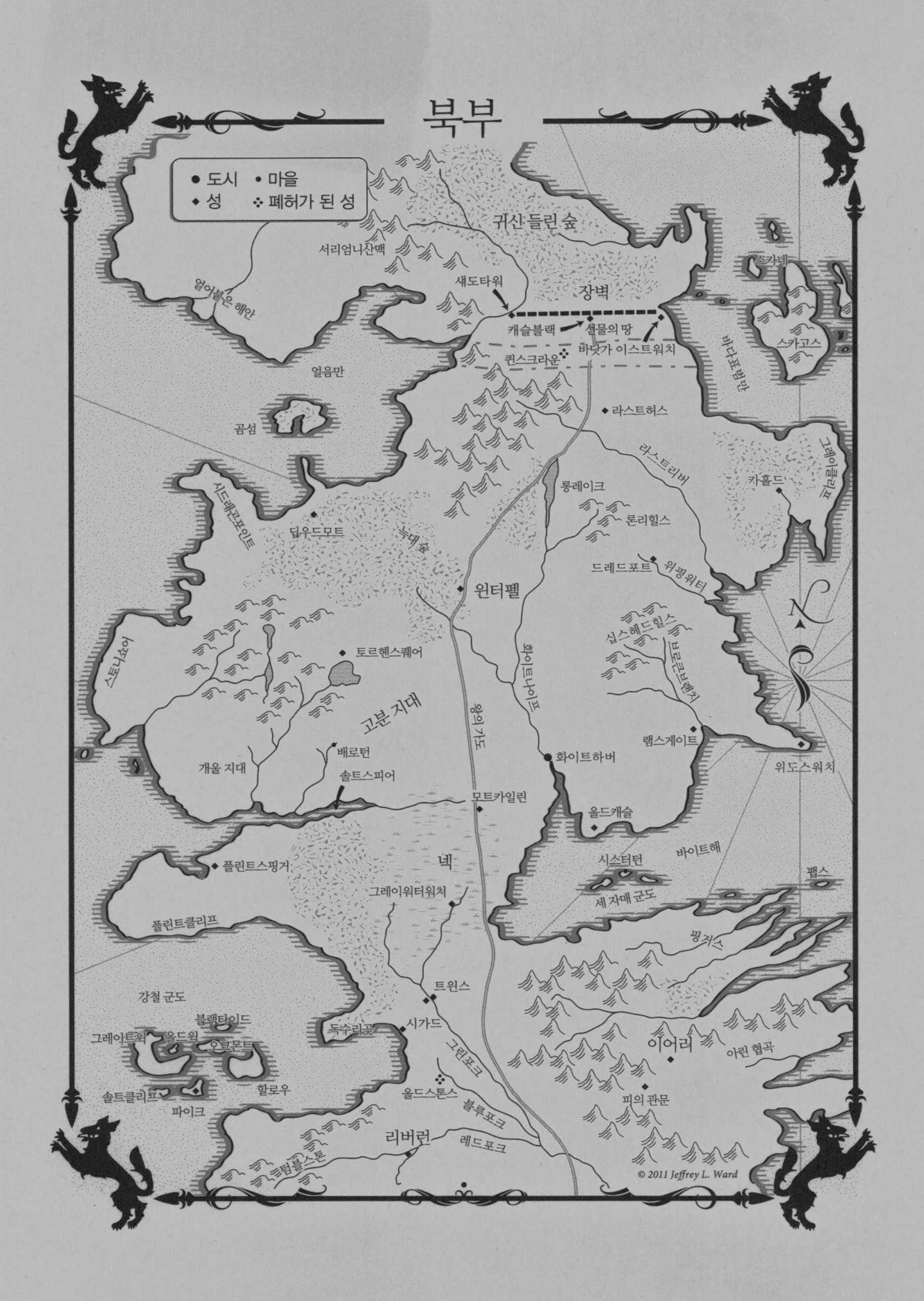
북부
● 도시 • 마을
◆ 성 ⁘ 폐허가 된 성
귀신 들린 숲
서리엄니산맥
섀도타워
장벽
캐슬블랙
선물의 땅
바닷가 이스트워치
퀸스크라운
얼음만
곰섬
라스트허스
라스트리버
카홀드
롱레이크
론리힐스
딥우드모트
늑대 숲
드레드포트
윈터펠
토르헨스퀘어
십스헤드힐스
화이트나이프
고분 지대
왕의 가도
램스게이트
위도스워치
배로턴
개울 지대
솔트스피어
화이트하버
모트카일린
올드캐슬
넥
바이트해
시스터턴
세 자매 군도
플린트스핑거
그레이워터워치
플린트클리프
펭거스
트윈스
강철 군도
블랙타이드
그레이트윅
올드윅
오크몬트
독수리곶
시가드
그린포크
이어리
아린 협곡
솔트클리프
할로우
파이크
올드스톤스
블루포크
피의 관문
리버런
레드포크
텀블스톤
© 2011 Jeffrey L. Ward

남부
도시
마을
성
폐허가 된 성
세 자매 군도
핑거스
콜트워터
스네이크우드
롱보우홀
스트롱송
하츠홈
이어리
아린 협곡
피의 관문
아이언오크스
룬스톤
걸타운
레드포트
트라이던트
솔트팬스
위켄덴
고요섬
메이든풀
크랙클로포인트
드래곤스톤
샤프포인트
블랙워터 만
로스비
더스크데일
킹스랜딩
트윈스
시가드
그린포크
블루포크
올드스톤스
페어마켓
레드포크
무릎 꿇은 남자 여관
리버런
해로웨이 마을
하이하트
에이콘홀
하렌홀
얼굴섬
신의 눈
왕의 가도
핑크메이든
스토니셉트
강철 군도
블랙타이드
그레이트윅
할로우
파이크
베인포트
크래그
애시마크
강변 가도
골든투스
미의 섬
페어캐슬
사스필드
케이스
캐스털리록
혼베일
딥덴
라니스포트
황금 가도
블랙워터 급류
리치 평원
크레이크홀
골든그로브
장미 가도
비터브리지
올드오크
방패 군도
롱테이블
맨더
사이더홀
애시포드
하이가든
서머홀
스톰스엔드
펠우드
브론즈게이트
헤이스택홀
왕의 숲
타스
십브레이커만
크로스네스트
레인하우스
비 숲
미스트우드
스톤헬름
래스곶
도르네 변경 지역
블랙헤이븐
나이트송
혼힐
브라이트워터킵
허니와인
허니홀트
업랜드
블랙크라운
올드타운
스리타워스
아버
기쁨의 탑
킹스그레이브
블랙몬트
스카이리치
스타폴
도르네해
가스톤그레이
이론우드
도르네
부서진 팔
갓즈그레이스
선스피어
그린블러드
샌드스톤
헬홀트
솔트쇼어
레몬우드
© 2011 Jeffrey L. Ward

드래곤과의 춤

2

* 이 도서의 국립중앙도서관 출판예정도서목록(CIP)은 서지정보유통지원시스템
홈페이지(http:seoji.nl.go.kr)와 국가자료공동목록시스템(http:www.nl.go.kr/korisnet)에서
이용하실 수 있습니다. (CIP제어번호: CIP2020028069)

얼음과 불의 노래 제5부 A SONG OF ICE AND FIRE

GEORGE R. R. MARTIN

드래곤과의 춤

조지 R. R. 마틴 장편소설

이수현 옮김

2

은행나무

목차

바람결단 · 7
말 안 듣는 신부 · 25
티리온 · 53
존 · 84
다보스 · 98
대너리스 · 117
멜리산드레 · 135
구린내 · 154
티리온 · 175
브랜 · 195
존 · 214
대너리스 · 232
윈터펠의 왕자 · 249
주시자 · 273
존 · 293
티리온 · 307
변절자 · 324
왕의 전리품 · 343

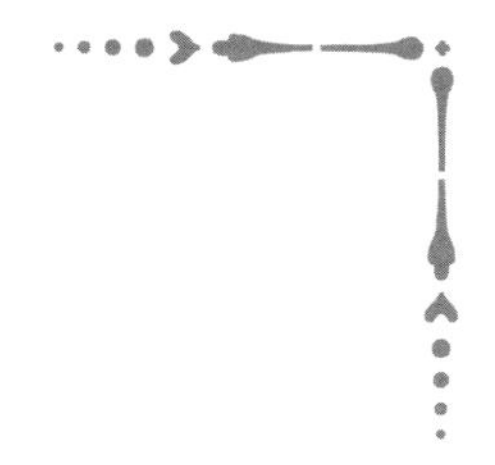

대너리스 · 364
존 · 386
눈먼 소녀 · 406
윈터펠의 유령 · 424
티리온 · 442
제이미 · 463

부록 | 웨스테로스 · 485
다른 가문들 · 495
협해 너머 에소스 · 525

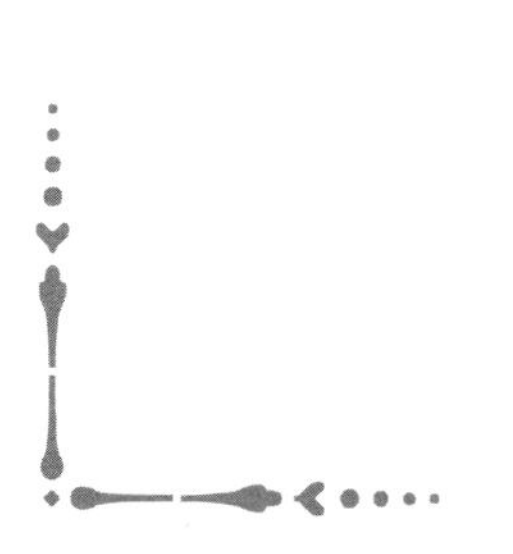
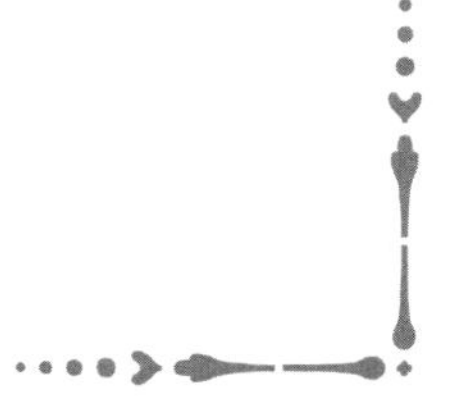

일러두기

1 등장인물의 이름이 다른 이름이나 단어와 혼동할 여지가 있는 경우에는 최대한 혼동을 피하는 방향으로 표기했다. 또한 이름에 일반명사가 포함되어 있는 경우, 외래어 표기법을 따르되 기존 독자의 편의를 고려해 임의로 표기하기도 했다.(예: 존 스노우, 섀기독, 드래곤)

2 본문의 주는 모두 옮긴이의 것으로, 괄호 안에 글씨 크기를 줄여 표기했다.

바람결단

소문은 뜨거운 바람처럼 숙영지를 뚫고 지나갔다. '그 여자가 온다. 그 여자의 군대가 진군 중이다. 융카이를 불태우고 사람들을 베어 죽이기 위해 남쪽으로 달려오고 있다. 그리고 우리는 그 여자를 맞이하러 북쪽으로 간다.'

개구리는 딕 스트로에게 들었고 딕은 늙은 뼈다귀 빌에게 들었고 빌은 미리오 미라키스라는 펜토스인에게 들었는데, 미리오에게는 누더기 왕자의 술잔 담당으로 일하는 사촌이 있었다. "코즈가 지휘 막사에서 들은 이야기야. 카고가 직접 말했다고." 딕 스트로는 주장했다. "우린 오늘이 끝나기 전에 진군할 거야. 어디 한번 봐."

실제로 그랬다. 누더기 왕자가 내린 명령이 장교들과 하사관들을 통해 하달되었다. '천막을 접고, 노새에 짐을 싣고, 말에 안장을 올려라. 날이 밝으면 융카이로 진군한다.' "융카이의 개자식들이 우리가 노란 도시에 들어가 딸들 주위를 맴돌면 얼마나 싫어하려나." 미르 출신의 사팔뜨기 노궁수 바크가 말했다. 바크라는 이름은 '콩줄기'라는 뜻이었다. "우린 융카이에서 보급을 받을 거야. 어쩌면 새로 말을 바꿀지도 모르지. 그다음엔 드래곤 여왕과 춤을 추러 미린으로 가는 거야. 그러니까 빨리 뛰고, 주인님 장검에 날을 잘 세워놔라, 개구리. 곧 필요해질지도 몰라."

도르네에서 쿠엔틴 마르텔은 공자였고, 볼란티스에서는 상인의 하인이었지만, 노예상만에서는 용병들이 초록 내장(Greenguts)이라고 부르는 덩치 큰 대머리 도르네 기사의 종자 개구리일 뿐이었다. 바람결단의 용병들은 내키는 대로 불렀고, 또 변덕스럽게 별명을 바꿨다. 그들이 쿠엔틴을 '개구리'라고 부르게 된 것은 덩치가 고함을 치면 쿠엔틴이 워낙 빨리 뛰어올라서였다.

바람결단의 단장도 본명은 혼자만의 것으로 간직했다. 몇몇 용병단은 발리리아의 파멸 이후 피와 혼돈의 시대에 탄생했다. 다른 용병단들은 어제 생겼다가 내일 사라질 수도 있었다. 바람결단은 30년을 버텼고, 단 한 명의 단장밖에 알지 못했다. 말씨가 부드럽고 슬픈 눈을 한, 일명 '누더기 왕자'로 불리는 펜토스 귀족이었다. 그의 머리카락과 갑옷은 은회색이었으나, 너덜너덜한 망토는 파란색과 회색과 자주색, 빨간색과 금색과 초록색, 자홍색과 주홍색과 진청색 천을 짜깁은 물건으로 하나같이 태양에 색이 바랬다. 딕 스트로의 이야기에 따르면, 누더기 왕자가 스물세 살이었을 때 펜토스의 마지스터들이 그를 새로운 왕자로 선택했다. 이전 왕자의 목을 치고 몇 시간 후의 일이었다. 그래서 누더기 왕자는 검을 차고, 제일 아끼는 말에 올라 분쟁 지역으로 달아나서 다시는 돌아가지 않았다. 그는 둘째 아들들, 강철 방패단, 처녀의 사나이들과 말을 달리다가 전우 다섯 명과 힘을 합쳐 바람결단을 만들었다. 그 여섯 명의 설립자 중에서 살아남은 사람은 혼자였다.

개구리는 그중에 어느 부분이 사실인지 알 수가 없었다. 볼란티스에서 바람결단에 들어오겠다고 서명한 후, 누더기 왕자는 멀리서밖에 보지 못했다. 도르네인들은 신참인 데다 초심자였고, 화살받이였으며, 2000명 중 셋이었다. 사령관은 좀 더 지위가 높은 이들과 어울렸다. "난 종자가 아니야." 게리스 드링크워터 — 여기에서는 도르네인 게롤드라고 알려졌는데, 붉은 등 게롤드와 검은 게롤드와 구분하기 위해서였다. 또 가끔은 드링크라고도 불렸는데, 덩치가 실수로 그렇게 부르는 바람에 벌어진 일이었다 — 가 이 계략을 내놓았을 때 쿠엔틴은 불만을 제기했다. "난 도르네에서 박차를 얻었어. 나도 너 못지않은 기사야."

하지만 게리스는 그렇게 밀고 나갔다. 게리스와 아치는 쿠엔틴을 지키기 위해 있었고, 그러니 덩치 옆에 그를 붙여놓아야 했다. "아치가 우리 셋 중에 제일 잘 싸워." 드링크워터는 그렇게 지적했다. "하지만 드래곤 여왕과 결혼할 희망이 있는 건 너뿐이야."

'그녀와 결혼하거나 싸우거나, 어느 쪽이든 곧 보게 되겠지.' 쿠엔틴은 대너리스 타르가르옌에 대해 들으면 들을수록 만나기가 두려워졌다. 융카이는 대너리스가 드래곤들에게 사람 고기를 먹이고 피부를 매끄럽고 탄력 있게 유지하려고 처녀들의 피에 목욕을 한다고 주장했다. 콩줄기는 그 이야기를 비웃었지만 은빛 여왕이 문란하다는 이야기는 즐겼다. "여왕의 장교 하나는 성기가 한 자는 되는 집안 출신인데, 그 정도로도 충분하지가 않대. 도트락인들과 다녀서 준마한테 박히는 데 익숙해지는 바람에, 이젠 인간 남자로는 채울 수가 없다는 거지." 그리고 언제나 바스러져가는 두루마리에 코를 박고 사는 듯한 영리한 볼란티스 검사 '책벌레'는 드래곤 여왕이 살인을 즐기는 데다 미쳤다고 생각했다. "칼이 그 오라비를 죽여서 대너리스를 여왕으로 만들었지. 그다음엔 대너리스가 칼을 죽여서 칼리시가 됐어. 그 여자는 피로 제물을 바치고 있고, 숨 쉬듯이 거짓말을 하고, 변덕스레 자기 편을 버려. 그 여자는 휴전을 깨고, 사절을 고문했어……. 그 아버지도 미쳤었지. 그런 혈통이야."

'그런 혈통이야.' 아에리스 2세가 미쳤었다는 사실은 온 웨스테로스가 알았다. 그는 수관 둘을 추방하고 세 번째는 불태웠다. '대너리스가 그 아버지처럼 살인에 미쳤다면, 그래도 내가 그녀와 결혼해야 할까?' 도란 대공은 그런 가능성에 대해 말하지 않았다.

개구리는 아스타포를 떠나는 게 기뻤다. 붉은 도시 아스타포는 지금까지 그가 본 곳 중에 지옥에 가장 가까웠다. 융카이는 죽은 자와 죽어가는 자들을 도시 안에 가두기 위해 부서진 성문을 봉쇄했지만, 그 붉은 벽돌길을 달리면서 본 광경은 죽을 때까지 쿠엔틴 마르텔을 따라다닐 것이다. 시체로 막힌 강. 찢어진 로브를 입은 채로 말뚝에 박혀, 초록색으로 반짝이는 파리 떼에게 뜯기던 여사제. 피투성이로 길거리를 비틀거리며 죽어가던 남자들. 반쯤 구운 강아지를 두고 다투던 아이들. 벌거벗은 채로 굶주린 개 스무 마리가 든 구덩이에 처박혀 비명을 지르던 아스타포의 마지막 자유인 왕. 그리고 불, 사방이 불이었다. 아직도 눈을 감으면 볼 수 있었다. 이전에 본 어떤 성보다 더 큰 벽돌 피라미드에 소용돌이치던 화염, 거대한 검은 뱀처럼 위쪽으로 똬리를 틀던 번들거리는 연기 기둥.

남풍이 불면 도시에서 5킬로미터는 떨어진 여기까지도 연기 냄새가 났다. 이제 큰 불은 다 타서 끝났지만, 무너져가는 붉은 벽돌 방벽 속에서 아스타포는 아직도 연기를 피우고 있었다. 바람이 불면 재가 커다란 회색 눈송이처럼 떠다녔다. 여길 떠나면 좋을 것이다.

덩치도 같은 의견이었다. "그럴 때가 지났지." 개구리가 찾아냈을 때 덩치는 콩줄기와 책벌레와 늙은 뼈다귀 빌과 주사위 놀이를 하고 있었고, 이번에도 지고 있었다. 용병들은 싸울 때만큼 두려움 없이 내기를 걸지만 성공률은 싸울 때보다 훨씬 못한 초록 내장을 좋아했다. "갑옷을 갖춰야겠다, 개구리야. 사슬 갑옷에 묻은 피는 닦아놨고?"

"예, 기사님." 초록 내장의 사슬 갑옷은 오래되고 무거운 물건으로, 많이 닳아서 조각을 대고 또 댄 물건이었다. 투구도, 목가리개도, 정강이받이도,

쇠장갑도, 짝이 맞지 않는 나머지 갑옷도 다 마찬가지였다. 개구리의 장비는 그보다 살짝 나은 정도였고, 게리스 경의 갑옷은 훨씬 나빴다. '공용 무장.' 무기제조인은 그 갑옷들을 그렇게 불렀다. 쿠엔틴은 이전에 얼마나 많은 남자가 그 갑옷을 걸쳤는지, 얼마나 많은 수가 그걸 입고 죽었는지 차마 묻지 못했다. 원래 가지고 있었던 좋은 갑옷은 금화와 본명과 함께 볼란티스에 버리고 왔다. 악행으로 추방당한 게 아니고서야, 오랜 명예를 지닌 가문 출신의 부유한 기사들이 용병이 되려고 협해를 건너는 일은 없었다. "악한보다는 가난뱅이 노릇이 낫겠어." 쿠엔틴은 게리스에게 설명을 들은 후에 그렇게 선언했다.

바람결단은 한 시간도 걸리지 않아서 숙영지를 해체했다. "이제 출발한다." 누더기 왕자는 거대한 회색 군마를 타고, 그나마 용병단 공용어에 가까운 고전적인 고급 발리리아어로 선언했다. 올라탄 준마의 얼룩무늬 엉덩이에는 주인이 죽인 자들의 전포에서 찢어낸 천 조각들이 덮여 있었다. 왕자의 망토도 그런 천들을 기워 붙여 만들었다. 60세가 넘은 노인이었지만 아직도 높은 안장 위에 곧고 반듯하게 앉았고, 목소리는 전장 구석구석에 전해질 정도로 컸다. "아스타포는 맛만 본 거고, 미린이 잔치가 될 것이다." 그러자 용병들이 거칠게 환호했다. 기마창에서는 하늘색 비단 끈이 휘날렸고, 머리 위에는 파란색과 흰색의 두 갈래 깃발들이 날렸다. 바람결단의 군기였다.

세 도르네인도 나머지와 함께 환호했다. 침묵하고 있다간 주의를 끌 터였다. 바람결이 핏빛 수염과 고양이 용병단에 바싹 붙어서 해안길을 따라 북쪽으로 움직이자, 개구리는 도르네인 게롤드 옆에 붙었다. "곧이야." 그는 웨스테로스 공용어로 말했다. 용병단에는 다른 웨스테로스인도 있었지만, 많지는 않았고 가까이에는 없었다. "곧 해야 해."

"여기서 말고." 게리스는 배우 같은 공허한 미소를 날리며 경고했다. "오늘 밤, 야영할 때 얘기하자."

아스타포에서 윤카이까지는 오래된 기스카 해안길을 따라 천 리였고, 융카이에서 미린까지는 다시 500리였다. 탈것을 잘 갖춘 용병단이라면 빡빡하게 엿새, 좀 더 느긋하게 달려도 여드레면 융카이에 도착할 수 있었다. 옛 기스의 군단들은 도보로 움직이니 1.5배가 걸릴 테고, 융카이인들과 그들의 노예 병사들은……. "그런 장수들이 있는데 바다로 행군해 들어가지 않는 게 놀랍지." 콩줄기가 말했다.

융카이에 지휘관이 부족하지는 않았다. 유르카즈 조 윤자크라는 나이 든 영웅이 최고사령관이었는데, 바람결의 용병들은 그가 노예 마흔 명은 있어야 짊어지는 가마를 타고 오가는 모습을 멀찍이서밖에 보지 못했다.

하지만 그 휘하 부대장들은 볼 수밖에 없었다. 융카이 귀족들은 바퀴벌레처럼 사방을 돌아다녔다. 그중 절반은 그라즈단, 가즈단, 마즈단, 아니면 가즈낙인 것 같았다. 기스카식 이름을 구별하는 것은 바람결에서 몇 명 익히지 못한 기술이었기에, 그들은 직접 지어낸 조롱 조의 호칭들을 붙여주었다.

가장 두드러지는 자는 '노란 고래'로, 언제나 금술 달린 노란 비단 토카를 입고 다니는 말도 못하게 뚱뚱한 남자였다. 부축을 받지 않고는 서지도 못할 정도로 비만이다 보니 오줌을 참지 못했고, 그래서 언제나 지린내를 풍겼다. 향수를 잔뜩 뿌려도 가릴 수 없을 만큼 독한 악취였다. 하지만 그는 융카이에서 가장 부자라고 했고, 기괴한 것들에 열정을 품고 있었다. 그의 노예들 중에는 염소 다리와 발굽이 달린 소년, 수염이 난 여자, 만타리스에서 온 머리 둘 달린 괴물, 밤이면 주인의 침대를 데우는 양성인이 있었다. "남자 거랑 여자 게 둘 다 달린 거야." 딕 스트로가 말했다. "고래는 예전에 거인도 하나 소유하고 있어서, 그놈이 노예 소녀들을 범하는 걸 즐겨 봤단다. 그러다가 거인이 죽어버렸지. 고래가 새로운 거인을 데려오면 금화

한 자루를 줄 거래."

그리고 '여장군'이 있었는데, 빨간 갈기의 백마를 타고 돌아다니면서 자기가 직접 사육하고 훈련시킨 백 명의 건장한 노예 병사들을 지휘했다. 이 병사들은 전원 젊고 날씬하고 근육질이었으며 허리에 두르는 천과 노란 망토, 그리고 성애 장면을 상감한 기다란 청동 방패 외에는 벌거벗은 몸으로 다녔다. 그들의 주인은 열여섯 살도 되지 않았고, 스스로를 융카이의 대너리스 타르가르옌이라고 생각했다.

'꼬마 비둘기'는 정말로 난쟁이는 아니었지만, 어두운 곳에서라면 난쟁이로 통할 수도 있었다. 그런데도 통통한 짧은 다리를 쫙 벌리고, 통통한 작은 가슴을 쑥 내밀고 거인처럼 뽐내며 걸어 다녔다. 그의 병사들은 바람결 용병들이 본 적이 없는 키다리들이었다. 제일 작은 병사도 2미터가 넘었고, 제일 큰 병사는 2미터 40센티는 됐다. 다들 얼굴이 길고 다리도 길었으며, 화려한 갑옷에 쇠다리 장비를 붙여서 더 길어졌다. 상반신은 분홍색 법랑을 입힌 미늘로 덮었고, 머리에는 뾰족한 강철 부리와 흔들거리는 분홍색 깃털로 마무리한 가늘고 긴 투구를 얹었다. 각각이 허리에는 긴 곡도를 차고, 자기 키만큼 큰 창을 하나씩 쥐었는데, 양쪽 끝에 잎사귀 모양의 날이 달려 있었다.

"꼬마 비둘기가 육성하는 거야." 딕 스트로가 알려준 바로는 그랬다. "온 세상에서 키가 큰 노예들을 사서 짝지어준 다음, 그중에서도 제일 키가 큰 자손들을 '왜가리단'용으로 두는 거지. 언젠가는 쇠다리를 없애도 되길 바라고 있어."

"고문대에서 몇 번 늘리면 빨라질지도 모르지." 덩치가 말했다.

게리스 드링크워터는 웃음을 터뜨렸다. "무시무시하구먼. 분홍색 미늘 갑옷에 깃털을 달고 쇠다리에 오른 놈들보다 더 무서운 게 있을까. 날 쫓아오기라도 하면 웃다가 방광이 풀릴지도 몰라."

"왜가리들이 위풍당당하다는 말도 있어." 늙은 뼈다귀 빌이 말했다.

"모시는 왕이 한쪽 다리로 서서 개구리를 먹는다면 그렇겠네."

"왜가리들은 겁쟁이야." 덩치가 끼어들었다. "한번은 나와 드링크와 클레투스가 사냥을 하다가, 여울물을 걸어 다니면서 올챙이와 잔물고기로 포식하고 있는 왜가리 떼를 만났거든. 보기에야 예쁘지만, 머리 위로 매가 한 마리 지나가니 드래곤이라도 본 것처럼 한꺼번에 날아오르더라. 엄청난 바람을 일으키는 통에 난 말에서 떨어졌지만, 클레투스는 화살을 하나 메겨서 한 마리 쐈지. 맛이 오리 비슷한데, 덜 기름졌어."

꼬마 비둘기와 왜가리들이라 해도 용병들이 '철컹이 나리들(Clanker Lords)'이라 부르는 형제들의 어리석은 짓을 보면 빛이 바랬다. 융카이의 노예 병사들은 지난번에 드래곤 여왕의 거세병들을 마주했을 때 흩어져서 도망쳤다. 철컹이 나리들은 그런 사태를 막기 위한 책략을 고안했다. 병사들을 10명씩 무리 지어, 손목과 손목, 발목과 발목을 연결해 묶는 것이었다. "그 불쌍한 놈들은 다 같이 뛰지 않는 한 누구도 뛰지 못하지." 딕 스트로는 낄낄대며 설명했다. "그리고 모두가 뛰면 별로 빨리 뛰지 못할 거고."

"별로 빨리 행군하지도 못해." 콩줄기가 말했다. "100리 밖에서도 철컹이는 소리를 들을 수 있다고."

그와 비슷하거나 더 심하게 미친 자들이 더 있었다. 떨리는 뺨 각하, 주정뱅이 정복자, 야수치기, 푸딩 얼굴, 토끼, 전차몰이, 향수 영웅. 병사 20명을 거느린 작자도 있고, 200명이나 2000명을 거느린 자도 있었는데 그들이 직접 훈련시키고 장비를 갖춘 노예들이었다. 모두가 부유하고, 모두가 오만했으며, 모두가 장교와 부대장을 자처하여 오직 유르카즈 조 윤자크 소관이었다. 그들은 또한 보잘것없는 용병들을 경멸했고, 이해할 수도 없고 끝도 없는 우선권 다툼을 벌였다.

바람결 용병단이 5킬로미터를 달리는 동안, 융카이인들은 4킬로미터를 뒤처졌다. "냄새나는 노란 바보 떼거리야." 콩줄기가 불평했다. "왜 폭풍 까마귀와 둘째 아들들이 드래곤 여왕에게 넘어갔는지도 이해하질 못하고 있어."

"돈 때문이라고 믿고 있지." 책벌레가 말했다. "왜 우리에게 이렇게 두둑하게 돈을 지불하겠어?"

"돈이 좋긴 하지만, 사는 게 더 좋아." 콩줄기가 말했다. "우린 아스타포에서 불구들과 춤을 췄어. 저것들을 같은 편으로 두고 진짜 거세병과 마주하고 싶냐?"

"아스타포에서 거세병들과 싸웠잖아." 덩치가 말했다.

"난 진짜 거세병이라고 했다. 식칼로 아무 남자애의 불알이나 잘라낸 다음에 뾰족 모자를 씌운다고 거세병이 되는 게 아니야. 드래곤 여왕에겐 진짜배기가 있어. 방귀 좀 뀐다고 흩어져서 도망가는 놈들이 아니라고."

"거기다 드래곤도 있지." 딕이 드래곤 언급만 해도 불러들일 수 있다는 듯이 하늘을 올려다보았다. "칼을 잘 갈아둬. 곧 진짜 싸움을 하게 될 테니까."

'진짜 싸움이라.' 개구리는 생각했다. 그 말이 마음에 걸렸다. 아스타포 방벽 아래에서 벌어진 싸움도 그에게는 충분히 진짜 같았지만, 용병들은 다르게 생각한다는 걸 알고 있었다. "그건 전투가 아니라 도살이었지." 싸움 이후에 전사 시인 덴조 단이 그렇게 말하는 걸 들었다. 덴조는 부대장이었고, 백 번의 전투를 치른 전문가였다. 개구리의 경험은 훈련장과 마상시합장에 국한되었기에, 그런 노련한 전사의 의견에 이의를 제기할 처지가 아니었다.

'그래도 처음 시작했을 때는 전투 같았어.' 그는 새벽에 걷어차여 깨어나 보니 덩치가 굽어보고 있었을 때, 내장이 어떻게 조여들었는지 기억했다. "갑옷 입어라, 늦잠꾸러기야." 그는 우렁차게 외쳤다. "도살자가 전투를 선사하러 나온다. 그놈의 고깃덩이가 되고 싶지 않으면 일어나."

"도살자 왕은 죽었어." 개구리는 잠에 취해서 투덜댔다. 그건 볼란티스에서부터 타고 온 배에서 내렸을 때 모두가 들은 이야기였다. 두 번째 클레온 왕은 왕관을 빼앗기고 죽은 모양이었고, 이제 아스타포는 창녀와 미친 이발사의 지배를 받았으며 양쪽의 추종자들이 도시를 통제하려고 서로 싸워대고 있었다.

"거짓말이었나 보지." 덩치가 대꾸했다. "아니면 다른 도살자거나. 융카이 놈들을 죽이려고 첫 번째 도살자 왕이 무덤에서 비명 지르며 돌아왔을 수도 있지. 아무렴 무슨 상관이야, 개구리. 갑옷 입으라고." 천막 막사에선 열 명이 잤고, 그때쯤에는 모두가 일어나서 바지를 꿰어 입고 장화를 신고, 긴 고리 갑옷 외투를 머리 위로 쓰고, 흉갑을 채우고, 정강이받이나 완갑 끈을 조이고, 투구와 방패와 검대를 집고 있었다. 언제나 재빠른 게리스가 제일 먼저 무장을 다 갖췄고, 아치도 거의 비슷했다. 그리고 둘이 함께 쿠엔틴이 갑옷을 입도록 도왔다.

300미터 떨어진 곳에서 아스타포의 새로운 거세병들이 성문으로 쏟아져 나와, 새벽 햇살에 뾰족뾰족한 청동 투구와 긴 창 끝을 반짝이며 허물어져가는 붉은 벽돌벽 아래에 대열을 갖추고 있었다.

세 도르네인은 함께 천막을 나서서, 마장을 향해 달려가는 전사들 사이에 합류했다. '전투야.' 쿠엔틴은 걸음마를 떼면서부터 창과 검과 방패 쓰는 훈련을 받았지만, 지금 그런 건 아무 의미가 없었다. '전사 신이여, 제게 용기를 주세요.' 개구리는 멀리 북소리가 울리는 가운데 기도했다. 둥, 둥 둥, 둥 둥, 둥. 구리 미늘 갑옷을 아침 햇살에 눈부시게 번쩍이며 마갑을 갖춘 말 위에 빳빳하게 올라앉은 도살자 왕을 덩치가 가리켜 보였다. 그는 싸움이 시작되기 직전에 게리스가 옆에 붙어서 한 말을 기억했다. "무슨 일이 일어나든 아치 옆에 꼭 붙어 있어. 기억해. 우리 중에 그 여자를 얻을 수 있는 건 너뿐이야." 그때쯤에는 아스타포군이 전진하고 있었다.

죽었든 살았든, 도살자 왕은 여전히 현명한 주인들의 의표를 찔렀다. 융카이인들은 거세병들의 창이 포위선을 뚫고 들어오는 동안에도 토카 자락을 휘날리며 반쯤 훈련된 노예 병사들의 질서를 잡아보겠다고 뛰어다니고 있었다. 그들의 동맹군과 그들이 경멸하는 용병들이 아니었다면 압도당했을지도 모른다. 바람결과 고양이 용병단이 순식간에 말에 올라 아스타포군의 옆구리를 치고 들어갔고 신기스에서 온 군단이 반대편에서 융카이 숙영지를 뚫고 들어가서 거세병들과 창과 창, 방패와 방패를 맞댔다.

나머지는 도살이었지만, 이번에 고기 칼을 맞은 건 도살자 왕 쪽이었다. 마침내 왕을 쓰러뜨린 건 카고였다. 그는 무시무시한 군마를 타고 왕의 호위병들을 뚫고 들어가서 발리리아 강철 아라크를 한 번 휘둘러 위대한 클레온을 어깨부터 엉덩이까지 갈라버렸다. 개구리가 직접 보지는 못했지만, 그 장면을 본 사람들은 클레온의 구리 갑옷이 비단처럼 갈라졌고, 몸속에서 끔찍한 악취와 함께 꿈틀거리는 무덤벌레 백 마리가 쏟아져 나왔다고 했다. 클레온은 결국 죽은 몸이 맞았다. 절박했던 아스타포인들이 거세병들의 사기를 돋우기 위해 클레온을 무덤에서 끌고 나와 갑옷에 욱여넣고 말에 묶었던 것이다.

죽은 클레온이 쓰러진 것이 끝이었다. 새로운 거세병들은 창과 방패를 버리고 달아나려 했지만, 아스타포의 성문은 닫혀 있었다. 개구리는 뒤따른 살육전에서 자기 몫을 수행했다. 다른 바람결 단원들과 함께 겁에 질린 내시들을 말발굽으로 짓밟았다. 바람결이 창촉 같은 쐐기 대형으로 거세병들을 뚫고 들어갈 때 덩치 뒤를 바짝 따라가면서 왼쪽, 오른쪽을 마구 베었다. 그들이 거세병들의 대열을 뚫고 반대편으로 튀어나가자, 누더기 왕자가 말을 돌려 다시 한번 진격하게 했다. 개구리는 그제야 그 뾰족한 청동 모자 아래 얼굴들을 제대로 보고, 대부분이 자기보다 어리다는 사실을 알아차렸다. '어머니를 찾으며 울부짖는 풋내기들.' 그렇게 생각은 했지만, 그래도 죽였다. 전장을 떠날 때쯤 그의 장검에선 붉은 피가 줄줄 흘렀고, 팔은 들어 올릴 수도 없을 만큼 뻐근했다.

'그런데 그건 진짜 싸움이 아니었단 말이지. 진짜 싸움이 곧 닥칠 텐데, 그 전에 떠나지 않으면 엉뚱한 쪽에서 싸우게 될 거야.'

그날 밤 바람결은 노예상만의 해안에 숙영지를 차렸다. 개구리는 첫 번째 망보기에 걸려서 마장을 지키러 갔다. 게리스는 해가 진 직후, 바다 위에 반달이 빛나는 가운데 그리로 찾아왔다.

"덩치도 같이 있어야지." 쿠엔틴이 말했다.

"늙은 뼈다귀 빌을 찾아서 은화를 마저 잃으러 갔어." 게리스가 말했다. "덩치는 빼. 우리가 하자는 대로 할 거야. 별로 좋아하진 않겠지만."

"그래." 쿠엔틴도 마음에 들지 않는 구석이 많고 많았다. 사람이 너무 많은 배에 올라 바람과 바다에 내던져지고, 바구미가 기어 다니는 딱딱한 빵을 먹고, 달콤한 망각을 위해 시커먼 타르 같은 럼주를 마시고, 낯선 사람들의 냄새가 풍기는 퀴퀴한 짚 더미에서 자고……. 그 모든 것은 볼란티스에서 양피지 조각에 서명 비슷한 것을 하면서 누더기 왕자에게 1년 동안 검을 바치겠다고 맹세했을 때 예상한 바였다. 그건 견딜 만한 고난이었고, 모든 모험의 일부였다.

그러나 다음에 할 일은 명백한 배신이었다. 융카이인들은 노란 도시를 위해 싸우라고 그들을 볼란티스에서 여기까지 데려왔는데, 이제 도르네인들은 변절하여 반대편으로 넘어갈 작정이었다. 그건 새로 생긴 전우들을 버린다는 뜻이기도 했다. 바람결이 쿠엔틴이 선택했을 만한 군단은 아니었을지라도, 그는 그들과 함께 바다를 건넜고, 고기와 술을 함께 먹었으며, 나란히 싸우고, 말을 이해할 수 있는 몇 명과는 이야기도 나눴다. 그럴 때 쿠엔틴이 한 이야기가 다 거짓이었다 해도 그게 미린으로 가는 통행료였다.

'명예롭다고 할 만한 일은 아니야.' 게리스는 상인의 집에서 그렇게 경고했었다.

"대너리스는 지금쯤 군대를 거느리고 융카이까지 반쯤 왔을지도 몰라." 쿠엔틴은 묶여 있는 말들 사이를 걸으며 말했다.

"그럴지도 모르지만, 아냐. 그런 이야기는 전에도 들었지. 아스타포인들은 대너리스가 드래곤들을 데리고 포위를 깨러 남하하고 있다고 믿었어. 대너리스는 그때도 오지 않았고, 지금도 오지 않아."

"우리가 그걸 알 순 없어. 확실히는 몰라. 내가 구혼할 여자와 싸우는 꼴이 되기 전에 빠져나가야 해."

"융카이까지만 기다려보자." 게리스는 언덕들을 가리켰다. "이 땅은 융카이에 속해 있어. 세 탈영병에게 먹을 것이나 쉴 곳을 주고 싶어 할 사람이 없어. 융카이 북쪽은 아무에게도 속하지 않아."

틀린 말은 아니었다. 그래도 쿠엔틴은 마음이 불편했다. "덩치가 친구를 너무 많이 만들었어. 처음부터 우리 계획은 빠져나가서 대너리스에게 가는 것이었다는 걸 알아도, 같이 싸운 전우들을 버리는 게 기분이 좋진 않을 거야. 너무 오래 기다리다간 전투 직전에 탈영하는 꼴이 될 텐데, 덩치는 절대 그러지 않을 거야. 너도 나만큼이나 잘 알잖아."

"언제 저지르든 탈영은 탈영이야." 게리스가 반박했다. "그리고 누더기 왕자는 탈영병들을 좋게 보지 않아. 우리를 잡을 수색꾼들을 보낼 텐데, 잡혔다간 일곱 신의 자비를 빌어야겠지. 운이 좋다면 절대 다시는 도망치지 못하게 발을 하나 자르고 말겠지만, 운이 나쁘다면 우릴 이쁜이 메리스에게 줘버릴 거야."

마지막 말에는 쿠엔틴도 멈칫했다. 이쁜이 메리스는 무서웠다. 웨스테로스 여자였는데, 쿠엔틴보다 키가 커서 180센티에 조금 못 미쳤다. 용병단 사이에서 20년을 보낸 그 여자에게는 안팎 어디도 예쁜 구석이라곤 없었다.

게리스가 쿠엔틴의 팔을 잡았다. "기다려. 며칠만이야. 세상 절반을 가로질러 왔는데, 몇십 리만 더 인내심을 가져봐. 융카이 북쪽 어딘가에서 기회가 올 거야."

"정 그렇다면야." 개구리는 의심을 품고 말했지만……

……이번만은 신들도 귀 기울이고 있었는지, 기회가 생각보다 빨리 찾아왔다.

이틀 후였다. 휴 헝거포드가 그들의 요리불 옆에서 고삐를 당기더니 말했다. "도르네인. 지휘 천막에서 보자신다."

"누구 말하는 거야?" 게리스가 물었다. "우린 다 도르네인이라고."

"그렇다면 전원이겠지." 뚱하고 음침한 데다 한쪽 손이 불구인 헝거포드는 한동안 용병단의 경리감이었다가, 누더기 왕자에게 동전 훔치던 게 걸려서 손가락 세 개를 잃었다. 이제 그는 그냥 하사관이었다.

'이게 무슨 일일까?' 지금까지 개구리는 용병단장이 그의 존재를 안다는 낌새도 채지 못했다. 그러나 헝거포드는 이미 말을 몰아 가버렸기에, 더 물어볼 수도 없었다. 명령대로 덩치를 찾아 함께 지휘부에 가는 수밖에 없었다. "아무것도 인정하지 말고 싸울 준비를 해둬." 쿠엔틴은 친구들에게 말했다.

"난 언제나 싸울 준비가 되어 있어." 덩치가 말했다.

도르네인들이 도착했을 때, 누더기 왕자가 천막성이라고 부르곤 하는 거대한 회색 돛천 천막은 꽉 차 있었다. 쿠엔틴은 잠시 후에야 그곳에 모인 사람들 대부분이 칠왕국 출신이거나, 웨스테로스 혈통이라고 큰소리치던 사람들임을 알아차렸다. '망명자, 아니면 망명자의 아들들이야.' 딕 스트로는 용병단에 웨스테로스인이 60명쯤 있다고 주장했다. 그중 3분의 1이 여기에 있었고, 그중에는 딕 본인과 휴 헝거포드, 이쁜이 메리스, 그리고 용병단 최고의 활잡이인 금발의 루이스 랭스터가 포함되었다.

거대한 카고와 함께 덴조 단도 그 자리에 있었다. 지금은 '시체 살해자 카고'라고들 했지만 면전에서 그렇게 부르지는 못했다. 카고는 금세 화를 냈고, 그의 검은색 곡도는 주인 못지않게 성질이 더러웠다. 세상에는 발리리아 강철 장검이 수백 자루 있었지만, 발리리아 강철로 만든 아라크는 한 줌밖에 없었다. 카고도 덴조 단도 웨스테로스인이 아니었지만, 둘 다 부대장급이었고 누더기 왕자에게 높은 평가를 받았다. '오른팔과 왼팔이지. 뭔가 큰일이 닥친 거야.'

입을 연 것은 누더기 왕자 본인이었다. "유르카즈에게서 지시가 내려왔다. 아직 살아남은 아스타포인들이 숨어 있던 굴에서 기어 나온 모양이다. 아스타포에는 시체밖에 남은 게 없으니 수백, 어쩌면 수천씩 시골로 쏟아져 나오는데 하나같이 굶주리고 병들었어. 융카이는 그런 자들이 자기네 노란 도시 근처에 오는 걸 바라지 않아. 우린 그 사람들을 추적해서 방향을 돌려 아스타포로 돌려보내거나, 북쪽 미린으로 보내라는 명령을 받았다. 드래곤 여왕이 받아주고 싶다면 환영이지. 반쯤은 이질에 걸린 데다 건강한 자들이라 해도 군입이니까."

"미린보다는 융카이가 가까운데요." 휴 헝거포드가 항의했다. "방향을 돌리지 않으면 어쩝니까?"

"우리에게 검과 창이 있는 건 그래서다, 휴. 활이 더 좋을지도 모르겠다만. 이질에 걸린 것 같은 놈들에겐 거리를 둬라. 난 우리 병력 절반을 구릉지대로 내보낸다. 각 부대마다 순찰병 50명에 기마병 20명이다. 핏빛 수염도 같은 지시를 받았으니 고양이 놈들도 나가 있을 거다."

단원들 사이에 시선이 오갔고, 몇 명은 들리지 않게 궁시렁거렸다. 바람결과 고양이 용병단 둘 다 융카이와 계약을 맺기는 했지만, 1년 전에는 분쟁 지역에서 반대편 전선에 섰고 아직 악감정이 남아 있었다. 고양이단의 잔인한 지휘관 핏빛 수염은 살육을 신나게 즐기며 포효하는 거인으로, "누더기를 걸친 늙은 수염쟁이"에 대한 경멸을 숨기지 않았다.

딕 스트로가 헛기침을 했다. "실례지만, 여기 모인 우리는 다 칠왕국 출신인데요. 사령관님은 이전까지 용병단을 혈통이나 언어로 가른 적이 없습니다. 왜 저희를 같이 내보내시는 겁니까?"

"정당한 질문이다. 자네들은 동쪽으로 향해서 산속 깊이 들어간 후, 융카이 주위를 크게 돌아서 미린으로 향한다. 혹시 아스타포인과 마주치거든 북쪽으로 몰거나 죽여라……. 하지만 그게 자네들의 임무가 아니라는 점은 알아두어라. 노란 도시를 넘어가고 나면 자네들은 드래곤 여왕의 순찰대와 마주칠 가능성이 높다. 둘째 아들들 아니면 폭풍 까마귀겠지. 어느 쪽이든 상관없다. 그리로 넘어가라."

"넘어가요?" 사생아 기사 오슨 스톤 경이 말했다. "변절하라는 겁니까?"

"그래." 누더기 왕자가 대답했다.

쿠엔틴 마르텔은 큰 소리로 웃을 뻔했다. '신들은 미쳤어.'

웨스테로스인들은 불편한 듯 몸을 움직거렸다. 몇 명은 술잔 안에서 어떤 지혜라도 찾고 싶다는 듯이 잔을 들여다보았다. 휴 헝거포드는 얼굴을 찌푸렸다. "대너리스 여왕이 우리를 받아줄 거라고 생각……."

"그래."

"……하신다지만, 받아주면 그다음은요? 우린 첩자들입니까? 암살자입니까? 사절입니까? 편을 바꾸실 생각입니까?"

카고가 험상궂은 얼굴을 했다. "결정은 왕자님 몫이다, 헝거포드. 자네의 역할은 명령대로 하는 거고."

"그야 늘 그렇죠." 헝거포드가 손가락이 둘밖에 남지 않은 손을 들어 올렸다.

"솔직해지자고." 전사 시인 덴조 단이 말했다. "융카이 것들이 자신감을 불러일으키진 않잖아. 이 전쟁의 결과가 뭐든 간에, 바람결은 전리품을 나눠야 해. 우리 왕자님이 현명하게 모든 길을 열어놓는 거야."

"메리스가 지휘할 것이다." 누더기 왕자가 말했다. "메리스는 이…… 문제에서 내 마음이 어떤지 알고, 대너리스 타르가르옌이 다른 여자는 더 잘 받아들일 수도 있으니까."

쿠엔틴은 이쁜이 메리스를 돌아보았다. 그녀의 차갑게 죽은 눈과 눈이 마주치자 소름이 돋았다. '이건 마음에 안 드는데.'

딕 스트로도 아직 의혹을 품고 있었다. "우릴 믿는다면 그 여자가 바보겠죠. 메리스가 있어도 그래요. 메리스가 있으니까 더 그래요. 젠장, 저도 메리스는 안 믿습니다. 심지어 몇 번 자기도 했는데도!" 딕은 씩 웃었지만, 아무도 웃음소리를 내지 않았다. 이쁜이 메리스는 더더구나 웃지 않았다.

"자네가 잘못 생각했다고 본다, 딕." 누더기 왕자가 말했다. "자네들은 모두 웨스테로스인이다. 고향에서 온 친구들이야. 대너리스와 같은 언어로 말하고, 같은 신들을 섬기지. 동기로 말하자면, 자네들 전원이 내 밑에서 나쁜 일을 겪었다. 딕, 자네는 용병단 안에서 누구보다 채찍질을 많이 당했고 등짝에 그 증거가 남아 있다. 휴는 내 군율에 따라 손가락을 세 개 잃었다. 메리스는 용병단 절반에게 강간당했다. 이 용병단에서 있었던 일은 아니지만 굳이 그런 말을 할 필요는 없겠지. 숲의 윌, 자네는 그냥 쓰레기다. 오슨 경은 자기 형제를 소로스에 파견했다고 날 탓하고, 루시퍼 경은 아직도 카고가 빼앗은 노예 여자를 두고 속을 끓이고 있지."

"범하고 나서 돌려줄 수도 있었어요." 루시퍼 롱이 불평했다. "죽일 이유는 없었단 말입니다."

"못생겼었어." 카고가 말했다. "그만하면 이유가 돼."

누더기 왕자는 아무도 말하지 않았다는 듯이 말을 이었다. "웨버, 자네는 웨스테로스에서 잃어버린 영지에 대해 소유권을 주장하지. 랭스터, 난 자네가 정말 좋아하던 소년을 죽였다. 거기 도르네인 세 명, 자네들은 우리가 거짓말을 했다고 생각하지. 아스타포의 약탈품은 자네들이 볼란티스에서 약속받은 것보다 훨씬 적었고, 그나마도 내가 너무 크게 떼어 갔어."

"마지막 부분은 사실이죠." 오슨 경이 말했다.

"가장 좋은 계략에는 언제나 진실의 씨앗이 숨어 있지." 누더기 왕자가 말했다. "자네들 모두에겐 나를 버리고 싶어 할 만한 이유가 있다. 그리고 대너리스 타르가르옌은 용병들이 변덕스러운 족속이라는 걸 알아. 당장 둘째 아들들과 폭풍 까마귀만 해도 융카이의 금을 받았지만 전투의 흐름이 반대쪽으로 흐르기 시작하자 주저 없이 여왕 편에 붙었으니까."

"언제 떠나야 합니까?" 루이스 랭스터가 물었다.

"즉시. 고양이단이나 긴 기마창단과 마주치면 조심해라. 이 천막 안에 있는 사람들 말고는 자네들의 탈영이 계략이라는 걸 아무도 모를 거다. 너무 빨리 패를 뒤집었다간 탈영병으로 불구가 되거나 변절자로 배가 갈릴 거다."

세 도르네인은 조용히 지휘 천막을 떠났다. '기수가 스물인데 전원 공용어를 한다니.' 쿠엔틴은 생각했다. '몰래 의논하기는 훨씬 힘들어졌군.'

덩치가 쿠엔틴의 등을 세게 쳤다. "그래서. 이거 잘됐구나, 개구리야. 드래곤 사냥이다."

말 안 듣는 신부

아샤 그레이조이가 갤버트 글로버의 대연회장에 앉아서 갤버트 글로버의 와인을 마시고 있는데 갤버트 글로버의 학사가 편지를 가져왔다.

"아가씨." 학사는 아샤에게 말을 걸 때면 늘 불안해하는 목소리였다. "배로턴에서 새가 왔습니다." 그는 빨리 없애고 싶어서 기다릴 수가 없다는 듯이 양피지를 내밀었다. 단단히 말려서 딱딱하게 굳은 분홍색 밀랍으로 봉해져 있었다.

'배로턴이라.' 아샤는 누가 배로턴을 지배했던가 떠올려보려고 했다. '내 친구가 아닌 어느 북부 영주였어.' 그리고 그 인장은……. 드레드포트의 볼턴은 작은 핏방울이 흩뿌려진 분홍색 깃발을 날리며 전투에 돌입했다. 볼턴이 인장도 분홍색 밀랍으로 찍는다고 봐야 말이 되리라.

'내가 들고 있는 건 독이야. 태워버려야 해.' 아샤는 그렇게 생각했지만, 태우지 않고 봉인을 깼다. 가죽 조각이 무릎에 떨어졌다. 말라붙은 갈색 단어들을 읽자 안 그래도 어둡던 기분이 더욱 어두워졌다. '어두운 날개에 어두운 소식이라.' 까마귀들은 기쁜 소식을 가져오는 법이 없었다. 딥우드에 온 지난번 편지는 스타니스 바라테온이 충성 맹세를 요구하는 내용이었다. 이번 편지는 그보다 더 나빴다. "북부인들이 모트카일린을 빼앗았군."

"볼턴의 서자가요?" 옆에서 쾰이 물었다.

"윈터펠의 영주, 램지 볼턴이라고 직접 서명했어. 하지만 다른 이름들도 있네." 더스틴 부인, 세르윈 부인, 그리고 네 명의 리스웰이 그의 이름 아래 서명을 더했다. 그 옆에는 조잡한 거인 그림이 그려져 있었는데, 엄버의 표지였다.

서명은 검댕과 콜타르로 만든 학사용 잉크로 했지만, 그 위에 적힌 내용은 크고 뾰족뾰족한 필체에 갈색으로 휘갈겨 썼다. 모트카일린이 함락됐으며 북부의 관리자가 자기 영토로 개선했다는 소식, 곧 이루어질 결혼 소식이 담겨 있었다. 첫마디는 이랬다. "강철인들의 피로 이 편지를 적는다." 마지막 말은 이랬다. "너희에게 왕자를 한 조각씩 보낸다. 내 땅에 더 머물면 같은 운명을 맞으리라."

이제까지 아샤는 동생이 죽었다고 믿고 있었다. '이것보다는 죽는 게 낫지.' 편지를 풀자 무릎에 떨어졌던 피부 조각. 아샤는 그 조각을 촛불 위에 대고는 다 타서 불꽃이 손가락을 핥을 때까지 연기가 피어오르는 모양을 지켜보았다.

갤버트 글로버의 학사가 뭔가를 기대한 듯 주위를 맴돌았다. "답장은 없다." 아샤는 그에게 알렸다.

"이 소식을 시벨 부인과 나눠도 되겠습니까?"

"그러고 싶으면 그러든가." 시벨 글로버가 모트카일린 함락에 기뻐할지 어떨지 아샤는 알 수 없었다. 시벨 부인은 자식들과 남편의 안전한 귀환을 기도하며 신의 숲에서만 살았다. '또 하나의 기도가 응답 없이 지나가겠지. 시벨의 심장 나무도 우리의 익사한 신과 마찬가지로 귀먹고 눈멀었어.' 로벳 글로버와 그 형인 갤버트 글로버는 젊은 늑대와 함께 남쪽으로 말을 달렸다. 피의 결혼식에 대해 들은 이야기가 절반만 사실이라 해도 그들이 북쪽으로 돌아올 가능성은 없어 보였다. '그래도 자식들은 살아 있고, 그건 내 덕분이지.' 아샤는 그들을 텐타워스에 있는 친척들에게 맡기고 떠나왔다. 시벨 부인의 어린 딸은 아직 젖먹이였고, 다시 거친 바다를 건너기엔 그 아이가 너무 연약하다고 판단해서였다. 아샤는 편지를 학사의 손에 밀어 넣었다. "여기. 시벨 부인이 여기서 위안을 찾을 수 있다면 찾으라고 해. 가봐도 좋아."

학사가 고개를 숙이고 나갔다. 학사가 나가고 나자 트리스 보틀리가 아샤를 돌아보았다. "모트카일린이 함락됐다면 토르헨스퀘어도 곧 뒤따를 거야. 그다음은 우리 차례고."

"아직은 좀 걸릴걸. 갈라진 턱이 놈들의 피를 볼 거야." 토르헨스퀘어는 모트카일린 같은 폐허가 아니었고, 갈라진 턱 다그머는 뼛속까지 강철이었다. 항복하느니 죽을 것이다.

'아버지가 살아 계셨다면 모트카일린은 절대 함락되지 않았어.' 발론 그레이조이는 모트카일린이 북부를 지키는 열쇠라는 점을 알았다. 유론도 알고는 있었지만, 상관하지 않았다. 딥우드모트나 토르헨스퀘어에 무슨 일이 일어나도 똑같이 신경 쓰지 않을 것이다. "유론은 발론의 정복에 관심이 없어. 우리 아저씨는 드래곤을 좇고 있거든." 까마귀 눈은 강철 군도의 모든 병력을 올드윅으로 소환해서 일몰해 중심부로 출항했고, 그 동생인 빅타리온이 매 맞은 똥개처럼 그 뒤를 따랐다. 파이크엔 아샤의 남편 외에 달리 호소할 상대가 남지 않았다. "우리뿐이야."

"다그머가 놈들을 박살 낼 겁니다." 이제까지 만난 어떤 여자도 전투만큼 사랑한 적이 없는 크롬이 주장했다. "기껏해야 늑대들이에요."

"늑대들은 다 죽었어." 아샤는 엄지손톱으로 분홍색 밀랍을 긁었다. "이것들은 늑대들을 죽이고 가죽을 벗긴 놈들이야."

"우리도 토르헨스퀘어로 가서 싸움에 합세해야죠." 먼 친척이자 '짠내 계집(Salty Wench)'호의 선장인 퀜톤 그레이조이가 부추겼다.

"그러게." 더 먼 친척인 다곤 그레이조이가 말했다. 사람들은 그를 주정뱅이 다곤이라 불렀는데, 술에 취했을 때나 맑은 정신일 때나 싸우기를 좋아했다. "왜 갈라진 턱이 영광을 다 차지해야 해?"

갤버트 글로버의 하인 둘이 구운 고기를 가져왔지만, 아샤는 피부 조각 때문에 입맛을 잃었다. '내 부하들은 승리의 희망을 다 버렸어.' 우울한 깨달음이었다. '이젠 멋진 죽음만 바라보고 있을 뿐이야.' 아샤는 늑대들이라면 멋진 죽음을 선사하리라 의심치 않았다. '조만간 놈들이 이 성을 되찾으러 올 거야.'

아샤가 나무 계단을 올라 예전에 갤버트 글로버의 방이었던 침실로 향했을 때는 늑대 숲의 키 큰 소나무들 뒤편으로 해가 지고 있었다. 와인을 너무 마셔서 머리가 쿵쿵 울렸다. 아샤 그레이조이는 선장들이나 승조원들이나 가릴 것 없이 부하들을 사랑했으나, 그중 절반은 바보였다. '용감한 바보들이지만, 그래봐야 바보지. 갈라진 턱에게 가자니. 우리가 그럴 수나 있나…….'

딥우드모트와 다그머 사이에는 먼 거리와 험한 산, 울창한 숲, 거친 강, 그리고 생각하기도 싫을 만큼 많은 북부인들이 있었다. 아샤에게는 장선 네 척과 200명에 미치지 못하는 부하들이 있었다……. 의지할 수 없는 트리스티퍼 보틀리를 포함한 숫자였다. 사랑에 대해 아무리 지껄인대도 트리스가 갈라진 턱 다그머와 함께 죽기 위해 토르헨스퀘어로 달려가는 모습은 상상할 수 없었다.

콸이 갤버트 글로버의 침실까지 따라왔다. "꺼져." 아샤는 콸에게 말했다. "혼자 있고 싶다."

"나랑 같이 있고 싶을걸." 콸이 입을 맞추려 들었다.

아샤는 그를 밀어냈다. "한 번만 더 건드리면 내가—"

"내가 뭐?" 콸이 단검을 뽑았다. "옷 벗어."

"혼자 해, 이 수염도 안 난 꼬맹이야."

"너랑 하는 게 더 좋겠어." 단검을 한 번 긋자 조끼가 풀렸다. 아샤는 도끼에 손을 뻗었지만, 콸이 단검을 떨어뜨리더니 아샤의 손목을 잡고 팔을 뒤로 꺾어 무기를 떨구게 만들었다. 그는 아샤를 글로버의 침대에 밀어붙이고 거칠게 입을 맞추고, 튜닉을 찢어 젖가슴을 드러냈다. 아샤가 무릎으로 사타구니를 치려 하자 몸을 비틀어 피하더니 두 무릎으로 다리를 벌렸다. "지금 널 가질 거야."

"해봐." 아샤는 침을 뱉었다. "그랬다간 자고 있을 때 죽여버린다."

콸이 들어왔을 때 아샤는 흠뻑 젖어 있었다. "빌어먹을. 빌어먹을 빌어먹을 빌어먹을." 콸은 아샤가 반쯤은 고통으로, 반쯤은 쾌락으로 소리를 지를 때까지 젖꼭지를 빨았다. 그녀의 성기가 곧 세상이 되었다. 그녀는 모트 카일린과 램지 볼턴과 작은 피부 조각을 잊고, 킹스무트를 잊고, 실패를 잊고, 자신의 망명 생활과 적들과 남편을 다 잊었다. 오직 그의 두 손, 그의 입, 그녀를 끌어안은 두 팔, 몸속에 들어온 성기만이 중요했다. 그는 아샤가 비명을 지를 때까지 쑤시고, 다시 그녀가 울 때까지 쑤신 다음에야 겨우 그녀의 자궁에 씨를 뿌렸다.

"난 결혼한 여자야." 아샤는 끝나고 나서 상기시켰다. "넌 날 더럽혔어, 이 수염도 안 난 꼬맹이야. 내 남편이 네 불알을 자르고 드레스를 입힐 거다."

콸이 몸을 굴려 내려왔다. "그놈이 그 의자에서 벗어날 수만 있다면야."

방 안은 추웠다. 아샤는 갤버트 글로버의 침대에서 일어나서 찢어진 옷을 벗었다. 가죽조끼는 새로 끈을 달면 되겠지만, 튜닉은 망쳤다. '어차피 마음에 든 적도 없어.' 아샤는 튜닉을 불 속에 던졌다. 나머지는 침대 옆에 쌓아놓았다. 젖가슴이 얼얼했고, 콸의 씨앗이 허벅지를 따라 흘러내렸다. 달차를 끓여 마시거나, 아니면 크라켄을 또 하나 세상에 내놓는 위험을 감수해야 했다. '무슨 상관이야? 아버지는 죽었고, 어머니는 죽어가고, 동생은 껍질이 벗겨지고 있는 데다 내가 어쩔 수 있는 일은 하나도 없어. 그리고 난 결혼했어. 결혼하고 잠자리까지 했지……. 같은 남자와 한 건 아니지만.'

모피 더미 아래로 다시 들어갔을 때, 콸은 잠들어 있었다. "이제 네 목숨은 내 거다. 내가 단검을 어디다 뒀더라?" 아샤는 그의 등에 몸을 붙이고 팔을 둘러 안았다. 강철 군도에서 콸은 처녀 콸이라고 불렸는데, 양치기 콸, 괴짜 콸 케닝, 빠른 도끼 콸, 노비 콸과 구별하기 위해서이기도 했지만 무엇보다 매끄러운 두 뺨 때문이었다. 아샤가 처음 만났을 때, 그는 수염을 기르려고 하고 있었다. "복숭아 솜털이네." 아샤는 낄낄대며 그렇게 말했었다. 콸은 복숭아를 본 적이 없다고 고백했기에, 아샤는 다음번에 남쪽으로 갈 때 꼭 합류하라고 했다.

그때는 아직 여름이었다. 로버트가 철왕좌에 앉아 있었고, 발론은 해석좌에서 생각에 골몰했고, 칠왕국은 평화로웠다. 아샤는 블랙윈드호를 몰고 해안을 따라가며 교역했다. 그들은 미의 섬과 라니스포트와 그보다 작은 항구 20여 곳에 들른 후에 아버에 도착했는데, 아버의 복숭아는 언제나 크고 달았다. "봐." 아샤는 복숭아를 콸의 뺨에 갖다 대면서 말했다. 한 입 베어 물게 하자 콸의 턱으로 과즙이 흘러, 아샤가 핥아 먹어야 했다.

그들은 복숭아를 먹고 서로를 탐닉하며 그날 밤을 보냈고, 햇빛이 돌아왔을 때쯤 아샤는 만족하고 끈적했으며 그 어느 때보다 더 행복했다. '그게 6년 전이었나, 7년 전이었나?' 여름은 바래가는 기억이었고, 아샤가 복숭아를 마지막으로 먹은 지도 3년이 지났다. 하지만 아직 콸은 즐겼다. 왕과 같은 선장들은 그녀를 원하지 않을지 몰라도, 콸은 그녀를 원했다.

아샤에겐 이전에도 다른 연인들이 있었다. 반년쯤 침대를 같이 쓴 연인도 있었고, 반나절로 끝난 경우도 있었다. 콸은 나머지를 다 합친 것보다 더 아샤를 즐겁게 했다. 2주에 한 번밖에 면도를 안 할지는 몰라도, 덥수룩한 수염이 남자를 만드는 건 아니다. 아샤는 그의 매끄럽고 부드러운 피부를 만지는 게 좋았다. 길고 곧은 머리카락이 그의 어깨를 스치는 방식도 좋았다. 입 맞추는 방식도 좋았다. 그녀가 엄지손가락으로 젖꼭지를 문지르면 씩 웃는 모습도 좋았다. 그의 다리 사이에 난 털은 머리털보다 색이 어두운 모래색이었지만, 아샤의 거친 검은 털에 비하면 밝고 고왔고 그것도 좋았다. 그는 수영을 잘하는 사람처럼 팔다리가 길고 몸이 늘씬했고 흉터 하나 없었다.

'수줍은 미소에 튼튼한 두 팔, 교묘한 손가락, 그리고 믿을 수 있는 검이 두 자루. 어떤 여자가 이보다 더한 걸 원할 수 있겠어?' 쾰과 결혼할 마음도 있었지만, 그녀는 발론 공의 딸이었고 쾰은 어느 노비의 손자로 태어난 평민이었다. '나와 결혼하기엔 너무 낮지만, 내가 거시기를 빨지 못할 만큼 낮지는 않지.' 그녀는 취해서 미소 지으며 모피 더미 아래로 기어가서 그의 성기를 입에 물었다. 쾰이 자다가 몸을 뒤척이더니, 조금 후에는 단단해지기 시작했다. 다시 발기시켰을 때 쾰은 잠에서 깨어났고 아샤는 젖어 있었다. 아샤는 드러난 어깨에 모피를 걸치고 쾰에게 올라타서, 누가 안이고 누가 밖인지 알 수 없을 정도로 깊이 그를 담았다. 이번에는 두 사람이 같이 절정에 도달했다.

"내 사랑스러운 주인." 쾰은 졸음기가 묻어나는 목소리로 중얼거렸다. "내 사랑스러운 여왕."

'아니. 난 여왕이 아니고, 앞으로도 못 될 거야.' 아샤는 생각했다. "다시 자." 아샤는 그의 뺨에 입을 맞추고 갤버트 글로버의 침실을 가로질러 덧창을 활짝 열었다. 거의 보름달이었고, 꼭대기에 눈을 얹은 산맥을 볼 수 있을 정도로 맑은 밤이었다. '춥고 황량하고 사람이 살 수도 없는 산이지만, 달빛 속에서는 아름답군.' 봉우리들이 줄줄이 늘어선 날카로운 이빨처럼 들쭉날쭉 하얗게 빛났다. 산기슭과 낮은 봉우리들은 어둠에 잠겨 보이지 않았다.

바다는 더 가까워서 북쪽으로 50리밖에 떨어지지 않았지만, 보이지는 않았다. 여기와 바다 사이에 언덕이 너무 많았다. '그리고 나무도 많지. 너무 많아.' 북부인들은 이 숲을 늑대 숲이라 불렀다. 거의 밤마다 어둠 속에서 서로를 부르는 늑대들의 울음소리를 들을 수 있었다. '잎사귀의 바다야. 이게 물바다라면 얼마나 좋을까.'

윈터펠보다는 딥우드가 바다에 가까웠지만, 그래도 아샤에게는 너무 멀었다. 공기에서 소금 내 대신 소나무 향이 났다. 저 음울한 회색 산맥 북동쪽에는 장벽이 있고, 그곳에선 스타니스 바라테온이 깃발을 올렸다. '내 적의 적은 내 친구지.' 사람들은 그렇게 말하지만, 그 동전의 반대쪽은 '내 친구의 적은 내 적이다'였다. 강철인들은 이 바라테온 참칭자에게 간절히 필요한 북부 영주들의 적이었다. '그자에게 내 아름답고 젊은 몸을 제공할 수도 있어.' 아샤는 흘러내린 머리카락을 걷어내며 생각했지만, 스타니스도 결혼했고 아샤도 결혼한 몸인 데다 스타니스와 강철인들은 오랜 숙적이었다. 아버지의 첫 반란 당시 스타니스는 미의 섬에서 강철 함대를 박살 내고 자기 형의 이름으로 그레이트윅을 무릎 꿇렸다.

딥우드의 이끼 낀 성벽 안에는 꼭대기가 평평한 크고 둥근 언덕이 자리했다. 언덕 위 한쪽 끝에 15미터를 솟아오른 감시탑이 서 있었고 동굴 같은 거대한 나무 건물이 언덕 위를 덮었다. 그 언덕 아래가 성 안뜰로 마구간, 마장, 대장간, 우물, 양 우리가 있으며 깊은 도랑과 경사진 토담, 통나무 목책으로 방어했다. 바깥쪽 방어벽은 등치선을 따라 타원형을 그렸다. 문이 두 개 있어서 양쪽 다 목조로 만든 사각탑 한 쌍과 성벽 길이 지켰다. 성 남면에는 목책에 이끼가 짙게 끼다 못해 탑까지 절반은 기어올랐다. 동쪽과 서쪽은 공터였다. 아샤가 이 성을 접수했을 때는 귀리와 보리가 자라고 있었는데, 공격에 짓밟혀 끝났다. 그 후에 심은 작물은 몇 번에 걸쳐 내린 서리가 죽여버렸고, 그 후에는 진흙과 잿더미와 시들시들하니 썩어가는 줄기들만 남았다.

오래된 성이었으나, 튼튼한 성은 아니었다. 아샤가 글로버에게서 빼앗았고, 볼턴의 서자가 그녀에게서 다시 빼앗을 것이다. 하지만 아샤의 가죽을 벗기지는 못하리라. 아샤 그레이조이는 생포당할 생각이 없었다. 살던 대로 손에는 도끼를 쥐고, 입술에는 웃음을 머금고 죽으리라.

아버지는 딥우드모트를 차지하라고 장선 서른 척을 줬었다. 그중 네 척이 남았고, 그중에 하나가 아샤의 블랙윈드호였으며 또 하나는 다른 부하들이 다 달아날 때 합류한 트리스 보틀리의 배였다. '아니. 그건 공정한 얘기가 아니지. 녀석들은 왕에게 충성 맹세를 하러 집으로 간 거야. 달아난 건 나고.' 그 기억은 아직도 수치스러웠다.

"가라." 독서가는 선장들이 유목 왕관을 씌우기 위해 아샤의 숙부인 유론을 데리고 '나가 언덕'을 내려갈 때 그렇게 재촉했다.

"누가 누구 말씀을. 같이 가요. 할로우 사람들을 일으키려면 아저씨가 필요해요." 그때는 아샤도 싸울 작정이었다.

"할로우 사람들은 여기 있다. 중요한 사람은 다 있어. 일부는 유론의 이름을 외쳤지. 할로우가 서로 싸우게 하진 않겠다."

"유론은 미쳤어요. 게다가 위험하고. 저 지옥 나팔은……."

"나도 들었다. 가라, 아샤. 유론은 왕관을 쓰자마자 널 찾을 거다. 그놈의 시선이 네게 닿게 해선 안 돼."

"제가 다른 아저씨들과 같이 맞선다면……."

"그랬다간 모두가 등을 돌린 뒤 쫓겨나서 죽겠지. 네가 선장들의 판단을 믿고 맡기겠다고 해놓고 그들 앞에 네 이름을 놓는다면 그럴 거야. 지금은 그 판단에 맞설 수 없다. 킹스무트의 선택이 뒤집힌 일은 딱 한 번밖에 없었어. 해레그를 읽어봐."

목숨이 칼날 위에서 기우뚱대는데 오래된 책을 이야기할 사람은 독서가 로드릭밖에 없으리라. "아저씨가 남는다면 저도 남아요." 아샤는 고집스럽게 말했다.

"바보같이 굴지 말아라. 유론이 오늘 밤에는 세상에 웃는 눈을 보이겠지만, 내일은……. 아샤, 너는 발론의 딸이고, 유론보다 계승권이 높아. 네가 숨 쉬는 한 유론에게는 위험이 남는다. 여기 남는다면 넌 살해당하거나 붉은 노잡이와 결혼하게 될 거다. 어느 쪽이 더 나쁠지 모르겠구나. 가라. 다시는 기회가 없을 거다."

아샤는 만일의 사태에 대비해서 블랙윈드를 섬 반대편에 세워두었다. 올드윅은 크지 않았다. 해가 뜨기 전에 배에 돌아가서, 유론이 사라진 것을 눈치채기도 전에 할로우로 향할 수 있었다. 그러나 아샤는 외삼촌이 이렇게 말할 때까지도 망설였다. "날 사랑한다면 그렇게 해다오, 얘야. 네가 죽는 모습을 보고 싶지 않구나."

그래서 아샤는 떠났다. 우선 텐타워스로 가서 어머니에게 작별 인사부터 했다. "다시 올 때까지 오래 걸릴 수도 있어요." 아샤가 어머니에게 그렇게 알렸지만, 알라니스 부인은 이해하지 못했다. "테온은 어디 있니? 우리 아가는 어디 있어?" 그위네스 부인은 로드릭 공이 언제 돌아오는지만 알고 싶어 했다. "내가 일곱 살 위야. 텐타워스는 내 것이어야 해."

아샤가 아직 텐타워스에서 보급품을 싣고 있을 때 결혼 소식이 날아왔다. "내 말 안 듣는 조카딸은 길들일 필요가 있어." 까마귀 눈은 그렇게 말했다고 했다. "그 아이 길들이기에 딱 맞는 남자를 알지." 유론은 아샤를 에릭 아이언메이커와 결혼시키고, 그에게 자기가 드래곤을 좇아 나선 사이에 강철 군도를 다스릴 것을 명했다. 에릭도 한창때에는 대단한 남자요, 두려움 없는 약탈자였다. 그는 아샤의 할아버지의 할아버지, 즉 주정뱅이 다곤이 이름을 따온 그 옛날 다곤 그레이조이와 함께 항해했다고 큰소리치는 인물이었다. 미의 섬에 사는 노파들은 아직도 다곤 공과 그 부하들의 이야기로 손주들에게 겁을 줬다. '난 킹스무트에서 에릭의 자존심에 상처를 줬어.' 아샤는 생각했다. '에릭은 그걸 잊지 않을 거야.'

숙부의 솜씨는 인정해야 했다. 유론은 단 한 수로 경쟁자를 지지자로 바꾸고, 자기가 없는 동안에도 군도를 빼앗기지 않게 됐으며, 아샤의 위협을 제거했다. '그리고 신나게 웃기도 했겠지.' 트리스 보틀리는 까마귀 눈이 결혼식에서 아샤 대신 바다표범을 세웠다고 했다. "에릭이 잠자리 결합을 꼭 하겠다고 주장하진 않았길 빌지." 아샤는 말했다.

'집으로는 갈 수가 없어.' 아샤는 생각했다. '하지만 여기에 오래 머물 수도 없어.' 숲의 정적이 신경을 긁었다. 아샤는 평생 섬과 배 위에서 살았다. 바다는 고요할 때가 없었다. 바위 해안에 부딪치는 파도 소리가 그녀의 핏속을 흘렀지만, 딥우드모트에는 파도가 없었다……. 오직 나무들, 끝도 없는 나무들, 병정소나무와 파수목, 너도밤나무와 물푸레나무와 오래된 참나무, 밤나무와 철나무와 전나무뿐이었다. 나무들이 내는 소리는 바다보다 부드러웠고, 그나마도 바람이 불 때만 들렸다. 바람이 불면 나무들이 그녀가 모르는 언어로 서로 소곤거리는 듯하고, 사방에서 한숨 소리가 날아오는 것만 같았다.

오늘 밤에는 그 소곤거림이 전보다 큰 느낌이었다. '죽은 낙엽이 날리는 소리야.' 아샤는 스스로를 타일렀다. '헐벗은 나뭇가지가 바람에 삐걱대는 것뿐이야.' 그녀는 창문에서 몸을 돌려 숲을 등졌다. '난 발밑에 다시 갑판을 둬야 해. 그게 안 되면 배 속에 먹을 거라도 넣어야겠어.' 오늘 밤 아샤는 와인을 너무 많이 마셨지만, 빵을 조금 먹었을 뿐 피가 떨어지는 고기는 먹지도 않았다.

달빛만으로도 옷을 찾기엔 충분히 밝았다. 아샤는 두꺼운 검은색 바지와 누비 튜닉을 입고, 철판을 덧댄 녹색 가죽조끼를 걸쳤다. 활은 꿈자리에 놓아두고 아성 외부 계단을 내려갔다. 맨발에도 계단이 삐걱거렸다. 파수를 보며 벽을 따라 걷던 부하가 그녀가 내려가는 모습을 보고 창을 들어 올렸다. 아샤는 답례로 휘파람을 불었다. 안뜰을 가로질러 주방으로 향하자 갤버트 글로버의 개들이 짖기 시작했다. '잘됐군.' 아샤는 생각했다. '나무 흔들리는 소리가 묻히겠어.'

아샤가 마차 바퀴만 한 둥글고 노란 치즈 덩어리에서 한 조각을 자르고 있는데 트리스 보틀리가 두꺼운 모피 망토에 둘둘 싸인 채 주방으로 걸어 들어왔다. "여왕님."

"놀리지 마."

"넌 언제나 내 심장을 지배할 거야. 킹스무트에서 고함을 친 바보가 아무리 많아도 그건 바꿀 수 없어."

'이 녀석을 어쩌면 좋지?' 아샤는 트리스의 헌신을 의심할 수 없었다. 그는 나가 언덕에서 아샤의 대전사로 섰고 아샤의 이름을 불렀을 뿐 아니라, 그 후에는 왕과 친척과 고향을 버리고 바다를 건너 아샤에게 합류했다. '유론의 면전에서 반항한 건 아니지만 말이야.' 까마귀 눈이 함대를 끌고 바다로 나갔을 때 트리스는 그냥 뒤처졌다가, 다른 배들이 보이지 않게 되자 항로를 바꿨다. 그 정도라도 용기가 필요한 일이긴 했다. 두 번 다시 군도로 돌아가지 못할 테니까. "치즈 먹을래?" 아샤가 말했다. "햄도 있어. 겨자도 있고."

"내가 원하는 건 음식이 아니야. 너도 알잖아." 트리스는 딥우드모트에서 숱 많은 갈색 수염을 길렀다. 그 수염이 자기 얼굴을 따뜻하게 해준다고 주장하기도 했다. "감시탑에서 널 봤어."

"망을 볼 차례라면 여기서 뭘 하는 건데?"

"크롬이 올라가 있고, 나팔 하겐도 있어. 달빛 아래 잎사귀가 바스락대는 걸 감시하는 데 눈이 얼마나 필요하다고 그래? 이야기 좀 하자."

"또?" 아샤는 한숨을 쉬었다. "너 하겐의 딸 알지. 빨간 머리 말이야. 걔는 배를 모는 솜씨 못지않게 남자도 잘 모는 데다 얼굴도 예뻐. 열일곱 살인데, 걔가 널 쳐다보더라."

"난 하겐의 딸을 원하지 않아." 트리스는 아샤에게 손을 뻗다가 마음을 고쳐먹었다. "아샤, 이제 떠날 때야. 밀물을 막아주는 건 모트카일린뿐이었어. 여기 남아 있다간 북부인들이 우릴 다 죽일 거야. 너도 알지."

"나보고 도망치라는 거야?"

"난 널 살릴 거야. 사랑해."

'아니야. 넌 네 머릿속에만 사는 어느 순결한 처녀를, 네 보호가 필요한 겁에 질린 어린아이를 사랑하지.' 아샤는 퉁명스럽게 말했다. "난 널 사랑하지 않아. 그리고 도망치지도 않아."

"여기에 네가 그렇게 붙잡고 있어야 할 게 소나무와 진흙과 적 말고 뭐가 있어? 우리에겐 배가 있어. 같이 출항하자. 그래서 바다에서 새로운 삶을 꾸리는 거야."

"해적으로?" 유혹적이기까지 했다. '우울한 숲은 늑대들이 되찾으라고 하고 광활한 바다를 다시 갖는 거야.'

"상인으로." 트리스가 주장했다. "우린 까마귀 눈이 그랬듯이 동쪽으로 항해해 갔다가, 드래곤 나팔 말고 비단과 향신료를 싣고 돌아오는 거야. 비취해까지 항해 한 번이면 신처럼 부자가 될 거야. 올드타운이나 자유도시 어딘가에 저택을 살 수 있어."

"너와 나와 콸이?" 아샤가 콸을 언급하자 트리스가 움찔했다. "하겐의 딸이라면 너와 같이 비취해로 항해하고 싶어 할지 몰라. 난 아직 크라켄의 딸이야. 내가 있을 곳은—"

"그게 어딘데? 넌 군도로 돌아갈 수 없어. 네 남편에게 굴복할 생각이라면 모를까."

아샤는 에릭 아이언메이커와 잠자리에 들어, 그 엄청난 덩치에 깔리고 그 포옹을 견디는 상상을 해보려 했다. '붉은 노잡이나 왼손잡이 루카스 코드보단 낫지.' 모루 파괴자 에릭은 과거에 포효하는 거인이었고, 무섭도록 강하고 맹렬히 충성했으며 두려움이라곤 몰랐다. '그렇게 나쁘진 않을 수도 있어. 남편으로 의무를 다하려고 하는 순간에 죽을 가능성이 높아.' 그러면 아샤는 에릭의 아내가 아니라 과부가 되는데, 그게 더 나을 수도 있고 훨씬 나쁠 수도 있었다. 에릭의 손자들에게 달렸다. '그리고 아저씨에게 달리기도 했지. 결국엔 모든 바람이 나를 다시 유론 숙부에게 몰아가.' "내겐 할로우에 둔 인질들이 있어." 아샤는 트리스를 일깨웠다. "그리고 아직 시드래곤포인트가 있어……. 내가 아버지의 왕국을 가질 수 없다면, 내 왕국을 만들면 안 되나?" 시드래곤포인트도 언제나 지금처럼 사람이 적지는 않았다. 그곳의 언덕과 늪 사이에서는 아직도 옛 폐허들, 오래전 최초인들의 요새가 남긴 흔적들을 찾아볼 수 있었다. 높은 곳에는 아직도 숲의 아이들이 남긴 영목 원들이 있었다.

"물에 빠진 사람이 난파선 조각에 매달리듯이 시드래곤포인트에 매달리는구나. 시드래곤에 누가 원할 만한 게 뭐가 있어? 광산도 없지, 금도 없지, 은도 없지, 주석이나 철조차 없어. 밀이나 옥수수를 키우기에는 땅이 너무 질고."

'난 밀이나 옥수수를 심을 계획이 없어.' "뭐가 있냐고? 말해주지. 두 개의 긴 해안선, 백 개의 숨겨진 만, 호수에 사는 수달, 강에 사는 연어, 해안에 사는 조개, 앞바다의 바다표범 군락, 배를 짓기 좋은 키 큰 소나무가 있어."

"그 배는 누가 짓나요, 여왕님? 전하께선 왕국의 신민들을 어디서 찾으실까요? 그것도 북부인들이 그러게 내버려둔다면 말이지만? 아니면 바다표범과 수달의 왕국을 통치할 생각이신가?"

아샤는 씁쓸하게 웃었다. "수달들이 남자들보다는 통치하기 쉬울 수도 있겠네. 그리고 바다표범은 더 똑똑하지. 아니, 네 말이 맞을 수도 있어. 나에게 최선의 길은 파이크로 돌아가는 것일 수도 있어. 할로우에는 내 귀환을 반길 사람들이 있지. 파이크에도 있고. 그리고 유론은 바엘로르 공을 죽이는 바람에 블랙타이드에서는 친구들을 얻지 못했어. 아에론 아저씨를 찾아서 군도를 일으킬 수도 있을 거야." 킹스무트 이후에 젖은 머리를 본 사람은 아무도 없었지만, 익사한 남자들은 젖은 머리가 그레이트윅에 숨어 있으며 곧 까마귀 눈과 그 부하들에게 익사한 신의 분노를 퍼부어주리라고 주장했다.

"모루 파괴자도 젖은 머리를 찾고 있어. 익사한 남자들을 잡아들이고 있지. 눈먼 베론 블랙타이드는 잡혀서 심문을 받았어. 심지어 늙은 회색 갈매기까지 족쇄를 찼어. 유론의 종복들도 다 못 찾는데 네가 어떻게 찾겠다는 거야?"

"젖은 머리는 내 혈육이야. 내 아버지의 동생이지." 힘없는 대답이었고, 아샤도 알았다.

"내 생각이 어떤지 알아?"

"알 것 같아."

"난 젖은 머리가 죽었다고 생각해. 까마귀 눈이 목을 그었다고 생각해. 아이언메이커의 수색은 그냥 젖은 머리가 도망쳤다고 믿게 하려는 수작이야. 유론은 친족 살해자로 보이기 두려운 거야."

"절대로 아저씨가 그 소리 듣게 하지 마라. 까마귀 눈에게 친족 살해가 두렵냐고 말했다간, 네 말이 틀렸다는 걸 증명하려고 자기 아들을 하나 죽일 거야." 아샤도 그때쯤엔 거의 술이 깼다. 트리스티퍼 보틀리와 대화하다 보면 그렇게 됐다.

"설령 젖은 머리 숙부를 찾아낸다 해도, 둘이서는 실패할 거야. 둘 다 킹스무트에 있었으니 토르곤처럼 그 집회가 불법적이었다고 주장할 수도 없어. 둘 다 신과 인간의 모든 법에 따라 킹스무트의 결정에 묶여 있다고. 넌—"

아샤는 얼굴을 찌푸렸다. "잠깐만. 토르곤? 어느 토르곤?"

"지각쟁이 토르곤."

"그 토르곤은 영웅 시대의 왕이었지." 아샤도 그 정도는 기억이 났지만, 거기까지였다. "그 토르곤이 왜?"

"토르곤 그레이아이언은 왕의 맏아들이었어. 왕은 늙었고 토르곤은 가만히 있질 못하는 성미라, 아버지가 죽었을 때는 그레이실드의 요새에서 맨더강 주변을 약탈하고 있었지. 토르곤의 동생들은 소식을 전하지 않고 잽싸게 킹스무트를 소집했어. 그러면 자기들 중 하나가 유목 왕관을 쓰게 될 줄 알았던 거지. 하지만 왕이자 선장들은 통치자로 유라손 굿브러더를 뽑았어. 새로운 왕은 제일 먼저 예전 왕의 아들들을 모두 처형하라고 명령했고, 그렇게 됐지. 그 후에 사람들은 그를 굿브러더(Goodbrother, 좋은 형제)가 아니라 '배드브러더(Badbrother, 나쁜 형제)'라고 불렀지만, 사실 그들은 서로 친족도 아니었어. 유라손은 거의 2년을 통치했지."

아샤도 이제 기억이 났다. "토르곤이 집에 돌아왔고……."

"……자기가 그 자리에 없었으니 킹스무트가 적법하지 않았다고 주장했어. 배드브러더는 잔인한 만큼이나 쩨쩨하기도 해서 군도에 친구가 얼마 없었지. 사제들은 탄핵하고, 영주들은 들고일어나고, 휘하 선장들이 직접 토막을 냈어. 지각쟁이 토르곤은 왕이 되어 40년을 통치했고."

아샤는 트리스 보틀리의 양쪽 귀를 잡고 입술에 제대로 입을 맞췄다. 겨우 입술을 떼었을 때 트리스는 숨도 못 쉬고 시뻘게져 있었다. "뭐였어?"

"입맞춤이라고 하는 거다. 내가 바보였어, 트리스. 기억했어야 하는 건데—" 아샤는 말을 뚝 끊었다. 그리고 트리스가 말하려 하자 조용히 시키고 귀를 기울였다. "전투 나팔 소리다. 하겐이야." 처음 떠오른 생각은 남편이었다. 에릭 아이언메이커가 말 안 듣는 아내를 데리러 여기까지 왔단 말인가? "익사한 신께서 결국은 날 사랑하시는군. 뭘 할까 생각하고 있었더니 싸울 적을 보내주시고 말이야." 아샤는 일어나서 단검을 칼집에 밀어 넣었다. "전투가 찾아왔다."

성 외벽 안뜰에 도착했을 무렵에는 트리스를 뒤에 달고 뛰고 있었지만, 그래도 너무 늦었다. 싸움이 끝난 뒤였다. 아샤는 샛문에서 멀리 떨어지지 않은 동쪽 벽 옆에서 피를 흘리는 북부인 두 명을 발견했고, 긴도끼 로렌과 여섯 발가락 할, 그리고 불길한 혓바닥이 그들을 내려다보고 있었다. "크롬과 하겐이 이놈들이 벽을 넘어오는 걸 봤어." 불길한 혓바닥이 설명했다.

"이 둘뿐이야?" 아샤가 물었다.

"다섯. 둘은 넘어오기 전에 우리가 죽였고, 하나는 할이 성벽 길에서 죽였어. 이 둘은 마당까지 온 거고."

한 명은 로렌의 긴도끼에 피와 뇌수를 바른 채 죽었지만, 두 번째 놈은 불길한 혓바닥의 장창에 꿰여 땅바닥에 피 웅덩이를 만들면서도 아직 힘겹게 숨을 쉬고 있었다. 둘 다 가죽 갑옷을 입고, 머리와 어깨 주위에 나뭇가지와 잎사귀와 관목을 꿰매어 붙인 갈색과 녹색과 검은색의 얼룩덜룩한 망토를 걸쳤다.

"넌 누구냐?" 아샤가 부상자에게 물었다.

"플린트다. 넌 누구냐?"

"그레이조이 가문의 아샤다. 이건 내 성이고."

"딥우드는 갤버트 글로버의 권좌야. 오징어들이 있을 곳이 아니라."

"너희 놈들이 더 있나?" 아샤가 물었다. 상대가 대답하지 않자 불길한 혓바닥의 창을 잡고 비틀었고, 상처에서 피가 더 쏟아지면서 북부인이 고통스러운 비명을 질렀다. "여기 온 목적이 뭐였지?"

"부인." 남자는 몸서리치며 말했다. "신들이시여, 그만. 우린 부인을 찾으러 왔다. 구하려고. 우리 다섯뿐이었다."

아샤는 남자의 눈을 들여다보았다. 그리고 거짓이 엿보이자 장창에 몸을 실어 비틀었다. "몇이나 더 있어?" 아샤가 물었다. "말해. 아니면 해 뜰 때까지 천천히 죽게 해주마."

"많아." 남자는 결국 비명을 지르다가 흐느끼고 말았다. "수천. 삼천인가, 사천…… 으아아악. 제발……."

아샤는 창을 뽑았다가 거짓말을 내뱉는 그 목에 양손으로 내리꽂았다. 갤버트 글로버의 학사는 고산 부족들은 서로 싸워대기를 너무 좋아해서, 스타크가 이끌지 않는 한 절대로 뭉치지 않는다고 했었다. '거짓말을 한 건 아닐 수도 있어. 그냥 예상이 틀렸을 수도 있지.' 예상이 틀린다는 게 어떤 맛인지는 숙부의 킹스무트에서 배운 바였다. "이 다섯은 공격 전에 우리 문을 열려고 보낸 거야. 로렌, 할, 글로버 부인과 학사를 데려와."

"온전하게, 아니면 피투성이로?" 긴도끼 로렌이 물었다.

"온전하고 멀쩡하게. 불길한 혓바닥, 저 세 번은 저주받을 탑에 올라가서 크롬과 하겐에게 잘 지켜보라고 해. 산토끼라도 보이면 내가 알아야겠어."

딥우드의 외벽 안뜰은 곧 겁먹은 사람들로 가득 찼다. 아샤의 부하들은 갑옷을 입느라 씨름하거나 성벽 길로 올라가고 있었다. 갤버트 글로버의 사람들은 겁에 질린 얼굴로 지켜보며 서로에게 소곤거렸다. 글로버의 집사는 아샤가 이 성을 빼앗았을 때 한쪽 다리를 잃는 바람에 지하실에서 실려 올라와야 했다. 학사는 시끄럽게 항의하다가 로렌이 쇠장갑 낀 주먹으로 얼굴을 세게 치자 겨우 조용해졌다. 글로버 부인은 시녀의 부축을 받으며 신의 숲에서 나왔다. "내 이런 날이 올 거라 경고했지요." 그녀는 땅에 누운 시체들을 보고 말했다.

학사가 부러진 코에서 피를 흘리며 앞으로 나섰다. "아샤 아가씨, 이렇게 부탁드립니다. 깃발을 꺾고 제가 아가씨의 목숨을 구하게 해주세요. 아가씨는 저희를 공정하게 예를 갖춰 다루셨어요. 저들에게 그렇게 말하겠습니다."

"당신과 아이들을 맞교환할게요." 시벨 글로버의 눈은 잠 못 이룬 밤들과 눈물 때문에 벌겋게 충혈되어 있었다. "가웬은 이제 네 살입니다. 명명일도 놓쳤어요. 그리고 내 귀여운 딸……. 아이들만 돌려주시면 당신에게 어떤 해도 가지 않을 거예요. 당신 부하들도요."

아샤는 마지막 말이 거짓임을 알았다. 아샤는 교환이 될지도 모른다. 배에 올라 강철 군도에서 기다리는 남편의 다정한 품으로 돌아갈 수도 있으리라. 그녀의 친척들도 몸값을 치를 테고, 트리스 보틀리를 비롯해 친척들에게 돈이 있는 다른 몇 명도 돌아갈 수 있을 것이다. 나머지는 도끼와 올가미, 아니면 장벽행이었다. '그렇다 해도 직접 선택할 권리는 있지.'

아샤는 모두가 볼 수 있게 술통 위로 올라갔다. "늑대들이 이를 드러내고 달려오고 있다. 해가 뜨기 전에 우리 문 앞에 도착할 거야. 우리가 창과 도끼를 던지고 살려달라고 빌어야 할까?"

"아니요." 처녀 콸이 장검을 뽑았다.

"아니요." 긴도끼 로렌이 같은 답을 했다.

"아니요. 어림없지." 다른 사람들보다 머리 하나는 큰 곰 같은 사내, '난쟁이' 롤프가 우렁차게 외쳤다.

그리고 높은 곳에서 부는 하겐의 나팔 소리가 다시 안뜰에 울려 퍼졌다.

부우우우우우우우우우우. 전투 나팔 소리가 길고 낮게 울렸다. 피가 굳는 소리였다. 아샤는 나팔 소리가 싫어지려고 했다. 올드윅에서는 숙부의 지옥 나팔이 그녀의 꿈에 죽음을 선고했고, 지금 하겐의 나팔 소리는 아샤가 세상에서 보내는 마지막 시간을 알리는지도 몰랐다. '죽어야 한다면, 손에는 도끼를 들고 입술에는 욕을 머금고 죽겠어.'

"성벽으로." 아샤 그레이조이는 부하들에게 말했다. 그리고 본인은 트리스 보틀리를 달고 감시탑으로 향했다.

목조 감시탑은 산맥 이쪽에서 가장 높은 건물로, 주위 숲에 자라난 제일 큰 파수목과 병정소나무보다도 6미터는 높았다. "저기야, 대장." 아샤가 계단을 다 오르자 크롬이 말했다. 아샤에게는 나무들과 그림자들, 달빛 비치는 언덕과 그 너머의 눈 덮인 봉우리들밖에 보이지 않았다. 그러다가 나무가 점점 가까이 오고 있음을 알아차렸다. "오호." 그녀는 웃었다. "이 산염소들이 소나무 가지로 몸을 덮었구나." 숲이 움직이며, 느린 녹색 밀물처럼 성을 향해 다가오고 있었다. 아샤는 어렸을 때 들었던 이야기를 떠올렸다. 숲의 아이들이 최초인과 벌인 싸움에 대한 이야기였는데, 그린시어들이 나무를 전사로 바꿨다고 했다.

"저렇게 많은 상대와는 못 싸워." 트리스 보틀리가 말했다.

"얼마든지 싸울 수 있다, 강아지야." 크롬이 우겼다. "놈들이 많으면 많을수록 더 영광스럽지. 사람들이 우리 노래를 부를 거야."

'그러겠지. 하지만 네 용기를 노래할까, 내 어리석음을 노래할까?' 바다는 50리나 떨어져 있었다. 딥우드의 깊은 도랑과 나무벽 뒤에 버티고 싸우는 게 과연 더 나을까? '내가 왔을 때 딥우드의 나무벽은 글로버에게 별로 도움이 안 됐어.' 아샤는 스스로에게 상기시켰다. '나한테라고 더 나을 이유가 있나?'

"내일이면 우린 바닷속에서 만찬을 벌이겠군." 크롬이 기다릴 수 없다는 듯이 도끼를 쓰다듬었다.

하겐이 나팔을 내렸다. "젖지도 않은 발로 죽으면 익사한 신의 물속 궁전까지 가는 길을 어떻게 찾지?"

“이 숲에도 작은 개울은 가득해.” 크롬이 장담했다. “개울은 다 강으로 이어지고, 강은 다 바다로 이어지지.”

아샤는 죽을 준비가 되지 않았다. 여기에서는, 아직은 아니었다. “산 사람은 죽은 사람보다 쉽게 바다를 찾을 수 있지. 이 우울한 숲은 늑대들이 가지라고 해. 우린 배가 있는 곳으로 간다.”

적의 지휘관이 누구일까 궁금했다. ‘나라면 딥우드를 공격하기 전에 바닷가부터 차지하고 우리 장선들을 태워버렸을 거야.’ 하지만 자기네 장선이 있다면 모를까, 늑대들에게는 쉽지 않은 일이 될 터였다. 아샤는 절대 절반 이상의 배를 해변에 대지 않았다. 나머지 반은 북부인들이 바닷가를 차지하면 바로 돛을 올리고 시드래곤포인트로 향하라는 명령을 받고 안전하게 바다에 떠 있었다. “하겐, 나팔을 불어서 숲을 흔들어봐. 트리스, 갑옷 입어. 네 사랑스러운 장검을 써볼 때가 왔어.” 아샤는 트리스가 얼마나 창백해졌는지 보고 뺨을 꼬집었다. “나랑 같이 달에 피를 튀기면, 하나 죽일 때마다 입을 맞춰주지.”

“여왕님.” 트리스티퍼가 말했다. “여기엔 그래도 성벽이 있지만, 바다에 도착했다가 늑대들이 우리 배를 다 빼앗았거나 쫓아냈으면…….”

“……그럼 죽는 거지.” 아샤는 쾌활하게 말을 맺었다. “그래도 최소한 발이 젖은 채로는 죽을 거야. 강철인은 콧구멍에 소금 물보라가 닿고 등 뒤에 파도 소리가 들릴 때 더 잘 싸워.”

하겐이 짧고 빠르게 세 번 연이어 나팔을 불었다. 강철인은 배로 돌아가라는 신호였다. 아래에서 외침 소리, 창과 칼이 부딪치는 소리, 말 우는 소리가 들렸다. ‘말이 너무 적고 기수도 너무 적어.’ 아샤는 계단으로 향했다. 안뜰로 내려가보니 처녀 콸이 아샤의 밤색 암말과 투구, 아샤의 투척 도끼들을 챙겨서 기다리고 있었다. 강철인들은 갤버트 글로버의 마구간에서 말들을 끌고 나왔다.

"충차다!" 성벽에서 누군가가 외쳤다. "충차를 가지고 있어!"

"어느 문?" 아샤가 말에 오르면서 물었다.

"북문!" 딥우드의 이끼투성이 나무벽 너머에서 갑자기 트럼펫 소리가 울렸다.

'트럼펫? 늑대들이 트럼펫이라고?' 이상한 일이었지만, 아샤에겐 생각할 시간이 없었다. "남문을 열어라." 아샤가 명령하는 사이에도 북문은 충차의 충격에 흔들리고 있었다. 아샤는 어깨에 맨 띠에서 자루가 짧은 투척 도끼 하나를 뽑았다. "부엉이의 시간은 날아갔다, 형제들아. 이제 창과 검과 도끼의 시간이 왔다. 대열을 갖춰라. 집으로 간다."

수백 명의 입에서 "집!" 그리고 "아샤!"라는 포효가 터져 나왔다. 트리스 보틀리가 키 큰 얼룩말을 타고 아샤 옆으로 다가왔다. 안뜰에서는 부하들이 방패와 창을 들어 올리고 서로 바짝 붙어 섰다. 말을 타지 않는 처녀괄은 불길한 혓바닥과 긴도끼 로렌 사이에 자리를 잡았다. 허둥지둥 감시탑 계단을 내려오던 하겐은 어느 늑대의 화살에 배를 맞고 머리부터 거꾸로 곤두박질쳤다. 하겐의 딸이 울부짖으며 아버지에게 달려갔다. "데려와." 아샤가 명령했다. 지금은 슬퍼할 때가 아니었다. 난쟁이 롤프가 붉은 머리를 휘날리는 여자애를 자기 말에 태웠다. 아샤는 충차가 다시 들이받은 북문이 신음하는 소리를 들을 수 있었다. '뚫고 나가야 할지도 모르겠는데.' 그녀는 남문이 활짝 열리는 가운데 생각했다. 앞은 깨끗했다. '얼마나 오래 그럴까?'

"나가자!" 아샤는 말 옆구리를 걷어찼다.

흠뻑 젖은 들판, 달빛 아래 죽은 순이 썩어가는 밀밭을 지나 숲에 도달했을 때는 사람도 말도 뛰고 있었다. 아샤는 뒤처진 사람들을 재촉하고 아무도 낙오시키지 않기 위해 기마병들을 후위로 돌렸다. 키 큰 병정소나무와 울퉁불퉁한 늙은 참나무가 주위를 감쌌다. 딥우드(Deepwood, 깊은 숲)

는 참으로 적절한 이름이었다. 나무들은 크고 어두워서, 어쩐지 위협적이었다. 굵은 나뭇가지가 서로 얽혀 바람이 불 때마다 삐걱거렸고, 더 높은 가지들은 달의 얼굴을 긁었다. '여길 빨리 뜰수록 좋겠어.' 아샤는 생각했다. '나무들은 심장 깊은 곳에서부터 우리 모두를 싫어해.'

그들은 딥우드모트의 목조탑들이 보이지 않고 트럼펫 소리를 숲이 삼킬 때까지 남쪽, 남서쪽으로 계속 나아갔다. '늑대들이 성을 되찾았으니 우리는 보내줄지도 몰라.'

트리스 보틀리가 옆으로 말을 달려 왔다. "엉뚱한 방향으로 가고 있어." 그는 나뭇가지 차양 사이로 보이는 달을 가리켰다. "배로 가려면 북쪽으로 틀어야 해."

"우선 서쪽이야." 아샤는 고집했다. "해가 뜰 때까지 서쪽으로 가다가 북쪽으로 틀어." 아샤는 가장 말을 잘 달리는 난쟁이 롤프와 녹슨 수염 로곤을 돌아보았다. "앞서가서 길이 깨끗한지 정찰해. 바닷가에 도착했을 때 놀라고 싶진 않아. 늑대들과 마주치거든 다시 달려와서 전해."

"그래야 한다면 그러지." 로곤이 거대한 붉은 수염 사이로 약속했다.

정찰대가 숲속으로 사라진 후, 나머지 강철인들은 행군을 재개했지만 속도가 느렸다. 나무들이 달과 별을 가렸고, 발아래 숲 바닥은 컴컴하고 위험했다. 2리도 가기 전에 퀜톤의 말이 구덩이를 밟고 앞다리가 부러졌다. 퀜톤은 비명을 멈추기 위해 말 목을 그어야 했다. "횃불을 만들어야겠어." 트리스가 말했다.

"불빛이 북부인들을 부를 거야." 아샤는 성을 떠난 게 실수였나 생각하며 속으로 욕을 했다. '아니야. 남아서 싸웠다면 지금쯤 다 죽었을 거야.' 하지만 어둠 속을 헤매는 것도 좋을 게 없었다. '이 나무들은 할 수만 있다면 우릴 죽일걸.' 아샤는 투구를 벗고 땀에 젖은 머리를 쓸어 넘겼다. "몇 시간만 있으면 해가 뜰 거야. 여기 멈춰서 날이 밝을 때까지 쉰다."

멈추기는 간단했다. 쉬기는 어려웠다. 아무도, 심지어는 노를 젓다가도 졸기로 유명한 노잡이 '처진 눈' 데일도 잠을 자지 않았다. 몇 명은 갤버트 글로버의 사과 와인 한 부대를 돌려가며 마셨다. 먹을 것을 가져온 이들은 가져오지 않은 이들과 나눴다. 기수들은 자기 말에게 먹이와 물을 줬다. 퀜톤 그레이조이는 세 명을 나무 위로 올려 보내어 숲에 횃불이 보이나 감시하게 했다. 크롬은 도끼를 갈고, 처녀 콸은 장검을 갈았다. 말들은 죽은 갈색 잡초를 뜯었다. 하겐의 붉은 머리 딸은 트리스 보틀리의 손을 잡고 나무 사이로 끌고 갔다가 그가 거절하자, 대신 여섯 발가락 할을 데리고 사라졌다.

'나도 할 수만 있다면 저럴 거야.' 마지막으로 한 번 더 콸의 품에서 스스로를 잊을 수 있다면 달콤하리라. 좋지 않은 예감이 들었다. 다시 발밑에 블랙윈드호의 갑판을 느끼게 될까? 설령 그런다 해도, 어디로 항해해 갈까? '무릎을 굽히고 다리를 벌리고 에릭 아이언메이커의 포옹을 참아내지 않는 한 군도는 닫혔어. 그리고 웨스테로스의 어떤 항구도 크라켄의 딸을 반기진 않을 거야.' 트리스가 원하는 대로 상인이 되거나, 징검돌 군도로 가서 해적에 합류할 수는 있을 것이다. '아니면…….'

"너희에게 왕자를 한 조각씩 보내겠다고." 아샤는 중얼거렸다.

콸이 씩 웃었다. "난 당신을 한 조각 갖는 게 좋은데." 그는 속삭였다. "제일 달콤한 조각은—"

관목에서 뭔가가 날아오더니 작게 쿵 소리를 내며 무리 가운데에 떨어졌다가 통통 튀었다. 둥글고 검고 축축했으며, 데구르르 구르면서 긴 머리카락을 휘날렸다. 그 물건이 어느 참나무 뿌리 사이에 안착하자 불길한 혓바닥이 말했다. "난쟁이 롤프도 예전처럼 키가 크진 않네." 그때쯤에는 부하들 절반이 일어서서 방패와 창과 도끼에 손을 뻗었다. '놈들도 횃불을 켜지 않았어.' 그걸 알아차릴 만큼의 시간은 있었다. '그리고 놈들은 우리보다 이 숲을 훨씬 잘 알아.' 뒤이어 사방에서 숲이 터졌고, 북부인들이 울부짖으며 쏟아져 나왔다. '늑대들이로군. 망할 늑대들처럼 울부짖어. 북부의 전투 함성이야.' 아샤의 강철인들이 마주 소리를 질렀고, 싸움이 시작되었다.

어떤 가수도 이 전투에 대해 노래를 짓지는 않을 것이다. 어떤 학사도 독서가 숙부가 사랑하는 책에 이 전투를 적어 설명하지는 않을 것이다. 어떤 깃발도 휘날리지 않고, 어떤 전투 나팔도 울리지 않았으며, 어떤 대영주도 병사들을 불러 모아 쩌렁쩌렁하게 유언을 남기지 않았다. 그들은 해 뜨기 전의 어둠 속에서, 그림자 대 그림자가 되어, 나무뿌리와 돌멩이에 발이 걸려가며, 진흙과 썩은 나뭇잎을 발밑에 두고 싸웠다. 강철인들은 사슬 갑옷과 소금에 전 가죽 옷을 입었고, 북부인들은 모피와 생가죽과 소나무 가지를 입었다. 달과 별들이 뒤엉킨 헐벗은 가지들 사이로 창백한 빛을 흘리며 그들의 악전고투를 내려다보았다.

아샤 그레이조이에게 처음 달려든 남자는 투척 도끼가 눈 사이에 꽂힌 채 그녀의 발밑에 죽어 넘어졌다. 덕분에 한숨 돌린 아샤는 팔에 방패를 끼울 수 있었다. "이쪽으로!" 아샤는 외쳤지만, 자기가 부른 것이 부하들인지 적인지는 그녀도 확실히 알 수 없었다. 도끼를 든 북부인 하나가 앞에 나타나더니, 격노의 소리를 부르짖으며 두 손으로 도끼를 휘둘렀다. 아샤는 방패를 들어 공격을 막은 후, 가까이 몸을 밀어붙여 비수로 배를 갈랐다. 쓰러질 때의 울부짖음은 아까와는 달랐다. 아샤는 몸을 돌려 뒤에 있던 다른 늑대를 발견하고는 투구 아래 이마를 그었다. 상대방의 칼이 가슴 바로 아래를 그었지만, 사슬 갑옷이 막아주었기에 아샤는 비수 끝을 그놈의 목에 꽂아 자기 피에 빠져 죽게 만들었다. 손 하나가 그녀의 머리채를 잡았지만, 머리통을 당겨 젖힐 만큼 제대로 쥐기에는 머리카락이 짧았다. 아샤는 장화 뒤꿈치로 놈의 발등을 세게 찍고 놈이 고통에 울부짖는 사이 풀려났다. 아샤가 몸을 돌렸을 때 그 남자는 이미 그녀의 머리카락을 한 줌 쥔 채로 쓰러져 죽어가고 있었다. 콸이 달빛이 반짝이는 눈동자로 놈을 굽어보며 장검에서 핏방울을 떨궜다.

불길한 혓바닥은 북부인을 죽일 때마다 숫자를 세어, 하나가 쓰러지자 "넷"이라고 외치고는 바로 다음 순간에 "다섯"이라고 외쳤다. 살육과 피에 미쳐버린 말들이 비명을 올리고 발길질을 하고 공포에 질려 눈을 굴렸다……. 트리스 보틀리의 커다란 얼룩 종마만 예외였다. 트리스는 안장에 앉아 있었고, 그의 말은 트리스가 장검을 휘두르는 동안 뒷발로 일어서서 빙빙 돌았다. '밤이 가기 전에 입맞춤을 한 세 번은 달아둘 수도 있겠는걸.' 아샤는 생각했다.

"일곱." 불길한 혓바닥이 외쳤지만, 그 옆에는 긴도끼 로렌이 한쪽 다리가 뒤틀린 채 뻗어 있었고, 그림자들은 고함치고 바스락거리며 계속 밀려왔다. '우린 숲과 싸우고 있어.' 아샤는 주위를 둘러싼 나무들보다 더 잎사귀가 많이 달린 남자를 죽이며 생각했다. 그 생각에 웃음이 터졌다. 웃음소리 때문에 늑대들이 더 많이 꼬였고, 아샤는 자기도 죽이면서 숫자를 세볼까 싶었다. '난 결혼한 여자고, 이게 내 젖먹이 아가야.' 아샤는 모피와 모직물과 끓인 가죽을 뚫고 어느 북부인의 가슴에 비수를 꽂아 넣었다. 그 남자의 얼굴이 어찌나 가까운지 입김에서 나는 악취를 맡을 수 있을 정도였고, 놈의 손은 아샤의 목에 닿아 있었다. 비수 끝이 갈비뼈를 스치자 쇠가 뼈를 긁는 느낌이 났다. 그리고 남자는 몸서리를 치며 죽었다. 그 남자에게서 비수를 빼냈을 때 아샤는 힘이 다해서 그 위에 쓰러져버릴 뻔했다.

시간이 흐르고, 아샤는 콸과 등을 맞대고 서서 사방에서 터지는 불평과 욕설 소리, 용감한 사내들이 어둠 속을 기어 다니며 어머니를 찾아 우는 소리를 듣고 있었다. 덤불 하나가 그녀의 배를 꿰뚫고 콸의 등까지 꿰어서 같이 죽일 만큼 긴 창을 들고 달려왔다. '혼자 죽는 것보다야 낫지.' 아샤는 그렇게 생각했지만, 그놈은 다가오기도 전에 친척 퀜톤에게 죽었다. 잠시 후에는 또 다른 덤불이 머리뼈 밑에 도끼를 박아서 퀜톤을 죽였다.

뒤쪽에서 불길한 혓바닥이 외쳤다. "아홉, 그리고 다 저주받아라." 하겐의 딸이 벌거벗은 채 늑대 둘을 뒤에 달고 뛰쳐나왔다. 아샤는 투척 도끼 하나를 뽑아 날려서 한 놈의 등에 꽂았다. 그놈이 쓰러지자, 하겐의 딸은 무릎을 꿇어 놈의 장검을 낚아채더니 두 번째 놈을 찌르고, 피와 진흙 범벅이 되어 일어서서 긴 붉은 머리를 휘날리며 싸움에 뛰어들었다.

전투의 썰물과 밀물 속 어딘가에서 아샤는 쾰을 놓치고, 트리스를 놓치고, 모두를 놓쳤다. 비수도 없어졌고, 투척 도끼도 다 없어졌다. 대신 그녀는 손에 검을 들고 있었다. 날이 두껍고 넓적한 짧은 검으로, 거의 푸주한의 식칼 같았다. 대체 어디에서 그런 검을 얻었는지 알 수가 없었다. 팔이 뻐근했고, 입에서는 피 맛이 났고, 다리는 후들거렸으며, 나무 사이로 흐릿한 새벽빛이 비스듬히 꽂혔다. '그렇게 오래됐나? 우리가 대체 얼마 동안 싸운 거지?'

마지막 적수는 도끼를 든 북부인이었는데, 대머리에 수염을 기른 덩치 큰 남자로 족장 아니면 대전사라는 의미일 수밖에 없는 이리저리 때우고 녹이 슨 사슬 갑옷을 입고 있었다. 그는 여자와 싸우게 된 것을 기뻐하지 않았다. "갈보 년!" 그 남자는 공격할 때마다 아샤의 뺨에 침을 튀겨대며 외쳤다. "갈보 년! 갈보 년!"

아샤도 마주 고함을 지르고 싶었지만, 목이 바싹 말라서 신음하기도 힘들었다. 놈의 도끼는 아샤의 방패를 내리칠 때마다 나무를 쪼개고, 뽑을 때 길고 하얀 나뭇조각을 뜯어내며 산산이 부쉈다. 곧 그녀의 팔에는 불쏘시개 조각만 달려 있었다. 아샤는 물러서서 망가진 방패를 떨쳐버리고는, 좀 더 후퇴했다가 왼쪽 오른쪽 왼쪽으로 춤을 추며 내리치는 도끼날을 피했다.

그러다가 등이 나무에 세게 부딪쳤고, 더는 춤을 출 수가 없게 됐다. 늑대가 아샤의 머리를 둘로 쪼개기 위해 도끼를 높이 들어 올렸다. 오른쪽으로 빠져나가려 했지만, 발이 나무뿌리에 걸리고 말았다. 아샤는 중심을 잃고 몸을 비틀었고, 강철끼리 부딪치는 소리를 내며 도끼가 그녀의 관자놀이를 강타했다. 세상이 붉어졌다 새까매졌다 다시 붉어졌다. 통증이 번개처럼 다리를 타고 올라왔고, 멀리서 북부인이 "이 망할 갈보 년아"라고 말하며 그녀를 끝장낼 일격을 위해 도끼를 들어 올리는 소리가 들렸다.

트럼펫 소리가 울렸다.

'틀렸어.' 아샤는 생각했다. '익사한 신의 물속 궁전엔 트럼펫이 없어. 파도 속 인어들은 조개껍질을 불어서 주인을 맞이해.'

아샤는 불타는 붉은 심장, 그리고 금빛 숲속에서 뿔에 피어난 불길을 휘날리는 검은 수사슴이 나오는 꿈을 꾸었다.

티리온

볼란티스에 도착했을 때는 서쪽 하늘이 자줏빛에 동쪽 하늘은 칠흑이었으며 별들이 나오고 있었다. '웨스테로스와 같은 별들이군.' 티리온 라니스터는 생각했다.

거위처럼 꽁꽁 묶여서 안장에 매달린 신세만 아니었다면 그 점에서 위안을 받았을지도 모르겠다. 꿈틀거리기는 이미 포기했다. 몸을 묶은 매듭이 너무 단단했다. 대신 그는 곡물 자루처럼 축 늘어졌다. '힘을 아끼는 거야.' 그는 스스로에게 그렇게 말했지만, 뭘 위해 아끼는 건지는 알 수 없었다.

볼란티스는 어두워지면 문을 닫기에, 북쪽 문을 지키는 위병들은 뒤처진 사람들을 참지 못하고 툴툴거렸다. 그들은 라임과 오렌지를 실은 짐마차 뒤에 섰다. 위병들은 횃불을 내저어 짐마차를 통과시켰지만, 군마를 타고 장검을 차고 사슬 갑옷을 입은 덩치 큰 안달인은 더 자세히 보았다. 부대장이 호출됐다. 부대장과 기사가 볼란티스어로 몇 마디 나누는 사이, 위병 하나는 발톱 달린 쇠장갑을 벗고 티리온의 머리를 문질렀다. "나야 행운이 가득한 놈이지." 티리온은 말했다. "날 풀어주면 보상을 잘 받게 해줄

게, 친구."

기사가 그 말을 들었다. "네 거짓말은 같은 언어를 쓰는 놈들에게나 아껴 둬라, 꼬마 악마." 그는 볼란티스인들이 들어가라고 손짓하자 말했다.

그들은 다시 움직여 성문을 통과하고 도시의 육중한 벽을 지났다. "댁은 같은 언어를 쓰잖아. 약속을 내걸어서 당신을 흔들 수 있을까, 아니면 내 머리통으로 영주 자리를 사겠다고 작심했나?"

"난 태생이 영주였다. 공허한 칭호 따윈 원치 않아."

"내 사랑스러운 누이에게 받을 수 있는 건 그게 다일 텐데."

"그리고 난 라니스터는 언제나 빚을 갚는단 말을 들었지."

"아, 한 닢도 빠짐없이 갚지……. 하지만 한 푼도 더 주진 않아. 당신은 거래한 내용대로 받을 테지만, 그 대가에 감사의 소스가 뿌려지진 않을 테고, 결국에는 당신에게 득이 되지도 않을 거야."

"어쩌면 네놈이 범죄의 대가를 치르는 꼴을 보고 싶을 뿐인지 모르지. 친족 살해자는 신들의 눈에도 인간의 눈에도 저주받았다."

"신들은 눈이 멀었어. 그리고 인간은 보고 싶은 것만 보지."

"난 네놈이 아주 잘 보인다, 꼬마 악마." 기사의 말투에 뭔가 어두운 감정이 스며들었다. "난 자랑스럽지 않은 일들, 내 가문과 내 아버지의 이름을 수치스럽게 할 짓들을 했지……. 하지만 자기 아버지를 죽인다? 어떤 인간이 그런 짓을 할 수가 있지?"

"노궁을 하나 주고 바지를 내리면 몸소 보여주지." '기꺼이.'

"이게 농담 같나?"

"난 인생이 농담이라고 생각해. 당신 인생, 내 인생, 모두의 인생이."

도시 벽 안에서 그들은 길드 회관들과 시장, 목욕탕들을 지나쳤다. 넓은 광장 중앙에서는 분수대에서 물보라가 노래하듯 치솟았고, 사람들이 돌탁자 앞에 앉아서 시바스 말을 움직이고 가느다란 유리잔에 담긴 와인을 마시는 동안 노예들은 어둠을 물리치기 위해 화려한 등잔들에 불을 붙였다. 자갈 깔린 도로 옆에는 야자수와 삼나무가 자라고, 교차로마다 조각상이 서 있었다. 티리온은 많은 조각상에 머리가 없다는 사실을 알아차렸지만, 머리통이 없어도 자줏빛 황혼 속에 선 모습이 인상적이었다.

군마가 강을 따라 남쪽으로 달릴수록 상점들은 점점 작아지고 초라해졌으며, 가로수는 낮은 관목들로 변했다. 말발굽에 밟히던 자갈이 악마풀에 자리를 내어주더니, 길이 어린아이 똥 색깔의 부드럽고 질퍽한 진흙으로 변했다. 로인강으로 흘러드는 작은 개울들에 놓인 작은 다리들이 그들의 무게에 요란하게 삐걱거렸다. 한때는 요새가 강을 굽어보던 곳에 지금은 부서진 문만 남아서 늙은이의 이 빠진 입처럼 뻐금히 열려 있었다. 난간 너머로 염소들이 보였다.

'발리리아의 첫째 딸, 고(古)볼란티스.' 티리온은 생각했다. '자부심 강한 볼란티스, 로인의 여왕이자 여름해의 주인, 가장 오랜 혈통을 지닌 고귀한 귀족과 아름다운 귀부인의 고향.' 새된 소리를 지르며 골목길을 쏘다니는 벌거벗은 아이들 떼거리나, 술집 문가에 서서 칼자루를 어루만지는 자객들, 등이 굽고 문신을 새긴 얼굴로 바퀴벌레처럼 사방을 종종거리는 노예들은 무시하자. '강대한 볼란티스, 아홉 자유도시 중에서 가장 크고 가장 인구가 많은 도시.' 그러나 고대의 전쟁들이 이 도시의 인구 상당수를 없애 버렸고, 볼란티스의 큰 영역이 진흙 속으로 다시 가라앉기 시작했다. '아름다운 볼란티스, 분수와 꽃의 도시.' 그러나 그 분수대 절반은 물이 말랐고, 수조는 절반이 금 가고 물이 고여만 있었다. 벽이나 보도에 간 금마다 꽃덩굴이 촉수를 올렸고, 버려진 상점들과 지붕 없는 신전 벽들에는 어린나무들이 뿌리를 내렸다.

그리고 냄새가 있었다. 덥고 습한 공기 속에 진동하는 기름지고 고약한 냄새. '생선도 있고, 꽃도 있고, 코끼리 똥 냄새도 섞였군. 달콤한 냄새와 세

속적인 냄새와 죽고 썩어가는 냄새.' "이 도시는 늙은 창녀 같은 냄새가 나는군." 티리온은 말했다. "다리 사이에서 나는 악취를 숨기려고 가랑이를 향수에 흠뻑 적신 나이 많은 매춘부랄까. 불평하려는 건 아니고. 창녀들이야, 젊은 여자들이 냄새는 더 좋지만 늙은 여자들이 기교는 더 알지."

"그거야 네놈이 나보다 잘 알겠지."

"아, 물론 그렇겠지. 우리가 만난 매춘굴은 성소인 줄 알았나 봐? 당신 무릎에 앉아서 꿈틀대던 건 숫처녀 누이동생이었고?"

그 말에 기사는 얼굴을 찡그렸다. "그 혓바닥 간수 안 하면 혀도 묶어버린다."

티리온은 대꾸하려던 말을 삼켰다. 지난번에 기사를 너무 밀어붙였다가 그 대가로 아직도 입술이 퉁퉁 부어 있었다. '매서운 손에 유머 감각은 없다니, 안 좋은 결합이야.' 그것만은 셀호리스에서 오는 길에 배웠다. 생각이 신고 있는 장화로, 발가락 사이에 있는 버섯으로 흘러갔다. 기사는 티리온의 몸을 샅샅이 수색하지 않았다. '언제나 탈출구는 있어. 적어도 세르세이가 날 산 채로 얻지는 못할 거야.'

남쪽으로 더 가자 다시 번영의 흔적이 나타나기 시작했다. 버려진 건물들이 덜 보이고, 벌거벗은 아이들이 사라지고, 문가에 선 자객들이 좀 더 호화롭게 차려입었다. 지나쳐 온 여관 몇 군데는 목이 베일 걱정 없이 잘 수도 있는 곳처럼 보였다. 강가 길을 따라 늘어선 쇠걸이에 매달린 등잔이 바람이 불 때마다 흔들거렸다. 길거리가 넓어지고, 건물들은 좀 더 위용을 갖췄다. 어떤 건물에는 색색의 유리를 끼운 거대한 돔이 얹혔다. 어두워져 가는 시간이라 아래에 불을 켠 돔들은 파란색, 붉은색, 초록색, 자주색으로 빛났다.

그렇다 해도 뭔가 티리온을 불안하게 만드는 느낌이 있었다. 로인강 서쪽의 볼란티스 부두들에는 선원, 노예, 상인이 우글거렸고 술집과 여관, 매춘굴 모두가 그들의 구미에 맞춰 장사를 했다. 로인강 동쪽에서는 바다 건너에서 온 이방인들을 보는 일이 드물었다. '우린 여기서 환영받지 못해.' 티리온은 깨달았다.

처음 코끼리 옆을 지나갔을 때, 티리온은 넋 놓고 쳐다볼 수밖에 없었다. 어렸을 때 라니스포트에 있는 동물원에도 코끼리가 한 마리 있었지만, 그 코끼리는 티리온이 일곱 살이 되자 죽었고…… 이 거대한 회색 괴물은 그 코끼리의 두 배는 되어 보였다.

더 가자 좀 더 작은 코끼리 뒤에 서게 됐는데, 오래된 뼈처럼 하얀색이었고 화려한 수레를 끌었다. "우차는 소가 끌지 않아도 우차인가?" 티리온은 기사에게 물었다. 이 농담이 답을 얻지 못하자 티리온은 다시 침묵에 빠져, 앞에서 움직이는 하얀 난쟁이 코끼리의 엉덩이를 골똘히 바라보았다.

볼란티스에는 하얀 난쟁이 코끼리가 넘쳤다. '검은 벽'과 '긴 다리' 근처 붐비는 구역에 다가가면서 십여 마리는 보았다. 커다란 회색 코끼리도 드물지는 않았다. 이 거대한 짐승은 등에 성을 하나씩 지고 있었다. 그리고 저녁 어스름 속에서 똥차들이 나오더니, 반쯤 벌거벗은 노예들이 크고 작은 코끼리들이 남기고 간 김이 오르는 똥 더미를 삽으로 퍼 담았다. 그런 수레들은 파리 떼를 몰고 다녔기에, 똥 담당 노예들은 뺨에 파리 문신을 새겨서 무슨 일을 하는지 표시했다. '우리 사랑스러운 누이에게 딱 맞는 일이군.' 티리온은 생각했다. '그 아름다운 분홍빛 두 뺨에 작게 삽과 파리 문신을 새기면 정말 예쁠 거야.'

그때쯤 그들은 기어가듯 느리게 가고 있었다. 강가 길은 꽉 막히다시피 했고, 모두가 남쪽으로 흘러갔다. 기사는 강물에 뜬 통나무처럼 그 대열에 합류했다. 티리온은 지나가는 군중을 눈여겨보았다. 열에 아홉은 뺨에 노예 문신을 새겼다. "노예가 정말 많군……. 다 어디로 가는 거지?"

"붉은 사제들은 해 질 녘에 밤불을 피운다. 최고사제가 연설을 할 거야.

할 수만 있다면 피하겠지만, 긴 다리까지 가려면 붉은 신전을 지나가야 해."

세 블록을 더 가자 길이 넓어지면서 횃불을 밝힌 거대한 광장이 나왔고, 그곳에 붉은 신전이 있었다. '일곱이시여 맙소사, 바엘로르 대성소의 세 배는 되겠는데.' 마치 어마어마하게 큰 바위 하나를 깎아내어 만든 것처럼 기둥과 계단, 버팀벽, 다리, 돔, 탑이 서로 이어진 '빛의 군주의 신전'은 아에곤의 높은 언덕처럼 우뚝 서 있었다. 신전 벽에서는 백 가지 색조의 붉은색, 노란색, 금색, 오렌지색이 만나고 섞여서 해 질 녘 구름처럼 서로 녹아들었다. 늘씬한 탑들은 배배 틀린 모양으로 끝없이 올라가, 춤을 추며 하늘로 솟아오르던 화염이 얼어붙은 것만 같았다. '돌이 된 불이라.' 신전 옆에 거대한 밤불이 여러 개 타올랐고, 불 사이에서 최고사제가 이미 연설을 시작했다.

'베네로였지.' 사제는 붉은 돌기둥 위에 서 있었고, 이 돌기둥에서 가느다란 돌다리로 이어지는 널찍한 테라스에는 지위가 그보다 낮은 사제들과 수련생들이 서 있었다. 수련생들은 연노란색과 밝은 오렌지색 로브를 입었고, 남자와 여자 사제들은 붉은색을 입었다.

앞에 펼쳐진 거대한 광장은 거의 물 샐 틈도 없이 꽉 찼다. 많은 신자들이 붉은 천 조각을 소매에 달거나 이마에 둘렀다. 티리온과 기사를 뺀 모두의 눈이 최고사제에게 향해 있었다. "길 좀 비키쇼." 기사는 군중을 뚫고 말을 몰면서 그르렁거렸다. "길 좀 비켜." 볼란티스인들은 투덜거리고 성난 시선을 던지며 부루퉁하게 길을 냈다.

베네로의 높은 목소리는 잘 전해졌다. 키가 크고 마른 베네로는 핼쑥한 얼굴에 피부가 우유처럼 창백했다. 뺨과 턱과 깎은 머리를 덮은 화염 문신이 밝은 눈 주위에서 타오르다가 아래로 구불구불 이어져서 얇은 입술을 감싸며 눈부신 붉은 가면을 그렸다. "저건 노예 문신인가?" 티리온이 물었다.

기사는 고개를 끄덕였다. "붉은 신전은 어렸을 때 저들을 사서 사제나 신전 매춘부나 전사로 키우지. 저길 봐." 기사는 화려한 장식 갑옷에 오렌지색 망토를 걸치고 몸부림치는 화염 모양의 촉을 단 창을 쥐고서 신전 문 앞에 늘어선 남자들을 가리켰다. "'불타는 손'이라고 하지. 빛의 군주의 성스러운 병사들, 신전의 수호자들이야."

'불의 기사들이라.' "그 손에는 손가락이 얼마나 많이 달렸나?"

"천 개. 절대 늘지도 줄지도 않아. 불이 하나 꺼질 때마다 새 불이 켜지지."

베네로가 한 손가락으로 달을 가리키더니, 그 손을 주먹 쥐었다가 다시 두 팔을 활짝 벌렸다. 그의 목소리가 점점 커지자 갑자기 훅 소리가 나며 열 손가락에서 화염이 튀어나와 군중이 숨을 들이켰다. 사제는 허공에 불의 글자를 쓰기도 했다. '발리리아 상형문자로군.' 티리온은 열 단어 중 둘 정도를 알아보았다. 하나는 '파멸', 또 하나는 '어둠'이었다.

군중 사이에서 고함이 올랐다. 여자들은 울었고 남자들은 주먹을 흔들었다. '아무래도 나쁜 예감이 드는데.' 티리온은 미르셀라가 도르네로 출항하던 날, 레드킵으로 돌아갈 때 끓어오르던 폭동을 떠올렸다.

반쪽 학사 할돈이 붉은 사제를 젊은 그리프에게 유리하게 이용하자고 했던 게 생각났다. 이제 직접 붉은 사제를 보고 그의 말을 들으니, 그건 아주 나쁜 생각 같았다. 그리프에게 좀 더 분별력이 있기를 빌었다. '어떤 동맹은 적보다 더 위험하지. 하지만 그 점은 코닝턴 공이 직접 깨쳐야 할 거야. 난 대못에 박힌 머리통 신세가 될 테니.'

붉은 사제는 신전 뒤의 검은 벽을 손가락질하며, 무장한 위병 한 줌이 내려다보고 선 난간을 가리켰다. "뭐라는 거야?" 티리온은 기사에게 물었다.

"대너리스가 위험에 처했다는군. 어둠의 시선이 대너리스에게 떨어졌고, 밤의 하수인들이 그녀의 파멸을 계획하며 속임수의 신전들에 거하는 거짓 신들에게 기도하고 있다……. 신을 믿지 않는 이방인들과 배신을 공모하고……."

티리온의 목덜미 털이 곤두서려고 했다. '아에곤 왕자는 여기에서 친구를 찾지 못할 거야.' 붉은 사제는 고대의 예언, 세상을 어둠에서 구한다는 영웅의 도래를 이야기한 예언에 대해 말하고 있었다. '영웅은 하나야. 둘이 아니라. 대너리스에겐 드래곤들이 있고, 아에곤에겐 없어.' 베네로와 그 추종자들이 두 번째 타르가르옌에게 어떻게 반응할지는 예언자가 아니라도 알 수 있었다. '그리프도 그 정도는 알겠지.' 티리온은 그렇게 생각하면서, 자신이 얼마나 신경을 쓰고 있는지에 놀랐다.

기사는 날아오는 욕설들을 무시하며 광장 뒤편까지 밀고 나갔다. 한 명이 앞을 막아섰지만, 기사가 장검 칼자루를 잡고 날 선 강철을 한 뼘 정도 보여주자 녹아버리듯 사라졌고, 어느새 그들 앞에 골목길이 나타났다. 기사는 말을 조금 더 빨리 몰아 군중을 뒤로했다. 티리온은 그 후로도 한참 등 뒤로 멀어져가는 베네로의 목소리와, 베네로의 연설이 일으키는 천둥 같은 함성을 들을 수 있었다.

그들은 어느 마구간에 도착했다. 기사가 말에서 내려 문을 쾅쾅 두드리자 뺨에 말 머리 문신을 새긴 초췌한 노예 하나가 뛰어나왔다. 티리온은 안장에서 거칠게 끌려 내려가서 기둥에 묶였고, 기사는 마구간 주인을 깨워 말와 마구 값을 흥정했다. '말을 싣고 세상 절반을 가로지르느니 말을 파는 게 싸게 먹히겠지.' 티리온은 곧 배를 타게 되리라 짐작했다. 그에게도 예언자의 자질이 있는 모양이었다.

흥정이 끝나자 기사는 무기와 방패, 안낭을 어깨에 지고 제일 가까운 대장간으로 가는 길을 물었다. 대장간도 닫혀 있었으나, 기사가 소리를 지르자 금세 열렸다. 대장장이는 실눈을 뜨고 티리온을 보더니 고개를 끄덕이고 동전 한 줌을 받았다. "이리 와." 기사는 죄수에게 말하더니 단검을 뽑아서 묶은 줄을 잘랐다. "고맙군." 티리온이 손목을 문지르며 말하자, 기사는 소리 내어 웃었다. "감사 인사는 받을 만한 사람을 위해 아껴둬라, 꼬마 악마. 다음 부분은 마음에 안 들 거다."

틀리지 않은 말이었다.

시커먼 철제 수갑과 족쇄는 굵고 무거워서, 티리온이 가늠하기에 각각 1킬로그램쯤은 나가는 것 같았다. 쇠사슬 때문에 더 무거웠다. "내 생각보다 내가 더 무시무시한 놈이었나 봐." 티리온은 마지막 쇠사슬을 망치질로 연결하는 가운데 말했다. 망치가 떨어질 때마다 팔에서 어깨까지 충격이 전해졌다. "아니면 내가 이 덜 자란 짧은 다리로 내뺄까 봐 걱정인가?"

대장장이는 작업에서 시선도 들지 않았지만, 기사는 음울하게 클클거렸다. "내 걱정거리는 네 놈의 다리가 아니라 입이야. 구속구를 차고 있으면 넌 노예다. 아무도 네가 하는 얘기에 귀 기울이지 않겠지. 웨스테로스 말을 하는 사람들이라 해도 말이야."

"이럴 필요는 없잖아." 티리온이 항의했다. "착하고 귀여운 죄수가 될게. 정말이야. 정말이라고."

"그렇다면 그 증명으로 입을 닥쳐봐."

그래서 티리온은 손목에서 손목, 손목에서 발목, 발목에서 발목으로 사슬이 연결되는 동안 고개를 숙이고 혀를 씹었다. '이 망할 것이 나보다 더 무겁네.' 그래도 숨은 쉬고 있었다. 기사는 그의 목을 베어버릴 수도 있었다. 어차피 세르세이가 요구한 건 그게 다였다. 잡자마자 목을 자르지 않은 게 그를 포획한 자의 첫 번째 실수였다. '볼란티스와 킹스랜딩 사이엔 세상 절반이 있고, 그 길엔 무슨 일이든 일어날 수 있다네, 경.'

나머지 길은 걸어서 갔고, 티리온은 기사의 조급하고 큰 보폭을 따라잡

느라 애쓰면서 쇠사슬을 철컹대야 했다. 티리온이 뒤처지려고 할 때마다 기사는 구속구를 잡고 거칠게 끌어당겨, 그가 비틀거리며 깡충깡충 뛰게 만들었다. '더 나쁠 수도 있었어. 채찍질로 재촉할 수도 있었어.'

볼란티스는 로인강이 바다와 만나는 어귀에 올라앉아, 양쪽으로 나뉜 도시를 '긴 다리'로 연결했다. 제일 오래되고 부유한 구역은 강 동쪽이었지만, 용병과 야만인과 다른 상스러운 외지인들은 그곳에서 환영받지 못했으므로 다리를 건너 서쪽으로 가야 했다.

긴 다리 입구는 검은색 돌 아치로, 스핑크스와 만티코어와 드래곤, 그리고 더 이상한 생물들이 조각되어 있었다. 그 아치를 지나면 발리리아인들이 절정기에 만든 엄청난 다리가 뻗어나갔다. 녹아 붙은 돌길을 육중한 기둥들이 떠받쳤다. 길 폭은 딱 수레 두 대가 나란히 지나갈 정도라, 서쪽으로 향하는 짐마차 한 대가 동쪽으로 가는 마차 옆을 지나게 되면 둘 다 속도를 늦춰 기어가듯 움직여야 했다.

도보라 다행이었다. 3분의 1쯤 건넜을 때, 멜론을 실은 짐마차 한 대가 비단 카펫을 높이 쌓아 올린 마차와 바퀴가 엉키면서 모든 마차와 수레가 다 멈추고 말았다. 걸어가던 사람들도 상당수가 멈춰 서서 마부들이 서로 욕을 하고 소리를 질러대는 모습을 구경했지만, 기사는 티리온의 사슬을 잡고 군중 사이를 밀고 나아갔다. 인파 사이에서 한 소년이 기사의 지갑에 손을 대려 했지만, 팔꿈치를 세게 먹이자 그 시도는 끝나고 도둑은 코피가 얼굴 절반에 다 번졌다.

양쪽으로 건물들이 솟아올랐다. 상점과 신전, 선술집과 여관, 시바스 휴게실과 매춘굴……. 대부분 3층이나 4층 높이였고 매 층이 아래층보다 튀어나와 있었다. 꼭대기 층들은 서로 입이라도 맞출 기세였다. 다리를 건너는데 마치 횃불 밝힌 터널을 통과하는 느낌이었다. 온갖 상점과 노점도 다리를 따라 늘어섰는데, 방직공과 레이스 장인이 유리 부는 세공인이나 양초 장인들과 바싹 붙어서 상품을 진열했고, 생선 장수들은 장어와 굴을 팔았다. 금세공인마다 문 앞에 경비병을 하나씩 세웠고, 향신료상은 그 두 배의 가치 있는 물건을 팔았으므로 경비병이 둘씩이었다. 여행자는 여기저기, 상점 사이 틈으로 강을 살짝 볼 수 있었다. 북쪽에 보이는 로인강은 별빛이 반짝이는 넓은 검은 리본으로, 킹스랜딩에 흐르는 블랙워터보다 다섯 배는 넓었다. 다리 남쪽에서는 강이 활짝 열려 소금물 바다를 껴안았다.

다리 한가운데에는 길을 따라 쭉 늘어선 쇠기둥마다 도둑과 소매치기의 잘린 손이 양파 두름처럼 걸려 있었다. 머리통도 세 개 보였는데, 남자 둘에 여자 하나로 머리통 아래 놓인 판때기에 무슨 죄를 저질렀는지 적혔다. 창병 두 명이 반짝이는 투구와 은사슬 셔츠를 입고 지켜 섰다. 그들의 뺨에는 비췻빛 도는 녹색으로 호랑이 줄무늬가 새겨져 있었다. 위병들은 한 번씩 창을 저어 시체에 관심을 두는 황조롱이와 갈매기와 까마귀를 내쫓았다. 그래봐야 새들은 순식간에 머리통으로 돌아왔다.

"무슨 짓을 한 거야?" 티리온이 천진하게 물었다.

기사는 판때기를 흘긋 보았다. "여자는 노예였는데 자기 여주인에게 손을 올렸군. 나이 많은 남자는 반란을 부추기고 드래곤 여왕을 위해 염탐질을 했다는 죄목이다."

"젊은 남자는?"

"제 아비를 죽였어."

티리온은 썩어가는 머리통을 한 번 더 쳐다보았다. '흠, 저 입술은 웃고 있는 것처럼 보이는걸.'

더 나아가자 기사가 잠시 걸음을 멈추고 자주색 벨벳 위에 놓인 보석 티아라를 들여다보았다. 그러다 지나쳤지만, 몇 걸음 못 가서 다시 멈추더니 가죽 장인의 가판대에 놓인 장갑을 두고 흥정을 했다. 티리온은 이런 멈춤이 고마웠다. 저돌적인 속도에 숨이 찼고, 수갑 때문에 양쪽 손목이 쓸리고 까였다.

긴 다리를 다 건너고 잠시 더 걷자 서쪽 강둑의 북적이는 강변 구역에 들어섰다. 선원과 노예와 술 취해 흥청대는 사람들로 붐비는 횃불 휘황한 길거리였다. 한번은 코끼리 한 마리가 터벅터벅 걸어가는데 그 등에 얹힌 성에서 반쯤 벗은 노예 여자 십여 명이 손을 흔들고, 지나가는 사람들을 놀리듯 젖가슴을 슬쩍슬쩍 보여줘가며 "말라쿼, 말라쿼"라고 외치기도 했다. 어찌나 즐거운 광경이었는지 티리온은 코끼리가 지나간 곳에 남은 따끈따끈한 똥 더미에 그대로 걸어 들어갈 뻔했다. 마지막 순간에 기사가 낚아채어 그런 화는 면했지만, 사슬을 너무 세게 잡아당기는 바람에 휘청대며 비틀거렸다.

"얼마나 더 가야 해?" 티리온이 물었다.

"다 왔다. 생선 장수 광장이야."

그들의 목적지는 '상인의 집'으로, 아이들에게 둘러싸인 뚱뚱한 거한처럼 강변의 창고와 매춘굴과 술집 사이에 우뚝 솟은 4층짜리 대형 건물이었다. 웨스테로스 성들 절반은 대연회장도 이 여관의 휴게실보다 작았다. 여관은 따로 이야기할 벽감 자리와 숨겨진 구석 자리가 백 개는 될 희미한 불빛의 미궁으로, 시커멓게 그을린 대들보와 금이 간 천장 아래 선원, 무역상, 선장, 환전상, 선적업자, 그리고 노예상이 50여 가지 다른 언어로 서로에게 거짓말을 하고, 욕을 하고, 속여 넘기는 떠들썩한 소란이 메아리치고 있었다.

티리온은 쉴 기회가 반가웠다. 늦든 빠르든 수줍은 처녀호가 볼란티스에 도착할 것이다. 여기는 이 도시에서 제일 큰 여관으로, 선적업자와 선장과 상인이 제일 먼저 선택하는 곳이었다. 이 거대한 동굴 같은 휴게실에서 수많은 사업이 이루어졌다. 티리온도 볼란티스에 대해 그 정도는 알았다. 그리프가 오리와 할돈과 함께 여기 나타나면, 티리온도 곧 다시 자유를 얻을 것이다.

그동안은 인내해야 했다. 기회가 올 것이다.

위층의 방들은 별로 웅장하지 않았고, 4층의 싼 방들은 특히 그랬다. 기사가 잡은 방은 건물 모퉁이의 경사진 지붕 아래 쐐기 모양의 공간으로, 낮은 천장과 찝찝한 냄새가 나는 푹 꺼진 깃털 침대, 티리온에게 이어리 체류를 연상시키는 기울어진 나무 널 바닥으로 이루어졌다. '그래도 이 방엔 벽은 있잖아.' 창문도 있었는데, 벽에 박힌 쇠고리들과 함께 이 방의 제일가는 편의 시설이었다. 쇠고리는 노예들의 사슬을 채워두기 유용한 물건이었다. 기사는 양초에 불을 붙이자마자 티리온의 사슬을 쇠고리에 채웠다.

"꼭 이래야 해?" 티리온은 약하게 사슬을 흔들며 항의했다. "내가 어딜 간다고 그래? 창밖?"

"그럴 수도 있지."

"우린 4층에 있고, 난 날 줄 몰라."

"떨어질 순 있지. 난 네놈이 살아 있길 바란다."

'그러시군. 하지만 왜지? 세르세이는 상관하지 않을 텐데.' 티리온은 사슬을 절그렁댔다. "경이 누구인지 알아." 알아내기 어렵지는 않았다. 전포에 그려진 곰, 방패에 그려진 문장, 기사가 언급했던 잃어버린 영주 자리. "당신이 뭔지 알아. 그리고 내가 누군지 안다면, 내가 왕의 수관이었고 거미와 같이 소협의회에 앉았다는 것도 알겠지. 날 이 여행에 보낸 게 그 내시라는 걸 알면 흥미가 생길까?" '거미와 제이미였지만, 형은 빼는 걸로 하지.' "나도 경과 다름없이 거미의 사람이야. 우리가 다퉈선 안 돼."

기사는 즐거워하지 않았다. "내가 거미의 돈을 받았다는 점은 부인하지 않겠지만, 난 그놈의 사람이었던 적이 없다. 그리고 이제 내 충성심은 다른 곳을 향해."

"세르세이에게? 그건 더 바보로군. 내 누이가 요구하는 건 내 머리통뿐이고, 경에겐 잘 드는 좋은 칼이 있어. 당장 이 짓거리를 끝내고 우리 둘의 시간을 아끼지 그래?"

기사가 소리 내어 웃었다. "이게 난쟁이의 속임수인가? 내가 널 살려주길 바라면서 죽음을 구걸하는 게?" 그는 문으로 향했다. "주방에서 뭔가 가져다주지."

"친절하시기도 해라. 여기서 기다릴게."

"그럴 줄 안다." 그러나 기사는 나가서 묵직한 철제 열쇠로 문을 잠갔다. '상인의 집'은 그 자물쇠로 유명하기도 했다. '감옥처럼 철저하지.' 티리온은 씁쓸하게 생각했다. '그래도 창문들은 있잖아.'

티리온은 쇠사슬을 벗을 가능성이 아주 작다는 걸 알았지만, 그래도 시도는 해봐야 한다고 느꼈다. 수갑에서 한 손을 빼내려는 노력은 피부만 더 벗겨내면서 손목이 피로 미끌거리게 만들었고, 아무리 당기고 비틀어봐도 쇠고리를 벽에서 뜯어낼 수는 없었다. '제기랄.' 그는 사슬이 허락하는 한도만큼만 널부러지면서 생각했다. 다리에 쥐가 나려고 했다. 지옥처럼 불편한 밤이 될 터였다. '그리고 오늘 밤만도 아니겠지.'

방 안이 답답했기에, 기사는 바람이 통하게 덧창을 다 열어두었다. 건물 모퉁이 처마 밑에 낀 방에 창문이 두 개 있는 게 행운이었다. 하나는 긴 다리와 강 건너로 검은 벽을 두른 볼란티스의 심장이 보이게 났다. 또 하나는 아래 광장 쪽으로 열렸다. 모르몬트는 그곳을 생선 장수 광장이라 불렀다. 사슬이 짧긴 해도 티리온은 비스듬히 몸을 기울여 쇠고리로 무게를 지탱하면서 두 번째 창문 밖을 볼 수 있었다. '라이사 아린의 하늘 감옥에서만큼 긴 추락은 아니라도, 똑같이 죽기는 할 거야. 취할 수만 있다면…….'

이 시간에도 광장은 술 마시고 떠드는 선원들, 고객을 찾아 돌아다니는 창녀들, 그리고 장사 중인 상인들로 붐볐다. 붉은 여사제 한 명이 횃불을 든 수련생 십여 명과 함께 발목께에 로브를 휘날리며 바삐 지나갔다. 한 술집 바깥에서는 두 사람이 시바스를 두며 전쟁을 벌였다. 노예 하나가 그 옆에 서서 게임판 위로 등불을 들어 올리고 있었다. 어떤 여자의 노랫소리가 들려오기도 했다. 귀에 선 언어에, 가락은 부드럽고 구슬펐다. '저 여자가 뭐라고 노래하는지 안다면 난 울어버릴지도 몰라.' 더 가까운 곳에서는 서로에게 불붙은 횃불을 던져대는 한 쌍의 곡예사 주위로 사람들이 모여들었다.

기사는 곧 맥주 두 잔과 구운 오리를 가지고 돌아왔다. 그는 발로 걷어차서 문을 닫더니, 오리를 둘로 쭉 찢어서 반을 티리온에게 던졌다. 허공에서 낚아채려고 했으나 팔을 들어 올리려고 하자 사슬에 턱 걸렸다. 덕분에 오리는 티리온의 관자놀이를 때리고 얼굴에 뜨거운 기름을 남겼으며, 그는 쇠사슬을 쩔렁대며 몸을 숙이고 떨어진 오리에 손을 뻗어야 했다. 그는 세 번 만에 겨우 잡아서 기쁘게 이로 고기를 찢었다. "같이 마실 에일이라도?"

모르몬트가 맥주잔 하나를 건넸다. "볼란티스 대부분이 취해 있는데, 네 놈이라고 안 될 것 있겠나?"

에일도 달았다. 과일 맛이 났다. 티리온은 시원하게 들이켜고 행복하게 트림을 했다. 납으로 만든 잔이라 아주 무거웠다. '싹 비우고 저놈 머리에 던져야지.' 그는 생각했다. '운이 좋으면 머리뼈를 부술지도 몰라. 아주 운이 좋다면 술잔은 빗나가고, 저놈이 주먹으로 날 죽도록 때리겠지.' 티리온은 한 모금 더 마셨다. "무슨 축일 같은 건가?"

"선거 셋째 날이야. 여기 선거는 열흘 동안 이어지지. 광기의 열흘이다. 횃불 행진에 연설, 배우와 음유시인과 무용수, 자기가 미는 후보의 명예를 걸고 죽음의 결투를 벌이는 자객들, 삼두 후보의 이름을 옆구리에 칠한 코끼리들. 저 곡예사들은 메티소를 위해 공연하고 있군."

"나한테 나중에 꼭 다른 놈에게 투표하라고 해줘." 티리온은 손가락에 묻은 기름을 핥았다. 아래에서는 군중이 곡예사들을 향해 동전을 던지고 있었다. "이 삼두 후보들은 다 공연을 제공하나?"

"표를 얻을 만하면 뭐든 하지." 모르몬트가 말했다. "먹을 것, 마실 것, 오락거리……. 알리오스는 투표자들과 자라고 예쁘장한 노예 여자 백 명을 거리에 내보냈어."

"그놈을 뽑겠어." 티리온이 결정했다. "나한테 노예 여자 하나만 데려와."

"투표를 할 만한 재산이 있는 자유 볼란티스인들을 위한 거다. 강 서쪽의 얼마 안 되는 소중한 투표자들이지."

"그리고 이게 열흘을 간다고?" 티리온은 소리 내어 웃었다. "나라면 즐기긴 하겠지만, 왕이 셋이라니, 둘이 넘치잖아. 내 사랑스러운 누이와 용감한 형과 함께 칠왕국을 다스리는 상상을 해보면 말이지, 분명히 1년 안에 한 명이 나머지 둘을 죽여버릴걸. 여기 삼두는 그러지 않는다는 게 놀랍군."

"시도는 몇 번 있었지. 볼란티스가 영리하고 우리 웨스테로스인들이 멍청한 걸지도 몰라. 볼란티스도 어리석은 짓들을 저지르긴 했지만, 어린 삼두를 참아준 적은 없어. 미치광이가 뽑힐 때는 임기가 끝날 때까지 동료들이 억누르지. 미친 아에리스에게 통치를 같이 할 왕이 둘 있었다면 지금 살아 있을지도 모르는 사람들을 생각해봐."

'대신 아에리스에겐 내 아버지가 있었지.' 티리온은 생각했다.

"자유도시인들 중엔 협해 건너 우리가 다 야만인이라고 생각하는 사람도 있어." 기사는 말을 계속했다. "아니면 아버지의 강력한 손길을 간절히 바라는 어린아이들이라고 보지."

"아니면 어머니의?" '세르세이가 좋아하겠는걸. 특히나 내 머리통을 갖다 바치면.' "이 도시를 잘 아는 것 같군."

"반년 이상을 여기에서 보냈지." 기사는 잔 바닥에 남은 술을 흔들었다. "스타크가 날 망명으로 내몰았을 때, 난 두 번째 아내와 같이 리스로 달아났어. 나에겐 브라보스가 더 잘 맞았을 테지만, 리네스는 따뜻한 곳에 가고 싶어 했거든. 난 브라보스인들을 위해 일하는 게 아니라 로인강에서 그들과 싸웠는데, 내가 은화 한 닢을 벌 때마다 아내는 열 닢을 쓰더군. 겨우 리스로 돌아갔더니 리네스에겐 연인이 생겨 있었고, 그놈은 쾌활하게 내가 아내를 포기하고 도시를 떠나지 않으면 그동안 진 빚 때문에 노예가 될 거라고 말하더군. 그래서 볼란티스에 오게 됐지……. 간신히 노예보다 나은 상태로, 장검과 입은 옷 말고는 아무것도 없이."

"그리고 이젠 집으로 가고 싶은 거군."

기사는 마지막 남은 에일을 쭉 마셨다. "내일은 배를 찾을 거다. 침대는 내 몫이야. 넌 쇠사슬이 닿는 바닥 어디든 누워도 좋아. 잘 수 있다면 자라. 못 자겠으면 네가 저지른 범죄를 헤아리고. 그러다 보면 아침까지 시간이 가겠지."

'네게도 책임질 범죄들이 있을 텐데, 조라 모르몬트.' 티리온은 생각했지만, 그 생각은 혼자만 간직하는 게 현명해 보였다.

조라 경은 침대 기둥에 검대를 걸고, 장화를 걷어차서 벗고, 머리 위로 사슬 갑옷을 끌어당겨 벗고 모직과 가죽, 땀에 전 속옷까지 벗어서 검은 털이 무성하게 자란 흉터투성이의 건장한 상반신을 드러냈다. '저 가죽을 벗길 수 있다면 모피 망토용으로 팔 수도 있겠네.' 티리온은 모르몬트가 푹 꺼진 깃털 침대의 냄새나는 품에 드는 모습을 보며 생각했다.

기사는 순식간에 코를 골고, 그의 포획물은 쇠사슬과 홀로 남겨졌다. 창문 두 개를 활짝 열어놓아 이울어가는 달빛이 침실 안으로 쏟아져 들어왔다. 아래 광장에서는 소리가 흘러들었다. 술 취한 노랫소리, 발정기 고양이의 울음소리, 멀리서 강철이 부딪치는 소리까지. '누군가 곧 죽겠군.' 티리온은 생각했다.

피부가 까진 손목이 욱신거렸고, 쇠사슬 때문에 눕기는커녕 앉을 수도 없었다. 최선이라고 해봐야 옆으로 몸을 비틀어서 벽에 기대는 정도였는데, 오래지 않아서 두 손에 감각이 없어지기 시작했다. 압박을 풀어주려고 움직였더니 감각이 쏟아지듯 돌아오며 아팠다. 그는 비명을 지르지 않기 위해 이를 갈아야 했다. 노궁 화살이 사타구니를 뚫었을 때 아버지가 얼마나 아팠을지, 거짓말하는 그 목을 금목걸이로 조였을 때 샤에는 어떤 느낌이었을지, 티샤는 강간당하면서 어떻게 느꼈을지 생각했다. 그들에 비하면 그의 고통은 아무것도 아니었지만, 그렇다고 덜 아파지지는 않았다. '그냥 멈춰.'

조라 경은 옆으로 누워 자고 있었기에, 티리온에게는 털투성이의 넓은 근육질 등밖에 보이지 않았다. '설령 이 사슬을 벗을 수 있다 해도, 검대에 손을 대려면 저놈을 타 넘어야 해. 단검 정도는 풀 수 있을지도 모르지…….' 아니면 열쇠를 찾아서 문을 열고, 살금살금 계단을 내려가서 휴게실을 빠져나갈 수도 있으리라……. '그리고 어디로 가지? 나에겐 친구도, 돈도 없고 여기 말은 하지도 못해.'

결국에는 피로가 통증을 압도했고, 티리온은 얕은 잠에 빠져들었다. 그렇게 자다가 종아리에 쥐가 나서 다리를 쥐어짤 때마다 소리를 지르며 쇠사슬에 매인 몸을 떨었다. 온몸의 근육이 다 아픈 상태로 깨어나보니 창문으로 라니스터의 사자같이 눈부신 금빛 아침이 흘러들고 있었다. 아래에서는 생선 장수들의 외침과 쇠테 두른 바퀴들이 자갈길을 구르는 소리가 들려왔다.

조라 모르몬트가 티리온을 굽어보고 서 있었다. "쇠고리에서 빼주면, 시키는 대로 하겠나?"

"혹시 춤도 춰야 해? 춤은 좀 어려울지도 몰라. 다리에 감각이 없거든. 떨어져 나갔을지도 모르겠어. 그것만 아니라면 얼마든지. 라니스터의 명예를 걸지."

"라니스터에게 명예 따윈 없어." 조라 경은 그래도 쇠고리에서 빼줬다. 티리온은 비틀거리며 두 걸음 걷다가 쓰러졌다. 두 손에 확 쏠리는 피 때문에 눈물이 솟았다. 그는 입술을 깨물고 말했다. "어딜 가는지는 몰라도 날 굴려서 가야 할 거야."

기사는 굴리는 대신 손목 사이에 연결된 쇠사슬을 잡고 들어 올려 그를 짊어졌다.

상인의 집 휴게실은 중정을 둘러싸고 지은 벽감과 작은 동굴로 이루어진 어두운 미로였다. 중정에서는 격자를 타고 오르는 꽃 덩굴이 판석 위에 복잡한 문양을 던지고, 판석 사이사이 녹색과 자주색 이끼가 꼈다. 노예 여자들이 빛과 그림자 사이를 종종걸음 치며 에일과 와인, 그리고 박하 향 나는 차가운 녹색 음료수병을 날랐다. 이 아침 시간에는 탁자 스무 개 당 하나꼴로 사람이 있었다.

그리고 그중 하나에 난쟁이가 앉아 있었다. 깔끔하게 면도한 분홍빛 뺨에 덥수룩한 갈색 머리, 툭 튀어나온 이마, 납작코의 난쟁이는 높은 걸상에 앉아서 나무 숟가락을 손에 들고 벌겋게 부은 눈으로 자주색 귀리죽 그릇을 골똘히 들여다보았다. '못생긴 꼬마 잡종이로군.' 티리온은 생각했다.

난쟁이가 그의 시선을 느꼈다. 고개를 들어 티리온을 보더니, 그 손에서 숟가락이 미끄러졌다.

"날 봤어." 티리온이 모르몬트에게 경고했다.

"그게 뭐?"

"저놈은 날 알아봤어. 내가 누군지."

"아무도 못 보게 널 자루에 집어넣어야 할까?" 기사는 장검 손잡이에 손을 올렸다. "널 빼앗아 가볼 생각이라면, 시도야 얼마든지 환영이야."

'얼마든지 죽여주겠단 뜻이겠지.' 티리온은 생각했다. '당신 같은 덩치에게 저놈이 무슨 위협이 될 수 있겠어? 기껏해야 난쟁이인데.'

조라 경은 조용한 구석 자리를 차지하고 먹을 것과 마실 것을 주문했다.

그들은 따뜻하고 부드러운 플랫브레드, 분홍빛 생선알, 꿀 바른 소시지, 튀긴 메뚜기로 아침을 먹고 달콤 씁쓸한 흑맥주를 마셨다. 티리온은 굶어 죽을 뻔한 사람처럼 먹었다. "오늘 아침엔 식욕이 왕성하군." 기사가 말했다.

"지옥은 음식이 형편없다고 들었거든." 티리온이 문을 슬쩍 보니 마침 한 남자가 들어왔다. 키가 크고 자세가 구부정했으며, 뾰족한 수염을 얼룩덜룩한 자주색으로 염색했다. '티로시 상인이로군.' 그 남자와 함께 바깥 소리의 돌풍도 불어 들어왔다. 갈매기 울음소리, 어떤 여자의 웃음소리, 생선 장수들의 목소리. 잠깐 일리리오 모파티스가 보인 것 같았으나, 정문 앞을 지나가는 난쟁이 코끼리일 뿐이었다.

모르몬트는 플랫브레드 한 조각에 생선알을 펴 발라서 한 입 베어 물었다. "누군가를 기대하는 건가?"

티리온은 어깨를 으쓱였다. "바람이 누굴 실어 보낼지는 알 수 없는 일이지. 내 하나뿐인 진정한 사랑, 내 아버지의 유령, 오리……." 그는 입안에 메뚜기를 던져 넣고 씹었다. "나쁘지 않군. 벌레치고는."

"어젯밤 여긴 온통 웨스테로스 이야기였어. 어떤 망명 영주가 땅을 되찾겠다고 황금 용병단을 고용했거든. 볼란티스의 선장들 절반은 그자에게 배를 제공하러 볼론 테리스로 달려갔어."

티리온은 막 메뚜기 한 마리를 더 삼켰다가 목에 걸릴 뻔했다. '날 놀리는 건가? 이자가 그리프와 아에곤에 대해 얼마나 알 수 있을까?' "말도 안 돼. 나도 황금 용병단을 고용해서 캐스털리록을 되찾으려고 했다고." '이게 그리프의 계략일 수도 있을까? 일부러 거짓 소식을 퍼뜨리는? 아니면…….' 예쁜 왕자님이 미끼를 덥석 물었을 수도 있을까? 대너리스 여왕과 결혼할 희망을 버리고, 동쪽이 아니라 서쪽으로 향한다? '드래곤을 버리다니…… 그리프가 그걸 허락해?' "경도 기꺼이 고용할 용의가 있어. 내 아버지의 권좌는 권리상 나의 것이야. 내게 검을 바치면, 캐스털리록을 되찾고 나서 황금에 질식하게 해주지."

"난 황금에 질식한 남자를 본 적이 있다. 보기 좋은 광경은 아니었지. 네 놈이 내 검을 받는다면 배가 뚫릴 때일걸."

"변비는 확실히 치료되겠네." 티리온이 말했다. "내 아버지에게 한번 물어 봐." 그는 얼굴에 드러났을지도 모르는 뭔가를 감추기 위해 맥주잔을 잡고 천천히 마셨다. 분명 볼란티스인들의 의심을 무마하기 위한 계략일 터였다. '이런 가짜 구실로 병사들을 배에 태운 후, 함대가 바다로 나가면 배를 차지하는 거지. 그게 그리프의 계획인가?' 통할 수도 있었다. 황금 용병단은 수가 1만에, 노련하고 규율 잡힌 군대였다. '하지만 바다 사나이는 하나도 없어. 그리프는 모든 선원의 목에 칼을 겨누고 있어야 할 테고, 노예상만에 도착하면 싸워야 하는데…….'

하녀가 돌아왔다. "과부께서 다음 순서로 만나실 겁니다, 기사님. 선물은 가져오셨나요?"

"그래. 고맙네." 조라 경은 하녀의 손에 동전을 한 닢 쥐여 보냈다.

티리온은 얼굴을 찌푸렸다. "누구 과부야?"

"강변의 과부. 로인강 동쪽에서는 여전히 보가로의 창녀라고 부르지만, 면전에서는 절대 못 그러지."

티리온은 여전히 파악이 안 됐다. "그리고 보가로라는 건……?"

"코끼리이고, 일곱 번 삼두를 했고, 아주 부유하며, 부둣가의 실세였지. 다른 자들이 배를 만들고 띄우는 동안 보가로는 선창과 창고를 짓고, 화물을 중개하고, 환전을 하고, 선주들에게 바다의 위험에 대한 보험을 들어줬어. 노예 무역도 했지. 보가로가 그 노예 중 하나에게, 융카이에서 일곱 가지 탄성의 방법을 배운 침실 노예에게 빠져서 정신을 못 차렸을 땐 굉장한 추문이었지……. 그리고 그 여자를 해방시켜서 아내로 맞았을 땐 더 큰 추문이었고. 보가로가 죽자 그 여자가 사업을 이어받았어. 해방 노예는 검은 벽 안에 살 수 없기 때문에, 그 여자는 보가로의 저택을 팔아야 했지. 그리고 '상인의 집'에 거처를 정했어. 그게 32년 전이고, 지금까지도 그대로야. 네놈 뒤, 중정 옆의 늘 앉는 자리에 궁정을 열었지. 아니, 쳐다보지 마. 지금은 누군가가 같이 있어. 저 볼일이 끝나면 우리 차례야."

"그리고 이 노파가 어떻게 당신을 도와주는데?"

조라 경이 일어섰다. "한번 지켜봐. 손님이 떠나는군."

티리온은 쇳소리를 울리며 폴짝 뛰어내렸다. '이건 배움의 기회가 되겠군.'

그 여자가 중정 옆 구석 자리에 앉은 방식에는 뭔가 여우 같은 데가 있었고, 여자의 눈에서는 파충류 같은 느낌이 났다. 하얀 머리는 숱이 너무 줄어서 분홍색 두피가 그대로 보였다. 한쪽 눈 밑에는 아직도 칼로 눈물 문신을 도려낸 자리에 희미한 흉터가 남았다. 아침 식사의 잔재가 흩어져 있었는데 정어리 머리와 올리브씨, 플랫브레드 조각 따위였다. 티리온은 그 여자가 "늘 앉는 자리"를 얼마나 잘 골랐는지 알아볼 수밖에 없었다. 등 뒤는 단단한 돌벽에 드나들 수 있는 한쪽 면은 잎이 무성한 벽감으로, 여관 정문이 완벽하게 보이면서도 그늘이 깊어서 그 여자는 거의 드러나지 않았다.

티리온을 보자 노파가 미소 지었다. "난쟁이로군." 노파는 부드러운 만큼이나 불길한 목소리로 가르랑거렸다. 외국 억양이 거의 느껴지지 않는 공용어였다. "최근에는 볼란티스에 난쟁이들이 넘치는 것 같아. 이 난쟁이는 재주를 부리나?"

'응.' 티리온은 말하고 싶었다. '노궁 하나만 쥐여주면 내가 제일 잘하는 재주를 선보이지.'

"아니요." 조라 경이 대답했다.

"안타깝군. 예전에 온갖 영리한 재주를 다 부릴 줄 아는 원숭이를 하나

키웠는데, 이 난쟁이를 보니 그 녀석이 생각나. 이 난쟁이가 선물인가?"

"아니요. 이걸 가져왔습니다." 조라 경은 장갑을 꺼내어, 오늘 아침에 과부가 받은 다른 선물들 옆에 철썩 내려놓았다. 은으로 만든 술잔, 얇게 깎다 못해 반투명하기까지 한 비취 살로 만든 화려한 부채, 그리고 룬 문자가 적힌 고대의 청동 단검이 있었다. 그런 보물들 옆에 놓인 장갑은 너무나 싸구려 같았다.

"가엾게도 늙고 주름진 내 손에 낄 장갑이라. 친절하기도 해라." 과부는 건드리려고도 하지 않았다.

"긴 다리에서 샀지요."

"긴 다리에선 거의 뭐든 살 수 있지. 장갑, 노예, 원숭이." 세월에 척추가 굽고 등에는 노파 특유의 군살이 붙었어도, 과부의 두 눈은 검은색으로 반짝였다. "이제 이 늙은 과부가 자네를 어떻게 도와줄 수 있을지 말해보게."

"미린까지 갈 빠른 교통편이 필요합니다."

그 한 마디로 티리온 라니스터의 세상이 거꾸로 뒤집혔다.

그 한 마디. '미린.' 혹시 잘못 들은 걸까?

그 한 마디. '미린, 미린이라고 했어. 날 미린으로 데려가는 거야.' 미린은 산다는 의미였다. 적어도 살 희망을 의미하기는 했다.

"왜 나에게 왔지? 내겐 배가 없네."

"하지만 많은 선장들에게 빚을 지우셨지요."

'날 여왕님에게 데려간다고 했지. 그래, 하지만 어느 여왕? 날 세르세이에게 팔려는 게 아니야. 대너리스 타르가르옌에게 주려는 거야. 그래서 내 머리를 자르지 않은 거였어. 우린 동쪽으로 가고, 그리프와 왕자는 서쪽으로 가고 있어. 그 망할 바보들.'

아, 너무 지나쳤다. '겹겹이 계획을 짜봤자, 모든 길이 드래곤의 목구멍으로 이어지는군.' 갑작스럽게 웃음이 터져 나왔고, 티리온은 멈출 수가 없었다.

"자네 난쟁이가 발작을 일으키는데." 과부가 말했다.

"조용히 할 겁니다. 아니면 재갈을 물리지요."

티리온은 두 손으로 입을 막았다. '미린이라니!'

강변의 과부는 티리온을 무시하기로 했다. "한잔 마실까?" 과부가 물었다. 하녀가 조라 경과 과부를 위해 초록색 유리잔 두 개를 채우는 동안 허공에는 티끌이 떠돌았다. 티리온도 목이 말랐지만, 그에게 따라주는 와인은 없었다. 과부가 한 모금 마시더니 와인을 입안에서 굴리다가 삼켰다. "다른 망명자들은 모두 서쪽으로 출항해. 적어도 이 늙은 귀는 그렇게 들었네. 그리고 나에게 빚을 진 선장들은 모두 그들을 태워서 황금 용병단의 돈궤에서 약간의 금이라도 걸러내려고 혈안이 되어 있지. 우리의 고귀한 삼두는 함대가 징검돌 군도까지 안전하게 갈 수 있게 군선 열두 척을 내놓겠다고 맹세했어. 심지어 늙은 도니포스도 허락한 일이야. 그렇게 영광스러운 모험이라니. 그런데 경은 반대 방향으로 가는군."

"내 볼일은 동쪽에 있습니다."

"그게 무슨 볼일일까? 노예는 아니겠지. 은빛 여왕이 노예 무역은 끝장을 냈으니. 투기장도 닫아버렸으니 피 맛을 보겠다는 것도 아닐 테고. 달리 미린이 웨스테로스 기사에게 제공할 수 있는 게 뭐가 있지? 벽돌? 올리브? 드래곤? 아, 그거로군." 노파의 미소가 잔인해졌다. "은빛 여왕은 드래곤에게 아기들의 살을 먹이고 본인은 처녀들의 피로 목욕을 하며 매일 밤 다른 연인을 둔다고 들었네."

조라 경의 입매가 굳었다. "융카이가 부인의 귀에 독을 들이붓고 있군요. 그런 헛소리는 믿지 마시지요."

"난 부인이 아니지만, 보가로의 창녀라 해도 거짓의 낌새는 알아챈다네……. 하지만 이것만은 사실이야. 드래곤 여왕에겐 적들이 있어……. 융카이, 신기스, 톨로스, 콰스……. 그래, 그리고 곧 볼란티스도 합세하겠지. 미린으로 가겠다고? 잠시만 기다리게. 곧 군선들이 은빛 여왕을 끌어내리려고 동쪽으로 노를 저으면, 검사들이 필요해질 거야. 호랑이들은 발톱을 드러내길 좋아하고, 코끼리들도 위협을 받으면 상대를 죽인다네. 말라퀴는 영광의 맛을 보고 싶어 안달이 났고, 니에소스는 재산 상당량을 노예 무역으로 벌었어. 알리오스나 파르켈로, 아니면 벨리초가 삼두가 되면, 함대가 떠날 거야."

조라 경이 얼굴을 찌푸렸다. "혹시 도니포스가 돌아오면……."

"차라리 보가로가 돌아오길 바라지 그래. 내 사랑하는 남편은 죽은 지 30년이야."

등 뒤에서 선원 몇 명이 큰 소리를 치고 있었다. "이걸 에일이라고 불러? 씨발. 원숭이 오줌이 이것보단 낫겠다."

"그리고 넌 그걸 마시겠지." 또 다른 목소리가 대꾸했다.

티리온은 혹시나 오리와 할돈일까 싶어 그쪽을 돌아보았다. 낯선 사람만 둘이 보였다……. 그리고 난쟁이가 조금 떨어진 곳에 서서 여념 없이 티리온을 바라보고 있었다. 어쩐지 낯이 익었다.

과부가 고상하게 와인을 홀짝였다. "최초의 코끼리들 몇 명은 여자였지." 그녀는 말했다. "호랑이들을 끌어내리고 오래된 전쟁을 끝낸 사람들. 트리아나는 네 번 재선됐어. 안타깝게도 그게 300년 전이로군. 볼란티스는 그 후로 여성 삼두를 둔 적이 없네. 투표권을 가진 여자들은 있지만 말이야. 검은 벽 안의 오래된 궁전에 사는, 출신 좋은 여자들이지. 나 같은 것들 말고. '오랜 피'는 해방 노예보다 자기네 개와 아이들에게 먼저 투표권을 줄 거야. 그래, 벨리초가 될 거야. 어쩌면 알리오스가 될지도 모르지만, 어느 쪽이든 전쟁일세. 적어도 그들은 그렇게 생각해."

"당신 생각은 어떻습니까?" 조라 경이 물었다.

'좋아. 올바른 질문이었어.' 티리온은 생각했다.

"아, 나도 전쟁이 날 거라곤 생각해. 다만 그들이 원하는 전쟁은 아니지." 노파는 까만 눈을 반짝이며 몸을 앞으로 내밀었다. "난 이 도시에 다른 모든 신을 합친 것보다 붉은 를로르의 신자가 더 많다고 생각한다네. 베네로의 설교를 들어봤나?"

"어젯밤에요."

"베네로는 불길 속에서 미래를 볼 수 있지. 삼두 말라쿼가 황금 용병단을 고용하려고 시도했다는 건 알고 있었나? 말라쿼는 붉은 신전을 치워버리고 베네로를 죽이려 했어. 그런 일에 감히 호랑이 망토를 쓸 순 없지. 호랑이 병사들도 절반은 빛의 군주를 숭배하거든. 아, 볼란티스에 참으로 위험한 시절이야. 주름진 늙은 과부들에게조차 그래. 하지만 미린에 비하면야 별것 아니지. 그러니 말해보게, 경……. 왜 은빛 여왕을 찾는 건가?"

"그건 댁이 알 바 아니오. 난 통행료를 낼 수 있소. 두둑하게 내지. 은화가 있소."

'멍청아. 저 여자가 원하는 건 돈이 아니야. 존경이지. 말을 한 마디라도 들은 거야?' 티리온은 어깨 너머를 다시 보았다. 문제의 난쟁이가 그들의 자리에 더 가까이 와 있었다. 손에 칼을 든 것 같았다. 티리온의 목덜미 털이 일어서려고 했다.

"은화는 넣어둬. 나에겐 금화가 있어. 그리고 무서운 표정도 아껴두게나, 경. 난 험상궂은 얼굴에 겁먹기엔 너무 늙었다네. 자네가 거친 사내인 건 알겠고, 옆구리에 찬 장검도 잘 다룰 테지만, 여긴 내 영역이야. 내가 손가락만 까딱하면 자넨 갤리선 안에서 쇠사슬에 매여 노를 저으며 미린으로 가게 될 거야." 노파는 비취 부채를 집어 들어 펼쳤다. 잎사귀 바스락거리는 소리가 나더니, 잎이 무성한 아치 길로 한 남자가 미끄러지듯 들어와 노파

왼쪽에 섰다. 얼굴은 흉터투성이였고, 한 손에는 고기 칼처럼 짧고 무거운 검을 쥐었다. "누군가 자네에게 강변의 과부를 찾으라고 한 모양이네만, 과부의 아들들을 조심하라는 경고도 해줬어야지. 하지만 기분 좋은 아침이니, 다시 묻겠네. 왜 세상 절반이 죽이고 싶어 하는 대너리스 타르가르옌을 찾아가려는 거지?"

조라 모르몬트의 얼굴은 분노로 어두워졌지만, 그래도 대답은 했다. "섬기기 위해서. 지키기 위해서. 필요하다면 그녀를 위해 죽기 위해서요."

이 대답은 과부를 웃게 했다. "그 여자를 구하고 싶다, 그거야? 이름도 다 못 댈 정도로 많은 적에게서, 헤아릴 수 없이 많은 검을 상대로……. 이 불쌍한 과부에게 그런 이야기를 믿으라고? 경이 진정한 웨스테로스 기사 중의 기사라 세상 절반을 가로질러서 이 처녀를…… 흠, 숫처녀는 아니지만, 아직 아름다울 순 있겠지." 과부는 다시 웃었다. "데려온 난쟁이를 보고 기뻐할 것 같나? 저놈의 피에 목욕을 하거나, 머리통을 날리고 만족할 것 같아?"

조라 경은 멈칫했다. "이 난쟁이는—"

"나도 그 난쟁이가 누구인지 알아. 뭔지도 알지." 과부의 까만 눈이 티리온을 보더니 돌처럼 굳었다. "친족 살해자에 국왕 시해자, 살인자에 변절자. 라니스터." 마지막 말이 저주처럼 들렸다. "드래곤 여왕에게 뭘 제공할 계획이지, 난쟁이?"

'나의 증오.' 티리온은 그렇게 말하고 싶었지만, 대신 쇠사슬이 허용하는 한 한껏 두 팔을 벌렸다. "뭐든 원하시는 걸 드리지. 현명한 조언, 잔인한 기지, 약간의 재주넘기. 혹시 원하신다면 내 성기도 드리고, 원치 않으신다면 내 혓바닥. 원하시는 대로 여왕의 군대를 이끌거나, 여왕의 발을 닦아드리지. 그리고 내가 바라는 유일한 보상은 내 누이를 강간하고 죽여도 좋다는 허락이야."

그 대답을 들은 노파의 얼굴에 미소가 돌아왔다. "이놈은 그래도 정직하긴 하군." 노파가 말했다. "하지만, 경은……. 난 웨스테로스 기사 십여 명과 그 비슷한 부류의 모험가 천 명을 알았지만, 자네처럼 스스로를 순수하게 포장하는 자는 없었어. 남자들이란 이기적이고 악랄한 야수들이지. 아무리 말을 곱게 해봐야 그 속엔 언제나 더 어두운 동기가 있어. 난 자넬 믿지 않아, 경." 과부는 머리 주위에서 윙윙대는 파리를 쫓듯이 부채를 내저었다. "미린에 가고 싶거든, 헤엄을 쳐. 난 도와주지 않겠네."

다음 순간, 일곱 지옥이 한꺼번에 열렸다.

조라 경이 일어서려 하고, 과부는 부채를 접고, 과부의 흉터투성이 경호원이 그늘 속에서 걸어 나가고…… 등 뒤에서는 여자가 비명을 질렀다. 티리온이 몸을 홱 돌리자 난쟁이가 그에게 달려들고 있었다. '여자였어.' 그는 그 순간 깨달았다. '남자 옷을 입은 여자. 그리고 저 칼로 내 배를 찌를 작정이야.'

잠시 동안 조라 경과 과부, 흉터투성이 남자는 석상처럼 굳어 있었다. 근처에서 에일과 와인을 마시던 놈팡이들이 쳐다봤지만, 아무도 끼어들려 하지 않았다. 티리온은 두 손을 동시에 움직여야 했고, 쇠사슬 때문에 탁자 위의 술병까지밖에 손이 닿지 않았다. 그는 술병을 움켜쥐고 홱 돌려서 그 내용물을 달려드는 난쟁이의 얼굴에 뿌린 다음, 한쪽으로 몸을 날려 칼을 피했다. 술병이 몸 아래에서 박살이 나고, 바닥이 그의 머리를 쳤다. 이어서 그 여자가 다시 달려들었다. 티리온이 한쪽으로 몸을 굴리자 그녀는 칼날을 판석 바닥에 박았다가, 당겨서 뽑고, 다시 들어 올리고는……

……느닷없이 바닥에서 들려 올라가, 조라 경에게 붙잡힌 채 발버둥 치며 발길질하고 있었다. "안 돼!" 그녀는 웨스테로스 공용어로 울부짖었다. "놔줘!" 티리온은 그 여자가 벗어나려고 애쓰는 통에 튜닉이 찢어지는 소리를 들었다.

모르몬트는 한 손으로 그녀의 목을 잡고, 반대쪽 손으로 단검을 빼앗았다. "그만."

그제야 손에 곤봉을 든 여관 주인이 나타났다. 그는 부서진 병을 보자 맹렬하게 욕을 하며 무슨 일이 일어난 거냐고 물었다. "난쟁이 싸움이라네." 자주색 수염의 티로시인이 낄낄대며 대답했다.

티리온은 와인을 뚝뚝 떨구며 허공에서 발버둥 치는 여자를 보며 눈을 껌벅였다. "왜지?" 그가 물었다. "내가 너한테 무슨 짓을 했는데?"

"놈들이 죽였어." 그 말과 함께 그녀에게서 모든 투지가 빠져나갔다. 그녀는 모르몬트의 손아귀에서 축 늘어진 채 눈물을 가득 담고 말했다. "우리 오빠. 놈들이 잡아가서 죽였어."

"누가 죽였다는 거야?" 모르몬트가 물었다.

"선원들. 칠왕국에서 온 선원들이었어. 다섯 명에, 취해 있었지. 우리가 광장에서 마상시합을 벌이는 걸 보더니 따라왔어. 내가 여자라는 걸 알고는 놔줬지만, 오빠는 잡아가서 죽였어. 오빠의 머리를 잘랐어."

티리온은 퍼뜩 놀라면서 그녀를 알아보았다. '우리가 광장에서 마상시합을 벌이는 걸 보더니.' 그제야 누구인지 알았다. "네가 돼지를 타고 있었나? 아니면 개였던가?" 그가 물었다.

"개였어." 여자가 흐느꼈다. "돼지는 늘 오포가 탔어."

'조프리의 결혼식에 나왔던 난쟁이들.' 그날 밤의 온갖 말썽이 그들의 공연에서부터 시작됐었다. '세상 반대편에서 다시 마주치다니 이상하기도 하지.' 어쩌면 그렇게 이상한 일이 아닐지도 몰랐다. '돼지 반만 한 지능이라도 있다면 조프리가 죽은 날 밤에, 세르세이가 아들의 죽음에 대해 조금이라도 탓하기 전에 킹스랜딩에서 도망쳤겠지.' 그는 조라 모르몬트 경에게 말했다. "내려줘, 경. 우리에게 해를 끼치진 않을 거야."

조라 경은 난쟁이 여자를 바닥에 떨궜다. "네 오라비 일은 유감이지만…… 그 살인과 우리는 상관이 없다."

"저놈은 있어." 여자는 찢어지고 와인에 젖은 튜닉을 그러모아 작고 하얀 가슴을 가리면서 무릎을 꿇고 몸을 일으켰다. "그놈들이 원한 건 저놈이었어. 오포를 저놈이라고 생각한 거야." 여자는 울면서 누구라도 귀 기울여 듣는 사람에게 도움을 빌고 있었다. "저놈도 우리 불쌍한 오빠와 같은 식으로 죽어야 해. 제발. 누가 좀 도와줘. 누가 저놈 좀 죽여줘." 여관 주인이 여자의 팔을 거칠게 잡더니 일으켜 세우면서 볼란티스어로 소리소리를 질렀다. 누가 이 피해를 보상할지 묻는 듯했다.

강변의 과부가 모르몬트에게 서늘한 시선을 던졌다. "기사들은 약한 자를 지키고 무고한 자를 지킨다지. 그게 사실이면 내가 볼란티스에서 제일 아름다운 처녀겠어." 과부의 웃음소리엔 경멸이 가득 담겼다. "네 이름이 뭐냐, 얘야?"

"페니."

노파는 여관 주인에게 볼란티스어로 외쳤다. 티리온은 대충 그게 난쟁이 여자를 방으로 데리고 올라가서 와인을 주고, 입을 만한 옷을 찾아주라는 말임을 이해했다.

그들이 사라지자 과부는 검은 눈을 반짝이며 티리온을 뜯어보았다. "괴물이라면 더 커야 할 것 같은데 말이야. 넌 웨스테로스에서 영주 자리만 한 가치가 있다. 안타깝게도 여기선 그보다 좀 못하지. 하지만 널 도와주는 게 좋긴 하겠어. 볼란티스는 난쟁이들에게 안전한 장소가 아닌 모양이니."

"정말 친절하시군요." 티리온은 가장 달콤한 미소를 노파에게 선사했다. "혹시 이 멋진 철제 팔찌도 없애주시겠습니까? 이 괴물에겐 코가 절반밖에 없는데, 그게 참 진저리나게 가렵거든요. 코를 긁기엔 사슬이 너무 짧네요. 이 팔찌는 기꺼이 선물로 드리죠."

"관대하기도 해라. 하지만 철이라면 한창때 차고 다녀서, 이젠 금과 은이

더 좋다네. 그리고 슬프게도 여기는 볼란티스라, 쇠사슬과 쇠고랑이 하루 묵은 빵보다 더 싸고 노예의 탈출을 돕는 건 금지되어 있어."

"난 노예가 아닌데."

"노예상에게 붙잡힌 사람은 누구나 똑같은 슬픈 노래를 부르지. 감히 자넬 돕진 않겠네…… 여기서는." 노파가 다시 몸을 앞으로 기울였다. "이틀 후면 상선 셀래소리 코란이 주석과 철, 모직물과 레이스, 50개의 미르 카펫, 소금물에 절인 시체 한 구, 드래곤 고추 20단지, 그리고 붉은 사제 한 명을 싣고 신기스를 거쳐 콰스로 갈 거야. 출항할 때 그 배에 타."

"그러죠." 티리온이 말했다. "고맙습니다."

조라 경이 얼굴을 찌푸렸다. "콰스는 우리 목적지가 아닌데요."

"그 배는 결코 콰스에 도착하지 못해. 베네로가 불길 속에서 봤다네." 노파는 교활한 미소를 지었다.

"말씀대로 하죠." 티리온은 씩 웃었다. "내가 볼란티스인이고, 자유의 몸이고, 혈통도 갖췄다면 삼두 선거에서 부인에게 표를 던졌을 겁니다."

"난 부인이 아니야." 과부가 대답했다. "그저 보가로의 창녀일 뿐이지. 호랑이들이 오기 전에 여기서 사라지는 게 좋겠군. 여왕에게 도착하거든, 볼란티스의 노예들이 보내는 말을 전해주게." 그녀는 주름진 뺨에 남은 흐려져가는 흉터를, 예전에 눈물 문신을 도려낸 자리를 두드렸다. "우리가 기다리고 있다고 전해. 어서 오시라고."

존

그 명령을 들었을 때, 알리서 경의 입은 비틀려서 미소 비슷한 것을 지었으나 두 눈은 수석처럼 차갑고 굳은 상태로 남아 있었다. "그러니까 사생아 꼬마가 날 죽으라고 내보내는군."

"죽어." 모르몬트의 까마귀가 우짖었다. "죽어, 죽어, 죽어."

'넌 도움이 안 돼.' 존은 새를 때려서 쫓았다. "그 사생아 꼬마는 경을 순찰에 내보내는 겁니다. 우리의 적들을 찾고 필요하다면 죽이라고요. 경은 장검에 숙련된 기사입니다. 여기와 이스트워치에서 훈련대장도 했지요."

쏜은 장검 손잡이를 만졌다. "그래. 막돼먹은 놈들과 얼간이, 악한들에게 검술의 기초라도 가르치려고 애쓰면서 내 인생 3분의 1을 허비했지. 그게 저 숲에서 나에게 별 도움이 될 것 같진 않은데."

"디웬이 같이 갈 것이고, 노련한 순찰자 한 명이 더 갈 겁니다."

"경이 알아야 할 건 우리가 가르쳐드리리다." 디웬이 키득대며 쏜에게 말했다. "우선 그 귀하신 엉덩이를 잎사귀로 닦는 법부터 배워야지. 제대로 된 순찰자처럼 말이야."

그 말에 흰눈 케지가 웃음을 터뜨렸고, 블랙잭 불워는 침을 뱉었다. 알리서 경은 이렇게만 말했다. "내가 거부하길 바라겠지. 그러면 슬린트에게 했던 것처럼 내 머리를 잘라버릴 수 있을 테니. 너에게 그런 즐거움을 주진 않겠다, 사생아. 그렇지만 내가 야인의 칼에 죽길 기도하는 게 좋을 거다. 다른자들에게 죽으면, 죽은 채로 있지 않지……. 그리고 기억도 해. 난 돌아올 거다, 스노우 나리."

"그러길 빕니다." 존이 알리서 쏜 경을 친구로 여긴 적은 없다 해도, 그는 여전히 형제였다. '형제들을 좋아해야만 하는 건 아니지.'

돌아오지 못할 확률이 높다는 걸 알면서 대원들을 숲으로 내보내기는 쉽지 않았다. '다들 노련한 대원들이야.' 존은 스스로에게 그렇게 말했지만…… 벤젠 숙부와 그의 순찰자들도 노련한 대원들이었는데, 귀신 들린 숲이 흔적도 없이 삼켜버렸다. 두 명이 마침내 비틀거리며 장벽으로 돌아왔을 때는 시귀가 되어서였다. 처음도 아니고 마지막도 아닐 테지만, 존 스노우는 어느새 또 벤젠 스타크가 어떻게 됐을까 생각하고 있었다. '순찰자들이 먼저 나간 사람들의 흔적을 찾게 될지도 몰라.' 그렇게 되뇌면서도 정말로 그렇게 믿지는 않았다.

디웬이 순찰대 하나를, 블랙잭 불워와 흰눈 케지가 나머지 둘을 이끌 터였다. 그들은 그래도 임무에 열성적이었다. "다시 말을 타니 좋구먼." 디웬은 문 앞에서 나무 의치를 빨며 말했다. "이거 실례합니다만, 앉아만 지냈더니 궁둥이가 다 쪼개지려고 했지 뭡니까." 캐슬블랙에 디웬만큼 그 숲을 잘 아는 대원은 없었다. 그는 나무와 개울, 먹을 수 있는 식물들, 포식동물과 피식동물의 습성을 다 알았다. '쏜은 저렇게 훌륭한 손에 맡겨질 자격도 없어.'

존은 장벽 위에서 기수들이 떠나는 모습을 지켜보았다. 세 명씩 3개 조로, 각각 까마귀 두 마리씩 데리고 나갔다. 높은 곳에서 보니 그들의 조랑말이 개미보다 작아 보였고, 존은 순찰자들을 구별할 수가 없었다. 그러나 그는 그들을 알았다. 모든 이름이 심장에 새겨져 있었다. '훌륭한 사내 여덟 명.' 그는 생각했다. '그리고 하나는…… 글쎄, 두고 보자.'

마지막 기수들까지 숲속으로 사라지고 나자, 존 스노우는 구슬픈 에드와 함께 권양기를 타고 내려왔다. 천천히 장벽을 내려오는 동안 눈송이 몇 개가 흩날리며, 돌풍에 춤을 추었다. 눈송이 하나가 따라 내려오면서, 창살 바로 앞을 부유했다. 눈송이가 떨어지는 속도가 권양기보다 빨라서 가끔은 그들의 발아래로 사라지기도 했다가, 돌풍에 붙들려서 다시 올라오는 식이었다. 존이 잡고 싶었다면 창살 사이로 손을 내밀어 잡을 수도 있었다.

"어젯밤에 무시무시한 꿈을 꿨습니다." 구슬픈 에드가 털어놓았다. "사령관님이 제 개인 집사가 되어 제 음식을 가져오고 쓰레기를 치우고 있지 뭡니까. 저는 총사령관이 되어 한순간도 평화라곤 누리질 못했지요."

존은 웃지 않았다. "에드의 악몽이 제 삶이네요."

코터 파이크의 갤리선들은 장벽 북쪽과 동쪽의 숲과 이어지는 해안선들에 자유민이 점점 늘어나고 있다고 보고했다. 숙영지들이 보였고, 반쯤 건조한 뗏목들에, 심지어는 누군가 수리를 시작한 난파선 한 척도 보였다고 했다. 눈에 띄면 야인들은 늘 숲속으로 사라졌지만, 파이크의 배가 지나가고 나면 다시 나올 게 틀림없었다. 한편 데니스 말리스터 경은 아직도 대곡지 북쪽에서 밤마다 피어나는 불을 봤다. 두 지휘관 모두 대원을 더 달라고 요청했다.

'대원을 어디서 더 구하라는 거야?' 존은 양쪽에 몰스타운에서 데려온 야인들을 열 명씩 보냈다. 풋내기 소년과 노인, 부상자와 병자도 섞여 있었지만 모두가 하나 이상의 재주는 있었다. 파이크와 말리스터 둘 다 전혀 만족하지 않고 답장을 써서 불평했다. "제가 대원을 요청했을 때는 훈련받고 규율 잡혔으며, 충성심을 의심할 이유가 없는 밤의 경비대원을 염두에 둔 겁니다." 데니스 경은 이렇게 썼다. 코터 파이크는 더 직설적이었다. "다른 야인들에게 다가오지 말라는 경고로 이자들을 장벽에 매달아둘 순 있겠지만, 다른 쓸모는 안 보입니다." 하문 학사가 대신 쓴 편지였다. "이런 자들에겐 내 요강 닦는 일도 못 맡기겠고, 열 명은 부족합니다."

쇠우리는 긴 쇠사슬 끝에 매달려 삐걱대고 덜덜거리면서 아래로 내려가다가, 땅바닥으로부터 30센티미터쯤 위에서 덜컹 멈춰 섰다. 구슬픈 에드가 문을 밀어 열고 뛰어내리자 장화가 지난번에 내린 눈을 밟아 부쉈다. 존도 뒤따랐다.

무기고 밖 훈련장에서는 강철 에멧이 아직까지 훈련생들을 재촉하고 있었다. 그 모습을 보자 더 따뜻하고 단순했던 시절, 어렸을 때 윈터펠에서 로드릭 카셀 경이 지켜보는 가운데 롭과 칼로 겨루던 때가 떠올랐다. 로드릭 경도 이젠 없었다. 윈터펠 탈환 중에 변절자 테온과 그의 강철인들에게 죽었다. 스타크 가문의 위대한 성채는 새까맣게 탄 폐허가 되었다. '내 모든 추억이 오염됐어.'

강철 에멧은 존을 보자 한 손을 들어 올렸고, 대련이 멈췄다. "총사령관님. 어떻게 도와드릴까요?"

"제일 뛰어난 세 명으로."

에멧이 씩 웃었다. "아론. 엠릭. 제이스."

망아지와 홉로빈이 사령관이 입을 푹신한 옷과 그 위에 걸칠 고리 갑옷, 정강이받이, 목가리개, 반투구를 가져왔다. 존은 왼팔에는 쇠테 두른 검은색 방패를 차고, 오른손에는 뭉툭한 장검을 잡았다. 새벽빛을 받아 은회색으로 빛나는 장검은 거의 새것이었다. '도날 노이의 대장간에서 마지막으로 나온 장검 중 하나지. 날을 세울 때까지 살지 못해서 유감이야.' 칼날이 긴 발톱보다 짧았지만, 평범한 강철이어서 더 무거웠다. 공격이 조금 더 느려질 것이다. "이거면 되겠군." 존이 몸을 돌려 적들을 마주했다. "와라."

"누구랑 먼저 붙으실래요?" 아론이 물었다.

"셋 다. 한꺼번에."

"3 대 1요?" 제이스는 못 믿겠다는 듯 말했다. "아름답지 않은 결투네요." 제이스는 콘위가 제일 마지막에 데려온 신병으로, 미의 섬 출신의 구두장이 아들이었다. 그래서 그런 말을 하는지도 몰랐다.

"맞아. 와라."

제이스가 덤벼들자 존의 칼이 옆머리를 쳐서 쓰러뜨렸다. 소년은 순식간에 가슴팍에 장화를 얹고 목에는 검 끝이 놓이는 신세가 되었다. "전쟁은 절대로 아름답지 않아." 존은 제이스에게 말했다. "이제 2 대 1이고, 넌 죽었다."

자갈이 밟히는 소리를 들은 존은 쌍둥이가 달려들고 있음을 알았다. '저 둘은 순찰자가 될 거야.' 그는 몸을 홱 돌려서 방패 가장자리로 아론의 공격을 막고, 장검으로 엠릭의 공격을 받았다. "그건 창이 아니다." 존은 소리쳤다. "더 가까이 들어와." 존은 공격에 나서서 어떻게 해야 하는지 보여줬다. 엠릭이 먼저였다. 그는 엠릭의 머리와 어깨를 오른쪽, 왼쪽, 다시 오른쪽으로 베었다. 소년은 방패를 들어 올리고 서툴게 반격을 시도했다. 존은 방패로 엠릭의 방패를 내리치고 종아리를 공격해서 쓰러뜨렸다……. 간발의 차이였다. 아론이 으득 소리가 나게 존의 허벅지 뒤를 때려서 한쪽 무릎을 꿇게 만들었다. '멍이 남겠는데.' 존은 다음 공격을 방패로 받아낸 다음, 펄쩍 뛰어 일어나서 아론을 훈련장 반대편으로 몰아붙였다. '빠르군.' 존은 장검끼리 한 번, 두 번, 세 번 부딪치는 동안 생각했다. '하지만 힘을 더 키울 필요가 있어.' 아론의 눈에서 안도감을 본 존은 엠릭이 등 뒤에 있음을 알았다. 존은 몸을 돌리고 어깨 뒤쪽을 때려서 엠릭이 아론과 부딪치게 만들었다. 그때쯤에는 제이스도 일어나 있었기에, 존은 제이스를 다시 쓰러뜨렸다. "난 죽은 사람들이 일어나는 게 싫더라. 너희도 시귀를 만나면 같은 기분을 느낄 거야." 그는 물러서서 검을 내렸다.

"큰 까마귀는 작은 까마귀들을 쫄 수 있지." 등 뒤에서 으르렁거리는 듯한 목소리가 들렸다. "하지만 남자와 싸울 만한 배짱도 있을까?"

래틀셔츠가 벽에 기대어 서 있었다. 푹 꺼진 뺨을 짧고 거친 수염이 뒤덮었고, 가느다란 갈색 머리카락이 흘러내려 작은 노란 눈을 가렸다.

"우쭐거리는군." 존이 말했다.

"글쎄, 널 혼쭐낼 수는 있어도."

"스타니스가 엉뚱한 사람을 태웠어."

"아니." 야인은 깨진 갈색 이가 가득한 입으로 히죽 웃었다. "온 세상이 보도록, 태워야 할 남자를 태웠지. 우리 모두가 해야 할 일을 하는 거다, 스노우. 왕들조차도 그래."

"에멧, 저놈에게 입힐 갑옷 좀 찾아와. 묵은 뼈가 아니라 강철 갑옷을 갖췄으면 좋겠어."

사슬과 판금 갑옷을 입은 뼈다귀 영주는 어쩐지 조금 자세가 곧아진 것 같았다. 키도 더 커보였고, 어깨도 존이 생각했던 것보다 더 두껍고 건장했다. '사람이 아니라 갑옷 때문이야. 샘도 도날 노이의 강철 갑옷을 머리부터 발끝까지 갖추면 만만찮아 보일 수 있어.' 야인은 망아지가 내민 방패를 거절했다. 대신 양손 대검을 달라고 했다. "소리 좋군." 그는 장검을 허공에 그어보며 말했다. "가까이 날아와봐라, 스노우. 네 깃털을 다 날려줄 테니."

존은 거세게 돌진했다.

래틀셔츠는 한 걸음 물러서더니 양손으로 검을 그어 돌격을 맞이했다. 존이 방패를 끼우지 않았다면 그 일격이 흉갑을 꿰뚫고 갈비뼈 절반을 부러뜨렸을 것이다. 존은 타격에 잠시 비틀거렸고, 팔에 진짜배기 충격이 전해졌다. '생각보다 세게 때리는데.' 래틀셔츠의 재빠름도 불쾌한 놀라움을 선사했다. 그들은 타격을 주고 받으며 서로 원을 그렸다. 뼈다귀 영주는 받는 만큼 돌려줬다. 양손 대검이 존의 장검보다 훨씬 다루기 힘들어야 마땅했건만, 그는 그 칼을 보이지 않을 정도의 속도로 휘둘렀다.

강철 에멧의 훈련생들은 처음에는 사령관을 응원하다가, 래틀셔츠의 공격이 보여주는 사정없는 속도에 곧 조용해졌다. '저렇게 오래 계속할 순 없어.' 존은 또 한 번의 공격을 막으면서 생각했다. 충격에 끙 소리가 나왔다. 무딘 칼날로도 대검은 존의 소나무 방패에 금을 내고 쇠테를 찌그러뜨렸다. '곧 지칠 거야. 그래야만 해.' 존이 얼굴을 향해 검을 긋자 래틀셔츠가 머리를 뒤로 젖혔다. 정강이로 내리친 칼날은 교묘하게 뛰어서 피해버렸다. 대검은 존의 어깨를 내리찍었는데, 견갑이 텅 소리 나게 울리고 팔이 마비될 정도로 셌다. 존은 물러섰다. 뼈다귀 영주가 기쁘게 웃으며 따라붙었다. '저놈에겐 방패가 없어.' 존은 스스로를 일깨웠다. '그리고 저 괴물 같은 대검은 공격을 막기에는 너무 무거워. 난 저놈이 한 번 공격할 때마다 두 번씩 내리쳐야 해.'

그러나 어째선지 그렇게 되지가 않았고, 겨우 들어간 공격도 아무 효과가 없었다. 야인은 매번 몸을 비키거나 옆으로 미끄러지면서 존의 장검이 어깨나 팔을 정확히 때리지 못하게 하는 것 같았다. 오래지 않아서 존은 점점 더 물러서고 있었고, 상대방의 철저한 공격을 피하려는 시도는 반은 실패했다. 방패는 쪼개져서 불쏘시개감이 되어버렸다. 존은 방패를 떨쳐 벗었다. 투구 아래 땀이 얼굴에 줄줄 흐르고 눈이 따끔거렸다. '너무 힘이 세고 너무 빨라. 그리고 저 대검을 드니 무게도 사정거리도 우위야.' 존이 긴 발톱을 들고 있었다면 다른 싸움이 되었겠지만…….

기회는 래틀셔츠가 공격하려고 팔을 다시 쳐들었을 때 왔다. 존은 몸을 앞으로 던져 상대방을 들이받았고, 두 사람은 다리가 얽혀서 나뒹굴었다. 강철과 강철이 쾅쾅 부딪쳤다. 둘 다 딱딱한 바닥을 구르면서 검을 놓쳤다. 야인이 무릎으로 존의 다리 사이를 찍었다. 존은 쇠장갑 낀 주먹으로 강타했다. 어쩌다 보니 래틀셔츠가 올라타서 두 손에 존의 머리를 잡고 있었다.

그는 존의 머리를 땅바닥에 내리치고 나서 면갑을 뜯어 열었다. "내 손에 단검이 있었다면 넌 지금쯤 눈 하나를 잃었을 거다." 그는 으르렁대다가, 망아지와 강철 에멧이 사령관의 가슴팍에서 뜯어내자 포효했다. "놔, 이 망할 까마귀들아."

존은 힘겹게 한쪽 무릎을 세웠다. 머리가 울렸고, 입에는 피가 가득했다. 그는 피를 뱉어내고 말했다. "좋은 싸움이었어."

"우쭐거리긴. 난 땀 한 방울 안 났어."

"다음번엔 날 거야." 존이 말했다. 구슬픈 에드가 그를 부축해 일으키고 투구를 벗겼다. 투구에는 쓸 때만 해도 없었던 자국 몇 개가 깊게 파여 있었다. "풀어줘." 존은 그 투구를 홉로빈에게 던졌고, 홉로빈은 투구를 떨어뜨렸다.

"사령관님." 강철 에멧이 말했다. "이놈이 사령관의 목숨을 위협하는 걸 모두 들었습니다. 분명히 단검만 있었으면—"

"단검은 가지고 있어. 저기 허리띠에 차고 있지." '언제나 더 빠르고 더 힘센 상대는 있다.' 로드릭 경이 언젠가 존과 롭에게 말했었다. '그런 남자야말로 전장에서 비슷한 놈과 마주치기 전에 훈련장에서 마주하고 싶은 상대지.'

"스노우 공?" 조용한 목소리였다.

돌아보니 클라이다스가 양피지 하나를 들고 부서진 아치 길 아래 서 있었다. "스타니스에게서 온 건가요?" 존은 스타니스에게서 소식을 기대하고 있었다. 밤의 경비대는 왕국의 일에 관여하지 않아야 하고 어느 왕이 승리하는지는 중요하지 않아야 함에도, 어째선지 그랬다. "딥우드 소식입니까?"

"아닙니다, 사령관님." 클라이다스가 양피지를 내밀었다. 단단히 말려서 딱딱한 분홍색 밀랍으로 밀봉되어 있었다. '분홍색 밀랍을 쓰는 건 드레드포트뿐이야.' 존은 쇠장갑을 벗고 편지를 받아서 밀봉을 깠다. 서명을 본 그는 래틀셔츠가 안겨준 타격을 다 잊었다.

'램지 볼턴, 혼우드의 영주.' 크고 삐죽삐죽한 글씨로 그렇게 쓰여 있었다. 갈색 잉크는 존이 엄지로 문질러보자 벗겨졌다. 볼턴의 서명 아래에 더스틴 부인, 세르윈 부인, 그리고 네 명의 리스웰이 각자의 서명과 인장을 더했다. 조잡하게 그려진 엄버 가문의 거인도 있었다. "무슨 내용인지 알 수 있을까요, 사령관님?" 강철 에멧이 물었다.

존은 대답하지 않을 이유를 찾지 못했다. "모트카일린이 함락됐어. 강철인들의 가죽 벗겨진 시체들이 왕의 가도에 줄줄이 못이 박혔고. 루스 볼턴은 모든 충실한 영주들을 배로턴으로 소환했어. 철왕좌에 대한 충성을 맹세하고 자기 아들의 결혼식을 축하하라고……." 존은 심장이 잠시 멈춘 것 같았다. '아니, 그럴 리가 없어. 갠 킹스랜딩에서 아버지와 같이 죽었어.'

"스노우 공?" 클라이다스가 흐릿한 분홍빛 눈으로 존을 바싹 들여다보았다. "어디…… 안 좋으십니까? 모습이……."

"볼턴의 아들이 아리아 스타크와 결혼한다는군요. 내 동생요." 존은 그 순간 아리아가 눈앞에 선하게 떠올랐다. 긴 얼굴에, 깡말라서 무릎도 팔꿈치도 툭 튀어나오고, 얼굴은 지저분하고 머리는 산발을 한 모습. 분명 얼굴은 씻기고 머리는 빗질을 하겠지만, 결혼 예복을 입은 아리아나 램지 볼턴의 침대에 든 아리아는 상상할 수가 없었다. '아무리 두려워도 아리아는 티 내지 않을 거야. 그놈이 손을 대려 하면 맞서 싸우겠지.'

강철 에멧이 말했다. "여동생이라면, 몇 살이기에……."

'이제 열한 살이겠지. 아직 어린아이야.' 존은 생각했다. "내겐 여동생이 없습니다. 형제들뿐입니다. 여러분뿐이에요." 캐틀린 부인이 그 말을 들으면 기뻐했으리라. 그렇다고 그 말이 쉽게 나오지는 않았다. 존의 손가락이 양피지를 움켜쥐었다. '이렇게 쉽게 램지 볼턴의 목도 부술 수 있다면.'

클라이다스가 헛기침을 했다. "답장이 있을까요?"

존은 고개를 젓고 그 자리를 떠났다.

밤이 되자 래틀셔츠가 선사한 멍 자국들이 자주색으로 변했다. "노랗게 변한 다음에야 사라질 거야." 존은 모르몬트의 까마귀에게 말했다. "난 뼈다귀 영주처럼 누르께해 보이겠지."

"뼈다귀." 까마귀가 맞장구쳤다. "뼈다귀, 뼈다귀."

바깥에서 희미하게 오가는 목소리들을 들을 수 있었지만, 무슨 말인지 알아듣기에는 소리가 너무 작았다. '만 리는 떨어진 것처럼 들려.' 밤불 앞에 모인 멜리산드레 여사제와 그 추종자들이었다. 붉은 여인은 매일 밤 해 질 녘마다 추종자들을 이끌고 황혼 기도를 올리며, 그녀의 붉은 신에게 어둠을 헤쳐나가게 해달라고 빌었다. '밤은 어둡고 공포가 가득하니.' 스타니스와 왕비의 사람들 대부분이 사라졌기에, 붉은 여인의 무리는 많이 줄어들었다. 몰스타운에서 온 자유민 50여 명과 왕이 남겨두고 간 한 줌의 위병들, 그리고 그녀의 붉은 신을 받아들인 검은 형제가 열 명쯤 함께했다.

존은 예순은 된 노인처럼 몸이 쑤셨다. '악몽과 죄책감 때문이야.' 생각이 자꾸만 아리아에게 돌아갔다. '내가 도울 방법이 없어. 난 서약을 하면서 모든 친족을 버렸어. 대원 중에 누가 여동생이 위험에 처했다고 말한다면, 난 그 대원에게 네가 상관할 일이 아니라고 말할 거야.' 일단 서약을 하면 피가 검어졌다. '서자의 심장처럼 검은 피.' 예전에 미켄에게 부탁해서 아리아에게 줄 검을 만들었었다. 아리아의 손에 맞도록 작게 만든 자객용 검. "'바늘'이었지.' 아리아가 아직 그 검을 가지고 있을까 궁금했다. '뾰족한 끝으로 찌를 것.' 그렇게 말했었지만, 아리아가 그 검으로 볼턴의 서자를 찌른다면 목숨이 날아갈 것이다.

"스노우." 모르몬트 공의 까마귀가 중얼거렸다. "스노우, 스노우."

갑자기 더는 한순간도 견딜 수가 없어졌다.

고스트가 문밖에서 황소뼈를 갉으며 골수를 빨아 먹고 있었다. "언제 돌아왔어?" 다이어울프는 뼈를 버리고 일어나서 존을 따라왔다.

멀리와 맥주 통이 건물 안에 서서 장창에 몸을 기대고 있었다. "밖은 매섭게 춥습니다, 사령관님." 멀리가 헝클어진 오렌지색 수염 속에서 알려주었다. "오래 나가 계실까요?"

"아니야. 잠시 바람 좀 쐬면 돼." 존은 밤공기 속으로 걸어 나갔다. 하늘에는 별이 가득했고, 장벽에는 돌풍이 불고 있었다. 달마저도 얼굴에 소름이 돋은 게 추워 보였다. 그러다가 돌풍이 존을 후려쳐, 겹겹의 모직물과 가죽옷을 베어내고 이를 맞부딪치게 만들었다. 존은 바람의 이빨에 물린 채 훈련장을 조용히 가로질렀다. 어깨에 걸친 망토가 요란하게 펄럭거렸다. 고스트가 뒤따라왔다. '내가 어디로 가는 거지? 내가 뭘 하는 거지?' 캐슬블랙은 고요하고 잠잠했으며, 홀과 탑은 캄캄했다. '나의 권좌.' 존 스노우는 생각했다. '나의 성, 나의 집, 나의 사령부. 폐허.'

장벽 그림자 속에서 다이어울프가 그의 손가락을 스쳤다. 아주 짧은 순간 밤이 천 가지 냄새와 함께 살아났고, 존 스노우는 오래된 눈밭에서 얇은 얼음이 부서지는 소리를 들었다. 그는 누군가가 뒤에 있음을 퍼뜩 깨달았다. 여름날처럼 따뜻한 냄새가 나는 누군가였다.

몸을 돌리자 이그리트가 보였다.

그녀는 암흑과 기억의 망토를 걸친 채, 사령관의 탑에 남은 까맣게 탄 돌들 아래 서 있었다. 그녀의 머리카락에, 불의 입맞춤을 받은 그 붉은 머리에 달빛이 내려앉았다. 그 모습을 보자 존의 심장이 입으로 튀어나올 것 같았다. "이그리트."

"스노우 공." 그건 멜리산드레의 목소리였다.

놀란 존은 그녀 앞에서 움츠러들었다. "멜리산드레 사제님." 그는 한 걸음 물러섰다. "다른 사람으로 착각했습니다." '밤에는 모든 로브가 회색으로 보이는 법이지.' 하지만 그녀의 붉은색 로브가 갑자기 눈에 들어왔다. 어떻게 그녀를 이그리트로 착각했는지 이해할 수가 없었다. 멜리산드레가 더 크고, 더 마르고, 더 나이가 많았다. 달빛이 그 얼굴에서 세월을 씻어내긴 했어도……. 그녀의 코와 밤공기에 노출된 하얀 두 손에서 김이 피어올랐다. "손가락에 동상을 입으십니다." 존이 경고했다.

"그게 를로르의 뜻이라면 그럴 테지요. 밤의 힘은 신의 성스러운 불에 심장을 담근 이를 건드리지 못해요."

"당신의 심장은 제 알 바 아닙니다. 손이 걱정이죠."

"중요한 건 심장뿐이에요. 절망하지 말아요, 스노우 공. 절망은 이름을 말할 수 없는 적의 무기예요. 당신은 동생을 잃지 않았어요."

"제겐 동생이 없습니다." 말이 칼과 같았다. '당신이 내 심장에 대해 뭘 알아, 사제? 내 동생에 대해선 뭘 알고?'

멜리산드레는 재미있어하는 것 같았다. "이름이 뭐죠, 당신에게 없는 그 어린 여동생?"

"아리아." 목소리가 잠겼다. "사실은 이복동생인데……."

"당신이 서자이니 그렇겠지요. 잊지 않았어요. 불 속에서 그자들이 꾸민 결혼식에서 도망치는 당신 동생을 봤어요. 여기로, 당신에게로 오더군요. 죽어가는 말을 탄 회색 옷의 소녀를 똑똑히 보았어요. 아직 일어나지 않은 일이지만, 그렇게 될 거예요." 그녀는 고스트를 응시했다. "당신의…… 늑대를 만져봐도 될까요?"

생각만으로도 불편해졌다. "안 그러시는 게 좋습니다."

"날 해치진 않을 거예요. 이름이 고스트 맞죠?"

"네. 하지만……."

"고스트." 멜리산드레는 그 이름을 노래하듯 불렀다.

다이어울프가 멜리산드레에게 걸어갔다. 킁킁거리면서 조심스럽게 그 주위로 원을 그리더니, 그녀가 손을 내밀자 손도 킁킁거린 다음 손가락에 코를 갖다 댔다.

존은 하얀 입김을 토해냈다. "이런 적은 드문데, 녀석이 이렇게……."

"따뜻한 적은? 따뜻함은 따뜻함을 부르지요, 존 스노우." 멜리산드레의 두 눈은 어둠 속에서 빛나는 두 개의 붉은 별이었다. 목에 걸린 루비는 다른 두 개보다 더 밝게 빛나는 세 번째 눈이었다. 존은 고스트의 눈동자가 빛을 제대로 받으면 똑같은 붉은색으로 타오르는 것을 본 적이 있었다. "고스트. 이리 와."

다이어울프는 낯선 사람 보듯이 존을 보았다.

존은 믿기지가 않아 얼굴을 찌푸렸다. "거참…… 묘하군요."

"그렇게 생각해요?" 멜리산드레는 무릎을 꿇고 고스트의 귀 뒤를 긁었다. "당신의 장벽이 묘하죠. 하지만 여기엔 당신이 쓰려고만 하면 쓸 힘이 있어요. 당신 안에도, 이 짐승 안에도 있죠. 그 힘에 저항하는 게 당신의 실수예요. 받아들여요. 사용해요."

'난 늑대가 아니야.' 존은 생각했다. "어떻게 그러라는 겁니까?"

"내가 알려줄 수 있어요." 멜리산드레가 고스트에게 가느다란 팔을 걸치자, 다이어울프가 그녀의 얼굴을 핥았다. "지혜로운 빛의 군주께선 우리를 남성과 여성으로 만들었지요. 더 큰 전체의 두 부분으로. 우리의 결합에는 힘이 있어요. 생명을 만드는 힘. 빛을 만드는 힘. 그림자를 드리우는 힘."

"그림자라고요." 그 말을 뱉는 순간, 세상이 좀 더 어두워진 느낌이었다.

"지상을 걷는 모든 인간은 세상에 그림자를 드리우지요. 어떤 그림자는 흐리고 약한 반면, 어떤 그림자는 길고 어두워요. 뒤를 봐요, 스노우 공. 달이 당신에게 입을 맞추고 얼음 위에 6미터는 되는 당신의 그림자를 새겼군요."

존은 어깨 너머를 흘긋 보았다. 그 말대로, 달빛 속에서 장벽에 그림자가 새겨져 있었다. '죽어가는 말을 탄 회색 옷의 소녀.' 그는 생각했다. '여기로,

나에게 오고 있어. 아리아가.' 그는 붉은 여사제를 다시 돌아보았다. 그녀의 온기를 느낄 수 있었다. '이 여자에겐 힘이 있어.' 저도 모르게 든 생각이 강철 이빨처럼 그를 붙잡았지만, 이 여자는 빚을 지고 싶은 상대가 아니었다. 설령 동생을 위해서라 해도 그랬다. "댈라가 예전에 해준 말이 있습니다. 발의 언니이자, 만스 레이더의 아내였지요. 댈라는 마법이란 칼자루가 없는 검이라고 했어요. 안전하게 쥘 방법은 없다고."

"현명한 여자였군요." 멜리산드레는 일어서서 붉은 로브를 바람에 휘날렸다. "하지만 칼자루가 없는 검도 검이고, 사방이 적일 때는 검이 좋은 물건이죠. 이제 내 말을 들어요, 존 스노우. 아홉 까마귀가 당신의 적들을 찾기 위해 하얀 숲으로 날아갔어요. 그중 셋은 죽었어요. 아직은 죽지 않았지만, 죽음이 밖에서 그들을 기다리고 있고, 그들은 그 죽음을 만나러 달려가고 있죠. 당신은 어둠 속의 눈이 되어달라고 그들을 내보냈지만, 돌아올 때 그들에겐 눈이 없을 거예요. 내 불길 속에서 그들의 창백한 죽은 얼굴들을 보았어요. 텅 빈 눈구멍에서 피를 흘리고 있었죠." 멜리산드레는 붉은 머리를 쓸어 넘기며 붉은 눈을 빛냈다. "지금은 나를 믿지 않지만, 믿게 될 거예요. 그 믿음의 대가는 세 명의 목숨입니다. 지혜의 대가치고는 사소하다고 할 사람도 있겠지만…… 꼭 치러야 했을 대가는 아니에요. 죽은 이들의 눈멀고 망가진 얼굴들을 보거든 그 점을 기억해요. 그리고 그날이 오면, 내 손을 잡아요." 그녀의 하얀 손에서 김이 피어올랐고, 순간 그 손가락 주위에서 하얀 마법의 불길이 뛰노는 것만 같았다. 멜리산드레가 다시 말했다. "내 손을 잡고, 내가 당신 동생을 구하게 해줘요."

다보스

울프스텐의 어둠 속에서도, 다보스 시워스는 오늘 아침 뭔가가 잘못되었음을 감지할 수 있었다.

목소리 때문에 깨어나서 감방 문으로 기어갔지만, 나무가 너무 두꺼워서 무슨 말을 하는지 알아들을 수는 없었다. 새벽이 왔지만, 가스가 매일 아침 식사로 가져오던 포리지는 오지 않았다. 그래서 불안해졌다. 울프스텐에서는 매일이 거의 똑같았고, 변화는 대개 나쁜 쪽으로만 일어났다. '오늘이 내가 죽는 날인지도 모르겠군. 지금도 가스가 숫돌을 들고 앉아서 루 부인(Lady Lu)을 갈고 있을지 몰라.'

양파 기사는 와이먼 맨덜리가 한 마지막 말을 잊지 않았다. '이자를 울프스텐으로 끌고 가서 머리와 손을 자르게.' 뚱뚱한 영주는 그렇게 명령했었다. '이 밀수꾼의 거짓말만 하는 입에 양파를 물려 머리를 대못에 꽂아 놓은 꼴을 보기 전에는 한 입도 먹지 못하겠어.' 다보스는 매일 밤 그 말을 생각하며 잠들었다가, 그 말을 떠올리며 깨어났다. 그리고 다보스가 잊더라도 가스가 언제나 상기시키기를 즐겼다. 가스는 다보스를 '죽은 놈'이라고 불렀다. 아침에 들를 때마다 "여기, 죽은 놈에게 포리지다"라고 하고 밤이면 "촛불 꺼라, 죽은 놈"이라고 했다.

한번은 가스가 죽은 놈에게 소개해주겠다고 제 여자들을 데려왔다. "'창녀'는 대단찮아 보이지." 그는 차가운 검은 쇠막대를 어루만지며 말했다. "하지만 벌겋게 달궈서 이걸로 네 놈 거시기를 건드리면, 어머니를 찾으며 울게 될 거다. 그리고 여기 이쪽은 나의 '루 부인'이야. 와이먼 공이 명을 내리시면 네 놈의 머리와 손을 자를 분이시지." 다보스는 루 부인보다 더 큰 도끼를 본 적도, 그보다 더 날이 선 도끼를 본 적도 없었다. 다른 간수들은 가스가 루 부인을 갈면서 나날을 보낸다고 했다. '자비를 빌진 않을 거야.' 다보스는 다짐했다. 기사답게, 손보다 머리를 먼저 거둬달라고만 부탁하고 죽을 것이다. 아무리 가스라도 그걸 거절할 만큼 잔인하진 않기를 빌었다.

문틈으로 새어 드는 소리는 희미하고 불분명했다. 다보스는 일어나서 감방 안을 걸었다. 감옥치고는 큰 데다 이상하리만치 편한 방이었다. 예전에는 어느 귀족의 침실이었을 수도 있겠다 싶었다. '블랙베타'호에서 쓰던 선장실의 세 배는 되고, 발리리안호에서 살라도르 산이 쓰는 선실보다도 더 컸다. 하나뿐인 창문은 오래전에 벽돌로 막혔지만, 한쪽 벽에는 아직도 주전자를 걸 만큼 큰 벽난로가 있었고 구석 벽감에 진짜 변소도 있었다. 바닥은 죄다 쪼개지고 휘어진 판자 널이었고, 잠자리에서는 곰팡내가 났지만, 그 정도 불편은 다보스가 예상한 바에 비하면 별것 아니었다.

음식도 놀라웠다. 흔한 지하감옥의 묽은 오트밀과 퀴퀴한 빵과 썩은 고기 대신, 간수들이 가져온 식사는 갓 잡은 물고기, 오븐에서 막 꺼내어 따뜻한 빵, 향신료를 친 양고기, 순무, 당근에 심지어 게 요리까지 있었다. 가스는 좋아하지 않았다. "죽은 놈이 산 놈보다 잘 먹으면 안 되는데 말이야." 가스는 몇 번이나 그렇게 불평했다. 다보스에겐 밤이면 따뜻하게 두를 모피에, 벽난로에 넣을 장작, 깨끗한 옷, 기름진 양초도 주어졌다. 종이와 펜과 잉크를 요청하자 다음 날 테리가 가져왔다. 읽기 연습을 계속하려고 책을 요청하자, 테리가 《칠각별》을 가지고 나타났다.

하지만 아무리 편하다 해도 감옥은 감옥이었다. 사방 벽은 단단한 돌이었고, 바깥세상의 소리는 하나도 들을 수 없을 만큼 두꺼웠다. 문은 참나무와 쇠로 만들었고, 간수들이 그 문에 빗장도 질렀다. 천장에는 무거운 쇠고랑 네 개가 매달려, 맨덜리 공이 다보스에게 사슬을 채우고 '창녀'에게 넘겨줄 날을 기다렸다. '오늘이 그날인지도 몰라. 다음에 가스가 문을 열 때는 포리지를 가져다주는 게 아닐지도 몰라.'

배가 꾸르륵거리는 게 틀림없이 아침이 지나가고 있다는 신호였는데, 아직도 음식은 오지 않았다. '최악은 죽는 게 아니라, 언제 어떻게 죽는지를 모른다는 거야.' 밀수꾼 시절에 교도소와 지하감옥 몇 군데에 들어가보기는 했지만, 그때는 다른 죄수들이 함께 있었기에 언제나 이야기를 나누고, 두려움과 희망을 나눌 상대가 있었다. 여기는 그렇지가 않았다. 간수들을 제외하면, 다보스 시워스 혼자서 울프스덴을 차지했다.

그는 성 지하실에 진짜 지하감옥이 있음을 알았다. 토옥과 고문실, 그리고 커다란 검은 쥐들이 어둠 속을 돌아다니는 축축한 구덩이. 간수들은 그 방들 모두가 지금은 비어 있다고 주장했다. "여긴 우리뿐이야, 양파." 바티무스 경이 그렇게 말했었다. 간수장인 그는 흉터투성이 얼굴에 한쪽 눈이 멀고, 시체같이 창백한 외다리 기사였다. 바티무스 경은 취하면 (그리고 거의 매일 취해 있었다) 자기가 어떻게 트라이던트 전투에서 와이먼 공의 목숨을 구했는지 자랑하기를 좋아했다. 울프스덴이 그 보상이었다.

나머지 "우리"에는 다보스가 한 번도 본 적 없는 요리사와 1층 병영에 있는 위병 여섯 명, 세탁부 두 명, 그리고 죄수를 돌보는 옥사쟁이 두 명이 포함됐다. 테리는 어린 쪽으로, 세탁부의 아들인 열네 살 소년이었다. 나이 많은 쪽이 가스였는데, 덩치가 크고 대머리에 말수가 적었으며, 매일같이 기름때 묻은 똑같은 가죽조끼를 입고 언제나 언짢은 표정인 것 같았다.

밀수꾼으로 보낸 세월은 다보스 시워스에게 이상한 사람에 대한 감각을 길러주었고, 가스는 이상한 사람이었다. 양파 기사는 가스가 있을 때 입을 조심했다. 테리와 바티무스 경이 있을 때는 말을 덜 삼갔다. 그들에게는 음식을 가져다줘서 고맙다고 인사하고, 각자의 희망과 과거사를 이야기해보라고 부추기고, 질문에는 정중하게 대답했으며, 절대로 요구를 심하게 밀어붙이지 않았다. 요청을 할 때는 작은 것들이었다. 수반과 비누라든가, 읽을 책 한 권, 양초 정도. 그런 요청은 대부분 받아들여졌고, 다보스는 적당히 고마워했다.

둘 다 맨덜리 공이나 스타니스 왕, 프레이들에 대해서는 말하지 않았지만 다른 것들에 대해서는 이야기했다. 테리는 나이가 들면 전쟁에 나가고 싶어 했고, 전투에서 싸워서 기사가 되고 싶어 했다. 어머니에 대해서 종종 불평하기도 했다. 어머니가 위병 두 명과 잠자리를 하고 있다는 것이었다. 둘이 경비 시간이 다르고 서로를 모르고 있지만, 언젠가 한 명이라도 상황을 알아내면 피가 튈 터였다. 어떤 밤이면 소년은 심지어 와인까지 한 부대 들고 와서 다보스와 술을 마시며 밀수꾼의 삶에 대해 묻기도 했다.

바티무스 경은 바깥세상에 관심이 없었다. 사실상, 기수 잃은 말과 학사의 톱에 한쪽 다리를 잃은 후에 일어난 어떤 일에도 관심이 없었다. 그러나 그는 울프스덴을 사랑하게 되었고, 울프스덴의 길고 피비린내 나는 역사에 대해 떠들기를 세상에서 제일 좋아했다. 그는 다보스에게 울프스덴이 화이트하버보다 훨씬 오래됐다고 말했다. 이곳은 존 스타크 왕이 바다에서 오는 약탈자들로부터 화이트나이프 강어귀를 지키기 위해 세운 성이었다. 북부의 왕 자리를 이어받지 않은 아들, 형제, 숙부, 사촌 다수가 이 성을 권좌로 삼았다. 그중 몇 명은 자기 아들과 손자에게 이 성을 물려줬고, 스타크 가문의 방계도 몇이나 생겼다. 그레이스타크 가문이 제일 오래가서 5세기 동안 울프스덴을 차지하고 있다가, 드레드포트가 윈터펠의 스타크를 상대로 일으킨 반란에 가담하면서 끝났다.

그들의 몰락 이후, 이 성은 수많은 다른 손들을 거쳤다. 플린트 가문이 1세기를 갔고, 로크 가문은 2세기 가까이 갔다. 윈터펠이 강을 지키라고 지시한 슬레이트, 롱, 홀트, 애시우드가 성을 지배하기도 했다. 한번은 세 자매 군도에서 온 약탈자들이 성을 차지하고 북부의 교두보로 삼았다. 윈터펠과 협곡 사이에 벌어진 전쟁 동안에는 늙은 매 오스굿 아린에게 포위당했고, '매 발톱(Talon)'으로 기억된 그의 아들이 불태우기도 했다. 늙은 왕 에드릭 스타크가 너무 약해져서 왕국을 지키지 못했을 때는 울프스덴이 징검돌 군도의 노예상들에게 점령당했다. 그들은 포로들에게 달군 쇠로 낙인을 찍고 채찍질로 길을 들인 후에 바다 건너로 실어 보냈고, 바로 이 검은 돌벽들이 그 광경을 목격했다.

"그리고 길고 잔인한 겨울이 왔지." 바티무스 경이 말했다. "화이트나이프가 꽝꽝 얼었고, 하구마저 얼음이 올라왔어. 북부에서 포효하는 바람이 불어와 노예상들을 불가에 옹송그리게 만들었고, 몸을 데우는 사이 새로운 왕이 그자들을 덮쳤다네. 눈 수염 에드릭의 증손자인 브랜던 스타크로, 사람들이 얼음 눈동자라고 부르는 왕이었지. 브랜던 왕은 울프스덴을 되찾고, 노예상들을 벌거벗겨 지하감옥에 사슬로 묶여 있었던 노예들에게 내어줬어. 그들은 신들에게 바치는 공물로 노예상들의 창자를 심장 나무 가지에 걸었다더군. 남부에서 온 새로운 신들 말고, 옛 신들 말이야. 자네들의 일곱 신은 겨울을 모르고, 겨울도 그 신들을 몰라."

다보스는 그 말이 사실임을 부정할 수 없었다. 바닷가 이스트워치에서 겪은 바로는 다보스도 겨울을 알고 싶지 않았다. "경은 어떤 신들을 믿습니까?" 그는 외다리 기사에게 물었다.

"옛 신들." 바티무스 경이 히죽 웃는 모습이 해골 같았다. "나와 내 신들은 맨덜리보다 먼저 여기에 있었어. 내 조상들이 나무에 그 창자를 걸었을걸."

"북부인들이 심장 나무에 피의 공양을 하는 줄은 몰랐는데요."

"남부인들이 북부에 대해 모르는 건 그거 말고도 많지." 바티무스 경이 대답했다.

맞는 말이었다. 다보스는 촛불 옆에 앉아서 갇혀 있는 동안 한 단어, 한 단어씩 적어 넣은 편지들을 바라보았다. '난 밀수꾼으로서가 기사로서보다 나았소.' 그는 아내에게 이렇게 썼다. '기사로서도 왕의 수관으로서보다는 나았고, 왕의 수관으로서도 남편으로서보다는 나았지. 정말 미안해. 마리아, 난 당신을 사랑했어. 부디 내가 잘못한 것들을 용서해줘. 스타니스가 전쟁에서 지면, 우리 땅도 잃게 되겠지. 아이들을 데리고 협해 건너 브라보스로 가서, 가능하다면 나를 좋게 생각하도록 가르쳐줘요. 스타니스가 철왕좌를 얻는다면 시워스 가문은 살아남을 테고, 데반은 궁정에 남겠지. 그때는 데반이 나머지 아이들이 귀족가에 가서 시동과 종자로 일하다가 기사직을 얻을 수 있게 도울 거예요.' 그게 다보스가 해줄 수 있는 최선의 조언이었고, 좀 더 현명하게 들리길 바랐다.

살아남은 세 아들에게도 하나씩 편지를 써서, 손가락 마디로 귀족의 이름을 사 준 아버지를 기억하는 데 도움을 주려고 했다. 스테폰과 스타니스에게 남긴 편지는 짧고 딱딱하고 어색했다. 솔직히 말하면 마지막 두 아이는 그 위의 아들들, 블랙워터에서 불에 타 죽거나 물에 빠져 죽은 아들들만큼 알지를 못했다. 데반에게는 아들이 왕의 종자로 일하는 모습이 얼마나 자랑스러웠는지 적고 이제 맏아들이 되었으니 어머니와 동생들을 보호하는 것이 데반의 의무임을 일깨웠다. 마무리는 이렇게 적었다. '전하에게 내가 최선을 다했다고 말씀드려라. 전하를 실망시켜서 죄송하구나. 킹스랜딩 아래에서 강이 불타던 날, 내 손가락뼈와 함께 행운도 잃어버렸어.'

다보스는 그 편지들을 천천히 정리하며 각각 몇 번씩 읽고 여기 한마디를 바꿀까 저기 한마디를 더할까 생각했다. 삶의 끝을 마주하고 있을 때는 할 말이 더 많아야 할 것 같은데, 말이 쉽게 나오질 않았다. '그렇게 나쁘진 않았어.' 그는 스스로에게 말하려 했다. '플리바텀 출신이 왕의 수관까지 출세했고, 읽고 쓰기도 배웠잖아.'

아직 편지들을 살펴보고 있는데 고리에 달린 철제 열쇠가 절그렁거리는 소리가 들렸다. 다음 순간, 감방 문이 열렸다.

그 문으로 들어온 사람은 간수들 중 누구도 아니었다. 키가 크고 초췌했으며, 얼굴에 깊이 주름이 지고 회갈색 머리가 흐트러져 있었다. 허리에는 장검을 찼고, 짙게 염색한 진홍색 망토는 어깨 부근에서 쇠장갑 낀 주먹 모양의 묵직한 은제 브로치로 고정했다. "시워스 공. 시간이 별로 없소. 따라와주시오."

다보스는 낯선 사람을 조심스럽게 바라보았다. 따라와달라는 말에 혼란스러웠다. 머리와 손을 잃을 사람들이 그런 예의 갖춘 말을 듣는 일은 잘 없었다. "누구시오?"

"로벳 글로버요."

"글로버. 공의 권좌는 딥우드모트였지요."

"내가 아니라 형인 갤버트의 권좌요. 당신의 스타니스 왕 덕분에, 과거에도 그랬고 지금도 그렇지요. 스타니스가 그곳을 훔친 강철 계집에게서 탈환했고 정당한 주인에게 돌려주겠다고 제안하고 있어요. 다보스 공이 이 벽 안에 갇혀 있는 동안 많은 일이 일어났소. 모트카일린이 함락됐고, 루스 볼턴이 네드 스타크의 막내딸과 함께 북부로 돌아왔소. 프레이군이 그 놈과 같이 왔고. 볼턴은 까마귀들을 날려서 북부의 모든 영주들을 배로턴으로 소환했소. 충성 맹세와 인질들을 요구하고…… 아리아 스타크와 자기 서자인 램지 스노우의 결혼식에 증인으로 서라더이다. 이 결합으로 볼턴은 윈터펠에 대한 권리를 주장할 작정이지요. 자, 따라오겠소, 말겠소?"

“나에게 어떤 선택권이 있습니까? 같이 가거나, 아니면 가스와 루 부인과 함께 남는 건가요?”

“루 부인이 누구지? 세탁부요?” 글로버는 인내심을 잃어갔다. “따라오면 다 설명해줄 거요.”

다보스는 일어섰다. “내가 죽는다면, 부디 내 편지들이 전해지게 해달라고 부탁드립니다.”

“약속하지요……. 하지만 공이 죽는다면, 글로버나 와이먼 공의 손에 죽는 것은 아닐 거요. 이제 서둘러요.”

글로버는 앞장서서 어두워진 복도를 걷다가 낡은 계단을 내려갔다. 그들은 신의 숲을 가로질렀다. 심장 나무가 너무 크고 뒤엉켜 자라는 바람에 참나무와 느릅나무와 자작나무를 다 질식시켰고 그 굵고 하얀 가지들은 숲을 내려다보는 벽과 창문들까지 뚫은 상태였다. 뿌리는 남자 허리둘레만큼 굵었고, 줄기는 새겨진 얼굴이 뚱뚱하고 화나 보일 정도로 굵었다. 그 영목을 지나자 글로버가 녹슨 쇠문을 열더니 잠시 멈춰서 횃불을 켰다. 횃불이 붉고 뜨겁게 타오르자 그는 다보스를 데리고 계단을 더 내려가서, 물이 흐르는 벽에 소금이 하얗게 앉았고 걸음을 옮길 때마다 발아래에 바닷물이 철벅거리는 반구형 지붕의 지하실로 들어갔다. 그런 지하실을 몇 개 통과하고, 다보스가 갇혀 있던 곳과는 사뭇 다른 작고 축축하고 냄새가 지독한 감방도 여러 개 지났다. 이어서 아무것도 없는 돌벽이 하나 나왔는데, 글로버가 밀자 벽이 돌아갔다. 그 너머에는 길고 좁은 터널과 또 계단이 있었다. 이번 계단은 위로 올라갔다.

“우리가 어디 있는 겁니까?” 다보스는 올라가면서 물었다. 내뱉은 말이 어둠 속에 희미하게 메아리쳤다.

“계단 아래 계단이오. ‘성 계단길’ 아래에 난 뉴캐슬까지 이어지는 통로지. 비밀 통로. 공의 모습이 보여서는 안 돼요. 당신은 죽은 걸로 되어 있소."

'죽은 놈에게 포리지라더니.' 다보스는 계단을 올라갔다.

그들은 또 다른 벽을 통과해 나갔는데, 이번 벽 반대편은 욋가지를 엮어 석고를 바른 벽이었다. 그 너머에 자리한 방은 아늑하고 따뜻했으며 편안하게 꾸며져, 바닥에는 미르 카펫이 깔리고 탁자 위에서는 밀랍초가 탔다. 다보스는 멀지 않은 곳에서 울리는 피리와 깽깽이 소리를 들을 수 있었다. 벽에는 빛바랜 색의 북부 지도가 담긴 양가죽이 걸렸다. 그 지도 밑에, 화이트하버의 거대한 영주 와이먼 맨덜리가 앉아 있었다.

"앉으시게." 맨덜리 공은 호화롭게 차려입었다. 벨벳 더블릿은 부드러운 청록색으로, 가장자리와 소매와 옷깃에 금색 실로 수를 놓았다. 짧은 망토는 흰담비 모피였고, 황금 삼지창으로 어깨를 고정했다. "배고프신가?"

"아닙니다. 영주님의 간수들이 식사를 잘 챙겨줬습니다."

"목이 마르다면 와인도 있네."

"영주님과 교섭은 하겠습니다. 제 왕께서 그리하라 명하셨으니까요. 영주님과 술을 마시진 않아도 됩니다."

와이먼 공은 한숨을 내쉬었다. "공을 부끄럽게 대했다는 건 아네. 내게도 이유는 있었지만……. 부디 앉아서 와인을 마셔달라 부탁하네. 내 아들의 안전한 귀환을 기념해 마셔주게. 내 맏아들이자 후계자인 윌리스가 집에 돌아왔다네. 지금 들리는 게 환영 연회야. 인어의 궁정에서는 장어 파이며, 구운 밤을 곁들인 사슴 고기를 먹고 있지. 위나프리드는 결혼하게 될 프레이와 춤을 추고 있고. 다른 프레이들은 와인 잔을 들어 우리의 우정에 건배하고 있다네."

다보스는 음악 소리 사이로 웅얼거리는 수많은 목소리들, 잔과 접시가 부딪치는 소리들을 들을 수 있었다. 그는 아무 말도 하지 않았다.

와이먼 공은 말을 이었다. "난 상석에서 막 이리로 온 참일세. 언제나처럼 너무 먹었고, 화이트하버 모두가 내 장이 나쁘다는 걸 알지. 바라건대, 프레이 친구들도 내가 변소에 오래 있다고 이상하게 여기진 않을 거야." 그는 잔을 거꾸로 뒤집었다. "자. 공은 마실 것이고, 나는 마시지 않을 거야. 앉게. 시간이 얼마 없고, 해야 할 말은 많네. 로벳, 괜찮다면 수관께 와인을 따라주겠나. 다보스 공, 공은 모르겠지만 공은 죽은 몸이라네."

로벳 글로버가 와인 잔을 채워 다보스에게 내밀었다. 다보스는 그 잔을 받고, 냄새를 맡아보고, 마셨다. "혹시 제가 어떻게 죽었는지 여쭤봐도 될까요?"

"도끼로 참수당했지. 공의 머리통과 두 손은 두 눈이 항만 쪽을 바라보도록 얼굴을 돌려서 바다표범 문 위에 꽂아놓았다네. 대못에 꽂기 전에 머리통을 타르에 담갔다가 뺐지만 지금은 꽤 썩었지. 시체 먹는 까마귀들과 갈매기들이 눈알을 두고 다퉜다더군."

다보스는 불편한 듯 자세를 바꿨다. 죽어 있다는 건 기묘한 기분이었다. "여쭤봐도 괜찮다면, 누가 저 대신 죽었습니까?"

"그게 중요한가? 다보스 공은 평범한 얼굴이야. 이렇게 말한다고 기분 상하진 않길 바라네. 그 남자는 머리색이 공과 같았고, 코 모양도 같았고, 썩 다르게 생기지 않은 두 귀에다, 잘 다듬어서 공과 비슷한 모양으로 만들 수 있는 긴 수염을 길렀네. 우리가 타르 칠을 제대로 한 데다가, 잇새에 양파를 밀어 넣어 이목구비를 비트는 효과를 냈지. 바티무스 경이 공의 손과 똑같이 왼손마디 끝을 잘라냈다네. 혹시 위안이 된다면, 그 남자는 범죄자였네. 그 남자의 죽음은 살아 있는 동안에 한 어떤 일보다 더 좋은 결과를 낳을 수 있어. 다보스 공, 나는 공에게 어떤 악감정도 없네. 내가 인어의 궁정에서 보여준 증오는 프레이 친구들을 즐겁게 하기 위한 연극이었어."

"영주님은 배우의 인생을 사셔야 했겠습니다." 다보스는 말했다. "영주님과 영주님 가족들의 연기는 정말 설득력 있었어요. 며느님은 가장 열렬히 제 죽음을 바라시는 것 같았고, 손녀분은……."

"윌라 말이지." 와이먼 공은 미소 지었다. "내가 혀를 뽑겠다고 위협하는데도 나에게 화이트하버가 윈터펠의 스타크에게 진 빚, 결코 되갚을 수 없는 그 빚을 일깨우더군. 윌라는 마음에서 우러나서 말했고, 레오나 부인도 그랬다네. 가능하다면 레오나를 용서해주시게. 레오나는 어리석고 겁에 질린 여자이고, 윌리스가 그 아이의 목숨이야. 모든 남자에게 드래곤 기사 아에몬 왕자나 별 눈의 시미언이 될 자질이 있는 것은 아니고, 모든 여자가 우리 윌라나 그 언니인 위나프리드처럼 용감할 수 있는 것도 아니라네……. 위나프리드는 알고 있었지만, 그런데도 두려움 없이 자기 역할을 연기했지.

정직한 남자라 해도 거짓말쟁이들을 대할 때는 거짓말을 해야 하네. 내게 남은 마지막 아들이 포로로 있는 동안에는 감히 킹스랜딩에 반항할 수가 없었어. 타이윈 라니스터 공이 나에게 윌리스를 데리고 있다는 편지를 썼지. 윌리스가 무탈하게 풀려나려면, 내가 반역죄를 뉘우치고, 내 도시를 바치고, 철왕좌에 앉은 소년 왕에게 충성을 선언하고…… 북부의 관리자 루스 볼턴에게 무릎을 굽혀야 한다고 했어. 거부한다면 윌리스는 반역자로 사형당하고, 화이트하버는 강습 후에 약탈당할 것이며, 내 사람들은 카스타미어의 레인과 같은 운명을 겪으리라 했지.

내가 뚱뚱하니, 많이들 내가 약하고 어리석다고 생각하네. 아마 타이윈 라니스터도 그랬겠지. 나는 까마귀를 보내어 내가 아들을 돌려받기 전이 아니라, 돌려받은 후에 무릎을 굽히고 성문을 열겠다고 했네. 타이윈이 죽자 그 문제는 교착됐고 그 후에 프레이 놈들이 웬델의 뼈를 가지고 나타났지……. 결혼 협약으로 평화를 확실하게 하자는 주장이었지만, 난 안전하고 멀쩡한 윌리스를 보기 전까지는 놈들이 원하는 걸 줄 생각이 없었고, 놈들은 내가 충성을 증명하기 전까지는 윌리스를 줄 생각이 없었어. 그러다가 공의 도착이 나에게 충성을 증명할 방법이 되어준 거야. 그게 내가 인어의 궁정에서 공에게 보여준 무례의 이유이며, 바다표범 문 위에서 머리통과 손들이 썩고 있는 이유일세."

"큰 위험을 무릅쓰셨습니다." 다보스가 말했다. "프레이들이 영주님의 속임수를 꿰뚫어 봤다면……."

"난 아무 위험도 지지 않았네. 프레이가 혹시라도 성문에 올라가서 입에 양파를 문 남자를 자세히 들여다봤다면, 그 실수를 간수들 탓으로 돌리고 공을 내놓았을 테니 말이야."

다보스의 등에 오한이 흘렀다. "알겠습니다."

"알아주길 바라네. 공에게도 아들들이 있다고 했지."

'셋입니다.' 다보스는 생각했다. '원래는 일곱이었지만요.'

"나는 곧 연회로 돌아가서 프레이 친구들과 건배를 해야 하네." 맨덜리는 말을 이었다. "놈들은 나를 지켜보고 있어. 밤이고 낮이고 감시하면서 배신의 냄새라도 나나 킁킁대고 있지. 경도 보았을 거야. 그 오만한 제러드 경과 그놈의 조카인 라에가르, 감히 드래곤의 이름을 지닌 그 건방진 벌레 놈. 그 둘 뒤에는 돈을 절렁대는 사이먼드가 서 있지. 그놈은 내 하인들 몇 명과 기사 두 명에게 뇌물을 먹였네. 그놈의 부인이 데려온 시녀 하나는 내 어릿광대의 침대에 들어갔지. 스타니스가 내 편지에 내용이 너무 없다고 생각한다면, 그건 내가 내 학사도 믿을 수가 없기 때문이야. 테오모어는 머리만 있고 심장이 없어. 인어의 궁정에서 테오모어가 하는 말을 들었지. 학사들은 사슬 목걸이를 걸 때 과거의 충성심을 다 미뤄둔다지만, 나로서는 테오모어가 라니스포트의 라니스터로 태어났고 캐스털리록의 라니스터와 먼 친척이라는 사실을 잊을 수가 없네. 적들과 거짓 친구들이 내 주위를 둘러싸고 있네, 다보스 공. 그놈들이 바퀴벌레처럼 내 도시를 좀먹고 있고, 밤이면 내 몸 위로도 기어 다니는 느낌이 나." 뚱뚱한 남자는 손가락을 구부려 주먹을 쥐고, 턱 전체를 떨었다. "내 아들 웬델은 트윈스에 손님으로 갔네. 왈더 공의 빵과 소금을 먹고, 친구들과 잔치를 벌이기 위해 벽에 검을 걸었지. 그런데 놈들이 그 아이를 살해했어. 살해했다고. 프레이 놈들은 자기들이 꾸며낸 이야기에 숨 막혀 죽으라지. 내가 제러드와 술을 마시고, 사이먼드와 농담을 하고, 라에가르에게 내 사랑하는 손녀딸을 약속했지만…… 결코 내가 잊었다고는 생각지 말게. 북부는 기억한다네, 다보스 공. 북부는 기억하고, 이 연극은 거의 끝났어. 내 아들이 집에 돌아왔네."

와이먼 공의 말을 듣고 있으려니 어쩐지 다보스의 뼛속까지 한기가 미쳤다. "영주님께서 원하시는 게 정의라면, 스타니스 왕에게 오십시오. 어떤 남자도 그분보다 더 정의롭지는 않습니다."

로벳 글로버가 끼어들었다. "공의 충성심은 명예롭지만, 스타니스 바라테온은 공의 왕이지, 우리의 왕은 아니오."

"여러분의 왕은 죽었습니다." 다보스는 상기시켰다. "피의 결혼식에서, 와이먼 공의 아들 곁에서 살해당했지요."

"젊은 늑대는 죽었지." 맨덜리는 동의했다. "하지만 그 용감한 청년이 에다드 공의 유일한 아들은 아니었어. 로벳, 그 아이를 데려오게."

"즉시 데려오겠습니다." 로벳 글로버가 문밖으로 나갔다.

'그 아이?' 롭 스타크의 동생 중 하나가 윈터펠의 폐허에서 살아남았을 수도 있을까? 맨덜리가 성 안에 스타크의 후계자를 숨겨두었나? '발견한 건가, 꾸며낸 건가?' 북부는 어느 쪽을 위해서라도 일어날 테지만…… 스타니스 바라테온은 가짜와는 결코 손을 잡지 않을 터였다.

로벳 글로버를 따라 문안으로 들어온 소년은 스타크가 아니었고, 스타크로 통할 꿈도 꿀 만하지 않았다. 나이는 젊은 늑대의 살해당한 동생들보다 많아서, 외모로 보면 열넷이나 열다섯쯤이었고, 눈은 그보다 더 나이가 많아 보였다. 헝클어진 짙은 갈색 머리카락 아래 큰 입과 날카로운 코, 뾰족한 턱이 잔인해 보이기까지 했다. "넌 누구냐?" 다보스가 물었다.

소년이 로벳 글로버를 쳐다보았다.

"벙어리지만, 그동안 우리가 글자를 가르쳤소. 빨리 배운다오." 글로버는 허리띠에 차고 있던 단검을 뽑아 소년에게 건넸다. "시워스 공에게 이름을 적어드려라."

그 방에는 양피지 조각이 없었다. 소년은 벽의 나무 기둥에 글자를 새겼다. '웩……ㄱ……스.' 그는 마지막 글자에 힘을 많이 넣었고, 다 새기자 단검을 허공에 던졌다가 받고는 자기 글씨에 감탄했다.

"웩스는 강철인이오. 테온 그레이조이의 종자였지. 윈터펠에 있었소." 글로버가 앉았다. "스타니스 공께서는 윈터펠에서 일어난 일에 대해 얼마나 아시는지?"

다보스는 들었던 이야기들을 돌이켰다. "윈터펠은 과거 스타크 공의 대자였던 테온 그레이조이에게 점령당했지요. 테온은 스타크의 어린 두 아들을 죽이고 머리통을 성벽 높이 꽂았습니다. 북부인들이 몰아내러 가자, 그자는 성 안에 있던 모두를 어린아이까지 다 죽였고, 볼턴 공의 서자에게 참살당했지요."

"죽진 않았소." 글로버가 말했다. "사로잡혀 드레드포트로 끌려갔지. 볼턴의 서자는 그놈의 가죽을 벗기고 있고."

와이먼 공이 고개를 끄덕였다. "우리 모두가 들은 이야기도 같은 내용이지만, 건포도가 가득 박힌 푸딩처럼 거짓말투성이라네. 윈터펠을 죽인 건 볼턴의 서자였어……. 그때는 램지 스노우라고 했지. 소년 왕이 볼턴으로 만들어주기 전까지는. 램지 스노우는 윈터펠의 가솔을 다 죽이지 않았네. 여자들을 살려두고는 줄줄이 밧줄로 묶어서, 오락 삼아 드레드포트로 몰고 갔다네."

"오락요?"

"그놈은 대단한 사냥꾼이거든." 와이먼 맨덜리가 말했다. "그리고 여자들은 그놈이 제일 좋아하는 사냥감이지. 여자들을 벌거벗겨 숲속에 풀어놓는다네. 반나절을 먼저 풀어뒀다가 사냥개들을 몰고 나팔을 울리며 쫓아나서는 거야. 가끔 탈출한 여자가 살아서 이야기를 전하지. 대부분은 그렇게 운이 좋지 않아. 램지는 여자들을 잡으면 강간하고, 가죽을 벗기고, 그 시체를 자기 개들에게 먹인 후, 가죽은 전리품 삼아 드레드포트로 가지고 돌아가네. 쫓는 동안 재미있었다면 가죽을 벗기기 전에 목을 그어주지. 그렇지 않았다면, 그 반대로 하고."

다보스는 창백해졌다. "신들이시여 맙소사. 대체 어떤 자가—"

"그놈의 핏줄엔 악마가 깃들어 있소." 로벳 글로버가 말했다. "그놈은 강간으로 태어난 사생아거든. 소년 왕이 뭐라고 하건 스노우요."

"그렇게 시커먼 눈(snow)이 있었을까?" 와이먼 공이 말했다. "램지는 혼우드 공의 과부와 강제로 결혼해 영지를 빼앗은 뒤, 부인을 탑에 가두고 잊어버렸지. 부인은 극한에 이르러 자기 손가락을 먹었다더군……. 그리고 라니스터가 생각하는 왕의 정의란, 그런 살인자에게 네드 스타크의 어린 딸을 보상으로 주는 거야."

"볼턴은 언제나 교활한 만큼 잔인하기도 했지만, 이놈은 사람 가죽을 쓴 야수 같소." 글로버가 말했다.

화이트하버의 영주가 몸을 앞으로 기울였다. "프레이도 나을 게 없지. 놈들은 와르그와 변신자에 대해 지껄이며 웬델을 죽인 건 롭 스타크였다고 하네. 얼마나 오만한지! 그자들은 북부가 그런 거짓말을 믿을 거라고 정말로 생각하진 않아. 우리가 믿는 척하지 않으면 죽을 거라고 생각하는 거지. 루스 볼턴은 피의 결혼식에서 자기가 맡은 역할에 대해 거짓말을 하고, 그놈의 서자는 윈터펠의 몰락에 대해 거짓말을 하네. 그런데도 놈들이 윌리스를 잡고 있는 한은 놈들의 배설물을 먹고 맛있다고 하는 수밖에 없었어."

"그리고 이제는요?" 다보스가 물었다.

그는 와이먼 공이 '이제는 스타니스 왕을 지지한다고 선언하겠네'라고 말하기를 기대했지만, 뚱뚱한 남자는 기묘하게 경쾌한 미소를 지으며 말했다. "그리고 이제는 결혼식에 참석해야지. 눈이 있다면 누구나 명백히 알겠지만, 난 말에 앉기엔 너무 뚱뚱해. 소년 시절에는 말타기를 좋아했고, 청년 시절에는 마상시합에서 소소한 환호 정도는 받을 만큼 말을 잘 탔네만, 그 시절은 끝났지. 내 몸뚱이는 울프스덴보다 더 비참한 감옥이 되었어. 그렇다 해도 나는 윈터펠에 가야 하네. 루스 볼턴은 내가 무릎을 굽히기를 바라고, 번드르르한 예의 아래 쇠 갑옷을 보여주거든. 난 유람선을 타고, 또 가마를 타고, 백 명의 기사와 트윈스의 좋은 친구들을 대동하여 갈 걸세. 프레이는 바다로 여기까지 왔지. 말을 타고 오질 않았으니, 손님에게 베푸는 선물로 각각에게 승용마를 하나씩 주려 하네. 남부에서 아직까지 집주인이 손님들에게 선물을 주나?"

"그런 경우도 있습니다. 손님이 떠나는 날에 주지요."

"그렇다면 이해할지도 모르겠군." 와이먼 맨덜리는 무겁게 몸을 일으켰다. "난 1년 넘게 군선을 건조해왔네. 몇 척은 보았겠지만, 더 많은 수가 화이트나이프 상류에 숨겨져 있지. 그동안 겪은 상실에도 불구하고, 난 여전히 넥 북쪽의 어떤 영주보다 많은 중기병을 지휘하네. 내 성벽은 튼튼하고, 내 금고에는 은화가 가득하지. 올드캐슬과 위도스워치는 내가 이끄는 대로 따를 거야. 내 휘하 봉신들엔 소영주 십여 명과 지주기사 백 명이 포함되네. 난 스타니스 왕에게 위도스워치부터 램스게이트(Ramsgate, 숫양 문)와 십스헤드힐스(Sheepshead Hills, 양 머리 구릉지), 그리고 브로큰브랜치(Broken Branch, 부러진 가지)강의 수원지에 이르기까지 화이트나이프 동쪽 전체의 동맹을 제공할 수 있네. 공이 내 조건만 맞춰준다면 이 모두를 주겠다고 맹세하지."

"왕에게 조건을 전할 수는 있습니다만—"

와이먼 공이 말을 잘랐다. "난 공이 내 조건을 맞춰준다면, 이라고 했네. 스타니스가 아니야. 내게 필요한 건 왕이 아니라 밀수꾼이라네."

로벳 글로버가 이야기를 이어받았다. "로드릭 카셀 경이 테온 그레이조이의 강철인들에게서 윈터펠을 되찾으려 했을 때 무슨 일이 일어났는지는 결코 다 알 수 없을지도 모르오. 볼턴의 서자는 그레이조이가 협상 중에 로드릭 경을 살해했다고 주장하고 있소. 웩스는 아니라는군. 웩스가 글자를 더 배우기 전까지는 진실을 절반밖에 알지 못하겠지만…… 그래도 웩스는 예와 아니요는 아는 상태로 우리에게 왔고, 적절한 질문만 찾으면 그것만으로도 꽤 알아낼 수가 있다오."

"로드릭 경과 윈터펠 사람들을 살해한 건 볼턴의 서자였네." 와이먼 공이 말했다. "그레이조이의 강철인들도 그놈이 죽였지. 웩스는 항복하려던 자들이 베이는 모습을 보았어. 어떻게 탈출했는지 물어보자, 분필을 잡고 얼굴이 있는 나무를 그리더군."

다보스는 생각해보았다. "옛 신들이 구해준 겁니까?"

"어떤 의미로는 그렇네. 심장 나무에 올라가서 잎사귀 사이에 몸을 감췄다네. 볼턴의 부하들이 신의 숲을 두 번 뒤지면서 발견하는 대로 죽였지만, 아무도 나무 위로 올라갈 생각은 못 했지. 그렇게 된 거냐, 웩스?"

소년은 글로버의 단검을 던져 올렸다가 받고는 고개를 끄덕였다.

글로버가 말했다. "이 녀석은 나무 위에 오랫동안 머물렀다오. 감히 내려갈 생각을 못하고 가지 사이에서 잤다지. 그러다가 마침내 아래에서 목소리를 들었소."

"죽은 자들의 목소리였지." 와이먼 맨덜리가 말했다.

웩스는 다섯 손가락을 펴서 단검으로 하나씩 두드린 후, 넷을 접고 마지막 손가락을 한 번 더 두드렸다.

"여섯이라는 거냐." 다보스가 물었다. "여섯 명이 있었군."

"그중 둘은 네드 스타크의 살해당한 아들들이었네."

"벙어리가 어떻게 그런 말을 할 수가 있습니까?"

"분필로 했지. 두 소년을 그리고…… 늑대 두 마리를 그렸어."

"이 녀석은 강철인이기에 모습을 드러내지 않는 편이 좋겠다고 생각했소." 글로버가 말했다. "그리고 귀를 기울였지. 여섯 명은 윈터펠의 폐허에 오래 머물지 않았소. 넷이 한쪽으로, 둘이 다른 쪽으로 갔다더이다. 웩스는 두 명 쪽을 따라갔소. 여자와 소년이었지. 늑대가 냄새를 맡지 못하게 바람을 따라 움직여야 했다는군."

"이 녀석은 그 둘이 어디로 갔는지 알아." 와이먼 공이 말했다.

다보스는 이해했다. "그 소년을 원하시는군요."

"루스 볼턴에겐 에다드 공의 딸이 있네. 그놈에게 반대하려면 화이트하버엔 네드의 아들이 있어야 해……. 그리고 다이어울프도 있어야지. 드레드포트가 존재를 부정하려 해도, 늑대가 그 소년이 스타크라는 증명이 될 거야. 그게 내 조건이네, 다보스 공. 나에게 내 주군을 몰래 데려다주면, 스타니스 바라테온을 내 왕으로 받아들이겠네."

다보스 시워스는 오랜 습관 탓에 목으로 손을 뻗었다. 그의 손가락뼈는 오랫동안 그에게 행운을 뜻했고, 어쩐지 와이먼 맨덜리가 요구하는 바를 이행하려면 행운이 필요할 것 같았다. 그러나 손가락뼈는 사라지고 없었기에 그는 말했다. "영주님은 저보다 뛰어난 이들을 거느리고 계십니다. 기사와 영주와 학사 말입니다. 왜 밀수꾼을 필요로 하십니까? 배도 있을 텐데요."

"배는 있지." 와이먼 공은 동의했다. "그러나 내 승조원들은 강 사나이들이거나, 바이트해 너머로는 나가본 적이 없는 어민들이야. 이 일을 위해서는 반드시 더 어두운 바다를 항해하고, 눈에 띄지도 방해받지도 않으면서 위험을 피해 움직일 줄 아는 남자가 있어야 하네."

"그 아이가 어디 있습니까?" 어쩐지 다보스는 답이 마음에 들지 않을 것 같았다. "절 어디로 보내고 싶으신 겁니까?"

로벳 글로버가 말했다. "웩스. 보여드려라."

벙어리가 단검을 던졌다가 받더니, 와이먼 공의 벽을 장식한 양가죽 지도에 날렸다. 단검은 제대로 박혀서 파르르 떨렸다. 소년이 히죽 웃었다.

다보스는 잠깐 동안 와이먼 맨덜리에게 울프스덴으로 돌려보내달라고, 옛날이야기를 늘어놓는 바티무스 경과 치명적인 무기를 가진 가스에게 보내달라고 할까 생각했다. 울프스덴에서는 죄수라 해도 아침에 포리지를 먹을 수 있었다. 하지만 이 세상에는 사람들이 아침 식사로 사람 고기를 먹는다고 알려진 곳들도 있었다.

대너리스

매일 아침, 여왕은 서쪽 성곽에서 노예상만에 보이는 돛을 헤아렸다.

오늘은 스물다섯 척이었지만, 몇 척은 멀리서 움직였기에 확신하기는 힘들었다. 가끔은 한 척을 빠뜨리거나, 한 척을 두 번 세기도 했다. '무슨 상관이야? 목을 조르려면 열 손가락만 있으면 되는데.' 교역은 모두 멈췄고, 그녀의 어민들은 감히 만에 나가지 못했다. 가장 대담한 어민들은 아직 강에 낚싯대를 몇 개 드리웠지만, 그 정도도 위험했다. 대부분은 색색의 벽돌로 이루어진 미린의 벽 아래에 배를 묶어두었다.

미린의 배들도 적 쪽에 있었다. 대니의 군대가 처음 도시를 포위했을 때 바다로 나갔던 군선과 교역용 갤리선이 이제 콰스와 톨로스, 신기스에서 온 함대를 보강하고자 돌아왔다.

제독의 조언은 쓸모없는 정도가 아니라 더 나빴다. "드래곤들을 보여주십시오." 그롤리오는 그렇게 말했다. "융카이 놈들에게 불 맛을 보여주면, 다시 교역이 원활해질 겁니다."

"저 배들이 우리의 목을 조르는데, 나의 제독이 할 수 있는 게 드래곤 이야기뿐이라니. 그대가 나의 제독이 맞는가?"

“군선이 없는 제독이지요.”

“군선을 건조하게.”

“군선을 벽돌로 만들 수는 없습니다. 노예상들이 근방 200리에 있는 목재란 목재는 다 불태웠습니다.”

“그러면 220리를 나가게. 짐마차와 일꾼과 노새, 뭐든 필요한 건 다 내어 주지.”

“저는 선원이지, 선박 장인이 아닙니다. 저는 전하를 펜토스로 다시 모셔 가려고 왔었습니다. 대신 전하께선 저희를 여기로 데려오고 제 새듈레온을 부수어 못과 나뭇조각 더미로 만드셨지요. 다시는 그 배를 보지 못할 겁니다. 제 집도 다시 보지 못할 테고, 제 늙은 아내도 다시는 못 보겠지요. 닥소스가 제시한 배들을 거절한 건 제가 아닙니다. 어선들로 콰스인들과 싸울 수는 없습니다.”

그롤리오의 신랄한 말에 어찌나 낙담했던지, 대니는 혹시 이 반백의 펜토스인이 그녀에게 예정된 세 번의 배신 중 하나일 수도 있을까 생각하고 말았다. ‘아니, 그롤리오는 집에서 멀리 떨어져 마음의 병을 앓는 노인일 뿐이야.’ “분명히 우리가 할 수 있는 일이 뭔가 있을 거야.”

“있지요. 그 방법은 이미 말씀드렸습니다. 이 배들은 밧줄과 역청과 돛천, 코호르 소나무와 소토리오스 티크나무, 대(大)노보스에서 온 늙은 참나무, 주목과 물푸레와 가문비나무로 만들어졌습니다. 나무란 말입니다, 전하. 나무는 불에 타지요. 드래곤들이—”

“드래곤들 이야기는 더 듣지 않겠네. 나가봐. 펜토스의 신들에게 우리의 적들을 가라앉힐 폭풍이나 내려달라고 기도하게.”

“어떤 선원도 폭풍을 기도하진 않습니다, 전하.”

“그대가 하지 않겠다는 일들에 대해 듣는 것도 질렸어. 나가.”

바리스탄 경은 뒤에 남았다. “창고는 한동안 넉넉합니다.” 그는 상기시켰다. "그리고 전하께서 콩과 포도와 밀을 심게 하셨지요. 전하의 도트락인들이 구릉 지대 노예상들을 거듭 공격하여 노예들의 족쇄를 끊었습니다. 그들도 경작을 하고 있으니, 작물을 미린에 팔러 올 겁니다. 그리고 라자르의 우정도 있을 겁니다."

'다리오가 얻어 온 우정이야. 그것만으로도 가치는 있어' "어린양족이라. 양들에게도 이빨이 있다면 좋으련만."

"그랬다간 늑대들이 더 조심스러워질 테지요."

그 말에 대니는 웃어버렸다. "경의 고아들은 어떤가?"

노기사는 미소 지었다. "흠, 전하께서 물어봐주시니 반갑군요." 그 아이들은 노기사의 자랑이었다. "네다섯은 기사의 자질이 있습니다. 어쩌면 열두 명까지도요."

"경만큼 진정한 기사라면 한 명으로도 충분할 거야." 기사란 기사는 모두 필요할 날이 곧 올지 몰랐다. "날 위해 마상시합을 해줄까? 그러면 좋겠는데." 비세리스는 대너리스에게 칠왕국에서 보았던 마상시합들의 이야기를 해줬지만, 대니는 직접 본 적이 없었다.

"아직은 준비가 안 됐습니다, 전하. 준비가 된다면 기쁘게 역량을 시연해 보일 겁니다."

"그날이 빨리 오면 좋겠군." 대니가 훌륭한 기사의 뺨에 입을 맞추려는데, 미산데이가 아치문 아래에 나타났다. "미산데이?"

"전하. 스카하즈가 전하를 뵙고자 기다립니다."

"올려 보내라."

민머리는 놋쇠 짐승 두 명을 대동했다. 한 명은 매 가면을 썼고, 또 한 명은 자칼 가면이었다. 놋쇠 가면 속에서 눈만 보였다. "빛나는 분이시여, 히즈다르가 어젯밤 자크의 피라미드에 들어가는 모습이 목격됐습니다. 어두워지고 한참이 지나도록 떠나지 않았습니다."

"히즈다르가 피라미드 몇 군데에 방문했지?" 대니가 물었다.

"열하나입니다."

"그리고 마지막 살인 이후 얼마나 지났지?"

"26일입니다." 민머리의 두 눈에 분노가 넘실거렸다. 놋쇠 짐승단에게 대니의 약혼자를 미행시켜 모든 행동을 파악하자는 것은 그의 생각이었다.

"지금까지 히즈다르는 약속을 잘 지키고 있군."

"어떻게 말입니까? 하피의 아들들이 칼을 내려놓았는데, 이유가 뭡니까? 고귀한 히즈다르가 상냥하게 부탁해서요? 분명 그놈도 한패입니다. 그래서 그놈의 말에 복종하는 겁니다. 어쩌면 그놈이 하피일지도 모릅니다."

"하피가 있다면 말이지." 스카하즈는 미린 어딘가에 하피의 아들들이 모시는 귀족 지배자가, 그림자 군대를 지휘하는 비밀 장군이 있다고 믿었다. 대니는 그렇게 믿지 않았다. 놋쇠 짐승단은 하피의 아들들을 수십 명 잡았고, 살아서 잡힌 이들은 모질게 심문하면 이름들을 토해냈다……. 대니가 봤을 때 이름이 너무 많았다. 그 모든 죽음이 단 하나의 적이 한 짓이고 그를 잡아 죽일 수 있다면 좋겠지만, 대니는 진실이 그 반대이지 않나 의심했다. '나의 적은 군단이야.' "히즈다르 조 로라크는 많은 친구를 둔 설득력 있는 남자요. 그리고 부유하지. 금으로 평화를 샀거나, 우리의 결혼이 가장 이익이 되는 일이라고 다른 귀족들을 설득했을지도 몰라."

"그놈이 하피가 아니라면, 하피를 아는 게 분명합니다. 제가 진실을 쉽게 알아낼 수 있습니다. 히즈다르를 심문하라는 허락만 내리시면, 제가 자백을 받아 오겠습니다."

"아니." 대니가 말했다. "난 그 자백들을 믿지 않아. 그대는 나에게 자백을 너무 많이 가져왔어. 모두가 쓸모가 없었고."

"빛나는 분이시여—"

"안 된다고 했소."

민머리가 얼굴을 찌푸리자 추한 얼굴이 더 추해졌다. "실수하시는 겁니다. 대단한 주인 히즈다르가 폐하를 가지고 노는 겁니다. 침대에 뱀을 들이고 싶으십니까?"

'난 다리오를 침대에 들이고 싶지만, 그대와 그대의 사람들을 위해 다리오를 멀리 보내버렸어.' "히즈다르 조 로라크를 계속 감시하는 건 좋지만, 어떤 해도 끼치지 마시오. 알아들었소?"

"전 귀머거리가 아닙니다, 폐하. 따르겠습니다." 스카하즈는 소매에서 두루마리를 하나 꺼냈다. "폐하께서 이걸 보셔야 합니다. 봉쇄에 가담한 모든 미린 배들과 그 선장들의 목록입니다. 전원 대단한 주인들입니다."

대니는 그 두루마리를 들여다보았다. 미린의 지배 가문은 다 있었다. 하즈카르, 메레크, 쿼자르, 자크, 라즈다르, 가진, 팔, 심지어 레즈낙과 로라크까지. "명부로 뭘 하라는 거요?"

"그 목록에 올라간 자들 모두가 도시 안에 친족이 있습니다. 아들과 형제, 아내와 딸, 어머니와 아버지가요. 놋쇠 짐승단이 그들을 잡게 해주십시오. 그들의 목숨이면 저 배들을 되찾을 수 있습니다."

"놋쇠 짐승단을 피라미드들에 들여보낸다면, 도시 안에서 전쟁을 하자는 뜻이 될 거요. 난 히즈다르를 믿어야 해. 평화의 희망을 품어야 해." 대니는 두루마리를 촛불 위에 가져가서, 스카하즈가 노려보는 가운데 그 이름들이 불타는 모습을 지켜보았다.

그 후에 바리스탄 경은 라에가르 왕자가 그녀를 자랑스러워했을 거라고 말했다. 대니는 아스타포에서 조라 경이 했던 말을 기억했다. '라에가르는 용감하게 싸웠습니다. 라에가르는 훌륭하게 싸웠습니다. 라에가르는 명예롭게 싸웠어요. 그리고 라에가르는 죽었습니다.'

자주색 대리석 홀로 내려가보니, 거의 비어 있었다. "오늘은 청원자가 없는 건가?" 대니는 레즈낙 모 레즈낙에게 물었다. "아무도 정의나 양값을 구하러 오지 않았나?"

"네, 폐하. 도시가 두려움에 질렸습니다."

"두려워할 건 아무것도 없어."

그러나 그녀는 그날 저녁에 두려워할 것이 많고도 많음을 알게 되었다. 어린 인질 미클라즈와 케즈미아가 가을 채소와 생강 수프로 간단한 저녁 식사를 차리고 있는데, 이리가 들어오더니 갈라자 갈라레가 신전에서 푸른 은총자 세 명과 함께 돌아왔다고 말했다. "회색 벌레도 같이 왔습니다, 칼리시. 화급히 칼리시와 말씀 나눴으면 합니다."

"데려오거라. 그리고 레즈낙과 스카하즈를 소환해. 녹색 은총자가 무슨 일인지 말했느냐?"

"아스타포입니다." 이리가 말했다.

이야기를 시작한 사람은 회색 벌레였다. "그자는 아침 안개 속에서 튀어나왔습니다. 죽어가는 하얀 말을 타고 있었지요. 그 암말은 공포에 질려 눈을 굴리며, 피와 땀으로 옆구리가 분홍색이 된 채 비틀비틀 도시 문으로 다가왔습니다. 그 말에 타고 있던 기수는 '불타고 있어, 불타고 있어'라고 외치더니 안장에서 떨어졌습니다. 이 몸이 소식을 듣고 가서 기수를 푸른 은총자들에게 데려가라 명했습니다. 전하의 종복들이 문안으로 떠메고 들어오는 동안에도 그 남자는 '불타고 있다'고 외쳤습니다. 토카 속은 뼈와 열에 들뜬 살뿐이라, 해골이나 다름없었습니다."

푸른 은총자 한 명이 이야기를 이어받았다. "거세병이 이자를 신전으로 데려왔기에, 저희가 옷을 벗기고 차가운 물에 목욕을 시켰습니다. 옷은 더러웠고, 자매들은 허벅지에 화살 반토막이 박힌 것을 발견했습니다. 그자가 화살대는 부러뜨렸으나 화살촉이 몸 안에 남았고, 상처가 괴저를 일으키면서 몸 안에 독을 퍼뜨렸던 것이지요. 한 시간 만에 죽으면서도 불타고 있다고 외쳤습니다."

"불타고 있다니, 누가? 무엇이?" 대너리스가 물었다.

"아스타포입니다, 빛나는 분이시여." 다른 푸른 은총자가 대답했다. "딱 한 번 '아스타포'가 불타고 있다고 했어요."

"열에 들떠서 한 말일 수도 있다."

"빛나는 분께서 하신 말씀이 지혜롭습니다만……." 갈라자 갈라레가 말했다. "에자라가 또 다른 것도 보았습니다."

에자라라는 푸른 은총자가 두 손을 맞잡고 중얼거렸다. "여왕님, 그자의 열병은 화살 때문이 아니었습니다. 그자는 한 번도 아니고 여러 번 옷에 변을 보았습니다. 무릎까지 얼룩이 졌는데, 배설물 사이에 피도 말라붙어 있었습니다."

"회색 벌레에게 들으니 말이 피를 흘리고 있었다면서."

"그건 사실입니다, 전하." 거세병이 확언했다. "하얀 암말은 박차에 입은 상처로 피투성이였습니다."

에자라가 다시 말했다. "그래서일지도 모릅니다만, 이 피는 대변과 뒤섞여 있었습니다. 속옷에도 물들어 있었어요."

"배 속에서 피를 흘리고 있었던 겁니다." 갈라자 갈라레가 말했다.

"확신할 수는 없습니다." 에자라가 말했다. "하지만 미린이 두려워해야 할 것은 융카이의 창만이 아닐지도 모릅니다."

"기도해야 합니다." 녹색 은총자가 말했다. "신들께서 이자를 우리에게 보내셨습니다. 전조로 찾아온 겁니다. 징조예요."

"무슨 징조 말이오?" 대니가 물었다.

"진노와 폐허의 징조입니다."

믿고 싶지 않았다. "한 남자였소. 다리에 화살이 박힌 남자 한 명. 그 남자를 이리로 데려온 건 신이 아니라 말이에요." '하얀 암말이었지.' 대니는 벌떡 일어났다. "여러분의 조언과 그 가엾은 남자를 위해 해준 모든 일에 감사드리오."

녹색 은총자는 대니의 손가락에 입을 맞추고 물러났다. "저희는 아스타포를 위해 기도하겠습니다."

'그리고 나를 위해서도. 아, 나를 위해 기도해주시게, 사제여.' 아스타포가 함락됐다면, 융카이가 북쪽으로 방향을 트는 데 장애가 될 것이 남지 않았다.

그녀는 바리스탄 경을 돌아보았다. "구릉 지대에 기수들을 보내어 내 혈맹기수들을 찾으시오. 갈색 벤과 둘째 아들들도 소환하고."

"폭풍 까마귀도입니까, 전하?"

'다리오.' "그래요, 그래." 사흘 전만 해도 꿈에 다리오가 길가에 죽어 누워 있고, 까마귀들이 그 시체를 두고 다투는 가운데 그가 멍하니 하늘을 올려다보는 모습을 보았다. 또 다른 밤에는 침대에서 뒤척이며, 다리오가 언젠가 폭풍 까마귀단의 동료 대장들을 배신했듯 대니도 배신하리라 상상하기도 했다. '나에게 그자들의 머리를 가져왔지.' 만약 다리오가 용병단을 이끌고 융카이로 돌아가서, 황금에 대니를 판다면? '그러진 않을 거야. 아닌가?' "폭풍 까마귀단도 불러야지. 즉시 기수들을 보내시오."

둘째 아들들이 제일 먼저 돌아왔다. 여왕이 소환한 지 여드레만이었다. 바리스탄 경이 대장이 뵙기를 바란다고 했을 때, 대니는 잠시 다리오라고 생각하고 심장이 펄쩍 뛰어올랐다. 그러나 그가 말한 대장은 갈색 벤 플럼이었다.

갈색 벤은 풍상에 닳고 주름진 얼굴에, 피부는 오래된 티크나무 같고, 머리는 하얗고, 눈가에는 잔주름이 잡혔다. 대니는 그 가죽 같은 갈색 얼굴이 어찌나 반갑던지 그를 끌어안았다. 벤의 눈이 즐거움에 반짝였다. "전하께서 남편을 두실 거란 말을 들었습니다만, 아무도 그게 저란 말은 안 해줬는데요." 둘은 레즈낙이 게거품을 무는 가운데 함께 웃었지만, 그 웃음은 갈색 벤의 다음 말에 멈추고 말았다. "아스타포인 세 명을 잡았습니다. 전하께서 그자들의 말을 들어보시는 게 좋겠습니다."

"데려오게."

대너리스는 대리석 기둥 사이에서 키 큰 초들이 타는 가운데, 웅장한 홀에서 그들을 맞이했다. 대니는 아스타포인들이 굶주린 모습을 보고는 즉시 음식을 가져오게 했다. 붉은 도시에서 함께 출발한 열두 명 중 남은 사람은 셋이 다였다. 벽돌공, 방직공, 신발 수선공이었다. "나머지는 어떻게 된 건가?" 여왕이 물었다.

"죽었습니다." 수선공이 말했다. "융카이의 용병들이 아스타포 북쪽 구릉지를 돌아다니며 불길을 피해 달아난 이들을 사냥하고 있습니다."

"그러면 도시가 함락된 건가? 아스타포의 성벽은 두꺼웠는데."

"그렇기는 합니다만……." 진물이 심한 눈에 등이 굽은 벽돌공이 말했다. "낡고 부서져가고 있기도 했지요."

방직공이 고개를 들었다. "저희는 매일같이 서로에게 드래곤 여왕께서 돌아오고 계시다고 말했습니다." 그 여자는 입술이 얇았고, 좁고 뾰족한 얼굴에 흐릿하게 죽은 두 눈이 박혀 있었다. "클레온이 여왕님을 불렀다고, 여왕님이 오고 계신다고들 했어요."

'나를 부르기는 했지. 그것까지는 사실이야.' 대니가 생각했다.

"융카이는 저희의 성벽 밖에서 저희의 작물을 먹고 저희의 가축들을 도살했습니다." 수선공이 말을 이었다. "안에서 저희는 굶주렸지요. 고양이와 쥐를 먹고, 가죽을 먹었습니다. 말가죽이면 성찬이었지요. 목 벤 왕과 창녀 여왕은 시체를 먹게 된 데에 대하여 서로를 비난했습니다. 남녀가 비밀리에 모여 제비를 뽑고는, 검은 돌을 뽑은 사람의 살을 먹었습니다. 나클로즈의 피라미드는 이 모든 재난은 크라즈니스 모 나클로즈 탓이라고 주장하는 이들의 손에 약탈당하고 불탔습니다."

"대너리스를 탓하는 이들도 있었습니다만……." 방직공이 말했다. "더 많은 사람들이 여전히 당신을 사랑했습니다. '그분이 오고 계신다.' 저희는 서로에게 말했어요. '대군을 이끌고, 모두가 먹을 음식을 가지고 오고 계셔.'"

'난 내 백성들도 가까스로 먹이고 있어. 아스타포로 진군했다면 난 미린을 잃었을 거야.'

수선공은 아스타포의 녹색 은총자가 융카이로부터 그들을 구하는 도살자 왕의 모습을 예지한 후, 어떻게 그의 시체를 파내어 구리 갑옷을 입혔는지 이야기했다. 갑옷을 입고 썩은 냄새를 풍기는 클레온 대왕의 시체를 굶주린 말 등에 비끄러매어 남아 있는 새로운 거세병들을 이끌고 돌격에 나서게 했으나, 그들은 신기스 군단의 강철 이빨 속으로 바로 뛰어들어 모조리 도륙당했다.

"그 후 녹색 은총자는 죽을 때까지 징벌의 광장 말뚝에 꽂혀 있어야 했습니다. 울호르의 피라미드에서는 살아남은 사람들이 밤늦도록 성대한 잔치를 벌이고는, 마지막 남은 식량을 다 먹어치우고 나서 아무도 아침에 깨어날 필요가 없게 독을 탄 와인을 마셨지요. 곧이어 질병이 돌았고, 적리병이 네 명 중에 세 명을 죽이다가, 죽어가는 폭도가 미쳐서 정문 위병들을 죽였습니다."

늙은 벽돌공이 끼어들었다. "아니야. 그건 적리병으로부터 달아나려던 건강한 사람들 짓이었어."

"그게 중요한가요?" 수선공이 물었다. "위병들은 갈가리 찢겼고 성문은 활짝 열렸습니다. 신기스에서 온 군단들이 아스타포로 쏟아져 들어왔고, 뒤따라 융카이와 말 탄 용병들이 왔습니다. 창녀 여왕은 욕을 하며 싸우다 죽었지요. 목 벤 왕은 항복했다가 투기장에 던져져 굶주린 개 떼에게 갈가리 찢겼습니다."

"그러고 나서도 여왕님이 오신다는 사람들은 있었어요." 방직공이 말했다. "드래곤을 타고 융카이 숙영지 높이 날고 계신 여왕님을 봤다고 맹세까지 했지요. 저희는 매일 여왕님을 찾았습니다."

'난 갈 수 없었어.' 여왕은 생각했다. '감히 갈 수가 없었어.'

"도시가 함락되고는?" 스카하즈가 물었다. "그 후엔 어떻게 됐나?"

"도살이 시작됐지요. 은총의 신전은 신들에게 치료를 청하러 온 병자들이 가득했습니다. 기스 군단은 신전 문을 닫아 걸고 횃불로 불을 붙였습니다. 한 시간 만에 도시 곳곳이 불타올랐지요. 불은 번지면서 다른 불과 합쳐졌습니다. 거리는 불길을 피해 이리 뛰고 저리 뛰는 사람들로 가득했지만, 나갈 곳이 없었어요. 융카이가 성문을 지키고 있었으니까요."

"그래도 자네들은 탈출했지." 민머리가 말했다. "어떻게?"

노인이 대답했다. "제 직업은 벽돌공이고, 제 아버지도, 할아버지도 그랬습니다. 할아버지는 저희 집을 도시 성벽에 붙여 지으셨지요. 매일 밤 벽돌 몇 개씩을 파내기는 쉬웠습니다. 친구들에게 말하자 굴이 무너지지 않게 다지는 일을 도와줬어요. 나가는 길이 있으면 좋을 거라는 데 모두가 찬성했거든요."

대니는 생각했다. '난 너희를 통치할 협의회를 남겨두고 떠났어. 치료사, 학자, 사제를.' 아직도 붉은 도시를 처음 보았던 때의 모습으로 떠올릴 수 있었다. 붉은 벽 안의 메마르고 먼지투성이였던 도시, 잔인한 꿈을 꾸지만 생명력 가득하던 도시로. '웜강에는 연인들이 입 맞추는 섬들이 있었지만, 징벌의 광장에서는 피부를 얇게 벗겨낸 몸을 파리 떼 속에 매달아두었지.' 그녀는 아스타포인들에게 말했다. "여기까지 와서 다행이다. 미린에서는 안전할 거야."

수선공은 고마워했고, 늙은 벽돌공은 그녀의 발에 입 맞췄지만, 방직공은 석판같이 냉혹한 눈으로 그녀를 보았다. '내가 거짓말을 한다는 걸 알아.' 여왕은 생각했다. '내가 자기들을 지켜줄 수 없다는 걸 알아. 아스타포

가 불타고 있고, 미린이 그다음이야.'

"더 옵니다." 아스타포인들이 물러나자 갈색 벤이 말했다. "이 셋은 말을 타고 왔지요. 대부분은 걸어오고 있습니다."

"숫자가 얼마나 됩니까?" 레즈낙이 물었다.

갈색 벤은 어깨를 으쓱였다. "수백. 수천. 아프고, 화상 입고, 부상 입은 자들이죠. 고양이단과 바람결단이 창과 채찍을 들고 구릉 지대를 휩쓸면서 아스타포 사람들을 북쪽으로 몰고 꾸물거리는 사람들은 베어대고 있소."

"발 달린 군입들이군요. 게다가 아프다고요?" 레즈낙이 두 손을 비틀었다. "폐하께선 그들을 도시에 들이시면 안 됩니다."

"저라도 안 그럴 겁니다." 갈색 벤 플럼이 말했다. "학사가 아닌 저도 썩은 사과를 멀쩡한 사과와 따로 둬야 한다는 건 알지요."

"이들은 사과가 아니야, 벤." 대니가 말했다. "병들고 굶주리고 두려움에 찬 사람들이야." '내 아이들.' "아스타포로 갔어야 했어."

"전하께서 그들을 구하실 순 없었습니다." 바리스탄 경이 말했다. "클레온 왕에게 융카이와의 전쟁은 삼가라고 경고하셨지요. 그자는 바보였고, 그자의 두 손은 피로 얼룩져 있었습니다."

'그리고 내 손은 그보다 깨끗한가?' 대니는 다리오가 했던 말을 기억했다. 모든 왕은 도살자고, 아니면 고깃덩이가 된다던 말. "클레온은 우리 적의 적이었어. 하자트의 뿔에서 내가 합류했더라면, 융카이를 사이에 끼우고 분쇄할 수 있었을지 몰라."

민머리는 동의하지 않았다. "폐하께서 거세병을 이끌고 하자트로 가셨다면, 하피의 아들들이—"

"알아. 알아. 에로어의 반복이로군."

갈색 벤 플럼이 어리둥절해했다. "에로어가 누굽니까?"

"내가 강간과 고문으로부터 구했다고 생각했던 여자. 내가 한 일은 결국 에로어에게 더 나쁜 결말만 가져왔지. 그리고 내가 아스타포에서 한 일은 에로어 만 명을 만든 거로군."

"전하께서 아실 수는—"

"나는 여왕이야. 아는 게 나의 일이야."

"일어난 일은 일어난 일입니다." 레즈낙 모 레즈낙이 말했다. "폐하, 간청하옵나이다. 고귀한 히즈다르를 즉시 남편이자 왕으로 맞이하십시오. 히즈다르는 현명한 주인들과 대화하여 평화를 이끌어낼 수 있습니다."

"어떤 조건으로 말인가?" '향기 나는 시종장을 조심하세요.' 퀘이트는 그렇게 말했다. 가면 쓴 여인이 하얀 암말이 올 것을 예언했으니, 레즈낙에 대해서도 옳았을까? "내가 전쟁에 무지한 어린 여자일지는 모르나, 하피의 소굴에 매애거리며 걸어 들어가는 양은 아니오. 내겐 아직 거세병단이 있어. 폭풍 까마귀단과 둘째 아들들도 있고. 해방 노예 3개 병단도 있지."

"그리고 드래곤들이 있지요." 갈색 벤 플럼이 씩 웃으며 말했다.

"구덩이 속에, 사슬에 매여 있지요." 레즈낙 모 레즈낙이 징징거렸다. "통제할 수 없는 드래곤이 무슨 소용입니까? 거세병들조차도 문을 열어 먹이를 줘야 할 때면 두려워하게 됐습니다."

"뭐요? 여왕님의 귀여운 애완동물들을 말이오?" 갈색 벤의 눈가에 잔주름이 졌다. 둘째 아들들의 반백의 지휘관은 뼛속까지 용병단 사람이며, 열 민족이 넘게 뒤섞인 잡종 혈통이었지만 언제나 드래곤들을 좋아했고, 드래곤들도 그를 좋아했다.

"애완동물?" 레즈낙이 빽 소리를 냈다. "괴물이겠지요. 아이들을 잡아먹는 괴물요. 우리는—"

"그만." 대너리스가 말했다. "그 이야기는 하지 않겠네."

레즈낙은 대너리스의 목소리에 깃든 분노에 움찔하며 물러났다. "용서하십시오, 폐하. 제가 그만……."

갈색 벤 플럼이 그를 무시하고 말했다. "전하, 우리에게 용병단이 둘이라면 융카이에는 셋이 있고, 볼란티스로 사람들을 보내어 황금 용병단을 불러오려 한다는 소문도 있습니다. 그 개자식들은 실전 병력만 1만입니다. 융카이엔 기스 군단도 넷, 혹은 그 이상이 있고, 도트락의 바다에도 기수들을 보내어 혹시 대형 칼라사르를 불러들일 수 있나 알아보려 한다고 합니다. 제가 보기엔 우리에게 드래곤이 필요합니다."

대니는 한숨을 내쉬었다. "정말 미안하지만, 드래곤들을 풀어놓을 순 없어, 벤." 그게 벤이 바라는 대답이 아니라는 것은 알 수 있었다.

벤 플럼은 희끗희끗한 구레나룻을 긁었다. "드래곤들을 계산에서 뺀다면, 흠…… 그렇다면 융카이 개자식들이 덫을 닫기 전에 떠나야 합니다……. 다만 그 전에, 노예상들이 우리가 떠나는 값을 지불하게 하죠. 그놈들은 도트락 칼들에게 도시를 내버려두라고 대가를 지불하잖습니까. 우리라고 안 될 것 있나요? 미린을 놈들에게 되팔고 황금과 보석을 바리바리 싣고 서쪽으로 갑시다."

"미린을 약탈하고 달아나라는 건가? 아니, 그러진 않겠어. 회색 벌레, 내 해방 노예들은 전투 준비가 됐나?"

거세병은 가슴 높이 팔짱을 꼈다. "거세병은 아니지만, 전하를 부끄럽게 하지는 않을 겁니다. 이 몸이 창과 검에 걸고 맹세합니다, 전하."

"좋아. 잘됐군." 대너리스는 주위를 둘러싼 남자들의 면면을 보았다. 험상궂은 얼굴의 민머리. 주름진 얼굴에 슬픈 푸른 눈의 바리스탄 경. 창백하니 땀을 흘리는 레즈낙 모 레즈낙. 하얀 머리에 희끗희끗한 수염을 지닌, 낡은 가죽처럼 억센 갈색 벤. 매끈한 뺨에 무디고 표정이 없는 회색 벌레. '다리오도 여기 있어야 해. 내 혈맹기수들도.' 대니는 생각했다. '전투가 일어난다면 내 피 중의 피가 함께 있어야지.' 조라 모르몬트 경도 그리웠다. '나에게 거짓말을 하고 내 정보를 알렸지만, 조라는 날 사랑하기도 했고 언제나 좋은 조언을 해줬지.' "난 이전에 융카이를 패배시켰지. 다시 이겨 보이겠어. 그렇지만, 어디에서? 어떻게?"

"출전하시려는 겁니까?" 민머리의 목소리엔 불신이 가득했다. "그건 어리석은 짓입니다. 우리 성벽은 아스타포의 성벽보다 높고 두꺼우며, 우리 군이 더 용맹해요. 융카이는 이 도시를 쉽게 함락시키지 못합니다."

바리스탄 경은 동의하지 않았다. "놈들에게 포위를 허용해선 안 된다고 봅니다. 저들의 군대는 기껏해야 짜깁기예요. 노예상들은 군인이 아닙니다. 불시에 공격한다면……."

"가능성이 별로 없어요." 민머리가 말했다. "융카이는 이 도시 안에 친구를 많이 두고 있습니다. 알 겁니다."

"우리가 소집할 수 있는 군대가 얼마나 되지?" 대니가 물었다.

"송구스럽지만, 충분하진 않습니다." 갈색 벤 플럼이 말했다. "나하리스는 뭐라고 합니까? 싸움에 나설 거라면, 폭풍 까마귀가 필요한데요."

"다리오는 아직 바깥에 있어." '아, 신들이시여. 내가 무슨 짓을 한 거지? 내가 다리오를 죽을 곳으로 보낸 건가?' "벤, 둘째 아들들이 적을 정찰해줘야겠소. 어디에 있는지, 얼마나 빨리 진군하고 있는지, 숫자는 얼마인지, 어떻게 배치되어 있는지."

"식량이 필요할 겁니다. 새로운 말도 필요하고."

"물론이지. 바리스탄 경이 준비해줄 거야."

갈색 벤은 턱을 긁었다. "일부는 넘어오게 만들 수 있을지 모르지요. 전하께서 황금과 보석 몇 주머니를 내어주실 수 있다면……. 지휘관들에게 맛만 보여주게 말입니다……. 뭐, 또 압니까?"

"돈으로 사자? 안 될 것 없지." 대니가 말했다. 분쟁 지역의 용병들 사이에서는 그런 일이 늘 일어난다는 걸 알고 있었다. "그래, 아주 좋은 생각이야. 레즈낙, 처리하게. 일단 둘째 아들들이 나가면, 성문을 닫고 성벽 경계를 두 배로 늘리시오."

"그리하겠습니다, 폐하." 레즈낙 모 레즈낙이 말했다. "아스타포인들은 어찌할까요?"

'나의 아이들.' "아스타포인들은 도움을 구하고자 여기로 오고 있소. 원조와 보호를 찾아서. 그들에게 등을 돌릴 수는 없어."

바리스탄 경이 얼굴을 찌푸렸다. "전하, 저는 적리병이 번지게 두었다 군대가 다 괴멸한 예를 압니다. 시종장 말이 맞습니다. 아스타포인들을 미린에 들일 수는 없습니다."

대니는 당황하여 그를 쳐다보았다. 드래곤이 울지 않아 다행이었다. "경이 그렇다면 그렇겠지. 이…… 이 저주가 끝날 때까지 성벽 바깥에 둡시다. 도시 서쪽, 강 옆에 아스타포인들을 위한 수용지를 마련하시오. 가능한 만큼 식량을 보내주도록 하고. 건강한 이들을 병자들과 분리할 수도 있겠지." 모두가 대니를 쳐다보고 있었다. "두 번 말하게 할 셈이오? 가서 명령대로 하시오." 대니는 일어나서 갈색 벤 옆을 스쳐 지나서는, 계단을 올라 달콤한 고독이 기다리는 테라스로 향했다.

미린과 아스타포 사이에는 2000리의 거리가 있건만, 대니에게는 남서쪽 하늘이 더 어두워 보였다. 붉은 도시의 죽음이 피워 올리는 연기로 흐릿하게 얼룩진 것만 같았다. '벽돌과 피가 아스타포를 만들었고, 아스타포 사람들은 벽돌과 피로 이루어졌네.' 오래된 노래가 머릿속에 울렸다. '재와 뼈가 아스타포이고, 아스타포 사람들은 재와 뼈로 만드네.' 에로어의 얼굴을 떠올려보려 했지만, 죽은 여자의 이목구비가 자꾸만 연기로 변해버렸다.

대너리스가 한참 만에 몸을 돌리자, 서늘한 저녁을 배경으로 하얀 망토를 걸친 바리스탄 경이 가까이 서 있었다. "우리가 싸울 수 있을까?" 대니는 그에게 물었다.

"언제나 싸울 수는 있습니다, 전하. 그보다는 이길 수 있는지 물으십시오. 죽기는 쉽지만, 승리는 어렵지요. 전하의 해방 노예들은 훈련을 받다 만 상태이고 피는 흘린 적이 없습니다. 전하의 용병단들은 예전에 전하의 적을 섬겼고, 한 번 망토를 뒤집은 자는 다시 뒤집는 데 거리낌이 없습니다. 전하에게는 통제할 수 없는 드래곤 두 마리와 사라졌을지도 모르는 세 번째 드래곤이 있습니다. 이 성벽 바깥에 전하의 친구는 라자르인뿐이고, 그들은 전쟁 경험이 없습니다."

"하지만 내 성벽은 튼튼해."

"우리가 성벽 바깥에 있었을 때보다 더 튼튼하지는 않습니다. 그리고 하피의 아들들이 그 벽 안에 우리와 함께 있지요. 대단한 주인들도 함께 있습니다. 전하께서 죽이지 않은 자들, 그리고 전하께서 죽인 자의 아들들 둘 다요."

"알아." 여왕은 한숨을 내쉬었다. "경의 조언은 뭔가?"

"전투입니다." 바리스탄 경이 말했다. "미린은 너무 붐비고, 굶주린 입이 가득하며, 내부에 적이 너무 많습니다. 포위에 오래 버티지 못할 겁니다. 제가 고르는 전장에서, 북쪽으로 오는 적과 만나게 해주십시오."

"적을 만난다." 대니는 그 말을 되풀이했다. "경이 훈련을 받다 말았고 피 흘린 적이 없다고 말한 해방 노예들과 말이지."

"우리 모두가 한때는 피 흘린 적 없는 사람이었습니다, 전하. 거세병들이 강해지도록 도와줄 겁니다. 제게 500명의 기사가 있다면……."

"다섯 명이라도 있다면 말이지. 그리고 경에게 거세병을 내어주면, 미린을 지킬 군사는 놋쇠 짐승단밖에 남지 않네." 바리스탄 경이 반박하지 않자 대니는 눈을 감았다. '신들이시여. 당신들은 내 태양이자 별이었던 칼 드로고를 앗아 갔습니다. 우리의 용맹한 아들은 숨 한 번 쉬기도 전에 앗아 갔습니다. 내 피를 낼 만큼 냈으니, 이제 날 도와주십시오. 나에게 앞길을

볼 지혜와 내가 내 아이들을 안전하게 지키기 위해 해야 할 일을 할 힘을 주십시오.'

신들은 대답하지 않았다.

다시 눈을 뜬 대너리스는 말했다. "안과 밖, 두 적과 동시에 싸울 수는 없어. 미린을 지키려면 이 도시가 나를 지지해야 해. 도시 전체가. 난…… 나에겐 반드시……." 차마 말할 수가 없었다.

"전하?" 바리스탄 경이 부드럽게 재촉했다.

'여왕은 자기 자신이 아니라 백성들의 것이야.'

"나에겐 히즈다르 조 로라크가 필요해."

멜리산드레

멜리산드레의 방이 진정으로 어두워지는 일은 없었다.

창틀에는 세 개의 양초가 타오르며 밤의 공포를 막았다. 방 안에는 네 개가 더 있어서 침대 양옆으로 두 개씩 켰다. 벽난로에는 밤이고 낮이고 불을 땠다. 멜리산드레의 시중을 드는 이들이 제일 먼저 배워야 할 것이 결코, 결코 불이 꺼지게 해서는 안 된다는 점이었다.

붉은 여사제는 눈을 감고 기도를 드린 후, 눈을 뜨고 다시 벽난로 불을 마주했다. '한 번만 더요.' 확신이 필요했다. 앞선 많은 사제들이 거짓 예지를 보고 파멸했다. 빛의 군주께서 보낸 예지가 아니라 보고 싶은 장면을 보았기 때문이다. 스타니스는, 어깨에 세상의 운명을 짊어진 왕, 아조르 아하이의 재림은 위험을 향해 남쪽으로 행군해가고 있었다. 분명 르로르께서 스타니스를 기다리는 미래를 조금이라도 보게 해주시리라. '스타니스를 보여주소서, 빛의 군주시여.' 그녀는 기도했다. '당신의 왕을, 당신의 도구를 보여주소서.'

환영이 눈앞에서 춤을 추고, 금빛과 진홍빛 장면들이 깜박이고 형태를 갖췄다가 녹았다가 서로 섞여 들었다. 기묘하고 무시무시하고 매혹적인 장면들이었다. 그녀는 다시 눈이 없는 얼굴들을, 눈구멍에서 피를 흘리며 그녀를 바라보는 얼굴들을 보았다. 그다음에는 심연에서 솟아올라, 검은 바닷물에 휩쓸려 부서져가는 바닷가 탑들. 머리뼈 형태의 그림자들, 안개로 변하는 머리뼈들, 욕정에 서로 얽혀 비틀고 구르고 할퀴는 몸뚱이들. 불의 장막을 뚫고 달개 달린 거대한 그림자들이 선명한 푸른 하늘을 선회했다.

'그 소녀. 그 소녀를 다시 찾아야 해. 죽어가는 말을 탄 회색 소녀.' 존 스노우가 기대할 것이다. 그것도 곧. 그 소녀가 달아나고 있다는 정도로는 충분치 않았다. 존은 더 알고 싶어 할 테고, 언제 어디인지를 알고 싶어 할 텐데, 그녀에겐 그 정보가 없었다. 그 소녀는 단 한 번밖에 보지 못했다. '잿더미 같은 회색 소녀였고, 내가 보는 동안에도 부서져서 날려갔지.'

벽난로 속에서 얼굴 하나가 모양을 갖췄다. '스타니스?' 그녀는 잠시 생각했지만…… 아니, 스타니스의 이목구비가 아니었다. '나무 얼굴이야. 시체처럼 하얀.' 이건 적일까? 솟아오르는 불길 속에 천 개의 붉은 눈동자가 떠다녔다. '나를 보고 있어.' 그 얼굴 옆에서 늑대의 얼굴을 한 소년이 고개를 젖히고 울부짖었다.

붉은 사제는 몸을 떨었다. 연기가 오르는 검은 피가 허벅지를 타고 흘렀다. 불은 그녀 안에 있었다. 그 고통과 희열이 그녀를 채우고, 태우고, 변화시켰다. 어른대는 열기가 연인의 손길처럼 집요하게 그녀의 피부에 문양을 그렸다. 오래전 과거에서 기묘한 목소리들이 그녀에게 소리쳤다. "멜로니." 어떤 여자의 외침이 들렸다. 남자 목소리가 말했다. "경매 7번." 그녀는 울고 있었고, 그녀의 눈물은 화염이었다. 그래도 그녀는 그 속에 빠져들었다.

불화살들이 호선을 그리며 나무벽을 넘는 가운데, 검은 하늘에서 눈송이가 맴을 돌고, 재가 솟구쳐 눈송이와 만나며 회색 재와 흰색 눈송이가 서로를 휘돌았다. 거대한 회색 벼랑 아래로 죽은 것들이 추위 속에서 소리 없이 휘청휘청 걸어가는데, 벼랑에 뚫린 백 개의 동굴에는 불이 켜져 있었다. 그러다가 바람이 일어나자 하얀 안개가, 말도 안 되는 추위가 밀려들고, 동굴 속의 불은 하나씩 하나씩 꺼져갔다. 그 후에는 머리뼈들만 남았다.

'죽음.' 멜리산드레는 생각했다. '이 머리뼈들은 죽음이야.'

불길이 조용히 타닥거리더니, 그 사이로 '존 스노우'라고 속삭이는 소리가 들렸다. 붉은색과 오렌지색 불 혓바닥으로 그린 그의 긴 얼굴이 눈앞을 떠다니며 나타났다가 사라지기를 반복했다. 그는 펄럭이는 장막 뒤에 반쯤 가려진 그림자였다. 남자였다가, 늑대였다가, 다시 남자가 되었다. 여기에도 머리뼈들이 있었다. 존을 에워싸고 있었다. 멜리산드레는 전에도 존의 위험을 보았고, 경고하려고도 했다. '사방이 적이야. 어둠 속에 단검이 있어.' 존은 들으려 하지 않았다.

불신자들은 때가 늦기 전까지 듣는 법이 없었다.

"무엇이 보이시나요, 사제님?" 소년이 조용히 물었다.

'머리뼈. 천 개의 머리뼈가 보인다. 그리고 다시 그 서자야. 존 스노우.' 멜리산드레는 불 속에서 무엇을 보았냐는 질문을 받을 때마다 "많은 것을 보았지"라고 답하곤 했지만, 본다는 건 그 말만큼 단순한 것이 아니었다. 본다는 건 기술이었고, 모든 기술이 그렇듯 숙달과 훈련, 연구를 요구했다. '고통도 따르지.' 룰로르는 선택된 이들에게 신성한 불을 통해, 오직 신만이 진정으로 이해할 수 있는 재와 잉걸불과 휘몰아치는 화염의 언어로 말을 걸었다. 멜리산드레는 헤아릴 수 없는 세월 동안 기술을 연마했고, 그 대가를 치렀다. 성스러운 불 속에 반쯤은 드러나고 반쯤은 감춰진 비밀들을 보는 그녀의 기술은 붉은 신전에서도 달리 갖춘 자가 없었다.

그럼에도 지금 그녀는 자신의 왕조차 찾지 못했다. '아조르 아하이의 모습을 보여달라고 기도하는데, 룰로르께서는 나에게 스노우만 보여주시는구나.' 멜리산드레는 말했다. "데반, 마실 것을 다오." 목이 바싹 말라 쓰라렸다.

"네, 사제님." 소년은 창가에 놓아둔 돌 주전자에서 물을 한 잔 따라 왔다.

"고맙구나." 멜리산드레는 한 모금을 삼키고 소년에게 미소 지었다. 그러자 소년이 얼굴을 붉혔다. 그녀는 그 아이가 반쯤 자신에게 반해 있다는 것을 알았다. '나를 두려워하고, 나를 원하고, 나를 숭배하지.'

그럼에도 데반은 여기 있는 것을 기뻐하지는 않았다. 소년은 왕의 종자로 일한다는 사실에 큰 자부심을 느꼈고, 스타니스가 캐슬블랙에 남으라고 명령하자 상처받았다. 그 나이 또래의 소년이 다 그렇듯, 데반 역시 머릿속 가득 영광을 꿈꾸었다. 딥우드모트에서 선보일 무용을 그리고 있었으리라. 같은 나이의 다른 소년들은 기사들의 종자로 일하고 그 옆에서 전투에 뛰어들고자 남쪽으로 떠났다. 데반을 뺀 것은 꾸짖음으로 보였을 게 분명했다. 데반이 한 어떤 실수에 대한 벌, 아니면 데반의 아버지가 실패한 데 대한 벌로.

사실 데반이 여기에 있는 것은 멜리산드레가 청했기 때문이었다. 다보스 시워스는 장자부터 넷째까지 아들 넷을 블랙워터 전투에서, 왕의 함대가 녹색 불에 삼켜졌을 때 잃었다. 데반은 다섯째였고 왕 옆보다는 여기에 그녀와 함께 있는 편이 안전했다. 데반은 물론이고 다보스 공도 이 일을 두고 그녀에게 고마워하지는 않겠지만, 그녀는 다보스가 슬픔을 충분히 겪었다고 생각했다. 잘못 판단한 일이 있다 해도 스타니스에 대한 그의 충성심은 의심할 수 없었다. 불길 속에서 본 바였다.

데반은 빠르고 영리하고 유능했고, 멜리산드레의 수행원 대부분이 그보다 못했다. 스타니스는 남쪽으로 진군하면서 그녀의 시중을 들 부하를 십여 명 남겼지만, 대부분 쓸모가 없었다. 왕에게는 모든 병력이 다 필요했기에, 남겨둘 수 있는 사람은 노인과 불구자뿐이었다. 한 명은 장벽 전투에서 머리를 얻어맞아 눈이 보이지 않았고, 또 한 명은 쓰러진 말에 다리가 깔려서 다리를 절었다. 하사관은 거인의 곤봉에 한 팔을 잃었다. 위병 세 명은 야인 여자들을 강간한 벌로 스타니스가 거세한 자들이었다. 주정뱅이 두 명과 겁쟁이도 한 명 있었다. 마지막 한 명은 왕도 목을 매달아야 했다고 인정한 자로, 귀족 가문 출신이었고 그 아버지와 형제들이 처음부터 충실하게 왕을 섬겼기에 살려두었다.

주위에 위병들을 두면 검은 형제들의 존경심을 유지하는 데 도움이 된다는 건 붉은 사제도 알았지만, 스타니스가 주고 간 병사들 누구도 정작 그녀가 위험에 빠졌을 때 도움이 될 것 같지는 않았다. 상관없었다. 아샤이의 멜리산드레는 스스로에 대해서는 두려움이 없었다. 를로르가 지켜주실 터였다.

그녀는 물을 한 모금 더 마시고 잔을 내려놓은 다음, 눈을 깜박이고 기지개를 켜고 의자에서 일어났다. 온몸의 근육이 굳고 쑤셨다. 불길 속을 그렇게 오래 들여다보고 나면 몇 분 동안 어둑함에 적응해야 했다. 눈이 건조하고 피곤했지만, 문지르기라도 하면 더 나빠졌다.

그러고 보니 불이 낮게 타고 있었다. "데반, 장작을 더 넣어라. 몇 시지?"

"새벽이 다 됐습니다."

'새벽. 또 하루가 주어졌으니, 를로르를 찬양하라. 밤의 공포가 물러나는도다.' 멜리산드레는 자주 그랬듯이 불가 의자에 앉아서 밤을 지새웠다. 스타니스가 가고 나니 침대를 쓸 일이 없었다. 세상의 무게를 어깨에 짊어지고 있으니, 잠을 잘 시간이 없었다. 게다가 꿈을 꾸기도 두려웠다. '잠은 작은 죽음이고, 꿈은 우리 모두를 영원한 밤으로 끌고 들어가려 하는 다른 자의 속삭임이야.' 차라리 붉은 군주의 가호가 내린 불그레한 불빛을 쬐고, 연인의 입맞춤 같은 온기에 뺨을 물들이며 앉아 있으리. 어떤 밤이면 졸기도 했지만, 한 시간 이상은 자지 않았다. 멜리산드레는 언젠가 아예 잠을 자지 않게 되기를 기도했다. 언젠가는 꿈으로부터 자유로워지기를. '멜로니, 경매 7번.' 그녀는 생각했다.

데반이 새 장작을 계속 집어넣자 불길이 다시 맹렬하게 솟아오르며 방 안 구석구석으로 그림자를 몰아넣고, 그녀의 달갑지 않은 꿈들을 먹어치웠다. '어둠이 다시 물러난다…… 잠시 동안은. 하지만 장벽 너머에선 적이 점점 강해지고 있고, 그자가 이기면 새벽이 다시는 오지 않을 거야.' 멜리산드레는 불길 속에서 그녀를 응시하던 얼굴이 그자의 얼굴이었을까 생각했다. '아니. 분명히 아니야. 그자의 얼굴은 더 무서울 거야. 차갑고 검고 너무나 무시무시해서 어떤 자도 그 얼굴을 똑바로 봤다가는 살 수가 없어.' 그녀가 일별한 나무 인간과 늑대 얼굴을 한 소년은…… 그들은 필시 그자의 종복이리라……. 그자의 대전사. 스타니스가 그녀의 대전사이듯이.

멜리산드레는 창문으로 가서 덧창을 밀어 젖혔다. 바깥에서는 동쪽이 밝아오기 시작했고, 새까만 하늘에 아직 아침 별들이 남아 있었다. 캐슬블랙은 이미 움직이기 시작해서, 검은 망토를 걸친 남자들이 장벽 위에 있는 형제들과 교대하기 전에 아침으로 포리지를 먹으려고 마당을 가로질렀다. 바람에 뜬 눈송이 몇 개가 열린 창문가를 부유했다.

"사제님, 아침 식사를 하시겠습니까?" 데반이 물었다.

'음식. 그래, 먹어야지.' 어떤 날이면 식사를 잊기도 했다. 를로르는 그녀의 몸이 필요로 하는 영양분을 모두 공급했는데, 그건 평범한 인간에게 숨기는 게 좋을 터였다.

그녀에게 필요한 건 튀긴 빵과 베이컨이 아니라 존 스노우였지만, 데반을 사령관에게 보내봐야 소용없었다. 존은 그녀가 부른다고 오지 않을 것이다. 존 스노우는 아직도 무기고 뒤편, 경비대의 죽은 대장장이가 쓰던 소박한 방들을 썼다. 자신이 왕의 탑에 머물 자격이 없다고 여기거나, 그저 신경 쓰지 않는 모양이었다. 그게 그의 실수였다. 젊은이가 짐짓 부리는 겸손은 그 자체로 일종의 자만이었다. 통치자가 권력 과시를 피하는 건 결코 현명한 일이 아니었으니, 그런 과시에서 나오는 권력이 적지 않기 때문이다.

그러나 그 소년도 아주 순진하지만은 않았다. 그는 탄원자처럼 멜리산드레의 방에 오지 않고, 대화할 일이 있으면 자기를 찾아오라고 했다. 그리고 멜리산드레가 찾아가면, 기다리게 하거나 만남을 거부하는 일도 자주 있었다. 그것만큼은 빈틈 없는 처신이긴 했다.

"쐐기풀 차와 삶은 계란 하나, 그리고 버터 바른 빵을 먹겠다. 가능하면 튀긴 빵 말고, 갓 구운 빵으로 가져다다오. 그 야인도 찾을 수 있겠지. 내가 할 이야기가 있다고 전해라."

"래틀셔츠 말씀이십니까?"

"그것도 빨리."

데반이 나간 사이 멜리산드레는 씻고 로브를 바꿔 입었다. 그녀의 로브 소매에는 숨겨진 주머니가 가득했는데, 그녀는 매일 아침 온갖 가루가 다 제자리에 있는지 세심하게 확인했다. 불을 녹색이나 파란색이나 은색으로 바꾸는 가루들, 화염이 포효하고 쉭쉭거리며 사람 키보다 높이 뛰어오르게 만드는 가루들, 연기를 내는 가루들……. 진실을 알아내기 위한 연기, 욕정을 일으키는 연기, 두려움을 일으키는 연기, 그리고 사람을 죽여버릴 수 있는 짙고 검은 연기까지. 붉은 여사제는 이런 가루들을 한 자밤씩 집어 무장했다.

멜리산드레가 협해 너머에서 가져온 나무 궤짝은 이제 4분의 3이 비었다. 그녀에게 가루를 더 만들 지식은 있었으나, 희귀한 재료가 많이 부족했다. '내 마법으로 충분할 거야.' 그녀는 장벽에서 더 강해졌다. 아샤이에서보다 더 강했다. 그녀의 모든 말과 몸짓이 더욱 힘을 발휘했고, 이전에는 절대 하지 못했던 것들을 할 수 있게 되었다. '여기에서 내가 낳을 그림자는 무시무시할 테고, 어둠의 노예는 결코 그 앞에 맞서지 못할 거야.' 그런 마법을 수중에 두었으니, 연금술사와 화염술사의 쩨쩨한 속임수는 더 필요하지 않을 것이다.

그녀는 궤짝을 닫고, 자물쇠를 잠근 후 열쇠를 치마 안에 있는 다른 비밀 주머니에 숨겼다. 그때 문 두드리는 소리가 났다. 떨리는 소리를 들으니 외팔이 하사관이었다. "멜리산드레 님, 뼈다귀 영주 왔습니다."

"들여보내게." 멜리산드레는 벽난로 옆 의자에 다시 앉았다.

야인은 청동 징이 점점이 박힌 가죽조끼를 입고, 녹색과 갈색으로 얼룩덜룩한 낡은 망토를 걸쳤다. '뼈다귀가 없군.' 그는 그림자도 걸쳤는데, 반쯤 보이는 너덜너덜한 회색 안개 자락이 한 걸음 옮길 때마다 그의 얼굴과 몸 위로 미끄러졌다. '추하구나. 그 뼈다귀만큼 추해.' V자형의 이마, 가운데로 몰린 검은 눈, 홀쭉한 뺨, 부러진 갈색 이가 가득한 입 위에 벌레처럼 꿈틀대는 콧수염.

멜리산드레는 목에 온기를 느꼈다. 노예가 가까워지자 루비가 깨어난 탓이었다. "뼈다귀 옷은 치워버렸군." 그녀가 말했다.

"절그럭거리는 소리에 미쳐버릴 것 같아서."

"그 뼈다귀가 그대를 지킨다." 그녀는 그에게 상기시켰다. "검은 형제들은 그대를 좋아하지 않아. 데반에게 들으니 어제만 해도 저녁 식사 때 몇 명과 언쟁을 했다면서."

"몇 명 안 돼. 보웬 마시가 고지에 대해 떠들어대는 동안 콩과 베이컨 수프를 먹고 있었지. 그 늙은 석류는 내가 자기를 염탐한다고 생각했는지, 살인자들이 자기네 회의를 듣는 건 참아주지 않겠다고 하더군. 정 그렇다면 불가에서 회의를 하지 말라고 했소. 보웬은 시뻘게지더니 컥컥대는 소리를 냈지만, 그게 다였소." 야인은 창틀에 앉아서 단검을 뽑았다. "내가 저녁을 먹는 동안 내 갈비뼈 사이에 칼을 찔러 넣고 싶은 까마귀가 있다면야, 얼마든지 해보라지. 홉의 멀건 죽도 피를 떨어뜨리면 맛이 나을 거야."

멜리산드레는 그 단검에 전혀 신경 쓰지 않았다. 그 야인이 그녀에게 해를 끼칠 작정이었다면 불길 속에서 보았으리라. 자신의 신변에 닥치는 위험을 보는 것은 그녀가 아직 어린아이나 다름없었던 때, 아직 위대한 붉은 신전에 평생 매인 노예 소녀였던 시절에 처음으로 배운 기술이었다. 아직도 불 속을 들여다볼 때마다 제일 처음 찾는 신호이기도 했다. "그대가 걱정해야 할 건 칼이 아니라 그들의 눈이야." 그녀는 경고했다.

"마법 말이지, 그래." 손목에 찬 검은 쇠고랑에서 루비가 맥동하는 것 같았다. 그는 칼날로 루비를 두드렸다. 강철과 보석이 부딪치며 챙 소리가 났다. "자고 있을 때면 느껴져. 쇠를 입어도 피부에 온기가 느껴지지. 여자의 입맞춤처럼 부드러워. 당신의 입맞춤처럼. 하지만 가끔 꿈속에선 이게 불타기 시작하고, 당신의 입술은 이빨로 변하지. 난 매일같이 이걸 뜯어내기가 얼마나 쉬운가 생각하고, 매일 참아. 그런데 그 망할 뼈다귀도 걸치고 다녀야 하나?"

"그 주문은 그림자와 암시로 이루어져 있어. 사람들은 기대하는 바를 보게 되지. 그 뼈다귀 옷은 마법의 일부야." '이자를 살려둔 건 잘못이었을까?' "마법이 실패하면, 놈들이 그대를 죽일 거야."

야인은 단검 끝으로 손톱에 낀 때를 파내기 시작했다. "난 내 몫의 노래들을 불렀고, 내 몫의 전투들을 싸웠고, 여름 와인에도 취해봤고, 도르네인의 아내도 맛보았지. 남자는 자기가 살아온 방식대로 죽어야 해. 나에게 그건 칼을 손에 쥔 죽음이야."

'죽음을 꿈꾸는 건가? 적이 이자를 건드렸을 수도 있을까? 죽음은 그자의 영역이고, 죽은 자들은 그자의 병사야.' "곧 칼을 쓸 일이 있을 거야. 적이, 진정한 적이 움직이고 있어. 그리고 오늘이 가기 전에 스노우 공의 순찰자들이 앞이 보이지 않고 피가 흐르는 눈으로 돌아올 거야."

야인은 눈을 가늘게 떴다. 회색 눈이었다가, 갈색 눈이 되기도 했다. 멜리산드레는 루비가 맥동할 때마다 눈 색깔이 변하는 것을 볼 수 있었다. "눈을 파내는 건 울보의 작품이야. 울보는 최고의 까마귀는 눈먼 까마귀라고 말하곤 하지. 가끔은 그놈이 늘 진물이 나고 가려운 제 눈을 파내고 싶어 하는 것 같기도 해. 스노우는 자유민들이 토르문드에게 지휘를 맡길 거라고 가정했지. 그건 스노우라면 그랬을 거라서 한 생각이야. 그놈은 토르문드를 좋아했고, 토르문드 그 늙은 사기꾼도 스노우를 좋아했거든. 하지만 울보라면…… 그건 안 좋아. 그놈에게도 안 좋고, 우리에게도 안 좋아."

멜리산드레는 그의 말을 진지하게 받아들이는 것처럼 엄숙하게 고개를 끄덕였으나, 사실 울보라는 자는 중요하지 않았다. 자유민 누구도 중요하지 않았다. 그들은 길을 잃은 사람들, 저주받은 사람들, 숲의 아이들이 사라졌듯 지상에서 사라질 운명의 사람들이었다. 하지만 야인이 듣고 싶어 하는 말은 그런 게 아니었고, 아직은 그를 잃을 위험을 감수할 수 없었다.

"그대는 북부를 얼마나 잘 알지?"

그는 칼을 치웠다. "어느 순찰자보다 잘 알지. 어떤 지역은 다른 곳보다 더 잘 알고. 북부라고 할 데는 많아. 왜?"

"그 소녀." 멜리산드레는 말했다. "죽어가는 말을 탄 회색 소녀. 존 스노우의 동생." 달리 누구일 수 있겠는가? 그 소녀가 보호를 찾아 존 스노우에게 달려온다는 것만은 똑똑히 보았다. "불길 속에서 그 소녀를 보긴 했지만, 단 한 번뿐이었어. 우린 총사령관의 신뢰를 얻어야 하는데, 그러려면 그 소녀를 구하는 방법뿐이야."

"내가 구하라는 거겠지? 뼈다귀 영주가?" 그는 소리 내어 웃었다. "래틀셔츠를 믿는 놈은 바보들뿐이야. 스노우는 바보가 아니고. 자기 동생을 구해야 한다면 까마귀들을 보내겠지. 나라면 그러겠어."

"스노우는 그대가 아니야. 서약을 했고, 서약대로 살 작정이지. 밤의 경비대는 관여하지 않아. 하지만 그대는 밤의 경비대가 아니니, 스노우가 할 수 없는 일을 할 수 있어."

"그 목 뻣뻣한 사령관이 허락한다면 말이지. 당신의 불이 그 소녀를 어디에서 찾을지도 보여주던가?"

"물을 보았어. 깊고 푸르고 잔잔한 물이었고, 위에 얇은 얼음이 막 끼고 있었지. 끝도 없이 이어지는 것 같았어."

"롱레이크(Long Lake, 긴 호수)로군. 그 소녀 주위에 또 뭐가 보였지?"

"언덕들. 들판. 나무들. 사슴 한 마리. 돌들. 그 소녀는 마을을 멀리해. 가능하면 추적자들을 뿌리치기 위해 작은 개울가를 달리고."

그는 얼굴을 찌푸렸다. "그러면 어려워지는데. 북쪽으로 오고 있었다면서. 호수가 그 아이의 동쪽에 있었나, 서쪽에 있었나?"

멜리산드레는 눈을 감고 기억을 떠올렸다. "서쪽."

"그렇다면 왕의 가도를 따라오는 건 아니군. 영리한데. 반대쪽에는 감시자도 더 적고, 엄폐물도 더 많지. 내가 예전에 쓰던 은신처도 몇 군데—" 그는 전투 나팔 소리가 들리자 말을 끊고 재빨리 일어섰다. 멜리산드레는 캐슬블랙 전체에 갑자기 정적이 내려앉고, 모두가 장벽 쪽으로 몸을 돌리고 귀를 세워 기다린다는 사실을 알았다. 나팔 소리가 길게 한 번 울리면 순찰자들이 돌아온다는 뜻이었지만, 두 번은…….

'그날이 왔어.' 붉은 여사제는 생각했다. '스노우 공은 이제 내 말에 귀 기울여야 할 거야.'

나팔의 길고 구슬픈 울음이 스러지고 나서 정적이 한 시간은 이어지는 것 같았다. 마침내 야인이 침묵을 깨뜨렸다. "한 번뿐이군. 순찰자들이야."

"죽은 순찰자들이지." 멜리산드레도 일어섰다. "가서 뼈다귀 옷 걸치고 기다려. 돌아올 테니까."

"같이 가겠어."

"바보같이 굴지 마. 저들이 일단 알게 될 내용을 알고 나면, 어떤 야인이든 보기만 해도 격앙될 거야. 저들의 피가 식을 때까지 여기 있어."

계단을 내려가다 보니 데반이 스타니스가 남기고 간 위병 두 명과 함께 왕의 탑 계단을 오르고 있었다. 데반은 멜리산드레가 반쯤 잊어버린 아침 식사를 쟁반에 담아 들고 있었다. "홉이 오븐에서 새로 빵을 꺼낼 때까지 기다렸습니다. 아직 따끈따끈해요."

"내 방에 놓아두거라." 아마 그 야인이 먹으리라. "스노우 공에게 내가 필요하다. 장벽 너머에서." '아직은 모르지만, 곧…….'

밖에서는 어느새 가벼운 눈이 내리고 있었다. 멜리산드레와 그녀의 호위가 도착했을 때는 문 주위에 까마귀들이 모여 있었지만, 붉은 사제가 오자 길을 내주었다. 총사령관이 보웬 마시와 창병 스무 명과 함께 앞서서 얼음 속으로 들어간 뒤였다. 가까운 숲에 적이 숨어 있을 경우에 대비하여 궁수 십여 명도 장벽 위에 배치해두었다. 문을 지키는 위병들은 왕비의 사람들이 아니었으나, 그래도 멜리산드레를 지나가게 해주었다.

얼음 아래, 장벽을 관통하며 비뚤배뚤 나아가는 좁은 통로는 춥고 어두웠다. 모건이 횃불을 들고 앞에 서고 메렐은 도끼를 들고 뒤에 섰다. 둘 다 손쓸 수 없는 주정뱅이였지만, 아침 이 시간에는 정신이 멀쩡했다. 이름만은 왕비의 사람들이었고, 둘 다 그녀를 많이 두려워했으며, 메렐은 술에 취하지만 않으면 가공할 싸움꾼이 될 수 있었다. 오늘은 그들이 필요치 않겠지만, 멜리산드레는 어딜 가나 위병 둘을 데리고 다니는 습관을 들였다. 메시지를 전하기 위해서였다. '권력 과시.'

세 사람이 장벽 북쪽으로 나갔을 때는 눈이 꾸준히 내리고 있었다. 장벽에서 귀신 들린 숲 가장자리까지 이어지는 파괴되고 고통당한 땅을 들쭉날쭉한 하얀 담요가 덮었다. 존 스노우와 그의 검은 형제들은 20미터쯤 떨어진 곳에서 세 개의 창 주위에 모여 있었다.

길이가 2미터 50센티에 달하는 물푸레나무 창대였다. 왼쪽 창은 살짝 굽었지만, 나머지 둘은 매끈하고 곧았다. 각각 잘린 머리통이 하나씩 꽂혔다. 수염에는 얼음이 가득 맺혔고, 내리는 눈 때문에 하얀 두건을 쓴 모양새였다. 눈이 있던 자리에는 빈 눈구멍만 남아, 피가 흐르는 시커먼 구멍들이 말 없는 비난의 시선으로 아래를 응시했다.

"누구인가요?" 멜리산드레가 까마귀들에게 물었다.

"블랙잭 불워, 털북숭이 할, 그리고 회색 깃털 가스입니다." 보웬 마시가 침통하게 말했다. "땅이 반쯤 얼었군요. 창을 이렇게 깊이 꽂으려면 야인들이 밤을 절반은 보냈을 겁니다. 아직 가까이 있을 수 있어요. 우리를 지켜보면서." 집사장은 실눈을 뜨고 숲 쪽을 보았다.

"저 밖에 백 명이 있을 수도 있지요." 음침한 얼굴의 검은 형제가 말했다. "천 명도 있을 수 있어요."

"아니요." 존 스노우가 말했다. "놈들은 야심한 밤에 선물을 놓고, 도망쳤습니다." 그의 거대한 하얀 다이어울프가 창대 주위를 어슬렁대며 냄새를 맡더니, 다리를 들고 블랙잭 불워의 머리가 꽂힌 창대 밑에 오줌을 쌌다. "놈들이 아직 저기 있다면 고스트가 냄새를 맡았을 거예요."

"울보 놈이 몸뚱이는 불태웠길 빕니다." 음침한 남자, 사람들이 구슬픈 에드라고 부르는 남자가 말했다. "안 그랬으면 자기 머리통을 찾으러 올지도 모르니까 말이죠."

존 스노우는 회색 깃털 가스의 머리통이 꽂힌 창을 움켜잡더니 땅에서 확 뽑았다. "다른 둘도 내리세요." 존의 명령에 까마귀 넷이 서둘러 복종했다.

보웬 마시는 추위에 빰이 붉었다. "애초에 순찰자들을 내보내는 게 아니었습니다."

"그 상처를 들쑤실 때와 장소가 아닙니다. 여기서는 아니에요, 집사장님. 지금은 아니에요." 존 스노우는 창을 붙잡고 씨름하는 대원들에게 말했다. "머리통을 가져다가 태우십시오. 뼈 말고는 남김없이." 그는 그러고 나서야 멜리산드레를 알아차린 것 같았다. "사제님. 괜찮으시다면 같이 걸으시죠."

'드디어.' "사령관님의 뜻이라면 그러지요."

멜리산드레는 장벽 아래를 걸으면서 그에게 팔짱을 꼈다. 모건과 메렐이 앞서고, 고스트가 뒤따라 걸어왔다. 그녀는 아무 말도 하지 않았지만 일부러 보폭을 늦췄고, 그녀가 걷는 곳에서는 얼음에서 물이 떨어지기 시작했다. '이걸 못 알아차릴 리 없어.'

어느 살인 구멍의 쇠살대 아래에서 존 스노우가 침묵을 깼다. 그녀가 예상한 대로였다. "다른 여섯 명은 어떻게 됐습니까?"

"보지 못했어요." 멜리산드레가 말했다.

"보시겠습니까?"

"물론입니다, 사령관."

"섀도타워의 데니스 말리스터 경이 까마귀를 보냈습니다." 존 스노우가 그녀에게 말했다. "데니스 경의 부하들이 대곡지 반대쪽 산맥에 피어오른 불을 봤다는군요. 데니스 경은 야인들이 운집했다고 믿습니다. 그들이 다시 한번 해골 다리를 공격하려 한다고 생각하고요."

"그럴 수도 있겠지요." 환영 속에서 본 머리뼈들이 그 해골 다리를 상징한 걸까? 어째선지 그런 생각은 들지 않았다. "만약 그렇다 해도, 그 공격은 교란 작전에 지나지 않을 거예요. 난 피에 물든 검은 물 아래 잠긴 바닷가 탑들을 봤어요. 제일 강력한 타격은 그곳에 떨어질 겁니다."

"이스트워치요?"

'그런가?' 멜리산드레는 스타니스 왕과 함께 바닷가 이스트워치를 보았었다. 왕이 캐슬블랙 진군을 위해 기사들을 소집하면서 셀리스 왕비와 딸 시린을 두고 온 곳이기도 했다. 불 속에서 본 탑들은 그곳과 달랐지만, 예지 환영이란 자주 그런 식이었다. "그래요. 이스트워치입니다."

"언제요?"

그녀는 두 손을 펼쳤다. "내일. 한 달 후. 1년 후일 수도 있지요. 그리고 당신이 행동한다면, 내가 본 내용을 완전히 바꿔놓을 수도 있어요." '그렇지 않다면 예지에 무슨 의미가 있겠어?'

"잘됐군요." 스노우가 말했다.

그들이 장벽 아래에서 빠져나갔을 때는 문 앞에 모인 까마귀들이 40명까지 불어나 있었다. 대원들이 바싹 다가왔다. 멜리산드레가 이름을 아는 대원도 몇 명 있었다. 요리사인 세 손가락 홉, 떡 진 오렌지색 머리의 멀리, 머리가 좋지 않은 미련퉁이 오언, 주정뱅이 성사 셀라다르.

"사실입니까, 사령관?" 세 손가락 홉이 물었다.

"누굽니까?" 미련퉁이 오언이 물었다. "디웬은 아니죠?"

"가스는 아니겠죠." 그렇게 말한 사람은 그녀가 러니머드의 알프라고 알고 있는 왕비 쪽 사람으로, 제일 처음 거짓 일곱 신을 버리고 진정한 틀로르 신을 믿은 사람들 중 하나였다. "가스는 그 야인들에게 당하기엔 너무 영리하단 말입니다."

"몇 명이었나요?" 멀리가 물었다.

"셋입니다." 존이 그들에게 말했다. "블랙잭, 털북숭이 할, 그리고 가스예요."

러니머드의 알프가 섀도타워에서 자던 사람들까지 깨울 만큼 큰 소리로 울부짖었다. "침대에 눕히고 멀드와인을 좀 먹여요." 존이 세 손가락 홉에게 말했다.

"스노우 공." 멜리산드레가 조용히 말했다. "왕의 탑까지 같이 가시겠어요? 공유할 소식이 좀 더 있습니다."

그는 차가운 회색 눈으로 오랫동안 그녀의 얼굴을 바라보았다. 그러면서 오른손을 쥐었다 폈다 다시 쥐었다. "그러시죠. 에드, 고스트를 데리고 내 거처로 돌아가요."

멜리산드레는 그 말을 그녀의 위병도 해산시키라는 신호로 받아들였다. 그들은 둘이서만 같이 마당을 가로질렀다. 사방에 눈이 내렸다. 그녀는 존 스노우에게 최대한 가까이 붙어서 걸었다. 그에게서 검은 안개처럼 뿜어져 나오는 불신을 느낄 수 있을 만큼 가까웠다. '이자는 나를 좋아하지 않고, 앞으로도 좋아하지 않을 테지만, 나를 이용하긴 할 거야. 아주 잘하겠지.' 멜리산드레는 스타니스 바라테온과도 처음에 똑같은 춤을 췄었다. 사실, 둘 다 받아들이지 않으려 할 테지만, 이 젊은 사령관과 그녀의 왕은 생각보다 공통점이 많았다. 스타니스는 형의 그늘 속에서 산 동생이었고, 서자로 태어난 존 스노우는 언제나 이복형제에게, 사람들이 젊은 늑대라고 부르는 쓰러진 영웅에게 가려져 살았다. 둘 다 본질적으로 불신자라, 의심이 많았다. 그들이 진정으로 믿는 신은 명예와 의무뿐이었다.

"동생에 대해 묻지 않네요." 멜리산드레는 왕의 탑 나선계단을 오르면서 말했다.

"말씀드렸지요. 제겐 동생이 없습니다. 저희는 서약할 때 혈족을 버립니다. 아무리 원한다 해도 제가 아리아를 도울 수는—"

존은 멜리산드레의 방으로 들어서면서 말을 멈췄다. 야인이 안에 있었다. 그녀의 식탁 앞에 앉아서 대충 뜯어낸 따뜻한 갈색 빵 덩이에 단검으로 버터를 펴 바르고 있었다. 뼈다귀 갑옷을 걸친 모습을 보니 그녀는 기분이 좋아졌다. 투구 역할을 하는 부서진 거인의 머리뼈는 그자의 등 뒤 창가 자리에 놓여 있었다.

존 스노우는 긴장했다. "당신."

"스노우 나리." 야인은 부러진 갈색 치아가 가득한 입을 벌리고 히죽거렸다. 손목에 찬 루비가 아침 햇살을 받아 흐릿한 붉은 별처럼 빛났다.

"여기에서 뭘 하는 거지?"

"아침을 먹고 있지. 같이 먹어도 좋아."

"당신과 빵을 나눠 먹진 않겠어."

"안됐군. 빵이 아직 따뜻한데 말이야. 홉이 그래도 그 정도는 할 수 있거든." 야인은 빵을 한 입 베어 물었다. "사령관도 이렇게 쉽게 찾아갈 수 있어. 문 앞에 세워둔 그 위병들은 형편없는 농담이라고. 장벽을 50번쯤 올라본 남자라면 창문 하나쯤 기어오르긴 식은 죽 먹기지. 하지만 널 죽여서 무슨 소용이 있겠어? 까마귀들이 더 나쁜 놈을 선택할 뿐이지." 그는 빵을 씹어 삼켰다. "순찰자들 얘긴 들었다. 날 같이 보냈어야지."

"당신이 그들을 배신하고 울보에게 넘길 수 있게?"

"우리가 배신 이야길 하고 있는 건가? 네 야인 마누라 이름이 뭐였더라, 스노우? 이그리트 아니었나?" 야인은 멜리산드레를 돌아보았다. "내겐 말이 여러 마리 필요할 거요. 좋은 말로 여섯 마리. 그리고 나 혼자서 할 수 있는 일이 아니야. 몰스타운에 틀어박힌 창 마누라 몇 명이면 되겠군. 이런 일엔 여자들이 제격이지. 그 여자애도 여자들을 더 믿을 테고, 창 마누라들이라면 내가 생각하는 술책을 펴는 데 도움이 될 거야."

"저자가 무슨 소릴 하는 겁니까?" 스노우 공이 물었다.

"당신 동생요." 멜리산드레가 그의 팔에 손을 얹었다. "당신은 도울 수 없지만, 저자는 도울 수 있어요."

스노우가 팔을 빼냈다. "아닐 겁니다. 당신은 이 짐승을 몰라요. 래틀셔츠는 하루에 백 번 손을 씻어도 손톱 밑에 피가 묻어 있을 놈입니다. 아리아를 구하기는커녕 강간하고 죽일 거예요. 아닙니다. 이게 당신이 불 속에서 본 내용이라면, 분명 눈에 재가 들어갔을 겁니다. 저자가 내 허락 없이 캐슬블랙을 떠나려 한다면 내 손으로 저놈 목을 잘라버리겠어요."

'선택의 여지를 주지 않는군. 그렇다면 할 수 없지.' "데반, 나가보거라." 그녀가 말하자 종자가 슬며시 나가면서 문을 닫았다.

멜리산드레는 목에 건 루비를 건드리며 한마디했다.

그 소리는 방 구석구석에 기묘하게 메아리치고, 귓속에서 벌레처럼 꿈틀거렸다. 야인이 한 마디를 듣고, 까마귀가 다른 한 마디를 들었다. 둘 다 멜리산드레의 입술을 떠난 그 한 마디는 아니었다. 야인의 손목에 찬 루비가 어두워지고, 그의 주위에서 빛과 그림자의 가닥들이 몸부림치다가 스러졌다.

뼈다귀는 그대로 남았다. 달그락거리는 갈비뼈들, 팔과 어깨에 걸친 손톱과 치아, 양쪽 어깨를 가로지르는 누렇게 변색된 거대한 쇄골은 그대로였다. 부서진 거인의 머리뼈도 부서진 거인의 머리뼈로 남아서, 누렇게 변하고 금이 간 채 얼룩지고 흉포한 그 웃음을 짓고 있었다.

그러나 V자 머리선은 녹아 없어졌다. 갈색 콧수염, 울퉁불퉁한 턱, 누르스름하게 혈색이 나쁜 얼굴 살과 작고 까만 눈이 다 녹아버렸다. 회색 손가락들이 긴 갈색 머리를 쓸었다. 입가에 웃음 주름이 나타났다. 갑자기 그는 이전보다 커졌다. 가슴과 어깨가 더 넓었으며, 다리는 더 길고 늘씬했고, 깨끗하게 면도한 얼굴은 바람에 상했다.

존 스노우의 회색 눈이 커졌다. "만스?"

"스노우 나리." 만스 레이더는 웃지 않았다.

"멜리산드레가 당신을 불태웠는데."

"불태운 건 뼈다귀 영주였지."

존 스노우는 멜리산드레를 돌아보았다. "이건 무슨 마술입니까?"

"좋을 대로 불러요. 마법, 허울, 환상……. 릃로르는 빛의 군주시고, 그분의 종복들은 다른 이들이 실을 잣듯이 빛을 자아낼 수 있답니다, 스노우 공."

만스 레이더가 쿡쿡 웃었다. "나도 의심은 했지만, 시도해봐서 안 될 것 있겠나? 이게 아니면 스타니스에게 구워지는 거였거든."

"뼈는 도움이 되지요." 멜리산드레가 말했다. "뼈는 기억하니까요. 가장 강력한 마법은 그런 것들로 지어요. 죽은 남자의 장화, 머리 타래, 손가락뼈가 든 주머니 같은 것들. 거기에 말과 기도를 속삭이면 한 사람의 그림자를 거둬들이고 다른 그림자를 망토처럼 덮어씌울 수 있지요. 걸친 사람의 핵심은 변하지 않고, 허울만 바뀌는 거예요."

그녀는 단순하고 쉬운 일처럼 말했다. 그게 얼마나 힘든 일이었는지, 그녀에게 얼마나 큰 대가를 물렸는지 그들은 알 필요가 없었다. 그게 멜리산드레가 아샤이에 가기 오래전에 배운 교훈이었다. 사람들은 마법이 쉬워 보일수록 마법사를 더 두려워했다. 화염이 래틀셔츠를 핥았을 때는 목에 건 루비가 어찌나 뜨겁게 달아오르던지, 그녀의 살이 새까맣게 타며 연기가 피어오를까 두려울 정도였다. 고맙게도 스노우 공이 화살을 쏘아 그런 고통에서 그녀를 구했다. 스타니스는 그 반항에 노여워했으나, 그녀는 안도감에 몸을 떨었었다.

"우리의 거짓 왕이 가시가 많기는 하지만……." 멜리산드레는 존 스노우에게 말했다. "당신을 배신하지는 않을 거예요. 우린 저 사람의 아들을 데리고 있다는 걸 기억해요. 게다가 당신에게 자기 목숨을 빚지기도 했죠."

"제게요?" 스노우는 깜짝 놀란 것 같았다.

"달리 누구겠어요? 당신들의 법은 저 사람의 죗값은 오직 목숨으로만 치를 수 있다고 했고, 스타니스 바라테온은 법을 거스르는 남자가 아니지요……. 하지만 당신의 현명한 말마따나, 인간의 법은 장벽에서 끝이 나요. 내가 빛의 군주께서 당신의 기도를 들어주실 거라 했지요? 당신은 어린 여동생을 구하면서도 동시에 당신에게 너무나 큰 의미가 있는 명예를 지키고, 당신이 나무 신 앞에서 한 서약을 지킬 방법을 얻고 싶어 했어요." 그녀는 하얀 손가락으로 그를 가리켰다. "저기 그 방법이 있어요, 스노우 공. 아리아를 구출할 방법. 빛의 군주와…… 내가 주는 선물이에요."

구린내

'계집들' 소리가 먼저 들렸다. 집으로 달려오면서 짖어대는 소리. 판석에 울려 퍼지는 말발굽 소리에 그는 사슬을 철컹거리며 펄쩍 뛰어 일어났다. 두 발목 사이 사슬은 30센티미터도 되지 않아, 발을 끌면서 걸을 수밖에 없었다. 그렇게 걷자니 빨리 움직이기가 힘들었지만, 그는 쇠사슬 소리를 울리며 깡충깡충 뛰어서 최선을 다해 잠자리에서 멀어졌다. 램지 볼턴이 돌아왔으니, 구린내가 대령하기를 바랄 것이다.

바깥에서는 차가운 가을 하늘 아래, 수색꾼들이 성문으로 쏟아져 들어왔다. 뼈다귀 벤이 앞장서고, 사방에서 '계집들'이 으르렁대고 짖어댔다. 그 뒤로 스키너, 시큼한 알린, 기름때 묻은 긴 채찍을 든 춤춰봐 데이먼이 오고 그다음에는 더스틴 부인이 선사한 회색 망아지를 탄 왈더 둘이 달려왔다. 그의 주인은 '블러드'라는 말을 탔는데, 새빨간 색에다 주인에게 맞먹는 성질을 지닌 종마였다. 램지는 소리 내어 웃고 있었다. 구린내는 그것이 아주 좋은 신호일 수도, 아주 나쁜 신호일 수도 있음을 알았다.

어느 쪽인지 생각해내기 전에 그의 냄새를 맡은 개들이 달려들었다. 개들은 구린내를 좋아했다. 자기들과 같이 잘 때도 많고, 가끔은 뼈다귀 벤이 개들과 저녁 식사를 나눠 먹게 해줬기 때문이다. 개들은 짖어대면서 판석 위를 달려오더니 주위를 빙빙 돌면서 뛰어올라 그의 지저분한 얼굴을 핥고, 다리를 살짝살짝 물었다. 헬리슨트가 왼손을 덥석 물었는데, 어찌나 세게 무는지 구린내는 손가락 두 개를 더 잃는 게 아닐까 두려워졌다. 붉은 제인은 구린내의 가슴팍을 들이받아 쓰러뜨렸다. 제인은 늘씬하고 단단한 근육덩어리인 반면 구린내는 잿빛 피부 안에 헐렁한 살과 잘 부러지는 뼈만 든 흰 머리의 굶주린 인간이었다.

겨우 붉은 제인을 밀어내고 무릎을 세워 일어났을 때는 기수들이 말에서 내리고 있었다. 스물네 명이 말을 타고 나갔다가 스물네 명이 돌아왔으니, 수색은 실패라는 뜻이었다. 좋지 않았다. 램지는 실패의 맛을 좋아하지 않았다. '누군가를 아프게 하고 싶어 할 거야.'

최근 그의 주인은 자제해야만 했다. 배로턴에는 볼턴 가문이 필요로 하는 사람들이 가득했고, 램지도 더스틴과 리스웰과 동료 영주 가문들 앞에서는 조심해야 한다는 사실을 알았다. 그들과 함께 있을 때 램지는 언제나 예의 바르고 미소를 띠었다. 닫힌 문안에서 하는 짓은 다른 문제였다.

램지 볼턴은 혼우드의 영주이자 드레드포트의 후계자에 걸맞은 옷차림이었다. 짧은 망토는 늑대 가죽을 잇대어 만들었고, 가을의 한기를 물리치기 위해 오른쪽 어깨에 얹은 늑대 머리의 누런 이빨로 여몄다. 한쪽 옆구리에는 고기 칼처럼 두껍고 무거운 펄션(falchion, 칼날 폭이 넓고 곡선을 그리는 칼)을 찼고, 반대쪽에는 긴 칼과 끝이 굽고 면도날처럼 날카로운 작은 껍질 벗기기용 곡도를 찼다. 세 자루 모두 칼자루는 노란 뼈로 만들었다. "구린내야." 그의 주인이 블러드의 높은 안장에서 외쳤다. "냄새가 심하구나. 마당 여기서도 네놈 냄새를 맡을 수가 있어."

"압니다, 주인님." 구린내는 이렇게 말할 수밖에 없었다. "송구합니다."

"네게 선물을 가져왔다." 램지는 몸을 비틀어 뒤쪽으로 손을 뻗더니, 안장에서 뭔가를 당겨 공중에 던졌다. "받아라!"

사슬과 쇠고랑, 그리고 없어진 손가락들 때문에 구린내는 이름을 알기 전보다 훨씬 몸놀림이 서툴렀다. 머리통은 그의 손을 때리고, 잘려 나간 손가락 끝에 맞아 튀더니 구더기를 쏟아내며 발치에 떨어졌다. 피가 하도 심하게 말라붙어 있어서 얼굴은 알아볼 수가 없었다.

"받으라고 했을 텐데." 램지가 말했다. "주워라."

구린내는 귀를 잡고 머리통을 들어 올리려 했다. 통하지 않았다. 살이 녹색으로 썩고 있어서, 잡아 든 귀가 찢어져버렸다. 작은 왈더가 웃음을 터뜨렸고, 잠시 후에는 다른 남자들도 모두 웃었다. "아, 내버려둬." 램지가 말했다. "블러드나 돌봐라. 이 녀석을 험하게 몰았다."

"예, 주인님. 그러겠습니다." 구린내는 잘린 머리통을 개들에게 남겨두고 서둘러 말에게 달려갔다.

"오늘은 돼지 똥 냄새가 나는구나, 구린내야." 램지가 말했다.

"저 녀석에게 그만하면 발전이죠." 춤춰봐 데이먼이 채찍을 말면서 웃는 얼굴로 말했다.

작은 왈더가 안장에서 훽 뛰어내렸다. "내 말도 돌볼 수 있겠지, 구린내. 내 작은 사촌 말도."

"내 말은 내가 돌볼 수 있어." 큰 왈더가 말했다. 작은 왈더는 램지 공이 가장 아끼는 아이가 되어 날이 갈수록 닮아갔지만, 조금 더 작은 프레이는 성격이 달랐고 사촌의 잔인한 놀이에 가담하는 일이 드물었다.

구린내는 두 종자에게 아무 관심도 두지 않았다. 그는 블러드를 끌고, 말이 걷어차려 할 때마다 옆으로 뛰어 피하면서 마구간으로 향했다. 수색꾼들은 다들 연회장으로 들어가고, 뼈다귀 벤만 남아서 개들에게 잘린 머리통을 두고 싸움질 좀 그만하라고 욕을 해댔다.

큰 왈더는 자기 말을 끌고 마구간으로 따라 들어왔다. 구린내는 블러드의 굴레를 풀면서 그를 흘긋 보았다. "누구였나요?" 그는 다른 마구간지기들이 듣지 못하게 조용히 물었다.

"아무도 아니야." 큰 왈더는 회색 말의 안장을 내렸다. "길에서 만난 노인이었을 뿐이야. 암염소와 새끼 염소 네 마리를 몰고 가고 있었어."

"영주님께서 염소 때문에 베신 건가요?"

"영주님을 스노우 나리라고 불렀다고 벤 거야. 하지만 염소는 좋았어. 어미에겐 젖을 짜고 새끼들은 구워 먹었지."

'스노우 나리라.' 구린내는 고개를 끄덕이고, 사슬을 철컹거리며 블러드의 안장 끈을 풀기 위해 씨름했다. '무슨 이름으로 부르든, 램지가 화났을 때는 가까이 있으면 안 되지. 화나지 않았을 때도.' "친척들은 찾으셨습니까?"

"아니. 찾을 거라고 생각도 안 했어. 죽었을 거야. 와이먼 공이 다 죽였을 걸. 나라면 그랬을 거야."

구린내는 아무 말도 하지 않았다. 어떤 말은 하지 않는 게 안전했다. 설령 주인은 연회장에 있고 그는 마구간에 있다 해도. 말 한마디만 잘못하면 발가락 하나, 어쩌면 손가락 하나가 또 날아갈 것이다. '하지만 혀는 아니지. 내 혀는 절대 자르지 않을 거야. 내가 고통에서 벗어나게 해달라고 애걸하는 걸 듣기 좋아하니까. 내가 그 말을 하게 만들기를 좋아하지.'

그들은 16일 동안 수색에 나서서 가끔 훔친 새끼 염소 말고는 딱딱한 빵과 염장 소고기만 먹었기 때문에, 그날 밤 램지 공은 배로턴 귀환을 축하하는 의미로 연회를 베풀라고 명령했다. 그들을 대접하고 있는 하우드 스타우트라는 희끗희끗한 머리의 외팔이 소영주는 램지에게 거스르지 않는 게 좋다는 사실을 알았지만, 이제는 그의 식품 저장고가 거의 텅 비었을 터였다. 구린내는 스타우트의 하인들이 서자와 그 부하들이 겨울 저장품을 다 먹어치우고 있다고 투덜대는 소리를 들었다. 스타우트의 요리사는 구린내가 듣고 있는 줄 모르고 불평을 했다. "에다드 공의 어린 딸이 그놈과 잠자리를 해야 한다지만, 정작 눈이 내리면 신세 조진 건 우리야. 내 말 잊지 마."

그러나 램지 공이 연회를 선언하셨으니, 연회를 해야 했다. 스타우트의 대연회장에 가대 탁자들이 서고, 황소가 도축되고, 그날 밤 해가 저물자 빈손으로 온 수색꾼들은 구운 고기와 갈비, 보리빵, 으깬 당근과 콩을 먹고 엄청난 양의 에일을 마셔댔다.

램지 공의 잔을 채우는 임무는 작은 왈더에게 떨어졌고, 큰 왈더는 상석에 앉은 다른 사람들의 술잔을 맡았다. 구린내는 악취에 연회자들의 입맛이 떨어지지 않게 문 옆에 사슬로 묶였다. 그는 나중에, 뭐든 램지 공이 보내주는 남은 음식을 먹을 것이다. 그러나 개들은 연회장 안을 뛰어다니며 그날 밤 최고의 오락거리를 제공했다. 모드와 회색 제인은 월 쇼트가 던져 준 특히 살점이 많은 뼈다귀를 두고 다투다가 스타우트 공의 사냥개 한 마리를 공격했다. 세 마리 개의 싸움을 구경하지 않는 사람은 연회장 안에 구린내 하나였다. 그는 내내 램지 볼턴을 보고 있었다.

싸움은 성주의 개가 죽을 때까지 끝나지 않았다. 스타우트의 늙은 사냥개에게는 살 가망이 없었다. 2 대 1인 데다가, 램지의 계집들은 젊고 튼튼하고 잔인했다. 주인보다도 더 개들을 좋아하는 뼈다귀 벤은 구린내에게 그 개들이 다 아직 램지가 서자였고, 첫 번째 구린내와 같이 뛰어다니던 시절에 사냥하고 강간해서 죽인 농민 여자들의 이름을 땄다고 말해줬다. "주인님을 즐겁게 해준 것들만이야. 울면서 도망도 안 치고 비는 것들은 계집들로 돌아오지 못하지." 구린내는 드레드포트의 견사에서 태어날 다음 새끼들 중에는 키라가 있을 것을 의심치 않았다. "주인님은 이 녀석들을 늑대도 죽이게 훈련시키셨어." 뼈다귀 벤이 털어놓고 말했었다. 구린내는 아무 말도 하지 않았다. 그 계집들로 죽이려는 늑대들이 누구인지 알고 있었지만, 그 개들이 그의 잘린 발가락을 두고 다투는 모습을 지켜보고 싶지는 않았다.

개의 사체를 들고 나가려고 하인 둘이 나서고, 늙은 여자 하나가 피에 젖은 골풀을 치우려고 대걸레와 갈퀴와 들통을 가지고 나오는데 연회장 문이 활짝 열리고 바람이 밀려들더니, 회색 갑옷과 철제 반투구 차림의 남자들 십여 명이 가죽 브리간딘에 금색과 적갈색 망토를 걸친 스타우트의 얼굴 창백한 젊은 위병들을 밀치고 걸어 들어왔다. 갑작스러운 정적에 연회가 멈췄지만…… 램지 공은 뜯어 먹던 뼈를 옆으로 던지고, 소매로 입을 닦더니 번들거리는 입술로 미소 지으며 말했다. "아버지."

드레드포트의 영주는 연회의 자취와 죽은 개, 장식 벽걸이들, 사슬과 쇠고랑을 찬 구린내를 천천히 둘러보았다. "나가라." 그는 중얼거리듯 조용히 연회자들에게 말했다. "당장. 다 나가."

램지 공의 부하들은 잔과 접시를 버려두고 일어섰다. 계집들은 뼈다귀 벤이 고함을 치자 종종걸음으로 따라나섰다. 아직 뼈다귀를 문 개들도 있었다. 하우드 스타우트는 뻣뻣하게 인사하고 말 한마디 없이 연회장을 떠났다. "구린내 풀어서 데리고 나가." 램지가 시큼한 알린에게 낮게 으르렁거렸지만, 그의 아버지는 하얀 손을 내저으며 말했다. "아니, 두고 가라."

루스 볼턴 공의 위병들이 마저 나가면서 문을 닫았다. 문 닫히는 소리의 메아리가 잦아들자, 구린내는 아버지와 아들, 두 볼턴과 자신만 연회장에 남았음을 알았다.

"사라진 프레이들을 찾지 못했지." 루스 볼턴의 말투는 질문이라기보다는 서술이었다.

"장어 공이 헤어졌다고 주장하는 곳까지 달려가봤지만, 제 계집들이 흔적도 찾지 못했습니다."

"마을들과 성채들에 소식은 물어봤고."

"헛짓이었습니다. 농부 놈들은 장님이나 다름없어요." 램지는 어깨를 으쓱였다. "상관 있습니까? 세상이 프레이 몇 놈을 그리워하진 않을 텐데요. 혹시 하나 필요하다면 트윈스에 잔뜩 있잖습니까."

루스 공은 빵 한 조각을 뜯어서 먹었다. "호스틴과 아에니스가 걱정하고 있다."

"그럼 직접 가서 찾으라고 하죠."

"와이먼 공은 제 탓을 한다. 하는 말을 듣자면 라에가르를 특히 좋아하게 된 모양이야."

램지 공은 화가 치밀기 시작했다. 구린내는 램지의 입에서, 두툼한 입술이 말리는 모양에서, 목에 힘줄이 돋는 모습에서 알 수 있었다. "그 바보들은 맨덜리와 같이 있었어야 해요."

루스 볼턴은 어깨를 으쓱였다. "와이먼 공의 가마는 달팽이 기는 속도로 움직이지……. 그리고 물론 건강과 장 때문에 하루에 몇 시간 이상은 여행을 못하고, 식사를 하느라 자주 멈추고 말이다. 프레이들은 배로턴에 와서 다시 친족들과 합류하고 싶어 안달이 났지. 먼저 달려왔다고 그걸 탓할 수가 있느냐?"

"정말 그랬던 거라면 말이죠. 맨덜리를 믿으세요?"

루스 볼턴의 색 옅은 눈동자가 반짝였다. "내가 너에게 그런 인상을 줬더냐? 그렇다 해도. 맨덜리 공은 아주 심란해하고 있다."

"먹지 못할 만큼 심란한 건 아니죠. 돼지 공이 화이트하버의 식량을 절반은 싣고 왔을 겁니다."

"짐마차 40대에 먹을 것을 가득 실었지. 와인과 히포크라스 통들에, 갓 잡은 장어를 넣은 나무통들, 염소 한 떼에 돼지 백 마리, 게와 굴이 든 궤짝들, 엄청나게 큰 대구가 한 마리……. 와이먼 공은 먹기를 좋아한다. 너도 알아차렸겠지만."

"제가 알아차린 건 그자가 인질을 데려오지 않았다는 겁니다."

"나도 안다."

"어떻게 하실 겁니까?"

"진퇴양난이다." 루스 공은 빈 잔을 찾아서 식탁보에 닦은 다음, 술병에서 술을 따랐다. "연회를 열어대는 게 맨덜리만은 아닌 것 같구나."

"돌아온 저를 환영하며 연회를 열어주시는 건 아버지였어야죠." 램지가 투덜거렸다. "그리고 이 오줌통 같은 성이 아니라 배로홀이었어야 해요."

"배로홀과 그 주방은 내 재량이 아니다." 램지의 아버지는 온화하게 말했다. "난 그곳의 손님일 뿐이야. 성과 마을은 더스틴 부인의 것이고, 더스틴 부인은 너를 참지 못한다."

램지의 얼굴이 어두워졌다. "그 여자 젖가슴을 잘라서 제 계집들에게 먹이면, 그때는 절 참아줄까요? 제가 껍질을 벗겨서 장화를 만들면 참아줄까요?"

"설마. 그리고 그 장화값은 비싸겠구나. 배로턴과 더스틴 가문, 그리고 리스웰 가문을 대가로 치러야 할 테니." 루스 볼턴은 아들의 맞은편에 앉았다. "바브리 더스틴은 내 두 번째 아내의 동생이고, 로드릭 리스웰의 딸이며, 로저와 리카드와 나와 이름이 같은 루스의 누이인 동시에 다른 리스웰들의 친족이다. 내 죽은 아들을 아꼈고 네가 그 녀석의 죽음에 한몫하지 않았나 의심하고 있지. 바브리 더스틴 부인은 불만을 오래 품을 줄 아는 여자다. 그 점에 감사하거라. 배로턴이 볼턴에 충실한 건 주로 그 여자가 아직도 남편의 죽음으로 네드 스타크를 탓하는 덕분이니."

"충실해요?" 램지는 분노를 끓였다. "하는 일이라곤 저에게 침을 뱉는 것뿐인데요. 제가 그 여자의 소중한 목조 마을을 불태우는 날이 올 겁니다. 거기다 침을 뱉어보라죠. 불이 꺼지나 보게."

루스는 마시던 에일이 갑자기 시어지기라도 한 것처럼 얼굴을 찌푸렸다.

"네가 정말 내 씨앗인가 생각하게 만들 때가 있구나. 내 선조들은 다른 건 몰라도 바보는 아니었다. 아니, 조용히 해라. 이미 충분히 들었다. 지금은 우리가 강해 보이지, 그래. 우린 라니스터와 프레이라는 강력한 친구들을 뒀고, 북부의 많은 부분이 마지못해 지지하고 있다……. 하지만 네드 스타크의 아들이 하나 나타나면 어떻게 될 것 같으냐?"

'네드 스타크의 아들은 다 죽었어.' 구린내는 생각했다. '롭은 트윈스에서 살해당했고, 브랜과 리콘은…… 우리가 머리통을 타르에 담가서…….' 머리가 쿵쿵 울렸다. 구린내는 구린내라는 이름을 알기 전에 일어났던 일에 대해 일절 생각하고 싶지 않았다. 기억하기엔 너무 아픈 일들, 램지의 껍질 벗기는 칼만큼이나 고통스러운 생각들이었다…….

"스타크의 늑대 새끼들은 죽었어요." 램지가 에일을 잔에 부으며 말했다. "그리고 죽은 채로 남아 있을 겁니다. 그놈들이 못생긴 얼굴을 내민다면 제 계집들이 그놈들의 늑대들을 갈기갈기 찢어놓을 거예요. 빨리 나타나면 나타날수록 저도 더 빨리 놈들을 다시 죽이겠죠."

나이 든 볼턴은 한숨을 내쉬었다. "다시? 잘못 말했겠지. 넌 에다드 공의 아들들, 우리가 그토록 사랑했던 귀여운 두 아이를 죽인 적이 없다. 그건 변절자 테온이 한 짓이었지. 기억하느냐? 진실이 알려졌다간 우리의 마지못한 친구들이 얼마나 남을까? 네가 장화로 만들 바브리 부인밖에 남지 않겠지……. 기껏해야 모자란 장화밖에 안 될 테고 말이다. 사람 가죽은 소가죽처럼 질기지가 않고 오래가지도 않아. 왕의 칙령을 받았으니 넌 이제 볼턴이다. 볼턴답게 행동하도록 해봐라. 너에 대한 소문이 돈다, 램지. 사방에서 들려. 사람들이 널 무서워한다."

"잘됐네요."

"잘못 알았다. 잘된 일이 아니야. 나에 대해서는 어떤 소문도 돌지 않았다. 그랬다면 내가 여기 앉아 있을 것 같으냐? 네 오락은 네가 알아서 할 일이고, 거기에 대해선 책망하지 않겠다만, 넌 좀 더 신중해야 한다. 평화로운 영지에 조용한 사람들. 그게 언제나 나의 규칙이었다. 너도 그렇게 해라."

"그래서 더스틴 부인과 뚱뚱한 돼지 부인을 두고 오신 겁니까? 여기까지 와서 저한테 조용히 하라고 하시려고요?"

"천만에. 네가 들어야 할 소식이 있다. 스타니스 공이 마침내 장벽을 떠났다."

그 말에 램지는 번들거리는 입술에 헤벌쭉 웃음을 빛내며 반쯤 일어났다. "그자가 드레드포트로 진군합니까?"

"안타깝게도 아니다. 아놀프는 왜 그런지 이해하지 못하고 있다. 함정으로 유인하기 위해 할 수 있는 일은 다 했다고 맹세하지."

"글쎄요. 카스타크를 긁어내면 스타크가 나오죠."

"젊은 늑대가 리카드 공에게 상처를 준 이후로는 그 말도 예전만큼 맞지 않을지 몰라. 그렇다 해도…… 스타니스 공은 딥우드모트를 강철인들에게서 빼앗아 글로버 가문에게 돌려줬다. 그보다 더 나쁜 건, 고산 부족들이 합류했다는 거다. 월과 노리와 리들과 나머지가 다. 스타니스의 군세가 커지고 있어."

"우리 세력이 더 큽니다."

"지금은 그렇지."

"지금이 스타니스를 분쇄할 때예요. 제가 딥우드로 진군하게 해주십쇼."

"결혼한 후에."

램지가 잔을 쾅 소리 나게 내려놓자 남아 있던 에일이 식탁보에 흘러넘쳤다. "기다리는 것도 지긋지긋해요. 우리에겐 여자애도 있고, 나무도 있고, 증인 삼을 영주들도 충분히 있습니다. 내일 당장 결혼해서 그 다리 사이에 아들을 하나 심고, 처녀혈이 마르기 전에 진군하겠습니다."

'걔는 네가 진군하길 기도할 거야.' 구린내는 생각했다. '그리고 네가 다시는 자기 침대로 돌아오지 않길 기도하겠지.'

"네가 아들을 만들기는 하겠지만, 여기서는 아니다. 결혼은 윈터펠에서 하기로 결정했다."

램지 공은 이 예정이 기쁘지 않은 모양이었다. "윈터펠은 제가 황폐하게 만들었는데요. 혹시 잊으셨습니까?"

"아니. 하지만 너는 잊은 것 같구나……. 윈터펠을 황폐하게 만들고 사람들을 다 도륙한 건 강철인들이었지. 변절자 테온이었고."

램지는 구린내에게 미심쩍어하는 시선을 던졌다. "그래요. 그랬죠. 하지만…… 그 폐허에서 결혼식이라뇨?"

"아무리 망가지고 폐허가 되었다 해도 윈터펠은 아리아 아가씨의 집이다. 아리아와 결혼해서 잠자리를 하고, 네 권리를 확실히 주장하기에 더 나은 장소가 있을까? 하지만 그것도 이유의 절반일 뿐이다. 우리가 스타니스를 상대로 진군한다면 바보일 거다. 스타니스가 진군해오게 두자. 배로턴으로 오기엔 조심성이 너무 많지만…… 윈터펠에는 반드시 오겠지. 그놈의 고산 부족들은 자기들의 소중한 네드의 딸을 너 같은 놈에게 버려두지 않을 거야. 스타니스는 진군하지 않으면 그들을 잃는다……. 그리고 조심스러운 지휘관인 만큼, 진군할 때는 친구와 동맹자 모두를 소집할 테지. 아놀프 카스타크도 소집할 거야."

램지가 갈라진 입술을 핥았다. "그러면 놈을 손에 넣겠군요."

"그게 신들의 뜻이라면." 루스가 일어섰다. "넌 윈터펠에서 결혼한다. 영주들에게 사흘 후에 진군한다고 알리고 동행하자고 초청하겠다."

"아버지는 북부의 관리자십니다. 명령하세요."

"초청으로도 같은 효과를 성취할 거다. 권력의 맛은 예의로 달게 만들었을 때 제일이지. 네가 통치할 희망을 품고 있다면 배우는 게 좋을 거다." 드레드포트의 영주는 구린내를 흘긋 보았다. "아, 그리고 네 애완동물의 사슬을 풀어라. 내가 데려가겠다."

"저놈을요? 어디로요? 저놈은 제 겁니다. 아버지가 가지실 순 없어요."

루스는 재미있어하는 것 같았다. "네가 가진 모든 것이 내가 준 것이다. 그 점을 기억하는 게 좋을 거다, 서자야. 이…… 구린내로 말하자면…… 네가 손쓸 여지 없이 망가뜨린 게 아니라면, 아직 우리에게 쓸모가 있을지도 모르겠다. 네 어미를 강간한 날을 후회하기 전에 열쇠 가져다가 사슬을 풀어라."

구린내는 램지의 입매가 뒤틀리는 모습, 입술 사이에 거품이 반짝이는 모습을 보았다. 램지가 단도를 뽑아 들고 탁자를 건너뛸까 두려웠다. 하지만 램지는 얼굴이 벌게져서는 색이 엷은 눈동자를 그보다 더 색이 연한 아버지의 눈동자에서 돌린 후 열쇠를 찾으러 갔다. 그는 구린내의 손목과 발목에서 쇠고랑을 풀기 위해 무릎을 꿇었을 때, 몸을 가까이 기울이고 속삭였다. "아버지에게 아무 말도 하지 말고, 아버지가 하는 말은 다 기억해라. 더스틴 잡년이 뭐라고 하든 난 널 되찾을 거다. 네가 누구지?"

"구린내입니다. 주인님의 노예죠. 노린내와 운이 맞는 구린내요."

"그래. 아버지가 널 돌려주면 손가락을 하나 더 자르겠다. 어느 손가락인지는 네가 고르게 해주지."

저도 모르게 눈물이 뺨으로 흘러내렸다. "왜요?" 그는 갈라진 목소리로 외쳤다. "전 데려가달라고 부탁한 적 없습니다. 원하시는 일은 뭐든 할게요. 섬기고, 복종하고. 전…… 제발, 제발……."

램지는 그의 얼굴을 때렸다. "데려가세요." 그는 아버지에게 말했다. "이놈은 남자도 아닙니다. 이놈 냄새가 역하네요."

그들이 밖으로 나갔을 때는 배로턴의 나무벽 위로 달이 뜨고 있었다. 구린내는 마을 너머의 기복 완만한 평야 지대를 휩쓰는 바람 소리를 들을 수 있었다. 배로턴 동쪽 문 옆에 있는 하우드 스타우트의 소박한 아성에서 배로홀까지는 1.5킬로미터밖에 되지 않았다. 볼턴 공은 그에게 말을 내주었다. "말을 탈 수 있느냐?"

"저는…… 영주님, 저는…… 그럴 것 같습니다."

"월튼, 말에 오르도록 도와주게."

수갑과 족쇄 없이도 구린내는 노인처럼 움직였다. 뼈에 살이 축 늘어졌고, 시큼한 알린과 뼈다귀 벤의 말로는 경련한다고도 했다. 그리고 냄새는…… 구린내를 태우기 위해 몰고 온 암말도 물러서려 할 정도였다.

그러나 온순한 말이었고, 배로홀까지 가는 길을 잘 알았다. 문밖으로 나가면서 볼턴 공이 옆으로 붙어 섰다. 위병들은 적절한 거리로 물러났다. "자네를 뭐라고 부르면 좋을까?" 그는 배로턴의 넓고 곧은 길을 속보로 가며 물었다.

'구린내, 난 구린내야. 지린내와 운이 맞는 구린내.' "구린내입니다. 영주님만 괜찮으시다면요."

"나리." 볼턴의 입술이 치아가 아주 살짝 보일 만큼만 벌어졌다. 미소였는지도 모른다.

그는 이해하지 못했다. "영주님? 전—"

"영주님이라. 나리라고 해야 했는데 말이야. 말을 할 때마다 출신을 드러내고 있어. 진짜 농민처럼 말하고 싶다면, 입에 진흙을 문 것처럼 말하거나, 아니면 누굴 어떻게 불러야 할지 제대로 모를 만큼 멍청하게 말해야 해."

"영…… 나, 나리 말씀대롭니다."

"좀 낫군. 악취는 끔찍하지만."

"예, 나리. 송구합니다, 나리."

"어째서? 자네 몸의 냄새는 자네가 아니라 내 아들이 한 짓이다. 나도 잘 알고 있어." 그들은 마구간 하나와 간판에 밀단을 그려 넣은 문 닫힌 여관

하나를 지났다. 구린내는 여관 창문으로 새어 나오는 음악 소리를 들었다. "난 첫 번째 구린내를 알았지. 그놈은 냄새가 났지만, 씻기 싫어해서는 아니었어. 사실은 그보다 더 깨끗한 놈을 본 적이 없었네. 하루에 세 번 목욕하고 처녀처럼 머리에 꽃을 꽂고 다녔지. 내 두 번째 아내가 아직 살아 있었을 때, 한번은 그놈이 아내의 향수를 훔치다가 걸렸네. 그 죄로 열두 번 채찍질을 했지. 심지어 피에서도 이상한 냄새가 나더군. 다음 해에 그놈은 또 향수를 써보려 했네. 이번에는 향수를 마셨다가 죽을 뻔했지. 소용없었어. 그건 그놈이 타고난 냄새였어. 평민들은 저주라고 했지. 그놈의 영혼이 썩어간다는 걸 모두 알 수 있게 신들이 악취 나게 만드셨다고 말이야. 내 노학사는 그게 질병의 징후라 주장했지만, 그 녀석은 다른 면에서는 황소처럼 튼튼했네. 아무도 그놈 근처에서 견디질 못했기에 그놈은 돼지들과 같이 잤어……. 램지의 어미가 내 문 앞에 나타나서, 거칠고 제멋대로 자라가는 내 서자에게 하인을 붙여달라고 요구하기 전까지는 그랬지. 난 그 여자에게 구린내를 줬어. 재미로 한 일이었지만, 그놈과 램지는 떼려야 뗄 수 없는 사이가 되었지. 하지만 모르겠군……. 램지가 구린내를 타락시킨 걸까, 아니면 구린내가 램지를 타락시켰을까?" 볼턴 공은 두 개의 하얀 달처럼 색이 옅고 기묘한 눈동자로 새로운 구린내를 보았다. "램지가 자네 사슬을 풀면서 뭐라고 속삭였지?"

"그…… 그게……." '당신에게 아무 말도 하지 말랬어요.' 그는 말이 목에 걸려서 컥컥거리고 기침을 하기 시작했다.

"심호흡을 하게나. 램지가 뭐라고 했는지 알아. 나를 염탐하고 램지의 비밀을 지키라는 거겠지." 볼턴은 쿡쿡 웃었다. "제 놈에게 비밀이나 있는 줄 알고 말이야. 시큼한 알린, 루톤, 스키너, 그놈들이 어디서 왔다고 생각하는 거지? 정말로 그것들이 자기 사람이라고 믿는 건가?"

"자기 사람." 구린내는 그 말을 되풀이했다. 뭔가 자신에게 기대하는 말이 있는 것 같은데, 무슨 말을 해야 할지 몰랐다.

"내 서자가 자기가 어떻게 생겨났는지는 말해준 적 있나?"

다행히도 그건 아는 내용이었다. "예, 영…… 나리. 말을 타고 나가셨다가 주인님 어머니를 만나셨는데, 그 미모에 홀딱 반하셨다고요."

"홀딱 반해?" 볼턴은 웃었다. "그런 말을 쓰던가? 그 녀석에게 가수의 혼이 있었군……. 그 노래를 믿는다면 자넨 첫 번째 구린내보다 더 아둔한 거겠지. 말을 탔다는 부분부터도 틀렸어. 난 위핑워터 강가에서 여우 사냥을 하다가 우연히 방앗간에 들렀는데, 개울물에 빨래를 하고 있던 젊은 여자를 보았네. 늙은 방앗간지기가 새로 젊은 아내를 들였는데, 제 나이의 반도 안 되는 여자였던 거야. 키가 크고 낭창낭창한 게, 아주 건강하게 생겼더군. 다리는 길고, 가슴은 잘 익은 자두처럼 작지만 꽉 차 있었지. 평민 나름으로는 예뻤어. 난 그 여자를 보자마자 원했지. 마땅한 내 권리였어. 학사들은 재해리스 왕이 성질 나쁜 왕비를 달래기 위해 영주들의 초야권을 금지했다고 말해줄 테지만, 옛 신들이 지배하는 곳엔 옛 관습이 남아 있다네. 엄버도 부인하지만 초야권을 행사하지. 고산 부족들도 그렇고, 스카고스에서는…… 흠, 스카고스에서 무슨 짓을 하는지는 심장 나무들도 다 알지 못할 거야.

그 방앗간지기의 결혼은 내 허락도, 인지도 없이 이루어졌어. 날 속인 셈이지. 그래서 난 그놈을 목매달도록 하고, 그놈이 매달려 흔들리는 나무 아래에서 내 권리를 이행했네. 사실대로 말하자면, 그 밧줄값도 못하는 여자였어. 여우도 달아나버렸고, 드레드포트로 돌아오는 길에는 내가 제일 아끼던 군마가 다리를 절게 되었으니, 형편없는 날이었지.

1년 후에 그 여자가 경망스럽게도 빨간 얼굴로 빽빽거리는 괴물을 데리고 드레드포트에 나타나서 그게 내 소생이라고 주장했다네. 어미를 채찍질하고 아이는 우물에 던져버렸어야 하는 건데……. 아기가 정말로 내 눈을 닮았더군. 죽은 남편의 동생이 그 눈을 보더니 여자를 피 나도록 때리고 방앗간에서 내쫓았다고 했어. 그게 짜증이 났기에 난 그 여자에게 방앗간을 주고, 그 동생 놈은 윈터펠에 쫓아가서 리카드 공을 성가시게 하지 못하도록 혀를 잘랐네. 아이에게 누가 아버지인지 말하지 않는다는 묵계 아래 해마다 그 여자에게는 새끼 돼지 몇 마리와 닭과 동화 한 냥을 줬지. 평화로운 영지에 조용한 사람들, 그게 언제나 내 규칙이었거든."

"훌륭한 규칙입니다, 나리."

"한데 그 여자가 내 명을 거역했어. 램지가 어떤지 알지. 그 여자가 램지를 만들었다네. 그 여자와 구린내가, 그놈 귀에 대고 계속 권리에 대해 속살거렸지. 그놈은 옥수수를 가는 데 만족했어야 했어. 그놈은 정말로 자기가 북부를 지배할 수 있다고 생각하는 건가?"

"주인님은 나리를 위해 싸웁니다." 구린내는 불쑥 말해버렸다. "강해요."

"황소도 강하기야 하지. 곰도 강하고. 나도 내 서자가 싸우는 모습을 보았어. 그 녀석 탓만은 아니지. 구린내, 첫 번째 구린내가 그놈의 선생이었고 구린내는 무기 훈련을 제대로 받은 적이 없었어. 램지가 맹렬하다는 점은 인정하지만, 그놈은 고기 써는 푸주한처럼 검을 휘두르네."

"주인님은 아무도 두려워하지 않습니다, 나리."

"두려워해야지. 이 배신과 기만의 세상에서 살아남으려면 두려움이 있어야 해. 여기 배로턴에서도 까마귀들이 맴을 돌며 우리 살을 뜯을 때를 기다리고 있어. 세르윈과 톨하트는 기댈 상대가 못 되고, 뚱뚱한 친구 와이먼 공은 배신 계획을 짜고 있고, 창녀잡이는…… 엄버가 단순할진 몰라도 질 낮은 간계마저 없는 건 아니지. 램지는 나처럼 그자들 모두를 두려워해야 마땅해. 다음에 만나거든 그렇게 말해주게나."

"말을…… 두려워하라고 말하라고요?" 구린내는 생각만으로도 속이 메슥거렸다. "나리, 제가…… 제가 그랬다간, 그랬다간……."

"알아." 볼턴 공이 한숨을 쉬었다. "그놈은 피가 나빠. 거머리 치료가 필요해. 거머리들은 나쁜 피를 빨아내고, 분노와 고통도 다 빨아내지. 그 누구도 분노가 가득한 상태로는 생각을 하지 못해. 하지만 램지는……. 그놈의 오염된 피는 거머리마저 중독시킬지 모르겠군."

"그분은 나리의 유일한 아들입니다."

"지금은 그렇지. 예전에는 다른 아들이 있었다네. 도메릭. 조용한 아이였지만, 기량은 뛰어났지. 더스틴 부인의 시동으로 4년, 협곡에서 레드포트 공의 종자로 3년을 보냈어. 큰 하프를 타고, 역사를 읽고, 바람처럼 말을 달렸지. 말……. 그 녀석은 말에 미쳐 있었어. 더스틴 부인이 말해줄 거야. 반쯤 말이나 다름없던 리카드 공의 딸조차도 그 녀석을 경주로 이기진 못했다네. 레드포트는 그 녀석이 마상 창시합에서 장래가 밝다고 했지. 대단한 마상시합자가 되려면 우선 대단한 기마인이 되어야 하니까."

"예, 나리. 도메릭요. 그…… 그 이름을 들어봤습니다……."

"램지가 도메릭을 죽였어. 우토르 학사는 배앓이라지만, 내가 보기엔 독이야. 협곡에서 도메릭은 레드포트의 아들들과 즐겨 어울렸었지. 자기도 형제를 곁에 두고 싶었기에, 내 서자를 찾으러 위핑워터 상류까지 말을 타고 간 거야. 나는 금지했지만, 도메릭은 다 큰 어른이었고 자기가 아비보다 잘 안다고 생각했어. 이제 그 녀석의 뼈는 요람 속에서 죽은 형제들의 뼈와 함께 드레드포트 지하에 누워 있고, 나는 램지와 남겨졌네. 말해보게……. 친족 살해가 저주받을 일이라면, 한 아들이 다른 아들을 죽일 때 아버지는 어찌해야 하는가?"

겁나는 질문이었다. 스키너에게 볼턴의 서자가 제 적통 형제를 죽였다는 말을 듣기는 했지만, 감히 그 말을 믿지는 않았었다. '틀린 생각일 수도 있어. 형제들은 죽기도 해. 그렇다고 꼭 살해당한 건 아니야. 내 형제들도 죽었는데, 난 죽인 적이 없어.' "영주님께선 아들을 낳아줄 새 부인을 들이셨지요."

"그걸 내 서자가 좋아할까? 왈다 부인은 프레이이고, 다산할 기운이 있어. 난 이상하게도 내 뚱뚱하고 귀여운 아내를 좋아하게 됐다네. 이전의 두 여자는 침대에서 소리를 낸 적이 없는데, 이 여자는 꽥꽥대고 몸서리를 치거든. 그게 꽤 사랑스럽다네. 아내가 타르트를 먹어대는 식으로 아들을 낳아댄다면, 곧 드레드포트엔 볼턴이 넘쳐날 거야. 물론 램지가 다 죽이겠지. 그게 최선이야. 난 새로 태어난 아들들이 어른이 될 때까지 살지 못할 테고, 어린 영주는 어느 가문에나 재앙이니까. 하지만 왈다는 아들들이 죽는 모습을 보고 슬퍼할 테지."

구린내는 목이 바싹 말랐다. 길을 따라 늘어선 느릅나무들의 마른 가지가 바람에 흔들리는 소리를 들을 수 있었다. "영주님, 전—"

"나리라고 했지. 기억하나?"

"나리, 혹시 여쭤봐도 된다면…… 왜 절 원하셨습니까? 전 아무에게도 아무 쓸모가 없습니다. 남자도 아니고, 망가졌고, 그리고…… 냄새가……."

"목욕을 하고 옷을 갈아입으면 냄새가 나아질 거야."

"목욕요?" 구린내는 속이 비틀리는 느낌이었다. "아…… 안 하는 게 좋겠습니다, 나리. 제발요. 제겐…… 상처가 있습니다. 제겐…… 그리고 이 옷요. 램지 공이 주신 옷인데, 램지 공이…… 램지 공의 명령이 아니면 절대 이 옷을 벗지 말라고……."

"자넨 누더기를 입고 있어." 볼턴 공은 차분하게 말했다. "찢어진 데다 얼룩이 지고 피와 오줌 냄새가 나는 더러운 누더기야. 게다가 얇군. 추울 거야. 부드럽고 따뜻한 양모 옷을 입히도록 하지. 모피를 댄 망토도. 그러면 좋겠지?"

"아뇨." 램지 공이 준 옷을 벗기게 할 순 없었다. 그의 몸을 보게 할 순 없었다.

"그러면 비단과 벨벳 옷이 더 좋겠나? 그러고 보니 자네가 그런 옷을 좋아하던 시절이 있었지."

"아닙니다." 그는 새된 소리로 고집했다. "아니에요. 전 이 옷만 입고 싶습니다. 구린내의 옷요. 전 구린내예요. 지린내와 운이 맞는 구린내." 심장이 북처럼 쿵쿵 뛰었고, 목소리가 높아져서 겁에 질린 비명으로 변했다. "전 목욕하고 싶지 않습니다. 제발, 나리. 제 옷을 벗기지 마십쇼."

"하다 못해 그 옷을 빨게라도 해주겠나?"

"아닙니다. 아니에요, 나리. 제발요." 그는 루스 볼턴이 위병들에게 명령해서 길거리에서 옷을 찢어 벗겨낼까 싶어 두 손으로 튜닉을 가슴께에 모아 쥐고 안장에 몸을 웅크렸다.

"자네가 바라는 대로 하지." 볼턴의 엷은 눈동자는 달빛 속에서 텅 비어 보였다. 마치 그 눈 뒤에 아무도 없는 것 같은 눈이었다. "자네에게 해를 끼칠 생각은 없네. 자네에겐 큰 빚을 졌으니 말이야."

"그런가요?" 마음 속 일부는 비명을 지르고 있었다. '이건 함정이야. 널 가지고 노는 거야. 아들은 아버지의 그림자에 지나지 않아.' 램지 공은 언제나 그의 희망을 가지고 놀았다. "제…… 제게 무슨 빚을 지셨나요, 나리?"

"북부를 빚졌지. 스타크는 자네가 윈터펠을 차지하던 밤에 끝나고 망했어." 그는 됐다는 듯 하얀 손을 내저었다. "이 모두는 전리품 다툼일 뿐이지."

그들의 짧은 여행은 배로홀의 나무벽 앞에서 끝났다. 사각탑들에 올라간 깃발들이 바람에 휘날리고 있었다. 드레드포트의 껍질 벗겨진 남자, 세르윈의 전투 도끼, 톨하트의 소나무들, 맨덜리의 인어, 늙은 로크 공의 교차한 열쇠, 엄버의 거인과 플린트의 돌 손, 혼우드의 큰뿔사슴. 스타우트의 깃발에는 금색과 황갈색의 V자가 번갈아 들어갔고, 슬레이트 가문은 회색 바탕에 이중선으로 방패를 그려 넣었다. 네 개의 말 머리는 개울 지대의 네 리스웰을 알렸다. 하나는 회색, 하나는 검은색, 하나는 금색, 하나는 갈색이었다. 리스웰은 문장 색깔마저 합의하지 못한다는 농담이 있었다. 그 모든 깃발 위로 만 리 떨어진 철왕좌에 앉은 소년을 뜻하는 수사슴과 사자 깃발이 휘날렸다.

구린내는 문루 아래를 통과하여, 마구간지기들이 말을 받으러 달려 나오는 안뜰 풀밭으로 들어서면서 낡은 풍차의 날개가 돌아가는 소리에 귀를 기울였다. "이쪽으로 오게." 볼턴 공은 그를 데리고 죽은 더스틴 공과 그 과부의 깃발이 꽂힌 아성으로 향했다. 더스틴 공의 깃발은 교차한 긴자루 도끼 두 자루 위의 뾰족뾰족한 왕관이었고, 더스틴 부인의 깃발은 사분하여 절반은 같은 문장, 절반은 로드릭 리스웰의 금빛 말 머리였다.

연회장으로 이어지는 넓은 나무 계단을 오르는데 구린내의 다리가 후들거리기 시작했다. 다리를 진정시키느라 멈춰 서서 '대고분(Great Barrow)'의 풀 덮인 경사면을 올려다보아야 했다. 어떤 이들은 그곳이 최초인들을 웨스테로스로 이끌고 온 최초 왕의 무덤이라 주장했다. 또 다른 이들은 크기로 보아 그곳에 묻힌 건 거인 왕이 분명하다고 주장했다. 심지어 또 몇 명은 그건 고분이 아니라 언덕일 뿐이라고도 했는데, 그렇다면 외로운 언덕인 셈이었다. 고분 지대는 대부분 바람이 몰아치는 평지였으니 말이다.

연회장 안으로 들어가자 한 여자가 벽난로 옆에 서서, 죽어가는 불에 손을 데우고 있었다. 머리끝부터 발끝까지 검은 옷이었고 금도 보석도 걸치지 않았으나, 척 보기만 해도 귀족이었다. 입가에 주름이 잡히고 눈가에는 주름이 더 있었으나 그래도 키가 크고 꼿꼿했으며 잘생긴 여성이었다. 머리는 갈색과 회색이 반반이었고 과부답게 뒤쪽으로 틀어 올려 묶었다.

"이건 누구죠?" 그녀가 물었다. "그 아이는 어디 있나요? 당신 서자가 내어주길 거부하던가요? 이 노인은 그…… 이런 세상에, 이건 무슨 냄새죠? 이놈이 변이라도 지렸나요?"

"램지와 같이 있었소. 바브리 부인, 강철 군도의 정당한 영주인 그레이조이 가문의 테온을 소개하지요."

'아니야.' 그는 생각했다. '아니야, 그 이름을 말하지 마. 램지가 들을 거야. 램지가 알 거야. 램지가 알고 날 해칠 거야.'

부인은 입술을 오므렸다. "내가 기대했던 모습은 아니군요."

"가진 걸로 어떻게 해야지요."

"당신 서자가 무슨 짓을 한 거죠?"

"아마 거죽을 좀 벗겼겠지요. 사소한 부위로 몇 군데. 아주 중요하진 않은 곳으로."

"그자가 미쳤군요?"

"그럴지도 모르지요. 상관 있나요?"

구린내는 더 들을 수가 없었다. "제발 부탁입니다, 나리, 마님. 실수가 있었던 거예요." 그는 겨울 폭풍에 휩쓸린 낙엽처럼 벌벌 떨면서 무릎을 꿇었다. 피폐한 두 뺨에 눈물이 흘렀다. "전 그자가 아닙니다. 전 그 변절자가 아니에요. 그놈은 윈터펠에서 죽었습니다. 제 이름은 구린내입니다." 그는 이름을 기억해야 했다. "누린내와 운이 맞는 구린내요."

티리온

드디어 선실 밖으로 나온 페니가 긴 겨울잠에서 깨어난 소심한 삼림 지대 동물처럼 슬금슬금 갑판 위로 올라왔을 때는 '셀래소리 코란'호가 볼란티스를 떠난 지 이레째였다.

해 질 녘이었고 붉은 사제가 밤불을 지펴놓은 배 중앙의 커다란 쇠화로 근처에 선원들이 기도하러 모여들었다. 모쿼로의 목소리는 거대한 상반신 안쪽 깊은 곳에서 터져 나오는 낮은 북소리 같았다. "저희를 따뜻하게 해주는 당신의 태양에 감사드립니다. 이 차갑고 검은 바다를 항해하는 저희를 굽어보는 당신의 별들에 감사드립니다." 조라 경보다 더 키가 크고, 옆으로는 조라 경 두 배는 넓은 이 거대한 사제는 소매와 옷단과 옷깃에 오렌지색 새틴 불길을 수놓은 진홍색 로브를 입었다. 피부는 역청처럼 까맣고, 머리는 눈처럼 희었다. 뺨과 이마에도 노란색과 오렌지색 불길을 새겼다. 키 높이의 쇠지팡이에는 드래곤의 머리통 모양을 얹었는데, 그 지팡이로 갑판을 쿵쿵 두드리면 드래곤의 입이 타닥타닥 녹색 불길을 뱉어냈다.

사제의 위병들, 즉 '불타는 손'의 다섯 노예 전사들이 응창을 이끌었다. 볼란티스어로 읊었으나, 티리온도 그동안 기도문을 들은 게 있어서 핵심은 이해했다. '우리의 불을 밝히고 어둠으로부터 우리를 지켜주소서 어쩌고저쩌고. 우리의 길을 밝히고 훈훈한 온기를 지켜주소서. 밤은 어둡고 공포가 가득하니, 무시무시한 것들로부터 우리를 구하시고 어쩌고저쩌고.'

티리온은 그런 말을 입 밖에 내지 않을 분별력이 있었다. 그는 어떤 신에게도 볼일이 없었지만, 이 배에서는 붉은 릘로르에게 존경심을 표하는 게 현명했다. 조라 모르몬트는 안전하게 출항하고 나자 티리온의 족쇄와 수갑을 풀어줬는데, 굳이 다시 채울 명분을 주고 싶지는 않았다.

셀래소리 코란호는 흔들리는 500톤짜리 욕조로, 선창이 깊고 뱃머리와 꼬리에 높은 선루가 하나씩 있고 그 사이에 돛대가 하나 있었다. 선수루에는 기괴한 선수상이 섰는데, 변비에 시달리는 듯한 표정에 한쪽 옆구리에는 두루마리를 낀 좀먹은 나무 거물이었다. 티리온은 이보다 더 못생긴 배를 본 적이 없었다. 선원들도 마찬가지였다. 가운데로 모인 두 눈이 탐욕스럽게 빛나는 얼굴에 입이 험하고 냉혹한 데다 배가 툭 튀어나온 선장은 시바스 실력이 형편없었고 질 때는 더 형편없게 굴었다. 그 밑에 항해사가 네 명 있는데 모두 해방 노예였고, 이 배에 매인 몸인 노예 50명은 모두 한쪽 뺨에 선수상을 조잡하게 흉내낸 문신을 새겼다. 선원들은 티리온을 '코 없어'라고 부르기를 좋아했다. 내 이름은 휴고르 힐이라고 아무리 말해도 소용없었다.

항해사 세 명과 선원 4분의 3 이상이 빛의 군주를 열렬히 숭배했다. 선장은 저녁 기도 시간이면 늘 나타나지만 적극적으로 참여하진 않으니 확실치 않았다. 이 항해에서만큼은 모쿼로가 셀래소리 코란호의 진정한 주인이었다.

"빛의 군주시여, 당신의 노예 모쿼로를 축복하시고, 세상 어두운 곳들에서 모쿼로의 길을 비춰주소서." 붉은 사제가 우렁차게 외쳤다. "그리고 당신의 올바른 노예 베네로를 지켜주소서. 베네로에게 용기를 주시고, 지혜를 주소서. 그 심장을 불로 가득 채우소서."

티리온이 페니를 본 것은 그때였다. 페니는 선미루 아래로 이어지는 가파른 나무 계단에서 이 광경을 보았다. 갑판까지 다 나오지 않아 머리 윗부분만 겨우 보였다. 두건 아래 두 눈이 밤불 빛을 받아 크고 하얗게 빛났다. 마상시합 조롱극에서 탔던 커다란 회색 사냥개도 같이 있었다.

"아가씨." 티리온은 조용히 페니를 불렀다. 물론 페니는 귀족 아가씨가 아니었지만, 차마 페니라는 바보 같은 이름을 입에 올릴 수는 없었고, '여자'나 '난쟁이'라고 부를 생각도 없었다.

페니가 움찔했다. "어…… 못 봤어요."

"흠. 난 작으니까."

"나…… 난 몸이 안 좋았어서……." 개가 짖었다.

'슬퍼서 앓아누웠다는 말이겠지.' "내가 도울 수 있다면……."

"아니에요." 그리고 페니는 나타났을 때만큼 순식간에 사라졌다. 개와 돼지와 함께 쓰고 있는 선실로 다시 내려가버렸다. 티리온은 페니를 탓할 수 없었다. 셀래소리 코란호의 선원들은 티리온이 탔을 때만 해도 기뻐 날뛰었다. 난쟁이는 행운의 상징이니 말이다. 그의 머리를 어찌나 자주, 어찌나 세게 문질러대는지 대머리가 되지 않은 게 놀라울 지경이었다. 그러나 페니는 좀 더 복잡한 반응과 마주했다. 페니는 난쟁이일지 모르지만 여자이기도 했고, 배에 여자가 타는 건 불운을 뜻했다. 페니의 머리를 문지르려는 남자가 하나 있다면 셋은 페니가 지나갈 때 작은 소리로 저주를 읊었다.

'그리고 날 보면 상처에 소금 뿌리는 격이지. 놈들이 날 잡으려다가 저 여자 오라비 목을 잘랐는데, 정작 나는 저주받을 가고일처럼 이러고 앉아서 공허한 위로나 하고 있으니 말이야. 나였다면 날 바다에 밀어 빠뜨리고 싶었을 거야.'

페니에게는 동정심밖에 들지 않았다. 페니는 볼란티스에서 그런 끔찍한 일을 겪을 이유가 없었고, 그 오라비도 마찬가지였다. 마지막으로 페니를 보았을 때가 항구를 떠나기 직전이었는데, 울어서 퉁퉁 부은 두 눈이, 해쓱하고 희멀건 얼굴에 뚫린 섬뜩한 붉은 구멍 같았다. 돛을 올릴 때쯤 페니는 개와 돼지를 데리고 선실에 틀어박혔지만, 밤이면 그녀의 울음소리를 들을 수 있었다. 어제만 해도 항해사 한 명이 눈물로 배가 넘치기 전에 그 여자를 뱃전에서 던져버려야 한다고 하는 걸 들었다. 티리온은 그 항해사가 과연 농담을 한 건지 확신할 수 없었다.

저녁 기도가 끝나고 선원들이 일부는 당직 일로, 나머지는 음식과 럼주와 해먹으로 다시 흩어졌을 때도 모쿼로는 매일 밤 그랬듯 밤불 곁에 남았다. 붉은 사제는 낮에는 쉬었지만 어두운 시간에는 철야를 하며 새벽에 태양이 돌아올 수 있도록 성스러운 불을 돌보았다.

티리온은 모쿼로 맞은편에 쪼그리고 앉아서 밤의 추위에 곱은 손을 데웠다. 모쿼로는 몇 분 동안 티리온을 무시했다. 어떤 환상에 빠졌는지, 너울거리는 불길만 응시했다. '저치가 정말 제 주장대로 아직 오지 않은 미래를 볼까?' 그렇다면 무시무시한 재주였다. 사제는 잠시 후에 눈을 들어 티리온을 보았다. "휴고르 힐." 그는 고개를 기울여 근엄하게 목례했다. "같이 기도하러 왔나요?"

"누군가가 그러는데 밤은 어둡고 공포가 가득하다는군요. 그 불길 속에서 뭘 봅니까?"

"드래곤들." 모쿼로는 웨스테로스 공용어로 말했다. 외국 억양이 거의 묻어나지 않고 유창했다. 이런 점이 최고사제 베네로가 대너리스 타르가르옌에게 를로르의 신앙을 전할 사람으로 모쿼로를 고르는 데 한몫했으리라. "늙고 젊은 드래곤들, 진짜와 가짜 드래곤들, 밝고 어두운 드래곤들. 그리고 당신. 그 모든 것의 중간에서 으르렁대고 있는, 큰 그림자를 드리운 작은 남자."

"으르렁? 나처럼 온화한 사람이?" 티리온은 우쭐할 지경이었다. '그리고 보나 마나 우쭐하라고 한 말이겠지. 어떤 바보든 자기가 중요하다는 말을 들으면 좋아하니까.' "내가 아니라 페니를 보셨을지 모르지요. 우린 몸집이 거의 같거든요."

"아닙니다, 친구여."

'친구? 언제 우리가 친구가 됐지?' "미린에 도착할 때까지 얼마나 걸리는지는 봤습니까?"

"세상의 구원자를 보고 싶은 마음이 간절한가요?"

'그렇기도 하고 아니기도 해. 세상의 구원자는 내 목을 따버릴 수도 있고 날 간식거리로 드래곤에게 줘버릴 수도 있지.' "난 아닙니다. 난 올리브가 간절할 뿐이에요. 올리브 하나 맛보기 전에 늙어 죽을까 두렵긴 하군요. 내가 개헤엄을 쳐도 이 항해보단 빠르겠어요. 그런데 '셀래소리 코란'이 삼두였던가요, 거북이였던가요?"

붉은 사제는 쿡쿡 웃었다. "둘 다 아닙니다. '코란'은…… 통치자는 아니지만 통치자를 섬기면서 조언을 하고 운영을 돕는 사람이지요. 웨스테로스에서라면 집사라든가, 마지스터라고 하려나요."

'왕의 수관이라든가?' 그렇게 생각하니 재미있었다. "셀래소리는요?"

모쿼로는 코를 만졌다. "기분 좋은 향에 물들었다는 뜻이지요. 향기롭다고 하나요? 꽃 냄새 같은?"

"그러니까 셀래소리 코란이라는 건 냄새나는 집사란 뜻입니까?"

"그보다는 향기로운 집사지요."

티리온은 비딱한 웃음을 지었다. "난 냄새 쪽이 더 좋군요. 그래도 가르침 고맙습니다."

"가르쳐드릴 수 있어서 기쁩니다. 언젠가는 제게 른로르의 진실도 배워보실지 모르지요."

"언젠가는요." '내가 대못에 꽂힌 머리통이 되면.'

티리온이 조라 경과 함께 쓰는 거처는 말만 선실이었다. 그 좁고 어둡고 냄새 지독한 벽장에는 해먹을 두 개 놓을 자리도 빠듯했는데, 그나마도 위아래로 걸어야 했다. 모르몬트는 아래쪽 해먹에 누워서 배의 움직임에 따라 천천히 흔들리고 있었다. "그 여자애가 드디어 윗갑판에 코를 내밀었더군." 티리온은 그에게 말했다. "날 한 번 보더니 바로 아래로 다시 뛰어내려갔어."

"네놈이 보기 좋은 얼굴은 아니지."

"우리 모두가 자네처럼 예쁘장할 수야 있나. 걘 갈피를 잃었어. 그 가엾은 것이 뱃전을 뛰어넘어서 빠져 죽으려고 나왔던 거래도 놀랍지 않아."

"그 가엾은 것의 이름은 페니라네."

"나도 이름은 알아." 티리온은 그 이름이 싫었다. 페니의 오라비는 본명이 오포인데도 그로트(Groat)로 통했었다. '그로트와 페니. 제일 가치 없고 작은 동전들이지. 최악은 그 이름을 자기들이 골랐다는 거야.' 그 생각을 하면 티리온은 입맛이 썼다. "뭐라고 부르건 간에, 그 여자애에겐 친구가 필요해."

조라 경이 해먹에서 일어나 앉았다. "그러면 친구가 되든가. 결혼이라도 하든가."

그 말 또한 썼다. "비슷한 것들끼리 어울려라 이건가? 경은 암곰을 찾을 생각이고?"

"페니를 데려가자고 우긴 건 너였어."

"볼란티스에 버리고 갈 순 없다고 했지. 그게 그 여자와 자고 싶다는 말은 아니야. 그 여자는 내가 죽었으면 한다고. 잊었나? 그 여자가 친구로 삼기 제일 싫은 사람이 나야."

"둘 다 난쟁이잖나."

"그래. 그리고 어떤 술 취한 멍청이들이 나로 착각해서 죽여버린 그 오라비도 난쟁이였지."

"죄책감을 느끼는 건가?"

"아니." 티리온은 발끈했다. "내가 책임질 죄는 이미 충분히 많아. 이 범죄엔 가담하지 않았어. 둘이서 조프리의 결혼식 날 밤에 맡은 역할 때문에 악감정을 품었을진 몰라도, 그 둘이 해를 입길 바란 적은 없다고."

"확실히 네놈이 무해하긴 하지. 어린양처럼 무고하고." 조라 경이 일어섰다. "그 난쟁이 여자는 네놈의 짐이다. 입을 맞추든, 죽여버리든, 피하든 알아서 해. 난 아무래도 상관없어." 그는 티리온을 밀치고 선실 밖으로 나갔다.

'두 번이나 추방당한 것도 놀랍지 않군.' 티리온은 생각했다. '할 수만 있다면 나도 저놈을 추방하겠어. 차갑고, 침울하고, 뚱하고, 유머를 몰라. 그리고 그게 장점이지.' 조라 경은 깨어 있는 시간 대부분을 선수루에서 걸어 다니거나 난간에 기대어 바다를 보면서 보냈다. '자기 은빛 여왕을 고대하는 거지. 대너리스를 보고 싶어서, 배가 더 빨리 가기를 고대하는 거야. 흠, 나도 티샤가 미린에서 기다린다면 그랬을지 모르지.'

노예상만이 창녀들이 가는 곳일 수도 있을까? 그럴 것 같지는 않았다. 책에서 읽은 바로, 노예 도시들은 창녀들이 만들어지는 곳이었다. '모르몬트도 하나 샀어야 해.' 예쁘장한 노예 여자라면 묘기를 부려서 그의 성격을 개선했을지도 모른다……. 특히나 셀호리스에서 그의 다리 위에 앉아 있던 창녀처럼 은발이라면.

강에서는 그리프를 참아내야 했었지만, 그래도 그때는 선장의 진짜 정체라는 수수께끼에 정신을 팔 수 있었고, 장대배에 탄 작은 무리 나머지는 마음에 드는 동행이었다. 안타깝게도 이 상선에서는 모두가 겉보기 그대로의 인물이었고, 아무도 특별히 마음에 들지 않았으며, 흥미로운 사람이라

곤 붉은 사제뿐이었다. '그리고 어쩌면 페니도. 하지만 그 여자는 날 미워하고, 미워해 마땅하지.'

티리온에게 셀래소리 코란호의 생활은 지루하기 그지없었다. 하루 중 제일 흥미진진한 시간은 칼로 발가락 손가락을 찌를 때였다. 강에는 놀라운 구경거리들이 있었다. 거대한 거북들이며 폐허가 된 도시들, 돌인간들, 벌거벗은 성사까지. 다음 물굽이를 돌면 무엇이 숨어 있을지 알 수 없었다. 바다에서는 낮이고 밤이고 똑같았다. 볼란티스를 떠난 다음, 이 배도 처음에는 육지가 보이는 곳을 항해했다. 티리온은 지나치는 곶을 보고 암벽이나 무너져가는 감시탑에서 구름처럼 날아오르는 바닷새들을 구경했으며, 미끄러지듯 멀어져가는 헐벗은 갈색 섬들을 헤아릴 수 있었다. 다른 배도 많이 보았다. 고기잡이배, 느릿느릿 움직이는 상선, 파도를 노로 때려 하얀 포말을 일으키는 위풍당당한 갤리선까지. 하지만 일단 더 먼 바다로 나오자 바다와 하늘, 공기와 물뿐이었다. 물은 물처럼 보였고, 하늘은 하늘처럼 보였다. 가끔 구름이 한 점 나타났다. '파란색이 너무 많아.'

그리고 밤은 더 지독했다. 티리온은 상황이 좋을 때에도 잠을 잘 자지 못했는데, 지금은 좋은 상황과는 거리가 멀었다. 잠은 꿈으로 이어질 때가 많았고, 꿈속에서는 소로스와 아버지의 얼굴을 한 돌 왕이 기다렸다. 그러니 해먹에 기어올라 아래에서 울려 퍼지는 조라 모르몬트의 코골이에 귀를 기울이거나, 갑판 위에 남아 바다를 바라보는 거지 같은 선택지밖에 없었다. 달이 없는 밤이면 바닷물이 수평선 끝에서 끝까지 학사의 잉크처럼 새까맸다. 어둡고 깊고 으스스한 게 소름 끼치는 방식으로 아름답기도 했지만, 그 물을 너무 오래 보다 보면 뱃전 너머로 미끄러져서 그 어둠 속에 떨어지는 게 얼마나 쉬운지 생각하게 됐다. 작게 첨벙 소리 한 번 나면, 티리온의 삶이라는 비참하고 보잘것없는 이야기는 곧 끝날 것이다. '하지만 지옥이 있어서 아버지가 날 기다린다면 어쩌지?'

매일 저녁 제일 좋은 순간은 식사였다. 음식이 특별히 훌륭하지는 않았으나 양이 많았다. 그래서 티리온은 밥을 먹으러 갔다. 그가 식사를 하는 조리실은 비좁고 불편한 공간으로, 천장이 낮아 그보다 키가 큰 승객들은 언제나 머리를 부딪칠 위험이 있었다. 불타는 손에 속한 건장한 노예 병사들은 특히 잘 부딪치는 것 같았다. 티리온은 그 꼴을 보고 낄낄대는 것도 즐거웠지만, 기왕이면 혼자 식사하기를 더 좋아했다. 자신과 다른 언어를 쓰는 사람들로 붐비는 식탁에 앉아서 하나도 이해할 수 없는 대화와 농담을 듣다 보면 곧 지치기 마련이었다. 특히나 그 농담과 웃음이 그를 겨눈 게 아닌가 계속 생각하게 될 때는 더 그랬다.

조리실은 책이 보관된 장소이기도 했다. 이 배의 선장은 유난히 책을 사랑하는 사람이라, 무려 세 권이나 실려 있었다. 형편없는 시부터 최악의 시까지 망라하는 항해에 대한 시집이 한 권, 어느 젊은 노예 여자가 리스의 베갯집에서 벌이는 에로틱한 모험을 담은 손때 묻은 책이 한 권, 그리고 《삼두 벨리초의 인생》 4권이자 마지막 권이었다. 이 유명한 볼란티스 애국자의 끊임없이 이어지던 정복과 승리는 돌연 그가 거인들에게 잡아먹히면서 끝났다. 티리온은 바다에 나오고 사흘 만에 세 권을 다 읽고 말았다. 그 후에는 다른 책이 없으니 다시 읽기 시작했다. 노예 여자의 모험담이 쓰기는 제일 못 썼지만 제일 재미있었기에, 이날 저녁에 버터에 조리한 비트와 차가운 생선 스튜, 못을 박는 데 써도 될 만큼 딱딱한 비스킷을 먹으면서 집어 든 책도 그것이었다.

주인공이 언니와 함께 노예상들에게 잡힌 날에 대한 설명을 읽는데 페니가 조리실에 들어왔다. "아. 난 저기…… 나리를 방해하려던 건 아니고, 그냥……."

"방해하지 않았어. 날 또 죽이려고는 안 했으면 하지만."

"안 그래요." 페니는 얼굴을 붉히며 시선을 돌렸다.

"그렇다면 말벗을 환영하지. 이 배엔 어울릴 만한 사람이 워낙 적어서." 티리온은 책을 덮었다. "이리 와. 앉아. 먹어." 페니는 이제까지 선실 문밖에 놓아둔 식사를 대부분 건드리지도 않고 남겼었다. 지금쯤은 굶어 죽을 지경이리라. "스튜는 먹을 수 있는 수준이야. 그래도 생선은 신선하거든."

"아니, 나…… 난 예전에 생선 뼈가 목에 걸린 적이 있어서, 생선은 못 먹어요."

"그럼 와인 좀 마셔." 티리온은 와인을 한 잔 따라서 밀어주었다. "우리 선장님의 선물이지. 솔직히 말하면 아버 골드라기보다는 오줌에 가깝지만, 오줌이라 쳐도 선원들이 마시는 시꺼먼 타르 같은 럼주보다는 맛이 나아. 잠드는 데 도움이 될지도 몰라."

페니는 잔을 건드리려 하지 않았다. "고맙습니다, 나리. 하지만 됐어요." 페니는 뒤로 물러났다. "나리를 귀찮게 하지 말았어야 했는데요."

"평생 도망치면서 보낼 생각인가?" 티리온은 페니가 문밖으로 나가기 전에 물었다.

그 말에 페니가 멈췄다. 두 뺨이 선홍색으로 물들었고, 티리온은 페니가 또 울음을 터뜨릴까 두려웠다. 그러나 대신 그녀는 반항적으로 입술을 내밀며 말했다. "나리도 도망치고 있잖아요."

"그건 그래." 그도 인정했다. "하지만 난 어딘가로 도망가고 있고 넌 어딘가로부터 도망치고 있지. 그 둘 사이엔 엄청난 차이가 있어."

"나리가 아니었으면 애초에 도망칠 필요도 없었을 거예요."

'내 면전에서 그 말을 하다니, 용기 있는데.' "킹스랜딩에서 아니면 볼란티스에서?"

"둘 다요." 눈물이 고여 눈이 반짝였다. "전부 다요. 왜 왕이 원하는 대로 내려와서 우리와 마상시합을 할 순 없었던 거죠? 나리가 다칠 일은 없었을 거예요. 우리 개에 올라타고 창을 찔러서 소년 왕을 즐겁게 해준다고 나리가 무슨 대가를 치렀겠어요? 그냥 재미였어요. 사람들이 나리를 보고 웃긴 했겠지만, 그게 다라고요."

"사람들이 날 보고 웃었을 거라……." 티리온은 말했다. '그 대신 난 사람들이 조프리를 보고 웃게 만들었지. 교묘한 계책 아니었나?'

"오빠는 사람들을 웃기는 건 좋은 일이랬어요. 고결하고, 영예로운 일이라고. 오빠는…… 오빠는……." 눈물이 떨어져, 페니의 얼굴을 타고 흘러내렸다.

"네 오라비 일은 유감이다." 티리온은 볼란티스에서도 같은 말을 했지만, 그때는 페니가 너무나 비탄에 잠겨 있어서 그 말을 못 들었을 것 같았다.

지금은 확실히 들었다. "유감, 유감이시라고요." 페니는 두 뺨이 젖고 두 눈은 붉은 테를 두른 구멍 같았다. 그녀는 입술을 떨면서 말했다. "우린 그날 밤 바로 킹스랜딩을 떠났어요. 오빠는 그게 최선이라고, 누군가 우리가 왕의 죽음에 무슨 역할이라도 했나 생각하고 고문해서 알아내자고 하기 전에 떠나자고 했죠. 처음엔 티로시로 갔어요. 오빠는 그만하면 충분히 멀다고 생각했는데, 그렇지가 않았어요. 티로시엔 아는 곡예사가 하나 있었죠. 수년 동안 매일매일 '취한 신의 분수' 옆에서 곡예를 부렸어요. 늙어서 예전처럼 손이 날래질 못했고, 가끔은 공을 떨어뜨리는 바람에 광장을 달리며 공을 줍기도 했지만, 티로시인들은 그래도 웃으면서 곡예사에게 동전을 던져줬죠. 그러던 어느 날 아침, 곡예사의 시체가 삼두신의 신전에서 발견됐다는 소릴 들었어요. 삼두신은 머리가 세 개고, 신전 문 옆에 거대한 삼두신 조각상이 있죠. 노인은 세 조각이 나서 삼두신의 입 세 개에 처박혀 있었어요. 그걸 다 꺼내서 꿰매어 붙이고 보니까, 머리가 없었죠."

"내 사랑스러운 누이에게 바치는 선물이었겠군. 그 노인도 난쟁이였어."

"그래요, 작은 사람이었죠. 나리처럼, 오포처럼요. 그로트처럼. 그 곡예사에 대해서도 유감인가요?"

"그 곡예사는 지금까지 존재하는 줄도 몰랐지만…… 그래, 죽어서 유감이야."

"나리 때문에 죽은 거예요. 그 피도 나리 손에 묻은 거예요."

이 비난은 아팠다. 조라 모르몬트의 말에 이어서 들으니 정말 아팠다. "그 피는 내 누이의 손에 묻었고, 직접 죽인 짐승들의 손에 묻었지. 내 손은……." 티리온은 두 손을 뒤집어 살펴보다가 주먹을 쥐었다. "……내 손에 오래된 피가 두껍게 말라붙은 건 맞아. 날 친족 살해자라고 부른다면 틀리지 않을 거다. 국왕 시해자라고 부른대도 대답하지. 난 어머니들, 아버지들, 조카들, 연인들, 남자들과 여자들, 왕들과 창녀들을 죽였다. 가수 하나가 귀찮게 굴길래 스튜로 만들어버린 적도 있지. 하지만 곡예사를 죽인 적은 없고, 난쟁이를 죽인 적도 없고, 네 오라비에게 일어난 일은 내 책임이 아니야."

페니는 티리온이 따라 준 와인 잔을 들어 그의 얼굴에 뿌렸다. '꼭 내 사랑스러운 누이 같군.' 조리실 문이 쾅 닫히는 소리는 들렸지만 페니가 나가는 모습은 보지 못했다. 눈이 따가웠고, 세상이 흐릿했다. '친구가 되기는 개뿔.'

티리온 라니스터에겐 다른 난쟁이들과 어울린 경험이 거의 없었다. 그의 아버지는 아들의 결함을 상기시키는 것들을 반기지 않았고, 난쟁이들을 단원으로 둔 극단들은 곧 라니스터 공이 불쾌해할까 봐 라니스포트와 캐스털리록을 피하게 되었다. 성장하면서 티리온은 도르네 귀족인 파울러의 권좌 앞에 있다는 난쟁이 어릿광대, 핑거스에서 봉직한다는 난쟁이 학사, 침묵의 자매라는 여성 난쟁이에 대해 들었지만, 그들을 찾아 나설 필요를 느낀 적은 없었다. 그보다 믿음이 덜 가는 이야기로는 강역의 언덕을 헤매 다닌다는 어느 난쟁이 마녀, 그리고 킹스랜딩에서 개들과 붙어먹기로 유명하다는 어느 난쟁이 창녀에 대한 소문도 귀에 들어왔다. 마지막 이야기는 사랑스러운 누이가 직접 해줬는데, 혹시 시도해보고 싶다면 발정 난 암캐라도 찾아보라는 제안까지 덧붙였다. 혹시 누이 자신을 말하는 거냐고 정중하게 물었더니 세르세이는 그의 얼굴에 와인 잔을 던졌다. '그러고 보니 그건 붉은 와인이었고, 이건 금빛 와인이로군.' 티리온은 소매로 얼굴을 훔쳤다. 눈은 여전히 따가웠다.

그는 폭풍이 온 날에야 페니를 다시 보았다.

그날 아침에는 소금기 어린 공기가 고요하고 무겁게 가라앉았지만, 서쪽 하늘은 불타듯 붉고, 라니스터의 진홍색처럼 선명하게 빛나는 구름들이 낮게 깔려 있었다. 선원들은 뛰어다니며 뚜껑문마다 널빤지를 붙이고, 밧줄을 치고, 갑판을 치우고, 아직 묶여 있지 않은 물건은 모조리 묶었다. "나쁜 바람 온다." 선원 하나가 경고했다. "코 없어는 내려가야 한다."

티리온은 협해를 건널 때 겪었던 폭풍을, 발아래에서 널뛰던 갑판과 배가 무시무시하게 삐걱거리던 소리를, 와인과 토사물의 맛을 기억했다. "코 없어는 이 위에 있을 거다." 신들이 그를 원한다면 토사물에 숨이 막혀 죽느니 물에 빠져 죽는 편이 나았다. 머리 위에서 상선의 돛천이 긴 잠에서 깨어나 움직이는 거대한 짐승의 털처럼 천천히 물결치더니, 갑작스러운 쾅 소리가 나 배 안의 모두가 고개를 돌렸다.

바람은 상선을 앞으로, 원래 항로보다 훨씬 멀리 밀어냈다. 뒤에서는 핏빛 하늘에 검은 구름이 층층이 쌓이고 있었다. 오전 나절에는 서쪽에서 번득이는 번개가 보였고, 뒤이어 멀리서 천둥소리가 울렸다. 바다는 점점 거칠어졌고, 검은 파도가 솟아올라 '냄새나는 집사'의 선체에 부딪쳤다. 그때쯤에는 선원들이 돛을 끌어 내리기 시작했다. 배 중간에 있는 티리온은 방해가 되었기에, 선수루로 올라가 쪼그리고 앉아서 뺨에 닿는 차가운 빗발을 만끽했다. 배는 위아래로 출렁이며 이전에 타본 어떤 말보다 거칠게 뛰고, 파도가 밀려올 때마다 올라갔다가 파도 골로 미끄러져 내려오며 티리온을 뼛속까지 놀랬다. 그렇다 해도 아래 답답한 선실에 갇혀 있는 것보다는 여기가 나았다.

폭풍이 흩어졌을 무렵에는 저녁이 찾아왔고, 티리온 라니스터는 속옷까지 흠뻑 젖었으나 왠지 고양된 기분이었다……. 그리고 나중에, 선실에서 토사물 웅덩이에 쓰러져 있는 술 취한 조라 모르몬트를 발견하자 더욱 기분이 좋아졌다.

티리온은 저녁을 먹은 후에도 조리실에 남아서, 배의 요리사와 함께 시커먼 타르 같은 럼주를 몇 잔 나눠 마시며 생존을 축하했다. 요리사는 기름투성이의 투박하고 몸집 큰 볼란티스인으로 공용어라고는 한 마디(씨발)밖에 하지 못했지만 굉장한 시바스 선수였고 취하면 더 잘 뒀다. 그들은 그날 밤 시바스를 세 판 뒀다. 처음엔 티리온이 이겼고, 나머지 두 판은 졌다. 그 후에 그는 이만하면 충분하다 여기고 럼주와 코끼리에 취한 머리를 비우기 위해 다시 갑판 위로 비틀비틀 걸어 올라갔다.

선수루에 페니가 있었다. 조라 경이 자주 보였던 그 자리에서, 그녀는 이 배의 흉측하고 반쯤 썩은 선수상 옆 난간을 잡고 서서 새까만 바다를 바라보았다. 뒤에서 보니 어린아이처럼 작고 연약해 보였다.

티리온은 방해하지 않는 게 좋겠다고 생각했지만, 너무 늦었다. 이미 그녀는 티리온의 발소리를 들었다. "휴고르 힐."

"뭐랄까." '우리 둘 다 바보는 아니야.' "방해해서 미안하군. 물러날게."

"아니에요." 페니의 얼굴은 창백하고 서글펐지만, 울고 있었던 것 같지는 않았다. "나도 미안해요. 그 와인요. 우리 오빠나 티로시의 불쌍한 노인을 죽인 건 당신이 아니었어요."

"나도 역할을 하긴 했지. 내 선택은 아니었지만."

"오빠가 너무 보고 싶어요. 우리 오빠. 난……."

"이해해." 그는 저도 모르게 제이미를 생각했다. '행운이라고 생각해. 네

형제는 널 배신하기 전에 죽었으니.'

"난 내가 죽고 싶은 줄 알았어요. 하지만 오늘 폭풍이 오고 배가 가라앉겠구나 싶었을 때 난…… 난……."

"그래도 살고 싶다는 걸 깨달았겠지." '나도 겪어봤어. 우리에게 공통점이 하나 더 생겼군.'

페니는 치아가 비뚤배뚤해서 웃기를 부끄러워했지만, 지금은 웃었다. "진짜로 가수를 스튜에 넣고 요리했어요?"

"누가, 내가? 아니. 난 요리 안 해."

페니가 킥킥거리자 제 나이의 사랑스러운 소녀 같았다……. 열일곱, 열여덟. 많아도 열아홉은 넘지 않았으리라. "그 가수가 뭘 어쨌는데요?"

"나에 대한 노래를 하나 썼지." '그 여인은 그의 비밀스러운 보물이요, 그의 수치이자 행복이었기에. 그리고 한 여인의 입맞춤에 비하면 사슬도 성도 아무것도 아니라네.' 가사가 얼마나 금방 생각나는지 신기했다. 잊은 적도 없었는지 모른다. '황금의 손은 언제나 차갑지만, 여인의 손은 따스하니.'

"아주 끔찍한 노래였나 보네요."

"그렇지도 않아. 말해두지만 〈카스타미어에 내리는 비〉 같은 건 아니었어. 하지만 몇몇 부분이…… 뭐랄까……."

"어떤 노래였어요?"

티리온은 웃었다. "안 돼. 내 노래를 듣고 싶진 않을걸."

"어머니는 우리가 어렸을 때 노래를 불러주곤 했어요. 오빠랑 나한테요. 노래를 좋아하기만 하면, 목소리가 어떤지는 중요하지 않댔죠."

"어머니가 혹시……?"

"……작은 사람이었냐고요? 아뇨. 아버지가 그랬죠. 세 살 때 아버지의 아버지가 노예상에게 팔아버렸는데, 엄청 유명한 배우로 자라서 자유를 샀어요. 자유도시를 다 여행하고 웨스테로스에도 갔죠. 올드타운에서는

'깡충 콩'이라고 불렀대요."

'그러고도 남았겠지.' 티리온은 얼굴을 찌푸리지 않으려 애썼다.

"이젠 죽었어요." 페니는 말을 이었다. "어머니도 죽었고. 오포도…… 오빠가 마지막 남은 가족이었는데 오빠도 갔네요." 페니는 고개를 돌리고 바다를 바라보았다. "이제 어쩌죠? 어디로 가죠? 할 줄 아는 거라곤 마상시합 쇼뿐인데, 그걸 하려면 두 명이 있어야 해요."

'안 돼.' 티리온은 생각했다. '그쪽으로 가고 싶진 않을 거다. 나한테 그런 걸 부탁하지 마. 생각도 하지 마.' "가능성 있는 고아 소년을 찾아봐." 그가 제안했다.

페니는 듣지 못한 것 같았다. "마상시합은 아버지 생각이었어요. 첫 번째 돼지도 아버지가 훈련시켰는데, 그때쯤엔 너무 아파서 직접은 못 타고 오포가 대신했죠. 난 언제나 개를 탔어요. 우린 브라보스 바다군주 앞에서도 공연한 적이 있는데, 어찌나 많이 웃던지 나중에 우리에게 각각…… 큰 선물을 하나씩 줬죠."

"내 누이가 거기서 너희를 찾은 건가? 브라보스에서?"

"당신 누이요?" 페니는 갈피를 잃은 얼굴이었다.

"세르세이 왕대비."

페니는 고개를 저었다. "아뇨……. 펜토스에서 우릴 찾아온 건 어떤 남자였어요. 오스먼드랬나. 아니, 오스왈드. 그런 이름이었죠. 내가 아니라 오포가 만났어요. 오포가 다 준비했어요. 오빠는 언제나 우리가 뭘 하면 좋을지, 다음엔 어디로 가야 할지 알았죠."

"우리가 다음에 갈 곳은 미린이야."

페니는 어리둥절한 눈빛으로 그를 보았다. "콰스겠죠. 우린 신기스에 들렀다가 콰스로 가요."

"미린이야. 넌 드래곤 여왕을 위해 개를 타고 달린 후에 네 몸무게만 한 황금을 받고 떠날 거야. 여왕 폐하 앞에서 마상시합을 할 때 통통하고 좋아 보이게 지금부터라도 더 먹어라."

페니는 마주 미소 짓지 않았다. "나 혼자서 할 수 있는 거라곤 개를 타고 빙글빙글 도는 것뿐인데요. 그리고 여왕이 웃는다 쳐도, 그 후엔 어디로 가라고요? 우린 절대 한곳에 오래 머물지 않았어요. 사람들은 처음 우릴 보면 웃고 또 웃지만, 네다섯 번째쯤 되면 우리가 공연하기도 전에 뭘 할지 다 알아요. 그러면 웃지도 않게 되고, 우린 새로운 곳으로 가야 했죠. 돈은 큰 도시에서 제일 잘 벌지만, 난 언제나 작은 마을들이 좋았어요. 그런 곳에선 사람들이 은화는 없을지 몰라도 자기네 식탁에서 먹게 해주고, 어딜 가나 아이들도 따라다니거든요."

'그야 그런 비참한 오물 구덩이에선 난쟁이를 본 적이 없기 때문이지.' 티리온은 생각했다. '그 빌어먹을 애새끼들은 머리 둘 달린 염소가 나타나도 졸졸 따라다닐걸. 염소가 매애거리는 소리에 질려서 저녁 식사용으로 도살하기 전까지는 말이야.' 하지만 페니를 다시 울리고 싶진 않았기에, 티리온은 대신 이렇게 말했다. "대너리스는 친절한 마음씨와 관대한 본성을 타고났어." 그게 페니가 필요로 하는 말이었다. "분명히 궁정에 네가 있을 자리를 찾아줄 거다. 내 누이의 손이 닿지 않는 안전한 곳으로."

페니는 그를 돌아보았다. "그리고 당신도 거기 있겠죠."

'대너리스가 내 형제가 흘린 타르가르옌의 피를 갚기 위해 라니스터의 피를 흘려야 한다고 결정하지만 않는다면야.' "그럴 거야."

그 후부터 난쟁이 소녀는 갑판 위에 더 자주 보였다. 다음 날 티리온은 오후 나절에 배 한가운데에서 페니와 페니의 점박이 돼지와 마주쳤다. 공기가 따스하고 바다가 잔잔했다. "얘 이름은 이쁜이예요." 소녀는 수줍게 말했다.

'돼지 이쁜이와 소녀 페니라. 누가 어떻게 좀 해야겠는걸.' 페니는 티리온에게 도토리를 나눠줬고, 티리온은 손바닥에 올린 도토리를 이쁜이에게 먹였다. '네가 뭘 하는지 내가 모를 거라 생각하지 말아라.' 그는 커다란 돼지가 킁킁대고 끽끽대는 가운데 생각했다.

그들은 곧 함께 식사하기 시작했다. 어떤 밤에는 둘뿐이었고, 다른 때에는 모쿼로의 위병들과 북적이며 식사를 했다. 티리온은 그들을 '손가락들'이라고 불렀다. '불타는 손'에 속한 이들인 데다가 마침 다섯 명이었기 때문이었다. 페니는 그 말에 소리 내어 웃었다. 달콤하지만, 자주 들을 수는 없는 소리였다. 페니의 상처는 너무 생생했고, 슬픔은 너무 깊었다.

페니는 곧 티리온을 따라 배를 '냄새나는 집사'라고 부르게 됐지만, 티리온이 이쁜이를 베이컨이라고 부를 때는 페니도 매번 화를 냈다. 속죄하는 뜻에서 시바스를 가르치려 해보았지만, 곧 가망 없는 짓임을 깨달았다. "아니야." 그는 열 번도 넘게 말했다. "드래곤이 날지. 코끼리는 못 날아."

같은 날 밤, 페니가 직설적으로 그에게 찌르기를 하겠느냐고 물었다. "아니." 티리온은 대답했다. 그러고 나서야 어쩌면 '찌르기'라는 게 마상시합 쇼가 아닐지 모른다는 생각이 떠올랐다. 그래도 답은 여전히 거절이었겠지만, 그렇게 퉁명스럽게 대답하지는 않았을 터였다.

조라 모르몬트와 함께 쓰는 선실로 돌아간 티리온은 몇 시간 동안 해먹에서 뒤척이며 잠들었다 깨기를 반복했다. 꿈에는 안개 속에서 뻗어오는 회색 돌 손들이 가득했고, 아버지에게로 올라가는 계단이 나왔다.

그는 결국 포기하고 밤공기를 마시러 올라갔다. 밤 시간이면 셀래소리 코란호는 커다란 줄무늬 돛을 접어두었고, 갑판 위는 거의 비었다. 항해사 한 명이 선미루에 올라가 있고, 배 중앙에는 모쿼로가 화로 옆에 앉아 있었다. 붉은 석탄 사이에 아직 불길이 살짝 너울거렸다.

서쪽 하늘에서는 제일 밝은 별들만 보였다. 동북쪽에서는 흐릿한 붉은 빛이 하늘을 밝혔다. 피멍 색깔이었다. 티리온은 그보다 더 큰 달을 본 적이 없었다. 무척이나 크고 부어오른 모습이 흡사 태양을 삼키고 열에 시달리다 깨어난 듯했다. 배 저편으로 바다에 뜬 달그림자도 파도가 칠 때마다 붉게 흔들렸다. "몇 시입니까?" 그는 모쿼로에게 물었다. "동쪽이 움직인 게 아니고서야, 해가 뜰 리는 없는데. 왜 하늘이 붉은 거죠?"

"발리리아의 하늘은 언제나 붉다오, 휴고르 힐."

차가운 한기가 등을 타고 흘렀다. "가까운 건가요?"

"선원들이 싫어할 정도로 가깝지요." 모쿼로가 장중한 목소리로 말했다. "해님이 왕국에서도 그 이야기들을 아나요?"

"어떤 선원들은 발리리아 해안을 보는 자는 누구든 파멸한다고 하는 걸 알지요." 티리온은 그런 말을 믿지 않았고, 그의 숙부도 그랬다. 제리온 라니스터는 티리온이 열여덟 살이었을 때 라니스터 가문의 잃어버린 보검을 되찾고, 파멸에서 살아남았을지 모르는 다른 보물들을 회수하겠다며 발리리아를 향해 출항했다. 티리온은 숙부와 함께 떠나고 싶은 마음이 간절했으나, 아버지는 그 항해를 '바보의 모험'이라 부르며 티리온의 동참을 금했다.

'어쩌면 아버지 생각이 그리 틀리지 않았는지 몰라.' 웃는 사자호가 라니스포트를 떠난 지 거의 10년이 흘렀는데, 제리온은 돌아오지 않았다. 타이윈 공이 제리온을 찾으라고 보낸 사람들은 볼란티스까지 행적을 추적했고, 그곳에서 제리온이 선원 절반에게 버림받고 대신 노예를 샀다는 데까지 알아냈다. 선장이 공공연히 연기 바다에 가겠다고 말하는 배에는 어떤 자유인도 자기 의사로 승선하려 하지 않았다. "그러니까 우리가 보고 있는 게, 구름에 비친 '열네 개 불길'의 불이란 말입니까?"

"열넷인지 14만인지. 어떤 자가 감히 그 수를 헤아리겠소? 필멸자가 저 불을 너무 들여다보는 건 현명한 일이 아니라오, 친구여. 저것은 신의 진노가 낳은 불이며, 어떤 인간의 불도 상대가 되지 못해요. 우리 인간은 작은 존재지요."

"어떤 사람은 특히 더 작지요." '발리리아.' 파멸의 날에는 2000리에 달하는 모든 언덕이 갈가리 찢어지며 재와 연기와 불을 토해냈고, 어찌나 뜨겁고 맹렬하게 타올랐던지 그 불이 하늘을 날던 드래곤들마저 집어삼켰다고 적혀 있었다. 땅에는 거대한 틈이 생겨 궁전과 신전, 마을과 도시를 통째로 삼켰다. 호수는 끓어오르거나 산성으로 변하고, 산맥은 터지고, 불의 분수가 녹은 바위를 300미터 허공으로 쏘아 올리고, 붉은 구름이 드래곤 유리와 시커먼 악마의 피를 퍼붓고, 북쪽에서는 땅이 쪼개지고 붕괴하고 무너진 자리에 성난 바다가 몰려왔다. 온 세상에서 가장 당당하던 도시가 순식간에 없어지고, 전설적인 제국은 하루 만에 사라졌으며, '긴 여름의 땅'은 새까맣게 타고 물에 잠겨 파멸했다.

'피와 불 위에 지은 제국이었지. 발리리아인들은 자기들이 뿌린 씨앗을 거둔 거야.' "우리 선장은 그 저주를 시험해볼 생각인가요?"

"우리 선장은 저주받은 해안에서 멀찍이, 500리는 더 떨어져서 가고 싶어 했지만 내가 제일 짧은 항로로 가라고 명령했지요. 다른 자들도 대너리스를 찾고 있습니다."

'그리프와 젊은 왕자 말인가.' 황금 용병단이 서쪽으로 출항했다는 이야기는 다 속임수였을까? 티리온은 뭔가 말하려다가 말았다. 붉은 사제들을 인도하는 예언에는 영웅의 자리가 하나뿐인 듯했다. 두 번째 타르가르옌은 그들을 혼란스럽게 할 뿐이리라. "불 속에서 그 다른 자들을 본 건가요?" 그는 조심스럽게 물었다.

"그자들의 그림자만 봤지요." 모쿼로가 대답했다. "특히 하나가 더 잘 보였습니다. 검은 눈이 하나에 긴 팔이 열 개 달린 키 크고 뒤틀린 존재가 피의 바다를 항해하고 있더군요."

브랜

달은 칼날처럼 얇고 날카로운 초승달이었다. 어스레한 태양이 떴다가 지고 다시 떴다. 붉은 잎사귀들이 바람 속에 속삭였다. 검은 구름이 하늘을 채우고 폭풍으로 변했다. 번개가 치고 천둥이 우르릉대고, 검은 손에 새파란 눈을 빛내는 죽은 자들이 언덕 비탈에 난 틈 주위를 걸어 다녔지만 들어오지는 못했다. 그 언덕 밑에서는 망가진 소년이 영목 옥좌에 앉아, 까마귀들이 팔을 오르내리는 가운데 어둠 속의 속삭임에 귀를 기울였다.

"너는 두 번 다시 걷지 못한다. 그러나 날게 될 것이다." 세눈박이 까마귀는 그렇게 약속했다. 가끔 까마득히 아래 어딘가에서 노랫소리가 올라왔다. '숲의 아이들.' 낸 할멈이라면 그 노래의 주인공들을 그렇게 불렀을 테지만, 그들 스스로는 '진정한 언어'로 '땅의 노래를 부르는 자들'이라 칭했다. 어떤 인간도 진정한 언어를 말할 수 없었으나, 까마귀들은 할 수 있었다. 그들의 작고 까만 눈에는 비밀이 가득했고, 노래가 들려올 때마다 브랜에게 까악거리고 그의 피부를 쪼았다.

달이 뚱뚱하게 차올랐다. 별들이 검은 하늘을 돌았다. 비가 내려 얼어붙고, 나뭇가지들이 얼음의 무게에 부러졌다. 브랜과 미라는 땅의 노래를 부르는 자들에게 이름을 지어 붙였다. 물푸레와 이파리와 비늘, 검은 칼과 눈타래와 석탄. 이파리는 그들의 진정한 이름은 인간이 발음하기엔 너무 길다고 말했다. 공용어를 할 줄 아는 건 이파리뿐이었기에, 다른 이들이 새 이름을 어떻게 생각하는지 브랜은 알 수 없었다.

장벽 너머 땅의 뼈를 깎는 추위를 겪고 나니 동굴 속은 행복할 정도로 따뜻했고, 바위에서 한기가 스며 나오면 노래꾼들이 불을 지펴 몰아냈다. 이 밑에는 바람도, 눈도, 얼음도, 손을 뻗어 잡으려 드는 죽은 자들도 없고 꿈과 희미한 빛과 까마귀들의 입맞춤뿐이었다. 그리고 어둠 속에서 속삭이는 자가 있었다.

'마지막 그린시어.' 노래꾼들은 그렇게 불렀으나, 브랜의 꿈속에서 그는 여전히 세눈박이 까마귀였다. 미라 리드가 진짜 이름을 묻자 그는 웃음소리인가 싶은 소름 끼치는 소리를 냈다. "내가 빠르게 움직일 때는 수많은 이름이 있었으나, 나 역시 한때는 어머니가 있었고, 어머니가 품에 안긴 나에게 준 이름은 브린덴이었지."

"제가 아는 분도 이름이 브린덴이에요." 브랜이 말했다. "사실은 어머니의 숙부님인데요. 검은 물고기 브린덴이라고 해요."

"내 이름을 땄을 수도 있다. 아직도 그런 경우가 있다. 이전처럼 많지는 않지만. 인간은 잊는다. 오직 나무들만이 기억하지." 너무나 조용한 목소리라, 브랜은 그 말을 들으려고 안간힘을 써야 했다.

"그는 대부분 나무 안으로 들어갔어." 미라가 이파리라고 부르는 이가 설명했다. "수명이 다할 때가 지났는데도 아직 버티고 있어. 우리를 위해, 너를 위해, 인간의 왕국들을 위해서. 그의 육신에는 작은 힘밖에 남아 있지 않아. 그에게는 눈이 천 개 하고도 하나가 있지만, 보아야 할 것이 많아. 언젠가 너도 알게 될 거야."

"내가 뭘 알게 될까?" 브랜은 나중에 리드 남매에게 물었다. 남매는 손에 밝게 타는 횃불을 들고, 큰 동굴에서 브랜을 데리고 노래꾼들이 잠자리를 마련해준 작은 방으로 돌아가려고 온 참이었다.

"옛 신들의 비밀." 조젠 리드가 말했다. 힘겨운 여행을 마친 후 음식과 불과 휴식을 누리면서 회복은 했으나, 이제 조젠은 전보다 슬퍼 보였고, 음울했으며, 눈빛이 지치고 걱정이 가득했다. "최초인들이 알았으나 이제 윈터펠에서는 잊힌…… 그러나 젖은 황야에서는 잊히지 않은 진실들. 늪과 호상에 사는 우리는 녹색에 더 가깝게 살고, 기억을 하지. 땅과 물, 흙과 돌, 참나무와 느릅나무와 버드나무, 그것들 모두가 우리보다 이전에 여기에 있었고 우리가 사라진 후에도 계속 남아 있을 거야."

"너도 그럴 거고." 미라가 말했다. 브랜은 그 말에 슬퍼졌다. '너희가 사라진 후에 계속 남기 싫다면?' 물어볼 뻔했지만, 그 말은 내뱉지 않고 삼켰다. 이제 브랜은 거의 어른이었고, 미라에게 징징대는 아기로 보이고 싶지 않았다. "너희도 그린시어가 될 수 있을지 모르잖아." 그는 대신 이렇게 말했다.

"아니야, 브랜." 이제는 미라의 목소리가 슬프게 울렸다.

"아직 인간의 몸인 채로 그 녹색 분수의 물을 마시는 건, 신들과 나무들이 보듯이 보고 잎사귀의 속삭임을 듣는 건, 소수에게만 주어지는 기회야." 조젠이 말했다. "대부분은 그런 축복을 누리지 못해. 신들은 나에게 오직 녹색 꿈만 줬어. 내가 맡은 일은 널 여기로 데려오는 거였지. 이 일에서 내 역할은 끝났어."

달은 하늘에 뚫린 검은 구멍이었다. 숲에서는 늑대들이 쌓인 눈 속에서 죽은 것들의 냄새를 맡으며 울부짖었다. 언덕 비탈에서는 큰까마귀 떼가 날카로운 소리를 지르며, 새하얀 세상 위로 까만 날개를 퍼덕여 날아올랐다. 붉은 해가 뜨고 지고 다시 뜨며 눈밭을 장밋빛과 분홍빛으로 칠했다. 언덕 밑에서 조젠은 생각에 잠기고, 미라는 초조해하고, 호도는 오른손에는 검을 쥐고 왼손에는 횃불을 쥐고 어두운 터널들을 헤매고 다녔다. 아니,

헤매는 건 브랜이었을까?

'아무도 몰라야 해.'

심연으로 이어지는 거대한 동굴은 역청처럼 검고 타르처럼 검었으며 까마귀 깃털보다 더 검었다. 빛은 침입자처럼 불필요하고 환영받지도 못했으며 곧 다시 사라졌다. 요리불도, 촛불도, 횃불도 잠시 타다가 짧은 삶을 끝내고 꺼졌다.

노래꾼들은 브랜에게 브린덴 공이 앉은 것과 비슷한 옥좌를 만들어줬다. 하얀 영목에 붉은 반점이 흩어져 있었고, 죽은 가지들이 산 뿌리 사이에 얽혀 있었다. 그들은 새 옥좌를 심연 옆의 큰 동굴에, 까마득히 아래에서 흐르는 물 소리가 어두운 공기 속에 메아리치는 곳에 놓았다. 그리고 부드러운 회색 이끼로 앉을 자리를 깔았다. 브랜이 그 자리에 앉으면 그들은 따뜻한 모피를 겹겹이 덮었다.

브랜은 그 자리에 앉아서 스승의 쉰 목소리에 귀 기울였다. "절대 어둠을 두려워하지 말아라, 브랜." 그가 고개를 살짝 틀면서 말하자 희미하게 나무와 잎이 스치는 소리가 함께 들렸다. "제일 강한 나무들은 어두운 땅에 뿌리를 내린다. 어둠은 너의 망토, 너의 방패, 네 어머니의 젖이 될 것이다. 어둠이 너를 강하게 만들 것이다."

달은 칼날처럼 얇고 날카로운 초승달이었다. 눈송이가 소리 없이 흩날려 병정소나무와 파수목을 하얗게 덮었다. 눈이 깊게 쌓이다 못해 동굴 입구를 가리고 하얀 벽이 생기는 바람에 서머가 늑대 무리에 합류해서 사냥을 하러 나가려면 매번 눈을 파고 나가야 했다. 이제 브랜은 늑대들과 자주 어울리지 않았지만, 어떤 밤이면 위에서 그들을 지켜보았다.

나는 건 벽 타기보다 더 좋았다.

서머의 몸 안으로 들어가는 것이 등이 부러지기 전에 반바지를 입을 때처럼 쉬워졌다. 큰까마귀의 밤처럼 까만 깃털 속으로 들어가는 건 좀 더 어려웠지만, 걱정한 것만큼 어렵지는 않았다. 이 까마귀들은 그랬다. 브린덴 공은 말했다. "야생마는 인간이 올라타려고 하면 날뛰고 발길질을 하며, 잇새에 재갈을 밀어 넣는 손을 깨물려고 하겠지. 하지만 기수를 하나 태워 본 말은 다른 기수도 받아들인다. 이 새들은 나이와 상관없이 다 사람을 태워봤다. 이제 한 마리 골라서 날아라."

브랜은 한 마리를 고르고, 또 한 마리를 골랐지만 성공하지 못했다. 세 번째 까마귀는 약삭빠른 검은 눈으로 브랜을 보며 고개를 갸우뚱하고 까악 소리를 냈고, 순식간에 그는 까마귀를 보고 있는 소년이 아니라 소년을 보는 까마귀가 되었다. 갑자기 강물 소리가 커졌고, 횃불 빛은 전보다 조금 밝게 타올랐으며, 공기 중에 기묘한 냄새가 가득해졌다. 그 말을 하려고 했더니 비명이 흘러나왔고, 첫 번째 비행은 벽에 부딪치고 다시 망가진 몸 속에 돌아오면서 끝이 났다. 까마귀는 다치지 않았다. 까마귀는 브랜에게 날아와서 팔에 내려앉았고, 브랜은 깃털을 쓰다듬어주고 다시 그 안으로 들어갔다. 오래지 않아서 브랜은 동굴 안을 날아다니며 천장에 줄줄이 매달린 긴 돌 이빨 사이를 누볐고, 심지어는 심연으로 날아가 차가운 어둠 속 깊이 내려가기도 했다.

그러다가 문득, 자신이 혼자가 아님을 깨달았다.

"다른 누군가가 까마귀 안에 있었어요." 그는 자기 몸으로 돌아오고 나서 브린덴 공에게 말했다. "어떤 여자애요. 느꼈어요."

"땅의 노래를 부르는 여자였지." 스승이 말했다. "오래전에 죽었으나, 일부가 남아 있는 거다. 훗날 네 소년 몸이 죽으면 네 일부도 서머 안에 남을 것이야. 영혼에 드리운 그림자다. 너를 해치진 않아."

"새들마다 노래꾼이 안에 있나요?"

"모두 그렇지." 브린덴 공이 말했다. "최초인에게 까마귀로 메시지를 보내는 방법을 가르친 게 노래꾼들이었다……. 그 시절에는 새들이 직접 말을 했지. 나무들은 기억하지만 인간은 잊으니, 이제는 양피지에 메시지를 적어서 몸을 공유한 적이 없는 새들의 발에 묶어서 보낸다."

브랜은 낸 할멈이 언젠가 같은 이야기를 했던 것이 떠올랐다. 롭에게 그게 정말이냐고 묻자 웃음을 터뜨리며 그럼킨도 믿느냐고 되물었었다. 롭이 지금 함께 있으면 좋으련만. '롭 형에게 내가 날 수 있다고 말하면 믿지 않을 테니까, 직접 보여줘야겠지. 분명히 형도 나는 법을 배울 수 있을 거야. 롭과 아리아와 산사, 아기 리콘과 존 스노우도. 우리 모두가 까마귀가 되어 루윈 학사의 까마귀 방에서 살 수 있을 거야.'

하지만 그것 역시 어리석은 꿈에 불과했다. 가끔 브랜은 이 모든 게 그냥 꿈이 아닐까 생각하기도 했다. 어쩌면 눈밭에서 잠들어서 안전하고 따뜻한 곳에 도착한 꿈을 꾸는지도 모른다고. '깨어나야 해.' 그럴 때면 브랜은 스스로에게 말했다. '지금 당장 깨어나지 않으면 꿈을 꾸다가 죽게 될 거야.' 한두 번은 손가락으로 팔을 세게 꼬집어보기도 했지만, 그래봤자 팔만 아팠다. 처음에는 깨고 자는 때를 기억해서 날짜를 헤아리려고 해보았으나, 이 지하에서는 자고 깨는 시간이 한데 뒤섞이기가 쉬웠다. 꿈은 수업이 되고, 수업은 꿈이 되고, 모든 게 한꺼번에 일어나거나 아예 아무 일도 일어나지 않았다. 다 브랜이 한 일일까, 아니면 그저 꿈일까?

"천 명 중 한 명만이 변신자로 태어난다." 브랜이 날기를 배운 후, 어느 날은 브린덴 공이 말했다. "그리고 변신자 천 명 중 하나만이 그린시어가 될 수 있지."

"전 그린시어라는 게 마법사인 숲의 아이라고 생각했어요. 아니, 아이가 아니라 노래꾼요."

"어떤 면에서는 그렇다. 네가 숲의 아이들이라 부르는 이들은 태양 같은 금빛 눈을 지니지만, 아주 가끔 피처럼 붉은 눈이나, 숲 한가운데 나무 이끼처럼 초록색 눈을 가진 이가 태어나지. 신들은 이런 징후로 선물을 받도록 선택된 이들을 표시한다. 선택된 이들은 튼튼하지 못하고, 지상에서 보내는 세월이 짧다. 모든 노래에는 균형이 있어야 하기 때문이야. 하지만 일단 나무 안으로 들어오면 그들은 오래 산다. 천 개의 눈, 백 가지 몸, 오래된 나무 뿌리처럼 깊은 지혜. 그게 그린시어다."

브랜은 이해가 가지 않았기에 리드 남매에게 물었다. "책 읽기 좋아하니, 브랜?" 조젠이 물었다.

"어떤 책은 좋지. 난 싸우는 이야기들이 좋아. 산사 누나는 입 맞추는 이야기들을 좋아했는데, 그런 건 바보 같아."

"책을 읽는 사람은 죽을 때까지 천 가지 삶을 살아." 조젠이 말했다. "읽지 않는 사람은 하나의 삶밖에 살지 못하지. 숲의 노래꾼들에겐 책이 없어. 잉크도, 양피지도, 글자도 없지. 대신 그들에겐 나무가 있고, 무엇보다 영목이 있어. 노래꾼이 죽으면 나무 안으로, 잎과 가지와 뿌리로 들어가고, 나무는 기억해. 그들의 노래와 주문, 역사와 기도, 노래꾼이 이 세상에서 알았던 모든 것을 기억하지. 학사들은 영목이 옛 신들에게 바쳐진 나무라고 할 테지. 노래꾼들은 영목이 곧 옛 신들이라 믿어. 노래꾼들이 죽으면 그 신성의 일부가 되는 거야."

브랜은 눈을 크게 떴다. "그럼 노래꾼들이 날 죽일까?"

"아니야." 미라가 말했다. "조젠, 너 때문에 겁먹었잖아."

"브랜은 겁먹을 이유가 없는 존재야."

달이 뚱뚱하게 차올랐다. 고요한 숲속을 배회하는 서머는 긴 회색 그림자였고, 살아 있는 사냥감을 찾을 수가 없어 사냥을 나갈 때마다 더 여위었다. 동굴 입구의 보호막은 아직 버텼고, 죽은 자들은 들어오지 못했다. 눈이 대부분을 묻어버렸으나 그들은 여전히 그곳에 숨어서, 얼어붙은 채, 기다렸다. 다른 죽은 것들도 합류했다. 예전에는 남자이고 여자였던 것들, 심지어 아이들도 있었다. 죽은 까마귀들이 날개에 얼음을 얹은 채 헐벗은 갈색 나뭇가지에 앉았다. 눈곰 한 마리가 덤불을 헤치고 움직이는데, 거대하지만 해골 같았고, 머리가 절반은 떨어져서 두개골이 드러나 보였다. 서머와 늑대 무리는 그 눈곰을 덮쳐서 갈기갈기 찢었다. 그 후에는 게걸스레 먹어치웠으나, 그 살은 썩은 데다 반쯤 얼어 있었고 먹는 동안에도 움직였다.

언덕 밑에는 아직 먹을 게 있었다. 이 지하에는 백 가지 버섯이 자랐다. 검은 강에는 눈이 없는 흰 물고기가 헤엄쳤는데, 요리를 해보면 눈 달린 물고기 못지않게 맛있었다. 노래꾼들과 함께 동굴을 쓰는 염소들의 젖과 치즈가 있었고, 긴 여름 동안 거둔 귀리와 보리, 말린 과일도 있었다. 그리고 그들은 거의 매일같이 보리와 양파와 고깃덩이가 들어 걸쭉한 선지 스튜를 먹었다. 조젠은 다람쥐 고기일 수도 있다고 생각했고, 미라는 쥐 고기라고 말했다. 브랜은 신경 쓰지 않았다. 어쨌든 고기였고 맛도 있었다. 스튜로 만들어서 부드러웠다.

동굴들은 시간을 초월했으며, 광대하고, 고요했다. 그 동굴들은 60명이 넘는 산 노래꾼들과 수천 명의 죽은 노래꾼들의 뼈가 머무는 곳이었고, 속이 빈 언덕 아래로 까마득히 이어졌다. "인간은 여길 헤매고 다니면 안 된다." 이파리가 경고했다. "물소리가 들리는 강은 빠르고 어두운 데다, 해가 없는 바다로 흘러가. 더 깊은 곳으로 가는 통로들, 바닥이 없는 구덩이와 갑자기 떨어지는 수직 통로, 땅속 중심부로 이어지는 잊힌 길들이 있어. 내 동족들조차도 그 길을 다 탐색하진 못했어. 너희 인간 시간으로 수천 년을 여기 살았는데도 그래."

그런데도 칠왕국의 인간들은 그들을 '숲의 아이들'이라고 불렀다. 이파리와 그 동족은 아이와는 거리가 멀었다. '숲의 작고 현명한 사람들'이 더 가까우리라. 그들은 인간에 비해 작았는데, 다이어울프와 보통 늑대의 차이 정도였다. 그렇다고 늑대가 다이어울프 새끼는 아니지 않은가. 피부는 밤색인데 사슴처럼 밝은 얼룩이 졌으며, 큰 귀로는 어떤 인간도 듣지 못할 소리를 들을 수 있었다. 눈도 커서, 커다란 금빛 고양이 눈으로 인간 소년의 눈으로는 어둠밖에 보지 못하는 곳에서 통로를 볼 수 있었다. 손에는 엄지와 세 손가락밖에 없었는데, 손톱 자리에는 날카롭고 검은 갈고리발톱 같은 게 달렸다.

그리고 그들은 노래를 했다. 진정한 언어로 노래했기에 브랜은 가사를 이해할 수 없었지만, 그 목소리는 겨울 공기처럼 맑았다. "나머지는 어디 있어요?" 한번은 브랜이 이파리에게 물었다.

"땅속으로 내려갔지." 이파리는 대답했다. "돌 속에도, 나무 속에도 들어갔어. 최초인들이 오기 전에는 너희가 웨스테로스라고 부르는 이 땅 전체가 우리의 집이었지만, 그 시절에도 우리는 수가 적었어. 신들은 우리에게 긴 삶을 줬지만 많은 숫자를 주진 않았어. 사냥할 늑대가 없을 때 사슴이 숲에 들끓듯이 우리가 세상에 들끓을까 봐 그랬지. 그때는 세상의 여명이었고, 우리의 해가 뜨고 있었어. 지금 우리 해는 가라앉고, 이게 오래 쇠퇴하고 남은 전부야. 우리의 골칫거리이자 형제였던 거인들도 거의 사라졌어. 서쪽 산맥의 거대한 사자들도 참살당하고, 유니콘은 거의 없어지고, 매머드는 수백만 남았지. 다이어울프가 우리보다 오래 살아남겠지만, 그들의 때도 오고 말 거야. 인간이 만든 세상에는 그들이 있을 자리가 없어. 우리가 있을 자리도 없고."

그런 말을 하는 이파리가 슬퍼 보였기에, 브랜도 슬퍼졌다. 나중에야 브랜은 생각했다. '인간이라면 슬퍼하지 않을 거야. 인간은 화를 내겠지. 증오하면서 피의 복수를 맹세할 거야. 노래꾼들이 슬픈 노래를 부를 때, 인간은 싸우고 죽여.'

어느 날은 미라와 조젠이 이파리의 경고를 어기고 강을 보러 가기로 했다. "나도 가고 싶어." 브랜이 말했다.

미라는 애석해하는 눈으로 브랜을 보았다. 그녀는 강이 가파른 비탈과 꼬불꼬불한 통로를 200미터는 내려가야 있고, 마지막 부분은 밧줄을 타고 내려가야 한다고 설명했다. "호도는 널 등에 지고 내려갈 수 없을 거야. 미안해, 브랜."

브랜은 누구보다도 벽을 잘 타고 롭이나 존이라 해도 따라오지 못할 만큼 능숙했던 시절을 떠올렸다. 자기를 두고 가다니 화내며 고함치고 싶기도 했고, 울고 싶기도 했다. 하지만 브랜은 이제 거의 어른이었기에, 아무 말도 하지 않았다. 다만 남매가 떠난 후에 호도의 몸을 입고 따라갔다.

덩치 큰 마구간지기 소년은 이제 폭풍이 치는 호수 탑에서 처음 겪었을 때처럼 브랜에게 맞서지 않았다. 호도는 투지를 다 잃은 개처럼 브랜이 손 뻗을 때마다 얌전히 몸을 말고 숨었다. 호도가 숨는 곳은 내면 깊은 어딘가로, 브랜이라 해도 건드릴 수 없는 구멍 속이었다. '아무도 널 해치지 않아, 호도.' 브랜은 빼앗은 몸의 주인인 어린아이 같은 남자에게 조용히 말했다. '난 그냥 잠시 동안만 다시 강해지고 싶은 거야. 언제나 그랬듯이 돌려줄 거야.'

아무도 브랜이 호도의 몸을 입었다는 걸 알지 못했다. 브랜은 미소만 짓고, 시키는 대로 하고, 가끔 "호도"라고 중얼거리기만 하면 아무에게도 정체를 의심받지 않고 행복하게 웃으며 미라와 조젠을 따라다닐 수 있었다. 호도는 누가 원하든 원하지 않든 자주 그들을 따라다녔다. 결과적으로는 리드 남매도 호도가 와서 다행이라 여겼다. 조젠은 밧줄을 쉽게 타고 내려갔으나, 미라가 개구리 창으로 눈이 없는 흰 물고기를 잡고 나서 다시 올라갈 때가 되자 팔이 떨리기 시작해서 끝까지 올라갈 수 없게 됐다. 결국 조젠을 밧줄로 묶고 호도가 끌어 올리게 해야 했다. "호도." 브랜은 끌어당길 때마다 굵은 목소리로 말했다. "호도, 호도, 호도."

달은 칼날처럼 얇고 날카로운 초승달이었다. 서머가 잘린 팔을 파냈는데, 새까만 색이었고 서리에 덮여 있었으며 얼어붙은 눈 위에서 주먹을 쥐었다 폈다. 아직 서머의 텅 빈 배를 채울 만큼은 살이 붙어 있었고, 서머는 살을 다 먹은 후에 팔뼈를 부수고 골수까지 빨아 먹었다. 그 팔은 그러고 나서야 제가 죽었음을 기억해냈다.

브랜은 늑대가 되어 서머의 무리와 함께 식사를 했다. 까마귀가 되어 까마귀 떼와 함께 날면서 해 질 녘 언덕 주위를 돌고, 적을 감시하고, 얼음장 같은 공기를 느꼈다. 호도가 되어서는 동굴을 탐사했다. 뼈가 가득한 방들, 땅속 깊이 떨어져 내려가는 통로, 거대한 박쥐 뼈들이 천장에 거꾸로 매달려 있는 곳을 찾았다. 심연 위에 놓인 가느다란 아치 돌다리를 건너서 반대편에 있는 통로들과 방들을 더 발견하기도 했다. 한 방에는 노래꾼들이 가득했는데, 브린덴처럼 영목 뿌리가 몸 위아래 주위에 얽힌 채 옥좌에 앉아 있었다. 대부분 죽은 것처럼 보였지만, 앞을 지나가자 눈을 떴고 브랜의 횃불 빛을 따라 눈동자를 움직였으며, 하나는 뭔가 말을 하려는 듯 입을 뻐끔거렸다. "호도." 브랜은 그렇게 말하면서 구멍 속에 웅크려 앉은 진짜 호도의 존재를 느꼈다.

거대한 동굴 방의 나무뿌리 옥좌에 앉은 반시체이자 반나무인 브린덴 공은 인간이라기보다는 배배 꼬인 나무와 오래된 뼈, 썩은 뿌리로 만든 소름 끼치는 조각상 같았다. 하얀 폐허 같은 얼굴에 살아 있는 듯 보이는 것은 붉은 눈 하나뿐으로, 비틀린 나무뿌리와 누레진 두개골에 너덜너덜하게 달린 하얀 피부 조각에 둘러싸여 꺼진 불 속에 남은 마지막 석탄처럼 타고 있었다.

그 모습을 보면 브랜은 아직도 무서웠다. 메마른 살 안팎으로 구불대는 영목 뿌리, 뺨에 돋아난 버섯, 한쪽 눈이 있던 구멍에서 자란 하얀 나무 벌레……. 브랜은 횃불이 꺼져 있을 때가 더 좋았다. 어둠 속에서라면 소름 끼치게 속삭이는 시체가 아니라 세눈박이 까마귀인 척할 수 있었다.

'언젠가는 나도 저렇게 되겠지.' 그런 생각을 하면 두려웠다. 쓸모없는 다리와 망가진 몸만으로도 충분히 나빴다. 그런데 나머지도 잃고, 몸 안팎으로 영목을 키우면서 평생을 보내야 하는 운명인 걸까? 이파리는 브린덴 공이 나무에서 생명력을 뽑아낸다고 했다. 그는 먹지도 않고, 마시지도 않았다. 다만 잠을 자고, 꿈을 꾸고, 주시했다. '난 기사가 될 거였어.' 브랜은 기억했다. '예전엔 뛰고 벽을 타고 싸웠어.' 천 년 전의 일 같았다.

지금 그는 무엇일까? 망가진 소년 브랜, 스타크 가문의 브랜던, 망국의 왕자, 타버린 성의 영주, 폐허의 계승자에 불과했다. 그는 세눈박이 까마귀가 마법사일 거라고, 그의 다리를 고쳐줄 수 있는 현명한 늙은 마법사일 거라고 생각했는데, 이제는 그게 어리석은 아이의 꿈이었다는 걸 알았다. '난 그런 공상을 하기엔 나이가 많아.' 그는 스스로에게 말했다. '천 개의 눈, 백 가지 몸, 오래된 나무 뿌리처럼 깊은 지혜.' 그것도 기사만큼 훌륭했다. '어쨌든 거의 그만큼 좋긴 해.'

달은 하늘에 뚫린 검은 구멍이었다. 동굴 밖에서는 세상이 계속 돌아갔다. 동굴 밖에서는 해가 뜨고 지고, 달이 변하고, 찬바람이 울부짖었다. 언덕 밑에서는 조젠 리드가 갈수록 음침해지고 혼자 있으려고 해서 누이를 걱정시켰다. 미라가 자주 브랜과 함께 작은 불가에 앉아서 온갖 이야기를 나누거나 아무 말 없이 둘 사이에서 자는 서머를 쓰다듬는 사이 미라의 동생은 혼자 동굴 안을 돌아다녔다. 밝은 날에는 심지어 동굴 입구까지 올라가기도 했다. 조젠은 몇 시간이고 동굴 입구에 서서, 두른 모피도 소용없이 벌벌 떨면서 숲을 내다보았다.

"조젠은 집에 가고 싶어 해." 미라는 브랜에게 말했다. "운명과 싸워보려고 하지도 않아. 녹색 꿈은 거짓말을 하지 않는다고 하지."

"조젠은 용감한 거야." 브랜은 말했다. '사람이 용감해질 수 있는 순간은 두려울 때뿐이지.' 언젠가, 오래전에, 여름 눈밭에서 다이어울프 새끼들을 발견했던 그날에 아버지가 그렇게 말했었다. 아직도 기억이 났다.

"바보 같은 거지." 미라가 말했다. "난 우리가 너의 세눈박이 까마귀를 찾으면 그때는……. 이제는 대체 왜 왔는지 모르겠어."

'날 위해서였지.' 브랜은 생각했다. "조젠의 녹색 꿈 때문이었지."

"조젠의 녹색 꿈." 미라의 목소리는 씁쓸했다.

"호도." 호도가 말했다.

미라는 울기 시작했다.

브랜은 불구의 몸인 게 싫었다. "울지 마." 미라를 감싸고, 윈터펠에서 다치면 어머니가 안아줬던 것처럼 꼭 안아주고 싶었다. 미라는 고작 몇 걸음 떨어진 곳에 있었건만, 천 리는 떨어진 것처럼 멀었다. 미라에게 닿으려면 다리를 질질 끌면서 두 손으로 땅을 기어가야 했다. 바닥은 거칠고 울퉁불퉁했고, 속도는 느리고 생채기와 멍이 가득 생길 것이다. '호도의 몸을 입을 수도 있어. 호도라면 미라를 안고 등을 두드려줄 수 있어.' 그런 생각을 하니 기분이 이상했지만, 아직 그 생각을 하고 있는데 미라가 불가에서 벌떡 일어나더니 터널의 어둠 속으로 사라졌다. 브랜은 노래꾼들의 목소리만 들릴 때까지 미라의 발소리에 귀 기울였다.

달은 칼날처럼 얇고 날카로운 초승달이었다. 낮이 차근차근 지나갔고, 갈수록 짧아졌다. 밤은 점점 길어졌다. 언덕 아래 동굴에는 햇빛이 닿지 못했다. 돌 방들엔 달빛이 닿지 못했다. 그곳에선 별들마저 낯설었다. 그런 것들은 윗세계에 속했다. 시간이 공고한 원을 그리며 낮이 밤이 되었다가 다시 낮이 되고 밤이 되고 낮이 되는 세계에.

"때가 됐다." 브린덴 공이 말했다.

그 목소리에 왠지 브랜은 차가운 손가락이 등을 훑는 것 같았다. "무슨 때요?"

"다음 단계로 넘어갈 때. 네가 몸 바꾸기를 넘어서서 그린시어가 된다는 게 무슨 의미인지 배울 때."

"나무들이 가르쳐줄 거야." 이파리가 말하고 손짓을 하자, 다른 노래꾼이 걸어 나왔다. 미라가 '눈 타래'라고 이름 붙인 하얀 머리 노래꾼이었다. 그녀는 두 손에 심장 나무의 얼굴 같은 게 십여 개 새겨진 영목 그릇을 들고 있었다. 그 안에는 진하고 걸쭉한 하얀 반죽이 담겼는데, 이리저리 섞인 검붉은 줄이 보였다. "이걸 먹어야 해." 이파리가 말하면서 브랜에게 나무 숟가락을 건넸다.

브랜은 미심쩍어하며 그릇을 보았다. "이게 뭔데요?"

"영목 씨앗 반죽."

어쩐지 보기만 해도 속이 안 좋았다. 붉은 줄은 영목의 수액일 테지만, 횃불 빛 속에서는 놀랍도록 피처럼 보였다. 브랜은 숟가락을 반죽에 집어넣었다가 멈칫했다. "이게 날 그린시어로 만들어주나요?"

"널 그린시어로 만드는 건 네 피다." 브린덴 공이 말했다. "이건 네 재능을 깨우고 네가 나무들과 결합되도록 도와줄 거다."

브랜은 나무와 결합되고 싶지 않았다……. 하지만 나무 말고 누가 그처럼 망가진 소년과 함께하겠는가? '천 개의 눈, 백 가지 몸, 오래된 나무 뿌리처럼 깊은 지혜. 그린시어.'

브랜은 먹었다.

쓴맛이 났지만, 도토리 반죽만큼 쓰지는 않았다. 첫술이 제일 삼키기 힘들어서, 바로 게워낼 뻔했다. 두 번째에는 맛이 나아졌다. 세 번째에는 달기까지 했다. 나머지는 열심히 먹어치웠다. 왜 쓰다고 생각했던 걸까? 꿀과 갓 내린 눈, 후추와 시나몬과 어머니가 마지막으로 해준 입맞춤 맛이 났다. 빈 그릇이 브랜의 손을 빠져나가 달그락, 동굴 바닥에 떨어졌다. "차이를 못 느끼겠는데. 다음엔 어떻게 되는 거죠?"

이파리가 브랜의 손을 만졌다. "나무들이 가르쳐줄 거야. 나무는 기억해." 이파리가 한쪽 손을 들어 올리자 다른 노래꾼들은 동굴 안을 돌아다니며 횃불을 하나씩 껐다. 짙어진 어둠이 브랜을 향해 기어왔다.

"눈을 감아라." 세눈박이 까마귀가 말했다. "서머에게 합류할 때처럼 네 몸에서 빠져나가라. 다만 이번에는 뿌리로 들어가는 거다. 뿌리를 따라 땅속을 지나서 언덕 위 나무들로 가라. 그리고 무엇이 보이는지 말해라."

브랜은 눈을 감고 몸에서 빠져나갔다. '뿌리 속으로. 영목 속으로. 나무가 되는 거야.' 잠시 동안 검은 꺼풀에 싸인 동굴을 보고, 아래에서 콸콸 흐르는 강물 소리를 들을 수 있었다.

그러다가 갑자기 다시 집에 돌아갔다.

에다드 스타크 공이 신의 숲에 있는 깊고 검은 웅덩이 옆 바위에 앉아 있었다. 그 주위로 심장 나무의 하얀 뿌리들이 노인의 울퉁불퉁한 팔처럼 이리저리 휘어졌다. 에다드 공은 무릎에 대검 '얼음'을 비스듬히 놓고 기름 천으로 칼날을 닦고 있었다.

"윈터펠." 브랜은 속삭였다.

아버지가 고개를 들었다. "거기 누구냐?" 아버지가 고개를 돌리며 물었고……

……겁에 질린 브랜은 그곳을 떠났다. 아버지와 검은 웅덩이와 신의 숲이 희미해지다가 사라졌고, 그는 다시 영목 옥좌의 희고 굵은 뿌리들이 어머니가 아이를 안듯 그의 사지를 감싸고 있는 동굴 안으로 돌아왔다. 앞에 횃불이 하나 타올랐다.

"뭘 봤는지 말해봐." 멀리서는 이파리가 브랜이나 브랜의 누나들보다 어린 소녀처럼 보였지만, 가까이에서는 훨씬 나이가 많아 보였다. 이파리는 200년을 보아왔다고 했다.

브랜은 목이 바싹 말라서 침을 삼켰다. "윈터펠. 윈터펠에 돌아갔었어요. 아버지를 봤어요. 죽지 않았어요. 죽지 않은 거예요. 내가 봤어요. 윈터펠에 돌아와 있었어요. 아직 살아 계세요."

"아니야." 이파리가 말했다. "그 사람은 죽었어, 얘야. 죽음에서 다시 불러들이려 하지 마."

"봤단 말이예요." 브랜은 한쪽 뺨을 누르는 거친 나무의 감촉을 느꼈다. "얼음을 닦고 있었어요."

"넌 네가 보고 싶은 걸 본 거야. 네 심장이 아버지와 집을 그리워했기에, 그걸 본 거야."

"뭔가를 보고 싶어 하기 전에, 어떻게 보는지부터 알아야 한다." 브린덴 공이 말했다. "네가 본 건 지나간 날의 그림자였다, 브랜. 너는 너희 신의 숲에 있던 심장 나무의 눈을 통해 보고 있었던 거야. 나무의 시간은 인간의 시간과 다르다. 태양과 흙과 물, 이런 것들이 영목이 이해하는 것이지, 날과 해와 세기는 이해하지 못해. 인간에게 시간은 강이다. 우리는 그 흐름 속에 붙잡혀서 언제나 같은 방향으로, 과거에서 현재로 달려가지. 나무들의 삶은 달라. 나무들은 한자리에 뿌리 내리고 성장하고 죽으며, 시간의 강을 따라 움직이지 않는다. 떡갈나무는 도토리이고, 도토리는 떡갈나무다. 그리고 영목은……. 인간의 천 년도 영목에게는 한순간이며, 그 문을 통해 너와 나는 과거를 볼 수도 있다."

"하지만…… 아버지가 내 목소리를 들었어요." 브랜이 말했다.

"바람에 실린 속삭임, 잎사귀의 술렁임을 들었지. 아무리 애를 써도 말을 걸 수는 없어. 나에게도 나만의 유령들이 있다, 브랜. 내가 사랑했던 형제, 증오했던 형제, 내가 갈망했던 여인이 있어. 나무들을 통해서 아직도 그 사람들을 보지만, 내 말은 결코 그들에게 가닿지 않는다. 과거는 과거로 남아. 우린 과거에서 배울 수 있지만, 바꿀 수는 없다."

"아버지를 다시 보게 될까요?"

"일단 숙달하고 나면 어제든, 작년이든, 천 년 전이든 상관없이 네가 원하는 곳을 보고 나무들이 본 내용을 볼 수 있다. 인간은 영원한 현재 속에 갇혀서 살지. 기억의 안개와, 우리가 아는 앞날의 전부인 그림자 바다 사이에. 어떤 나방은 하루밖에 살지 못하지만, 그들에게는 그 짧은 시간이 우리의 몇 년, 몇십 년과 똑같이 길게 느껴질 거야. 떡갈나무는 300년을 살고, 붉은 삼목은 3000년을 산다. 영목은 가만히 내버려만 두면 영원히 살 거다. 그런 영목들에게는 계절이 나방의 날갯짓 속에 지나가고, 과거와 현재와 미래가 하나다. 네 시야는 너희 신의 숲에만 한정되지 않아. 노래꾼들은 심장 나무를 깨우기 위해 눈을 새겼고, 새로운 그린시어는 처음에 그런 나무들의 눈부터 쓰는 법을 익히게 된다……. 그러나 때가 오면 너는 나무들을 넘어서서도 보게 될 거다."

"언제요?" 브랜은 알고 싶었다.

"1년, 3년, 아니면 10년. 나 역시 아직은 모른다. 때가 온다는 것만은 약속하마. 하지만 지금 나는 지쳤고, 나무들이 나를 부르는구나. 내일 계속하자."

호도가 브랜을 안고 방으로 돌아갔다. 호도가 낮은 목소리로 "호도"라고 중얼거리는 가운데 이파리가 횃불을 들고 앞장섰다. 방금 본 것을 이야기하고 싶어서 미라와 조젠이 방에 있길 바랐지만, 바위 속에 뚫린 그들의 아늑한 공간은 차갑게 비어 있었다. 호도는 브랜을 침대에 내려놓고 모피를 덮어준 후, 불을 피웠다. '천 개의 눈, 백 가지 몸, 오래된 나무 뿌리만큼 깊은 지혜.'

브랜은 불을 보면서 미라가 돌아올 때까지 깨어 있기로 했다. 조젠은 불만스러워할 테지만, 미라는 기뻐해줄 것이다. 브랜은 눈을 감은 것도 기억하지 못했다……

……그러나 어떻게 된 일인지 다시 윈터펠에 돌아가서, 신의 숲 속에서 아버지를 내려다보고 있었다. 이번에는 에다드 공이 훨씬 젊어 보였다. 흰

머리카락 하나 없는 갈색 머리로, 고개를 숙인 채였다. "……둘이 형제처럼 친하게 자라게 하시고, 둘 사이에 오직 사랑만 있게 해주십시오." 에다드 공이 기도했다. "그리고 부인이 마음으로 용서하게 해주십시오……."

"아버지." 브랜의 목소리는 바람의 속삭임, 잎사귀의 술렁임이었다. "아버지, 저예요. 브랜이에요. 브랜던요."

에다드 스타크가 고개를 들고 오랫동안 영목을 바라보며 얼굴을 찌푸렸지만, 말은 하지 않았다. '날 보지 못하는 거야.' 브랜은 깨닫고 좌절했다. 손을 뻗어 아버지에게 닿고 싶었지만, 할 수 있는 것이라곤 지켜보고 듣는 것뿐이었다. '난 나무 안에 있어. 난 심장 나무 안에서 나무의 붉은 눈으로 보고 있어. 하지만 영목이 말을 할 수 없으니, 나도 말할 수가 없어.'

에다드 스타크는 기도를 다시 이었다. 브랜은 눈물이 차오르는 것을 느꼈다. 하지만 그게 브랜의 눈물일까, 영목의 눈물일까? '내가 울면, 나무가 눈물을 흘릴까?'

아버지의 나머지 기도는 갑작스러운 딱, 딱 소리에 묻혀버렸다. 에다드 스타크는 이제 아침 햇살을 맞은 안개처럼 사라졌다. 이번에는 두 아이가 부러진 나뭇가지로 칼싸움을 하며, 서로에게 야유하고 신의 숲을 뛰어다녔다. 여자애 쪽이 둘 중에 더 나이가 많고 키가 컸다. '아리아!' 브랜은 여자애가 바위에 훌쩍 뛰어올라 남자애를 베는 모습을 보면서 열렬하게 생각했다. 그러나 그럴 리가 없었다. 그 여자애가 아리아라면 남자애는 브랜 자신일 텐데, 그렇게 머리를 길게 기른 적이 없었다. '그리고 아리아는 저 여자애처럼 장난감 칼로 날 때린 적이 없어.' 여자애가 남자애의 허벅지를 그었는데, 어찌나 세게 쳤던지 다리가 풀린 남자애가 웅덩이에 빠져서 첨벙거리며 고함을 치기 시작했다. "조용히 해, 바보야." 여자애가 나뭇가지를 던지며 말했다. "그냥 물이잖아. 낸 할멈이 듣고 아버지를 부르러 달려가면 좋겠어?" 여자애는 무릎을 꿇고 동생을 웅덩이에서 끌어당겼지만, 동생이 빠져나오기 전에 둘 다 사라졌다.

그 후에는 짧은 장면들이 점점 빨리 넘어가다가 뭐가 뭔지도 모르겠고 어지러울 지경이 되었다. 이제는 아버지도, 아리아처럼 생긴 여자애도 보이지 않았고, 만삭의 여자가 벌거벗은 채 검은 웅덩이에서 물을 뚝뚝 떨어뜨리며 나와 나무 앞에 무릎을 꿇더니, 옛 신들에게 자신의 복수를 해줄 아들을 달라고 빌었다. 그다음엔 늘씬한 갈색 머리 소녀가 까치발을 들고 서서 호도처럼 키가 큰 젊은 기사의 입술에 입을 맞췄다. 검은 눈의 창백하고 사나운 청년이 영목 가지 세 개를 베어내어 화살로 깎았다. 장면이 바뀔 때마다 영목은 줄어들고 작아졌으며, 그보다 작은 나무들은 어린나무가 되었다가 사라지고, 그 자리를 대신한 다른 나무들이 또 줄어들어 사라졌다. 그리고 이제 브랜이 보는 영주들은 모피와 사슬 갑옷을 입은 키가 크고 엄혹한 사내들이었다. 지하묘지의 조각상에서 본 얼굴들도 있었지만, 이름을 기억해내기 전에 또 사라졌다.

이어서 브랜이 보는 가운데, 수염을 기른 남자 하나가 포로를 심장 나무 앞에 무릎 꿇렸다. 청동 낫을 쥔 흰머리의 여자가 검붉은 낙엽 더미를 헤치고 걸어왔다.

"안 돼." 브랜이 말했다. "안 돼, 그러지 마." 그러나 아버지가 듣지 못했듯, 그들도 브랜의 목소리를 듣지 못했다. 여자가 포로의 머리카락을 잡고 낫을 목에 걸어 그었다. 망가진 소년은 몇백 년의 안개 너머로 그 남자의 발이 땅을 두드려대는 모습을 지켜볼 수밖에 없었다……. 그러나 남자의 생명이 붉은 물결에 실려 흘러나가는 동안, 브랜던 스타크는 그 피의 맛을 느낄 수 있었다.

존

이레 동안 어두운 하늘에 눈이 흩날리고 나서, 정오가 가까울 때쯤 겨우 해가 났다. 눈이 사람 키보다 높이 쌓인 데도 있었지만, 집사들이 하루 종일 밀어내서 만족스러울 만큼 깨끗한 길을 내놓았다. 장벽에는 탑이 아른아른 반사됐고, 갈라진 틈과 금마다 희푸른색으로 빛났다.

200미터 위에 선 존 스노우는 귀신 들린 숲을 내려다보았다. 북풍이 아래 나무들 사이를 돌며 제일 높은 가지들에서 가늘고 흰 눈 결정들을 피워 올리는 모습이 얼음 깃발이 나부끼는 듯했다. 그 외에는 아무것도 움직이지 않았다. '생명의 흔적도 없군.' 썩 안심이 되진 않았다. 존이 두려워하는 상대는 살아 있지 않았다. 그렇다 해도…….

'해가 났어. 눈도 그쳤고. 이만큼 좋은 기회가 또 오려면 한 달은 걸릴지도 몰라. 한 계절이 걸릴지도 몰라.' 그는 구슬픈 에드에게 말했다. "에멧에게 신병들을 모으라고 해요. 호위가 있는 게 좋겠어요. 드래곤 유리로 무장한 순찰자 열 명으로. 한 시간 안에 출발 준비를 했으면 합니다."

"예, 알겠습니다. 그럼 지휘는요?"

"내가 할 겁니다."

에드의 입매가 평소보다 더 아래로 처졌다. "총사령관이 장벽 남쪽에 안전하고 따뜻하게 계시는 게 낫다고 생각할 사람도 있는뎁쇼. 제가 그렇다는 건 아니지만, 누군가는 그럴 수도 있다고요."

존은 미소 지었다. "그 누군가가 내 앞에서는 그런 말을 하지 않는 게 좋겠죠."

갑작스러운 돌풍에 에드의 망토가 시끄럽게 펄럭였다. "내려가시는 게 좋겠습니다. 이 바람이 우리를 장벽에서 밀어버릴 것 같은데, 제가 나는 재주는 못 배웠거든요."

그들은 권양기를 타고 다시 땅으로 내려갔다. 세차게 부는 바람은 어렸을 때 낸 할멈이 해주던 이야기 속 얼음 드래곤의 입김처럼 차가웠다. 무거운 쇠우리가 흔들거렸다. 가끔은 장벽을 긁기도 해서, 내려가는 동안 떨어지는 투명한 얼음 비가 햇빛을 받아 부서진 유리 조각처럼 반짝거렸다.

'유리라.' 존은 생각했다. '유리가 쓸모가 있을지 몰라. 캐슬블랙에도 윈터펠 같은 유리 정원이 필요해. 그러면 한겨울에도 채소를 기를 수 있을 거야.' 최고의 유리는 미르에서 왔는데, 깨끗하고 투명한 유리판은 같은 무게의 향신료만큼 비쌌고 녹색과 노란색 유리로는 소용이 없을 터였다. '필요한 건 황금이야. 돈만 충분하다면 미르에서 아예 유리 견습공과 직공을 사다가 북부로 데려와서, 우리 신병들에게 기술을 가르쳐주면 자유를 주겠다고 할 수도 있겠지.' 괜찮은 방법이 될 것이다. '돈만 있다면. 하지만 없지.'

장벽 아래에서는 고스트가 눈 더미 속을 뒹굴고 있었다. 이 커다란 흰 다이어울프는 갓 내린 눈을 좋아하는 것 같았다. 고스트는 존을 보자 벌떡 일어나더니 몸을 부르르 털었다. 구슬픈 에드가 물었다. "저 녀석이 같이 갑니까?"

"그래요."

"영리한 늑대입죠. 저는요?"

"에드는 안 가요."

"영리한 사령관님입니다. 고스트가 저보다 낫죠. 제겐 이제 야인들을 물어뜯을 이가 없거든요."

"신들이 자비로우시다면 야인들과 마주치지 않을 거예요. 회색 거세마를 탈게요."

캐슬블랙에 소문이 퍼졌다. 에드가 아직 회색 말에 안장을 얹고 있는데 보웬 마시가 쿵쿵대며 마당을 가로질러서 마구간 앞에 있는 존을 대면했다. "사령관님, 다시 생각하셨으면 합니다. 신병들은 성소 안에서도 서약을 할 수 있어요."

"성소는 새로운 신들의 집입니다. 옛 신들은 숲에 살고, 옛 신들을 받드는 사람은 영목에 둘러싸여 맹세를 합니다. 나만큼이나 잘 아실 텐데요."

"새틴은 올드타운 출신이고, 아론과 엠릭은 서부에서 왔습니다. 옛 신들은 그 녀석들의 신이 아니에요."

"난 병사들에게 어떤 신을 섬기라고 말하지 않아요. 일곱 신을 고르든, 붉은 여인이 섬기는 빛의 군주를 섬기든 자유입니다. 그런데 나무들을 골랐으니, 그에 따르는 위험도 감수해야죠."

"울보가 밖에서 지켜보고 있을지 모릅니다."

"눈이 내렸다 해도 숲까지는 두 시간도 안 걸려요. 밤이 깊어지기 전에는 돌아올 겁니다."

"너무 오래 걸립니다. 현명하지 못한 결정이에요."

"현명하진 못하지만, 필요한 결정입니다. 이 남자들은 밤의 경비대에 평생을 바치겠다고 맹세하고, 수천 년간 계속되어온 형제단에 합류하려 해요. 맹세의 말은 중요하고, 이 전통도 중요합니다. 이 맹세와 전통이 귀족이든 천민이든, 어리든 늙었든, 천하든 고귀하든 상관없이 우리 모두를 묶어주죠. 우리를 형제로 만들어줘요." 존은 보웬 마시의 어깨를 두드렸다. "약속합니다. 돌아올게요."

"그러겠지요, 사령관님." 집사장이 말했다. "하지만 살아서일까요, 아니면 눈이 파인 채 창에 꽂힌 머리로 돌아오실까요? 캄캄한 밤에 돌아오실 텐데다, 눈이 허리까지 쌓인 곳도 있습니다. 노련한 병사들을 데리고 가시는 건 좋습니다만, 블랙잭 불워도 이 숲을 잘 알았어요. 숙부이신 벤젠 스타크도—"

"나에겐 그 사람들에게 없었던 게 있어요." 존은 고개를 돌리고 휘파람을 불었다. "고스트, 이리 와." 다이어울프가 등에 묻은 눈을 흔들어 털고 존 옆으로 왔다. 순찰자들이 그 앞에서 갈라졌고, 암말 한 마리가 히힝거리며 물러서다가 로리가 고삐를 세게 당기자 멈췄다. "장벽은 보웬 공에게 맡깁니다." 그는 말고삐를 쥐고 장벽 아래를 구불구불 빠져나가는 차가운 터널 문으로 걸어갔다.

얼음벽 너머의 나무들은 두꺼운 흰 망토 아래 몸을 웅크린 채, 높고 고요하게 서 있었다. 순찰자들과 신병들이 대열을 갖추는 사이 고스트가 존의 말 옆을 걷다가 멈추더니 킁킁거렸다. 고스트의 입김이 허공에 부옇게 맺혔다. "뭔데?" 존이 물었다. "저기 누가 있어?" 존의 시야에 들어오는 숲은 텅 비었지만, 애초에 그가 썩 멀리까지 볼 수 있는 건 아니었다.

고스트가 숲 쪽으로 걸어가더니, 하얀 망토를 뒤집어쓴 소나무 두 그루 사이로 스며들어 눈구름 속으로 사라졌다. '고스트는 사냥을 하고 싶어 해. 하지만 무엇을?' 존은 다이어울프에 대해 걱정하지 않았다. 혹시라도 고스트와 마주친다면 야인들 쪽이 더 걱정이었다. '하얀 숲속에 하얀, 그것도 그림자처럼 조용한 늑대. 놈들은 고스트가 다가오는 줄도 모를 거야.' 쫓아가봐야 소용없다. 고스트는 제가 원할 때 돌아올 것이고, 그 전에는 오지 않는다. 존은 말에 박차를 가했다. 병사들이 주위에 정렬하고, 조랑말들의 발굽이 살얼음을 깨고 그 밑에 쌓인 폭신한 눈을 밟았다. 꾸준하게 걸어서 숲속으로 들어가는 일행의 등 뒤로 장벽이 점점 작아졌다.

병정소나무와 파수목은 하얀 외투를 두껍게 입었고, 활엽수의 헐벗은 갈색 가지에는 고드름이 주렁주렁 달렸다. 하얀 숲까지 가는 길은 대부분 잘 다져져 있었고 익숙했지만, 그래도 존은 톰 발리콘을 앞서 정찰 보냈다. 큰 리들과 롱타운의 루크가 동쪽과 서쪽 덤불 속으로 미끄러져 들어갔다. 일행 양옆을 따라 움직이다가 접근하는 것이 있으면 경고해줄 것이다. 모두 노련한 순찰자로 강철만이 아니라 흑요석으로도 무장했고, 도움을 청해야 할 때에 대비하여 안장에는 전투 나팔을 비끄러맸다.

나머지도 훌륭한 남자들이었다. '적어도 싸울 때는 훌륭한 남자들이고, 형제들에게 충성스럽지.' 장벽에 오기 전에 그들이 어땠을지는 장담할 수 없지만, 대부분이 지금 걸친 망토만큼 어두운 과거를 지녔으리라는 점은 의심하지 않았다. 그래도 이 북쪽에서는 존이 등을 맡기고 싶은 이들이었다. 다들 살을 에는 바람에 맞서 두건을 눌러썼고, 얼굴에 스카프를 둘러 이목구비를 가린 이들도 있었다. 그래도 존은 모두를 알았다. 모든 이름이 존의 심장에 새겨져 있었다. 그들은 존의 병사들, 존의 형제들이었다.

함께 말을 달리는 이가 여섯이 더 있었다. 젊은이와 늙은이, 큰 덩치와 작은 덩치, 노련한 자와 미숙한 자. '서약을 할 여섯 명.' 망아지는 몰스타운에서 나고 자랐고, 아론과 엠릭은 미의 섬에서 왔으며, 새틴은 웨스테로스 저 멀리 있는 올드타운 매춘굴에서 왔다. 다들 소년이나 다름없었다. 레더스와 잭스는 나이가 많아서 마흔 살이 훌쩍 넘었고, 귀신 들린 숲의 아들들이었으며 같은 부류의 아들들과 손자들을 두고 있었다. 존이 제안한 날 장벽까지 따라온 예순세 명의 야인 중 지금까지는 오직 이 둘만이 검은 망토를 걸치기로 결정했다. 강철 에멧은 여섯 명 모두 준비됐다고, 적어도 향상될 수 있는 만큼은 다 향상됐다고 했다. 에멧과 존과 보웬 마시는 각각을 차례차례 가늠해보고 배정했다. 레더스와 잭스와 엠릭은 순찰자, 망아지는 건설자, 아론과 새틴은 집사였다. 그들이 서약을 할 때가 왔다.

강철 에멧은 존이 평생 본 말 중에 제일 못생긴 말을 타고 대열 맨 앞을 달렸다. 털과 발굽으로만 이루어진 것 같은 덥수룩한 말이었다. "어젯밤에 할럿의 탑에서 말썽이 좀 있었다던데요." 훈련대장이 말했다.

"하딘의 탑이야." 몰스타운에서 존을 따라온 예순세 명 중에서 열아홉 명은 여자들이었다. 존은 언젠가 장벽에 막 도착했을 때 잤던 버려진 탑에 그들의 거처를 마련했다. 열두 명은 창 마누라여서 자기들은 물론이고 더 어린 소녀들도 검은 형제들의 달갑지 않은 관심으로부터 지킬 수 있었다. 하딘의 탑에 할럿(harlot, 매춘부)의 탑이라는 선동적인 새 이름을 붙인 건 그 여자들이 물리친 남자들이었다. 존은 그런 조롱을 용납할 생각이 없었다. "술에 취한 멍청이 세 놈이 하딘의 탑을 매춘굴로 착각했을 뿐이야. 지금은 얼음 감방에서 실수를 곱씹고 있지."

강철 에멧이 얼굴을 찡그렸다. "남자들은 남자들이고, 서약은 말에 불과하며, 말이란 바람일 뿐이죠. 여자들 있는 데 감시병들을 세워야 합니다."

"그 감시병들은 누가 감시하고?" '넌 아무것도 몰라, 존 스노우.' 그러나 존은 배웠고, 이그리트가 그의 선생이었다. 존도 자신의 맹세를 지킬 수 없었는데, 어떻게 형제들에게 그 이상을 기대할 수 있겠는가? 이 문제를 우습게 봐선 위험했다. 언젠가 이그리트가 말했었다. '남자는 여자를 가지거나, 칼을 가질 수 있어. 하지만 어떤 남자도 둘 다 가질 순 없지.' 보웬 마시가 아주 틀리지는 않았다. 하딘의 탑은 불똥이 튀기만 기다리는 불쏘시개였다. "성을 세 개 더 열 생각이야." 존이 말했다. "딥레이크, 세이블홀, 그리고 롱배로까지. 모두 우리 장교 지휘하에 자유민들로 수비군을 채울 거야. 롱배로는 지휘관과 집사장 빼고는 다 여자들로 채울 거고." 분명히 그래도 교제가 있겠지만, 거리가 멀면 엮이기 어려워지긴 할 터였다.

"그런 특별한 지휘 자리는 어느 불쌍한 바보가 맡는답니까?"

"내 옆을 달리고 있지."

강철 에멧의 얼굴에 스치는 공포와 환희가 뒤섞인 표정을 보는 건 황금 한 자루보다 더 가치 있었다. "제가 뭘 어쨌길래 이렇게 미워하십니까, 사령관님?"

존은 웃음을 터뜨렸다. "두려워 마. 혼자는 아닐 테니까. 구슬픈 에드를 자네 집사 겸 부지휘관으로 주려고 해."

"창 마누라들이 참으로 좋아하겠네요. 마그나에게 성을 하나 주지 그러세요."

존의 미소가 사그라들었다. "마그나를 믿을 수 있다면 그러겠지. 안타깝게도 시고른은 제 아버지의 죽음을 내 탓으로 여겨. 더 나쁜 건, 시고른이 명령을 받는 게 아니라 내리도록 훈련받으며 자랐다는 거야. 텐족을 자유민들과 혼동하지 마. 마그나라는 건 옛 언어로 '영주'라는 뜻이라고 들었지만, 스티르는 자기 백성들에게 신에 가까웠고, 그 아들도 마찬가지야. 난 병사들에게 무릎을 꿇길 요구하진 않지만, 그래도 복종은 해야 해."

"그래요, 사령관님. 그래도 마그나는 어떻게 하시는 게 좋을 겁니다. 무시하다간 텐족과 말썽이 생길 거예요."

'말썽이 곧 총사령관의 운명이지.' 존은 그렇게 말할 수도 있었다. 몰스타운 방문은 이미 그에게 말썽을 많이 안겨주었고, 여자들 문제는 제일 사소한 문제였다. 할렉은 걱정한 만큼 반항적이라는 사실을 증명했고, 검은 형제들 중에는 자유민을 뼛속 깊이 증오하는 이들이 있었다. 할렉의 추종자 한 명이 이미 훈련장에서 어느 건설자의 귀를 베어버렸는데, 그건 다가올 피바다의 맛보기에 불과할 듯했다. 하르마의 동생을 딥레이크나 세이블홀 수비군으로 보내기 위해서라도 빨리 옛 성채들을 열어야 했다. 그러나 지금 당장은 양쪽 다 인간이 거주하기에 적합하지 않았고, 오델 야웍과 그의 건설자들은 아직도 나이트포트를 복구하느라 애쓰고 있었다. 스타니스가 야인들을 다 도살장으로 몰고 가지 못하게 한 것이 큰 실수가 아니었나 하는 생각을 하는 밤도 더러 있었다. '난 아무것도 몰라, 이그리트. 그리고 어쩌면 영영 그럴지도 몰라.' 그는 생각했다.

영목 숲까지 800미터쯤 남은 곳에 이르자, 길고 붉은 가을 햇살이 잎이 진 나뭇가지들 사이로 비스듬히 떨어져 눈 더미를 분홍색으로 물들였다. 기수들은 얼음 갑옷을 입은 울퉁불퉁한 바위 두 개 사이 얼어붙은 개울을 건넌 후, 꼬불꼬불한 짐승 길을 따라 북동쪽으로 향했다. 바람이 불 때마다 눈보라가 허공을 가득 메우고 눈을 따갑게 찔렀다. 존은 스카프를 입과 코 위까지 끌어 올리고 망토 두건을 눌러썼다. "이제 얼마 안 남았다." 그가 병사들에게 말했다. 아무도 대답하지 않았다.

존은 보기도 전에 톰 발리콘의 냄새부터 맡았다. 아니면 냄새를 맡은 건 고스트였을까? 최근 존 스노우는 깨어 있을 때도 종종 다이어울프와 하나가 된 듯 느껴졌다. 거대한 흰 늑대가 먼저 나타나서 눈을 털어냈다. 몇 분 후에 톰이 나타났다. "야인입니다." 그는 존에게 조용히 말했다. "영목 숲 안에요."

존은 기수들을 멈춰 세웠다. "몇 명?"

"제가 센 건 아홉입니다. 병사는 없어요. 죽은 사람이 몇 있는 것 같은데, 자는 걸 수도 있고요 대부분 여자로 보입니다. 애 하나에 거인도 하나 있어요. 제가 본 건 하나뿐입니다. 불을 피워놔서 나무 사이로 연기가 오르고 있습니다. 멍청이들."

'아홉이라. 그리고 우리는 열일곱이지.' 그러나 네 명은 풋내기였고, 거인은 없었다.

그렇다고 장벽으로 후퇴할 마음은 없었다. '그 야인들이 아직 살아 있다면, 우리가 데려갈 수도 있어. 그리고 죽었다면…… 시체 한둘은 쓸모가 있을지도 몰라.' "도보로 계속 간다." 존은 얼어붙은 땅 위로 가볍게 내려서며 말했다. 눈이 발목까지 왔다. "로리, 페이트, 말들과 같이 있어." 신병들에게 말을 맡길 수도 있었지만, 신병들은 어차피 곧 피를 흘려봐야 했다. 지금이 좋은 기회였다. "흩어져서 초승달 대형으로. 삼면에서 영목 숲으로 접근했으면 한다. 사이가 너무 넓어지지 않게, 오른쪽과 왼쪽 사람이 보이는 거리를 유지해. 눈 때문에 발소리가 죽을 거다. 불시에 덮친다면 피가 흐를 가능성도 적지."

밤이 빠르게 내려앉고 있었다. 얇게 남은 태양의 마지막 조각이 서쪽 숲 아래로 빨려 들어가자 햇살이 사라졌다. 세상이 어두워지면서 색채가 빠져나가고, 분홍빛으로 물들었던 눈 더미가 다시 하얘졌다. 저녁 하늘이 너무 많이 빤 낡은 망토처럼 빛바랜 회색으로 변하고, 수줍은 첫 별들이 얼굴을 내밀었다.

저 앞에 검붉은 잎사귀를 왕관처럼 인, 영목일 수밖에 없는 희뿌연 나무줄기가 보였다. 존 스노우는 등 뒤로 손을 뻗어 '긴 발톱'을 검집에서 뺐다. 오른쪽 왼쪽을 보고, 새틴과 망아지에게 고개를 끄덕이고, 두 사람이 옆 사람들에게 뜻을 전달하는 모습을 지켜보았다. 그들은 숨소리 외에는 아무 소리도 내지 않고 오래된 눈 더미를 걷어차며 다 함께 영목 숲으로 달려들었다. 고스트가 존의 옆에 붙은 하얀 그림자가 되어 같이 달렸다.

영목들은 공터 가장자리에 원을 그리고 서 있었다. 아홉 그루가 나이와 크기가 거의 비슷했다. 모두 얼굴이 새겨져 있었는데, 비슷한 얼굴이 하나도 없었다. 미소 짓는 얼굴도, 비명 지르는 얼굴도 있었고 어떤 나무는 존에게 고함을 질렀다. 아득해지는 빛 속에서는 눈이 검게 보였지만, 존은 햇빛 속에서 본다면 그 눈이 피처럼 붉을 것을 알았다. '고스트의 눈처럼.'

숲 중앙에 있는 불은 초라하고 서글펐다. 재와 잉걸불 속에서 부러진 나뭇가지 몇 개가 천천히 타면서 연기를 올렸다. 그래도 그 불이 근처에 옹송그린 야인들보다는 생명력 있었다. 존이 걸어가자 반응한 야인은 한 명뿐이었다. 어린아이였는데, 어미의 너덜너덜한 망토를 붙잡고 울기 시작했다. 여자는 눈을 들더니 숨을 들이켰다. 그때쯤 영목 숲은 까만 장갑을 낀 손에 강철검을 번득이며 새하얀 나무 사이를 지나 살육할 태세를 갖춘 순찰자들이 빙 두르고 있었다.

거인이 마지막으로 그들을 알아차렸다. 불 옆에 몸을 말고 자다가, 아이의 울음소리 때문인지, 검은 장화 아래 부서지는 눈 소리 때문인지, 아니면 헉하는 숨소리 때문인지 깨어났다. 거인이 꿈틀거리는 모습은 마치 바윗돌이 살아나는 것 같았다. 거인은 콧김을 뿜으며 몸을 일으켜 앉더니, 햄 덩어리처럼 큰 두 손으로 눈을 비벼 잠을 쫓다가…… 손에 쥔 장검을 빛내는 강철 에멧을 보았다. 그는 노호하며 펄쩍 뛰어 일어났고, 거대한 손이 큰 망치를 쥐고 번쩍 들어 올렸다.

답으로 고스트가 이를 드러냈다. 존은 늑대의 목덜미를 잡았다. "우린 여기에서 싸우고 싶지 않다." 존의 병사들이 거인을 쓰러뜨릴 수 있지만, 대가가 없지는 않을 터였다. 일단 피가 흐르면 야인들도 싸움에 합류할 것이다. 그들 대부분, 아니면 전부가 여기에서 죽을 테고 존의 형제들도 몇 명은 죽을 것이다. "여긴 성스러운 곳이다. 항복하면 우리가—"

거인이 다시 나뭇잎을 죄 흔드는 소리를 지르더니, 망치로 땅을 내리쳤다. 거의 2미터에 이르는 울퉁불퉁한 떡갈나무 자루에 머리는 빵 덩어리처럼 큰 망치였다. 충격으로 땅이 흔들렸다. 다른 야인 몇 명이 재빨리 무기를 찾았다.

존 스노우가 긴 발톱에 손을 대려는데, 멀리 서 있던 레더스가 입을 열었다. 걸걸하고 으르렁대는 소리였지만, 존은 그 소리에 담긴 음악을 듣고 옛 언어임을 알았다. 레더스는 한참이나 말을 했다. 그가 말을 끝내자 거인이 대답했다. 으르렁거리는 소리에 가끔 끙끙대는 소리가 섞였고, 존은 한마디도 알아들을 수 없었다. 그러나 레더스가 나무들 쪽을 가리키면서 또 무슨 말인가를 하자, 거인이 나무들 쪽을 가리키며 이를 갈더니 망치를 떨궜다.

"됐습니다." 레더스가 말했다. "싸움을 원치 않아요."

"잘했어. 뭐라고 말했지?"

"이들은 우리의 신이기도 하다고요. 우리는 기도하러 왔다고 했습니다."

"그럴 거야. 다들 무기를 치워. 오늘 여기에선 피를 흘리지 않을 거다."

톰 발리콘이 야인은 아홉 명이라고 했는데, 실제로 아홉이었다. 다만 둘은 죽었고 하나는 아침이면 죽을 것같이 약했다. 남은 여섯은 어미와 아이, 노인 둘, 낡은 청동 갑옷을 입은 다친 텐족이 하나, 그리고 맨발에 동상을 너무 심하게 입어서 언뜻 봐도 다시는 걷지 못하겠구나 싶은 뿔발족 하나였다. 나중에 알았지만 영목 숲에 왔을 때만 해도 그들 대부분은 서로 모르는 사이였다. 스타니스가 만스 레이더의 대군을 분쇄했을 때, 학살을 피해 숲으로 달아나서 한동안 헤매다가 추위와 굶주림에 친구와 친족을 잃었고, 결국에는 계속 움직이기에도 너무 지치고 약해져서 여기로 떠밀려 왔다고 했다. "신들이 여기 계시니까." 노인 하나가 말했다. "여기도 죽기 좋은 곳이지."

"여기서 몇 시간만 남쪽으로 가면 장벽이야." 존이 말했다. "왜 장벽에 피신하지 않지? 다른 사람들은 항복했네. 만스까지도."

야인들은 시선을 교환했다. 마침내 한 명이 말했다. "이야기를 들었어. 까마귀들이 항복한 자들을 다 불태웠다고."

"만스까지도." 여자가 덧붙였다.

'멜리산드레. 당신과 당신의 신은 책임질 게 정말 많군요.' 존은 생각했다. "원하는 사람은 누구든 우리와 함께 돌아가도 좋아. 캐슬블랙에는 음식과 거처가 있고, 이 숲을 돌아다니는 것들로부터 안전하게 지켜줄 장벽도 있어. 약속하지. 아무도 불타지 않아."

"까마귀의 말이란." 여자가 아이를 꽉 끌어안으며 말했다. "네가 약속을 지킬 수 있다고 누가 장담해? 네가 누군데?"

"밤의 경비대 총사령관이고, 윈터펠의 에다드 스타크의 아들이지." 존은 톰 발리콘을 돌아보았다. "로리와 페이트에게 말들을 데려오라 이르게. 여기에 꼭 필요한 시간 이상은 조금도 더 머물고 싶지 않아."

"분부 받듭니다, 사령관님."

출발하기 전에 남은 게 한 가지 있었다. 애초에 여기까지 온 이유였다. 강철 에멧이 훈련시킨 신병들을 불렀고, 그들은 나머지 일행이 적절한 거리를 두고 지켜보는 가운데 영목들 앞에 무릎을 꿇었다. 그 무렵엔 마지막 햇빛도 다 사라지고 없었다. 빛이라곤 하늘에 뜬 별빛과 공터 한가운데에서 사위어가는 희미하고 붉은 불빛뿐이었다.

검은 두건에 두껍게 얼굴을 가린 여섯 명은 그림자를 깎아 만든 사람 같았다. 함께 외치는 그들의 목소리는 광활한 밤하늘 아래 작기만 했다. "밤이 오고 이제 나의 감시가 시작되니." 그들은 이전의 수천 명이 했던 말을 했다. 새턴의 목소리는 노랫가락처럼 달콤했고, 망아지의 목소리는 거칠고 뚝뚝 끊어졌으며, 아론의 목소리는 긴장해서 끽끽거렸다. "죽을 때까지 끝나지 않으리라."

'그 죽음이 오랜 후에야 찾아오기를.' 존 스노우는 눈밭에 한쪽 무릎을 댔다. '내 아버지의 신들이시여, 이 남자들을 지켜주소서. 그리고 어디에 있는지 모를 제 동생 아리아도 지켜주소서. 만스가 아리아를 찾아서 제게 무사히 데려오게 해주시길 기도합니다.'

"나는 아내를 두지 않고, 땅을 갖지 않으며, 아이를 만들지 않으리라." 신병들이 몇 년, 몇백 년 과거까지 메아리치는 목소리로 다짐했다. "어떤 왕관도 쓰지 않고 어떤 영광도 취하지 않으리라. 내가 맡은 자리에서 살고 죽으리라."

'숲의 신들이시여, 제게도 똑같이 할 힘을 주십시오.' 존 스노우는 소리 없이 기도했다. '제게 꼭 해야 할 일을 알 지혜와 그 일을 해낼 용기를 주십시오.'

"나는 어둠 속의 검이요—" 여섯 명이 말했고, 존에게는 그들의 목소리가 달라진 듯 들렸다. 더 강해지고, 더 확고해지는 것 같았다. "장벽 위의 감시자로다. 나는 추위에 맞서 타는 불이요, 새벽을 가져오는 빛, 잠자는 이들을 깨우는 나팔이자, 인간의 나라를 지키는 방패로다."

'인간의 나라를 지키는 방패.' 고스트가 존의 어깨에 코를 들이밀었고, 존은 한쪽 팔로 늑대를 안았다. 망아지의 빨지 않은 바지 냄새, 새틴이 수염에 빗질해 바른 달콤한 향기, 날카로운 공포의 악취, 거인의 압도적인 사향내를 맡을 수 있었다. 스스로의 심장이 뛰는 소리를 들을 수 있었다. 저편에 있는 여자와 아이, 두 노인, 발이 불구가 된 뽈발족을 볼 때 존에게 보이는 것은 그저 '인간들'이었다.

"내 목숨과 명예를 밤의 경비대에 바치노라. 이 밤은 물론이고 앞으로 올 모든 밤에."

존 스노우가 제일 먼저 일어섰다. "이제 밤의 경비대원으로 일어서라." 그는 망아지에게 손을 내밀고 당겨 일으켰다.

바람이 거세지고 있었다. 갈 시간이었다.

돌아가는 길은 올 때보다 훨씬 오래 걸렸다. 거인은 다리가 길고 굵은 데도 둔중하게 걸었고, 끊임없이 멈춰 서서 망치로 낮게 늘어진 가지에 쌓인 눈을 쳐냈다. 여자는 로리와 같이, 여자의 아들은 톰 발리콘과 같이, 노인들은 망아지와 새틴과 같이 말을 탔다. 그러나 텐족은 말을 무서워했고 부상을 입고서도 절뚝이며 걷는 쪽을 선호했다. 뽈발족은 안장에 앉지 못해서 곡식 자루처럼 조랑말 등에 비끄러매야 했다. 도저히 일으킬 수 없었던, 팔다리가 나뭇가지처럼 마른 창백한 노파도 마찬가지였다.

시체 두 구도 말 등에 매자 강철 에멧은 어리둥절해했다. "속도만 늦어질 뿐입니다, 사령관님. 토막 내서 불태워야 합니다." 그는 존에게 말했다.

"아니야. 데려간다. 쓸데가 있어."

집으로 가는 길을 인도할 달은 없었고, 가끔 별밭이 나타날 뿐이었다. 세상은 흑백으로 고요했다. 길고, 느리고, 끝이 없는 여정이었다. 장화와 바지에 눈이 달라붙었고, 바람에 소나무가 뒤흔들리고 망토 자락이 요란하게 펄럭였다. 존은 머리 위, 거대한 나무들의 헐벗은 가지 사이로 그들을 내려다보는 붉은 방랑자를 보았다. 자유민들은 그 별을 '도둑'이라 불렀다. 이그리트는 여자를 훔치기 제일 좋은 때는 '도둑'이 '달 처녀' 속에 있을 때라고 늘 주장했었다. 거인을 훔치기 좋은 때가 언제인지는 말한 적이 없었다. '시체 두 구도 그렇고.'

장벽이 다시 보였을 때는 거의 새벽이 다 되어서였다.

다가가자 보초병의 나팔 소리가 그들을 맞이했다. 높은 곳에서 울리는 소리가 마치 거대한 새의 굵은 울음소리 같았다. 한 번의 긴 나팔 소리, '순찰자들이 돌아왔다'는 뜻이었다. 큰 리들이 전투 나팔을 풀어 화답했다. 문 앞에서 잠시 기다리자 구슬픈 에드 톨렛이 나타나서 빗장을 풀고 철창을 열었다. 에드는 남루한 야인 무리를 보더니 입술을 오므린 채 거인을 오랫동안 쳐다보았다. "저 친구를 통과시키려면 버터라도 발라 밀고 가야겠습니다, 사령관님. 저장고에 사람을 보낼까요?"

"아, 들어갈 거예요. 버터는 없어도 돼요."

실제로 그랬다……. 네 발로 기어서 들어갔다. '큰 거인이야. 못해도 4미터는 넘겠어. 강대한 마그보다 더 크잖아.' 마그는 바로 이 얼음벽 아래에서, 도날 노이와 사투를 벌이다 죽었다. '훌륭한 남자였지. 경비대는 훌륭한 사람을 너무 많이 잃었어.' 존은 레더스를 한쪽으로 데려갔다. "저 거인을 책임지게. 자넨 거인의 말을 할 수 있으니까, 먹이고 불가에 따뜻한 자리를 찾아줘. 옆에 있으면서 아무도 저 친구를 도발하지 못하게 해."

"예." 레더스는 머뭇거리다가 덧붙였다. "사령관님."

살아 있는 야인들은 부상과 동상을 치료하게 보냈다. 대부분은 뜨거운 음식과 따뜻한 옷으로 회복되지 않을까 기대했지만, 뿔발족은 두 발을 잃을 듯했다. 가져온 시체들은 얼음 감방으로 보냈다.

존은 문 옆에 망토를 걸면서 클라이다스가 왔다 갔음을 알아차렸다. 개인방 탁자 위에 편지가 한 통 남겨져 있었다. '이스트워치 아니면 섀도타워겠지.' 처음에는 그렇게 생각했다. 그러나 밀랍이 검은색이 아니라 금색이었다. 찍힌 인장은 불타는 심장 안에 든 수사슴 머리였고. '스타니스야.' 존은 굳은 밀랍을 쪼개고 돌돌 말린 양피지를 펴서 읽었다. '쓴 사람은 학사지만 국왕의 말이로군.'

스타니스가 딥우드모트를 탈환했고, 고산 부족들이 합세했다. 플린트, 노리, 월, 리들, 전부 다.

그리고 곰섬의 딸로부터 예상치 못한, 그러나 가장 반가운 도움도 받았다. 알리산 모르몬트라고, 병사들에게 암곰이라 불리는 여자인데, 어선 무리에 전사들을 숨겨두었다가 강철인들이 물가를 떠날 때 기습했다. 그레이조이의 장선들은 불타거나 우리 손에 들어왔고, 선원들은 죽거나 항복했다. 선장, 기사, 이름난 전사와 다른 고귀한 출신은 몸값을 받거나 다른 데 이용하고, 나머지는 목매달 생각이다…….

밤의 경비대는 왕국의 싸움과 분쟁에서 편을 들지 않기로 맹세했다. 그럼에도 존 스노우는 만족감을 느낄 수밖에 없었다. 그는 편지를 계속 읽었다.

……우리의 승리에 대한 소문이 퍼지면서 북부인들이 더 모여들고 있다. 늑대 숲 깊은 곳에 숨었던 어민, 자유기수, 산골민, 소농과 강철인들을 피하려 해안에 있는 집을 버리고 달아났던 마을 주민. 그리고 윈터펠 성문 밖 전투에서 살아남은 생존자들로, 예전에는 혼우드와 세르윈, 톨하트에게 충성을 맹세했던 자들이다. 편지를 적는 지금 우리는 오천 강병이며, 매일 수가 불어나고 있다. 그리고 루스 볼턴이 서자를 네 이복누이와 결혼시키기 위해 전 병력을 대동하고 윈터펠로 향한다는 소식이 들어왔다. 볼턴이 윈터펠을 예전처럼 견고하게 복구하도록 해서는 안 된다. 우리는 놈과 맞서기 위해 진군한다. 아놀프 카스타크와 모스 엄버가 합류할 것이다. 할 수 있다면 네 동생을 구하겠다. 램지 스노우보다는 나은 상대도 찾아주고. 너와 네 형제들은 내가 돌아갈 수 있게 될 때까지 장벽을 사수해야 한다.

서명은 편지 내용과 필적이 달랐다.

안달인, 로인인, 최초인의 왕이자 칠왕국의 주인, 왕국의 수호자 스타니스 바라테온 1세의 서명과 인장 아래, 신의 빛 속에 씀.

존이 편지를 내려놓자마자 양피지는 품고 있는 비밀을 지키려는 듯 다시 말렸다. 방금 읽은 내용에 어떤 기분이 드는지 확실히 알 수 없었다. 전에도 윈터펠 앞에서 전투는 벌어졌지만, 양군 어디에도 스타크가 없는 전투는 한 번도 없었다. "그 성은 껍데기야. 윈터펠이 아니라, 윈터펠의 망령일 뿐이야." 말은 그렇게 했지만, 큰 소리로 말하기는커녕 그런 생각만 해도 고통스러웠다. 그래도 여전히…….

늙은 까마귀 밥이 싸움에 몇 명이나 데려갈지, 아놀프 카스타크가 병사를 얼마나 모을 수 있을지 궁금했다. 엄버 가문의 병력 절반은 창녀잡이와 함께 전장 반대편, 드레드포트의 껍질 벗겨진 남자 깃발 아래에서 싸울 테고, 애초에 두 가문 모두 병력 대부분이 롭과 함께 남쪽으로 갔다가 돌아오지 못했다. 폐허가 되었다 해도 윈터펠은 누구든 안에 들어간 쪽에 상당한 이점을 제공할 것이다. 로버트 바라테온이라면 즉시 이동하여 그 유명한 강행군과 야밤의 질주로 재빨리 성을 확보했을 텐데. 그 동생이 그만큼 대담할까?

'아닐걸.' 스타니스는 신중한 지휘관이었고, 그의 군대는 산악민과 남부 기사, 왕의 병사와 왕비의 병사가 뒤섞이고 북부 영주 몇 명을 뿌린 덜 된 스튜였다. '윈터펠로 빨리 움직이든가, 아니면 아예 가지 말아야 해.' 존은 생각했다. 왕에게 충고하는 건 존의 몫이 아니었지만……

그는 편지를 다시 보았다. '할 수 있다면 네 동생을 구하겠다.' '할 수 있다면'이라고 퉁명스럽게 잘라 말한 데다 '램지 스노우보다는 나은 상대도 찾아주고'라는 말을 덧붙이기도 했지만, 스타니스치고는 놀라울 정도로 상냥한 감정 표현이었다. 하지만 만약 구해야 할 아리아가 거기에 없다면? 멜리산드레 사제의 불길이 말한 게 사실이라면? 동생이 정말로 그런 자들에게서 탈출할 수 있을까? '어떻게 해내겠어? 아리아는 언제나 잽싸고 영리했지만, 그래봤자 어린 여자애에 불과하고 루스 볼턴은 그렇게 가치가 큰 상품을 부주의하게 다룰 작자가 아니야.'

애초에 볼턴이 아리아를 손에 넣지 못했다면? 이 결혼식은 오직 스타니스를 덫에 꾀어 들일 책략일 수도 있었다. 존이 아는 한 에다드 스타크에게는 드레드포트의 영주에 대해 불평할 이유가 없었지만, 그런데도 그 속삭이는 목소리와 색이 엷디엷은 눈동자를 절대 믿지 않았다.

'죽어가는 말을 타고 결혼식에서 도망치는 회색 소녀.' 그 말의 힘 때문에 만스 레이더와 여섯 창 마누라를 북부로 보냈다. "젊고 예쁜 여자들로." 만스는 그렇게 말했다. 타 죽지 않은 왕은 이름도 몇 개 댔고, 그들을 몰스타운에서 빼내는 나머지 일은 구슬픈 에드가 했다. 지금 생각하니 미친 짓 같았다. 만스가 정체를 드러냈을 때 쓰러뜨리는 편이 나았을 것이다. 존은 마뜩잖긴 해도 장벽 너머 왕이었던 자에게 일말의 존경심을 느꼈지만, 생각해보면 그 남자는 서약을 깬 변절자였다. 멜리산드레는 더 믿음이 가지 않았다. 그런데도 어쩌다 보니 지금 존은 그 둘에게 희망을 걸고 있었다. '다 동생을 구하기 위해서였어. 그렇지만 밤의 경비대원에겐 동생이 없지.'

윈터펠에 살던 소년이었던 시절, 존의 영웅은 열네 살의 나이로 도르네를 정복한 소년 왕 '젊은 드래곤'이었다. 서자임에도, 아니 어쩌면 서자라서, 존 스노우는 다에론 왕처럼 병사들을 이끌고 영광스러운 길에 나서고, 정복자로 성장하는 꿈을 꾸었었다. 이제 그는 어른이었고 장벽이 그의 책임이었으나, 가진 것이라곤 의심뿐이었다. 그는 의심조차 정복하지 못하는 사람 같았다.

대너리스

임시 거주 구역의 악취가 어찌나 끔찍한지, 대니는 구역질을 하지 않기 위해 온 힘을 다해야 했다.

바리스탄 경은 코를 찡그리고 말했다. "전하께서 이런 곳에서 이런 더러운 공기를 들이마셔선 안 됩니다."

"나는 드래곤 혈통이오." 대니는 기사를 일깨웠다. "이질에 걸린 드래곤을 본 적 있소?" 비세리스가 자주 주장하길 타르가르옌은 평범한 사람들을 괴롭히는 전염병에 영향받지 않는다고 했는데, 아직까지는 사실이었다. 대니에게 춥고 배고프고 겁에 질린 기억은 있었으나, 아팠던 기억은 없었다.

"그렇다 해도 안 됩니다." 노기사가 말했다. "전하께서 도시로 돌아가신다면 제 마음이 좀 나아지겠습니다." 다양한 색깔의 벽돌로 쌓은 미린의 벽은 800미터쯤 뒤에 있었다. "적리병은 여명 시대부터 모든 군대에게 골칫거리였습니다. 식량은 저희가 나눠주겠습니다, 전하."

"내일은 맡기지. 지금은 이미 왔고, 보고 싶소." 대니는 은마에 박차를 가했다. 다른 이들이 뒤따라 말을 몰았다. 조고는 앞에서, 아고와 라카로는 바로 뒤에서 달리며 긴 도트락 채찍을 손에 쥐고 병자와 죽어가는 자를 물리쳤다. 바리스탄 경은 얼룩무늬 회색 말을 타고 오른쪽을 달렸다. 왼쪽에는 자유 형제단의 줄무늬 등 사이먼과 어머니의 병사들을 지휘하는 마르셀렌이 있었다. 60명의 병사들이 대장들 뒤를 바싹 따르며 식량 마차를 보호했다. 모두 기마병으로 도트락인과 놋쇠 짐승단과 해방 노예였고, 오직 이 임무에 대한 혐오감에서만 하나로 뭉쳤다.

그들 뒤로 비틀거리며 따라오는 아스타포인들이 이루는 섬뜩한 행렬은 갈수록 길어졌다. 어떤 이들은 대니가 이해하지 못하는 언어로 말했다. 또 어떤 이들은 말도 하지 못했다. 은마가 지나가자 대다수가 대니에게 두 손을 들어 올리거나 무릎을 꿇었다. "어머니." 그들은 아스타포어로, 리스어로, 볼란티스어로, 후음 강한 도트락어와 콰스의 물 흐르는 듯한 말로, 심지어는 웨스테로스의 공용어로도 대니를 불렀다. "어머니, 제발……. 어머니, 제 언니를 도와주세요. 아파요……. 제 아이들에게 줄 음식을……. 제발, 제 늙은 아비가……. 그이를 도와주세요……. 저이를 도와주세요……. 저를 도와주세요……."

'내가 줄 수 있는 도움이 더는 없어.' 대니는 절망하며 생각했다. 아스타포인들에겐 갈 곳이 없었다. 수천 명이 미린의 두꺼운 벽 바깥에 머물렀다. 남자와 여자와 아이, 노인과 어린 여자애와 갓난아기가. 많은 수가 아팠고, 대부분이 굶주렸으며, 모두가 죽을 운명이었다. 대너리스도 감히 성문을 열어 그들을 들일 수는 없었다. 그들을 위해 할 수 있는 일은 하려고 해보았다. 치료사, 푸른 은총자와 주술 노래꾼과 이발사 겸 의사를 보냈지만, 그들 중에도 일부가 병에 걸렸고, 그 누구의 기술도 '하얀 암말'을 따라온 적리병의 급속한 확산을 늦추지 못했다. 건강한 이들을 병자와 분리해봐도 실효가 없었다. 대니의 충실한 방패들이 시도해보았다. 아스타포인들이 울고 발길질을 하고 돌을 던지는데도 남편을 아내에게서, 아이를 어미에게서 떼어놓았다. 그러나 며칠 후면 병자들은 죽고 건강하던 이들은 병들었다. 분리해봐야 아무 소용이 없었다.

그들을 먹이는 일도 힘들어졌다. 대니는 매일 그들에게 가능한 만큼 식량을 보냈지만, 갈수록 사람은 늘어나고 식량은 줄어들었다. 식량을 싣고 갈 마부들을 찾기도 점점 힘들어졌다. 여기로 보낸 남자들 중 너무 많은 수가 적리병에 걸렸다. 또 어떤 이들은 도시로 돌아오는 길에 습격을 받았다. 어제만 해도 짐마차 한 대가 뒤집히고 대니의 병사 두 명이 살해당했기에, 오늘은 여왕이 직접 식량을 가져가겠다고 결심하기에 이르렀다. 레즈낙과 민머리는 물론이고 바리스탄 경까지 여왕의 조언자들 모두가 미친 듯이 반대했지만, 대너리스는 굽히지 않고 고집스럽게 말했다. "내 저들을 외면하진 않겠소. 여왕은 백성들의 고통을 알아야 하는 법."

그들에게 부족하지 않은 단 하나가 고통이었다. "많은 수가 아스타포에서 뭔가를 타고 왔지만, 말도 노새도 남지 않았습니다." 마르셀렌이 보고하기를 그랬다. "모조리 잡아먹었습니다, 폐하. 잡을 수 있는 쥐와 들개도 다 잡아먹었습니다. 이제 몇몇은 시체도 먹기 시작했습니다."

"인간이 인간의 살을 먹어선 안 됩니다." 아고가 말했다.

"잘 알려진 사실입니다." 라카로가 맞장구를 쳤다. "저주를 받게 됩니다."

"이미 저주는 받았어." 줄무늬 등 사이먼이 말했다.

배가 부어오른 아이들이 그들을 따라왔다. 너무 약하거나 겁에 질려서 빌지도 못했다. 눈이 푹 꺼진 여윈 남자들이 모래와 돌 사이에 쭈그려 앉아서, 냄새나는 갈색과 붉은색 물설사로 생명을 흘려보냈다. 대니의 명으로 파놓은 도랑까지 기어갈 기운도 없어진 상당수는 잠자던 자리에서 쌌다. 여자 둘이 새까맣게 탄 뼈를 두고 싸웠다. 근처에서는 열 살배기 소년이 쥐를 먹고 있었다. 누가 제 포획물을 빼앗으려고 할까 봐 한 손에는 날카로운 막대기를 움켜쥐고, 한 손으로 먹었다. 사방에 묻지 못한 시체들이 널렸다.

대니는 까만 외투를 입고 흙 속에 대자로 뻗은 남자를 보았는데, 말을 몰아 지나가자 그 외투가 천 마리 파리가 되어 사라졌다. 뼈만 앙상한 여자들이 죽어가는 아기들을 붙들고 땅바닥에 주저앉아 있었다. 그들의 눈이 대니를 따라왔다. 힘이 있는 이들은 외쳤다. "어머니…… 제발, 어머니…… 복 받으세요, 어머니……."

'나보고 복 받으라고.' 대니는 씁쓸하게 생각했다. '너희 도시는 재와 뼈가 되어버렸고, 사방에서 사람들이 죽고 있다. 나에겐 너희에게 줄 피난처도, 약도, 희망도 없어. 퀴퀴한 빵과 벌레가 꾄 고기, 딱딱한 치즈, 얼마 안 되는 우유뿐. 복 받을 나지. 복 받을 나야.'

아이들에게 줄 젖도 없는 어미가 어떤 어미란 말인가?

"너무 많이 죽었습니다." 아고가 말했다. "태워야 합니다."

"누가 태운단 말인가?" 바리스탄 경이 물었다. "사방이 적리병이야. 매일 밤 백 명씩 죽네."

"죽은 자를 만지는 건 좋지 않아요." 조고가 말했다.

"잘 알려진 사실입니다." 아고와 라카로가 함께 말했다.

"그럴지도 모르지만, 그래도 해야 하는 일이지." 대니는 잠시 생각하고 말했다. "거세병들은 시체를 두려워하지 않아. 회색 벌레에게 말하겠네."

"폐하." 바리스탄 경이 말했다. "거세병들은 폐하의 제일가는 전사들입니다. 거세병들에게 이 역병이 퍼지는 위험은 감수할 수 없습니다. 아스타포인들의 시체는 아스타포인이 묻게 하십시오."

"그러기엔 너무 약해요." 줄무늬 등 사이먼이 말했다.

대니가 말했다. "식량을 더 주면 강해질지 모르지."

사이먼은 고개를 저었다. "식량을 죽어가는 이들에게 낭비해선 안 됩니다, 폐하. 산 사람들 먹일 것도 충분치 않습니다."

틀린 말이 아닌 줄은 알지만, 그렇다고 듣기 편해지는 건 아니었다. "이 정도면 충분히 멀리 왔어." 여왕은 결정을 내렸다. "여기에서 먹이지." 대니가 한 손을 들어 올리자 뒤에 따라오던 짐마차들이 덜컥거리며 멈춰 섰고, 기수들이 식량에 달려드는 아스타포인들을 막기 위해 산개했다. 일행이 멈추자마자 고통받는 사람들이 절뚝이고 휘청거리며 짐마차로 다가왔고 주위에 점점 사람이 많아졌다. 기수들은 그들을 멈춰 세우려고 고함을 쳤다. "차례를 기다려라. 밀지 마. 뒤로. 뒤로 물러서라. 모두에게 빵이 간다. 차례를 기다려라."

대니는 앉아서 지켜볼 수밖에 없었다. "경." 그녀는 바리스탄 셀미에게 말했다. "우리가 할 수 있는 일이 더 없나? 비축분이 있을 텐데."

"전하의 병사들을 위한 비축분입니다. 오랜 포위전을 버텨야 할지도 모릅니다. 폭풍 까마귀와 둘째 아들들이 융카이인들을 괴롭힐 순 있지만, 진군 방향을 돌리진 못할 겁니다. 전하께서 허락만 하시면 군대를 모아……."

"전투를 해야 한다면 미린 성벽 안에서 싸우겠네. 융카이는 내 성곽을 두들겨보라지." 여왕은 주위에 펼쳐진 장면을 둘러보았다. "우리가 식량을 똑같이 나눈다면……."

"……아스타포인들은 며칠 만에 자기들 몫을 다 먹어버릴 테고, 우리는 포위전에 대비할 식량이 극히 줄어들겠지요."

대니는 임시 거주 구역 너머, 미린의 다채로운 벽돌벽을 보았다. 공기 중에 파리와 울음소리가 가득했다. "신들이 나를 꺾으려 이 역병을 보내셨네. 죽는 사람이 너무 많아……. 저들이 시체를 먹게 하진 않겠어." 대니는 아고를 가까이 불렀다. "성문으로 달려가서 회색 벌레와 거세병 50명을 데려와라."

"칼리시. 당신의 피 중의 피가 복종하나이다." 아고가 발꿈치로 말 옆구리를 차고 달려갔다.

바리스탄 경은 걱정을 잘 숨기지도 못한 채 그 모습을 지켜보았다. "여기 오래 머무셔선 안 됩니다, 전하. 아스타포인들은 분부대로 먹이고 있습니다. 저 불쌍한 이들에게 우리가 해줄 수 있는 일은 별로 없습니다. 도시로 돌아가야 합니다."

"경은 가고 싶으면 가게. 붙잡진 않겠어. 누구도 붙잡지 않아." 대니는 말에서 훌쩍 내려섰다. "내가 저들을 치유할 수는 없지만, 저들의 어머니가 마음을 쓴다는 걸 보여줄 순 있지."

조고가 헉하고 숨을 들이켰다. "칼리시, 안 됩니다." 조고가 말에서 내리자 땋은 머리에 달린 종이 조용히 흔들렸다. "더 가까이 가시면 안 됩니다. 칼리시를 만지게 하시면 안 됩니다! 안 됩니다!"

대니는 그를 지나쳐 걸었다. 몇 걸음 떨어진 땅바닥에 노인이 하나 누워서 신음하며 구름의 회색 밑면을 올려다보고 있었다. 대니는 그 옆에 무릎을 대고, 냄새에 코를 찡그리며 노인의 지저분한 회색 머리카락을 넘겨 이마를 만졌다. "불이 붙은 듯 뜨겁구나. 씻길 물이 필요하다. 바닷물도 될 거야. 마르셀렌, 물을 좀 퍼다 주겠나? 불을 피울 기름도 필요하다. 누가 나를 도와 죽은 자들을 태우겠는가?"

아고가 회색 벌레와 거세병 50명을 달고 돌아왔을 때쯤에는 모두가 부끄러워하며 대니를 돕고 있었다. 줄무늬 등 사이먼과 그 부하들은 산 사람들에게서 시신을 떼어내어 쌓았고, 조고와 라카로와 도트락 전사들은 아직 걸을 수 있는 이들을 도와 바닷가로 가서 몸을 씻고 옷을 빨게 도왔다. 아고는 다들 미쳤다는 듯이 쳐다보았지만, 회색 벌레는 여왕 곁에 무릎을 꿇고 말했다. "이 몸이 돕겠습니다."

정오가 오기 전에 십여 개의 불이 타올랐다. 기름기 도는 검은 연기 기둥들이 솟아올라 무자비한 파란 하늘을 더럽혔다. 화장불에서 물러서는 대니의 승마복은 검댕이 묻고 얼룩져 있었다. "폐하." 회색 벌레가 말했다. "이 몸과 이 몸의 형제들이 저희의 위대한 여신의 법에 따라 몸을 정화할 수 있도록, 여기 일을 끝내면 소금 바다에 목욕하는 것을 허락해주십시오."

여왕은 거세병들에게 그들만의 여신이 있다는 사실을 처음 알았다. "그 여신이 누구지? 기스의 신인가?"

회색 벌레는 곤란한 표정이었다. "여신께선 많은 이름으로 불리십니다. 창의 귀부인이자 전투의 신부, 군대의 어머니이시지만 진정한 이름은 그분의 제단에 남성을 불태워 바친 이 불쌍한 놈들만이 알고 있습니다. 다른 이들에게 그분의 이름을 말할 수는 없습니다. 용서를 빕니다."

"원한다면 그리하라. 그래, 원한다면 목욕을 해도 좋아. 도와줘서 고맙구나."

"저희는 폐하를 섬기기 위해 삽니다."

대너리스가 팔다리가 쑤시고 심장이 아픈 채로 피라미드에 돌아가보니, 미산데이가 오래된 두루마리를 읽는 가운데 이리와 지키가 라카로에 대해 말다툼을 하고 있었다. "넌 그이에게 너무 말랐어." 지키가 말했다. "남자애나 다름없는 몸이잖아. 라카로는 남자애들과 자지 않아. 잘 알려진 사실이지." 그러자 이리가 마주 쏘아붙였다. "네가 암소나 다름없다는 것도 잘 알려졌지. 라카로는 암소와 자지 않아."

"라카로는 내 피 중의 피다. 라카로의 삶은 너희가 아니라 나에게 속해 있어." 대니는 둘에게 말했다. 라카로는 미린을 떠나 있던 동안 키가 15센티는 컸고 팔다리에 근육이 두툼하게 붙었으며 머리채에는 종을 네 개 달고 돌아왔다. 이제는 아고와 조고보다 더 컸고, 대니의 시녀들도 둘 다 그 사실을 눈여겨보았다. "이제 조용히 하거라. 목욕을 해야겠다." 대니는 이렇게나 지저분하게 느껴진 적이 없었다. "지키, 이 옷을 벗게 도와준 다음 가져가서 태우거라. 이리, 퀘자에게 뭔가 가볍고 시원한 옷을 찾아 오라 일러라. 낮이 무척 더웠다."

테라스에는 서늘한 바람이 불었다. 대니는 수조에 들어서며 기분 좋은 한숨을 내쉬었다. 대니의 명에 따라 미산데이가 옷을 벗고 따라 들어왔다. "어젯밤에 아스타포인들이 벽을 긁는 소리를 들었어요." 어린 서기는 대니의 등을 닦으며 말했다.

이리와 지키가 눈빛을 교환했다. "긁는 사람 같은 건 없었어." 지키가 말했다. "긁다니…… 어떻게 긁을 수가 있지?"

"두 손으로요." 미산데이가 말했다. "벽돌이 오래되어 부서져가니까요. 그 사람들은 벽을 긁어 파서 도시에 들어오려고 하고 있어요."

"그러려면 여러 해가 걸릴걸." 이리가 말했다. "아주 두꺼운 벽이야. 잘 알려진 사실이지."

"알려진 사실이야." 지키가 맞장구쳤다.

"나도 그 사람들 꿈을 꾼단다." 대니는 미산데이의 손을 잡았다. "아스타포 거주 구역은 도시에서 800미터는 떨어져 있단다. 아무도 벽을 긁고 있진 않았어."

"전하께서 제일 잘 아시겠죠." 미산데이가 말했다. "머리를 감겨드릴까요? 시간이 다 됐어요. 레즈낙 모 레즈낙과 녹색 은총자께서 의논하러—"

"결혼식 준비 의논 말이지." 대니는 첨벙 소리를 내며 바로 앉았다. "거의 잊고 있었구나." '잊고 싶었는지도 모르지.' "그리고 그 후에는 히즈다르와 저녁 식사를 해야지." 대니는 한숨을 쉬었다. "이리, 녹색 토카를 가져와라. 가장자리에 미르 레이스를 두른 비단 토카로."

"그 토카는 수선 중입니다, 칼리시. 레이스가 찢어졌어요. 파란 토카는 세탁해뒀습니다."

"그럼 파란 걸로. 별 차이는 없겠지."

반쯤 틀린 생각이었다. 여사제와 시종장은 대니가 이번만은 미린의 귀족 여성답게 토카를 입은 모습을 보고 기뻐했지만, 정말로 원하는 건 대니를 벌거벗기는 거였다. 대너리스는 찜찜한 기분으로 두 사람의 말을 듣다가, 이야기가 끝나자 말했다. "그대들의 감정을 상하게 하려는 건 아니지만, 히즈다르의 어머니와 누이들에게 벌거벗은 모습을 보이진 않겠소."

"하지만……." 레즈낙 모 레즈낙이 눈을 껌벅이며 말했다. "하지만 그러셔야 합니다, 폐하. 결혼하기 전에 여자가 남자의 집으로 가서 신부의 자궁과, 어…… 여성적인 부위를 검사받는 게 전통입니다. 모양이 좋은지도 확인하고, 또……."

"……생식력도 확인하지요." 갈라자 갈라레가 말을 맺었다. "오래된 의식입니다, 빛나는 분이시여. 은총자 세 명이 함께하여 검사를 증거하고 적절한 기도 말을 할 겁니다."

"그렇습니다." 레즈낙이 말했다. "그리고 그 후에는 특별한 케이크가 있습니다. 오직 약혼 때만 굽는 여성들을 위한 케이크지요. 남자들은 맛을 보지도 못합니다. 맛있다고 들었습니다. 마법 같은 맛이라더군요."

'내 자궁이 시들었고 여성적인 부위는 저주받았다면, 그래도 특별한 케이크가 나올까?' "내 여성적인 부위들은 결혼한 후 히즈다르 조 로라크가 검사할 수 있겠지." '칼 드로고는 아무 문제도 찾지 못했는데, 히즈다르라고 다르겠나?' "그 어머니와 누이들은 서로서로를 검사하고 특별한 케이크를 나눠 먹으라고 해. 난 먹지 않겠어. 고귀한 히즈다르의 고귀한 발을 씻길 생각도 없고."

"이해를 못하시는군요, 폐하." 레즈낙이 항의했다. "발 씻기기는 신성한 전통입니다. 남편의 시녀가 되겠다는 의미지요. 결혼식 복장에도 그런 의미가 가득 담깁니다. 신부는 하얀 비단 토카 위에 가장자리에 작은 진주알을 두른 진한 붉은색 베일을 쓰지요."

'토끼들의 여왕이 결혼을 하는데 펄럭 귀가 빠져서야 될까.' "그렇게 진주를 달면 걸을 때 달그락거릴 텐데."

"진주는 다산을 상징합니다. 폐하께서 진주를 많이 달수록 건강한 아이를 많이 낳으실 겁니다."

"내가 왜 아이를 백 명이나 두고 싶어 하겠나?" 대니는 녹색 은총자를 돌아보았다. "우리가 웨스테로스식으로 결혼한다면……."

"기스의 신들은 진정한 결합으로 여기지 않을 겁니다." 갈라자 갈라레의 얼굴은 녹색 비단 베일 속에 가려져 있었다. 오직 현명하면서도 슬픈 녹색 눈만 보였다. "이 도시의 눈에 폐하는 고귀한 히즈다르의 적법한 아내가 아니라 첩으로 보이게 됩니다. 폐하의 아이들은 사생아가 되지요. 폐하께선 미린의 귀족 모두를 이 결합의 증인으로 세우고, 은총의 신전에서 히즈다르와 결혼하셔야 합니다."

다리오가 그랬던가. 핑계를 만들어 모든 귀족 가문을 피라미드 밖으로 끌어내라고. '드래곤의 가언은 불과 피지.' 대니는 그 생각을 밀어냈다. 그녀답지 않은 생각이었다. "정 그렇다면야." 대니는 한숨을 쉬었다. "진주알을 주렁주렁 단 하얀 토카에 싸여서 은총의 신전에서 히즈다르와 결혼하겠소. 뭔가 또 있소?"

"사소한 문제 하나만 더요, 폐하." 레즈낙이 말했다. "폐하의 결혼을 축하하기 위해, 한 번만 더 투기장을 열게 하시면 좋겠습니다. 히즈다르와, 폐하의 사랑하는 백성들에게 결혼 선물이 될 것이고, 폐하께서 미린의 오랜 방식과 관습을 포용한다는 신호가 될 겁니다."

"그리고 신들도 흡족하시겠지요." 녹색 은총자가 부드럽고 상냥한 목소리로 덧붙였다.

'피로 지불하는 지참금인가.' 대너리스는 이 싸움에 지쳤다. 바리스탄 경조차도 대니가 이길 수 있다고 생각하지 않았다. 그는 이렇게 말했었다. "어떤 통치자도 백성들을 착하게 만들 수는 없습니다. 성왕 바엘로르는 기도하고 단식하고 일곱 신에게 어떤 신이라도 바랄 만한 장려한 신전을 지어 바쳤습니다만, 전쟁과 가난을 끝낼 순 없었지요." '여왕은 백성들의 말에 귀 기울여야 해.' 대니는 스스로를 일깨웠다. "결혼식을 하고 나면 히즈다르가 왕이 되겠지. 원한다면 투기장은 히즈다르가 다시 열라고 해. 나는 관여하고 싶지 않네." '피는 내가 아니라 그자의 손에 묻히자.' 대니는 일어섰다. "남편이 내가 발을 닦아주길 바란다면, 먼저 내 발부터 닦아줘야 해. 오늘 저녁에 그렇게 말하겠네." 대니는 약혼자가 어떻게 받아들일까 궁금했다.

걱정할 필요도 없었다. 히즈다르 조 로라크는 해가 지고 한 시간 후에 도착했다. 금색 줄이 들어가고 금색 구슬 술이 달린 암적색 토카를 입었다. 대니는 그에게 와인을 따라주면서 레즈낙과 녹색 은총자와의 만남에 대해 이야기했다. 히즈다르는 이렇게 선언했다. "그런 의례는 공허합니다. 딱 우리가 치워버려야 할 관습이죠. 미린은 너무 오랫동안 이런 어리석은 옛 관습들에 빠져 지냈습니다." 그는 대니의 손에 입을 맞추고 말했다. "대너리스, 나의 여왕님, 당신의 왕이자 배우자가 되기 위해 해야 한다면 기꺼이 당신을 머리끝부터 발끝까지 닦아드리지요."

"나의 왕이자 배우자가 되려면, 평화만 가져다주면 되오. 스카하즈에게 듣자니 최근에 전언을 받았다던데."

"그렇습니다." 히즈다르는 긴 다리를 꼬았다. 뿌듯해하는 얼굴이었다. "윤카이는 우리에게 평화를 줄 테지만, 대가가 있습니다. 노예 무역 중단은 문명 세계 전체에 큰 상처를 안겼습니다. 윤카이와 그 동맹국들은 우리에게 황금과 보석으로 배상금을 요구할 겁니다."

황금과 보석은 쉬웠다. "그리고 또?"

"윤카이는 예전처럼 노예 무역을 재개할 겁니다. 아스타포는 노예 도시로서 재건될 겁니다. 당신은 개입하지 않습니다."

"윤카이는 내가 도시를 떠나고 20리도 가기 전에 노예업을 다시 시작했지. 내가 돌아갔던가? 클레온 왕은 같이 그들과 맞서자고 호소했는데, 나는 그자의 청원에 귀를 막았어. 나는 융카이와 전쟁을 원하지 않소. 몇 번을 말해야 하는 거요? 어떤 약속을 요구하는 거요?"

"우리 여왕님에게 가시가 있군요." 히즈다르 조 로라크가 말했다. "안타까운 말씀이지만, 융카이는 여왕님의 약속을 믿지 않습니다. 계속 당신의 드래곤들이 불태워버린 사절에 대해 말하고 또 말하고 있어요."

"불탄 건 토카뿐이었소." 대니가 경멸을 담아 말했다.

"그렇다 해도, 그들은 여왕님을 믿지 않습니다. 신기스 사람들도 똑같이 생각합니다. 당신도 자주 말했다시피, 말은 바람일 뿐이지요. 당신이 어떤 말을 해도 미린의 평화를 보증하진 못합니다. 당신의 적들은 행동을 요구합니다. 그들은 우리의 결혼을 보고, 제가 왕으로서 왕관을 쓰고 당신 옆에서 통치하는 모습을 볼 겁니다."

대니는 그 머리 위로 와인을 병째 부어 만족스러운 미소를 몰아내고 싶은 마음이 가득한 채로 그의 와인 잔을 다시 채웠다. "결혼 아니면 대학살. 결혼식 아니면 전쟁이라. 그게 내 선택지요?"

"제게는 하나의 선택지밖에 보이지 않습니다, 빛나는 분이시여. 기스의 신들 앞에서 우리의 결혼 서약을 하고 함께 새로운 미린을 만듭시다."

여왕은 답변을 준비하다가 등 뒤에서 다가오는 발소리를 들었다. '요리인가.' 대니는 생각했다. 요리사가 고귀한 히즈다르가 제일 좋아하는 요리인 자두와 고추를 채워 꿀에 담근 개고기를 내놓겠다고 장담했었다. 하지만 고개를 돌리자 그곳에 서 있는 사람은 깨끗하게 목욕하고 하얀 옷을 입고 장검을 찬 바리스탄 경이었다. "전하." 그는 허리를 숙이며 말했다. "방해해서 죄송하지만, 즉시 알고 싶어 하실 소식이라 생각했습니다. 폭풍 까마귀단이 적의 소식을 가지고 돌아왔습니다. 걱정한 대로 융카이인들이 진군하고 있답니다."

히즈다르 조 로라크의 고상한 얼굴에 희미한 짜증이 스쳤다. "여왕님은 식사 중이시네. 용병들은 기다려도 돼."

바리스탄 경은 그를 무시했다. "전하의 명대로 다리오 공에게 제게 보고하라고 했습니다. 껄껄대고 웃더니, 전하께서 어린 서기를 보내어 편지 쓰는 법을 가르쳐주신다면 자기 피로 써드리겠다고 하더군요."

"피로?" 대니는 기가 막혔다. "그게 농담인가? 아니, 아니야. 말하지 말게. 직접 만나야겠군." 대니는 어린 여자인데다 혼자였고, 어린 여자들은 변덕을 부려도 되는 법이다. "내 대장들과 지휘관들을 소집하게. 히즈다르, 나를 용서해주겠지."

"미린이 먼저여야지요." 히즈다르는 다정하게 미소 지었다. "다른 밤도 있을 테니까요. 천 번의 밤이요."

"배웅은 바리스탄 경이 할 거요." 대니는 시녀들을 부르며 서둘러 그 자리를 벗어났다. 토카를 입은 채로 돌아온 대장을 맞이할 마음은 없었다. 그녀는 결국 십여 벌의 가운을 입어본 끝에 마음에 드는 옷을 찾아냈지만, 지키가 내민 왕관은 거절했다.

다리오 나하리스가 앞에서 한쪽 무릎을 꿇자, 대니의 심장이 요동쳤다. 다리오의 머리카락에는 피가 말라붙었고, 관자놀이에는 깊게 베인 상처가 벌겋게 반짝였다. 오른쪽 소매는 팔꿈치까지 피투성이였다. "다쳤군." 대니는 숨을 들이켰다.

"이거요?" 다리오는 관자놀이를 만졌다. "노궁수 한 놈이 제 눈을 꿰뚫으려 했지만, 말을 몰아서 피했죠. 제 여왕님의 따뜻한 미소를 쬐려 서둘러 집으로 오고 있었는데 말입니다." 그는 소매를 흔들어 붉은 핏방울을 뿌렸다. "이 피는 제 것이 아닙니다. 하사관 하나가 융카이로 넘어가야 한다길래, 제가 그놈 목에 손을 집어넣어 심장을 꺼냈죠. 제 은빛 여왕님께 선물로 가져오려고 했습니다만, 고양이단 네 명이 나타나더니 이를 드러내고 야옹대지 뭡니까. 한 놈이 절 잡을 만큼 따라오길래, 심장을 그놈 얼굴에 던져버렸죠."

"아주 용맹했군." 바리스탄 경이 빈말이라는 게 명확한 투로 말했다. "하지만 전하께 바칠 소식이 있다고?"

"곤란한 소식입니다, 할아버지 경. 아스타포는 사라졌고, 노예상들은 줄줄이 북으로 오고 있습니다."

"그건 오래 묵어 퀴퀴한 소식이야." 민머리가 투덜거렸다.

"댁의 어머니도 남편의 입맞춤에 대해 똑같은 소릴 했을걸." 다리오가 대꾸했다. "사랑스러운 여왕님, 원래 같으면 더 빨리 왔을 텐데, 언덕마다 융카이 용병들이 우글거립니다. 용병단이 네 군데예요. 여왕님의 폭풍 까마귀는 네 개 전부를 가로질러야 했습니다. 그걸로 끝이 아닙니다. 융카이는 해안길을 따라 진군하다가 신기스의 병단 네 개와 합류했습니다. 그쪽에는 무장하고 누각을 얹은 코끼리가 백 마리 있습니다. 톨로스 투석병들과 콰스의 낙타 부대도 있습니다. 또 기스카 놈들의 병단 두 개가 더 아스타포에서 배를 탔습니다. 저희 포로들의 말이 사실이라면 놈들은 스카하자단 너머에 상륙해서 도트락의 바다로 가는 길을 막을 겁니다."

말하는 동안에도 한 번씩 새빨간 핏방울이 대리석 바닥에 떨어졌고, 대니는 그때마다 얼굴을 찡그렸다. "부하들은 얼마나 죽었나?" 대니는 보고가 끝나자 물었다.

"저희 쪽요? 세기를 그만뒀습니다. 하지만 잃은 수보다 얻은 수가 많습니다."

"변절자가 더 많았다?"

"여왕님의 고귀한 대의에 끌린 용감한 남자가 더 많았던 거죠. 여왕님 마음에도 들 겁니다. 하나는 바실리스크 제도 출신 도끼잡이인데, 광포한 데다 몸집이 벨와스보다 더 커요. 보셔야 합니다. 웨스테로스 출신도 스무 명쯤 됩니다. 융카이에 불만을 품은 바람결단 탈영병들이에요. 훌륭한 폭풍 까마귀가 될 겁니다."

"그대가 그렇다면야." 대니는 언쟁을 벌일 생각이 없었다. 곧 미린에는 병사란 병사는 모조리 필요해질지 몰랐다.

바리스탄 경은 다리오에게 얼굴을 찌푸렸다. "대장, 자네는 네 개의 용병단이라고 했지. 우리는 셋밖에 모르네. 바람결단, 긴 기마창, 그리고 고양이 용병단."

"할아버지 경께서 숫자를 셀 줄 아시네요. 둘째 아들들이 융카이로 넘어갔습니다." 다리오가 고개를 돌리고 침을 뱉었다. "갈색 벤 플럼이 한 짓이죠. 다음에 그 못생긴 면상을 보면 목부터 사타구니까지 갈라 시커먼 심장을 뜯어내겠습니다."

대니는 말을 해보려다가 할 말을 찾지 못했다. 마지막으로 보았을 때의 벤의 얼굴이 기억났다. '따뜻한 얼굴이었어. 내가 믿는 얼굴.' 가무잡잡한 피부에 하얀 머리, 비뚤어진 코, 눈가의 주름. 드래곤들도 자기가 드래곤 혈통을 한 방울 이었다고 큰소리치던 늙은 갈색 벤을 좋아했었다. '너는 세 번의 배신을 알리라. 한 번은 피로 한 번은 금으로 한 번은 사랑으로.' 플럼이 세 번째일까, 아니면 두 번째일까? 그러면 퉁명스러운 늙은 곰, 조라 경은 어떻게 되는 걸까? 믿을 수 있는 친구는 영영 갖지 못하는 걸까? '이해할 수 없다면 예언이 무슨 소용이야? 내가 해 뜨기 전에 히즈다르와 결혼하면 이 모든 군대가 다 아침 이슬처럼 녹아 사라지고 평화롭게 통치할 수 있을까?'

다리오의 발언은 소동을 일으켰다. 레즈낙은 울부짖었고, 민머리는 음험하게 중얼거렸고, 대니의 혈맹기수들은 복수를 맹세했다. 힘센 벨와스는 주먹으로 흉터투성이 배를 치면서 갈색 벤의 심장에 자두와 양파를 곁들여 먹어버리겠다고 맹세했다. "부디." 대니가 말했지만, 들은 사람은 미산데이뿐인 듯했다. 여왕은 일어섰다. "조용히! 충분히 들었소."

"전하." 바리스탄 경이 한쪽 무릎을 꿇었다. "전하의 명만 기다립니다. 어떻게 하면 되겠습니까?"

"계획대로 계속하시오. 최대한 식량을 모으시오." '돌아보면 지는 거야.' "성문을 닫고 벽마다 전사를 세워요. 아무도 들어오지 못하고, 아무도 나가지 못하게."

알현실은 잠시 조용했다. 다들 서로를 쳐다보았다. 그러다가 레즈낙이 물었다. "아스타포인들은 어찌합니까?"

대니는 비명을 지르고 이를 갈고 옷을 찢고 바닥을 뒹굴고 싶었다. 그 대신 대니는 말했다. "성문을 닫으시오. 세 번 말해야겠소?" 그들은 그녀의 아이들이었으나, 지금은 도울 수 없었다. "물러가요. 다리오, 그대는 남게. 그 상처는 치료해야겠고, 물어볼 것도 더 있어."

다른 이들은 절하고 나갔다. 대니는 다리오 나하리스를 데리고 침실로 올라갔고, 그곳에서 이리가 식초로 그의 상처를 씻고 지키가 하얀 리넨을 감았다. 치료가 끝나자 대니는 시녀들도 내보냈다. "옷이 피로 더러워졌군. 벗게." "여왕님도 벗으신다면 그러죠." 그는 대니에게 입 맞췄다.

그의 머리카락에서 피와 연기와 말 냄새가 났고, 닿은 입은 뜨겁고 질척했다. 대니는 그의 품에 안겨 몸을 떨었다. 포옹을 풀었을 때, 그녀가 말했다. "날 배신하는 건 그대일 줄 알았어. 흑마법사들은 한 번은 피, 한 번은 황금, 한 번은 사랑으로 인해 배신당하리라 말했지. 나는⋯⋯ 나는 갈색 벤은 생각도 못 했어. 내 드래곤들조차도 벤은 믿는 것 같았는데." 대니는 다리오의 어깨를 잡았다. "그대는 절대 내게 등 돌리지 않겠다고 약속해. 그랬다간 견딜 수 없을 거야. 약속해."

"그런 일은 절대 없어요, 내 사랑."

그녀는 그를 믿었다. "90일간 평화를 유지한다면 히즈다르 조 로라크와 결혼하겠다고 맹세했지만, 이제⋯⋯. 난 처음 본 순간부터 그대를 원했지만, 그대는 용병이고, 변덕스럽고, 믿을 수가 없었지. 여자를 백 명은 안았다고 큰소리쳤고."

"백 명요?" 다리오는 자주색 수염 사이로 웃었다. "거짓말이었습니다, 사랑스러운 여왕님. 천 명이었죠. 하지만 드래곤은 한 번도 없었어요."

대니는 그에게 입술을 맞댔다. "뭘 기다리고 있어?"

윈터펠의 왕자

벽난로에는 차가운 검은 재가 두껍게 앉았고, 방 안에 촛불 몇 개 외에는 열기라곤 없었다. 문이 열릴 때마다 촛불이 흔들흔들 나부꼈다. 신부도 덜덜 떨었다. 사람들이 레이스를 두른 하얀 양모 옷을 입혀놓았는데, 소매와 보디스에는 담수 진주를 꿰매어 붙였고, 발에는 하얀 사슴 가죽 슬리퍼를 신겼다. 예쁘지만, 따뜻하지는 않았다. 얼굴은 핏기 없이 창백했다.

'얼음을 깎아 만든 얼굴이군.' 테온 그레이조이는 그 어깨에 모피를 덧댄 망토를 걸쳐주며 생각했다. '눈 속에 묻힌 시체야.' "아가씨. 시간 됐습니다." 문 너머에서 북과 류트와 피리 소리가 그들을 불렀다.

신부는 두 눈을 들었다. 갈색 눈이 촛불 빛을 받아 반짝였다. "전 그분에게 좋은 아내가 될 거예요. 추, 충실하고요. 저…… 전 그분을 기쁘게 하고 아들들을 낳아드릴 거예요. 진짜 아리아는 못 했을 만큼 좋은 아내가 될 거예요. 두고 보시라고 해요."

'그렇게 말하다간 살해당하거나, 그보다 더 지독한 꼴을 당하기 십상이야.' 그건 구린내로서 배운 교훈이었다. "아가씨가 진짜 아리아예요. 스타크 가문의 아리아, 에다드 공의 딸, 윈터펠의 후계자." 이름, 그 여자도 자기 이름을 알아야 했다. "발밑의 아리아. 아가씨 언니는 말상 아리아라고도 불렀죠."

"그 이름을 지어낸 건 저였어요. 얼굴이 길고 말 같았잖아요. 제 얼굴은 안 그래요. 전 예뻤어요." 결국 두 눈에서 눈물이 흘렀다. "산사처럼 아름답지야 못했지만, 다들 제가 예쁘다고 했어요. 램지 공이 제가 예쁘다고 생각할까요?"

"그래." 그는 거짓말을 했다. "나한테도 그렇게 말했어."

"하지만 그분은 제가 누군지 알아요. 제가 정말은 누군지요. 그분이 절 볼 때마다 알겠어요. 그분은 미소 지을 때도 정말 화나 보이는데, 그게 제 잘못은 아니죠. 그분은 사람들을 해치는 걸 좋아한다면서요."

"아가씨는 그런…… 거짓말을 듣지 말아야 해."

"당신도 아프게 했다면서요. 두 손이랑……."

입이 말랐다. "나…… 난 그래도 쌌어. 내가 화나게 했어. 넌 화나게 하면 안 돼. 램지 공은…… 다, 다정하고 상냥한 남자야. 그분을 만족시키면 너에게도 잘해주실 거야. 좋은 아내가 되렴."

"도와주세요." 그녀는 그를 와락 붙잡았다. "제발요. 예전에 당신이 안뜰에서 검을 가지고 노는 모습을 지켜보곤 했어요. 정말 잘생겼었죠." 그녀는 그의 팔을 꽉 잡았다. "우리 둘이 도망치면, 제가 당신의 아내가 되거나 아니면…… 아니면 창녀든 뭐든…… 원하는 게 될 수 있어요. 당신이 제 남자가 될 수 있어요."

테온은 팔을 떼어냈다. "나는…… 나는 누구의 남자도 아니야." '남자라면 얠 돕겠지.' "그냥…… 그냥 아리아가 되고, 그분의 아내가 돼. 만족시켜드려. 안 그러면……. 그냥 만족시켜드리고, 원래 다른 누구라는 말은 그만해." '제인. 얘 이름은 제인이야. 페인과 운이 맞지.' 음악 소리가 점점 고집스러워졌다. "시간 됐다. 눈물 닦아." '갈색 눈이야. 회색이어야 하는데. 누군가가 알아볼 거야. 누군가가 기억할 거야.' "좋아. 이제 웃어."

소녀는 그러려고 했다. 떨리는 입술 끝이 올라가다가 고정되고, 치아가 드러났다. '희고 예쁜 이네. 하지만 그분을 화나게 하면 오래가지 않겠지.' 테온이 문을 밀어 열자, 촛불 네 개 중에 세 개가 꺼졌다. 그는 신부를 데리고 결혼식 하객들이 기다리는 안개 속으로 걸어 나갔다.

"왜 나죠?" 더스틴 부인이 신부를 데리고 나오는 역할을 맡아야 한다고 했을 때 물어봤었다.

"신부 아버지는 죽었고, 형제도 다 죽었지. 어머니는 트윈스에서 죽었고. 숙부들도 실종됐거나 죽었거나 포로가 됐고."

"아직 형제가 하나 있어요." '아직 형제가 셋 있어요'라고 말할 수도 있었다. "존 스노우가 밤의 경비대에 있습니다."

"서자로 태어난 이복형제고, 장벽에 매인 몸이야. 너는 신부 아버지의 대자였으니, 신부의 살아 있는 친척에 제일 가깝다. 네가 결혼식에서 손을 건네주는 게 제일 어울려."

'신부의 살아 있는 친척에 제일 가깝다.' 테온 그레이조이는 아리아 스타크와 함께 성장했다. 테온은 가짜를 알아볼 터였다. 테온이 볼턴이 데려온 가짜를 아리아로 받아들이는 모습을 보이면, 결혼식 증인으로 모인 북부 영주들도 의구심을 품을 근거를 찾지 못할 것이다. 스타우트와 슬레이트, 창녀잡이 엄버, 싸우기 좋아하는 리스웰, 혼우드 병사들과 세르윈의 사촌들, 뚱뚱한 와이먼 맨덜리 공……. 그 누구도 테온만큼 네드 스타크의 딸들을 잘 알지 못했다. 설령 속으로는 의심을 품는다 해도, 그런 의혹을 혼자 간직할 정도의 지혜는 있으리라.

'저들은 나를 이용해서 속임수를 가리고, 자기네 거짓에 내 얼굴을 씌우고 있어.' 루스 볼턴이 그를 다시 귀족처럼 입힌 것도 이 연극에서 맡은 역할을 시키기 위해서였다. 일단 일이 성사되면, 일단 그들의 가짜 아리아가 결혼하고 잠자리를 하고 나면 볼턴은 변절자 테온에게 볼일이 없을 것이다. "이 일을 잘하고 나면, 스타니스를 꺾고 나서 어떻게 네가 네 아버지의 권좌를 회복할지 의논해보자." 루스 볼턴은 그 부드러운 목소리로, 거짓과 속삭임에 알맞은 목소리로 그렇게 말했다. 테온은 한마디도 믿지 않았다. 그들을 위해 이 춤을 추는 건 다른 선택지가 없어서지만, 그 후에는…….
'그 후엔 날 램지에게 돌려보낼 거야. 그리고 램지는 내 손가락을 몇 개 더 자르고 날 다시 구린내로 바꿔놓겠지.' 신들이 자비를 베풀어, 스타니스 바라테온이 윈터펠을 습격하여 모두를 베어버리지 않는다면 말이다. 테온도 그 와중에 죽겠지만, 그게 그나마 가장 희망적인 미래였다.

이상하게도 신의 숲 안이 좀 더 따뜻했다. 그 너머 윈터펠은 하얀 된서리에 붙들려 있었다. 길마다 빙판으로 위험했고, 유리 정원의 깨어진 유리판에 붙은 성에가 달빛을 받아 반짝거렸다. 벽 근처마다 지저분한 눈 더미가 쌓여서 구석구석을 채웠다. 너무 높이 쌓여서 문을 가리기도 했다. 눈 속에는 회색 재가 묻혔고, 여기저기 새까맣게 탄 들보나 살갗과 머리카락이 장식처럼 붙은 뼈 무더기가 보였다. 기마창처럼 긴 고드름들이 흉벽에 달리고, 노인의 뻣뻣한 하얀 구레나룻처럼 탑을 둘렀다. 하지만 신의 숲 안은 땅도 얼지 않았고, 온천에서 아기 입김처럼 따스한 물이 흘러나왔다.

신부는 흰색과 회색으로 차려입었다. 진짜 아리아가 결혼할 만큼 오래 살았다면 입었을 색깔이었다. 테온은 검은색과 금색을 입고, 배로턴의 대장장이가 만들어준 조잡한 철제 크라켄으로 어깨에 망토를 고정했다. 하지만 두건 아래 머리카락은 하얀 데다 듬성듬성했고, 살갗은 노인처럼 잿빛이었다. '흰색과 회색. 마침내 스타크스러워졌지.' 그는 생각했다. 신부와 테온은 안개 자락이 다리를 휘감는 가운데 팔짱을 끼고 돌 아치문을 통과했다. 북소리는 처녀의 심장 소리처럼 떨렸고, 피리 소리는 높고 달콤하고 매혹적이었다. 나무들 위로 어두운 하늘에 뜬 초승달은 안개에 반쯤 가려져서, 마치 비단 베일 사이로 엿보는 눈동자 같았다.

테온 그레이조이는 이 신의 숲에 익숙했다. 어렸을 때 영목 아래 차가운 검은 웅덩이에 물수제비를 뜨고, 오래된 떡갈나무 줄기에 보물을 숨기고, 직접 만든 활을 들고 다람쥐를 쫓으며 놀았다. 더 나이가 들어서는 훈련장에서 롭과 조리와 존 스노우와 한판 벌인 후에 온천에 멍을 적실 때도 많았다. 혼자 있고 싶을 때면 이곳 밤나무와 느릅나무와 병정소나무 사이에서 숨을 수 있는 비밀 장소들을 찾았었다. 처음 여자애와 입 맞춘 곳도 여기였다. 나중에는 또 다른 여자가 저 키 큰 회녹색 파수목 그늘에 너덜너덜한 퀼트를 깔고 테온을 남자로 만들어줬다.

그러나 이곳이 이런 모습이었던 적은 없었다. 따뜻한 안개와 둥둥 뜬 불빛이 가득하고 사방에서 속삭임이 날아오면서 동시에 아무 소리도 들리지 않는, 유령 같은 회색 숲이었다. 나무들 아래에 뜨거운 샘물이 흘렀다. 땅에서 따뜻한 수증기가 피어올라, 그 입김이 나무들을 감싸고 벽을 기어 굽어보는 창문들에 회색 커튼을 쳤다.

길 비슷한 게 있기는 했다. 깨진 돌 틈으로 이끼가 웃자라고, 바람에 날린 흙과 낙엽에 반쯤 파묻힌 데다 아래에서 뚫고 올라오는 굵은 갈색 나무뿌리들 때문에 위험하기까지 한, 꼬불꼬불하고 좁은 길이었다. 테온은 신부를 데리고 그 길을 걸었다. '제인, 얘 이름은 제인이야. 폐인과 운이 맞지.' 하지만 그 생각은 하지 말아야 했다. 그 이름이 입술 사이로 새어 나왔다간 손가락 하나, 아니면 귀 하나를 대가로 치를 것이다. 그는 한 걸음 한 걸음을 보면서 천천히 걸었다. 없어진 발가락들 때문에 서둘러 걸으면 발을 절었는데, 비틀거려서는 곤란했다. 발을 잘못 디뎌서 램지 공의 결혼식을 망쳤다간, 램지 공이 못된 발의 가죽을 벗겨서 그 어설픔을 고칠지도 몰랐다.

안개가 너무 짙어서 아주 가까운 나무들만 보였고, 그 너머에는 키 큰 그림자와 희미한 불빛만 있었다. 구불구불한 길 옆, 나무들 사이에서 촛불 빛이 깜박이는 모습이, 따뜻한 회색 수프 안에 뜬 하얀 개똥벌레 같았다. 이상한 지하 세계, 어딘가 세상과 세상 사이의 시간을 잊은 장소, 저주받은 자들이 제게 걸맞은 지옥으로 가는 길을 찾기 전에 한동안 구슬프게 헤매는 곳 같았다. '그럼 우리 다 죽은 건가? 스타니스가 와서 자고 있는 우리를 죽였나? 아직 전투가 시작되지 않은 건가, 이미 싸우고 진 건가?'

여기저기 맹렬히 타는 횃불이 결혼식 하객들의 얼굴에 불그레한 빛을 던졌다. 일렁이는 빛을 산란시키는 안개 때문에 이목구비가 반쯤만 인간인 짐승같이 뒤틀렸다. 스타우트 공은 마스티프, 늙은 로크 공은 독수리, 창녀잡이 엄버는 가고일, 큰 왈더 프레이는 여우, 작은 왈더는 코뚜레만 빠졌지 붉은 황소였다. 루스 볼턴의 얼굴은 눈이 있어야 할 자리에 더러운 얼음 조각 두 개가 박힌 연회색 가면이었다.

그들의 머리 위 나무들엔 까마귀가 가득했다. 헐벗은 갈색 나뭇가지에 웅크려 앉아서 깃털을 부풀린 채, 아래의 구경거리를 내려다보고 있었다. '루윈 학사의 새들이야.' 루윈은 죽었고, 학사의 탑은 횃불에 불탔으나, 까마귀들은 남았다. '여긴 저 녀석들의 집이야.' 테온은 집이 있다는 건 어떤 걸까 궁금했다.

그때, 마치 연극에서 장막이 열리고 새로운 장면을 보여주듯 안개가 걷혔다. 그들 앞에 새하얀 가지를 넓게 펼친 심장 나무가 나타났다. 굵은 흰색 나무줄기 주위에 낙엽이 붉은색, 갈색으로 쌓였다. 여기에 앉은 까마귀들이 제일 많아서, 살인자의 비밀 언어로 서로에게 중얼거렸다. 그 밑에 부드러운 회색 가죽으로 만든 높은 장화를 신고, 분홍색 비단이 사선으로 들어간 데다 눈물 방울 모양의 석류석들이 반짝이는 검은색 벨벳 더블릿을 입은 램지 볼턴이 서 있었다. 램지의 얼굴에 미소가 어른거렸다. "누가 오셨나?" 램지의 입술은 촉촉했고, 옷깃 위로 드러난 목은 붉었다. "누가 신

앞에 오셨나?"

테온이 대답했다. "스타크 가문의 아리아가 여기 결혼하러 왔습니다. 성인이 되어 꽃을 피웠으며, 귀족 적출로서 아리아가 신들의 축복을 빌러 왔습니다. 아리아를 요구하는 사람은 누굽니까?"

"나요." 램지가 말했다. "볼턴 가문의 램지, 혼우드의 영주이자 드레드포트의 후계자요. 내가 그 사람을 요구하오. 건네주는 사람은?"

"그 아버지의 대자였던, 그레이조이 가문의 테온입니다." 그는 신부를 돌아보았다. "아리아 아가씨, 이 남자를 받아들이겠습니까?"

신부가 테온과 눈을 마주쳤다. '회색이 아니라 갈색 눈이야. 다들 눈이 멀었나?' 그녀는 한참 동안 입을 열지 않았으나, 두 눈은 애걸하고 있었다. '지금이 네 기회야.' 테온은 생각했다. '말해. 지금 저들에게 말해. 모두의 앞에서 네 이름을 외치고, 너는 아리아 스타크가 아니라고 말해. 네가 어쩌다가 이 역할을 맡게 됐는지 온 북부에 알리는 거야.' 물론 그랬다간 그녀도 죽고 테온도 죽을 테지만, 격분한 램지는 그들을 빨리 죽여줄지도 몰랐다. 북부의 옛 신들이 그런 작은 소원쯤은 들어줄지도 몰랐다.

"받아들입니다." 신부가 속삭였다.

사방 안개 속에서 불빛들이 깜박거렸다. 희뿌연 백 개의 촛불이 장막에 싸인 별들 같았다. 테온은 물러섰고, 램지와 그의 신부는 손을 잡고 굴종의 뜻으로 고개를 숙인 채, 심장 나무 앞에 무릎 꿇었다. 영목에 새겨진 붉은 두 눈이 그들을 내려다보고, 마치 웃는 듯이 거대한 붉은 입을 벌렸다. 머리 위 나뭇가지 사이에서 까마귀 한 마리가 까악거렸다.

남자와 여자는 잠시 소리 없는 기도를 올린 후에 다시 일어났다. 램지는 테온이 조금 전에 신부의 어깨에 걸쳐준 망토를, 회색 털을 가장자리에 두르고 스타크 가문의 다이어울프를 새긴 묵직한 하얀 모직 망토를 벗겼다. 그리고 그의 더블릿에 박힌 것과 비슷한 붉은 석류석이 점점이 흩어진 분홍색 망토를 씌웠다. 등판에 빳빳한 붉은 가죽으로 만들어 붙인 드레드포트의 살가죽 벗겨진 남자가 음침하고 소름 끼쳤다.

그렇게 순식간에 끝이 났다. 북부의 결혼식은 원래 빨랐다. 테온은 사제를 두지 않아서 그럴 거라 생각했는데, 이유야 어쨌든 지금은 그게 자비로 보였다. 램지 볼턴은 아내를 품에 안아 들고 성큼성큼 안개 속을 헤쳐나갔다. 볼턴 공과 왈다 부인이 뒤따르고, 그 뒤에 나머지가 따랐다. 악사들이 다시 연주를 시작했고, 가수 아벨이 〈하나처럼 뛰는 두 개의 심장〉을 불렀다. 가수의 여자 두 명이 목소리를 보태어 달콤한 화음을 자아냈다.

테온은 저도 모르게 기도를 할까 생각하고 있었다. '내가 기도한다면 옛 신들이 들어줄까?' 그들은 테온의 신이 아니었다. 한 번도 그랬던 적이 없었다. 그는 강철인이며 파이크의 아들이었고 그의 신은 강철 군도의 익사한 신이었다……. 그러나 윈터펠은 바다와 멀었다. 어차피 어느 신이든 그의 기도를 들어준 적은 없었다. 그는 자신이 누구인지, 무엇인지, 왜 아직 살아 있는지, 애초에 왜 태어났는지 몰랐다.

"테온." 속삭이는 소리가 들린 것 같았다.

그는 고개를 홱 들었다. "누가 불렀지?" 보이는 것이라곤 나무와 나무를 덮은 안개뿐이었다. 그 목소리는 바스락거리는 잎사귀 소리처럼 희미했고, 증오처럼 차가웠다. '신의 목소리 아니면 망령의 목소리겠지.' 테온이 윈터펠을 빼앗은 날 얼마나 많이 죽었던가? 테온이 윈터펠을 잃은 날은 또 얼마나 죽었던가? '테온 그레이조이가 죽고 구린내로 다시 태어난 날이지. 구린내, 구린내, 오줌내와 운이 맞는 구린내.'

갑자기 여기 있고 싶지가 않아졌다.

신의 숲을 나서자 한기가 굶주린 늑대처럼 내려앉아 그를 물어뜯었다. 그는 바람에 고개를 숙이고, 길게 이어진 촛불과 횃불 대열을 따라 서둘러 대연회장으로 향했다. 장화 아래에 얼음이 부서지고, 갑작스러운 돌풍이 그의 두건을 밀어젖혔다. 마치 어떤 유령이 그의 얼굴을 쏘아보고 싶은 열망에 차가운 손가락으로 잡아당긴 것만 같았다.

윈터펠은 테온 그레이조이에게 유령으로 가득한 곳이었다.

여기는 테온이 청춘의 여름에 알던 성이 아니었다. 상처 입고 망가졌으며, 요새라기보다는 폐허였고, 까마귀와 시체만 가득했다. 화강암은 불에 쉽게 녹지 않기에 두 겹의 거대한 벽은 아직 서 있었지만, 그 안에 자리한 탑과 아성은 대부분 지붕을 잃었고 몇 개는 무너졌다. 이엉과 목재는 전체든 부분이든 불에 타서 없어졌고, 유리 정원의 부서진 유리판 아래에서 겨우내 성을 먹여 살렸을 과일과 채소는 다 죽어서 까맣게 얼어버렸다. 눈밭에 반쯤 묻힌 마당을 천막들이 채웠다. 루스 볼턴은 군대를 외벽 안으로 들였고, 그의 친구인 프레이들도 들였다. 폐허 안에 수천 명이 모여서 안뜰마다 북적이고, 지하실들과 지붕 잃은 탑들 아래에서, 몇백 년간 버려져 있던 건물들에서도 잤다.

다시 지은 주방들과 지붕을 다시 얹은 막사들에서 회색 연기가 구불구불 피어올랐다. 흉벽과 성벽 요철에는 눈이 쌓이고 고드름이 매달렸다. 윈터펠에서 모든 색채가 빠져나가고 오직 회색과 흰색만 남았다. '스타크 색깔이군.' 테온은 그걸 불길하게 받아들여야 할지, 위안으로 받아들여야 할지 알 수 없었다. 하늘마저 회색이었다. '회색과 회색과 더 회색. 온 세상이, 보는 곳마다 전부, 신부의 두 눈만 빼놓고 모든 게 회색이야.' 신부의 두 눈은 갈색이었다. '커다란 갈색 눈에 공포가 가득하지.' 테온이 구해주길 바라는 건 적절하지 않았다. 무슨 생각을 한 건가, 휘파람으로 달개 달린 말이라도 불러서 태우고 날아갈 거라고 생각하나? 제인과 산사가 좋아하던 이야기들 속 영웅처럼? 그는 스스로도 돕지 못했다. '구린내, 지린내와 운이 맞는 구린내.'

마당 여기저기에 반쯤 얼어붙은 시체들이, 부어오른 얼굴에 서리가 하얗게 내린 채 밧줄 끝에 매달려 있었다. 볼턴의 선봉대가 도착했을 때 윈터펠에는 무단 거주자들이 우글거렸다. 선봉대는 창끝을 겨누고, 반쯤 무너진 아성과 탑에 꾸려놓은 은신처에서 스물다섯도 넘는 수를 끌어냈다. 제일 대담하고 반항적인 자들은 목을 매달고, 나머지는 노역을 시켰다. 볼턴 공은 일을 잘하면 자비를 베풀겠노라 말했다. 늑대 숲이 코앞이라 돌과 목재는 풍부했다. 먼저 불타버린 성문을 대신할 튼튼한 새 성문이 올라갔다. 그다음엔 대연회장의 무너진 지붕 잔해를 치우고 서둘러 새 지붕을 올렸다. 그 일이 끝나자 볼턴 공은 일꾼들을 목매달았다. 약속대로 자비를 베풀어, 한 명도 가죽은 벗기지 않았다.

그때쯤에는 나머지 볼턴군도 도착해 있었다. 그들은 북쪽에서 울부짖는 바람이 불어오는 가운데 윈터펠 성벽 위에 토멘 왕의 수사슴과 사자 깃발을 올리고, 그 아래에 드레드포트의 살가죽 벗겨진 남자를 달았다. 테온은 예비 신부와 함께 바브리 더스틴과 배로턴 병사들의 행렬에 끼어 도착했다. 더스틴 부인은 신부가 결혼할 때까지 아리아에게 걸맞은 예우를 받아야 한다고 주장했지만, 이제 그 시간은 끝났다. '이제는 램지에게 속한 몸이야. 서약을 했어.' 이 결혼으로 램지는 윈터펠의 주인이 될 것이다. 제인이 램지의 화를 부르지 않게 조심만 한다면, 굳이 그녀를 해칠 이유가 없었다. '아리아야. 걔 이름은 아리아야.'

모피를 덧댄 장갑을 꼈는데도 두 손이 쑤시기 시작했다. 손이 최악으로 아플 때가 잦았고, 없어진 손가락들이 특히 아팠다. 여자들이 그의 손길을 갈망한 때가 정말로 있긴 했던가? '난 자칭 윈터펠의 왕자가 됐었지. 그래서 이 모든 걸 자초했어.' 그때는 사람들이 백 년 동안 그에 대해 노래하고 그 대담함에 대해 이야기하리라 생각했었다. 그러나 지금 누군가가 그에 대해 이야기한다면 그건 변절자 테온 이야기일 테고, 배신에 대한 이야기일 것이다. '여긴 내 집이었던 적이 없어. 난 여기 인질이었어.' 스타크 공은 그를 잔인하게 다루진 않았지만, 둘 사이에는 언제나 대검의 긴 강철 그림자가 드리워져 있었다. '나에게 친절했지만, 따뜻했던 적은 없지. 언젠가는 날 죽여야 할지도 모른다는 걸 알았으니까.'

테온은 눈을 아래로 내리깐 채 천막을 피해가며 마당을 가로질렀다. '난 이 마당에서 싸우는 방법을 배웠어.' 그는 늙은 로드릭 경이 지켜보는 가운데 롭과 존 스노우와 대련하며 보내던 따뜻한 여름날들을 기억했다. 그가 멀쩡했던 시절, 어느 누구 못지않게 칼자루를 쥘 수 있었던 때였다. 그러나 이 마당에는 더 어두운 기억들도 있었다. 여기는 브랜과 리콘이 달아난 날 스타크 가문 사람들을 모았던 장소였다. 그때는 램지가 구린내였고, 그의 옆에 서서 아이들이 어디로 갔는지 알아내려면 포로 몇의 가죽을 벗겨야 한다고 속삭였다. '내가 윈터펠의 왕자로 있는 동안 여기에서 가죽을 벗기는 일은 없어.' 테온은 그의 통치가 얼마나 짧을지 꿈도 꾸지 못한 채 그렇게 답했었다. '아무도 날 돕지 않았어. 다들 반생을 알고 지냈는데, 아무도 날 도우려 하지 않았어.' 그런데도 그는 최선을 다해 그들을 보호했지만, 램지는 구린내의 가면을 벗자 남자들을 다 죽여버렸고, 테온의 강철인들도 다 죽였다. '내 말에 불을 붙였지.' 그게 윈터펠이 함락된 날 마지막으로 본 광경이었다. 스마일러가 불타던 모습. 갈기에서 불길이 뛰노는 가운데, 공포가 가득한 눈으로 뒷발로 서서 비명을 지르며 걷어차던 모습. '바로 이 마당에서였어.'

앞에 대연회장 문이 나타났다. 타버린 문 대신 새로 만들면서 가공도 하지 않은 판자를 급히 짜 맞추어, 조잡하고 흉했다. 창병 둘이 두꺼운 모피 망토를 입고서도 몸을 숙이고 벌벌 떨며 문 양쪽을 지키고 있었다. 턱수염에도 얼음이 맺혔다. 그들은 계단을 올라가서 오른쪽 문을 밀고 안으로 들어가는 테온을 분한 눈으로 노려보았다.

대연회장은 고맙게도 따뜻했고 횃불이 밝았으며, 평생 이렇게 북적이는 걸 본 적이 없었다. 테온은 온기에 몸을 적신 다음 연회장 앞쪽으로 향했다. 장의자마다 남자들이 무릎이 닿도록 붙어 앉았는데, 어찌나 빽빽한지 하인들이 그 사이를 비집고 움직여야 했다. 상석에 앉은 기사들과 영주들조차도 평소보다 좁게 앉았다.

연단 근처에서는 아벨이 류트를 뜯으며 〈아름다운 여름 처녀들〉을 노래하고 있었다. '자칭 음유시인이라지만 사실은 포주에 가깝지.' 맨덜리 공이 화이트하버에서 악사들을 데려왔으나 그중에 가수는 없었기에, 여자 여섯을 데리고 류트를 들고 성문 앞에 나타난 아벨은 환영을 받았다. "둘은 누이이고 둘은 딸, 하나는 아내, 하나는 늙은 어머닙니다." 가수는 그렇게 주장했지만 한 명도 그와 닮지 않았다. "춤을 추기도 하고, 노래를 하기도 하고, 하나는 피리를 불고 하나는 북을 치죠. 훌륭한 세탁부들이기도 하고요."

가수든 포주든 아벨의 목소리는 들어줄 만했고, 연주는 아름다웠다. 이런 폐허에서 그 이상을 기대하긴 어려우리라.

벽에는 깃발이 줄줄이 걸렸다. 금색, 갈색, 회색, 검은색으로 이루어진 리스웰의 말 머리 상징. 엄버 가문의 포효하는 거인. 플린트스핑거(Flint's Finger)에서 온 플린트 가문의 돌 손, 혼우드의 큰뿔사슴과 맨덜리의 인어, 세르윈의 검은 전투 도끼와 톨하트의 소나무. 그러나 그 밝은 색채들도 새까맣게 탄 벽이나, 예전에 창문이 있던 자리에 뚫린 구멍들을 막은 판자를 다 가리지는 못했다. 지붕도 문제가 있어서, 생나무로 만든 새 들보들은 색이 밝고 연한 반면 오래된 서까래들은 몇 세기 동안 쐰 연기로 거의 시커메져 있었다.

제일 큰 깃발들은 연단 뒤에 걸렸는데, 윈터펠의 다이어울프와 드래드포트의 살가죽 벗겨진 남자가 신부와 신랑 뒤에 있었다. 스타크 깃발을 보자 테온은 생각보다 더 크게 타격을 받았다. '잘못됐어. 다 잘못됐어. 제인의 눈 색깔만큼 틀렸어.' 풀 가문의 문장은 회색 방패 테두리 안의 하얀 바탕에 그려진 파란 접시였다. 지금 걸어야 할 건 그 문장이었다.

"변절자 테온." 그가 지나가자 누군가가 말했다. 그를 보고 다른 남자들 몇은 외면했다. 하나는 침을 뱉었다. '왜 안 그러겠어?' 그는 배신으로 윈터펠을 빼앗고, 같이 자란 형제들을 죽이고, 모트카일린에서는 자기 동포들의 가죽이 벗겨지게 만들었으며, 같이 자란 누이를 램지 공의 침대에 밀어 넣은 배신자였다. 루스 볼턴이 잘 써먹을지는 몰라도 진정한 북부인들이라면 그를 경멸하리라.

왼쪽 발의 잃어버린 발가락들 때문에 걸음걸이가 게처럼 어색하고 보기 우스꽝스러웠다. 저 뒤에서 어떤 여자의 웃음소리가 들렸다. 눈과 얼음과 죽음에 에워싸인 이런 반쯤 얼어붙은 무덤 같은 성에도 여자들은 있었다. '세탁부들.' 그건 종군 민간인을 돌려 말하는 표현이었고, 종군 민간인이란 창녀를 돌려 말하는 표현이었다.

그들이 어디에서 오는지 테온은 알 수 없었다. 시체에 꼬이는 구더기나 전장에 찾아오는 까마귀들처럼, 그냥 나타나는 것 같았다. 어느 군대에나 나타났다. 그중에는 하룻밤에 스무 명과 씹질을 하고 그들이 다 뻗는 게 없어질 때까지 술을 마실 수 있는 단련된 창녀들이 있었다. 그런가 하면 처녀처럼 순진해 보이는 창녀도 있었는데, 그건 상술에 불과했다. 몇 명은 숙영지 신부가 되었는데, 이 신 아니면 저 신에게 서약을 속삭이고 병사와 맺어지지만 전쟁이 끝나면 잊힐 운명이었다. 그들은 밤이면 병사의 침대를 데우고, 아침에는 장화에 뚫린 구멍을 기워주고, 해 질 녘이면 저녁 식사를 만들고, 전투가 끝나면 그의 시체를 털었다. 실제로 세탁을 하는 여자도 있었다. 사생아들이 딸려 있을 때도 많았다. 이 진지, 아니면 저 진지에서 태어난 비참하고 더러운 사생아들. 그리고 그런 것들조차 변절자 테온을 비웃었다. '웃으라지.' 그의 자긍심은 이곳 윈터펠에서 죽은 지 오래였다. 드레드포트의 지하감옥엔 그 따위 것이 남아 있을 자리가 없었다. 가죽 벗기는 칼의 감촉을 알게 되면, 비웃음 따위는 따갑지도 않았다.

출신과 혈통 덕분에 그는 연단 위 주빈석에서 벽 옆의 끝자리를 배정받았다. 왼쪽에는 언제나처럼 장식 없이 엄숙한 검은색 모직 옷을 입은 더스틴 부인이 앉았다. 오른쪽에는 아무도 앉지 않았다. '다들 불명예가 물들까 두려워하는 거야.' 감히 그럴 용기만 있다면 큰 소리로 웃었을 것이다.

신부는 램지와 그 아버지 사이, 가장 상석에 앉았다. 그녀는 루스 볼턴이 모두에게 아리아 부인을 위해 건배하자고 하는 동안 눈을 내리깔고 앉아 있었다. "아리아 부인의 자식을 통하여 우리 유서 깊은 두 가문이 하나가 될 것이며, 스타크와 볼턴 사이의 오랜 적대감이 끝날 것이오." 루스 볼턴의 목소리가 워낙 조용하다 보니 귀를 바짝 세우고 듣느라 연회장 안이 잠잠해졌다. "우리 좋은 친구 스타니스가 아직 참석하지 못해 유감이오." 이어지는 말에 잔물결처럼 웃음소리가 일었다. "램지는 스타니스의 머리를 결혼 선물로 아리아 부인에게 바치고 싶어 했던 걸로 아는데 말이지." 웃음소리가 커졌다. "스타니스가 도착하면 성대하게 환영해주도록 합시다. 진정한 북부인다운 환영을 해줘야지. 그날까지는 먹고 마시고 즐겁게 지냅시다……. 겨울이 목전에 닥쳤고, 여기 모인 우리 중 상당수는 살아서 봄을 보지 못할 테니 말이오."

화이트하버의 영주가 먹을 것과 마실 것을 제공했다. 검은 맥주와 노란 맥주, 따뜻한 남쪽에서부터 뚱뚱한 배에 실어 와 깊은 지하실에서 숙성시킨 붉은색과 금색과 자주색 와인들. 결혼식 하객들은 대구살 튀김과 겨울호박, 산더미처럼 쌓인 순무와 거대한 둥근 치즈, 모락모락 연기가 오르는 양고기 구이와 새까맣게 태우다시피 한 소갈비를 게걸스럽게 흡입하고 그 후에는 마차 바퀴만큼 커다란 결혼식 파이 세 개를 먹어치웠다. 얇게 벗겨지는 파이 껍질 속에는 당근, 양파, 순무, 파스닙, 버섯, 그리고 맛있는 갈색 그레이비에 잠긴 숙성 돼지고기가 터질 듯이 꽉 차 있었다. 램지가 검을 뽑아 파이를 잘랐고 와이먼 맨덜리가 직접 조각을 분배하며 김이 오르는 첫 번째 조각을 루스 볼턴과 그의 뚱뚱한 프레이 부인에게, 다음 조각은 왈더 프레이의 아들인 호스틴 경과 아에니스 경에게 선사했다. "이렇게 맛있는 파이는 못 드셔봤을 겁니다, 여러분." 뚱뚱한 영주가 장담했다. "아버 골드 와인을 같이 마시면서 한 입, 한 입 음미하세요. 난 그럴 겁니다."

그 말에 충실하게도 맨덜리는 파이 하나당 두 조각씩, 총 여섯 조각을 먹어치웠다. 쩝쩝대고 배를 때리면서 튜닉 앞섶이 그레이비 얼룩으로 반쯤 갈색이 되고 수염에 파이 부스러기가 점점이 붙을 때까지 배를 채웠다. 뚱뚱한 왈다 프레이도 맨덜리의 폭식에는 상대가 되지 못했지만, 그래도 세 조각은 먹었다. 램지도 열심히 먹었으나 그의 창백한 신부는 앞에 놓인 파이 조각을 쳐다보기만 했다. 신부가 고개를 들어 테온을 보았을 때, 테온은 그 커다란 갈색 눈 속에 도사린 두려움을 볼 수 있었다.

연회장 안에는 장검이 허용되지 않았으나, 모두가 단검은 가지고 있었다. 테온 그레이조차도 그랬다. 단검 없이 어떻게 고기를 자르겠는가? 그는 제인 풀이었던 소녀를 볼 때마다 허리에 찬 강철을 의식했다. '달리 저 애를 구할 방법이 없어. 하지만 쉽게 죽여줄 순 있지. 아무도 예상 못 할 거야. 축하의 춤을 청한 다음 목을 그을 수 있어. 그건 친절한 일이 되겠지? 그리고 옛 신들이 내 기도를 들으셨다면 격분한 램지가 나도 바로 죽여줄지 몰라.' 테온은 죽음이 두렵지 않았다. 드레드포트 지하에서 그는 죽음보다 훨씬 나쁜 일들이 있다는 걸 알았다. 램지가 손가락 하나하나마다 발가락 하나하나마다 가르쳐줬고 그건 잊을 수 있는 수업이 아니었다.

"통 먹질 않는군." 더스틴 부인이 말했다.

"네." 먹는 것도 힘들었다. 램지 때문에 부러진 이가 너무 많아서 씹는 게 고역이었다. 마시기는 더 쉬웠지만, 떨어뜨리지 않으려면 와인 잔을 두 손으로 움켜잡아야 했다.

"돼지고기 파이는 먹을 생각 없으신가? 우리 뚱보 친구의 말을 믿자면 역사상 최고의 돼지고기 파이라는데." 더스틴 부인은 와인 잔을 맨덜리 공 쪽으로 들어 올렸다. "뚱보가 저렇게 행복해하는 모습 본 적 있나? 거의 춤을 추는군. 직접 파이를 나눠주고."

사실이었다. 화이트하버의 영주는 쾌활한 뚱보 그 자체로, 웃는 얼굴로 껄껄대며 다른 영주들과 농담을 하고 다른 이들의 등을 때리는가 하면, 악사들에게 이 노래를 불러라, 저 노래를 연주해라 외쳐댔다. "우리에게 〈끝이 난 밤〉을 불러주게, 가수." 그는 우렁차게 외쳤다. "신부가 좋아할 거야. 아니면 용감한 어린 대니 플린트에 대한 노래를 불러서 우리를 울려주게." 보고 있으면 와이먼 맨덜리가 새신랑인 줄 알 지경이었다.

"취했군요." 테온이 말했다.

"술로 공포를 잊는 거야. 저자는 뼛속까지 겁쟁이라네."

그런가? 테온은 확신할 수 없었다. 와이먼의 아들들도 뚱뚱했지만, 전투에서 부끄러운 모습을 보인 적은 없었다. "강철인도 전투 전에 연회를 벌입니다. 죽음이 기다리고 있으니, 삶을 마지막으로 맛보는 거죠. 스타니스가 온다면……."

"올 거야. 올 수밖에 없지." 더스틴 부인은 쿡쿡 웃었다. "그리고 놈이 오면 저 뚱보는 오줌을 지릴 거야. 저자는 아들이 피의 결혼식에서 죽었는데, 그런데도 프레이 놈들과 빵과 소금을 나눠 먹고 자기 지붕 아래 환영하며 손녀딸을 주겠다고 약속했지. 심지어 파이도 대접하고 있어. 맨덜리는 과거에 적에게 영지와 아성을 빼앗기고 남쪽에서 도망쳐 왔지. 혈통은 혈통이야. 뚱보는 분명 우릴 다 죽이고 싶겠지만, 그럴 배짱은 없다네. 저 땀 흘리는 살덩어리 아래엔…… 뭐랄까…… 자네만큼이나 비겁하고 비굴한 심장이 뛰고 있지."

그 마지막 말은 채찍 같았으나, 테온은 감히 응수하지 못했다. 무례를 범했다간 살가죽을 대가로 치를 터였다. "부인께서 맨덜리 공이 우리를 배신하고 싶어 한다 믿으신다면, 볼턴 공에게 말씀하셔야지요."

"루스가 모를 것 같나? 어리석기는. 잘 지켜보게. 루스가 맨덜리를 어떻게 보는지 지켜봐. 루스는 어떤 요리든 맨덜리가 먼저 먹기 전에는 입에 대지도 않아. 맨덜리가 같은 통에서 나온 와인을 마시는 모습을 보기 전에는 와인도 넘기지 않고. 뚱보가 배신을 시도한다면 기뻐할걸. 재미있어질 테니까. 루스에겐 감정이 없다네. 그렇게나 좋아하는 거머리들이 모든 열정을 빨아낸 지 오래야. 루스는 사랑하지도 않고, 미워하지도 않고, 슬퍼하지도 않아. 그에게 이건 가벼운 기분 전환용 게임이라네. 어떤 자는 사냥을 하고, 어떤 자는 매사냥을 하고, 어떤 자는 주사위를 굴리지. 루스는 인간을 가지고 게임을 해. 자네와 나, 여기 프레이들, 맨덜리 공, 통통한 새 아내, 심지어 자기 서자도 그의 놀이말에 불과하지." 하인 하나가 지나갔다. 더스틴 부인은 와인 잔을 들어 올려 술을 채우고는, 테온의 잔도 채우라고 손짓했다. "솔직히 말해서 볼턴 공은 한갓 영주 이상을 열망해. 북부의 왕은 안 될 것 있나? 타이윈 라니스터는 죽었고, 킹슬레이어는 불구가 됐고, 꼬마 악마는 달아났어. 라니스터는 힘을 잃은 세력이고, 자네가 친절하게도 스타크를 없애줬지. 늙은 왈더 프레이도 뚱뚱한 어린 딸 왈다가 왕비가 되는 걸 반대하진 않을 거야. 와이먼 공이 이번에 닥칠 전투에서 살아남는다면 화이트하버가 문제가 될지 모르지만⋯⋯ 분명 살아남지 못할 테지. 스타니스보다 더 확실히 그래. 루스는 젊은 늑대를 제거했듯 그 둘도 제거할 거야. 또 누가 있나?"

"당신." 테온이 말했다. "당신이 계시죠. 결혼으로 더스틴이 되었으며 출신은 리스웰인, 배로턴의 여주인."

그녀는 그 말에 즐거워했고, 검은 눈을 반짝거리며 와인을 한 모금 마시더니 말했다. "배로턴의 과부지……. 그래, 그러려고만 한다면 내가 불편을 줄 수도 있을 거야. 물론 루스는 그것도 잘 알기에 내 기분을 신경 쓰고 있지."

더 말할 수도 있었겠지만, 그때 더스틴 부인의 눈에 학사들이 보였다. 학사 셋이 연단 뒤쪽에 난 영주용 문으로 같이 들어왔다. 하나는 키가 크고, 하나는 통통하고, 하나는 무척 젊었지만 로브와 사슬 목걸이 덕분에 까만 콩깍지에서 나온 회색 콩 세 알 같았다. 전쟁 전에 메드릭은 혼우드 공을 섬겼고, 로드리는 세르윈 공을, 젊은 헨리는 슬레이트 공을 섬겼다. 루스 볼턴은 윈터펠에서 다시 전언을 보내고 받을 수 있도록, 그들 셋 다 데려와서 루윈 학사의 까마귀들을 맡겼다.

메드릭 학사가 한쪽 무릎을 꿇고 볼턴의 귓가에 속삭이는 모습을 보며 더스틴 부인은 못마땅한 듯 입매를 비틀었다. "내가 왕이라면 제일 먼저 저 회색 쥐새끼들을 다 죽일 거야. 저들은 사방을 종종거리고 뛰어다니면서 영주들이 남긴 음식을 먹고, 서로에게 찍찍거리고, 주인의 귓가에 소곤거리지. 하지만 사실은 누가 주인이고 누가 종복일까? 모든 대영주에게 학사가 있고, 그보다 못한 영주들은 모두 학사를 두고 싶어 하지. 학사가 없다면, 별로 중요하지 않은 영주라는 뜻이니까. 회색 쥐새끼들이 우리 편지를 읽고 쓰는 데다 아예 글을 읽지 못하는 영주들도 있는데, 저들이 자기들 목적대로 말을 비틀지 않는다고 누가 장담할 수 있나? 저들이 무슨 쓸모가 있나?"

"치료를 하지요." 테온은 말했다. 그렇게 대답해야 할 듯했다.

"그래, 치료를 하지. 그러니 영리하지 않다고는 안 했잖나. 저들은 우리가 아프고 다쳤을 때, 아니면 부모나 자식의 병으로 심란할 때 우리를 돌보지. 우리가 제일 약하고 제일 다치기 쉬울 때 그 자리에 있는 거야. 가끔 치료를 해주면 우리는 고마워할 수밖에 없어. 치료에 실패하면 또 슬퍼하는 우리를 위로하는데, 우린 그것도 고마워해. 고마워서 저들에게 우리 지붕 밑 자리를 주고, 우리의 모든 비밀과 수치를 알게 하고, 모든 회의에 참석시키지. 그러면 오래지 않아 지배자가 지배를 받게 된다네.

리카드 스타크 공이 바로 그런 경우였지. 그 양반의 회색 쥐새끼는 왈리스 학사라는 자였어. 그런데 말이야, 시타델에 들어갈 때까지는 성(姓)이 있던 작자들도 학사가 되고 나면 성을 버리는 게 참 영리하지 않나? 그러면 우린 그자들이 정말로 누구인지, 어디 출신인지 알 수가 없지……. 그래도 집요하기만 하다면 알아낼 순 있어. 사슬 목걸이를 벼리기 전, 왈리스 학사는 왈리스 플라워스였다네. 플라워스, 힐, 리버스, 스노우……. 우린 정체를 확실히 표시하기 위해 사생아들에게 그런 성을 붙이지만, 그런 것들은 언제나 재빨리 그 이름을 벗어던지지. 왈리스 플라워스의 어머니는 하이타워 가문이었어……. 그리고 아버지는 시타델의 최고학사라는 소문이 있었네. 회색 쥐새끼들은 생각만큼 순결하지 않아. 올드타운 학사들이 최악이지. 일단 그놈이 사슬을 벼리자, 그놈의 비밀스러운 아비와 그 친구들은 지체 없이 놈을 윈터펠로 보내어 리카드 공의 귀에 꿀처럼 달콤한 독을 부어 넣었어. 툴리와의 결혼도 분명 그놈 짓이라네. 그놈은—"

더스틴 부인의 말은 루스 볼턴이 색 엷은 눈을 횃불 빛에 반짝이며 일어나는 바람에 끊겼다. "친구들이여." 볼턴이 입을 열자 연회장에 정적이 내려앉았다. 얼마나 깊은 정적이었는지, 테온은 창을 가린 판자를 쥐어뜯는 바람 소리마저 들을 수 있을 정도였다. "스타니스와 그 기사들이 새로운 붉은 신의 깃발을 휘날리며 딥우드모트를 떠났다는군. 북부 산지 부족들이 덥수룩한 꼬마 말을 타고 합세했소. 날씨가 이대로라면 2주 안에 도착할 거요. 그리고 까마귀 밥 엄버가 왕의 가도를 남하하고 있고, 카스타크는 동쪽에서 접근하고 있소. 여기에서 스타니스 공과 합류하여 우리에게서 이 성을 빼앗을 작정이지."

호스틴 프레이 경이 벌떡 일어섰다. "달려 나가서 맞이해야 합니다. 뭐하러 군세를 합치게 둡니까?"

'그야 아놀프 카스타크는 볼턴에게서 변절하라는 신호가 떨어질 때만 기다리고 있으니 그렇지.' 테온이 생각하는 사이에도 다른 영주들이 소리쳐 조언하기 시작했다. 볼턴 공은 두 손을 들어 올려 조용히 시켰다. "연회장은 그런 의논을 할 곳이 아니오. 내 아들이 결혼을 성사시키는 동안 우리는 개인방으로 물러갑시다. 나머지 여러분은 남아서 요리와 술을 즐기시길."

드레드포트의 영주가 세 학사를 거느리고 빠져나가자 다른 영주들과 부대장들이 일어나서 뒤따라갔다. 창녀잡이라고 불리는 여윈 노인, 호서 엄버는 험상궂은 얼굴로 나갔다. 맨덜리 공은 너무 취해서 힘센 남자 네 명의 부축을 받아야 했다. 그는 자기 기사들에게 기대어 비틀비틀 테온 옆을 지나면서 중얼거렸다. "'쥐 요리사'에 대한 노래를 했어야 하는데 말이야. 가수, 쥐 요리사에 대한 노래를 불러라."

더스틴 부인은 마지막에 일어섰다. 그녀가 사라지자 갑자기 연회장 안이 숨 막히게 답답해졌다. 테온은 일어서고 나서야 술을 얼마나 많이 마셨는지 알았다. 그는 비틀거리며 식탁을 떠나다가 어느 하녀가 든 술병을 쳐서 떨어뜨렸다. 장화와 바지에 튄 와인이 검붉은 파도 같았다.

손 하나가 그의 어깨를 잡았다. 무쇠처럼 단단한 다섯 손가락이 살을 파고들었다. "널 부르신다, 구린내." 시큼한 알린이 썩은 이의 악취를 풍기며 말했다. 노란 딕과 춤춰봐 데이먼도 함께였다. "램지가 너더러 신부를 침대로 데려오라셔."

그는 두려움에 몸서리를 쳤다. '난 내 역할을 수행했어. 왜 나지?' 그렇게 생각했지만, 거부해선 안 된다는 걸 알고 있었다.

램지 공은 이미 연회장을 뜬 후였다. 잊힌 듯이 버려진 신부는 두 손으로 은잔을 꽉 잡고 스타크 가문의 깃발 아래에 등을 구부린 채 조용히 앉아 있었다. 다가가는 테온을 쳐다보는 모습을 보니 그 은잔을 몇 번은 비운 것 같았다. 술에 취하면 이 시련이 지나쳐 갈지도 모른다는 희망을 품었을까. 테온은 그렇게 어리석지 않았다. "아리아 부인. 가시죠. 의무를 수행할 때가 됐습니다."

소녀를 데리고 연회장 뒤편으로 빠져나가, 얼어붙은 마당을 가로질러 주성으로 향하는 테온 곁에는 '서자의 자식들' 여섯 명이 함께했다. 램지 공의 침실까지는 돌계단으로 세 층을 올라가야 했는데, 그래도 화마가 가볍게 지나간 방 중 하나였다. 계단을 오르면서 춤춰봐 데이먼은 휘파람을 불고, 스키너는 램지 공이 총애의 표시로 피 묻은 시트 한 조각을 주겠다고 약속했노라 자랑했다.

침실은 첫날밤을 위해 잘 꾸며놓았다. 모든 가구가 배로턴에서부터 보급 행렬에 실어 온 새 가구였다. 캐노피 침대에는 깃털을 채운 매트리스를 깔고 새빨간 핏빛 벨벳 휘장을 드리웠다. 돌바닥에는 늑대 가죽을 덮었다. 벽난로에는 불이, 침대 협탁에는 촛불이 타고 있었다. 이동식 탁자에는 와인 한 병과 잔 두 개, 그리고 결이 보이는 하얀 치즈 반 덩이가 놓였다.

의자도 하나 있었는데, 검은 참나무로 만들어서 붉은 가죽 좌석을 댔다. 그들이 들어갔을 때 램지 공은 그 의자에 앉아 있었다. 입술에 침이 번들거렸다. "저기 내 사랑스러운 처녀가 오는군. 착한 녀석들이야. 이제 나가봐도 된다. 구린내, 너는 말고. 넌 남아."

'구린내, 구린내, 비린내와 운이 맞는 구린내.' 그는 없어진 손가락에 쥐가 나는 느낌이었다. 왼손에 두 개, 오른손에 한 개. 그리고 그의 허리에는 가죽 칼집에서 잠자는 단검이 있었지만, 무거웠다. 아, 너무나 무거웠다. '내 오른손은 새끼손가락만 없어졌어.' 테온은 스스로를 일깨웠다. '아직 칼 정도는 쥘 수 있어.' "주인님. 어떻게 도와드릴까요?"

"네가 저 계집을 나에게 줬잖아. 선물을 푸는 데 더 나은 놈이 있겠나? 어디, 네드 스타크의 어린 딸이 어떻게 생겼나 보자."

'잰 에다드 공의 혈육이 아닙니다.' 테온은 말해버릴 뻔했다. '램지도 알아. 당연히 알지. 이건 또 무슨 새로운 잔인한 놀이지?' 소녀는 사슴처럼 떨면서 침대 기둥 옆에 서 있었다. "아리아 부인, 등을 돌리시면 제가 가운을 풀어드리겠습니다."

"아니야." 램지 공이 와인을 한 잔 따랐다. "끈을 풀면 너무 오래 걸려. 찢어내."

테온은 단검을 뽑았다. '몸을 돌려 찌르기만 하면 돼. 칼은 내 손에 있어.' 그때쯤엔 이게 무슨 놀이인지 알 것 같았다. '또 다른 함정이야.' 그는 키라와 키라가 들고 왔던 열쇠를 떠올렸다. '내가 자길 죽이려고 덤볐으면 하는 거야. 실패하면 내가 칼을 드는 데 쓴 손의 가죽을 벗기겠지.' 그는 신부의 치마를 움켜잡았다. "가만히 계세요." 허리 아래로는 가운이 헐렁했기에, 그는 신부를 베지 않으려고 아래쪽에 칼을 밀어 넣은 후 천천히 위로 그었다. 강철이 모직물과 비단을 가르면서 희미하고 부드럽게 속삭였다. 소녀는 벌벌 떨었다. 가만히 서 있도록 테온이 팔을 잡아야 했다. '제인, 제인, 폐인과 운이 맞는 제인.' 그는 손가락을 잃은 손으로 가능한 한 단단히 잡았다. "가만히 계세요."

마침내 가운이 툭 떨어져, 신부의 발 주위로 희게 내려앉았다. "속옷도." 램지가 명했고 구린내는 복종했다.

다 끝나자 신부는 벌거벗은 채 서 있었고, 신부 옷은 발치에 쌓인 흰색과 회색 넝마가 되었다. 젖가슴은 작고 뾰족했으며, 엉덩이는 소녀답게 좁았고, 두 다리는 새처럼 앙상했다. '어린애야.' 테온은 제인이 얼마나 어린지 잊고 있었다. '산사 또래였지. 아리아는 이보다 더 어렸을 거야.' 벽난로 불에도 불구하고 침실은 싸늘했다. 제인의 하얀 피부에 닭살이 돋았다. 그녀가 두 손을 올려 가슴을 가리려는 순간이 있었지만, 테온이 입 모양으로 '안 돼'라고 하는 걸 보고 그만뒀다.

"어떤 것 같으냐, 구린내야?" 램지 공이 물었다.

"부인께선……." '무슨 대답을 원하는 거야?' 저 소녀가 신의 숲에 가기 전에 뭐라고 말했었지? '다들 내가 예쁘다고 했어요.' 지금 그녀는 예쁘지 않았다. 누군가가 채찍질한 등판에 거미줄처럼 가느다란 선들이 남아 있었다. "아름다우십니다. 정말…… 정말 아름다우세요."

램지가 특유의 번들거리는 미소를 보였다. "저 여자를 보니 거시기가 단단해지냐, 구린내? 바지 끈이 조여? 네가 먼저 범하고 싶으냐?" 램지는 소리 내어 웃었다. "윈터펠의 왕자라면 그럴 권리가 있어야지. 옛날 모든 영주가 그랬던 것처럼 말이야. 초야권. 그런데 넌 영주가 아니지? 구린내일 뿐이니까. 사실은 남자도 아니지." 그는 와인을 한 모금 더 마시더니 잔을 벽에 던져서 박살 냈다. 돌 위에 붉은 강이 흘러내렸다. "아리아 부인. 침대에 누워. 그래, 거기 베개 위에. 그래야 착한 아내지. 이제 다리 벌려. 우리에게 네 밑구멍을 보여줘."

소녀는 말없이 복종했다. 테온은 문 쪽으로 한 걸음 물러섰다. 램지 공은 신부 옆에 앉아서 허벅지 안쪽을 쓸더니, 손가락 두 개를 안에다 집어넣었다. 소녀는 아픔에 헉 소리를 냈다. "늙은 뼈다귀처럼 메말랐군." 램지는 손을 빼더니 소녀의 얼굴을 때렸다. "넌 남자를 즐겁게 해줄 줄 안다고 들었다. 그건 거짓말이었나?"

"아, 아닙니다, 주인님. 저, 전 훈련받았어요."

램지는 불빛에 얼굴을 반짝이며 일어섰다. "구린내, 이리 와라. 날 위해 이 여자를 준비시켜라."

테온은 잠시 무슨 말인지 이해하지 못했다. "그게…… 어…… 주인님, 제겐 그…… 그런……."

"네 입으로 해." 램지 공이 말했다. "그리고 빨리 해라. 내가 옷을 다 벗을 때까지 이 여자가 젖지 않으면 네 혀를 잘라 벽에 못으로 박아버리겠다."

신의 숲 어딘가에서 까마귀가 울었다. 단검은 아직 테온의 손에 있었다. 그는 단검을 칼집에 넣었다.

'구린내, 내 이름은 구린내야. 지린내와 운이 맞는 구린내.'

구린내는 임무에 몸을 굽혔다.

주시자

“그 머리를 어디 보세.” 그의 대공이 명했다.

아레오 호타는 그의 아내인 물푸레나무와 쇠로 만든 도끼의 매끈한 긴 자루를 쓰다듬으며 내내 주시했다. 그는 하얀 기사 발론 스완 경을 주시하고, 같이 온 다른 이들을 주시했다. 각기 다른 탁자 앞에 앉은 모래뱀들도 주시했다. 귀족 남녀들, 하인들, 늙고 눈먼 대집사, 보드라운 수염에 비굴한 미소를 띤 젊은 학사 마일스도 주시했다. 그는 반은 빛 속, 반은 그림자 속에 서서 모두를 보았다. ‘섬기고, 복종하고, 지킨다.’ 그것이 아레오 호타의 직무였다.

나머지 모두의 눈길은 그 상자에 가 있었다. 흑단으로 만들어서 은 자물쇠와 경첩을 단 상자였다. 분명 아름다워 보이는 상자였지만, 그 안에 무엇이 들었느냐에 따라서 이곳 선스피어의 ‘오래된 궁전’에 모인 많은 사람이 곧 죽을 수도 있었다.

칼레오트 학사가 슬리퍼 스치는 소리를 내며 발론 스완 경에게 걸어갔다. 이 동그랗고 작은 남자는 짙고 연한 갈색의 굵은 줄무늬와 붉은색의 좁은 줄무늬를 넣은 새 로브를 입어 화려한 모습이었다. 그는 허리를 굽혀 하얀 기사의 손에 들린 상자를 잡더니, 도란 마르텔이 딸 아리안느와 죽은 동생의 애인 엘라리아를 양옆에 세우고 바퀴 의자에 앉아 있는 연단으로 들고 갔다. 백 개의 향초가 공기에 향을 뿌렸다. 귀족 남성들의 손가락, 여성들의 허리띠와 머리그물에 박힌 보석들이 반짝였다. 구리 미늘 갑옷을 거울처럼 반질거리게 닦아 입은 아레오 호타도 촛불 빛 속에서 눈부시게 빛났다.

연회장에 정적이 내려앉았다. '도르네가 숨을 죽이는군.' 칼레오트 학사가 상자를 도란 대공의 의자 옆 바닥에 내려놓았다. 평소에는 안정감 있고 날랜 학사의 손가락이 자물쇠를 풀어 뚜껑을 열고 안에 든 두개골을 보이기까지 서툴게 움직였다. 호타는 누군가가 헛기침하는 소리를 들었다. 파울러 쌍둥이 한쪽이 다른 한쪽에게 뭐라고 소곤거렸다. 엘라리아 샌드는 눈을 감고 기도를 중얼거렸다.

위병대장은 발론 스완 경이 당긴 활처럼 긴장해 있는 것을 알아차렸다. 이 새로운 하얀 기사는 이전 기사처럼 키가 크거나 잘생기진 않았지만, 가슴팍이 더 딱 벌어졌고 더 건장했으며, 근육질의 두 팔이 굵었다. 하얀 망토는 백조와 흑조가 달린 은제 브로치로 목 근처에서 고정했다. 백조는 상아, 흑조는 마노로 만들었는데, 아레오 호타의 눈에는 두 마리가 싸우고 있는 것 같았다. 그 새들을 단 남자도 싸움꾼으로 보였다. '이자는 지난번처럼 쉽게 죽지 않겠군. 아리스 경처럼 내 도끼에 달려들지 않을 거야. 방패를 들고 서서 내가 달려들게 하겠지.' 호타는 그때가 와도 준비되어 있을 것이다. 그의 긴자루 도끼는 면도를 해도 될 정도로 날카로웠다.

그는 상자를 흘긋 보았다. 머리뼈는 검은 펠트 위에 놓여 히죽 웃고 있었다. 머리뼈란 다 웃는 얼굴처럼 보이지만, 이 머리뼈는 유독 행복해 보였다. '그리고 크기도 하군.' 위병대장은 이렇게 큰 머리뼈를 본 적이 없었다. 튀어나온 이마뼈는 두껍고 육중했으며, 턱은 거대했다. 촛불 빛을 받은 뼈가 발론 경의 망토만큼 하얗게 빛났다. "받침대 위에 올리게." 대공이 명했다. 눈에 눈물이 반짝였다.

받침대란 칼레오트 학사보다 1미터 가까이 높은 검은색 대리석 기둥이었다. 통통하고 작은 학사는 까치발을 들고 뛰어도 손이 닿지 않았다. 아레오 호타가 가서 도우려 했으나, 오바라 샌드가 먼저 움직였다. 오바라는 채찍과 방패 없이도 성난 남자 같은 외양을 갖췄다. 가운 대신 남자용 바지와 종아리까지 내려오는 리넨 튜닉을 입고, 구리 태양을 이어 만든 허리띠를 맸다. 갈색 머리는 하나로 틀어 묶었다. 그녀는 학사의 보드라운 분홍색 손에서 머리뼈를 낚아채어 대리석 기둥 위에 올렸다.

"산더미는 이제 달리지 않는군." 대공이 근엄하게 말했다.

"저자의 죽음이 길고 힘들었나요, 발론 경?" 티엔 샌드가 마치 가운이 예쁜지 묻는 처녀 같은 말투로 물었다.

"며칠 동안 비명을 질렀습니다, 아가씨." 하얀 기사는 그렇게 대답했지만, 그 말을 하는 게 별로 기분 좋지 않다는 것은 명백했다. "레드킵 어디서나 그 소리를 들을 수 있었습니다."

"경은 그게 괴로운가요?" 니메리아가 물었다. 그녀는 촛불 빛만으로도 안에 건 금실과 보석이 비칠 정도로 얇고 섬세한 노란 비단 가운을 입었다. 실로 품위 없는 복장이라 하얀 기사는 쳐다보기도 불편해하는 눈치였지만, 아레오 호타는 좋다고 생각했다. 니메리아는 벌거벗다시피 했을 때 가장 덜 위험했다. 그렇지 않을 때는 온몸에 칼을 십여 개는 숨겼다고 봐야 했다. "그레고르 경이 잔인한 짐승이었다는 점에는 모두가 동의하죠. 고통받아 마땅한 자가 있다면 그자였어요."

"그럴지도 모릅니다만…… 그는 기사였고, 기사는 손에 검을 쥔 채 죽어야 마땅합니다. 독으로 죽는 것은 불쾌하고 지저분한 방법입니다."

발론 스완의 말에 티엔이 미소 지었다. 티엔의 크림색과 녹색 가운에는 긴 레이스 소매가 달렸는데, 어찌나 얌전하고 순수해 보이는지 어떤 남자든 그 모습을 보면 정숙하기 그지없는 처녀라고 생각할 지경이었다. 아레오 호타는 그보다 잘 알았다. 티엔의 부드러운 하얀 손은 오바라의 굳은살 박인 손보다 더 치명적이면 치명적이지, 못하지 않았다. 그는 티엔이 손가락을 살짝 움직일 때마다 경계하며 조심스레 주시했다.

도란 대공이 얼굴을 찌푸렸다. "그렇기는 하나, 니메리아 말이 맞네, 발론 경. 비명을 지르며 죽어 마땅한 자가 있다면 그레고르 클리게인이었지. 그자는 내 착한 누이동생을 도살하고 그 아기의 머리통을 벽에 짓이겼어. 이제는 그자가 지옥에서 불타고, 엘리아와 엘리아의 아이들이 평온을 누리기를 기도할 뿐이야. 이게 도르네가 갈망하던 정의야. 이 맛을 볼 정도로 오래 산 게 기쁘네. 드디어 라니스터가 호언장담을 지켜 이 오랜 피의 빚을 갚았군."

대공 대신 눈먼 대집사 리카소가 일어나서 건배를 제안했다. "여러분, 우리 모두 안달인과 로인인과 최초인의 왕이자 칠왕국의 주인인 토멘 1세를 위해 마십시다."

대집사가 말하는 동안 이미 하인들이 술병을 들고 손님들 사이를 돌아다니며 잔을 채우기 시작했다. 도르네의 독한 와인으로, 피처럼 검붉고 복수처럼 달콤한 술이었다. 위병대장은 마시지 않았다. 그는 연회에서 결코 술을 마시지 않았다. 대공도 그 와인을 함께 나누지 않았다. 그에게는 마일스 학사가 부어오른 관절의 통증을 줄여주기 위해 준비한 양귀비즙 섞은 와인이 따로 마련되었다.

하얀 기사는 예의를 지켜 마셨다. 그와 동행한 이들도 마찬가지였다. 아리안느 공녀, 조데인 부인, 갓즈그레이스의 여영주, 레몬우드의 기사, 고스트힐의 여영주도 마셨고…… 오베린 공자가 사랑하던 여인이며 그가 죽을 때 킹스랜딩에 함께 있었던 엘라리아 샌드도 마셨다. 아레오 호타는 술을 마시지 않는 이들에게 더 주의를 기울였다. 다에몬 샌드 경, 트레먼드 가 갈렌 공, 파울러 쌍둥이, 다고스 맨우디, 헬홀트의 울러 가문, 뼈의 길의 윌 가문. '말썽이 생긴다면 저 중 하나가 시작할 수 있겠군.' 도르네는 분노하여 분열되어 있었고, 도란 대공의 장악력은 전처럼 강하지 않았다. 많은 휘하 영주가 대공을 약하다 여겼고, 라니스터와 철왕좌에 앉은 소년 왕을 향한 개전을 환영할 터였다.

그중 최고는 대공의 죽은 동생, '붉은 독사' 오베린의 서녀들인 모래뱀들이었고, 그중 셋이 이 연회에 참석했다. 도란 마르텔은 역대 가장 현명한 대공이었고 그의 결정에 의문을 품는 것은 위병대장의 몫이 아니었으나, 아레오 호타는 왜 대공이 창의 탑의 외로운 감옥에서 딱 집어서 오바라, 니메리아, 티엔을 풀어주었는지 궁금했다.

티엔은 뭐라고 중얼거리면서, 니메리아 아가씨는 손만 까딱여서 리카소의 건배를 거절했다. 오바라는 잔을 철철 넘치게 채운 다음 뒤집어서 붉은 와인을 바닥에 뿌렸다. 하녀가 엎질러진 와인을 닦으려 무릎을 꿇자 오바라는 나가버렸다. 잠시 후에 아리안느 공녀가 실례하겠다고 하더니 그 뒤를 쫓아 나갔다. '오바라도 어린 공녀님에게 분노를 돌리진 않을 거야. 사촌 사이시고, 무척 사랑하시니.' 호타는 알고 있었다.

연회는 검은 대리석 기둥 위에서 웃고 있는 머리뼈의 주재 아래 밤늦게까지 이어졌다. 일곱 신을 기리고 킹스가드 일곱 형제에게 경의를 표하는 뜻에서 일곱 가지 코스가 나왔다. 수프는 계란과 레몬으로 만들었고, 긴 녹색 고추에는 치즈와 양파를 채웠다. 장어 파이, 꿀을 바른 수탉 구이가 있었고 그린블러드 강바닥에서 잡은 메기는 어찌나 큰지 하인 네 명이 같이 날라야 했다. 그 후에는 일곱 종류의 뱀 고기를 드래곤 고추와 블러드 오렌지로 양념하고 약간의 독액으로 맛을 내어 뭉근히 끓인 풍미 좋은 뱀 스튜가 나왔다. 호타는 먹어보지 않고도 그 스튜가 불처럼 맵다는 걸 알았다. 혀를 식히기 위한 셔벗이 뒤따랐다. 디저트로는 각각에게 설탕으로 만든 머리뼈가 하나씩 돌아갔다. 설탕 껍질이 부서지면 안에 든 달콤한 커스터드와 자두와 버찌가 나왔다.

아리안느 공녀는 속을 채운 고추가 나올 때에 맞춰 돌아왔다. '나의 어린 공녀님.' 호타는 생각했지만, 아리안느는 이제 성인 여성이었다. 입고 있는 진홍색 비단옷만 봐도 그랬다. 최근 아리안느는 다른 면으로도 변했다. 미르셀라에게 왕관을 씌우겠다는 계획은 배신으로 분쇄되었고, 그녀의 하얀 기사는 호타의 손에 피투성이로 죽었으며, 아리안느 자신은 창의 탑에 갇혀 고독과 정적에 괴로워해야 했다. 이 모든 것이 그녀를 단련시켰다. 그러나 또 다른 것, 공녀의 아버지가 감옥에서 풀어주기 전에 털어놓은 어떤 비밀이 있었다. 위병대장도 그 비밀의 내용은 알지 못했다.

대공은 딸을 자신과 하얀 기사 사이에 앉혔다. 높은 예우였다. 아리안느는 미소 띤 얼굴로 자기 자리에 다시 앉더니, 발론 경의 귓가에 뭔가 중얼거렸다. 기사는 대답하려 하지 않았다. 호타는 하얀 기사가 거의 먹지 않는 것을 알았다. 수프 한 숟가락, 고추 한 입, 수탉 다리 하나, 생선 몇 점이 다였다. 장어 파이는 피했고 스튜는 작은 숟가락으로 한 입만 먹었다. 그 정도 양으로도 이마에 땀이 맺혔다. 호타는 공감할 수 있었다. 처음 도르네에 왔을 때, 이곳의 매운 음식을 먹으면 내장이 꼬이고 혀가 불탔다. 그러나 그건 오래전이었다. 이제 호타의 머리는 희게 세었고, 여느 도르네인이 먹을 수 있다면 호타도 먹을 수 있었다.

발론 경은 설탕 머리뼈가 나오자 입매를 굳혔고, 혹시 조롱인가 싶어 대공을 한참이나 쳐다보았다. 도란 마르텔은 개의치 않았으나, 그 딸은 알아차렸다. "요리사의 가벼운 농담이에요, 발론 경." 아리안느가 말했다. "죽음이라 해도 도르네인에게는 성스럽지 않지요. 이 정도로 우리에게 화를 내진 않겠지요?" 아리안느는 손가락으로 하얀 기사의 손등을 쓸었다. "도르네에서 즐거운 시간을 보내고 있다면 좋겠군요."

"다들 아주 후하셨습니다."

아리안느는 두 마리 새가 싸우는 망토 잠금쇠를 건드렸다. "난 언제나 이 새들이 좋았어요. 여름 군도 이쪽 편에는 이보다 아름다운 새가 없죠."

"도르네의 공작이 이의를 제기할 수 있겠는데요." 발론 경이 말했다.

"그럴지도 모르지만." 아리안느가 말했다. "공작은 현란한 색깔을 뽐내며 걸어 다니는 허영심 강하고 교만한 생물이죠. 난 차분한 백조나 아름다운 흑조가 좋아요."

발론 경은 고개만 한 번 끄덕이고 와인을 마셨다. '이자는 제 결의형제처럼 쉽게 유혹당하지 않는군.' 호타는 생각했다. '아리스 경은 그 나이에도 소년이었지. 이자는 남자인 데다 신중해.' 위병대장은 한눈에 하얀 기사가 거북해하고 있음을 알았다. '여긴 낯선 곳이고, 좋아할 구석이 별로 없지.' 호타도 이해할 수 있었다. 오래전, 처음에 아가씨를 모시고 여기 왔을 때 그에게도 도르네는 기묘한 곳으로 보였다. 수염 난 사제들이 그를 보내기 전에 웨스테로스 공용어를 가르치기는 했으나, 도르네인들이 너무 빨리 말해서 이해하기가 힘들었다. 도르네 여자들은 음란하고, 도르네 와인은 시큼했으며, 도르네 요리는 기이한 매운 양념이 가득했다. 그리고 도르네 태양은 노보스의 희고 힘없는 태양보다 뜨거워서, 매일매일 파란 하늘에서 지상을 노려보았다.

위병대장은 발론 경의 여정이 더 짧았을지는 몰라도 나름대로 힘들었음을 알고 있었다. 기사 셋, 종자 여덟, 중장병 스무 명에 마부와 온갖 하인까지 킹스랜딩에서부터 동행했는데, 일단 산맥을 넘어 도르네에 들어오자 지나치는 성마다 잔치와 사냥 대회와 축하연을 베풀어 더디 움직였다. 그리고 이제 겨우 선스피어에 도착했더니, 미르셀라 왕녀도 아리스 오크하트 경도 그들을 맞이하지 않았다. '저 하얀 기사는 뭔가 잘못됐다는 걸 알아.'

호타는 알 수 있었다. '하지만 그것만이 아니야.' 모래뱀들의 존재에 불안해졌는지도 모른다. 그렇다면 오바라가 돌아온 게 상처에 식초를 뿌린 격이었으리라. 오바라는 한마디도 없이 자기 자리로 돌아오더니, 웃지도 말하지도 않고 험상궂은 얼굴로 뚱하게 앉아 있었다.

자정이 가까웠을 때 도란 대공이 하얀 기사를 돌아보더니 말했다. "발론 경, 경이 우리 자애로우신 왕대비에게서 가져온 편지를 읽었소. 경도 그 내용을 잘 안다 여겨도 될까?"

호타는 기사가 긴장하는 모습을 보았다. "압니다, 대공님. 왕대비 전하께선 제가 따님을 호위하여 킹스랜딩으로 돌아갈 수도 있다고 일러주셨습니다. 토멘 왕께서 누이를 애타게 그리워하셔서, 미르셀라 왕녀님이 잠시 궁정에 돌아오기를 바라십니다."

아리안느 공녀가 슬픈 표정을 지었다. "아, 하지만 우리 모두 미르셀라를 정말 좋아하게 됐는데요. 미르셀라와 내 동생 트리스탄은 떼려야 뗄 수가 없는 사이가 됐죠."

"트리스탄 공자님도 킹스랜딩에 오신다면 환영입니다." 발론 스완이 말했다. "토멘 왕께서도 분명 만나고 싶어 하실 겁니다. 국왕께는 같은 또래의 벗이 별로 없어서요."

"어린 시절에 생긴 유대감은 평생 갈 수 있지." 도란 대공이 말했다. "트리스탄과 미르셀라가 결혼하면, 트리스탄과 토멘은 형제 사이가 될 걸세. 세르세이 왕대비에겐 그럴 권리가 있어. 두 아이는 만나서 친구가 되어야 하네. 물론 도르네는 트리스탄이 그립겠지만, 트리스탄이 선스피어의 벽 바깥 세상을 봐야 할 때도 됐지."

"킹스랜딩은 공자님을 더없이 따뜻하게 환영할 겁니다."

'왜 땀을 흘리지?' 위병대장은 주시하며 생각했다. '연회장은 시원한 데다, 스튜는 거의 건드리지도 않았는데.'

도란 대공이 말하고 있었다. "세르세이 왕대비께서 제기하신 다른 문제로 말하자면, 내 동생이 죽은 후에 소협의회에 도르네의 자리가 비었고, 다시 채워야 할 때가 됐다는 것도 사실이네. 전하께서 내 조언이 쓸모가 있으리라 느끼신다니 우쭐하네만, 내게 그런 여행을 할 힘이 있을지 모르겠군. 혹시 바다로 간다면 모르겠네만?"

"배로 말입니까?" 발론 경은 깜짝 놀란 눈치였다. "그…… 그게 안전할까요, 대공 각하? 가을은 폭풍이 심한 계절이라고 들은 데다가…… 징검돌 군도의 해적들이……."

"해적들이라. 그건 그래. 경의 말이 맞을지 모르겠네. 왔던 길로 돌아가는 게 더 안전하겠군." 도란 대공은 기분 좋게 미소 지었다. "내일 다시 얘기하지. 물의 정원에 도착하면 미르셀라와 이야기해보세. 미르셀라가 얼마나 신날지 알아. 분명 동생도 보고 싶을 테고."

"정말 다시 뵙고 싶습니다." 발론 경이 말했다. "물의 정원에도 가보고 싶군요. 아주 아름답다고 들었습니다."

"아름답고 평화롭지." 대공이 말했다. "서늘한 바람에 반짝이는 물, 그리고 아이들의 웃음소리. 물의 정원은 이 세상에서 내가 제일 좋아하는 곳이라네. 내 선조가 타르가르옌 신부를 기쁘게 해주고, 선스피어의 모래 먼지와 더위에서 벗어나게 해주려고 지은 곳이지. 아마 이름이 대너리스였을 거야. 선한 왕 다에론의 누이였는데, 도르네가 칠왕국에 속하게 된 게 그 결혼 덕분이었다네. 그 소녀가 다에론의 이복동생 다에몬 블랙파이어를 사랑했고, 또 그에게 사랑받기도 했다는 걸 온 왕국이 다 알았지만 왕은 현명하게도 수천 명의 이익이 두 사람의 열망에 앞선다는 사실을 알아보았지. 그 두 사람을 아낀다 해도 말이야. 그 정원에 웃는 아이들을 가득 채운 건 대너리스였다네. 처음엔 자기 자식들이었지만, 나중에는 영주와 지주 기사의 아들딸을 데려와 대공의 아이들의 벗으로 삼았지. 그리고 타는 듯이 덥던 어느 여름날, 대너리스는 마부와 요리사와 하인의 아이들을 가엾이 여겨 그 아이들도 연못과 분수에서 놀 수 있게 했고, 그게 오늘날까지 전통으로 자리 잡았네." 대공은 의자 바퀴를 잡고 식탁에서 몸을 밀어냈다. "하지만 지금은 실례해야겠네, 경. 말을 많이 했더니 지쳤는데, 내일 동틀 때 떠나야 하니. 오바라, 친절을 베풀어 내가 침대에 들게 도와주겠느냐? 니메리아, 티엔, 너희도 와서 늙은 백부에게 다정한 밤 인사를 해다오."

그래서 선스피어의 연회장부터 대공의 개인방까지 이어지는 긴 회랑에서 대공의 의자를 미는 임무는 오바라에게 주어졌다. 아레오 호타는 오바라의 자매들과 아리안느 공녀, 그리고 엘라리아 샌드와 함께 그 뒤를 따랐다. 칼레오트 학사가 어린아이 안 듯이 산더미의 머리뼈를 끌어안고 슬리퍼를 신은 발로 서둘러 뒤쫓아왔다.

"설마 진심으로 트리스탄과 미르셀라를 킹스랜딩으로 보내실 생각은 아니겠죠." 오바라는 의자를 밀면서 말했다. 오바라는 보폭이 넓고 성난 걸음걸이로 너무 빨리 걸었고, 의자에 달린 커다란 나무 바퀴는 거친 돌바닥 위에서 덜컹거리며 굴렀다. "그랬다간 미르셀라를 두 번 다시 보지 못할 테고, 백부님 아들은 평생을 철왕좌의 인질로 살게 될 거예요."

"나를 바보로 아느냐, 오바라?" 대공은 한숨을 쉬었다. "네가 모르는 게 많이 있다. 누구든 들을 수 있는 이런 곳에서는 논의하지 않는 게 좋은 일들이지. 네가 입을 다문다면 알려줄 수도 있다만." 그는 얼굴을 찌푸렸다. "날 사랑한다면 좀 더 천천히 밀거라. 방금 덜컹거렸을 때는 내 무릎을 칼로 쑤시는 것 같았다."

오바라가 속도를 반으로 줄였다. "그럼 어쩌실 건가요?"

대답은 오바라의 동생 티엔이 했다. "늘 하시던 대로지." 가르랑거리는 소리였다. "지연시키고, 모호하게 만들고, 얼버무리고. 아, 우리 용감한 백부님만큼 그런 걸 잘하는 사람은 없어."

"너흰 잘못 알고 있어." 아리안느 공녀가 말했다.

"모두 조용히 해라." 대공이 명했다.

대공은 모두가 그의 개인방에 들어오고 문이 닫힌 다음에야 바퀴를 돌려 여자들을 마주했다. 그 정도 노력만으로도 숨이 찼고, 다리를 덮은 미르산 담요가 바큇살 두 개 사이에 끼는 바람에 뜯겨 나가지 않도록 단단히 잡아야 했다. 담요에 덮였던 다리는 허옇고 물렁했으며 소름 끼치는 모양새였다. 두 무릎은 붉게 부어올랐고, 발가락은 거의 자주색으로, 원래 크기의 두 배에 달했다. 아레오 호타는 이미 그 모습을 천 번은 보았는데도 여전히 제대로 보기가 힘들었다.

아리안느 공녀가 앞으로 나섰다. "제가 도와드릴게요, 아버지."

대공은 담요를 당겨 풀었다. "아직 내 담요 정도는 해결할 수 있다. 적어도 그 정도는 할 수 있어." 그랬다. 그의 두 다리는 쓸모없어진 지 3년째였지만, 손과 어깨에는 아직 힘이 있었다.

"대공님께 양귀비즙을 작은 잔으로 가져다드릴까요?" 칼레오트 학사가 물었다.

"이 정도 통증이면 들통으로 마셔야겠군. 고맙지만 됐네. 제정신을 유지해야 해. 오늘 밤은 학사가 더 필요하지 않네."

"잘 알겠습니다, 대공님." 칼레오트 학사는 보드라운 분홍색 두 손으로 그레고르 경의 머리뼈를 끌어안은 채 절을 했다.

"그건 내가 받죠." 오바라 샌드가 그의 품에서 머리뼈를 당겨 빼내더니 팔을 쭉 폈다. "산더미는 어떻게 생겼었죠? 이게 그놈인지 우리가 어떻게 알죠? 머리를 타르에 담글 수도 있었는데, 왜 머리뼈만 남긴 거죠?"

"타르는 그 상자를 망쳤을 거야." 칼레오트 학사가 서둘러 나가는 와중에 니메리아 아가씨가 말했다. "아무도 산더미가 죽는 모습을 보지 못했고, 머리를 자르는 모습도 보지 못했어. 솔직히 그게 거슬리긴 하는데, 그 망할

년이 우리를 속여서 뭘 얻을 수 있겠어? 그레고르 클리게인이 살아 있다면 조만간 진실이 드러날 거야. 그 남자는 키가 거의 2미터 50센티인 데다, 웨스테로스 어디에도 그 비슷한 놈은 없어. 비슷한 놈이 나타난다면 세르세이 라니스터는 온 칠왕국 앞에 거짓말쟁이가 되는 거야. 그런 위험을 감수한다면 완전히 바보지. 그래서 뭘 얻을 수 있다고?"

"머리뼈가 충분히 커 보이기는 한다." 대공이 말했다. "그리고 우린 오베린이 그레고르에게 심한 부상을 입혔다는 걸 알지. 그 후부터 받은 모든 첩보에서 클리게인은 엄청난 고통 속에 천천히 죽어가고 있었다."

"아버지의 의도대로죠." 티엔이 말했다. "솔직히 난 아버지가 무슨 독을 썼는지 알아, 언니들. 아버지의 창이 산더미의 살갗만 긁었다 해도 클리게인은 죽은 몸이야. 덩치가 얼마나 컸든 상관없어. 이 동생을 의심해도 상관없지만, 아버지는 의심하지 마."

오바라는 발끈했다. "그런 적도 없고 그럴 일도 없어." 그녀는 머리뼈에 조롱하듯 입을 맞췄다. "이게 시작이야."

"시작?" 엘라리아 샌드가 못 믿겠다는 듯 말했다. "어림없는 소리. 이게 끝이지. 타이윈 라니스터는 죽었어. 로버트 바라테온도, 아모리 로치도, 이제는 그레고르 클리게인도 죽었어. 엘리아와 엘리아의 아이들을 살해하는 데 관여한 자는 다 죽었어. 엘리아가 죽었을 때 태어나지도 않았던 조프리까지 죽었어. 내 두 눈으로 그 아이가 숨을 쉬려고 애쓰면서 제 목을 긁다가 죽는 모습을 봤어. 달리 또 죽일 사람이 누가 있지? 라에니스와 아에곤의 망령이 쉴 수 있도록 미르셀라와 토멘도 죽어야 하나? 어디에서 끝이 나는 건데?"

"시작이 그랬듯 피 속에서 끝나야죠." 니메리아 아가씨가 말했다. "캐스털리록이 깨어져 열리고 태양이 안에 우글거리는 구더기와 벌레를 비출 수 있을 때 끝나요. 타이윈 라니스터와 그자의 업적이 다 폐허가 되어야 끝나."

"그 남자는 자기 아들 손에 죽었어." 엘라리아가 되쏘았다. "뭘 더 바랄 수 있지?"

"내 손으로 죽였으면 더 좋았겠죠." 니메리아 아가씨는 길게 땋은 검은 머리를 한쪽 어깨로 내려 무릎까지 늘어뜨리고 앉았다. 이마 선이 제 아버지와 똑같았다. 그 이마 아래 두 눈은 크고 광채가 번득였다. 와인처럼 붉은 입술이 곡선을 그리며 비단결 같은 미소를 지었다. "그랬다면 그렇게 쉽게 죽진 않았을 거야."

"그레고르 경이 외로워 보여요." 티엔이 달콤하게 성사 같은 목소리로 말했다. "분명히 친구가 생기면 좋아할 거예요."

엘라리아는 두 뺨을 눈물로 적신 채 검은 눈을 빛내고 있었다. '울고 있을 때조차도 내면에 힘이 있구나.' 위병대장은 생각했다.

"오베린은 엘리아를 위한 복수를 원했어. 이제 너희 셋은 오베린의 복수를 원하지. 말해두는데 나에겐 딸이 넷 있어. 나의 엘리아는 여자가 다 된 열네 살이야. 오벨라는 열두 살이라 꽃을 피우기 직전이지. 걔들은 너희를 숭배해. 도리아와 로레자는 걔들을 숭배하고. 너희가 죽으면, 엘리아와 오벨라가 너희의 복수를 하고, 그다음엔 도리아와 로레자가 복수해야 할까? 그렇게 영원히 돌고 도는 거야? 다시 묻겠어. 어디에서 끝이 나는 거지?" 엘라리아는 산더미의 머리뼈에 손을 얹었다. "난 너희 아버지가 죽는 모습을 봤어. 여기에 그이의 살인자가 있어. 내가 이 머리뼈를 가져가면 밤에 위안을 받을까? 이 뼈가 나에게 웃음을 주고, 노래를 지어주고, 내가 늙고 병들었을 때 돌봐줄까?"

"그럼 어쩌라는 거예요?" 니메리아 아가씨가 물었다. "우리더러 창을 내려놓고 방긋거리며, 우리에게 일어난 모든 잘못된 일을 잊으라고요?"

"우리가 바라든 않든 전쟁은 와요." 오바라가 말했다. "철왕좌에 소년 왕이 앉아 있어요. 스타니스 공은 장벽을 차지하고 북부인들을 모으고 있고.

왕비 둘은 살점 많은 뼈다귀를 두고 다투는 암캐들처럼 토멘을 두고 싸우죠. 강철인들이 방패 군도를 빼앗고 맨더강 상류, 리치의 심장까지 약탈하고 있어요. 하이가든은 그쪽에 묶일 거란 뜻이죠. 우리의 적은 혼란에 빠졌어요. 때가 무르익었어요."

"무슨 때? 뼈다귀를 더 만들 때?" 엘라리아 샌드가 대공을 돌아보았다. "이 애들은 이해하지 못해요. 더는 못 듣겠네요."

"자네 딸들에게 돌아가게, 엘라리아." 대공이 말했다. "맹세코 그 아이들에겐 어떤 해도 미치지 않을 거야."

"대공님." 엘라리아는 그의 이마에 입을 맞추고 물러났다. 아레오 호타는 그 모습을 애석해하며 바라보았다. '훌륭한 여자야.'

엘라리아가 가고 나자 니메리아 아가씨가 말했다. "엘라리아가 우리 아버지를 무척 사랑했다는 건 알지만, 결코 이해하진 못한 게 분명해요."

대공이 재미있다는 눈으로 쳐다보았다. "엘라리아는 너희보다 훨씬 더 잘 이해했다, 니메리아. 그리고 너희 아버지를 행복하게 해줬지. 결국엔 다정한 마음이 자부심이나 용맹함보다 가치 있을지 몰라. 그렇다 해도 엘라리아가 모르고, 몰라야 하는 것들은 있지. 이 전쟁은 이미 시작됐다."

오바라가 웃음을 터뜨렸다. "그래요, 우리 사랑스러운 아리안느가 그렇게 만들었죠."

공녀는 얼굴을 붉혔고, 호타는 대공의 얼굴에 분노가 스치는 것을 보았다. "아리안느가 한 일은 스스로만이 아니라 너희를 위해 한 일이다. 나라면 그렇게 빨리 비웃지 않겠다."

"칭찬이었어요." 오바라 샌드가 우겼다. "어디 얼마든지 질질 끌고, 가리고, 얼버무리고, 숨기고, 지연시켜보세요, 백부님. 그래도 발론 경은 물의 정원에서 미르셀라와 대면하게 되어 있고, 그러면 귀가 하나 없어졌다는 걸 알게 되겠죠. 그리고 걔가 백부님의 위병대장이 어떻게 강철 마누라로 아리스 오크하트의 목부터 사타구니까지 갈라놨는지 말하면…….”

“아니야.” 아리안느 공녀가 앉아 있던 쿠션에서 일어나서 아레오 호타의 팔에 손을 얹었다. “그렇게 된 일이 아니야, 사촌. 아리스 경은 제럴드 데인에게 죽었어.”

모래뱀들이 서로를 쳐다보았다. “다크스타?”

“다크스타가 한 짓이야.” 호타의 어린 공녀가 말했다. “미르셀라 공주도 죽이려고 했지. 미르셀라도 발론 경에게 그렇게 말할 거야.”

니메리아가 미소 지었다. “그 부분만은 사실이겠군.”

“다 사실이다.” 대공이 통증에 얼굴을 찡그리며 말했다. ‘아픈 게 통풍 때문일까, 거짓말 때문일까?’ “그리고 이제 제럴드 경은 우리 손이 닿지 않는 하이허미티지로 달아났지.”

“다크스타라.” 티엔이 키득거리며 말했다. “안 될 거야 없겠죠. 다 다크스타 짓이에요. 하지만 발론 경이 믿을까요?”

“미르셀라에게 들으면 믿을 거야.” 아리안느가 강하게 말했다.

오바라가 못 믿겠다는 듯 코웃음을 쳤다. “걔가 오늘은 거짓말을 하고 내일도 거짓말을 할지 모르지만, 늦든 빠르든 진실을 말할 거야. 발론 경이 그 이야기를 킹스랜딩으로 가지고 돌아가게 했다간 북이 울리고 피가 흐르겠지. 떠나게 해선 안 돼.”

“물론 발론 경을 죽일 수도 있지.” 티엔이 말했다. “하지만 그러면 나머지 일행도 죽여야 할 거야. 사랑스러운 어린 종자들까지 다. 그건…… 아, 너무 지저분해져.”

도란 경이 눈을 꾹 감았다가 다시 떴다. 호타는 담요에 덮인 대공의 다리가 떨리는 것을 볼 수 있었다. “내 동생의 딸들만 아니었다면 너희 셋을 감옥으로 돌려보내서 뼈가 잿빛이 될 때까지 가둬뒀을 거다. 그렇지만 난 너희를 물의 정원으로 데려갈 생각이다. 거기에 너희가 정신 차리고 이해했으면 하는 가르침이 있거든."

"가르침요?" 오바라가 말했다. "전 벌거벗은 애들밖에 못 봤는데요."

"그래." 대공이 말했다. "그 이야기는 나도 발론 경에게 했다만, 다 하지는 않았지. 아이들이 연못에서 물장구치는 동안 오렌지나무 사이에서 지켜보던 대너리스에게 깨달음이 찾아왔었다. 귀족과 천민을 구별할 수 없었던 거야. 벌거벗은 아이들은 그저 아이들에 불과했지. 모두 천진하고, 모두 연약하며, 모두가 긴 인생과 사랑과 보호를 누려야 마땅한 아이들이었다. '저기 네 영토가 있다.' 대너리스는 아들이자 후계자에게 말했다. '네가 하는 모든 일에서 저들을 기억하거라.' 내 어머니는 내가 연못을 떠날 나이가 되자 똑같은 말을 하셨다. 대공에게 군대를 소집하는 건 쉬운 일이지만, 결국 대가는 아이들이 치르게 되지. 아이들을 위해서, 현명한 대공은 훌륭한 이유 없이는 전쟁을 벌이지 않아. 이길 가망이 없는 전쟁도 일으키지 않고.

나는 눈이 멀지도, 귀가 먹지도 않았다. 너희 모두가 나를 나약하고 겁많고 힘없다 믿는 걸 안다. 너희 아버지는 나를 더 잘 알았지. 오베린은 언제나 독사였어. 치명적이고, 위험하고, 예측 불가였지. 어떤 자도 감히 오베린을 밟지 않았다. 나는 풀이었다. 남의 말도 잘 듣고, 기분 좋게 굴고, 달콤한 냄새를 풍기고, 바람만 불면 흔들렸지. 누가 풀을 밟기를 두려워하겠느냐? 하지만 적이 보지 못하게 독사를 숨기고, 독사가 공격할 때까지 보호하는 건 풀밭이다. 네 아버지와 나는 너희가 아는 것보다 더 밀접하게 일했어……. 하지만 이제 오베린은 없다. 문제는 과연 내가 오베린의 딸들이 그 자리를 대신하여 나를 섬기리라 믿을 수 있느냐는 거다."

아레오 호타는 그들을 차례차례 살폈다. 녹슨 못이 박힌 가죽 갑옷에, 사이가 좁은 성난 눈과 지저분한 갈색 머리의 오바라. 나른하고, 우아하며, 올리브빛 피부에 긴 검은 머리를 땋아 적금 끈으로 묶은 니메리아. 파란 눈에 금발이며, 부드러운 손과 작은 웃음소리가 아이 같은 여자 티엔.

티엔이 셋을 대표하여 대답했다. "아무것도 안 하는 거야말로 힘들어요, 백부님. 저희에게 임무를, 어떤 임무든 맡기시기만 하면 어떤 대공이 바랄 수 있는 것보다 더 충실하고 성실하다는 걸 아시게 될걸요."

"그 말을 들으니 좋구나." 대공이 말했다. "하지만 말은 바람에 불과하지. 너희는 내 동생의 딸들이고 너희를 사랑한다만, 너희를 신뢰할 수 없다는 점은 이미 배웠다. 서약을 받고 싶구나. 나를 섬기고, 내 명대로 하겠다고 맹세하겠느냐?"

"꼭 그래야 한다면요." 니메리아 아가씨가 말했다.

"그렇다면 지금, 네 아버지의 무덤에 대고 맹세하거라."

오바라의 얼굴이 어두워졌다. "제 백부만 아니었다면—"

"난 네 백부다. 그리고 네 대공이지. 맹세하든가, 아니면 가거라."

"맹세해요." 티엔이 말했다. "아버지의 무덤에 대고 맹세하죠."

"맹세합니다." 니메리아 아가씨가 말했다. "도르네의 붉은 독사이자 백부님보다 훌륭한 남자였던 오베린 마르텔을 걸고."

"그래요." 오바라가 말했다. "저도요. 아버지를 걸고. 맹세합니다."

대공에게서 긴장감이 조금 빠져나갔다. 호타는 대공이 의자에 축 늘어지는 모습을 보았다. 대공이 손을 내밀자 아리안느 공녀가 옆으로 가서 그 손을 잡았다. "말씀하세요, 아버지."

도란 대공은 힘겹게 숨을 뱉었다. "도르네는 아직 궁정에 친구들을 두고 있다. 우리가 알아서는 안 되는 것들을 알려주는 친구들이지. 세르세이가 우리에게 보낸 초대장은 책략이다. 트리스탄은 킹스랜딩에 도착하지도 못할 예정이야. 돌아가는 길, 왕의 숲 어딘가에서 발론 경의 일행이 무법자들에게 공격받고 내 아들은 죽을 것이다. 내가 궁정에 초대받은 것은 오직 이 공격을 내 눈으로 직접 목격하여 왕대비 탓으로 돌리지 못하게 하기 위함이다. 아, 그리고 그 무법자들? 그놈들은 공격하면서 '반쪽이, 반쪽이'라고 외칠 게다. 발론 경은 심지어 꼬마 악마를 슬쩍 보기까지 하겠지. 다른 사람은 아무도 못 보겠지만."

아레오 호타는 모래뱀들을 놀래기는 불가능하다고 믿었다. 그 생각이 틀렸다.

"일곱이여 우리를 구하소서." 티엔이 읊조렸다. "트리스탄을요? 왜요?"

"그 여자가 미친 게 분명해요. 트리스탄은 어린애에 불과한데." 오바라가 말했다.

"말도 안 되는 짓이에요." 니메리아 아가씨가 말했다. "아무리 그래도 킹스가드 기사가 그런다고는 못 믿겠어요."

"킹스가드도 내 위병대장과 마찬가지로 복종을 맹세했다." 대공이 말했다. "내게도 의심이 있었지만, 너희 모두 내가 바다로 가면 어떠냐고 했을 때 발론 경이 얼마나 땀을 흘리는지 보았지. 배를 띄운다면 왕대비의 안배가 다 어그러질 테니 그런 게다."

오바라의 얼굴이 붉어졌다. "제 창을 돌려주세요, 백부님. 세르세이는 우리에게 머리통을 하나 보냈죠. 우린 머리통 한 자루를 돌려보내야 해요."

도란 대공은 한 손을 들어 올렸다. 손가락 관절이 체리처럼 검붉고 컸다. "발론 경은 내 지붕 아래 든 손님이다. 내 빵과 소금을 먹었으니, 해치진 않겠다. 안 되지. 우린 물의 정원으로 갈 것이고, 그곳에서 발론 경은 미르셀라의 이야기를 듣고 왕대비에게 까마귀를 날릴 것이다. 미르셀라는 발론 경에게 자기를 해친 남자를 잡아달라 청할 거야. 발론 스완이 내가 판단하는 대로의 남자라면 그 요구를 거절하진 않을 거다. 오바라, 너는 그자가 다크스타와 담판 지을 수 있게 하이허미티지로 안내해라. 도르네가 공개적으로 철왕좌에 저항할 때는 아직 오지 않았으니 미르셀라는 제 어미에게 돌려보내야겠지만, 나는 동행하지 않는다. 동행하는 임무는 너에게 맡기겠다, 니메리아. 라니스터야 내가 오베린을 보냈을 때 못지않게 싫어하겠지만,

그렇다고 거절은 못 할 게다. 우리에겐 소협의회의 목소리 겸 궁정의 귀가 하나 필요해. 하지만 조심하거라. 킹스랜딩은 뱀 굴이다."

니메리아 아가씨는 미소 지었다. "저야 뱀을 좋아하는걸요, 백부님."

"그럼 저는요?" 티엔이 물었다.

"네 어머니는 성사였지. 오베린이 언젠가 말하기를, 네 어머니가 요람에서부터 너에게 《칠각별》을 읽어줬다고 했다. 너도 킹스랜딩에 가되, 다른 언덕을 올랐으면 한다. 검과 별이 다시 조직된 데다, 이번 새로운 최고성사는 예전 같은 꼭두각시가 아니야. 그자와 가까워지도록 해라."

"좋죠. 하얀색은 제게 잘 어울리거든요. 제가 참…… 순수해 보이죠."

"좋아." 대공이 말했다. "좋다." 그는 머뭇거렸다. "만약…… 만약 어떤 일이 생기면 너희 모두에게 전언을 보내겠다. 왕좌의 게임에서는 상황이 급변할 수 있지."

"우릴 실망시키지 않으리라는 걸 알아." 아리안느가 셋에게 가서 차례로 손을 잡고, 입술에 가볍게 입 맞췄다. "격하기 짝이 없는 오바라. 내 자매 니메리아. 귀여운 티엔. 모두들 사랑해. 도르네의 태양이 함께 갈 거야."

"굽히지 않고, 휘지 않고, 꺾이지 않으리." 모래뱀 셋이 함께 말했다.

사촌 자매들이 나간 후에도 아리안느 공녀는 남았다. 아레오 호타도 자기 자리에 남았다.

"그 아비에 그 딸들이다." 대공이 말했다.

어린 공녀는 미소 지었다. "젖가슴이 달린 오베린 셋이죠."

도란 대공이 웃음을 터뜨렸다. 호타는 대공의 웃음소리를 들은 지 너무 오래되어, 그게 어땠는지도 거의 잊고 있었다.

"전 여전히 킹스랜딩에 가야 하는 사람은 니메리아가 아니라 저라고 생각해요." 아리안느가 말했다.

"너무 위험하다. 너는 내 후계자이고, 도르네의 미래야. 네가 있을 자리는 내 옆이다. 곧 너에겐 다른 임무가 생길 거야."

"전언에 대한 마지막 말씀 말인데요. 소식이 있었나요?"

도란 대공은 딸과 비밀스러운 미소를 나눴다. "리스에서 소식이 왔다. 대함대가 물을 실으러 입항했다는구나. 주로 볼란티스 배들이고, 군대를 싣고 있었다. 누구인지, 어디로 가는지에 대해서는 언급이 없었다만, 코끼리를 봤다는 얘기가 있었다."

"드래곤은 아니고요?"

"코끼리다. 하지만 큰 배의 선창이라면 어린 드래곤을 숨기기도 쉽겠지. 대너리스는 바다에서 가장 취약하다. 내가 대너리스라면, 들키지 않고 킹스랜딩을 접수할 수 있도록 최대한 오랫동안 내 의도와 나 자신을 숨길 게다."

"쿠엔틴이 함께 있을까요?"

"그럴 수도 있고 아닐 수도 있지. 어디에 상륙하느냐에 따라 정말로 웨스테로스가 목적지인지 알게 될 게다. 쿠엔틴이 데려올 수만 있다면 그린블러드 쪽으로 오겠지. 하지만 그 이야기를 해서 좋을 건 없구나. 입 맞춰다오. 내일 해가 뜨자마자 물의 정원으로 떠난다."

'그렇다면 정오쯤 출발하겠구나.' 호타는 생각했다.

아리안느가 나가자 호타는 긴자루 도끼를 내려놓고 도란 대공을 안아 침대에 뉘었다. "산더미가 내 동생의 머리를 부수기 전까지만 해도 이 다섯 왕 전쟁에서 죽은 도르네인은 없었어." 대공은 호타가 담요를 덮어주는 사이에 조용히 중얼거렸다. "말해보게, 대장. 그게 내가 부끄러워할 일일까, 자랑스러워할 일일까?"

"제가 판단할 일이 아닙니다, 대공님." '섬기고, 복종하고, 지킨다. 단순한 자들에게 맞는 단순한 서약이다.' 호타가 아는 건 그게 전부였다.

존

발은 동트기 전의 추위 속에서, 샘에게도 맞을 만큼 큰 곰 가죽 망토를 둘둘 감고 문 옆에서 기다리고 있었다. 그 옆에는 안장을 얹고 고삐를 맨 데다 한쪽 눈동자가 흰 덥수룩한 회색 조랑말이 서 있었다. 멀리와 구슬픈 에드라는 어울리지 않는 경호병 한 쌍이 함께였다. 세 사람의 입김이 차갑고 어두운 공기 속에 얼어붙었다.

"눈먼 말을 준 거예요?" 존이 믿을 수 없다는 듯 물었다.

"반만 멀었어요, 사령관님. 그것만 빼면 튼튼해요." 멀리가 대답하며 조랑말 목덜미를 토닥였다.

"말은 한쪽 눈이 멀었을지 몰라도 나는 아니에요. 나는 어디로 가야 하는지 알아." 발이 말했다.

"아가씨, 이럴 필요는 없습니다. 위험은—"

"……내가 감수해야지, 스노우 나리. 그리고 난 남부 아가씨가 아니라 자유민 여자예요. 당신들 까만 망토 순찰자들을 다 합친 것보다 내가 숲을 더 잘 알아요. 내가 무서워할 망령도 없고."

'그러길 바랍니다.' 존은 그 점에 의지하고 있었다. 발이라면 블랙잭 불워와 그 동료들이 실패한 일에 성공할 수 있으리라 믿었다. 발이라면 자유민들에게 해를 당할 걱정은 없기를 빌었다……. 하지만 둘 다 숲속에 도사리고 있는 게 야인들만이 아니라는 걸 너무나 잘 알았다. "식량은 충분해요?"

"딱딱한 빵, 딱딱한 치즈, 귀리 케이크, 염장 대구, 염장 소고기, 염장 양고기, 그리고 내 입에서 소금 맛을 다 씻어줄 달콤한 와인 한 주머니. 굶어죽진 않을 거예요."

"그렇다면 가야 할 때가 됐군요."

"약속해요, 스노우 나리. 난 돌아올 거예요. 토르문드와 함께든, 아니든." 발은 하늘을 흘긋 보았다. 달은 반달이었다. "보름달 첫날에 날 기다리고 있어요."

"그러지요." '날 실망시키지 말아요. 안 그러면 스타니스가 내 머리를 자를 테니.' 존은 생각했다. "공주를 잘 지키겠다고 맹세하겠느냐?" 왕은 그렇게 물었고, 존은 그러겠다고 약속했었다. '하지만 발은 공주가 아니야. 50번은 그렇게 말했지.' 그건 망가진 약속을 서글픈 누더기로 감싼, 미약한 회피였다. 아버지였다면 결코 찬성하지 않았을 것이다. 존은 스스로를 일깨웠다. '나는 인간의 나라를 지키는 검이야. 그리고 결국엔 그게 한 남자의 명예보다 더 중요해야 해.'

장벽 아래로 난 길은 얼음 드래곤의 배 속처럼 어둡고 추웠으며 큰 뱀처럼 구불구불했다. 구슬픈 에드가 횃불을 들고 앞장섰다. 멀리에게는 통로를 막은 남자 팔뚝만큼 굵고 검은 쇠창살문 세 개를 열 열쇠가 있었다. 각 문을 지키던 창병들은 존 스노우에게는 고개를 숙였으나 발과 조랑말은 대놓고 빤히 쳐다보았다.

갓 자른 생나무로 만든 두꺼운 문을 통과하여 장벽 북쪽으로 나가자, 야인 공주는 잠시 멈춰 서서 스타니스 왕이 전투에서 이겼던 눈 덮인 벌판을 바라보았다. 그 너머에 어둡고 고요한 귀신 들린 숲이 기다리고 있었다.

달빛에 발의 꿀빛 머리카락이 은빛으로 변하고 두 뺨은 눈처럼 하얘졌다. 발은 숨을 깊이 들이마셨다. "공기가 다네."

"내 혀는 너무 둔해서 모르겠군요. 추위밖에 느껴지지 않는데요."

"춥다고?" 발이 가볍게 웃었다. "아뇨. 진짜 추울 때는 숨 쉬는 것만으로도 아플걸요. 다른자들이 오면……."

심란한 생각이었다. 존이 내보낸 순찰자 중 여섯은 아직 실종 상태였다. '판단하기엔 너무 일러. 돌아올지도 몰라.' 하지만 마음속 한구석은 고집했다. '다 죽었어. 모조리 죽었어. 네가 죽으라고 보낸 거고, 발에게도 똑같이 하고 있어.' "토르문드에게 내 말을 전해요."

"그 말을 중시하진 않을지 몰라도, 듣기는 할 거예요." 발은 그의 뺨에 가볍게 입을 맞췄다. "고마워요, 스노우 나리. 한쪽 눈이 먼 말도, 염장 대구도, 자유로운 공기도. 희망도."

두 사람의 숨결이 허공의 하얀 안개가 되어 섞였다. 존 스노우가 물러서서 말했다. "내가 원하는 감사 인사는 오직—"

"거인의 재앙 토르문드뿐이라 이거지. 그래요." 발은 곰 가죽 두건을 당겨 썼다. 갈색 털가죽에 회색이 드문드문 섞여 있었다. "가기 전에 질문 하나만. 나리가 자알을 죽였나요?"

"장벽이 죽였습니다."

"그렇게 듣긴 했지만, 확실히 하고 싶었어요."

"맹세하죠. 난 자알을 죽이지 않았어요." '일이 다르게 돌아갔다면 죽였을지도 모르지만.'

"그럼 작별이네요." 발이 장난스럽기까지 한 태도로 말했다.

존 스노우는 그럴 기분이 아니었다. '장난을 치기엔 너무 춥고 어두운 데다, 시간이 너무 늦었어.' "당분간만입니다. 돌아올 테니까요. 다른 이유가 없다면 그 아이를 위해서라도 오겠죠."

"크래스터의 아들?" 발이 어깨를 으쓱였다. "나와는 관계도 없는걸요."

"그 아이에게 노래 불러주는 걸 들었어요."

"혼자 노래한 거예요. 애가 들었다고 그게 내 탓인가?" 발의 입가에 희미한 미소가 스쳤다. "노래를 들으면 애가 웃거든요. 아, 그래 좋아. 애가 귀여운 어린 괴물이긴 하죠."

"괴물?"

"아명이에요. 뭐라고 부르긴 해야 하잖아요. 괴물이 안전하고 따뜻하게 있게 해줘요. 걔 어머니를 위해서도, 날 위해서도. 그리고 붉은 여인에게선 멀리 떼어놔요. 그 여자는 걔가 누군지 알아요. 불 속에서 이것저것 보는 여자니까."

'아리아.' 존은 그게 사실이길 바라며 생각했다. "재와 잉걸불을 보겠죠."

"왕과 드래곤도 보고."

'또 드래곤이군.' 잠깐이지만 존은 불바다를 배경으로 검은 날개를 펼치며 밤하늘을 휘도는 드래곤들을 볼 수 있을 것만 같았다. "그 여자가 알았다면 아이를 우리에게서 빼앗아 갔겠죠. 당신의 괴물 말고, 댈라의 아들 말입니다. 왕의 귀에 한마디만 속삭였어도 끝이었어요." '나도 끝이었지. 스타니스는 그걸 반역으로 받아들였을 거야.' "그 여자가 왜 내버려둔단 말입니까?"

"그게 그 여자에게 편리하니까. 불은 변덕스러워요. 아무도 불길이 어디로 갈지 모르죠." 발은 등자를 딛고 다리를 훌쩍 넘겨 말 등에 타더니, 안장 위에서 그를 내려다보았다. "우리 언니가 나리에게 했던 말 기억해요?"

"네." '마법이란 안전하게 쥘 방법이 없는, 칼자루가 없는 검.' 하지만 멜리산드레가 옳았다. 설령 칼자루 없는 검이라 해도, 사방이 적에 둘러싸여 있을 때 빈손인 것보다는 나았다.

"좋아요." 발은 조랑말을 북쪽으로 돌렸다. "그럼, 보름달 첫날 밤이에요."

존은 발이 말을 달리는 모습을 보며 그 얼굴을 다시 보게 되긴 할까 생각했다. 그녀의 목소리를 들을 수 있었다. '난 남부 아가씨가 아니라 자유민 여자예요.'

"난 저 여자가 뭐라든 신경 안 써요." 발이 늘어선 병정소나무 너머로 사라지자 구슬픈 에드가 중얼거렸다. "이 공기도 숨 쉬면 아플 정도로 차요. 숨을 멈추고 싶지만, 그랬다간 더 아프겠죠." 에드는 두 손을 마주 비볐다. "이건 지독하게 끝날 겁니다."

"에드는 모든 일에 그렇게 말하죠."

"그렇죠, 사령관님. 보통 제가 맞고요."

멀리가 목청을 가다듬었다. "사령관님? 저 야인 공주요. 공주를 보낸 건, 사람들이 어쩌면—"

"내가 반은 야인이나 다름없고, 왕국을 약탈자와 식인종과 거인에게 팔아넘기려는 변절자라고 하겠지." 존은 불 속을 들여다보지 않아도 자신이 무슨 말을 듣는지 알았다. 제일 나쁜 건, 그들의 말이 완전히 틀리지도 않는다는 거였다. "말은 바람에 불과하고, 바람은 언제나 장벽에 불죠. 갑시다."

존이 무기고 뒤 거처로 돌아왔을 때는 아직 어두웠다. 고스트는 아직 돌아오지 않았다. '아직 사냥 중이군.' 거대한 흰색 다이어울프는 최근에 나가 있을 때가 많았고, 사냥감을 찾아서 점점 더 멀리 나갔다. 경비대원들과 몰스타운의 야인들이 있다 보니 캐슬블랙 근처 언덕과 들판은 깨끗하게 사냥이 다 된 상태였고, 애초에 사냥감이 많지도 않았다. '겨울이 오고 있어.' 존은 생각했다. '그것도 빨라. 너무 빨라.' 그는 봄을 보게 되기나 할까 궁금했다.

구슬픈 에드가 주방에 갔다가 곧 갈색 에일 잔과 뚜껑 덮인 접시를 들고 돌아왔다. 뚜껑을 열자 기름에 튀긴 오리알 세 개, 베이컨 한 줄, 소시지 두 개, 블러드푸딩 하나, 그리고 오븐에서 갓 나와서 아직 따끈한 빵 반덩이가 들어 있었다. 존은 빵과 오리알 반개를 먹었다. 베이컨도 먹으려 했지만, 손을 뻗기 전에 까마귀가 채 갔다. "도둑놈." 존은 까마귀가 문 위로 날아가서 제 노획물을 먹어치우자 말했다.

"도둑놈." 까마귀가 맞장구를 쳤다.

존은 소시지를 한 입 깨물었다. 그러고는 에일 한 모금으로 입가심을 하는데, 에드가 돌아와서 보웬 마시가 바깥에 있다고 말했다. "오델도 같이 있고, 셀라다르 성사도 왔습니다."

'빨랐군.' 존은 누가 소식을 전했을지, 그리고 한 명 이상일지 생각했다. "들여보내요."

"예, 사령관님. 하지만 소시지 조심하시는 게 좋겠습니다. 다들 배고파 보여요."

존이라면 '배고픈' 표정이라고는 하지 않았을 것이다. 셀라다르 성사는 혼란스럽고 지친 데다 술을 절실히 갈구하는 상태 같았고, 제1건설자 오델 야윅은 도저히 소화시킬 수 없는 뭔가를 삼킨 얼굴이었다. 보웬 마시는 화가 나 있었다. 존은 보웬 마시의 눈에서, 긴장한 입가에서, 둥근 두 뺨의 홍조에서 알 수 있었다. '저건 추워서 붉어진 게 아니야.' "앉으세요. 먹을 것, 아니면 마실 것을 드릴까요?"

"아침은 휴게실에서 먹었습니다." 보웬 마시가 대답했다.

"전 더 먹을 수 있는데요." 오델 야윅이 의자에 앉았다. "제안해주시다니 친절하군요."

"와인 약간이라든가요?" 셀라다르 성사가 말했다.

"옥수수." 문 위에 앉은 까마귀가 외쳤다. "옥수수, 옥수수."

"성사님께는 와인, 우리 제1건설자에게는 요리를 한 접시요." 존은 구슬픈 에드에게 말했다. "까마귀에겐 아무것도 주지 말아요." 그는 방문객들을 돌아보았다. "발 때문에 왔군요."

"다른 문제도 있습니다." 보웬 마시가 말했다. "병사들이 걱정합니다, 사령관님."

'그리고 대변자로 당신을 지명한 건 누구지?' "나도 그래요. 오델, 나이트포트 작업은 어떻게 되어갑니까? 왕비의 수관이라고 자칭하는 액셀 플로렌트 경에게 편지를 한 통 받았습니다. 셀리스 왕비가 바닷가 이스트워치의 거처에 만족하지 못하여, 남편의 새 권좌로 즉각 자리를 옮기고 싶어하신다는군요. 가능할까요?"

오델 야윅은 어깨를 으쓱였다. "아성은 거의 복구했고 주방에는 지붕을 씌웠습니다. 음식과 세간과 장작이 필요하긴 하겠지만, 되긴 될 겁니다. 이스트워치만큼 편하지는 않을 거예요, 분명. 그리고 우릴 떠나고 싶어진다면 배까지 가기가 멀 텐데…… 그래요, 살 순 있을 겁니다. 하지만 제대로 된 성처럼 보이려면 몇 년은 걸릴걸요. 건설자가 더 있다면 좀 더 빠르겠죠."

"거인을 하나 드릴 수 있습니다."

오델 야윅은 깜짝 놀랐다. "마당에 있는 괴물요?"

"이름은 운 웨그 운 다르 운이랍니다. 레더스가 말해주더군요. 입이 바삐 움직여야 한다는 건 압니다. 레더스는 운운이라고 부르는데, 통하는 것 같더군요." 운운은 낸 할멈의 이야기 속 거인들, 아침 포리지에 피를 섞고 황소를 털과 가죽과 뿔까지 통째로 먹어치운다던 크고 잔인한 짐승들과는 비슷한 데가 없었다. 이 거인은 고기를 전혀 먹지 않았지만, 뿌리채소를 한 바구니 내어주면 크고 네모난 이로 양파와 순무와 생무까지도 으적으적 무섭게 씹어 먹었다. "일을 열심히 합니다. 뭘 원하는지 이해시키기가 늘 쉽지는 않지만. 옛 언어는 어느 정도 하지만 공용어는 못하니까요. 그렇지만 지칠 줄 모르고, 힘이 어마어마해요. 남자 열 명 몫은 할 수 있습니다."

"저는⋯⋯ 사령관님, 병사들이 절대로⋯⋯. 거인들은 인간 고기를 먹을 텐데요⋯⋯. 아니요, 사령관님. 고맙지만 제겐 그런 물건을 감시할 부하들이 없고, 그놈은⋯⋯."

존 스노우는 놀라지 않았다. "그렇다면 거인은 여기 두지요." 솔직히 말하면 운운과 헤어지기 싫어진 참이었다. '넌 아무것도 몰라, 존 스노우.' 이그리트라면 그렇게 말했을지 모르지만, 존은 레더스나 숲에서 데려온 다른 자유민을 통해서 가능할 때마다 거인과 대화를 나눴고, 거인과 거인의 역사에 대해 갈수록 많이 배우고 있었다. 이야기를 받아 적을 샘이 여기 있었으면 좋았으련만.

그렇다고 운운이 위험하다는 걸 모르는 건 아니었다. 거인은 위협을 받으면 격하게 상대를 후려갈겼고, 그 거대한 두 손은 사람을 산 채로 찢을 만큼 강력했다. 존은 운운을 보면 호도가 생각났다. '호도의 두 배는 크고, 힘도 두 배로 세면서 그 절반만 영리하지. 셀라다르 성사라도 술이 깰 만해. 하지만 토르문드가 거인들을 데리고 있다면, 운 웨그 운 다르 운이 거인들을 상대하는 데 도움을 줄지도 몰라.'

모르몬트의 까마귀는 발아래에서 문이 열리자 짜증 섞인 소리를 내며, 구슬픈 에드가 와인병과 계란과 소시지 접시를 들고 돌아왔음을 알렸다. 보웬 마시는 에드가 와인을 따르는 동안 대놓고 참는 눈치로 기다리다가, 다시 나간 다음에야 말했다. "톨렛은 훌륭한 대원이고 사랑받고 있지요. 강철 에멧은 뛰어난 훈련대장이고." 그는 이어서 말했다. "그런데 두 사람을 내보낼 생각이시란 말이 돕니다."

"롱배로에 훌륭한 대원들이 필요해요."

"벌써부터 대원들은 거길 창녀굴이라고 부르기 시작했습니다. 하지만 그건 그렇다 치죠. 에멧 대신 그 야만스러운 레더스를 우리 훈련대장으로 삼는다는 게 정말입니까? 훈련대장은 주로 기사, 아니면 못해도 순찰자들에게 맡기는 직책입니다."

"레더스가 야만스럽긴 하죠." 존은 온화하게 동의했다. "그 점은 내가 증언할 수 있어요. 훈련장에서 시험해봤거든요. 돌도끼를 든 레더스는 대부분의 기사들이 성에서 벼린 철검을 들었을 때 못지않게 위험해요. 솔직히 제 마음에 들 만큼 인내심이 있진 않고, 몇몇 녀석들은 무서워합니다만…… 그것도 나쁘지만은 않죠. 언젠가 신병들도 진짜 싸움터에 서게 될 텐데, 공포에 익숙해지는 건 도움이 될 겁니다."

"그놈은 야인이에요."

"서약을 하기 전까지는 그랬죠. 이제는 우리 형제입니다. 신병들에게 검술 이상을 가르칠 수 있는 형제예요. 옛 언어 몇 마디와 자유민의 방식 몇 가지쯤 배워둬서 나쁠 건 없습니다."

"자유." 까마귀가 중얼댔다. "옥수수. 왕."

"대원들은 그놈을 믿지 않습니다."

'어느 대원들요?' 존은 물어볼 수도 있었다. '몇 명이나요?' 하지만 그랬다간 가고 싶지 않은 길을 달리게 될 터였다. "그 말을 들으니 유감이군요. 할 얘기가 더 있습니까?"

셀라다르 성사가 발언했다. "그 새틴이란 녀석 말입니다. 톨렛 대신 그 녀석을 종자 겸 개인 집사로 삼으신다더군요. 사령관님, 그놈은 창녀…… 아니, 그 뭐라고 하나, 올드타운 매춘굴에서 화장하고 지내던 미동입니다."

'그리고 당신은 주정뱅이지.' "새틴이 올드타운에서 뭘 했는지는 우리 관심사가 아닙니다. 빨리 배우고 아주 영리해요. 다른 신병들이 처음에 경멸했는데도 모두를 이기고 친구로 만들었습니다. 싸울 때는 두려움이 없고, 읽고 쓰기도 제법 할 줄 알아요. 제 식사를 가져오고 말에 안장을 얹는 정도야 할 수 있지 않을까요?"

"그야 그렇겠지만." 보웬 마시가 돌 같은 얼굴로 말했다. "대원들이 좋아하지 않습니다. 전통적으로 사령관의 종자는 좋은 집안 출신 청년들로, 지휘를 배웁니다. 사령관님께선 밤의 경비대원들이 남창을 따라 전투에 나갈 거라 믿으십니까?"

울컥 화가 났다. "더 나쁜 지휘관도 따랐는데요. 늙은 곰은 후임자를 위해 몇몇 남자들에 대해 주의하라는 말을 남기셨죠. 새도타워에는 여자 성사들을 강간하길 즐겼던 요리사가 있습니다. 성사를 하나 강간할 때마다 살에 칠각별을 하나씩 새겼어요. 왼팔은 손목부터 팔꿈치까지 별이 가득하고, 종아리에도 별이 박혀 있습니다. 이스트워치에는 아버지의 집에 불을 지르고 문에 빗장을 질렀던 사람이 있습니다. 가족 아홉 명이 다 타 죽었죠. 새틴이 올드타운에서 뭘 했든 지금은 우리의 형제이고, 제 종자가 될 겁니다."

셀라다르 성사가 와인을 마셨다. 오델 야윅은 단검으로 소시지를 찍었다. 보웬 마시는 시뻘건 얼굴로 앉아 있었다. 까마귀가 날개를 퍼덕이며 말했다. "옥수수, 옥수수, 죽여." 마침내 집사장은 목청을 가다듬었다. "분명 총사령관이 잘 아시겠지요. 얼음 감방에 넣어둔 시체들에 대해서는 물어봐도 될까요? 대원들이 불안해합니다. 심지어 그 시체들에게 감시병을 붙이다뇨? 훌륭한 대원 두 명을 낭비하는 꼴입니다. 혹시 사령관께서……."

"그들이 일어날까 두려워하는 거냐고요? 일어나길 바랍니다."

셀라다르 성사가 창백해졌다. "일곱이여 우리를 구하소서." 와인이 붉은 선을 그리며 턱으로 흘러내렸다. "총사령관님, 시귀는 자연에 어긋난 괴물입니다. 신들의 눈앞에 나타난 혐오물이에요. 설마…… 설마 그것들과 대화를 해보시려는 건 아니겠지요?"

"시귀들이 말을 할 수 있습니까?" 존 스노우는 물었다. "아니라고 생각하지만, 확실히는 모르겠군요. 괴물일지는 몰라도 죽기 전에는 사람이었습니다. 그 사람이 얼마나 남아 있을까요? 내가 죽인 시귀는 모르몬트 총사령관을 죽이려 했었어요. 분명히 자기가 누구였는지, 어디에서 모르몬트를 찾을지 기억했던 겁니다." 아에몬 학사라면 분명 존의 목적을 바로 알았을 것이다. 샘 탈리는 겁에 질렸을 테지만, 그래도 이해는 했을 것이다. "제 아버지는 사람은 반드시 적을 알아야 한다고 하시곤 했습니다. 우린 시귀들에 대해 잘 모르고, 다른자들에 대해서는 더 몰라요. 배워야 합니다."

세 사람은 이 대답을 좋아하지 않았다. 셀라다르 성사는 목에 걸린 수정을 만지작거리며 말했다. "그건 정말이지 현명하지 않다고 생각합니다, 스노우 공. 노파 신께 빛나는 등불을 들어 사령관을 지혜의 길로 인도하시라 기도하겠습니다."

존 스노우의 인내심이 다했다. "분명 우리 모두 지혜가 좀 더 필요하긴 하죠." '넌 아무것도 몰라, 존 스노우.' "자, 이제 발에 대해 이야기할까요?"

"그럼 사실입니까?" 마시가 말했다. "풀어주신 거군요."

"장벽 너머로요."

셀라다르 성사가 숨을 들이켰다. "왕의 포로인데요. 전하께서 그 여자가 사라진 걸 알면 격노하실 겁니다."

"발은 돌아올 거예요." '신들이 자비로우시다면, 스타니스가 오기 전에.'

"그걸 어떻게 알 수 있습니까?" 보웬 마시가 물었다.

"돌아온다고 했어요."

"그게 거짓말이면요? 사고라도 당하면요?"

"뭐, 그때는 여러분이 좀 더 마음에 드는 사령관을 선택할 기회가 올지 모르죠. 그때까지는 안타깝지만 아직 절 참으셔야 합니다." 존은 에일을 마셨다. "거인의 재앙 토르문드를 찾아서 제 제안을 전하라고 보냈습니다."

"저희가 알아도 된다면, 무슨 제안입니까?"

"몰스타운에서와 같은 제안입니다. 음식과 피난처와 평화죠. 토르문드가 우리에게 힘을 합치고, 공통의 적과 싸워서 장벽을 지키도록 돕는다면요."

보웬 마시는 놀라지 않는 것 같았다. "그자를 들여보낼 작정이군요." 목소리만 들어도 내내 알고 있었다는 티가 났다. "그자와 그자의 추종자들에게 문을 열려는 거예요. 수백, 수천에게."

"그렇게 많은 수가 남아 있다면요."

셀라다르 성사는 칠각별 성호를 그었다. 오텔 야윅은 끙 소리를 냈다. 보웬 마시가 말했다. "반역이라고 하는 사람도 있을 겁니다. 저들은 야인이에요. 야만인, 약탈자, 강간범이고 인간이라기보다는 짐승입니다."

"토르문드는 달라요. 만스 레이더도 달랐죠. 하지만 설령 말씀하신 바가 다 사실이라 해도, 그들은 아직 인간입니다, 보웬. 살아 있는 인간, 당신이나 저와 같은 사람이에요. 겨울이 오고 있습니다, 여러분. 그리고 겨울이 오면, 우리 산 사람들은 죽은 자들을 상대로 뭉쳐야 해요."

"스노우." 모르몬트 공의 까마귀가 우짖었다. "스노우, 스노우."

존은 까마귀를 무시했다. "그동안 숲에서 데리고 온 야인들을 심문했습니다. 몇 명이 흥미로운 이야기를 하더군요. '두더지 엄마'라 불리는 숲 마녀에 대해서요."

"두더지 엄마요?" 보웬 마시가 말했다. "이상한 이름이군요."

"속이 빈 나무 아래 굴을 파고 집으로 삼은 모양이에요. 사실 여부는 알 수 없지만, 그 마녀가 자유민들을 협해 너머로 안전하게 싣고 갈 함대가 도착하는 미래를 봤답니다. 전장에서 달아났던 수천 명은 그 말을 믿을 만큼 필사적이에요. 마녀는 그들 모두를 이끌고 하드홈으로 가서 기도하며 바다에서 오는 구원을 기다리고 있어요."

오텔 야윅이 얼굴을 찌푸렸다. "난 순찰자가 아니지만…… 하드홈은 끔찍한 곳이라죠. 저주받았다고요. 사령관의 숙부님도 그렇게 말하곤 했어요, 스노우 공. 왜 야인들이 그리로 간답니까?"

존 앞에 놓인 탁자에는 지도가 펼쳐져 있었다. 그는 다들 보게끔 지도를 뒤집었다. "하드홈은 비바람이 들이치지 않는 만에 자리를 잡았고, 제일 큰 배라도 띄울 만큼 수심이 깊은 자연 항구를 뒀어요. 근처에 나무와 돌도 많죠. 물에는 물고기가 우글거리고, 바다표범과 바다소 군락도 가까이 있어요."

"그야 다 사실이겠지만요." 오델 야윅이 말했다. "그래도 저는 하룻밤도 보내고 싶지 않은 곳입니다. 사령관도 그 이야기 아시죠."

존도 알았다. 하드홈은 반쯤 도시가 되어가던 마을로, 장벽 북쪽에 존재하는 유일한 진짜 마을이라 할 만했다. 그러다가 600년 전 어느 밤에 지옥이 그곳을 삼켜버렸다. 어느 쪽 이야기를 믿느냐에 따라 사람들은 노예가 되어 팔려 가거나 도살당해 고기가 되었고, 그들의 집과 건물은 한참 남쪽에 있던 장벽 위 감시자들이 북쪽에서 해가 뜬다고 생각했을 정도로 뜨겁게 타오른 화염에 먹혀버렸다. 그 후 귀신 들린 숲과 전율하는 바다에는 거의 반년 동안 재의 비가 내렸다. 상인들은 하드홈이 서 있던 자리에 악몽 같은 폐허만 남았다고 보고했다. 새까맣게 탄 나무와 타버린 뼈, 퉁퉁 불은 시체가 가득한 바다, 정착지 위에 우뚝 선 거대한 벼랑에 뚫린 동굴 입구마다 메아리치는 피가 식을 듯한 비명 소리…….

그날 밤 이후 6세기가 흘렀으나, 하드홈은 아직도 사람들이 피하는 곳이었다. 존은 자연이 다시 그곳을 점령했다고 들었으나, 순찰자들은 풀과 나무가 무성하게 자란 폐허에 피를 탐하는 식시귀와 마귀와 불타는 망령이 배회한다고 주장했다. "저라도 그런 곳을 피난처로 고르진 않겠지만, 두더지 엄마는 자유민들이 한때 저주만 보았던 곳에서 구원을 찾으리라 설교한다고 들었습니다."

셀라다르 성사가 입술을 오므렸다. "구원은 오직 일곱에게서만 찾을 수 있습니다. 그 마녀는 모두를 파멸시켰군요."

"그리고 장벽은 구했을지도 모르지요." 보웬 마시가 말했다. "우리가 말하는 자들은 적입니다. 폐허 속에서 기도하라고 해요. 혹시 저들의 신이 더 나은 세상으로 실고 갈 배를 보내준다면 그것도 좋지요. 이 세상에는 그들을 먹일 식량이 없으니까요."

존은 오른손을 쥐었다 폈다. "코터 파이크의 갤리선들이 가끔 하드홈을 지나갑니다. 그곳에는 동굴들 말고는 피난처가 없다더군요. 대원들이 '비명 지르는 동굴들'이라고 부르는 곳이죠. 두더지 엄마와 그 여자를 따라간 이들은 그곳에서 추위와 굶주림으로 죽을 겁니다. 수백, 수천 명이요."

"수천 명의 적이죠. 수천 명의 야인이고."

'수천 명의 사람이야. 남자들, 여자들, 아이들이라고.' 존은 분노가 치솟았지만 입을 열었을 때 나온 목소리는 차분하고 차가웠다. "그렇게 생각할 줄을 모릅니까, 아니면 생각하고 싶지 않은 겁니까? 그 모든 적이 죽으면 무슨 일이 일어날 것 같습니까?"

문 위의 까마귀가 중얼거렸다. "죽어, 죽어, 죽어."

"무슨 일이 일어날지 제가 말해드리죠." 존은 말했다. "죽은 자들이 다시 일어날 겁니다. 수백, 수천 명이요. 시커먼 손에 번쩍이는 파란 눈의 시귀가 되어 일어날 것이고, 우리에게 올 겁니다." 그는 검을 쥐는 손을 계속 쥐었다 펴면서 몸을 일으켰다. "나가보셔도 됩니다."

셀라다르 성사는 잿빛 얼굴로 땀을 흘리며 일어섰고, 오델 야윅은 뻣뻣하게, 보웬 마시는 입술을 꾹 물고 창백한 얼굴로 일어섰다. "시간 내주셔서 감사합니다, 스노우 공." 그들은 한마디도 더 하지 않고 떠났다.

티리온

그 돼지는 이제까지 타본 어지간한 말보다 성질이 순했다.

끈기 있고 듬직해서, 티리온이 등에 기어올랐을 때도 꺽 소리 한 번 내지 않고 받아들였고, 방패와 창에 손을 뻗어도 가만히 있었다. 그러더니 고삐를 모아 쥐고 옆구리에 발을 대자 즉시 움직였다. 돼지의 이름은 '이쁜 돼지'를 줄여 이쁜이였고, 새끼 때부터 안장과 고삐를 얹는 훈련을 받았다.

이쁜이가 갑판을 총총히 달리자 색칠한 나무 갑옷이 달그락거렸다. 티리온의 겨드랑이엔 땀띠가 났고, 잘 맞지도 않는 너무 큰 투구 속에서는 흉터 위로 땀방울이 흘렀지만, 터무니없게도 잠시 동안은 마치 금빛 갑옷을 햇빛에 반짝이며 기마창을 들고 시합장을 달리는 제이미가 된 듯한 기분마저 들었다.

웃음소리가 터지자 그 꿈은 사라졌다. 그는 대전사가 아니라 뒤숭숭하니 럼주에 전 선원들의 기분을 띄워줄까 싶어서 재미 삼아 막대기를 쥐고 돼지에 올라 뛰어가는 난쟁이에 불과했다. 지옥 어딘가에서 아버지가 속을 끓이고 조프리는 낄낄대겠지. 티리온은 '셀래소리 코란'호의 선원들 못지않게 열심히 이 공연을 지켜보는 그들의 차가운 죽은 눈을 느낄 수 있었다.

그리고 이제 적수가 당도했다. 페니는 커다란 회색 개를 타고, 개가 갑판을 가로지르는 동안 줄무늬 기마창을 술 취한 듯 휘둘렀다. 방패와 갑옷은 붉게 칠했지만, 칠이 떨어져 나가고 색이 바랬다. 티리온의 갑옷은 파란색이었다. '내 갑옷이 아니야. 그로트의 갑옷이지. 절대 내 것은 아니어야 해.'

티리온이 이쁜이의 궁둥이를 걷어차서 돌진시키자 선원들이 폭소하고 고함을 질러댔다. 그들이 외치는 게 격려인지 조롱인지 확실히 알 수는 없었지만, 대강 짐작은 갔다. '내가 대체 어쩌다가 이 광대극에 끌려들었지?'

하지만 그는 답을 알고 있었다. 배는 12일째 고요한 '슬픔의 만(the Gulf of Grief)'에 떠 있었다. 선원들의 분위기는 흉악했고, 매일 마시던 럼주가 떨어지면 더 흉악해질 터였다. 돛을 수선하고, 틈을 메우고, 물고기를 잡는 데 몰두하기에는 시간이 너무 많았다. 조라 모르몬트는 난쟁이의 행운이 자기들을 저버렸다고 중얼거리는 소리를 들었다. 배의 요리사는 아직도 바람을 일으킬지 모른다는 희망으로 티리온의 머리를 한 번씩 쓰다듬었지만, 나머지 선원들은 티리온이 지나갈 때마다 독살스러운 눈으로 쳐다보았다. 페니의 상황은 그보다 더 나빴는데, 요리사가 난쟁이 여자의 가슴을 세게 쥐면 운이 돌아올지 모른다는 생각을 퍼뜨린 탓이었다. 요리사는 또 이쁜 돼지를 '베이컨'이라고 부르기 시작했는데, 선원들 반응을 보면 티리온이 했을 때가 훨씬 웃긴 농담 같았다.

"저들을 웃겨야 해요." 페니는 그렇게 애원했다. "우릴 좋아하게 만들어야 해. 공연을 보여주면, 상황을 잊는 데 도움이 될 거예요. 제발요, 나리." 그리고 어쨰선지, 어떻겐가, 어쩌다가 그는 동의하고 말았다. '럼주 때문이었을 거야.' 선장의 와인이 제일 먼저 떨어졌다. 티리온 라니스터는 와인보다 럼주로 훨씬 빨리 취할 수 있다는 걸 알게 됐다.

그래서 정신 차리고 보니 그는 그로트의 색칠 나무 갑옷을 입고 그로트의 돼지를 탔고, 그로트의 누이는 그들 남매의 생계였던 마상시합극의 세부 사항을 가르쳐주고 있었다. 티리온이 조카의 비틀린 즐거움을 위해 개에 올라타는 것을 거부했다가 목이 잘릴 뻔했다는 점을 생각하면, 여기에도 기막힌 아이러니가 있기는 했다. 그러나 돼지 등에 타고서는 그 유머를 온전히 음미하기가 힘들었다.

페니의 창이 때맞춰 내려오면서 뭉툭한 창끝이 티리온의 어깨를 스쳤다. 그의 기마창은 흔들거리며 내려와 페니의 방패 모퉁이를 시끄럽게 때렸다. 페니는 자리에 앉아 있었고, 티리온은 떨어졌다. 하지만 원래 그래야 했다.

'돼지에서 떨어지는 것만큼 쉽다고들 하던가…….' 하지만 이 돼지에서 떨어지는 건 보기보다 힘들었다. 티리온은 수업을 기억하고 떨어지면서 몸을 둥글게 말았지만, 그러고도 쿵 소리 나게 갑판을 때리고 피 맛이 날 정도로 세게 혀를 씹었다. 다시 열두 살이 되어, 캐스털리록 대연회장의 저녁 식사 자리에서 옆으로 재주넘기를 하는 듯한 기분이었다. 그 시절에는 무례한 선원들 대신 제리온 숙부가 그의 노력을 칭찬해줬었다. 조프리의 결혼 피로연에서 그로트와 페니의 익살극에 터져 나온 엄청난 웃음에 비하면 선원들의 웃음소리는 드물고 억지스럽게 들렸으며, 몇 명은 화가 나서 그에게 야유하기도 했다. "코 없어, 돼지도 꼭 생긴 것처럼 못나게 타는구나." 한 남자가 선미루에서 외쳤다. "계집애에게 지다니 불알도 없나 봐." '나에게 돈을 건 거로군.' 티리온은 그대로 그 모욕을 뒤집어썼다. 그보다 심한 말들도 들어봤다.

나무 갑옷 때문에 일어서기가 힘들었다. 그는 뒤집힌 거북처럼 버둥거렸다. 적어도 그 모습은 선원 몇 명의 웃음을 끌어냈다. '다리가 부러지지 않아 안타깝군. 그랬다면 저놈들이 미친 듯이 웃었을 텐데. 내가 아버지 배를 쏜 변소에 있었다면 저놈들은 너무 웃어대다가 같이 바지에 똥을 지렸을지 몰라. 하지만 뭐든 저 망할 놈들 기분을 좋게 해준다면야.'

조라 모르몬트가 결국 티리온의 고군분투를 보다 못해 잡아 일으켰다. "바보 같아 보였어."

'그럴 의도였거든.' "돼지에 올라타고 영웅처럼 보이긴 어렵지."

"그래서 내가 돼지들을 멀리하지."

티리온은 투구 끈을 풀고 비틀어 벗은 후, 피가 섞여 분홍색이 된 가래침을 뱃전 너머로 뱉었다. "혀를 반은 씹어버린 느낌이야."

"다음번엔 더 세게 씹게나." 조라 경이 어깨를 으쓱였다. "솔직히 말하면, 이보다 더 형편없는 창 시합도 봤어."

'그게 칭찬이야?' "망할 돼지에서 떨어져 혀를 씹었는데, 그보다 더 형편없을 수가 있나?"

"눈에 나뭇조각이 꽂혀서 죽는 거."

페니가 '으득이(Crunch)'라고 부르는 커다란 회색 개에게서 뛰어내렸다. "시합을 잘하는 게 목적이 아니에요, 휴고르." 페니는 언제나 조심스러워서 누가 들을지 모른다 싶은 곳에서는 휴고르라고 불렀다. "사람들이 웃고 동전을 던지게 만드는 게 목적이죠."

'피와 멍 자국에 비하면 보잘것없는 보답이야.' 티리온은 생각했지만, 굳이 말하지는 않았다. "그것도 실패했어. 아무도 동전을 안 던져." '1페니도, 1그로트도.'

"우리가 더 나아지면 돈을 던질 거예요." 페니가 투구를 벗었다. 갈색 머리카락이 귀까지 늘어졌다. 눈도 갈색이었고, 이마는 툭 튀어나왔고, 두 뺨은 매끈하고 발갛게 물들었다. 페니는 가죽 주머니에서 이쁜 돼지에게 줄 도토리를 몇 개 꺼냈다. 돼지는 행복하게 끽끽거리며 페니의 손바닥에 놓인 도토리를 먹었다. "우리가 대너리스 여왕님을 위해 공연하면 은화가 비처럼 쏟아질 거예요."

선원 몇 명이 소리를 지르고 발꿈치로 갑판을 탕탕 때리면서 시합을 한 번 더 하라고 했다. 언제나 그렇듯 요리사의 목소리가 제일 컸다. 요리사는 이 배에서 그나마 쓸 만한 시바스 선수였지만, 티리온은 그자를 경멸하게 됐다. "봐요, 우릴 좋아해요." 페니는 희망이 담긴 미소를 지으며 말했다. "다시 갈까요, 휴고르?"

거절하기 직전이었는데, 항해사 한 명이 소리를 내질러 그럴 필요가 없어졌다. 오전 나절이었고, 선장은 작은 배들을 내보내고 싶어 했다. 상선의 거대한 줄무늬 돛은 며칠째 돛대에 축 늘어져 있었지만, 선장은 북쪽 어딘가에서 바람을 찾으리라는 희망을 품고 있었다. 그건 노를 저어야 한다는 뜻이었다. 그러나 노 저을 배들은 작았고, 상선은 컸다. 상선을 끌고 가는 건 손에 물집이 잡히고 등이 아프면서 얻는 것은 없는, 땀나고 지치고 더운 작업이었다. 선원들은 싫어했고, 티리온도 그 마음을 비난할 수 없었다. "과부가 우릴 갤리선에 태웠어야 해." 그는 씁쓸하게 중얼거렸다. "누가 이 망할 판자 속에서 나가게 날 좀 도와준다면 고맙겠어. 사타구니에 나뭇조각이 낀 것 같아."

형편없는 태도로나마 모르몬트가 거들었다. 페니는 개와 돼지를 데리고 갑판 아래로 내려갔다. "자네 아가씨에게 안에 들어가면 문을 닫고 빗장도 지르라고 말해두는 게 좋겠어." 조라 경은 나무로 만든 가슴판을 등판과 연결해놓은 끈 버클을 풀면서 말했다. "갈비와 햄과 베이컨 소리를 엔간히 듣는 게 아니야."

"저 돼지는 페니의 생계 절반이야."

"기스카 선원들은 개도 먹을걸." 모르몬트는 가슴판과 등판을 당겨 뜯었다. "말이나 해."

"그러시다면야." 튜닉은 땀에 젖어 가슴에 붙어 있었다. 티리온은 바람이 조금이라도 불기를 기도하며 튜닉을 떼어냈다. 나무 갑옷은 불편한 만큼 덥고 무겁기도 했다. 절반은 오래된 칠이 보였는데, 백 번은 칠을 다시 해서 켜켜이 덮였다. 돌이켜보니 조프리의 결혼 피로연에서는 한 명이 롭 스타크의 다이어울프를, 다른 한 명은 스타니스 바라테온의 문장과 색깔을 입고 있었다. "대너리스 여왕 앞에서 시합을 벌이려면 두 마리 다 필요할 테니까." 그는 말했다. 선원들이 이쁜 돼지를 도살할 생각이라면, 티리온도 페니도 막을 가망이 없었다……. 그러나 조라 경의 장검이라면 멈칫하게 만들 수도 있으리라.

"그런 방법으로 머리통을 보존하려는 건가, 꼬마 악마?"

"꼬마 악마 경이라고 해줘. 그래. 전하께서도 내 진정한 가치를 아신다면 날 아끼실 거야. 나야 사랑스러운 작은 친구인 데다, 내 친족에 대해 쓸모 있는 걸 많이 알지 않겠어? 하지만 그때까지는 전하를 즐겁게 해드리는 게 최선이지."

"좋을 대로 깡충거려봐라. 그런다고 네 범죄가 씻기진 않아. 대너리스 타르가르옌은 농담과 재주에 넘어가는 멍청한 어린애가 아니야. 널 공정하게 처리하실 거다."

'아, 아니었으면 좋겠네.' 티리온은 짝짝이 눈으로 모르몬트를 살펴보았다. "그 공정한 여왕님이 자네는 어떻게 환영하실까? 따뜻한 포옹, 소녀다운 키득거림, 아니면 처형 집행인의 도끼?" 그는 모르몬트가 뚜렷하게 당황하는 기색을 보고 히죽 웃었다. "정말로 자네가 그 매춘굴에서 여왕님 일을 보고 있었다고 믿을 줄 알았나? 세상 반대편에서 여왕을 지키고 있었다고? 드래곤 여왕님이 자네를 내쫓아서 도망치고 있었던 게 아닐까? 하지만 왜 그랬을까……. 아하, 그렇군. 대너리스를 염탐하고 있었군." 티리온은 혀를 쯧쯧 찼다. "날 내밀어서 여왕님의 총애를 다시 사고 싶은 거야. 성급한 계획이라고 봐. 술에 취하고 절박해서 하는 행동이나 진배없지. 내가 제이미였다면 또 모르지만……. 제이미는 대너리스의 아버지를 죽였고, 난 내 아버지만 죽였어. 대너리스가 날 처형하고 자네를 사면하리라 생각하겠지만, 그 반대가 될 가능성도 높아. 어쩌면 저 돼지에 올라타야 하는 건 자네일지 모르겠군, 조라 경. 잡색 강철 옷을 입는다면 광대 플로리안—"

그는 덩치 큰 기사의 주먹에 머리를 맞고 옆으로 날아갔다. 어찌나 타격이 컸는지, 머리가 갑판에 쿵쿵 튀었다. 비틀거리며 한쪽 무릎을 세우는데 입안에 피가 가득했다. 그는 부러진 이를 뱉었다. '갈수록 어여뻐지는군. 그래도 상처를 쑤시긴 했네.' "난쟁이 놈의 말에 기분이 상하셨습니까, 경?" 티리온은 손등으로 터진 입술에 맺힌 피거품을 닦으며 천진하게 물었다.

"네놈 주둥이는 지긋지긋하다, 난쟁이." 모르몬트가 말했다. "아직 이가 몇 개 남아 있지. 그거라도 지키고 싶으면 남은 항해 동안 나 피해라."

"그건 어려울지도 모르겠는데. 우린 같은 방을 쓰잖아."

"어디 다른 잘 곳을 찾을 수 있겠지. 선창 아래든, 갑판 위든 상관없다. 내 눈에 띄지만 말아라."

티리온은 힘겹게 일어섰다. "분부대로 합죠." 피를 머금고 대답했지만, 덩치 큰 기사는 이미 갑판에 장화 소리를 쿵쿵 울리며 가버리고 없었다.

조리실에 내려간 티리온이 럼주와 물로 입안을 씻으면서 통증에 얼굴을 찡그리는데 페니가 나타났다. "무슨 일이 있었는지 들었어요. 아, 아파요?"

그는 어깨를 으쓱였다. "피 좀 나고 이가 하나 부러진 정도야." '하지만 모르몬트는 더 아플걸.' "그런 게 기사라니. 안타깝지만, 우리에게 보호가 필요할 때 조라 경에게 기대진 못하겠어."

"무슨 짓을 한 거예요? 아, 입술에서 피가 나네." 페니는 소매에서 손수건을 꺼내어 티리온의 입술을 두드렸다. "무슨 소릴 한 거예요?"

"쪼다 경이 듣기 싫어하는 진실."

"그 사람을 놀리면 안 돼요. 아무것도 모르는 거예요? 큰 사람한테 그런 식으로 말할 순 없어요. 당신을 해칠 수도 있다고요. 조라 경이 당신을 배 밖으로 던질 수도 있어요. 선원들은 당신이 빠져 죽는 걸 보고 웃기나 할걸요. 큰 사람들 주위에선 조심해야 해요. 쾌활하게 굴고 농담 잘하고, 계속 미소 짓게 만들라고, 웃겨주라고, 우리 아버진 늘 그렇게 말했어요. 당신 아버지는 큰 사람들에게 어떻게 굴어야 할지 말 안 해줬어요?"

"우리 아버지는 그 사람들을 작고 하찮게 여겼지. 그리고 쾌활한 사람은 아니었어." 그는 물 탄 럼주를 한 모금 더 머금고 입안을 헹군 다음 뱉어냈다. "그래도 무슨 말인지는 알아들었어. 난쟁이로 살려면 배울 게 많군. 시합과 돼지 타기를 계속하면서 네가 친절을 베풀어 가르쳐주려나."

"가르쳐줄게요, 나리. 기꺼이요. 하지만…… 그 진실이란 게 뭐였는데요? 왜 조라 경이 당신을 그렇게 세게 때린 거예요?"

"뭐긴, 사랑 때문이지. 내가 그 가수를 스튜로 만든 것과 같은 이유야." 그는 샤에를, 샤에의 목에 감긴 사슬을 비틀어 조일 때 봤던 그 눈빛을 생각했다. 황금 손으로 만든 사슬 목걸이였다. '황금의 손은 언제나 차갑지만, 여인의 손은 따뜻하니.' "너 처녀냐, 페니?"

페니는 얼굴을 붉혔다. "응. 물론이죠. 누가 나한테—"

"계속 그렇게 있어. 사랑은 미친 짓이고, 육욕은 독이야. 처녀성을 지켜라. 그러는 편이 더 행복할 테고, 로인의 어느 우중충한 매춘굴에서 잃어버린 사랑을 조금 닮은 창녀와 함께 있게 될 일도 없을 거다." '아니면 창녀들이 가는 곳이 어디인지 찾고 싶어 세상 절반을 가로지르는 일도.' "조라 경은 드래곤 여왕을 구출해서 여왕의 감사를 누리고 싶다는 꿈을 꾸지만, 내가 왕들의 감사해하는 마음에 대해 좀 아는데 그것보단 발리리아에 있는 궁전을 얻는 게 빠를걸." 그는 갑자기 말을 끊었다. "방금 느꼈어? 배가 움직였어."

"맞아요." 페니의 얼굴이 기쁨에 환해졌다. "다시 움직이고 있네요. 바람이……." 페니는 문으로 달려갔다. "보고 싶어요. 가요, 올라가기 시합해요." 그러고는 사라졌다.

'잰 어려.' 티리온은 페니가 조리실을 빠져나가서, 짧은 다리로 최대한 빨리 가파른 나무 계단을 뛰어오르는 모습을 보며 스스로를 일깨워야 했다. '어린애나 다름없다고.' 그래도 페니가 신이 난 모습을 보니 속이 간질간질 했다. 그는 뒤따라 갑판으로 올라갔다.

돛이 다시 살아나서 부풀어 올랐다가, 꺼졌다가, 다시 부풀어 오르는 통에 돛천에 그려진 붉은 줄무늬가 뱀처럼 꿈틀댔다. 항해사들이 볼란티스어로 명령을 외치자 선원들이 갑판 위를 뛰어다니며 밧줄을 당겼다. 내려가 있던 작은 배들은 견인선을 풀고 노를 열심히 저어 배로 돌아오고 있었다. 서쪽에서 불어오는 바람이 빙글빙글 몰아치며, 짓궂은 아이처럼 밧줄과 망토를 움켜잡았다. 셀래소리 코란호가 나아가고 있었다.

'결국 미린에 가긴 갈지도 모르겠군.' 티리온은 생각했다.

그러나 사다리를 기어올라, 선미루에 서서 배꼬리 너머를 보자 티리온의 미소가 흔들렸다. '여긴 파란 하늘에 파란 바다인데 서쪽은…… 저런 색의 하늘은 본 적이 없어.' 두꺼운 구름층이 수평선을 따라 달렸다. "불길한 줄무늬인데." 그는 손가락질하며 페니에게 말했다.

"저게 무슨 뜻인데요?" 페니가 물었다.

"우리 뒤에 덩치 큰 개자식이 따라붙었단 뜻이지."

그는 어느새 모쿼로와 그의 불타는 손가락 두 명이 선미루에 올라와 있는 것을 알고 놀랐다. 아직 한낮이었고, 붉은 사제와 그의 위병들은 보통 해가 질 때까지 나타나지 않았다. 사제는 티리온을 보고 엄숙하게 고개를 끄덕였다. "알아보는군, 휴고르 힐. 신의 진노요. 빛의 군주께선 조롱을 받아주지 않으시지."

티리온은 예감이 좋지 않았다. "과부는 이 배가 절대 목적지에 도착하지 못할 거라고 했지. 난 일단 삼두의 손이 미치지 않는 바다까지 나가고 나면, 선장이 미린으로 목적지를 바꿀 거라는 뜻이라 받아들였소. 아니면 당신이 불타는 손으로 배를 장악하고 우리를 대너리스에게 데려갈 거라고. 그런데 당신네 최고사제가 본 건 그게 아니었군?"

"그렇소." 모쿼로의 굵은 목소리는 장례식 종소리처럼 장엄하게 울렸다. "이게 그분이 보신 풍경이오." 붉은 사제가 지팡이를 들어 올려 서쪽을 가리켰다.

페니는 갈피를 잃었다. "이해가 안 가요. 무슨 뜻이죠?"

"아래로 내려가는 게 좋다는 뜻이지. 조라 경이 선실에서 날 내쫓아서 그런데, 때가 오면 네 선실에 숨을 수 있을까?"

"그래요." 페니가 말했다. "나리는…… 어……."

세 시간 가까이 바람을 받고 나아가는 가운데 폭풍은 점점 가까워졌다. 서쪽 하늘은 녹색이었다가, 회색이었다가, 검은색이 되었다. 뒤쪽에 시커먼 구름 벽이 치솟아, 불 위에 너무 오래 올려둔 우유 주전자처럼 부글거렸다. 티리온과 페니는 선장과 선원들을 방해하지 않으려고 조심하면서 선수루에 올라, 손을 잡고 선수상 옆에 몸을 웅크린 채 그 광경을 지켜보았다.

지난번 폭풍은 짜릿하게 마음을 도취시켰으며, 그를 정화하여 상쾌한 기분을 남기는 소낙비 같았다. 이 폭풍은 초장부터 달랐다. 선장도 그걸 감지했다. 그는 폭풍의 진로에서 벗어나려고 배를 북동미북으로 틀었다.

헛된 노력이었다. 이번 폭풍은 너무 컸다. 사방의 바다가 거칠어졌다. 바람이 울부짖기 시작했다. 파도가 선체를 두드리는 가운데 '냄새나는 집사'가 솟았다가 떨어졌다. 뒤쪽 하늘에서 번개가 내리꽂히고, 눈이 멀 것 같은 자주색 번갯불이 빛 그물을 치며 바다 위에서 춤을 췄다. 뇌성이 뒤따랐다. "숨을 때가 됐어." 티리온은 페니의 팔을 잡고 갑판 아래로 내려갔다.

이쁜이와 으득이는 둘 다 공포에 질려 반쯤 미친 상태였다. 개는 짖어대고, 짖어대고, 또 짖어대더니 두 사람이 들어가자 티리온에게 덤벼들어 쓰러뜨렸다. 돼지는 사방에 똥을 쌌다. 티리온은 페니가 두 짐승을 진정시키려 애쓰는 동안 돼지 똥을 최대한 치웠다. 그런 다음 두 사람은 매여 있지 않은 것은 무엇이든 묶거나 치웠다. "무서워요." 페니가 고백했다. 파도가 선체를 두드려대자 선실이 기울어지고 튀어 오르며, 이쪽으로 갔다가 저쪽으로 갔다.

'죽기에 익사보다 나쁜 방법들이 있지. 네 오빠도 그걸 알게 됐고, 내 아버지도 그랬어. 그리고 샤에, 그 거짓말투성이 갈보도. 황금의 손은 언제나 차갑지만, 여인의 손은 따뜻하니.' "게임을 해야겠어." 티리온이 제안했다. "그러면 폭풍에서 생각을 돌리는 데 도움이 될지 몰라."

"시바스는 말고요." 페니가 바로 답했다.

"시바스는 말고." 티리온은 발밑에서 갑판이 솟아오르는 가운데 동의했다. 어차피 시바스 말은 선실 곳곳에 날아가서 돼지와 개에게 쏟아지는 사태만 벌어질 터였다. "어렸을 때 '우리 성에 놀러와' 놀이 해봤어?"

"아뇨. 가르쳐줄 수 있어요?"

그럴 수 있을까? 티리온은 머뭇거렸다. '멍청한 난쟁이. 당연히 '우리 성에 놀러와'를 해봤을 리가 없지. 성에 살질 않았잖아.' '우리 성에 놀러와'는 귀족 아이들을 위한 놀이로, 예의와 문장학(紋章學), 그리고 아버지의 친구와 적에 대해 가르치기 위해 만들어졌다. "그건 안 되겠……." 티리온이 운을 떼는데 갑판이 또 치솟더니 두 사람을 같이 팽개쳤다. 페니는 공포에 질려 꺅 소리를 냈다. "그 놀이는 안 되겠다." 티리온은 이를 악물고 말했다. "미안해. 무슨 놀이가 좋을지 모르—"

"난 알아요." 페니가 그에게 입을 맞췄다.

성급하고 어색하고, 서툰 입맞춤이었다. 그러나 티리온을 완벽하게 기습했다. 티리온은 밀어내려고 두 손을 확 들어 올려 페니의 어깨를 잡았다. 그러다가 머뭇거리고는, 오히려 가까이 끌어당겨서 안았다. 페니의 입술은 건조했고, 굳은 채 수전노의 지갑보다 더 꽉 닫혀 있었다. '그나마 다행이군.' 티리온은 생각했다. 그가 원한 일은 아니었다. 그는 페니를 좋아했고, 페니를 동정했으며, 심지어 어떤 면에서는 감탄하기도 했지만, 페니를 욕망하지는 않았다. 그러나 상처를 주고 싶지도 않았다. 신들과 그의 사랑스러운 누이가 이미 충분한 고통을 준 아이였다. 그래서 티리온은 페니의 어깨를 부드럽게 감싸 안고 입맞춤을 받아들였다. 티리온의 입술도 굳게 닫혀 있었다. 셀래소리 코란호가 흔들리고 출렁였다.

마침내 페니가 살짝 몸을 뗐다. 티리온은 그 눈동자에 비친 제 모습을 볼 수 있었다. '예쁜 눈동자야.' 그는 생각했지만, 그 눈에는 다른 것들도 보였다. '아주 많은 두려움, 약간의 희망……. 하지만 육욕은 조금도 없어. 나만 원치 않는 게 아니라, 이 아이도 날 원하지 않아.'

페니가 고개를 떨구자, 티리온은 그 턱을 잡아 들어 올렸다. "그 놀이는 못 합니다, 아가씨." 저 위에서 천둥이 우르릉거렸다. 이제는 가까웠다.

"난 그러려던 게…… 전에는 남자한테 입을 맞춰본 적이 없지만…… 그냥, 혹시 여기서 빠져 죽는다면, 그러면 난……."

"달콤했어." 티리온은 거짓말을 했다. "하지만 난 결혼한 몸이거든. 연회에서 나와 함께 앉아 있었는데, 기억할지도 모르겠네. 산사 부인이라고 있어."

"그분이 당신 아내였어요? 어…… 엄청 아름다웠는데……."

'그리고 배신했지. 산사, 샤에, 내 모든 여자들이……. 날 사랑한 여자는 티샤뿐이었어. 창녀들이 가는 곳이 어딜까?' "아름다운 여자였지. 그리고 우린 신들과 인간들이 보는 앞에서 맺어졌어. 그 사람을 잃었을지도 모르지만, 확실하게 알 때까지는 부인에게 충실해야 해."

"이해해요." 페니는 그를 외면했다.

'내 완벽한 여인.' 티리온은 씁쓸하게 생각했다. '아직 이런 뻔뻔한 거짓말을 믿을 정도로 어린 여자.'

선체가 삐걱거리고, 갑판이 움직이고, 이쁜이가 괴로움에 꽥꽥거렸다. 페니는 네 발로 선실 바닥을 기어가서 돼지의 머리를 끌어안더니 안심하라고 속삭였다. 그 둘을 보고 있으면, 누가 누구를 위로하는 건지 말하기 힘들었다. 미친 듯이 웃겨야 마땅할 만큼 기괴한 광경이었으나, 티리온은 미소조차 찾지 못했다. '저 애는 돼지보다 나은 걸 얻을 자격이 있어. 정직한 입맞춤, 사소한 친절, 그 정도는 누구나 받을 자격이 있잖아. 몸이 크든 작든.' 그는 와인 잔을 찾아 주위를 둘러보았지만, 겨우 잔을 찾았을 때는 럼주가 다 쏟아지고 없었다. 그는 뚱하니 생각했다. '익사만 해도 나쁜데, 슬프고 제정신인 채로 익사하는 건 너무 잔인해.'

결과적으로, 그들은 익사하지 않았다……. 친절하고 평화로운 익사에 혹하는 순간들은 있었지만 말이다. 폭풍은 그날 낮은 물론이고 밤늦게까지 맹위를 떨쳤다. 물기 어린 바람이 사방에서 울부짖고 파도가 익사한 거인들의 주먹처럼 솟아올라 갑판을 두드렸다. 나중에 알게 되었지만, 위에서는 항해사 한 명과 선원 두 명이 파도에 쓸려 나갔고, 요리사는 뜨거운 기름 주전자가 얼굴에 날아드는 바람에 눈이 멀었으며, 선장은 선수루에서 주갑판으로 내팽개쳐지는 바람에 두 다리가 부러졌다. 아래에서는 으득이가 울부짖고 짖어대고 페니에게 으르렁댔고, 이쁜 돼지는 다시 똥을 싸기 시작하여 좁고 눅눅한 선실을 돼지우리로 만들었다. 티리온은 이 모든 아수라장에서도 토하지 않는 데 성공했는데, 주로 와인이 없었던 덕분이었다. 페니는 그렇게 운이 좋지 않았지만, 어쨌든 티리온은 선체가 터지기 직전의 나무통처럼 삐걱대고 끼익거리는 가운데 페니를 붙잡고 있었다.

자정 즈음에는 드디어 바람이 잦아들었고, 바다가 티리온이 갑판에 다시 올라갈 엄두가 날 정도로 잔잔해졌다. 올라가서 본 풍경이 안심이 되지는 않았다. 뚱뚱한 상선은 별이 가득 담긴 하늘 아래 드래곤 유리 같은 바다에 떠 있었지만, 사방에서 폭풍이 몰려오고 있었다. 동쪽, 서쪽, 북쪽, 남쪽, 어디를 보아도 구름이 검은 산맥처럼 쌓였고 금방이라도 무너질 듯한 구름 비탈과 거대한 구름 벼랑에 파란색, 자주색 번개가 날뛰었다. 비는 오지 않았지만, 갑판은 젖어서 미끄러웠다.

갑판 아래에서 누군가 비명을 질렀다. 공포에 차서 발작하듯 가늘고 높은 목소리였다. 모쿼로의 목소리도 들렸다. 붉은 사제는 선수루에 서서 폭풍을 마주한 채 지팡이를 머리 위로 치켜들고 우렁차게 기도를 하고 있었다. 배 중앙에서는 선원 십여 명과 불타는 손가락 두 명이 엉킨 밧줄과 흠뻑 젖은 돛을 두고 씨름을 하는데, 돛을 다시 올리려는 건지 끌어 내리려는 건지 도무지 알 수가 없었다. 뭘 하고 있든 간에 티리온이 보기에는 아주 나쁜 생각 같았다. 그리고 실제로 그랬다.

위협을 속삭이듯 차갑고 축축한 바람이 돌아와, 티리온의 뺨을 스치고 젖은 돛을 펄럭이고 모쿼로의 진홍색 로브 자락을 잡아당기며 휘몰아쳤다. 티리온은 본능에 따라 제일 가까운 난간을 붙잡았다. 아슬아슬한 순간이었다. 심장이 세 번 뛰는 사이에 산들바람은 울부짖는 돌풍으로 변했다. 모쿼로가 뭐라고 소리를 치자 지팡이 끝에 붙은 드래곤의 입에서 초록색 화염이 밤하늘로 뛰어올랐다. 그러자 비가, 시커먼 비가 눈앞을 가릴 정도로 쏟아졌고 선수루와 선미루 둘 다 물 벽 너머로 사라졌다. 머리 위에서 뭔가 거대한 것이 펄럭였고, 티리온이 올려다본 순간 돛이 밧줄에 두 사람을 매단 채 날아올랐다. 이어서 쩍 소리가 들렸다. '아, 빌어먹을.' 티리온은 그 잠깐 동안에 생각했다. '분명히 돛대일 거야.'

밧줄을 하나 찾아서 끌어당기면서 뚜껑문으로 가, 폭풍에서 벗어나 아래로 내려가려고 했지만, 돌풍이 발을 잡아챘고 두 번째 돌풍은 티리온을 난간에 처박았다. 그는 난간에 매달렸다. 빗발이 얼굴을 때려 앞이 보이지 않았다. 입에 다시 피가 가득했다. 똥을 싸려고 끙끙대는 변비 걸린 뚱보처럼 선체가 신음했다.

그리고 돛대가 터졌다.

티리온도 보지는 못했으나, 들었다. 쩍 갈라지는 소리가 다시 나더니 고문당한 나무가 비명을 지르고, 갑자기 사방에 나뭇조각이 가득해졌다. 한 조각은 가까스로 티리온의 눈을 비껴 날아갔고, 한 조각은 목을 찔렀으며, 한 조각은 장화와 바지와 함께 종아리 살을 관통했다. 그는 비명을 질렀다. 그래도 손을 놓지는 않았다. 있는 줄도 몰랐던 힘까지 다해서 필사적으로 매달렸다. '그 과부가 이 배는 절대 목적지에 닿지 못한다고 했지.' 그는 기억을 돌이켰고, 천둥이 울리고 목재가 삐걱이고 파도가 몰아치는 가운데 미친 사람처럼, 발작적으로 웃고 또 웃었다.

폭풍이 약해지고 살아남은 승객들과 승조원들이 비 온 후에 지면에 꿈틀거리는 분홍색 벌레들처럼 갑판 위로 기어 나왔을 때, 셀래소리 코란호는 망가진 배가 되어, 좌현으로 10도 기울고 선체는 50여 군데가 튀어나오고, 선창에선 바닷물이 넘치고, 돛대는 난쟁이보다도 작게 쪼개진 채 바다에 낮게 떠 있었다. 선수상도 화를 면치 못해서, 팔 하나가 부러져 나갔다. 두루마리를 들고 있던 팔이었다. 아홉 명이 실종됐는데 그중 한 명은 항해사였고 두 명은 불타는 손가락이었으며, 모쿼로도 포함이었다.

'베네로가 불 속에서 이걸 봤을까?' 티리온은 거대한 붉은 사제가 사라진 것을 알자 생각했다. '모쿼로는 봤을까?'

"예언이란 훈련이 덜 된 노새 같아." 그는 조라 모르몬트에게 불평했다. "쓸모 있을 것 같아 보이지만, 믿으려고 하는 순간에 머리를 걷어차지. 저주받을 과부는 배가 목적지에 절대 도착하지 못한다는 걸 알고 그걸 경고하려고 했지. 베네로가 불 속에서 봤다면서. 그런데 난 그 의미가…… 뭐, 그게 뭐 중요하겠어?" 그는 입매를 비틀었다. "진짜 의미는 저주받을 대형 폭풍이 와서 우리 돛대를 불쏘시개로 만들어놓는 바람에 식량이 다 떨어져서 서로를 잡아먹을 때까지 슬픔의 만을 목적 없이 표류하게 될 수도 있다는 뜻이었네. 누굴 먼저 잡으려나……. 돼지, 개, 아니면 나?"

"제일 시끄러운 놈부터겠지."

선장은 다음 날 죽었고, 요리사는 사흘 밤이 지나고 죽었다. 남은 승조원들은 난파선을 떠 있게 하는 게 다였다. 지휘권을 이어받은 듯한 항해사는 그들이 삼나무섬 남쪽 끝에 가까운 어딘가에 있다고 추정했다. 그가 제일 가까운 육지까지 끌고 가보려고 작은 배들을 내리자, 한 척은 가라앉았고 다른 한 척에 탄 승조원들은 밧줄을 끊은 후 본선과 동료들을 다 버리고 북쪽으로 노를 저어 가버렸다.

"노예들이란." 조라 모르몬트가 경멸을 담아 말했다.

덩치 큰 기사는 폭풍이 부는 내내 잤다고 했다. 티리온은 과연 그랬을까 의심했지만, 굳이 말하지는 않았다. 언젠가는 누군가의 다리를 물어뜯고 싶을지 모르는데, 그러려면 이가 있어야 했다. 모르몬트는 그들 사이의 불화를 무시하는 데 만족하는 듯했기에, 티리온도 없었던 일로 치기로 했다.

그들은 물과 식량이 줄어드는 가운데 19일 동안 표류했다. 태양이 사정없이 내리쬐었다. 페니는 개와 돼지를 데리고 선실 안에 웅크렸고, 티리온은 붕대를 감은 종아리를 절뚝이면서 그녀에게 먹을 것을 가져다주고 밤이면 상처 부위의 냄새를 맡아보았다. 달리 할 일이 없으면 손가락, 발가락도 다시 찔러봤다. 조라 경은 매일 장검을 갈고 번쩍거릴 때까지 손질했다. 살아남은 불타는 손가락 세 명은 해가 지면 밤불을 피웠지만, 선원들을 이끌고 기도를 드리면서도 화려한 갑옷을 챙겨 입었고 창을 가까이 두었다. 그리고 선원들은 단 한 명도 난쟁이의 머리를 문지르려 하지 않았다.

"다시 마상시합 쇼를 보여줄까요?" 어느 날 밤 페니가 물었다.

"안 그러는 게 낫겠어." 티리온은 대답했다. "괜히 우리에게 통통하고 건강한 돼지가 있다는 사실만 일깨워줄 거야." 이쁜이는 매일 덜 통통해졌고, 으뜸이는 가죽과 뼈만 남았지만 말이다.

그날 밤 티리온은 꿈속에서 또다시 손에 노궁을 쥐고 킹스랜딩에 있었다. "어디든 창녀들이 가는 곳." 타이윈 공이 말했지만, 티리온의 손가락에 힘이 들어가서 팅 하고 활시위가 놓였을 때, 배에 화살이 박힌 사람은 페니였다.

티리온은 고함 소리에 깨어났다.

몸 아래에서 배가 움직였고, 잠깐이지만 혼란스러운 나머지 '수줍은 처녀'호에 있다고 생각했다. 돼지 똥 냄새에 정신을 차렸다. 소로스는 세상 반대편에 있었고, 그 시절의 즐거움도 마찬가지였다. 아침 수영 후에 벌거벗은 몸에 물방울을 반짝이던 레모어가 얼마나 아름다워 보였는지 기억했지만, 여기에 있는 처녀라곤 성장이 덜 된 자그마한 난쟁이 처녀, 가엾은 페니뿐이었다.

하지만 뭔가 일이 벌어지고 있었다. 티리온은 하품을 하면서 해먹을 빠져나가 장화를 찾았다. 그리고 미친 것 같지만 노궁도 찾아보았는데, 당연하게도 그런 건 없었다. '안타깝네. 큰 사람이 날 잡아먹으러 오면 쓸모가 있을 텐데.' 그는 장화를 당겨 신고 대체 고함 소리가 왜 났나 알아보러 갑판 위로 올라갔다. 페니가 먼저 올라가서 놀라움에 눈을 크게 뜨고 있었다. "돛이에요." 페니가 외쳤다. "저기, 저기, 보여요? 돛이에요. 그리고 우릴 봤어요. 봤어. 돛이야."

이번에는 티리온이 페니에게 입을 맞췄다……. 양쪽 뺨에 한 번씩, 이마에 한 번, 그리고 마지막으로 입술에. 페니는 얼굴을 붉히고 깔깔대다가 마지막 입맞춤에 갑자기 다시 수줍어했지만, 상관없었다. 다른 배가 다가오고 있었다. 큰 갤리선이었다. 노가 길게 하얀 궤적을 그렸다. "저건 무슨 배지?" 그는 조라 모르몬트 경에게 물었다. "배 이름을 읽을 수 있나?"

"배 이름을 읽을 필요도 없군. 바람이 이쪽으로 분다. 냄새를 맡을 수 있어." 모르몬트가 장검을 뽑았다. "노예상이야."

변절자

해가 서쪽으로 저물던 도중에 첫 눈송이가 내려왔다. 밤에는 눈이 어찌나 펑펑 쏟아지는지, 하얀 커튼 뒤에서 떠오른 달도 보이지 않았다.

"북부의 신들이 스타니스 공에게 분노를 터뜨렸다." 루스 볼턴은 아침이 오자 식사를 위해 윈터펠 대연회장에 모인 사람들에게 선언했다. "스타니스는 이곳에서 이방인이고, 옛 신들은 그자가 살아남도록 참아주지 않을 것이다."

병사들이 함성으로 동조하며 주먹으로 긴 판자 식탁을 두드렸다. 윈터펠이 폐허가 되었을지는 모르나 화강암 벽은 아직도 최악의 바람과 악천후를 막아주었다. 먹을 것도 마실 것도 잘 비축되어 있었다. 비번일 때 몸을 데울 불도, 옷을 말릴 장소도, 누워서 잘 아늑한 구석 자리도 있었다. 볼턴 공은 반년 치 장작을 쌓아두었기에, 대연회장은 언제나 따뜻하고 포근했다. 스타니스에겐 그런 낙이 없었다.

테온 그레이조이는 함성에 가세하지 않았다. 프레이 가문 사람들도 마찬가지라는 것을 모를 수도 없었다. '저들도 여기에 온 이방인이거든.' 그는 아에니스 프레이 경과 그 이복형제인 호스틴 경을 지켜보며 생각했다. 강역에서 나고 자란 프레이는 이런 폭설을 본 적이 없었다. '북부는 이미 저들 중 세 명의 피를 요구했어.' 테온은 램지 스노우가 수색했으나 찾지 못한, 화이트하버와 배로턴 사이에서 사라진 프레이들을 떠올리며 생각했다.

연단 위에서는 와이먼 맨덜리 공이 화이트하버 기사 둘 사이에 앉아서 숟가락에 뜬 포리지를 뚱뚱한 얼굴로 가져가고 있었다. 결혼식 때 먹은 돼지고기 파이처럼 즐기는 것 같지는 않았다. 다른 자리에서는 외팔의 하우드 스타우트가 시체 같은 창녀잡이 엄버와 조용히 대화를 나눴다.

테온은 다른 남자들과 같이 포리지 줄에 섰다. 사람들이 죽 늘어선 구리 주전자에 담긴 포리지를 나무 그릇에 퍼 담고 있었다. 귀족과 기사는 포리지를 맛있게 만들 우유와 꿀과 심지어는 버터 조각까지 받았지만, 그에게는 그런 게 주어지지 않았다. 윈터펠의 왕자로 있던 기간은 짧았다. 그는 연극에서 맡은 역할을 수행하여 가짜 아리아를 결혼시켰고, 이제는 루스 볼턴에게 쓸모가 없어졌다.

"내가 기억하는 첫 겨울엔 눈이 내 머리 위까지 내렸어." 앞에 선 혼우드 병사 하나가 말했다.

"그래. 하지만 그 시절 자넨 키가 1미터도 안 됐지." 개울 지대에서 온 기수가 대꾸했다.

어젯밤, 잠을 이루지 못하던 테온은 저도 모르게 탈출을 생각했다. 램지와 그 아버지가 다른 곳에 관심을 둔 사이에 몰래 빠져나갈 생각을 했다. 하지만 모든 문을 닫고 빗장을 지른 데다 위병들까지 엄중하게 감시하고 있었다. 아무도 볼턴 공의 허락 없이 들어오거나 나갈 수 없었다. 설령 빠져나갈 비밀 통로를 찾았다 해도 테온은 믿지 못했을 것이다. 그는 키라와 키라가 들고 왔던 열쇠를 잊지 않았다. 빠져나간들, 어디로 간단 말인가? 테온의 아버지는 죽었고, 숙부들은 그를 싫어했다. 파이크는 그에게 관심이 없었다. 그에게 남은 그나마 집 비슷한 곳은 여기, 윈터펠의 폐허뿐이었다.

'망가진 놈에게 망가진 성. 여기가 내 자리야.'

테온이 아직 포리지를 기다리는 중인데 램지가 '서자의 자식들'과 함께 몰려 들어오더니 노래를 시작하라고 외쳤다. 아벨이 눈을 비비고 류트를 집어 들어 〈도르네인의 아내〉를 시작하는 한편, 그의 세탁부 하나가 북으로 박자를 맞췄다. 가수는 가사를 바꿔 불렀다. 도르네인의 아내를 맛보았다고 하는 대신, 북부인의 딸을 맛보았다고 노래했다.

'저러다 혀를 잃는 수가 있지.' 테온은 포리지를 담으며 생각했다. '가수에 불과하잖아. 램지 공이 양쪽 손의 가죽을 벗긴대도 아무도 뭐라고 안 할 거야.' 하지만 볼턴 공은 그 가사에 미소를 지었고 램지는 큰 소리로 웃었다. 그러자 다른 이들도 웃어도 안전하다는 걸 알았다. 노란 딕은 그 노래가 무척이나 재밌었는지 코로 와인을 뿜었다.

아리아 부인은 그 자리에서 즐거움을 함께하지 않았다. 결혼식 밤 이후 자기 거처에서 나오지도 않았다. 시큼한 알린은 램지가 신부를 벌거벗겨 침대 기둥에 사슬로 묶어뒀다고 말하고 다녔지만, 테온은 말만 그렇다는 걸 알았다. 사슬은 없었다. 적어도 사람들이 볼 수 있는 사슬은 없었다. 그저 위병 두 명이 침실 밖에 서서 소녀가 돌아다니지 못하게 할 뿐이었다. '그리고 벌거벗는 건 목욕할 때뿐이야.'

하지만 거의 매일 밤 목욕을 했다. 램지 공은 아내가 깨끗하길 원했다. "가엾게도 시녀 하나 없으니 말이다." 램지는 테온에게 이렇게 말했다. "구린내, 너만 남지 않았겠냐. 네게 드레스를 입혀줘야 할까?" 램지는 웃음을 터뜨렸다. "네가 드레스를 달라고 빌면 줄 수도 있고. 당장은 네가 목욕 시중을 들면 되겠다. 내 신부가 너처럼 냄새나게 할 순 없잖아." 그래서 램지가 아내와 잠자리를 하고 싶어질 때마다 왈다 부인이나 더스틴 부인에게 하녀들을 빌리고 주방에서 뜨거운 물을 나르는 일은 테온에게 떨어졌다.

아리아는 그들에게 아무 말도 하지 않았지만 그 몸에 난 멍을 못 볼 수는 없었다. '자기가 자초한 거야. 램지를 만족시키지 못했어.' "그냥 아리아가 돼." 한번은 소녀가 물에 들어가게 도우면서 말했다. "램지 공도 널 해치고 싶은 건 아니야. 다만 우리가…… 우리가 잊을 때만 해치지. 나를 벨 때도 늘 이유는 있었어."

"테온……." 그녀는 울면서 속삭였다.

"구린내야." 그는 그녀의 팔을 잡고 흔들었다. "이 안에서 난 구린내야. 기억해야 해, 아리아." 하지만 그 소녀는 진짜 스타크가 아니라 집사의 딸에 불과했다. '제인이야. 제인이라는 이름이었어. 나한테 구해달라고 하면 안 되지.' 테온 그레이조이라면, 예전이라면 도우려 했을지도 모른다. 그러나 테온은 강철인이었고, 구린내보다 용감한 사내였다. '구린내, 구린내, 비린내와 운이 맞는 구린내.'

램지에겐 새로운 장난감이 생겼다. 그것도 젖가슴과 음부가 달린 장난감……. 하지만 곧 제인의 눈물은 재미가 없어질 테고, 램지는 구린내를 다시 원할 것이다. '내 가죽을 조금씩 벗기겠지. 손가락이 다 없어지면 두 손을 자를 거야. 발가락 다음엔 발. 하지만 그것도 내가 애걸해야 자르겠지. 제발 고통을 덜어달라고 빌 만큼 고통이 심해져야만.' 구린내에겐 뜨거운 목욕물도 없을 것이다. 그는 씻지도 못하고 다시 똥밭을 구를 것이다. 입은 옷은 악취 풍기는 지저분한 누더기로 바뀌고, 그런 누더기를 썩을 때까지 입어야 할 것이다. 제일 희망찬 귀결이 견사로 돌아가서 램지의 계집들과 함께 눕는 정도였다. '키라.' 그는 기억했다. '새로 생긴 암캐를 램지는 키라라고 부르지.'

그는 그릇을 들고 연회장 뒤쪽으로 가서, 제일 가까운 횃불에서 몇 미터는 떨어진 빈 장의자를 찾아 앉았다. 소금 통 아래쪽의 장의자들은 낮이고 밤이고 남자들이 반 이상 차 있었는데, 술을 마시고 주사위를 던지고 떠들어대거나 옷을 입은 채로 조용한 구석에 가서 잤다. 차례가 되어 하사관들이 걷어차서 깨우면 망토를 다시 걸치고 성벽 위를 걸었다. 하지만 그런 자들도 변절자 테온을 환영하지 않았고, 테온도 그들과 어울리고 싶진 않았다.

포리지는 멀건 회색이었고, 테온은 세 숟가락을 뜬 후 밀어놓고 굳게 내버려두었다. 옆 식탁에 앉은 남자들은 폭풍에 대해 언쟁을 해가며 눈이 얼마나 오래 내릴지 큰 소리로 떠들어댔다. "하루 종일 내리고 밤새 내릴 거야. 더 오래 내릴 수도 있고." 가슴팍에 세르윈의 도끼를 수놓은 검은 수염의 덩치 큰 궁수가 주장했다. 그보다 나이 많은 몇 명은 다른 눈보라에 대해 이야기하며 자기들이 어렸을 때 겨울에 본 눈에 비하면 이건 가벼운 먼지에 불과하다고 우겼다. 강역 사람들은 겁에 질렸다. '이 남부 병사들은 눈과 추위를 좋아하지 않아.' 연회장에 들어오는 남자들은 불가에 몸을 웅크리거나 빛나는 화로 위에 손을 모았고 문 안쪽 못에 건 망토에선 물이 뚝뚝 떨어졌다.

연회장 안이 연기로 자욱하고, 테온의 포리지 표면이 굳기 시작했을 때 등 뒤에서 웬 여자 목소리가 들렸다. "테온 그레이조이."

'내 이름은 구린내야.' 그렇게 말해버릴 뻔했다. "뭐야?"

여자는 테온 옆에 와서 장의자 양쪽으로 다리를 벌리고 앉더니, 덥수룩하게 자란 적갈색 머리를 쓸어 올렸다. "왜 혼자 먹어, 나리? 가자. 일어나서 같이 춤추자."

그는 포리지를 다시 잡았다. "난 춤추지 않아." 윈터펠의 왕자는 우아하게 춤을 췄지만, 발가락이 몇 개 없는 구린내의 춤은 기괴할 것이다. "내버려둬. 돈 없어."

여자는 뒤틀린 미소를 지었다. "내가 창녀인 줄 알아?" 그 여자는 가수가 데리고 다니는 세탁부 중 하나로, 키가 크고 깡말랐다. 너무 여위고 피부가 거칠어서 예쁘다고는 할 수 없었지만…… 그래도 테온이라면 그저 그 긴 다리가 몸을 휘감는 느낌이 어떤가 싶어서 그 여자와 뒹굴었을 시절도 있었다. "여기서 돈이 무슨 소용이야? 내가 돈으로 뭘 사겠어, 눈?" 여자는 소리 내어 웃었다. "웃음으로 지불할 수도 있겠네. 나리가 웃는 걸 본 적이 없어. 누이의 결혼 피로연에서도 안 웃더라."

"아리아 부인은 내 누이가 아니야." '어차피 못 웃고.' 말해버릴 수도 있었다. '램지가 내 웃음을 싫어해서 망치로 이를 깨버렸거든. 거의 먹지도 못하지.' "내 누이였던 적 없어."

"그래도 예쁜 처녀던데."

'산사처럼 아름답지야 못했지만, 다들 제가 예쁘다고 했어요.' 제인의 말이 아벨의 다른 여자 둘이 두드리는 북소리에 맞춰 머릿속을 울리는 것 같았다. 또 한 여자는 작은 왈더 프레이를 끌고 탁자 위에 올라가서 춤을 가르쳤다. 모든 남자가 웃고 있었다. "내버려둬." 테온은 말했다.

"내가 나리 취향이 아니야? 원한다면 머틀을 보내줄 수 있어. 아니면 홀리를 더 좋아할지도 모르겠네. 남자는 다 홀리를 좋아해. 걔네도 내 자매는 아니지만, 상냥하지." 여자는 몸을 가까이 기울였다. 숨결에서 와인 냄새가 났다. "나한테 보여줄 웃음이 없다면, 윈터펠을 어떻게 점령했는지 말해줘. 아벨이 그걸 노래로 부르면 나리는 영원히 살게 될 거야."

"배신자로 말이지. 변절자 테온으로."

"영리한 테온은 어때? 우리가 듣기론 대담한 위업이던데. 병사가 몇이나 있었어? 100명? 50명?"

'더 적었지.' "미친 짓이었어."

"영광스러운 미친 짓이지. 스타니스에겐 오천 군사가 있다지만, 아벨은 그 열 배가 있어도 이 성벽을 깨진 못할 거래. 그래서 나리는 어떻게 들어온 거야? 비밀 통로라도 있었어?"

'나에겐 밧줄이 있었지. 갈고리가 있었고. 어둠과 당황이 내 편이었어. 성을 지키는 군사는 얼마 안 됐고, 난 눈치채지 못하게 덮쳤지.' 하지만 테온은 아무 말도 하지 않았다. 아벨이 그에 대한 노래를 만들면, 램지가 절대 듣지 못하도록 그의 고막을 뽑아버릴 가능성이 높았다.

"날 믿어도 돼, 나리. 아벨도 날 믿거든." 세탁부는 테온의 손을 잡았다. 테온은 두 손 다 모직과 가죽으로 만든 장갑을 꼈다. 여자는 맨손이었는데, 손가락이 길고 피부가 거칠었으며 손톱을 잘근잘근 씹어놓았다. "내 이름을 물어보질 않았지. 로완이라고 해."

테온은 손을 빼냈다. 그는 이게 계략이라는 걸 알았다. '램지가 보낸 거야. 열쇠를 들고 왔던 키라처럼, 이 여자도 램지의 장난이야. 웃기는 장난에 불과해. 날 벌할 수 있게, 내가 도망치길 바라는 거야.'

그 여자를 때려서 얼굴의 가짜 미소를 박살 내고 싶었다. 여자에게 입을 맞추고, 탁자 위에서 그대로 범해서 그의 이름을 외치게 만들고 싶었다. 하지만 분노해서든, 욕정이 끓어서든 그 여자를 건드릴 순 없었다. '구린내, 내 이름은 구린내야. 내 이름을 잊어선 안 돼.' 그는 벌떡 일어나서 다리를 절며 말없이 문으로 향했다.

바깥에는 아직 눈이 내렸다. 축축하고 무겁고 조용한 눈이 벌써 연회장을 오가는 남자들의 발자국을 덮기 시작했다. 쌓인 눈이 거의 장화 위까지 올라왔다. '늑대 숲엔 더 깊게 쌓이겠지……. 그리고 바람이 부는 왕의 가도엔 눈을 피할 곳이 없을 거야.' 마당에선 싸움이 벌어지고 있었다. 리스웰 아이들이 배로턴 아이들에게 눈덩이를 퍼부었다. 위쪽을 보니 흉벽에서 종자들이 눈사람들을 만들고 있었다. 종자들은 눈사람에게 창과 방패를 들려주고, 머리에는 쇠로 만든 반투구를 씌우고 내벽을 따라 줄 세웠다. 눈 파수병들이었다. "겨울 군주가 군대를 데리고 합세하셨네." 대연회장 밖에 서 있던 파수병 하나가 농담을 던졌다가…… 테온의 얼굴을 보고 자기가 누구에게 말을 걸었는지 깨닫고는 고개를 돌려 침을 뱉었다.

천막들 너머에선 화이트하버와 트윈스에서 온 기사들의 덩치 큰 군마들이 줄에 매여 떨고 있었다. 램지가 윈터펠 약탈 당시 마구간을 다 불태웠기에, 램지의 아버지는 예전의 두 배에 달하는 큰 마구간을 지어 자기 휘하의 영주와 기사가 타는 군마와 승용마를 넣었다. 나머지 말들은 마당에 묶였다. 두건을 눌러쓴 말구종들이 돌아다니며 말들이 체온을 유지하게끔 담요를 덮었다.

테온은 성 안에서 폐허가 된 쪽으로 더 깊이 들어갔다. 예전에 루윈 학사의 탑이었던 무너진 돌 더미 사이를 걷고 있으려니 위쪽 벽에 난 틈에서 까마귀들이 내려다보며 서로 수군댔다. 가끔 한 마리가 요란한 소리를 내지르기도 했다. 그는 예전에 그의 방이었던 침실 문간에 섰고(박살 난 창으로 눈이 날려 들어와 발목까지 쌓여 있었다), 무너져버린 미켄의 대장간과 캐틀린 부인의 성소에 들렀다. '타버린 탑' 아래에서는 아벨의 세탁부 하나의 목에 코를 박고 있는 리카드 리스웰을 지나치기도 했다. 사과 같은 뺨에 들창코가 특징인 통통한 여자였는데, 모피 망토를 걸치고 눈밭에 맨발로 서 있었다. 망토 속은 알몸일지도 모르겠다 싶었다. 여자는 테온을 보자 리스웰에게 무슨 말인가를 해서 큰 소리로 웃게 만들었다.

테온은 터벅터벅 걸어갔다. 작은 집들 뒤쪽에 거의 쓰지 않는 계단이 하나 있었다. 발길이 그리로 향했다. 계단은 가파르고 위험했다. 조심스럽게 올라가니 내벽 위에 혼자 서 있을 수 있었다. 눈사람을 만드는 종자들과는 한참 떨어진 곳이었다. 아무도 그에게 성 안을 자유로이 다닐 권리를 주지 않았으나, 그러지 못하게 하는 사람도 없었다. 성벽 안에서라면 어디든 갈 수 있었다.

윈터펠의 내벽은 두 겹의 성벽 중에 더 오래되고 더 높았다. 이 오래된 회색 요철 벽은 30미터 높이였고 네 모퉁이에 사각탑이 하나씩 있었다. 수

백 년 후에 쌓아 올린 외벽은 그보다 5미터 이상 낮았지만 더 두꺼웠고 수리 상태가 더 좋았으며, 사각탑 대신 팔각탑을 자랑했다. 그 두 벽 사이 해자는 깊고 넓었으며…… 얼어붙어 있었다. 얼음 표면에 눈 더미가 쌓이고 있었다. 눈은 흉벽에도 쌓여서 움푹 들어간 요철을 다 메우고, 탑 꼭대기마다 부드러운 하얀 모자를 씌웠다.

그 벽들 너머 세상은 눈 닿는 곳 어디까지나 하얗게 변해갔다. 숲도, 들판도, 왕의 가도도……. 하얗고 부드러운 망토가 모든 것을 덮어, 겨울 마을의 잔해를 묻고 램지의 부하들이 불붙인 집들에 남은 시커먼 벽도 다 감췄다. '스노우(Snow, 눈)가 입힌 상처를 눈이 가려주는군.' 아니, 틀렸다. 램지는 이제 스노우가 아니라 볼턴이었다. 절대 스노우가 아니었다.

더 멀리, 바큇자국 난 왕의 가도가 들판과 굽이치는 언덕들 사이로 사라지고 나면 광활한 하얀 공간뿐이었다. 그러고도 눈은 계속 내렸다. 바람도 없는 하늘에서 조용히 쏟아졌다. '스타니스 바라테온은 저 바깥 어딘가에서 얼어가고 있어.' 스타니스 공이 눈보라를 틈타 윈터펠을 빼앗으려 할까? '그런다면 망하는 거지.' 이 성은 너무 튼튼했다. 해자가 얼어붙었다 해도 윈터펠의 방어벽은 여전히 가공할 만했다. 테온은 최고의 사내들이 갈고리를 걸어 벽을 넘게 하고 어둠을 틈타 해자를 헤엄쳐서 성을 기습 탈취했었다. 수비군은 너무 늦을 때까지도 공격받는다는 사실조차 몰랐었다. 스타니스에게 그런 속임수는 불가능했다.

아마 스타니스는 성을 바깥 세계로부터 차단하여 수비군을 굶겨 죽이는 쪽을 선호할지 모른다. 윈터펠의 창고와 지하실은 텅 비었다. 볼턴과 그의 프레이 친구들이 넥 지역을 뚫고 오면서 긴 보급 행렬을 데려왔고, 더스틴 부인이 배로턴에서 식량과 사료를 가져왔으며, 맨덜리 공이 화이트하버에서 식량을 많이 가져왔지만…… 큰 군대였다. 그렇게 먹일 입이 많으면, 저장품이 오래갈 수가 없었다. '하지만 스타니스 공과 그 부하들도 똑같이 배가 고프겠지. 그리고 춥고 발이 아파서 싸울 상태가 아닐 거야……. 하지만 눈보라 때문에 필사적으로 성 안에 들어오려고 하겠지.'

눈은 신의 숲에도 내렸고, 땅바닥에 닿으면 녹아 없어졌다. 하얀 망토를 걸친 나무들 아래 땅은 진흙탕이 되어버렸다. 안개의 촉수가 귀신 들린 리본처럼 허공에 매달려 있었다. '왜 여길 왔지? 이들은 나의 신이 아니야. 여긴 내가 있을 곳이 아니야.' 심장 나무가 앞에 서 있었다. 얼굴이 새겨지고 피 묻은 손 같은 잎사귀를 단 하얀 거인이.

영목 아래 웅덩이엔 얇은 얼음이 덮여 있었다. 테온은 그 옆에 무릎을 꿇었다. "제발요." 그는 부러진 잇새로 중얼거렸다. "전 결코 그럴 뜻이……." 말이 목구멍에 걸렸다. "살려주세요." 그는 겨우 말했다. "제게……." '뭘 달라고 하지? 힘을? 용기를? 자비를?' 사방에 내리는 희고 고요한 눈은 아무 조언도 해주지 않았다. 들리는 소리라곤 희미한 울음소리뿐이었다. '제인.' 그는 생각했다. '신부 침대에서 우는 제인이야. 달리 누구겠어?' 신들은 울지 않는다. '아니, 혹시 신들도 우나?'

견디기 힘들 만큼 고통스러운 소리였다. 테온은 나뭇가지를 하나 쥐고 일어서서 다리에 묻은 눈을 털고 절뚝절뚝 빛이 있는 쪽으로 돌아갔다. '윈터펠엔 유령들이 있고, 나도 그중 하나야.'

테온 그레이조이가 돌아갔을 때쯤에는 마당에도 눈사람이 많았다. 종자들은 벽 위에 늘어선 눈 파수병들을 지휘하라고 눈 영주를 십여 개 세웠다. 하나는 확실히 맨덜리 공이었다. 테온은 그렇게 뚱뚱한 눈사람을 본 적이 없었다. 외팔이 귀족은 하우드 스타우트일 테고, 눈으로 만든 귀부인은 바브리 더스틴일 것이었다. 그리고 문에 제일 가까운, 고드름으로 수염을 만들어 붙인 눈사람은 늙은 창녀잡이 엄버가 분명했다.

안으로 들어가니 요리사들이 걸쭉하게 당근과 양파를 넣은 소고기와 보리 스튜를 전날 만들어 속을 판 빵 덩어리에 담아 내고 있었다. 바닥에 던져진 빵 조각들은 램지의 암캐들과 다른 개들이 게걸스레 먹었다.

암캐들은 테온을 반가워했다. 냄새로 알아보았다. 붉은 제인이 뛰어와서 그의 손을 핥았고, 헬리슨트는 탁자 밑으로 기어들어 테온의 발치에 몸을 말고 뼈다귀를 갉았다. 착한 개들이었다. 하나같이 램지가 사냥해서 죽인 여자들의 이름을 땄다는 사실은 잊기 쉬웠다.

지치긴 했어도 스튜를 조금 먹고, 에일로 입가심할 정도의 식욕은 있었다. 그때쯤에는 연회장이 떠들썩했다. 루스 볼턴의 척후병 두 명이 뒤늦게 '사냥꾼의 문'으로 들어와서 스타니스 공의 진군은 기어 다니는 수준으로 느려졌다고 보고한 차였다. 기사들은 군마를 탔는데, 덩치 큰 군마들이 눈 속에서 허우적댄다는 것이었다. 척후병들은 고산 부족들의 작고 발 디딤 확실한 조랑말들은 상황이 훨씬 낫지만, 그들도 군대가 찢어질까 봐 너무 멀리 앞서가지는 못한다고 했다. 램지 공이 아벨에게 눈밭을 걷는 스타니스를 위해 행군 노래를 부르라고 명했기에, 가수는 류트를 다시 들었고 세탁부 하나는 시큼한 알린에게 검을 하나 받아 눈송이를 찔러대는 스타니스 흉내를 냈다.

테온이 세 번째 맥주잔 찌꺼기를 내려다보고 있는데 바브리 더스틴 부인이 연회장에 들어오더니 병사 둘을 보내어 테온을 불렀다. 테온이 연단 아래에 서자, 부인은 그를 위아래로 훑어보고 코를 킁킁거렸다. "결혼식 때와 같은 옷을 입고 있군."

"네, 부인. 이게 제가 받은 옷입니다." 그게 테온이 드레드포트에서 얻은 가르침이었다. 주는 대로 받고, 절대 더는 요구하지 말 것.

더스틴 부인은 언제나처럼 검은 옷을 입었지만, 소매에는 흰색과 회색의 다람쥐 모피를 댔다. 가운에 달린 높고 빳빳한 옷깃이 얼굴을 감쌌다. "자넨 이 성을 알지."

"예전엔 알았지요."

"우리 발밑 어딘가에 옛 스타크 왕들이 어둠 속에 앉아 있는 지하묘지가 있어. 내 부하들은 내려가는 길을 찾지 못했네. 지하실과 땅광, 지하감옥까지 샅샅이 뒤졌는데도……."

"지하묘지는 지하감옥에서는 갈 수 없습니다, 부인."

"내려가는 길을 안내할 수 있겠나?"

"그 밑에 있는 거라곤—"

"죽은 스타크들뿐이라고? 그래. 그리고 어쩌다 보니 내가 좋아하는 스타크는 다 죽어서 말이야. 내려가는 길을 아나, 모르나?"

"압니다." 테온은 그 지하묘지를 좋아하지 않았고, 한 번도 좋아한 적이 없었지만, 가보지 않은 건 아니었다.

"안내하게. 하사관, 등불 가져오게."

"부인께선 더 따뜻한 망토를 걸치시는 게 좋습니다." 테온이 주의를 줬다. "바깥으로 나가야 할 겁니다."

담비 망토를 휘감은 더스틴 부인과 함께 연회장 밖으로 나가보니 눈이 전보다 더 쏟아지고 있었다. 바깥에서 두건 달린 망토를 뒤집어쓰고 옹송그린 위병들은 눈사람과 구별이 잘 가지 않았다. 허공에 뿌옇게 보이는 입김만이 아직 살아 있다는 증거였다. 흉벽을 따라 타는 불빛들은 어둠을 물리치려는 헛된 시도였다. 소규모 일행은 종아리까지 빠지는 매끈한 새 눈밭을 묵묵히 걸었다. 마당의 천막들도 반쯤 눈에 묻히고, 쌓인 눈의 무게에 축 처져 있었다.

지하묘지 입구는 이 성에서 제일 오래된 구역에 있었는데, 수백 년간 사용하지 않은 '최초의 아성' 기단부 근처였다. 램지가 윈터펠을 약탈할 때 이 아성에도 불을 붙였고, 불타지 않은 부분은 대부분 무너졌다. 껍데기만 남아서 한쪽 면을 비바람에 드러낸 채 눈을 채우고 있었다. 사방에 잔해가 흩어졌다. 부서진 큰 석조 덩어리, 불에 탄 들보, 깨진 가고일……. 쏟아지는 눈이 대부분을 덮었지만, 가고일 한 마리는 아직도 눈 위로 삐죽 나온 채 기괴한 얼굴로 보이지 않는 하늘에 으르렁댔다.

'떨어진 브랜을 찾은 곳이 여기였지.' 테온은 그날 에다드 공과 로버트 왕과 같이 사냥을 나갔고, 성에서 그들을 기다리는 나쁜 소식에 대해서는 짐작도 하지 못했다. 소식을 들었을 때 롭의 얼굴을 기억했다. 아무도 망가진 아이가 살 거라 기대하지 않았었다. '나만이 아니라 신들도 브랜을 죽일 순 없었어.' 이상한 생각이었고, 브랜이 아직도 살아 있을지 모른다는 사실을 떠올리면 더 이상했다.

"저깁니다." 테온은 아성 벽을 타고 오르는 눈 더미를 가리켰다. "저 밑요. 깨진 돌들을 조심하세요."

더스틴 부인의 위병들이 반시간을 들여 눈을 밀어내고 돌무더기를 치우자 입구가 드러났다. 그러고 나니 문이 얼어붙어 움직이지 않았다. 하사관이 도끼를 찾아 온 다음에야 문을 당겨 열 수 있었는데, 돌쩌귀가 날카로운 소리를 내며 움직이더니 어둠 속으로 나선을 그리며 내려가는 돌계단이 나타났다.

"내려가는 길이 멉니다, 부인." 테온이 경고했다.

더스틴 부인은 단념하지 않았다. "베론, 불빛."

내려가는 길은 좁고 가팔랐으며, 계단은 수백 년 동안 발에 밟혀 닳았다. 그들은 한 줄로 움직였다. 등불을 든 하사관, 테온과 더스틴 부인, 다른 병사들 순서였다. 테온은 언제나 지하묘지가 춥다고 생각했고 여름에는 실제로 그런 것 같았지만, 지금은 내려갈수록 공기가 따뜻해졌다. 아니, 따뜻한 건 아니었다. 결코 따뜻하지는 않았고, 지상보다 따뜻할 뿐이었다. 지하 깊은 곳의 한기는 일정하고 변함이 없는 것 같았다.

"신부가 우네." 더스틴 부인이 조심스럽게 한 계단, 한 계단씩 내려가면서 말했다. "우리 귀여운 아리아 아가씨가 말이야."

'조심해야 해. 조심, 조심.' 테온은 벽에 한 손을 댔다. 일렁이는 횃불 빛 때문에 발밑에서 계단이 움직이는 것 같았다. "마……말씀대룹니다, 부인."

"루스가 좋아하지 않아. 자네의 그 서자에게 그렇게 말하게."

'제 사람이 아닌데요.' 그렇게 말하고 싶었지만, 내면에서 다른 목소리가 말했다. '맞잖아. 맞아. 구린내는 램지 것이고, 램지는 구린내 거야. 네 이름을 잊으면 안 되지.'

"그 여자애가 울기만 하면 회색과 흰색을 입혀봐야 소용이 없지. 프레이는 신경 쓰지 않을지 모르지만 북부인들은……. 북부인들은 드레드포트를 두려워하지만, 스타크를 사랑하네."

"부인은 아니시죠." 테온이 말했다.

"나는 아니지." 배로턴의 여주인이 수긍했다. "하지만 나머지는 그래. 늙은 창녀잡이는 오직 프레이가 그레이트존을 포로로 잡고 있기 때문에 왔을 뿐이야. 그리고 혼우드 남자들이 서자의 지난번 결혼을, 그리고 그 부인이 굶다 못해 손가락을 씹다가 죽은 일을 잊었을 거라 생각하나? 새 신부가 울고 있다는 말을 들으면 그자들 머릿속에 무슨 생각이 스칠까? 용맹한 네드의 소중한 어린 딸이!"

'아니. 갠 에다드 공의 핏줄이 아니야. 이름은 제인이고, 집사의 딸에 불과해.' 더스틴 부인이 의심을 품고 있다는 건 확실했지만, 그렇다 해도…….

"아리아 아가씨의 울음은 스타니스 공의 검과 창을 다 합친 것보다 더 큰 해를 끼치네. 서자가 윈터펠의 영주로 남고 싶다면, 아내에게 웃는 방법을 가르치는 게 좋을 거야."

"부인." 테온이 말을 끊었다. "다 왔습니다."

"계단은 한참 더 내려가는데." 더스틴 부인이 말했다.

"더 낮은 층들도 있거든요. 더 오래된 곳이죠. 제일 낮은 층은 일부 무너졌다고 들었습니다. 거기까지 내려가보진 않았어요." 테온은 문을 밀어 열고 둥근 천장의 긴 터널로 안내했다. 거대한 화강암 기둥들이 둘씩 짝지어 어둠 속으로 행진했다.

더스틴 부인의 하사관이 등불을 들어 올렸다. 그림자들이 미끄러지며 움직였다. '거대한 어둠 속에 작은 빛이로군.' 테온은 지하묘지에서 편안한 기분을 느낀 적이 없었다. 돌로 만든 왕들이 돌 손가락에 녹슨 장검 손잡이를 쥔 채, 돌 눈으로 그를 내려다보는 것을 느낄 수 있었다. 그들 중 누구도 강철인을 좋아하지 않았다. 익숙한 두려움이 차올랐다.

"정말 많군." 더스틴 부인이 말했다. "저들의 이름을 아나?"

"예전에는요……. 하지만 그건 오래전 얘깁니다." 테온이 손가락질을 했다. "이쪽에 있는 건 북부의 왕들이었습니다. 토르헨이 마지막이었죠."

"무릎 꿇은 왕이로군."

"예, 부인. 그 후부터는 영주일 뿐이었습니다."

"젊은 늑대 전까진 그랬지. 네드 스타크의 무덤은 어디 있나?"

"끝에 있습니다. 이쪽입니다, 부인."

늘어선 기둥 사이를 걸어가는 발소리가 지하공간에 메아리쳤다. 죽은 자들의 돌로 만든 눈이 그들을 따라오는 것 같았고, 그들의 돌 다이어울프도 마찬가지였다. 그 얼굴들이 희미한 기억을 불러일으켰다. 루윈 학사의 유령 같은 목소리가 속삭이던 이름 몇 개가 저절로 되살아났다. 백 년 동안 북부를 다스렸던 눈 수염 에드릭 왕. 일몰 너머로 배를 몰아 가버린 배 만드는 브랜던. 굶주린 늑대 테온 스타크. '나와 이름이 같지.' 칠왕국이 사실상 블러드레이븐이라는 사생아 마법사의 통치하에 있었던 시절, 캐스털리록과 연합하여 파이크의 영주 다곤 그레이조이와 전쟁을 벌였던 베론 스타크 공.

"저 왕은 장검이 없군." 더스틴 부인이 말했다.

사실이었다. 어느 왕인지 기억은 나지 않았지만, 들고 있어야 할 장검이 없어졌다. 장검이 있어야 할 자리에 녹 얼룩이 남아 있었다. 그 모습을 보자 불안해졌다. 테온은 언제나 장검의 철이 죽은 자들의 영혼을 무덤 속에 가둬둔다고 들었었다. 그런데 장검이 없어졌다면…….

'윈터펠엔 유령들이 있지. 나도 그중 하나야.'

그들은 계속 걸었다. 바브리 더스틴의 얼굴은 한 걸음 걸을 때마다 굳는 것 같았다. '나 못지않게 여기를 싫어하는군.' 테온은 저도 모르게 말했다. "부인, 왜 스타크를 싫어하십니까?"

더스틴 부인은 테온을 찬찬히 보았다. "자네가 스타크를 사랑하는 이유와 같네."

테온은 비틀거렸다. "사랑해요? 저는…… 제가 스타크에게서 이 성을 빼앗았습니다. 제가…… 제가 브랜과 리콘을 죽이고, 그 머리통을 대못에 꽂았어요. 제가……."

"……롭 스타크와 같이 남쪽으로 달려갔고, 속삭이는 숲과 리버런에서 같이 싸웠으며, 롭 스타크의 사절이 되어 친아버지와 협상하려고 강철 군도로 돌아갔지. 배로턴도 젊은 늑대에게 병사들을 보냈네. 최대한 적은 수를 내놓기는 했지만, 어느 정도 주지 않았다간 윈터펠의 격노를 살 위험이 있다는 걸 알았거든. 그러니 그 군대에 나의 눈과 귀도 있었네. 정보를 잘 알려줬지. 난 자네가 누구인지 알아. 자네가 무엇인지 알아. 이제 내 질문에 대답하게. 왜 스타크를 사랑하지?"

"저는……." 테온은 장갑 낀 손을 기둥에 댔다. "……저는 스타크가 되고 싶었어요……."

"그리고 결코 될 수 없었지. 우린 자네 생각보다 공통점이 많아. 하지만 가세."

조금 더 걸어가자 무덤 세 개가 가까이 모여 있었다. 그들은 그곳에서 발을 멈췄다. "리카드 공이군." 더스틴 부인이 중앙에 선 석상을 보고 말했다.

석상은 그들 앞에 우뚝 서 있었다. 긴 얼굴에 수염을 기르고, 엄숙했다. 나머지 석상들과 똑같은 돌로 만든 눈이었으나, 슬퍼 보였다. "여기도 장검이 없어."

사실이었다. "누군가가 여기 내려와서 장검을 훔쳤군요. 브랜던의 검도 없어졌습니다."

"브랜던이 싫어할 텐데." 더스틴 부인은 장갑을 벗고 브랜던의 무릎을 만졌다. 검은 돌 위에 하얀 손이 얹혔다. "브랜던은 검을 사랑했지. 장검 갈기를 좋아했어. '여자 음부의 털을 베어도 될 만큼 날카로운 게 좋아.' 그렇게 말하곤 했지. 그리고 그 칼을 쓰기는 또 얼마나 좋아했는지. '피 묻은 칼은 아름다운 물건이야.' 나에게 그렇게 말한 적도 있어."

"아는 사이셨군요." 테온이 말했다.

등불 빛을 받은 그녀의 눈동자가 불타는 것 같았다. "브랜던은 배로턴의 노(老) 더스틴 공에게 대자로 맡겨졌지. 나와 결혼한 더스틴의 아버지야. 하지만 주로 말을 타고 개울 지대를 쏘다니며 시간을 보냈다네. 말달리기를 좋아했지. 브랜던의 여동생도 그 점을 닮았었고. 그 둘은 켄타우로스 한 쌍이나 다름없었어. 그리고 내 아버지는 언제나 윈터펠의 후계자를 대접하길 즐겼다네. 아버지는 리스웰 가문을 위해 큰 야심을 품고 있었지. 지나가는 어느 스타크에게든 내 처녀성을 바치셨을 테지만, 그럴 필요는 없었어. 브랜던은 원하는 걸 취하는 데 거리낌이 없는 남자였거든. 이젠 나도 늙은 데다 과부로 너무 오래 살아서 말라비틀어졌지만, 아직도 브랜던이 나를 취했을 때 그이의 남근에 묻었던 내 처녀혈을 기억하네. 브랜던도 그 광경을 좋아했던 것 같아. 그래, 피 묻은 검은 아름답지. 아프지만, 달콤한 고통이었어.

하지만 브랜던이 캐틀린 툴리와 결혼한다는 사실을 알게 된 날은…… 그 고통엔 달콤한 구석이라곤 없었어. 장담하는데 브랜던은 그 여자를 원하지 않았어. 나와 함께한 마지막 밤에 그렇게 말했지……. 하지만 리카드 스타크에게도 큰 야심이 있었네. 자기 후계자를 자기 봉신의 딸과 결혼시켜서는 충족할 수 없는, 남부를 향한 야심이었지. 그 후에 내 아버지는 나를 브랜던의 동생인 에다드와 결혼시키려는 희망을 품었지만, 그 남자도 캐틀린 툴리가 가졌지. 난 젊은 더스틴 공에게 남겨졌어. 네드 스타크가 남편을 빼앗아가기 전까지는."

"로버트의 반란……."

"로버트가 봉기하고 네드 스타크가 휘하를 소집했을 때, 더스틴 공과 나는 결혼한 지 반년밖에 안 됐었다네. 남편에게 가지 말라고 빌었지. 대신 보낼 친척도 있었어. 도끼를 휘두르는 솜씨로 유명했던 숙부에, 아홉 닢 왕들의 전쟁에서 싸웠던 종조부까지. 그렇지만 그이는 남자인 데다 자부심이 넘쳤기에, 직접 배로턴군을 이끌고 나가는 걸 그 무엇으로도 막을 수 없었지. 출발하던 날 남편에게 말을 한 마리 선물했네. 불꽃 같은 갈기의 붉은 종마, 내 아버지의 마장에서 자랑하던 말이었지. 남편은 전쟁이 끝나면 그 말을 타고 집으로 돌아오겠노라 맹세했어.

그 말은 네드 스타크가 윈터펠로 돌아가던 길에 돌려주더군. 남편이 명예로운 죽음을 맞이했노라고, 그 시신이 도르네의 붉은 산맥 아래 누웠노라고 말했지. 하지만 자기 누이의 뼈는 북부로 가지고 돌아왔고, 그 여자는 북부에 누웠어……. 내 약속하지. 에다드 공의 뼈는 절대로 누이 곁에서 쉬지 못할 거야. 내 개들에게 먹일 작정이니까."

테온은 이해하지 못했다. "그…… 그분의 뼈를요……?"

더스틴 부인은 입술을 비틀었다. 흉측한 미소, 램지의 웃음이 떠오르는 미소였다. "캐틀린 툴리는 피의 결혼식이 있기 전에 에다드 공의 뼈를 북부로 보냈지만, 자네의 강철 숙부가 모트카일린을 점령하고 길을 막았지. 그 후부터 계속 지켜보고 있었어. 그 뼈가 늪에서 나오는 일이 있다 해도, 결코 배로턴을 지나가지는 못할 거야." 그녀는 에다드 스타크의 조각상을 마지막으로 오랫동안 쳐다보았다. "이제 됐네."

그들이 지하묘지에서 나갔을 때는 아직도 눈보라가 치고 있었다. 더스틴 부인은 올라가는 길 내내 조용했지만, '최초의 아성' 폐허 아래에 다시 서자 몸을 떨며 말했다. "내가 저 아래에서 했을지 모르는 말은 무엇 하나 발설하지 않는 게 좋을 거야. 알겠나?"

그는 잘 알았다. "혀를 잘 간수하지 않으면 잃게 되지요."

"루스가 자네를 잘 가르쳤군." 더스틴 부인은 테온을 두고 가버렸다.

왕의 전리품

왕의 군대는 금색 새벽빛을 받으며 딥우드모트를 떠났다. 통나무 울타리를 나서는 군대의 모습이 굴을 빠져나가는 긴 강철 뱀 같았다.

남부 기사들이 말을 달리자 전투로 찌그러지고 상처가 난 판금과 사슬 갑옷이 태양 빛을 받아 눈부시게 번쩍였다. 색 바래고 얼룩지고 찢어지고 수선을 했을지언정, 그들의 깃발과 전포는 겨울 숲 속에서 화려한 색채를 자랑했다. 하늘색과 오렌지색, 붉은색과 초록색, 자주색과 파란색과 금색이 헐벗은 갈색 나무줄기와 회녹색 소나무, 파수목, 그리고 지저분한 눈 더미 사이를 빛냈다.

기사마다 종자와 하인, 중장병을 거느렸다. 그들 뒤로 무기제조인, 요리사, 말구종이 따라갔다. 창병과 도끼병, 궁병의 대열이 이어졌다. 백 번의 전투를 치른 머리 센 노병들과 첫 전투를 치르러 나선 풋내기 소년들. 그들 앞을 산악 지대에서 온 사람들이 행군했다. 족장들과 대전사들은 텁수룩한 조랑말을 탔고, 털투성이 전사들은 모피와 가죽 갑옷, 낡은 사슬 갑옷을 걸치고 그 곁을 달렸다. 얼굴을 갈색과 녹색으로 칠하고, 나무 사이에 숨기 위해 잔가지 묶음을 매단 이들도 있었다.

본대 뒤로 보급 행렬이 따라갔다. 노새, 말, 황소, 1.5킬로미터는 늘어선 마차와 수레가 식량, 사료, 천막, 그 외 다른 보급품을 싣고 갔다. 마지막은 후위 부대였는데, 판금과 사슬 갑옷 차림의 기사들이 있었고 별동대가 적이 기습하지 못하도록 반쯤 몸을 숨기고 뒤따랐다.

아샤 그레이조이는 보급 행렬 속에서, 쇠테를 두른 거대한 바퀴 두 개가 달린 지붕 있는 마차에 실려, 손목과 발목에 쇠고랑을 찬 채 어느 남자보다 더 지독하게 코를 고는 '암곰'에게 낮이고 밤이고 감시를 받으며 이동했다. 스타니스 왕 전하께옵서는 전리품이 탈출할 위험을 감수하지 않았다. 그는 아샤를 윈터펠로 데려가서 사슬에 묶은 채로 북부 영주들에게 보여줄 작정이었다. 꺾이고 묶인 크라켄의 딸을 제 힘의 증거로 내놓으려는 것이었다.

트럼펫 소리가 대열을 움직였다. 창촉들이 떠오르는 태양 빛을 받아 번득이고, 길가의 풀잎마다 아침 이슬로 반짝거렸다. 딥우드모트와 윈터펠 사이에는 600킬로미터의 숲이 있었다. 까마귀가 날아도 거의 500킬로미터였다. "15일은 걸려." 기사들이 서로에게 말했다.

"로버트라면 열흘에 주파했을 텐데." 아샤는 펠 공의 호언장담을 들었다. 펠의 할아버지는 서머홀에서 로버트 손에 죽었는데, 어째선지 손자는 할아버지를 죽인 자가 신처럼 뛰어나다고 여기는 모양이었다. "로버트라면 이미 보름 전에 윈터펠에 들어가 흉벽에서 코에 엄지를 대고 볼턴을 놀렸을 거야."

"스타니스에게 그 말은 안 하는 게 좋을 겁니다." 저스틴 매시가 말했다. "그랬다간 낮이 아니라 밤에도 행군하게 만들걸요."

'이 왕은 자기 형의 그림자 속에 사는군.' 아샤는 생각했다.

아직도 몸무게를 실으려 할 때마다 발목이 찌르는 듯 아팠다. 아샤는 발목 안 어딘가가 부러졌다고 확신했다. 부기는 딥우드에서 가라앉았지만, 통증은 남았다. 접질린 정도였다면 분명 지금쯤 나았을 것이다. 움직일 때마다 쇠사슬이 철컹거렸다. 쇠고랑은 손목만이 아니라 아샤의 자존심도 긁었다. 하지만 그게 항복의 대가였다.

"무릎 좀 굽혔다고 죽은 놈은 없다." 아버지는 언젠가 그렇게 말했다. "무릎을 꿇은 자는 칼을 손에 쥐고 다시 일어날 수 있다. 무릎을 꿇지 않은 자는 뻣뻣한 다리로 죽어 있을 뿐이지." 발론 그레이조이는 첫 번째 반란이 실패했을 때 자기 말을 증명했다. 크라켄은 수사슴과 다이어울프에게 무릎을 굽혔지만, 로버트 바라테온과 에다드 스타크가 죽자 다시 일어섰다.

그리고 딥우드에서, 발목이 타는 듯이 아파 절뚝거리며 (그러나 다행히도 강간은 당하지 않고) 묶인 채로 왕 앞에 팽개쳐진 크라켄의 딸도 똑같이 했다. "항복합니다, 전하. 원하는 대로 하십시오. 제 부하들만은 살려주시길 청합니다." 아샤가 신경 써야 할 건 콸과 트리스와 늑대 숲에서 살아남은 나머지 부하들뿐이었다. 남은 부하는 아홉이었다. '우린 아홉 누더기로군.' 그렇게 이름 붙인 크롬이 제일 부상이 심했다.

스타니스는 그들의 목숨을 살려줬다. 그러나 아샤는 그 남자에게 진짜 자비라는 게 있다고 느끼지 못했다. 분명히 단호하기는 했다. 용기도 부족하지 않았다. 사람들은 그가 공정하다고 했다……. 그리고 스타니스가 냉정하고 가혹한 정의를 휘두른다 해도, 아샤 그레이조이는 강철 군도에서의 삶 덕분에 익숙했다. 그래도 그 왕을 좋아할 수는 없었다. 깊숙한 파란 눈은 언제나 의심을 품은 것 같았고, 표면 바로 아래에선 차가운 분노가 끓었다. 아샤의 목숨은 그에게 별 의미가 없었다. 그저 인질이고, 북부에 자신이 강철인을 짓밟을 수 있다는 사실을 보여주기 위한 전리품에 지나지 않았다.

'멍청하기는.' 아샤가 아는 대로라면 여자를 이겨봐야 북부인들이 경탄

할 리 없었고, 인질로서 아샤의 가치는 없는 것과 다름없었다. 지금은 아샤의 숙부가 강철 군도를 다스렸고, 까마귀 눈은 조카가 죽든 살든 상관하지 않았다. 유론이 안겨준 비참하고 망가진 남편이라면 혹시 또 모르지만, 에릭 아이언메이커에겐 몸값을 치를 돈이 없었다. 그러나 스타니스 바라테온은 그런 상황을 몰랐다. 그는 아샤가 여자라는 사실 자체에 불쾌해하는 듯했다. 녹색 땅 출신의 남자들은 여자들이 사슬과 가죽을 걸치고 양손에 투척 도끼를 들기보다는 비단옷을 입고 보드랍고 달콤하게 구는 걸 좋아한다는 정도는 알았다. 하지만 딥우드모트에서 잠깐 만나본 것만으로도 아샤는 가운을 입는다고 스타니스 왕이 자기를 좋아할 리 없다는 것을 알 수 있었다. 로벳 글로버의 아내인 신실한 시벨 부인을 만났을 때도 스타니스는 점잖고 정중했으나 불편함을 숨기지 못했다. 이 남부 왕은 여자들을 거인과 그럼킨과 숲의 아이들처럼 이상하고 이해할 수 없는 종족이라 여기는 남자인 모양이었다. 스타니스는 암곰을 보아도 이를 악물었다.

스타니스가 귀 기울이는 여자는 단 한 명뿐이었는데, 그 여자는 장벽에 두고 왔다. "난 같이 있었으면 좋겠는데 말이에요." 보급 행렬을 지휘하는 금발의 기사, 저스틴 매시 경이 고백했다. "지난번에 멜리산드레 님 없이 전투에 나간 게 블랙워터였는데, 렌리 공의 유령이 나타나서 우리 군대 절반을 물속에 처박았단 말이죠."

"지난번?" 아샤가 물었다. "그 여마법사가 딥우드모트에도 있었나? 못 봤는데요."

"그건 전투도 아닙니다." 저스틴 경은 미소 지으며 말했다. "아가씨네 강철인들이 용감하게 싸우긴 했지만, 우리가 몇 배는 많았고 기습했잖아요. 윈터펠은 우리가 간다는 걸 알 겁니다. 그리고 루스 볼턴의 병력은 우리와 비슷해요."

'아니면 더 많겠지.' 아샤는 생각했다.

포로들에게도 귀는 있었고, 아샤는 스타니스 왕과 그의 부대장들이 이 행군을 두고 토론을 벌이는 동안 딥우드모트에서 온갖 이야기를 들었다. 저스틴 경은 처음부터 행군에 반대했고, 스타니스와 함께 남쪽에서 온 기사와 영주 상당수도 마찬가지였다. 그러나 늑대들은 굽히지 않았다. 루스 볼턴이 윈터펠을 차지하게 놓아둘 수는 없으며, 네드의 딸은 반드시 그 서자의 손아귀에서 구출해야 한다는 것이었다. 모건 리들, 브랜던 노리, 큰 들통 월, 플린트 가문, 심지어 암곰까지도 그렇게 말했다. "딥우드모트에서 윈터펠까지는 600킬로미터요." 갤버트 글로버의 연회장에서 논쟁이 절정으로 끓어오르던 밤, 아토스 플린트가 말했다. "까마귀가 날아도 500킬로미터지."

"긴 행군입니다." 콜리스 페니라는 기사가 말했다.

"그렇게 멀지도 않소." 다른 사람들이 거인 살해자라 부르는 덩치 큰 기사, 고드리 경이 우겼다. "우린 이미 먼 길을 왔소. 빛의 군주께서 우리 앞길을 밝히실 거요."

"그래서 윈터펠 앞에 도착하면?" 저스틴 매시가 말했다. "해자를 사이에 낀 성벽 두 겹에, 내벽은 높이가 30미터예요. 볼턴은 우리를 맞이하러 나올 리 없고, 우리에겐 공성전을 벌일 식량이 없어요."

"아놀프 카스타크가 힘을 합칠 거라는 거 잊지 마시오." 하우드 펠이 말했다. "모스 엄버도 올 거야. 북부인의 숫자가 볼턴 공만큼 되는 거지. 게다가 성 북쪽 숲이 울창해. 우린 공성탑을 세우고, 충차를 만들고……."

'그리고 수천이 죽겠지.' 아샤는 생각했다.

"여기에서 겨울을 나는 게 좋을지도 몰라요." 피즈버리 공이 말했다.

"여기서 겨울을?" 큰 들통이 고함을 쳤다. "갤버트 글로버가 쌓아둔 식량과 사료가 얼마나 된다고 생각하나?"

그러자 전포에 해골 머리 나방을 그려 넣은 일그러진 얼굴의 기사, 리차드 호프 경이 스타니스를 돌아보았다. "전하, 전하의 형님이었다면—"

왕은 그 말을 잘라버렸다. "내 형이 어찌했을지는 우리 모두 알지. 로버트라면 단신으로 윈터펠 문 앞까지 질주해서 전투 망치로 문을 부수고 돌무더기 사이를 달려 왼손으로 루스 볼턴을, 오른손으로 그 서자를 으깨버렸을 거야." 스타니스가 일어섰다. "나는 로버트가 아니다. 하지만 우린 행군할 것이고, 윈터펠을 해방시킬 것이다……. 아니면 시도라도 하다가 죽든가."

영주들이 어떤 의혹을 품었든 간에, 일반 병사들은 왕을 믿는 것 같았다. 스타니스는 장벽에서 만스 레이더의 야인들을 분쇄했고 딥우드모트에서 아샤와 강철인들을 쓸어냈다. 그는 로버트의 동생이고, 미의 섬에서 벌어진 유명한 해전의 승리자였으며, 로버트의 반란 내내 스톰스엔드를 지켜낸 남자였다. 그리고 그는 영웅의 검, 밤이면 빛을 발하는 마법 검 '빛의 인도자'를 차고 있었다.

"우리의 적들은 보기만큼 엄청나지 않아요." 저스틴 경은 행군 첫날에 아샤에게 장담했다. "루스 볼턴은 공포를 사지만, 사랑은 못 받지요. 그의 친구라는 것들은 프레이고…… 북부는 피의 결혼식을 잊지 않았어요. 윈터펠에 모인 영주들 모두가 거기서 친척을 잃었다고요. 스타니스가 볼턴에게서 피를 보기만 하면, 북부인들은 볼턴을 버릴 겁니다."

'희망사항이겠지.' 아샤는 생각했다. '우선 왕이 볼턴에게서 피를 내야 하잖아. 이기는 쪽을 버리는 건 바보나 하는 짓이야.'

저스틴 경은 첫날에만 아샤의 마차에 여섯 번은 들러서 먹을 것과 마실 것, 행군 소식을 가져다줬다. 잘 웃고 끊임없이 농담을 던지며, 몸이 크고 살집도 있고 분홍색 뺨과 파란 눈에, 아마 섬유처럼 색이 옅은 금발 머리가 헝클어진 저스틴은 포로가 편안한지 세심하게 배려하는 사려 깊은 간수였다.

"널 원하는 거야." 저스틴이 세 번째로 왔다 가자 암곰이 말했다.

암곰의 정식 이름은 모르몬트 가문의 알리산이었지만, 암곰이라는 이름을 사슬 갑옷처럼 편하게 여겼다. 땅딸막한 근육질의 곰섬 후계자는 허벅지도 크고, 가슴도 크고, 굳은살이 박인 두 손도 컸다. 잘 때도 모피 속에 고리 갑옷을 입고 있었고, 고리 갑옷 아래에는 경화 가죽옷을 받쳐 입었으며, 그 속에는 낡은 양가죽을 보온을 위해 뒤집어 입었다. 이렇게 껴입은 덕분에 옆으로 키만큼 넓어졌다. '그리고 흉포하지.' 때로는 아샤 그레이조이도 암곰이 거의 비슷한 나이라는 사실을 잊었다.

"내 땅을 원하겠지." 아샤는 대꾸했다. "강철 군도를 원하는 거야." 아샤는 그런 징후들을 알았다. 다른 구혼자들에게도 같은 모습을 보았었다. 매시는 남쪽 멀리 있는 대대로 내려온 성을 잃었기에, 득이 되는 결혼을 하지 않으면 왕의 가신기사쯤으로 물러나야 했다. 듣자 하니 야인 공주와 결혼하겠다는 저스틴 경의 희망을 스타니스가 좌절시켰기에, 이제는 아샤를 점찍은 모양이었다. 보나 마나 아샤를 파이크의 해석좌에 앉히고 자기가 남편 겸 주인이 되어 통치하겠다는 꿈을 꾸고 있을 것이다. 그러자면 물론 현재 남편 겸 주인을 제거해야 할 테고…… 아샤를 그 남자와 결혼시킨 숙부도 해결해야 할 테지만. '어림도 없지.' 아샤의 판단은 그랬다. '까마귀 눈이라면 저스틴 경을 아침 식사로 먹어치우고 트림도 안 할걸.'

상관없었다. 누구와 결혼하든 아버지의 땅은 아샤의 땅이 되지 않을 것이다. 강철인들은 용서하는 사람들이 아니었고, 아샤는 두 번 패배했다. 한 번은 킹스무트에서 유론 숙부에게, 또 한 번은 딥우드모트에서 스타니스에게. 그 정도면 통치자로 걸맞지 않다는 낙인이 찍히고도 남았다. 저스틴 매시와 결혼하든, 스타니스 바라테온의 다른 영주 누구와 결혼하든 도움이 되기보다는 해가 되리라. '크라켄의 딸도 결국 여자에 불과했군.' 왕과 같은 선장들은 그렇게 말하리라. '저 말랑한 녹색 땅의 귀족에게 다리 벌리는

꼴 좀 봐.'

그렇다 해도, 저스틴 경이 먹을 것과 와인과 소식으로 아샤의 환심을 사려 한다면 의욕을 꺾을 마음은 없었다. 무뚝뚝한 암곰보다는 나은 동행이었고, 그 외에는 5000명의 적 사이에 혼자 떨어진 몸이었다. 트리스 보틀리, 처녀 콸, 크롬, 로곤, 그리고 나머지 피투성이 무리는 딥우드모트에, 갤버트 글로버의 지하감옥에 남겨졌다.

시벨 부인이 붙여준 안내인들, 포레스터나 우즈, 브랜치(Branch, 가지)와 볼(Bole, 줄기) 같은 이름으로 딥우드에 충성을 맹세한 추적꾼과 사냥꾼의 추정에 따르면 군대는 첫날 35킬로미터를 주파했다. 둘째 날은 선봉대가 글로버 영지를 넘어 울창한 늑대 숲 속으로 들어가면서 38킬로미터쯤 갔다. "를로르르시여, 이 어둠 속에서 저희를 인도할 빛을 내려주소서." 신실한 이들은 그날 밤 왕의 대천막 바깥에서 포효하는 불가에 모여 기도했다. 대부분 남부 기사와 중장병이었다. 아샤는 왕의 병사들이라 생각했지만, 킹스랜딩 주변과 스톰랜드에서 온 다른 사람들은 그들을 왕비의 병사들이라 불렀다……. 정작 그들이 따르는 사람은 스타니스 바라테온이 바닷가 이스트워치에 두고 온 아내가 아니라 캐슬블랙에 있는 붉은 여인이었지만 말이다. "아, 빛의 군주시여, 간청하나니 불타는 눈으로 저희를 굽어보시고 저희를 안전하고 따뜻하게 보우하소서." 그들은 불에 대고 노래했다. "밤은 어둡고 공포가 가득하니."

고드리 파링 경이라는 덩치 큰 기사가 기도를 이끌었다. '거인 살해자 고드리라. 쩨쩨한 놈에게 거창한 이름이군.' 파링은 어깨가 떡 벌어지고 근육질인 몸에 판금과 사슬 갑옷을 입었다. 아샤에게는 그가 오만하고 허영심 강한 데다, 영광에 굶주렸고, 경고에는 귀를 막으며, 칭찬을 게걸스레 받아먹고 평민과 늑대와 여자를 경멸하는 놈으로 보였다. 마지막 부분은 제 왕과 그리 다르지 않았다.

"말을 타게 해줘요." 아샤는 햄 반덩이를 가지고 마차에 온 저스틴 경에게 부탁했다. "이 사슬을 차고 있다가 미치겠어. 도망칠 생각 없어. 맹세해."

"내가 그럴 수만 있다면야 그리해주지요. 아가씨는 내가 아니라 왕의 포로라서요."

"당신 왕은 여자의 맹세를 믿지 않을걸요."

암곰이 으르렁거렸다. "네 동생이 윈터펠에서 한 짓이 있는데, 우리가 왜 강철인의 말을 믿어야 하지?"

"나는 테온이 아니야." 아샤는 주장했지만…… 사슬은 그대로 남았다.

저스틴 경이 말을 몰아 대열 저편으로 가버리는 동안, 아샤는 저도 모르게 마지막으로 어머니를 보았을 때를 떠올리고 있었다. 할로우의 텐타워스에서였다. 어머니의 방에는 촛불이 하나 펄럭였고, 먼지 쌓인 캐노피를 뒤집어쓴 커다란 목조 침대는 텅 비었다. 알라니스 부인은 창문 옆에 앉아서 바다를 내다보고 있었다. "우리 아기를 데려왔니?" 알라니스는 입술을 떨며 물었다. "테온은 못 왔어요." 아샤는 자신을 낳아준 여자의 잔해, 두 아들을 잃은 어머니를 내려다보며 말했었다. 그리고 세 번째 아들은…….

'왕자를 한 조각씩 보낸다.'

윈터펠에서 전투가 벌어질 때 무슨 일이 일어나든, 아샤의 동생이 살아남을 것 같지는 않았다. '변절자 테온. 저 암곰마저도 테온의 머리를 대못에 꽂고 싶어 해.'

"형제 있어?" 아샤는 감시자에게 물었다.

"자매만 있지." 알리산 모르몬트는 언제나처럼 퉁명스럽게 답했다. "다섯 자매였어. 모조리 딸. 리안나는 곰섬에 남았지. 라이라와 조리는 어머니와 같이 있고. 데이시는 살해당했다."

"피의 결혼식이었군."

"그래." 알리산은 잠시 아샤를 빤히 보았다. "아들이 하나 있어. 두 살밖에 안 됐지. 딸은 아홉 살이고."

"일찍 낳았네."

"너무 어렸지. 그래도 너무 늦게까지 기다리는 것보단 나아."

'나에 대한 공격이군.' 아샤는 생각했다. '그러라지 뭐.' "결혼했나 봐."

"아니. 내 아이들은 곰을 아비로 뒀다." 알리산이 웃었다. 이는 비뚤배뚤했지만, 그 웃음엔 호감을 주는 구석이 있었다. "모르몬트 여자들은 변신자거든. 곰으로 변신해서 숲속에서 짝을 찾지. 다들 아는 일이야."

아샤도 마주 웃었다. "모르몬트 여자들은 다 전사이기도 하지."

상대의 미소가 흐려졌다. "우리가 전사가 된 건 너희 덕이지. 곰섬에서는 모든 아이가 바다에서 올라오는 크라켄을 두려워하라고 배운다."

'옛 방식이군.' 아샤는 사슬을 살짝 철컹거리며 몸을 돌렸다. 셋째 날에는 숲이 사방에서 조여왔고, 바큇자국 파인 길이 점점 좁아지더니 큰 마차가 지나가기엔 너무 좁은 짐승 길로 변했다. 구불구불 길을 따라가며 여기저기 친숙한 지형지물을 지났다. 특정한 각도에서 보면 늑대 머리를 조금 닮은 듯도 한 돌 언덕, 반쯤 얼어붙은 폭포, 회녹색 이끼를 수염처럼 단 자연 돌 아치. 모두 아샤가 아는 것들이었다. 전에도 이 길을 왔었다. 동생 테온에게 정복은 포기하고 안전한 딥우드모트로 같이 돌아가자고 설득하려고 윈터펠로 달려왔었다. '난 그것도 실패했지.'

그날은 22킬로미터를 이동했고, 그나마도 다행이었다.

어스름이 내리자, 마부가 마차를 나무 아래에 세웠다. 마부가 말들을 푸는 사이 저스틴 경이 총총히 말을 몰고 와서 아샤의 발목에 채운 족쇄를 풀었다. 저스틴 경과 암곰은 아샤를 데리고 야영지를 통과하여 왕의 천막으로 향했다. 포로일지는 몰라도 아샤는 아직 파이크의 그레이조이였고, 스타니스 바라테온은 부대장들과 지휘관들과 함께 식사하며 남은 부스러기를 아샤에게 먹이기를 즐겼다.

왕의 대천막은 딥우드모트의 연회장만큼 컸지만, 크기를 빼면 웅장한 구석이 별로 없었다. 무거운 노란 돛천으로 만든 빳빳한 벽은 심하게 색이 바랬고, 진흙과 물 얼룩이 졌으며, 흰 곰팡이도 드문드문 피었다. 중앙 기둥 위에는 불타는 심장 속에 수사슴 머리를 넣은 금빛 왕기가 펄럭였다. 천막 삼면을 스타니스와 함께 북부까지 온 남부 영주들의 천막이 둘러쌌다. 남은 한쪽 면에는 밤불이 시끄럽게 타오르며, 소용돌이치는 불길로 어두워지는 하늘을 후려치고 있었다.

아샤가 절뚝거리며 다가갔을 때는 십여 명의 병사들이 불에 넣을 장작을 쪼개고 있었다. '왕비의 병사들이군.' 그들의 신은 붉은 를로르였고, 를로르는 질투심 많은 신이었다. 아샤의 신, 강철 군도의 익사한 신은 그들의 눈에 악마였고, 아샤가 이 빛의 군주를 받아들이지 않는다면 저주받아 파멸할 터였다. '기꺼이 날 저 장작과 부러진 나뭇가지처럼 태워버리겠지.' 숲에서의 전투 이후에 아샤가 듣는 곳에서 그녀를 불태우라고 부추기는 사람들도 있었다. 스타니스는 거부했다.

왕은 천막 밖에 서서 밤불을 응시하고 있었다. '저기서 뭘 보는 걸까? 승리? 파멸? 굶주린 붉은 신의 얼굴?' 스타니스의 두 눈은 깊은 웅덩이 같았고, 바싹 깎은 수염은 푹 꺼진 두 뺨과 뼈가 두드러진 턱 위에 앉은 그림자였다. 그러나 그 시선에는 힘이 있었다. 그 시선에는 아샤에게 이 남자는 결코, 무슨 일이 있어도 정한 길에서 방향을 돌리지 않는다는 사실을 알려주는 강철 같은 맹위가 있었다.

아샤는 그 앞에서 한쪽 무릎을 꿇었다. "전하." '제가 전하 보시기에 충분히 초라해졌습니까? 마음에 들 만큼 두들겨 맞고 휘고 꺾였습니까?' "제 손목에 걸린 사슬을 풀어주십시오. 말을 타게 해주세요. 도망치려 하지 않겠습니다."

스타니스는 자기 다리에 몸을 비벼대려는 개를 보는 듯한 눈으로 아샤를 보았다. "네가 자초한 사슬이다."

"그랬지요. 이제는 제 부하들, 제 배, 제 지혜를 다 바칩니다."

"네 배는 이미 내 것이거나 불탔다. 네 부하들은…… 얼마나 남았지? 열? 열둘?"

'아홉이지. 싸울 힘이 있는 사람만 세면 여섯이고.' "갈라진 턱 다그머가 토르헨스퀘어를 점령하고 있죠. 사나운 전사이고, 그레이조이 가문의 충실한 종복입니다. 토르헨스퀘어와 그 수비군을 전하에게 바칠 수 있습니다." '아마도'라고 덧붙일 수도 있겠지만, 이 왕 앞에서 의심을 드러내서 좋을 게 없었다.

"토르헨스퀘어에는 내 발톱의 때만 한 가치도 없다. 중요한 건 윈터펠이다."

"이 사슬을 끊고 제가 윈터펠 점령을 돕게 해주십시오, 전하. 전하의 형님은 쓰러진 적을 친구로 바꾸기로 유명했죠. 절 전하의 병사로 삼으세요."

"신들이 너를 남자로 만들지 않았는데, 나라고 할 수 있겠느냐?" 스타니스는 밤불에서, 그리고 뭔지는 몰라도 그 오렌지색 불길 속에서 춤추던 광경에서 등을 돌렸다.

저스틴 매시 경이 아샤의 팔을 잡고 왕의 천막 안으로 들어가며 말했다. "판단 잘못했어요, 아가씨. 절대 로버트 이야기는 꺼내지 마."

'내가 어리석었어.' 아샤는 동생들이 어떤지 알고 있었다. 어렸을 때의 테온, 로드릭과 마론에 대한 선망과 두려움 속에 살던 수줍은 아이 테온을 기억했다. '동생들은 절대 벗어나지 못해. 동생은 백 살을 살아도 언제나 동생일 거야.' 아샤는 철제 장신구를 흔들며, 스타니스 뒤로 다가가서 손목에 묶인 사슬로 목을 조르면 얼마나 흡족할까 상상했다.

그날 밤 그들은 벤지콧 브랜치라는 척후병이 잡아 온 앙상한 붉은 사슴으로 만든 사슴 고기 스튜를 먹었다. 하지만 왕의 천막 안에서만이었다.

그 천막 벽 바깥에서는 모두가 빵 한 조각과 손가락만 한 검은 소시지 하나를 먹고 마지막 남은 갤버트 글로버의 에일을 마셨다.

딥우드모트에서 윈터펠까지 600킬로미터. 까마귀가 날아도 500킬로미터. "우리가 까마귀라면 좋으련만." 저스틴 매시는 행군 나흘째에 그렇게 말했다. 눈이 내리기 시작한 날이었다. 처음에는 약한 눈보라였다. 차갑고 축축하긴 하지만, 쉽게 뚫고 나갈 만했다.

하지만 다음 날에도 다시 눈이 내렸고, 그다음 날에도, 그다음 날에도 눈이 왔다. 늑대들의 덥수룩한 수염은 곧 입김이 얼어붙어 생긴 얼음에 뒤덮였고, 말끔하게 면도한 남부 사내들은 얼굴을 따뜻하게 하려고 구레나룻을 기르고 있었다. 오래지 않아 대열 앞쪽 땅이 하얀 담요에 뒤덮이며 돌멩이와 뒤틀린 뿌리와 낙엽을 다 감췄고, 걸음걸음이 모험이 되어버렸다. 바람도 강해져서 눈을 세차게 흩날렸다. 왕의 군대는 무릎까지 오는 눈밭을 비틀비틀 걸어가는 눈사람들의 행렬이 되었다.

눈이 내리고 사흘째, 왕의 군대는 흩어지기 시작했다. 남부 기사와 귀족이 허우적대는 반면, 북부 산악민들은 잘해나갔다. 그들의 조랑말은 발 디딤이 확고했으며, 승용마보다 적게 먹고 덩치 큰 군마보다는 훨씬 적게 먹었다. 그리고 조랑말을 탄 남자들은 눈 속에서 편하게 움직였다. 이 늑대들 상당수는 신기한 신발을 신었다. '곰 발'이라고 불렀는데, 구부린 나무와 가죽끈으로 만든 가늘고 긴 모양의 묘한 신발이었다. 그걸 장화 바닥에 붙이면, 어째선지 눈 표면을 부수고 허벅지까지 빠지는 일 없이 눈 위를 걸을 수 있었다.

심지어 조랑말에게도 곰 발을 씌운 이들까지 있었고, 덥수룩한 작은 조랑말들은 다른 말들이 쇠발굽을 끼듯이 수월하게 곰 발을 신었다……. 그러나 승용마와 군마는 그렇지 않았다. 왕의 기사 몇 명이 억지로 곰 발을 씌웠더니, 큰 남부 말들은 딱 버티고 서서 움직이지 않으려고 하거나, 발에 붙은 것을 흔들어 떼어내려 들었다. 군마 한 마리는 그걸 신고 걸으려다가 발목이 부러졌다.

곰 발을 신은 북부인들은 곧 나머지 군대를 멀찌감치 따돌리기 시작했다. 그들은 본대 기사들을 추월하고, 고드리 파링 경과 선봉대도 추월했다. 그사이 보급 행렬의 수레와 마차는 점점 더 뒤처져서, 후위 병사들이 끊임없이 더 빨리 움직이라고 재촉해야 할 지경이 되었다.

눈보라 닷새째, 보급 행렬은 허리까지 쌓인 물결치는 눈밭을 가로질렀는데, 이 눈 더미가 얼어붙은 연못을 숨기고 있었다. 수레의 무게에 감춰져 있던 얼음이 깨지면서 마부 셋과 말 네 마리가 차가운 물속에 가라앉았고, 그들을 구하려던 남자 둘도 빠졌다. 그중 하나는 하우드 펠이었다. 펠의 기사들이 익사하기 전에 끌어내기는 했지만, 입술은 새파래지고 피부는 우유처럼 하얗게 변해 있었다. 그 후에는 무슨 짓을 해도 몸을 데울 수가 없었다. 그는 몇 시간 동안 심하게 몸을 떨었다. 젖은 옷을 잘라내고 따뜻한 모피를 둘둘 감아 불 옆에 앉혀도 계속 그랬다. 그는 그날 밤에 열에 들뜬 잠에 빠져들더니, 다시는 깨어나지 않았다.

그날 밤 처음으로 아샤는 왕비의 사람들이 희생물에 대해 중얼대는 소리를 들었다. 붉은 신이 눈 폭풍을 끝내실 수 있게, 희생물을 바쳐야 한다는 이야기였다. "북부의 신들이 우리에게 이 폭풍을 풀어놓은 겁니다." 콜리스 페니 경이 말했다.

"거짓 신들이네." 거인 살해자 고드리 경이 주장했다.

"를로르께서 우리와 함께 계시지." 클레이턴 서그스 경이 말했다.

"멜리산드레는 함께가 아니지요." 저스틴 매시가 말했다.

왕은 아무 말도 하지 않았다. 그러나 듣기는 했다. 아샤는 확신했다. 왕은 양파 수프가 거의 맛도 보지 않은 채로 식어가는 동안 상석에 앉아서, 주위에서 대화가 벌어지게 내버려둔 채 움푹 꺼진 눈으로 제일 가까운 곳에 놓인 촛불을 응시하고 있었다. 지휘권이 두 번째인, 리차드 호프라는 키 크고 여윈 기사가 대신 선언했다. "폭풍은 곧 끝납니다."

그러나 폭풍은 더 심해지기만 했다. 바람은 노예상의 채찍처럼 잔인한 돌풍으로 변했다. 아샤는 파이크에서, 바닷바람이 울부짖을 때 추위가 무엇인지 알았다고 생각했지만, 그 추위는 비할 바가 아니었다. '이건 사람을 미치게 만드는 추위야.'

야영 준비를 하라는 외침이 입에서 입으로 전해졌어도, 몸을 데우기가 쉽지 않았다. 천막들은 습기를 머금고 무거워져서 세우기도 힘들었고, 분해하기는 더 힘들었으며, 눈이 너무 많이 쌓이면 갑자기 무너지기도 했다. 왕의 군대는 칠왕국에서 제일 큰 숲 한가운데를 지나고 있었지만, 마른 나무를 찾기가 힘들었다. 야영을 할 때마다 타는 모닥불 수가 적어졌고, 겨우 피운 불도 열보다는 연기를 더 올렸다. 음식을 차가운 채로 먹거나, 날것으로 먹는 일까지 많아졌다.

밤불마저도 줄어들고 약해져서 왕비의 사람들을 실망시켰다. "빛의 군주시여, 저희를 이 악으로부터 지켜주소서." 그들은 거인 살해자 고드리 경의 장중한 목소리를 앞세워 기도했다. "저희에게 다시 당신의 눈부신 태양을 보여주시고, 이 바람을 잠재우시며, 이 눈을 녹이시어 저희가 당신의 적들에게 가서 벌할 수 있게 하소서. 밤은 어둡고 추우며 공포가 가득하지만, 힘과 영광과 빛이 당신의 것이오니. 를로르시여, 당신의 불로 우리를 채우소서."

나중에, 콜리스 페니 경이 큰 소리로 이러다가 군 전체가 겨울 폭풍 속에서 얼어 죽지 않을지 묻자 늑대들은 큰 소리로 웃었다. "이건 겨울이 아니야." 큰 들통 월이 말했다. "산 위에 사는 우리들은 가을은 입을 맞추지만, 겨울은 쑤셔버린다고 하지. 이건 가을의 입맞춤에 불과해."

'신이여, 제발 제가 진짜 겨울을 영영 모르게 해주소서.' 아샤는 최악을

면했다. 결국 그녀는 왕의 전리품이었으니까 말이다. 다른 이들이 굶어도 아샤는 먹었다. 다른 이들이 덜덜 떨어도 아샤는 따뜻했다. 다른 이들이 지친 말을 타고 휘청거리며 눈밭을 뚫을 때, 아샤는 마차 안에 쌓아놓은 모피에 올라, 뻣뻣한 천 지붕으로 눈을 막으며, 편안하게 사슬을 차고 이동했다.

말들과 일반 병사들이 최악을 경험했다. 스톰랜드에서 온 종자 두 명은 누가 더 불 가까이 앉느냐를 두고 싸우다가 중장병 하나를 찔러 죽였다. 다음 날 밤에는 궁병 몇 명이 필사적으로 온기를 찾다가 천막에 불을 냈는데, 덕분에 옆에 있던 천막들에는 열기를 선사했다. 군마들은 피로와 추위로 죽어가기 시작했다. "말이 없는 기사는 뭘까?" 병사들이 수수께끼를 냈다. "검을 찬 눈사람이지." 쓰러진 말은 그 자리에서 도축하여 고기로 삼았다. 식량도 떨어져가고 있었다.

피즈버리, 코브, 폭스글러브, 그 외 남부 영주들은 폭풍이 지나갈 때까지 진을 치고 버티자고 왕을 설득하려 했다. 스타니스는 듣지 않았다. 굶주린 붉은 신에게 희생물을 바치자고 설득하러 온 왕비의 사람들의 말도 마찬가지였다.

아샤는 그 이야기를 대부분보다 신심이 덜한 저스틴 매시에게 들었다. "희생물은 우리의 믿음이 여전히 진실하게 타고 있음을 증명할 것입니다, 전하." 클레이턴 서그스가 왕에게 그리 말했다고 했다. 그리고 거인 살해자 고드리가 말했다. "북부의 옛 신들이 우리에게 이 폭풍을 보낸 겁니다. 를로르만이 끝낼 수 있어요. 불신자를 바쳐야 합니다."

"나의 군대 절반은 불신자들로 이루어졌다." 스타니스는 이렇게 대답했다. "아무도 불태우지 않겠다. 더 열심히 기도하라."

'오늘은 불태우지 않고, 내일도 불태우지 않겠지만…… 눈이 계속 내린다면, 왕의 결심이 약해지는 데 얼마나 걸릴까?' 아샤는 아에론 숙부만큼 익사한 신을 믿은 적이 없었지만, 그날 밤에는 파도 아래 거하시는 분에게 젖은 머리 못지않게 열렬하게 기도했다. 폭풍은 약해지지 않았다. 행군은 계속되어, 비틀거리는 정도로 느려지다가 기어가는 수준이 되었다. 8킬로를 가면 운이 좋은 날이었다. 그다음엔 5킬로미터가 되고, 3킬로미터가 됐다.

폭풍 아흐레째, 야영지 전체가 부대장들과 지휘관들이 젖고 지친 몸으로 왕의 천막에 들어가서 한쪽 무릎을 꿇고 그날 잃은 숫자를 보고하는 모습을 보았다.

"한 명 사망, 세 명 실종입니다."

"말 여섯 마리를 잃었습니다. 한 마리는 제 말입니다."

"죽은 사람이 둘, 하나는 기사였습니다. 말 네 마리가 쓰러졌습니다. 한 마리는 다시 일으켰고 나머지는 잃었습니다. 군마였고, 한 마리는 승용마입니다."

'추위 사상자.' 아샤는 그렇게 부르는 소리를 들었다. 보급 행렬이 최악이었다. 죽은 말들에 사라진 사람들, 뒤집히고 망가진 수레들. "말들이 눈밭에 무너집니다." 저스틴 매시는 왕에게 말했다. "병사들이 엉뚱한 데로 걸어가거나 그냥 앉아서 죽고요."

"그러라고 해." 스타니스 왕은 날카롭게 대꾸했다. "우리는 계속 간다."

조랑말과 곰 발이 있는 북부인들은 훨씬 나았다. 검은 도넬 플린트와 그 이복동생인 아토스는 합쳐서 한 명밖에 잃지 않았다. 리들, 월, 노리 가문은 아무도 잃지 않았다. 모건 리들의 노새 한 마리가 길을 잃기는 했는데, 모건은 플린트가 훔쳐 갔다고 생각하는 모양이었다.

'딥우드모트에서 윈터펠까지 600킬로미터. 까마귀가 날아도 500킬로미터. 15일.' 행군 15일째가 지나가고, 그들은 아직 절반도 가지 못한 상태였다. 행렬 뒤로 망가진 수레와 얼어붙은 시체가 줄줄이 남아, 불어오는 눈보라에 묻혔다. 해와 달과 별이 사라진 지 너무 오래되어 아샤도 그게 다 꿈이었나 생각하는 지경에 이르렀다.

진군 20일째, 아샤는 마침내 족쇄에서 벗어났다. 그날 오후 늦게 아샤가 탄 마차를 끌던 말 한 마리가 매인 채로 죽었다. 대체할 말을 찾을 수가 없었다. 남아 있는 짐말들은 식량과 사료를 실은 마차들을 끌어야 했다. 저스틴 매시 경이 달려오더니, 병사들에게 죽은 말은 도축하여 고기로 삼고 마차는 부수어 장작으로 삼으라고 말했다. 그러고는 아샤의 발목에서 족쇄를 풀고, 뻣뻣하게 굳은 종아리를 문질러 풀었다. "내어드릴 말이 없습니다, 아가씨. 그렇다고 둘이 타려고 했다간 내 말이 죽을 테고요. 걸어야 합니다."

아샤의 발목은 몸무게를 실을 때마다 욱신거렸다. '추위에 금방 감각이 없어질 거야.' 아샤는 스스로에게 말했다. '한 시간만 지나면 내 발도 안 느껴질걸.' 한 시간도 걸리지 않았다는 점에서, 예상이 다 맞지는 않았다. 어둠에 행렬이 멈출 때쯤 아샤는 굴러가던 감옥의 편안함을 갈망하며 비틀거렸다. '쇠고랑이 날 약하게 만들었어.' 저녁 식사 때는 너무 지친 나머지 식탁에서 잠들어버렸다.

15일짜리 행군 26일째, 마지막 채소를 먹어치웠다. 32일째, 마지막 곡물과 사료를 먹어치웠다. 아샤는 반쯤 언 생말고기로 사람이 얼마나 살 수 있을까 생각했다.

"브랜치가 맹세코 이제 윈터펠까지 사흘 거리라는군요." 리차드 호프 경은 그날 밤 추위 사상자 보고 이후 왕에게 말했다.

"제일 약한 병사들을 버리고 간다면 말입니다." 콜리스 페니가 말했다.

"제일 약한 병사들은 구할 도리가 없습니다." 호프가 주장했다. "아직 움직일 힘이 있는 병사들도 윈터펠에 도착하지 않으면 죽을 겁니다."

"빛의 군주께서 우리를 그 성까지 데려가실 거요." 고드리 파링 경이 말했다. "멜리산드레 님이 함께 계셨다면……."

결국, 행렬이 1킬로미터 간신히 전진하고 말 십여 마리와 병사 넷을 잃은 악몽 같은 어느 날에 피즈버리 공이 북부인들에게 화살을 돌렸다. "이 행군은 미친 짓이었어. 매일같이 죽어나가는데, 뭘 위해서란 말인가? 여자애 하나?"

"네드의 딸이지." 모건 리들이 말했다. 그는 세 아들 중 둘째였기에 다른 늑대들은 그를 중간 리들이라 불렀는데, 듣는 곳에서는 자주 그러지 않았다. 딥우드모트 전투에서 아샤를 베어 죽일 뻔한 게 모건이었다. 그는 나중에, 행군 도중에 아샤를 찾아와서 미안하다고 했다……. 도끼로 머리를 쪼개려 한 것 말고, 전투에 취한 나머지 그녀를 갈보라고 부른 것에 대해서.

"네드의 딸이지." 큰 들통 윌이 되풀이했다. "그리고 너희 껑충대는 건방진 남부 놈들이 눈 좀 온다고 새틴 바지에 오줌을 싸지만 않았어도 벌써 그 애와 성 둘 다 구했을 거다."

"눈 조금?" 피즈버리(Peasebury)의 여자같이 부드러운 입매가 격노에 비틀렸다. "네놈의 형편없는 조언이 우리에게 이런 행군을 강요했어, 윌. 네놈이 내내 볼턴을 위해 일한 게 아닌가 의심이 든다. 그놈이 왕의 귀에 독을 속살거리라고 널 보낸 거냐?"

큰 들통은 면전에서 웃음을 터뜨렸다. "콩깍지(pea pod) 공. 네가 남자라면 그 말 때문에 죽여버렸겠지만, 내 장검은 겁쟁이의 피로 더럽히기엔 너무 좋은 강철이라서 말이지." 그는 에일을 마시고 입가를 닦았다. "그래, 병사들이 죽어간다. 윈터펠을 보기 전에 더 죽겠지. 그래서 뭐? 이건 전쟁이야. 전쟁에선 병사들이 죽어. 원래 그런 거라고. 언제나 그랬고."

콜리스 페니 경이 믿을 수 없다는 눈으로 부족장을 보았다. "죽고 싶은 거요, 윌?"

북부인은 그 말에 즐거워하는 것 같았다. "나야 여름이 천 년을 이어지는 땅에서 영원히 살고 싶지. 세상을 내려다볼 수 있는 구름 속 성도 갖고 싶고. 다시 스물여섯 살이 되고 싶기도 해. 스물여섯 살 때는 하루 종일 싸우고도 밤새 씹질을 할 수 있었거든. 사람이 뭘 원하느냐는 중요하지 않아.

겨울이 거의 목전에 왔다, 꼬마야. 그리고 겨울은 죽음이야. 내 부족민들이 네드의 어린 딸을 위해 싸우다 죽는 편이 뺨에서 바로 얼어붙는 눈물을 흘리며 눈밭에서 각자 굶주려 죽는 것보다 낫다. 그런 꼬락서니로 죽는 남자들을 위해 노래를 부르는 놈은 없지. 나로 말하자면, 난 늙었어. 이게 내 마지막 겨울이 될 거야. 죽기 전에 볼턴의 피에 목욕을 하게 해다오. 내 도끼가 볼턴의 머리통 깊이 박힐 때 얼굴에 튀는 피를 맛보고 싶구나. 입술을 핥고 혀로 그 피 맛을 느끼면서 죽고 싶어."

"그렇지!" 모건 리들이 외쳤다. "피와 전투다!" 그러더니 산악민 모두가 소리를 지르며 잔과 뿔잔으로 식탁을 두드려 왕의 천막 안을 굉음으로 채웠다.

아샤 그레이조이도 싸움이 반가웠다. '한 번 전투로 이 비참함은 끝나겠지. 강철과 강철이 맞붙고, 눈이 붉게 물들고, 망가진 방패와 잘려 나간 팔다리가 흩어지면 다 끝날 거야.'

다음 날 왕의 척후병들은 두 개의 호수 사이에 버려진 농민 마을을 발견했다. 오두막 몇 채에 회당 하나, 감시탑 하나밖에 없는 빈약하고 평범한 마을이었다. 리차드 호프가 멈추라고 명했는데, 군대는 그날 1킬로미터도 가지 못한 상태였고 아직 어두워지려면 몇 시간이 남아 있었다. 보급 행렬과 후위 부대는 달이 뜨고도 한참 후에 뒤처져 도착했다. 아샤는 그중에 있었다.

"저 호수엔 물고기가 있습니다." 호프가 왕에게 말했다. "얼음에 구멍을 내겠습니다. 북부인들이 방법을 압니다."

스타니스는 무거운 갑옷을 입고 커다란 모피 망토를 걸치고도 한쪽 발을 무덤에 들인 남자처럼 보였다. 딥우드모트까지는 그 크고 여윈 뼈대에 붙어 있었던 얼마 안 되는 살도 행군 중에 녹아 없어졌다. 머리뼈 생김새가 다 보일 지경이었고, 턱을 어찌나 악무는지 아샤는 스타니스의 이가 다 부서지겠다고 생각했다. "물고기를 잡아라, 그러면." 그는 악문 잇새로 씹어 뱉듯 말했다. "하지만 해가 뜨면 행군한다."

그러나 해가 떴을 때, 야영지가 깨어나보니 눈과 정적뿐이었다. 하늘은 검은색에서 흰색으로 변했으나 조금도 밝아지지 않은 것 같았다. 아샤 그레이조이는 무더기로 덮은 모피 아래에서 춥고 저리는 몸으로 깨어나 암곰의 코 고는 소리에 귀를 기울였다. 그렇게 크게 코를 고는 여자는 본 적도 없었지만, 행군을 하면서 그 소리에도 익숙해졌고 이제는 심지어 위안마저 받았다. 심란한 건 정적 쪽이었다. 병사들을 일으켜 말에 오르고, 대열을 갖추고, 행군 준비를 하라는 트럼펫 소리가 들리지 않았다. 북부인들을 소집하는 전투 나팔 소리도 없었다. '뭔가 잘못됐어.'

아샤는 모피 더미 아래를 기어 나가서, 밤사이에 문을 봉해버린 눈벽을 밀어내며 천막 밖으로 나갔다. 쇠사슬을 철컹이며 일어서서 차가운 아침 공기를 들이마셨다. 눈은 아직도 내리고 있었다. 천막 안으로 기어들었을 때보다 더 심하게 내렸다. 호수들도 사라졌고, 숲도 사라졌다. 다른 천막들과 오두막들의 윤곽, 그리고 감시탑 위에서 타는 봉홧불의 흐릿한 오렌지색 불빛을 볼 수 있었지만, 감시탑 자체는 보이지 않았다. 나머지는 모두 눈 폭풍이 삼켜버렸다.

저 앞 어딘가 루스 볼턴은 윈터펠의 벽 안에서 그들을 기다리는데, 스타니스 바라테온의 군대는 눈에 묶여 움직이지 못한 채, 얼음과 눈벽 안에서 굶어 죽어가고 있었다.

대너리스

초가 거의 다했다. 따뜻하게 녹은 밀랍 웅덩이 속에 살짝 튀어나온 초가 여왕의 침대에 빛을 쏟고 있었다. 촛불이 나부끼기 시작했다. '오래지 않아 꺼지겠군.' 대니는 생각했다. '그리고 저게 꺼지면 또 하룻밤이 끝날 거야.'

새벽은 언제나 너무 이르게 찾아왔다.

대니는 잠을 자지 않았다. 잠을 잘 수가 없었고, 자고 싶지도 않았다. 눈을 감았다 뜨면 아침일까 봐 감히 눈조차 감지 못했다. 그럴 힘만 있다면 그들의 밤이 영원토록 이어지게 만들었을 테지만, 기껏해야 동이 터서 모든 것을 희미한 기억으로 바꿔버리기 전까지 잠들지 않고 달콤한 순간순간을 음미하는 게 최선이었다.

곁에서는 다리오 나하리스가 갓난아기처럼 평화롭게 자고 있었다. 그는 늘 그렇듯 자신만만한 미소를 지으며, 자는 재주는 타고났다고 큰소리를 쳤다. 전장에 나가면 잘 쉬고 전투를 치르기 위해 안장에서 잘 때도 많다고 주장했다. 화창하든 폭풍이 치든 상관없었다. "잠을 못 자는 전사는 곧 싸울 힘도 없어지죠." 그는 말했다. 악몽에 시달리는 일도 없었다. 대니가 거울 방패 세르윈이 자기가 죽인 모든 기사들의 유령에게 시달렸던 이야기를 해주자, 다리오는 비웃기만 했다. "제가 죽인 놈들이 성가시게 군다면, 전부 다시 죽여줄 겁니다." 그때 대니는 깨달았다. '이 사람에겐 용병의 양심이 있어. 다시 말해서, 양심이 없다는 말이지.'

다리오는 배를 깔고 엎드려서 긴 다리 주위에 가벼운 리넨 이불을 휘감은 채, 얼굴을 베개에 반쯤 파묻은 자세였다.

대니는 그의 척추선을 따라 등을 쓸었다. 손끝에 닿는 피부가 매끈하니, 털이 거의 없었다. '피부가 비단과 새틴 같구나.' 그녀는 손에 닿는 그의 감촉이 좋았다. 손가락으로 그의 머리털을 헤집고, 안장에 앉아 오랜 시간을 보내느라 아팠을 종아리를 주물러 풀어주고, 그의 남근을 감싸 손바닥에서 단단해지는 감촉을 느끼는 게 좋았다. 대니가 평범한 여자였다면 평생 다리오를 만지면서 보내는 것도 기꺼웠으리라. 그의 흉터를 덧그리고, 어쩌다가 얻은 흉터인지 하나하나 들으면서……. '다리오가 청한다면 왕관도 포기할 거야.' 대니는 생각했다……. 그러나 다리오가 그런 청을 하는 일은 없었고, 앞으로도 없을 터였다. 다리오가 그들 둘이 하나가 될 때면 사랑의 말을 속삭일지는 몰라도, 대니는 그가 사랑하는 게 드래곤 여왕임을 알았다. '내가 왕관을 포기한다면 날 원하지 않겠지.' 게다가 왕관을 잃은 왕들은 머리통도 잃는 경우가 많았고, 여왕이라고 다를 이유도 없었다.

촛불이 마지막으로 한 번 깜박거리더니 꺼져서 녹은 밀랍 속에 잠겼다. 어둠이 깃털 침대와 침대에 누운 두 사람을 삼키고, 침실 구석구석을 채웠다. 대니는 대장을 끌어안고 그의 등에 몸을 붙였다. 그의 향기를 들이마시고, 그의 따스한 살갗과 몸에 닿는 감촉을 음미했다. '기억해.' 그녀는 스스로에게 말했다. '이이가 어떤 느낌이었는지 기억해.' 그리고 그의 어깨에 입을 맞췄다.

다리오가 눈을 뜨고 대니 쪽으로 몸을 돌렸다. "대너리스." 그는 나른한 미소를 지었다. 그것도 다리오의 재주였다. 고양이처럼 단숨에 깨어나는 것. "새벽인가요?"

"아직 아니야. 아직 시간이 있어."

"거짓말쟁이. 눈을 볼 수 있는데요. 깜깜한 밤이면 이 눈동자를 볼 수 있겠어요?" 다리오가 늘어진 이불을 걷어차고 일어나 앉았다. "동이 반쯤 텄군요. 곧 날이 밝겠네요."

"이 밤이 끝나지 않았으면 좋겠어."

"그래요? 왜 그러신가요, 여왕님?"

"알면서."

"결혼식 때문에요?" 그는 소리 내어 웃었다. "대신 저와 결혼하시죠."

"내가 그럴 수 없다는 걸 알잖아."

"당신은 여왕이에요. 좋을 대로 할 수 있어요." 그는 한 손으로 대니의 다리를 쓸었다. "우리에게 몇 밤이나 남은 거죠?"

'두 밤. 겨우 두 밤.' "나만큼 잘 알잖아. 오늘 밤과 내일 밤, 그러고 나면 끝내야 해."

"저와 결혼하면 언제까지나, 모든 밤을 함께할 수 있어요."

'할 수만 있다면 그러겠어.' 칼 드로고는 그녀의 태양이자 별이었지만, 그가 죽은 지 너무 오래된 탓에 대너리스는 사랑하고 사랑받는 기분이 어떤 것인지조차 잊고 있었다. 다리오가 기억해내도록 도왔다. '난 죽었었는데, 이이가 날 되살렸어. 잠들어 있었는데 날 깨웠어. 내 용감한 대장.' 그렇다 해도 최근 다리오는 지나치게 대담해졌다. 가장 최근의 출격에서 돌아온 날에는 융카이 귀족의 머리통을 대니의 발치에 던지고 온 세상이 보는 알현실에서 그녀에게 입을 맞췄다. 바리스탄 셀미가 두 사람을 떼어놓을 때까지 그랬다. 그날 할아버지 경이 어찌나 격분하는지, 대니는 피가 흐를까 두렵기까지 했다. "우린 결혼할 수 없어, 내 사랑. 이유는 알지."

다리오가 그녀의 침대에서 내려갔다. "그럼 히즈다르와 결혼하세요. 히즈다르에게 결혼 선물로 멋진 뿔을 한 쌍 선사하죠. 기스카 놈들은 뿔을 달고 다니는 걸 좋아하니까요. 자기 머리털로 뿔을 만들죠, 빗과 밀랍과 철을 써서(horn(뿔)은 아내가 남편에게 부정한 짓을 한다는 의미로도 쓰인다)." 다리오는 바지를 찾아 입었다. 속옷은 굳이 입지 않았다.

"일단 결혼하고 나면, 날 원하는 건 대역죄가 될 거야." 대니는 이불을 끌어 올려 가슴을 가렸다.

"그렇다면 전 반역자가 되어야겠군요." 그는 파란 비단 튜닉을 뒤집어써서 입고 손가락으로 수염 갈래를 가다듬었다. 자주색이었다가 대니를 위해 새로 염색해서, 처음 만났을 때처럼 파란색으로 되돌린 상태였다. "당신 냄새가 나네요." 그는 자기 손가락을 킁킁대며 히죽거렸다.

대니는 다리오가 웃을 때 금니가 반짝이는 모습이 좋았다. 그의 가슴팍에 난 가는 털도 좋았다. 힘센 두 팔, 그의 웃음소리, 그녀의 안으로 남근을 밀어 넣을 때면 언제나 그녀의 눈을 똑바로 들여다보며 이름을 부르는 방식이 좋았다. "당신은 아름다워." 그녀는 다리오가 승마용 장화를 신고 끈을 묶는 모습을 지켜보며 불쑥 말했다. 어떤 날은 대니가 대신 끈을 묶게 해주기도 했지만, 오늘은 아닌 것 같았다. '그것도 끝이야.'

"결혼할 만큼 아름답진 못하죠." 다리오는 벽에 걸어두었던 검대를 내렸다.

"어디로 가는 거야?"

"여왕님의 도시에 나갑니다." 그는 말했다. "맥주 한두 잔 마시고 싸움이나 걸어야죠. 누굴 죽인 지가 너무 오래됐어요. 당신 약혼자를 찾아야 할까 봐요."

대니는 그에게 베개를 집어 던졌다. "히즈다르는 내버려둬!"

"여왕님 분부시라면야. 오늘 조정을 여십니까?"

"아니. 내일이면 난 결혼한 여자가 되고, 히즈다르가 왕이 될 거야. 조정은 히즈다르가 열라고 해. 그 사람 백성이니까."

"히즈다르의 백성도 있고, 당신의 백성도 있죠. 당신이 해방시킨 사람들요."

"날 책망하는 거야?"

"당신이 당신 아이들이라고 부르는 사람들요. 그들은 어머니를 원해요."

"그렇군. 날 책망하고 있어."

"아주 조금만입니다, 눈부신 심장이시여. 오늘 조정을 여십니까?"

"결혼식을 한 후에 어쩌면. 평화가 온 후에."

"당신이 말하는 그 '후'는 영영 안 와요. 조정을 열어야 합니다. 제 새 부하들은 여왕님이 실재한다고 믿지 않아요. 바람결단에서 넘어온 놈들요. 대부분 웨스테로스에서 나고 자라서 타르가르옌에 대한 이야기를 잔뜩 들었죠. 자기들 눈으로 타르가르옌을 보고 싶어 합니다. 개구리는 여왕님에게 줄 선물도 있대요."

"개구리?" 대니는 키득거렸다. "개구리가 누군데?"

다리오는 어깨를 으쓱였다. "도르네 녀석인데요. 사람들이 초록 내장이라고 부르는 덩치 큰 기사의 종자죠. 그 선물을 나한테 주면 전해주겠다고 했지만, 듣질 않아요."

"아, 영리한 개구리로군. '그 선물을 나한테 다오'라니." 대니는 베개 하나를 더 그에게 던졌다. "내가 그 선물을 보게 되기나 했겠어?"

다리오는 금색 입힌 콧수염을 쓸었다. "제가 사랑스러운 여왕님의 선물을 훔치겠어요? 그게 여왕님이 받을 만한 선물이라면 제가 직접 그 부드러운 두 손에 쥐여드렸겠죠."

"당신의 사랑의 징표로?"

"거기에 대해선 말씀 못 드리겠지만, 개구리한테 여왕님에게 직접 드릴 수 있다고 했습니다. 다리오 나하리스를 거짓말쟁이로 만드시진 않겠죠?"

대니는 거부할 수 없었다. "당신이 원한다면 그러지. 그 개구리를 내일 조정에 데려와. 다른 웨스테로스인들도 같이." 바리스탄 경 말고 다른 사람에게도 공용어를 들으면 좋을 것이다.

"여왕님 분부대로 합죠." 다리오는 깊이 허리를 숙이더니 씩 웃고 망토를 펄럭이며 나갔다.

대니는 두 팔로 무릎을 끌어안고 구겨진 이불 속에 앉아 있었다. 너무나 쓸쓸한 나머지, 미산데이가 빵과 우유와 무화과를 들고 가만히 들어올 때도 듣지 못했다. "전하? 어디 불편하세요? 한밤중에 전하의 비명을 들었는데요."

대니는 무화과를 한 개 집었다. 까맣고 통통하니, 아직도 이슬이 맺혀 있었다. '히즈다르가 내게 비명을 끌어내기는 할까?' "네가 비명이라고 들은 건 바람 소리였어." 한 입 깨물었지만, 다리오가 가고 나니 과일도 맛을 잃었다. 그녀는 한숨을 내쉬며 일어나서 로브를 가져오라고 이리를 부르고, 로브를 걸친 후에 테라스로 걸어 나갔다.

그녀의 적들이 사방을 둘러쌌다. 바닷가에는 언제나 열 척이 넘는 배가 떠 있었다. 병사들이 내리는 날에는 백 척까지 늘어나기도 했다. 융카이는 바다로 목재까지 실어 오고 있었다. 그들은 도랑을 파더니 그 뒤에서 투석기며 전갈석궁, 높은 대형 트레뷰셋(투석기의 종류)을 짓기 시작했다. 조용한 밤이면 그들의 망치 소리가 따뜻하고 건조한 공기에 울려 퍼졌다. '하지만 공성탑은 없어. 공성추도 없고.' 미린에 강습을 시도할 마음이 없다는 뜻이었다. 그들은 포위선 뒤에서 기다리며 굶주림과 질병이 미린 사람들을 무릎 꿇릴 때까지 돌만 날릴 터였다.

'히즈다르가 평화를 가져올 거야. 그래야만 해.'

그날 밤 요리사는 대추야자와 당근을 곁들인 새끼 염소를 구워 냈지만, 대니는 한 입밖에 먹지 못했다. 미린과 다시 한번 드잡이질을 해야 한다는 생각을 하니 벌써 지쳤다. 잠을 자기도 힘들었다. 다리오가 돌아온 후에도 그랬다. 다리오는 너무 취해서 거의 서 있지도 못했다. 대니는 이불 속에서 이리저리 뒤척이며 히즈다르가 입 맞추는 꿈을 꿨지만…… 그의 입술은 파랗게 멍이 들어 있었고, 안에 들어온 남근은 얼음처럼 차가웠다. 대니는 머리가 산발이 되고 이불이 엉킨 채로 일어나 앉았다. 다리오가 옆에서 자고 있었지만, 그녀는 혼자였다. 그를 흔들어 깨우고 싶었다. 그녀와 안고 관계하고 잊게 도와주길 원했지만, 정말로 깨운다면 그는 미소 짓고 하품하며 이렇게만 말할 것을 알았다. "꿈일 뿐이에요, 여왕님. 다시 자요."

그래서 대니는 두건 달린 로브를 입고 테라스로 나갔다. 난간으로 걸어가서 백 번은 그랬듯이 도시를 내려다보았다. '절대 나의 도시가 되지 않을 거야. 절대 내 집이 되진 않을 거야.'

옅은 분홍빛 새벽이 찾아왔을 때도 대니는 테라스에 있었다. 고운 이슬 담요를 덮고 풀밭에서 잠들었다. "다리오에게 오늘은 조정을 열겠다고 약속했다." 대너리스는 깨우러 온 시녀들에게 말했다. "내 왕관을 찾게 도와다오. 아, 그리고 입을 옷도 찾아야지. 가볍고 시원한 걸로."

대니는 한 시간 후에 아래로 내려갔다. "모두 폭풍의 딸, 불타지 않는 분, 미린의 여왕, 안달인과 로인인과 최초인의 여왕이자 거대한 풀 바다의 칼리시, 족쇄를 부수는 분, 그리고 드래곤의 어머니이신 대너리스 님께 무릎을 꿇으라." 미산데이가 외쳤다.

레즈낙 모 레즈낙이 절을 하고 활짝 웃었다. "폐하, 날이 갈수록 아름다워지십니다. 결혼식에 대한 기대감이 광채를 더했나 봅니다. 아, 우리 빛나는 여왕님!"

대니는 한숨을 내쉬었다. "첫 번째 청원자를 들이라."

조정을 연 지가 워낙 오래되어, 청원이 엄청나게 밀려들었다. 알현실 뒤쪽에는 사람들이 빽빽하게 모여 섰고, 전례 없는 소란이 일었다. 결국 고개를 높이 들고, 반짝이는 녹색 베일에 얼굴을 가린 갈라자 갈라레가 앞으로 나섰다. "빛나는 분이시여, 따로 말씀 나누시면 좋겠습니다만."

"시간이 있다면 그러겠소만." 대니는 상냥하게 말했다. "내일은 결혼을 할 몸이라." 녹색 은총자와의 마지막 만남은 순조롭지 않았었다. "무슨 용건이오?"

"어느 용병 대장의 주제넘음에 대해 말씀드리려 합니다."

'감히 공개 조정에서 그런 말을 해?' 대니는 타오르는 분노를 느꼈다. '용기 있다는 점은 인정하지만, 내가 또 잔소리를 참아줄 줄 안다면 완전히 틀린 생각이야.' "갈색 벤 플럼의 배신은 우리 모두에게 충격이었지요. 하지만 은총자의 경고는 너무 늦었구려. 이제 신전으로 돌아가서 평화를 기도하고 싶으실 줄 아오."

녹색 은총자가 허리를 굽혔다. "여왕님을 위해서도 기도하겠습니다."

'한 대 더 치는군.' 대니는 얼굴을 붉히며 생각했다.

나머지는 여왕이 너무나 잘 아는 지루한 시간이었다. 대니는 쿠션 위에 앉아서 지겨움에 한쪽 발을 달랑거리며 귀 기울였다. 정오가 되자 지키가 무화과와 햄이 담긴 접시를 가져왔다. 청원자가 끝이 없는 것 같았다. 두 명을 웃는 얼굴로 내보내면 한 명은 눈이 벌게지거나 투덜거리면서 나갔다.

다리오 나하리스가 새로운 폭풍 까마귀들, 즉 바람결단에서 넘어온 웨스테로스인들을 데리고 나타났을 때는 해 질 녘이 가까웠다. 대니는 다른 청원자가 끝도 없이 중얼대는 가운데 그들을 보았다. '저들이 나의 백성이야. 나는 저들의 정당한 여왕이야.' 꾀죄죄한 무리로 보였지만, 용병들이니 당연했다. 제일 젊은 남자는 대니보다 한 살이나 많을까 싶었고, 제일 나이 많은 남자는 60세는 된 듯했다. 몇 명은 부유함을 자랑했다. 금팔찌에 비단 튜닉, 은이 박힌 검대. '약탈품이겠지.' 대부분은 옷이 수수했고 오래 입은 티가 났다.

다리오가 데리고 나올 때 보니 한 명은 여자였는데, 덩치 큰 금발로 온몸에 사슬 갑옷을 갖춰 입었다. "이쁜이 메리스." 대장은 그렇게 불렀지만, 대니라면 절대 이쁜이라고는 부르지 않을 터였다. 키가 180센티미터는 되는데 귀가 없고 코는 가늘었고, 양쪽 뺨에 깊은 흉터가 남은 데다 대니가 이제까지 본 눈 중에 가장 차가운 눈이었다. 다른 사람들은…….

휴 헝거포드는 마르고 음침했으며, 다리가 길고 얼굴도 길고 화려한 옷차림은 빛이 바랬다. 웨버는 키가 작고 근육질이었는데, 머리와 가슴과 두 팔에 거미 문신을 새겼다. 얼굴이 붉은 오슨 스톤은 기사라고 주장했고, 껑충한 루시퍼 롱도 마찬가지였다. 숲의 윌은 한쪽 무릎을 꿇으면서도 대니를 음흉하게 쳐다보았다. 딕 스트로는 수레국화같이 파란 눈에 아마같이 하얀 머리였고 찝찝한 미소를 지었다. 진저 잭의 얼굴은 뻣뻣한 오렌지색 수염 속에 가려져 있었고, 하는 말도 알아들을 수가 없었다. "첫 전투에서 혀를 절반이나 씹어 끊었거든요." 헝거포드가 대신 설명했다.

도르네인들은 달라 보였다. 다리오가 말했다. "황공하오나, 이 셋은 초록 내장, 게롤드, 그리고 개구리라고 합니다."

초록 내장은 몸집이 거대한 데다 돌덩이처럼 머리가 반질반질했고, 두 팔은 힘센 벨와스와도 겨룰 만큼 굵었다. 게롤드는 키가 크고 야윈 청년으로 햇빛이 내려앉은 금빛 섞인 갈색 머리였고, 청록색 눈동자는 웃는 느낌이었다. '저 미소로 많은 처녀의 마음을 사로잡았겠군.' 망토는 부드러운 갈색 모직물에 모래 비단으로 안감을 댄 물건으로, 질 좋은 옷이었다.

종자인 개구리가 제일 어리고 제일 인상이 약했는데, 머리와 눈이 다 갈색인 진지하고 다부진 청년이었다. 사각형의 얼굴에 이마가 넓었고, 턱이 각지고, 코가 넓적했다. 뺨과 턱에 남은 수염 그루터기 때문에 처음 수염을 길러보는 소년처럼 보였다. 대니는 왜 이 소년을 개구리라고 부르는지 짐작

이 가지 않았다. '다른 사람보다 펄쩍펄쩍 잘 뛰나 보지.'

"일어나도 좋다. 다리오에게 들으니 도르네에서 왔다고. 도르네인들은 언제나 내 조정에서 환영받을 것이야. 선스피어는 찬탈자가 내 아버지의 왕좌를 훔쳤을 때도 쭉 내 아버지에게 충성했지. 나에게 오기까지 수많은 위험에 맞닥뜨렸겠군."

"너무 많았죠." 햇빛이 앉은 머리의 잘생긴 게롤드가 말했다. "도르네를 떠났을 때는 여섯 명이었습니다, 전하."

"자네들의 상실은 안타깝군." 여왕은 그의 덩치 큰 동행에게 고개를 돌렸다. "초록 내장이라니 묘한 이름인데."

"농담으로 붙은 별명입니다, 전하. 배에서요. 제가 볼란티스에서부터 오는 길 내내 멀미를 했거든요. 요동치는 배에서…… 음, 말씀은 안 드리겠습니다."

대니가 키득거렸다. "짐작이 가는군, 경. 경이 맞겠지? 다리오 말이 자네는 기사라던데."

"외람되오나, 저희 셋 모두 기사입니다."

대니가 다리오를 흘긋 보니 얼굴에 분노가 스쳐 갔다. '다리오는 몰랐군.' "나에겐 기사들이 필요하지."

바리스탄 경의 의심이 깨어났다. "웨스테로스에서 이렇게 멀리 떨어져 있으면 쉽게 기사라고 주장하곤 하지요. 자네들은 장검이나 기마창으로 그 호언장담을 변호할 준비가 되어 있나?"

"필요하다면 그러지요." 게롤드가 말했다. "그러나 저희 중 누구도 대담한 바리스탄에게 맞먹는다는 주장은 하지 않겠습니다. 전하, 죄송하지만 저희는 가짜 이름으로 전하 앞에 왔습니다."

"예전에도 그런 사람이 있었지." 대니가 말했다. "흰 수염 아르스탄이라고 했었어. 그럼 진짜 이름을 말해보게."

"기꺼이 그러겠습니다……. 하지만 여왕님께서 관용을 베푸시어, 좀 더 눈과 귀가 적은 곳에서 말씀드릴 수 있을지요?"

'게임 속의 게임이로군.' "원한다면 그러지. 스카하즈, 조정을 파하게."

민머리가 우렁찬 소리로 명령을 내렸다. 놋쇠 짐승단이 명령을 받아 다른 웨스테로스인들과 나머지 청원자들을 알현실 밖으로 몰아냈다. 조언자들은 남았다.

"이제 이름을 말하라." 대니가 말했다.

잘생긴 젊은 게롤드가 허리를 굽혔다. "게리스 드링크워터 경입니다, 전하. 제 검을 전하께 바칩니다."

초록 내장이 가슴 앞에 두 팔을 교차했다. "제 전투 망치도 바칩니다. 저는 아치발드 이론우드 경입니다."

"그리고 경은?" 여왕은 개구리라 불리는 소년에게 물었다.

"외람되오나, 제 선물을 먼저 바쳐도 될지요?"

"그러도록 하게." 대너리스는 의아해하며 대답했지만, 개구리가 앞으로 나서자 다리오 나하리스가 앞에 끼어들어서 장갑 낀 손을 내밀었다. "그 선물을 나에게 넘겨라."

돌 같은 얼굴의 다부진 소년은 몸을 숙이더니 장화 끈을 풀고 그 안에 숨겨진 주머니에서 누렇게 변한 양피지를 하나 꺼냈다.

"이게 선물인가? 글 쪼가리 하나?" 다리오는 양피지를 도르네인의 손에서 낚아채어 펴더니 실눈을 뜨고 문장과 서명을 보았다. "금박이며 리본이며 예쁘긴 한데, 난 웨스테로스 글자를 못 읽어."

"여왕님께 가져다드리게." 바리스탄 경이 명령했다. "당장."

대니는 알현실에 차오르는 분노를 감지할 수 있었다. "나는 어린 여자일 뿐이고, 어린 여자들은 선물을 받아 마땅하지." 그녀는 가볍게 말했다. "다리오, 나를 놀리지 말게. 이리 가져와."

양피지는 공용어로 쓰여 있었다. 여왕은 천천히 말린 종이를 펴고, 인장과 서명을 찬찬히 보았다. 윌렘 대리 경이라는 이름을 보자 심장이 조금 빨리 뛰었다. 그녀는 내용을 한 번 읽고, 다시 읽었다.

"뭐라고 적혀 있는지 알아도 되겠습니까, 전하?" 바리스탄 경이 물었다.

"비밀 협약이로군." 대니는 말했다. "내가 어렸을 때 브라보스에서 맺어진 협약이야. 찬탈자의 부하들이 들이닥치기 전에 드래곤스톤에서 오빠와 나를 데리고 달아났던 윌렘 대리 경이 우리를 대신하여 서명했군. 오베린 마르텔 공자가 도르네를 대표하여 서명하고, 브라보스 바다군주가 증인을 섰네." 대니는 양피지를 바리스탄 경에게 건네어 직접 읽도록 했다. "이 동맹은 결혼으로 완성된다고 적혀 있군. 도르네의 도움으로 찬탈자를 거꾸러뜨리는 대가로 내 오빠 비세리스가 도란 대공의 딸 아리안느를 왕비로 삼기로 했네."

노기사는 협약문을 천천히 읽었다. "로버트가 이 사실을 알았다면 파이크를 분쇄했던 것처럼 선스피어를 분쇄하고, 도란 대공과 붉은 독사의 목을 잘랐을 겁니다……. 여기 나오는 도르네 공녀의 목도 잘랐지 싶군요."

"도란 대공도 그래서 협약을 비밀로 지켰겠지." 대너리스가 말했다. "비세리스 오라버니는 도르네 공녀가 기다리는 줄 알았다면 결혼할 나이가 되자마자 바다를 건너 선스피어로 갔을 거야."

"그랬다면 스스로에게나, 도르네에게나 로버트의 전투 망치를 불러왔겠지요." 개구리가 말했다. "제 아버지는 비세리스 왕자께서 본인의 군대를 꾸리는 날을 기다리셨습니다."

"자네 아버지라면?"

"도란 대공이십니다." 그는 한쪽 무릎을 꿇었다. "전하, 저는 도르네의 공자이자 전하의 충실한 종복인 쿠엔틴 마르텔이라 합니다."

대니는 소리 내어 웃었다.

도르네 공자는 얼굴을 붉혔고, 대니의 신하들과 조언자들은 어리둥절한 표정으로 그녀를 바라보았다. "폐하?" 민머리 스카하즈가 기스카어로 말했다. "왜 웃으십니까?"

"사람들이 저이를 개구리라고 불렀는데, 방금 왜 그런지 알았거든. 칠왕국에는 진실한 사랑에게 입맞춤을 받으면 왕자로 변하는 마법에 걸린 개구리가 나오는 동화가 있다네." 그녀는 도르네 기사들에게 미소 지으며 다시 공용어로 말했다. "말해보게, 쿠엔틴 공자. 자네는 마법에 걸렸나?"

"아닙니다, 전하."

"다행이군." '안타까워라. 마법에 걸린 것도 아니고, 마법을 걸 만큼 매력적이지도 않구나. 넓은 어깨에 모랫빛 머리의 청년이 아니라 이자가 공자라니 아쉽군.' "하지만 입맞춤을 찾아왔지. 나와 결혼할 생각이야. 그런가? 자네가 가져온 선물은 자네 자신이군. 내가 도르네를 원한다면, 비세리스와 자네 누이 대신 자네와 내가 이 협약을 완성해야 하는 거야."

"제 아버지는 전하께서 저를 받아주시길 희망했습니다."

다리오 나하리스가 경멸의 코웃음을 쳤다. "강아지로군. 여왕님 곁에는 낑낑대는 어린애가 아니라 남자가 필요해. 네놈은 저런 여인의 남편으로 걸맞지 않아. 입술을 핥으면 아직 어머니 젖 냄새가 나지 않나?"

그 말을 들은 게리스 드링크워터 경의 얼굴이 어두워졌다. "입 조심하라, 용병. 지금 너는 도르네의 공자에게 말하고 있다."

"그리고 공자의 유모에게도 말하는 것 같군." 다리오가 엄지손가락으로 칼자루를 문지르며 위험한 미소를 지었다.

스카하즈는 찌푸릴 줄밖에 모르는 사람처럼 험악하게 인상을 썼다. "이 녀석은 도르네를 위해 일할 텐데, 미린에는 기스카 혈통의 왕이 필요합니다."

"도르네라는 곳을 압니다." 레즈낙 모 레즈낙이 말했다. "도르네는 모래와 전갈, 그리고 태양에 구워진 황량한 붉은 산맥이지요."

쿠엔틴 공자가 대답했다. "도르네는 여왕님에게 충성을 맹세한 5만 명의 창과 검입니다."

"5만?" 다리오가 비웃었다. "셋밖에 안 보이는데."

"그만." 대너리스가 말했다. "쿠엔틴 공자가 나에게 선물을 바치고자 세상 반대편에서부터 왔는데, 무례하게 대하도록 두지는 않겠네." 그녀는 도르네인들을 돌아보았다. "1년 전에 왔다면 좋았을 것을. 나는 고귀한 히즈다르 조 로라크와 결혼하기로 약속했네."

게리스 경이 말했다. "아직 늦지 않았습니다—"

"그걸 판단할 사람은 나야." 대너리스가 말했다. "레즈낙, 공자와 그 동행들에게 고귀한 출신에 걸맞은 거처를 배정하고, 부족함 없이 돌봐주게."

"분부 받들겠습니다, 빛나는 분이시여."

여왕은 일어섰다. "그럼 일단 끝내지."

다리오와 바리스탄 경이 그녀를 따라 거처까지 올라갔다. "이러면 모든 게 바뀝니다." 노기사가 말했다.

"아무것도 바뀌지 않아." 대니는 이리가 왕관을 벗기는 동안 말했다. "세 남자에게 무슨 소용이 있지?"

"세 기사입니다." 바리스탄 경이 말했다.

"세 거짓말쟁이지." 다리오가 험악하게 말했다. "날 속였어."

"그리고 그대를 매수하기도 했겠지." 다리오는 굳이 부인하지 않았다. 대니는 양피지를 펼쳐 다시 찬찬히 들여다보았다. '브라보스라. 브라보스에서 이루어진 협약이었어. 우리가 붉은 문이 달린 집에 살던 시절에.' 왜 이렇게 이상한 기분이 들까?

대니는 저도 모르게 악몽을 떠올렸다. '때로는 꿈속에 진실이 있지.' 히즈다르 조 로라크가 흑마법사들을 위해 일하고 있나? 그 꿈이 그런 의미일까? 그 꿈이 신호일 수도 있을까? 신들이 히즈다르를 제쳐두고 이 도르네 공자와 결혼하라고 말해주는 걸까? 뭔가 기억이 날 듯 말 듯 했다. "바리스탄 경, 마르텔 가문의 문장이 뭐지?"

"빛나는 태양에 창이 꽂힌 문장입니다."

'태양의 아들.' 대니는 몸서리를 쳤다. "그림자와 속삭임." 퀘이트가 또 뭐라고 했더라? '하얀 암말과 태양의 아들. 사자도 있었고, 드래곤도 이야기했어. 드래곤은 나일까?' "향기 나는 시종장을 조심하세요." 그 부분은 기억이 났다. "꿈과 예언이란. 왜 늘 수수께끼여야 하지? 마음에 안 들어. 아, 나가보게, 경. 내일은 내 결혼식 날이야."

그날 밤 다리오는 남자가 여자를 가질 수 있는 모든 방법을 동원하여 그녀를 가졌고, 대니도 기꺼이 몸을 내주었다. 태양이 떠오를 때는 마지막으로 도리아가 오래전에 가르쳐준 방법대로 입을 써서 다리오를 단단하게 만들고는 다리오의 상처에서 다시 피가 날 정도로 거세게 올라탔다. 달콤한 한순간, 다리오가 그녀 안에 있는지, 그녀가 다리오 안에 있는지 구분할 수 없을 정도였다.

그러나 결혼식 날의 해가 솟아오르자 다리오 나하리스도 일어나서 옷을 입고 반짝이는 금빛 여자들이 달린 검대를 찼다. "어딜 가는 건가?" 대니가 물었다. "오늘은 출격을 금하겠어."

"여왕님은 잔인하시군요." 대장이 말했다. "여왕님의 적을 베어 죽이지 못한다면, 여왕님이 결혼하는 동안 무슨 도락을 즐기란 말입니까?"

"밤이 되면 나에겐 적이 남아 있지 않을 거야."

"아직 새벽입니다, 사랑스러운 여왕님. 낮은 길어요. 마지막 출격 한 번을 할 시간은 충분하지요. 갈색 벤 플럼의 머리통을 결혼 선물로 가지고 돌아오겠습니다."

"머리통은 됐어." 대니는 고집했다. "예전에 나에게 꽃을 가져온 적이 있지.”

“꽃은 히즈다르보고 가져오라고 하십시오. 허리를 굽혀 민들레를 뽑을 작자는 아니지만, 기꺼이 대신 해줄 하인들이 있을 겁니다. 이제 나가봐도 됩니까?”

“안 돼.” 대니는 다리오가 남아서 안아주길 원했다. ‘언젠가는 떠나서 돌아오지 않을 거야.’ 그녀는 생각했다. ‘언젠가는 어느 궁수가 쏜 화살이 저이의 심장을 꿰뚫거나, 병사 열 명이 창과 검과 도끼를 들고 저이를 덮칠 거야. 영웅이 되고 싶어 하는 열 명이.’ 그중 다섯은 죽겠지만, 그런다고 슬픔을 견디기가 쉬워지진 않을 것이다. ‘나의 태양이자 별을 잃었듯 언젠가는 저이도 잃을 거야. 하지만 제발 신들이시여, 그게 오늘은 아니게 하소서.’ “침대로 돌아와서 나에게 입 맞춰줘.” 아무도 그녀에게 다리오 나하리스처럼 입 맞춘 적이 없었다. “나는 당신의 여왕이야. 명령이니 날 안아.”

장난스럽게 한 말이었지만, 다리오는 그 말에 눈빛이 굳었다. “여왕을 안는 건 왕들이 하는 짓이죠. 결혼하고 나면 당신의 고귀한 히즈다르가 수행할 수 있을 겁니다. 그리고 그놈이 그런 땀 흘리는 일을 하기엔 너무 고귀하다면, 기꺼이 대신 해줄 하인들이 있겠죠. 아니면 그 도르네 녀석과 그놈의 예쁘장한 친구를 침대에 불러들일 수도 있겠군요. 안 될 것 있겠습니까?” 그는 성큼성큼 침실을 나가버렸다.

‘출격하겠구나.’ 대니는 깨달았다. ‘그리고 혹시 벤 플럼의 머리통을 손에 넣는다면, 결혼식 피로연에 들어와서 내 발치에 던질 거야. 일곱이시여 저를 구하소서. 왜 다리오는 더 출신이 좋을 수 없었나요?’

다리오가 사라지자 미산데이가 염소 치즈와 올리브에 단것으로 건포도를 곁들인 간단한 식사를 가져왔다. “전하께선 아침 식사로 와인만 드시면 안 됩니다. 너무 작은 몸이신데, 오늘은 힘이 필요하실 거예요.”

대너리스는 아주 작은 여자아이가 이런 말을 하자 웃고 말았다. 이 작은 서기에게 너무나 많이 의지하다 보니, 미산데이가 이제 겨우 열한 살이라는 사실도 잊을 때가 많았다. 그들은 테라스에서 함께 식사를 했다. 대니가 올리브를 오물거리는 동안, 나스 출신의 소녀는 녹인 황금 같은 눈동자로 그녀를 바라보며 말했다. "결혼하지 않기로 결정했다고 말씀하시기에 아직 늦지 않았어요."

'하지만 늦었단다.' 여왕은 서글프게 생각했다. "히즈다르의 혈통은 오래되고 고귀하지. 우리의 결합은 나의 해방 노예들을 그의 백성들과 결합시켜줄 거야. 우리가 하나가 되면, 우리의 도시도 하나가 될 거다."

"전하는 고귀한 히즈다르를 사랑하지 않으세요. 이 몸은 전하께서 차라리 다른 남자를 남편으로 맞으시는 게 낫다고 생각합니다."

'오늘은 다리오 생각을 해선 안 돼.' "여왕은 제 뜻대로 사랑하는 게 아니라, 사랑해야 하는 상대를 사랑하는 거야." 식욕이 사라졌다. "음식을 물리거라." 그녀는 미산데이에게 말했다. "목욕을 해야겠다."

그 후, 지키가 대너리스의 몸을 두드려 말리는 동안 이리가 토카를 들고 다가왔다. 대니는 도트락 처녀들의 헐렁한 모래 비단 바지와 색칠 조끼가 부러웠다. 그들의 옷은 진주 술이 주렁주렁 달린 토카보다 훨씬 시원할 터였다. "이 토카를 휘감게 도와다오. 혼자서는 이 진주들을 다 어떻게 할 수가 없구나."

그녀는 결혼식과 그 후에 있을 첫날밤을 기대해야 마땅하다는 건 알았다. 대니는 칼 드로고가 지금보다 더 낯선 별들 아래에서 그녀의 처녀성을 취했던 첫 결혼식 밤을 기억했다. 그때 얼마나 겁에 질려 있었는지, 그리고 얼마나 흥분했었는지 기억했다. 히즈다르와도 똑같을까? '아니, 난 예전의 그 소녀가 아니고, 그는 나의 태양이자 별이 아니야.'

미산데이가 피라미드 안에서 다시 나왔다. "레즈낙과 스카하즈가 전하를 은총의 신전까지 모시고 가는 영광을 얻고 싶어 합니다. 레즈낙이 전하의 가마를 준비해두었습니다."

미린인들이 도시 벽 안에서 말을 타는 일은 드물었다. 그보다는 노예들이 어깨에 지는 크고 작은 가마들을 선호했다. 이전에 자크 집안의 누군가가 말하길, "말은 길거리를 더럽히지만 노예들은 아니지요"라고 했다. 대니가 노예들을 해방시켰으나 이런 가마들은 전과 마찬가지로 길거리를 가득 메웠고, 마법으로 공중에 뜬 가마는 없었다.

"꽉 막힌 가마를 타고 가기엔 날이 너무 덥구나. 내 은마에 안장을 얹으라 해라. 가마꾼들의 등에 올라 남편에게 가진 않겠다." 대니가 말했다.

"전하, 송구하오나, 토카를 입고는 말을 타시지 못합니다." 미산데이가 말했다.

자주 그렇듯 어린 서기가 옳았다. 토카는 승마에 맞는 옷이 아니었다. 대니는 얼굴을 찌푸렸다. "그렇구나. 그래도 가마는 싫다. 그 휘장 안에서 숨이 막혀 죽고 말 거야. 남여(지붕 없이 앉는 의자 형태의 가마)를 준비하라고 일러라." 꼭 토끼 귀를 달아야 한다면, 토끼들이 모두 그녀의 모습을 보게 하리라.

대니가 아래로 내려가자, 레즈낙과 스카하즈가 무릎을 꿇었다. "폐하께서 어찌나 눈부시게 빛나시는지 감히 올려다보는 모든 남자들의 눈을 멀게 하시겠습니다." 레즈낙이 말했다. 시종장은 금빛 술이 달린 갈색 새마이트 토카를 입고 있었다. "히즈다르 조 로라크는 폐하를 얻다니 너무나 운이 좋군요……. 감히 말씀드리자면 폐하께서도 운이 좋습니다. 이 결합이 우리 도시를 구하는 모습을 보시게 될 겁니다."

"우리 모두 그러길 바라지. 올리브나무를 심고 열매 맺는 모습을 보고 싶군." '히즈다르의 입맞춤이 기쁘지 않다는 게 대수로운가? 평화는 기쁠 것이야. 내가 여왕인가, 한갓 여인인가?'

"오늘은 군중이 파리 떼처럼 들끓을 겁니다." 민머리는 검은색 주름치마에 근육 모양을 잡은 흉갑을 입고, 옆구리에는 뱀 머리를 본뜬 놋쇠 투구를 끼고 있었다.

"내가 파리 떼를 두려워해야 하나? 그대의 놋쇠 짐승단이 어떤 해도 입지 않게 나를 지키겠지."

대피라미드 기단부는 언제나 황혼 녘이었다. 10미터 가까운 두께의 벽이 길거리의 소란과 바깥의 열기를 차단했기에, 피라미드 안은 서늘하고 어두웠다. 대너리스의 호위단이 문안에 정렬하고 있었다. 말과 노새와 당나귀는 서쪽 벽 안에, 코끼리는 동쪽 벽 안에서 지냈다. 대니는 피라미드 안에 그 크고 기묘한 짐승을 세 마리 두고 있었다. 코끼리는 털이 없는 회색 매머드 같았지만, 엄니는 잘라내어 금박을 입혔고 두 눈은 슬펐다.

힘센 벨와스는 포도를 먹고 있었고, 바리스탄 셀미는 말구종 소년이 그의 회색 얼룩말에 뱃대끈을 묶는 모습을 지켜보고 있었다. 세 도르네인도 그 옆에서 대화하고 있다가 여왕이 나타나자 말을 멈췄다. 그들의 공자가 한쪽 무릎을 꿇었다. "전하, 이렇게 간청할 수밖에 없습니다. 제 아버지는 쇠약해지고 계시나, 전하의 대의에 대한 헌신만은 어느 때보다 강합니다. 저 개인이 전하에게 흡족하지 못하다면 그것은 제 슬픔이겠으나—"

"나를 흡족하게 하려면, 날 위해 기뻐해주게, 경." 대너리스는 말했다. "오늘은 내 결혼식이야. 분명 노란 도시에서도 춤을 추겠지." 그녀는 한숨을 내쉬었다. "일어나서 미소 짓게, 공자. 언젠가는 내 아버지의 왕좌를 찾으러 웨스테로스에 돌아갈 것이고, 도르네에 도움을 구할 거야. 하지만 오늘은 융카이가 무기를 들고 내 도시를 에워싸고 있네. 내 칠왕국을 보기도 전에 죽을 수도 있어. 히즈다르도 죽을 수 있지. 웨스테로스는 파도가 삼켜버릴 수도 있고." 대니는 공자의 뺨에 입을 맞췄다. "가지. 내가 결혼하러 갈 때가 됐네."

바리스탄 경이 대너리스가 남여에 올라가 앉게 도왔다. 쿠엔틴은 도르네 친구들에게 다시 합류했다. 힘센 벨와스가 문을 열라고 외치고, 대너리스 타르가르옌이 남여에 들려 태양 아래로 나갔다. 바리스탄 셀미는 회색 얼룩말을 타고 옆에 붙어 섰다.

"말해보게." 대니는 행렬이 은총의 신전으로 방향을 틀자 말했다. "내 아버지와 어머니가 마음 가는 대로 따를 자유가 있었다면, 누구와 결혼하셨을까?"

"오래전 일입니다. 전하께서는 모르는 사람들입니다."

"하지만 경은 알지. 말해보게."

노기사가 고개를 끄덕였다. "어머님이신 왕비께서는 언제나 의무를 유념하셨습니다." 금빛과 은빛의 갑옷을 입은 바리스탄은 멋있었고, 어깨에서는 하얀 망토가 흘러내렸으나, 목소리는 마치 한 마디 한 마디가 삼켜야 하는 돌인 듯 고통스럽게 들렸다. "하지만 어려서는…… 그분은 예전에 마상시합에서 그분의 호의를 얻고, 그분을 사랑과 미의 여왕으로 지목한 스톰랜드 출신의 젊은 기사에게 매료되셨지요. 잠시뿐이었습니다."

"그 기사에겐 무슨 일이 생겼지?"

"전하의 어머님께서 아버님과 결혼하신 날 기마창을 버렸지요. 그 후에 그 기사는 대단히 신실한 사람이 되어, 자기 마음속에서 라엘라 왕비를 대신할 수 있는 분은 처녀 신뿐이라고 말했습니다. 물론 그의 열정은 실현 불가능했지요. 지주기사는 왕녀에게 걸맞은 배우자가 아니니까요."

'그리고 다리오 나하리스는 용병에 불과하니, 지주기사의 황금 박차를 찰 자격조차 없지.' "그리고 내 아버지는? 아버지가 왕비보다 더 사랑한 여자가 있었나?"

바리스탄이 안장에서 앉은 자세를 바꿨다. "사랑……했다고는 할 수 없습니다. 그보다는 원했다는 말이 더 맞겠지만…… 그것도 주방의 소문에 불과했습니다. 세탁부와 말구종 사이에 도는……."

"난 알고 싶네. 난 아버지를 알지 못했으니, 그분에 대해 모든 걸 알고 싶어. 좋은 것도…… 나머지도."

"분부 받들겠습니다." 하얀 기사는 조심스럽게 말을 골랐다. "젊은 날의 아에리스 왕자님은…… 캐스털리록의 어느 숙녀분에게 매혹되셨습니다. 타이윈 라니스터의 사촌이었지요. 그분이 타이윈과 결혼하자, 아버님은 결혼식 피로연에서 와인을 지나치게 마시고는 사람들이 듣는 곳에서 주군의 초야권이 없어진 게 너무나 안타깝다고 말씀하셨습니다. 술 취한 농담에 불과했지만, 타이윈 라니스터는 그런 말을…… 아니면 잠자리 시간에 전하의 아버님께서 누리신 자유를 잊을 남자가 아니었지요." 바리스탄의 얼굴이 붉어졌다. "제가 말이 너무 많았습니다, 전하. 제가—"

"자비로운 여왕님, 잘 만났군요!" 또 다른 행렬이 대너리스의 행렬 옆으로 다가왔고, 히즈다르 조 로라크가 남여에 앉아서 그녀를 보고 미소 지었다. '나의 왕.' 대니는 다리오 나하리스가 어디에 있으며, 무엇을 하고 있을지 궁금했다. '이게 이야기 속이었다면 우리가 신전에 다다를 때쯤 다리오가 말달려 와서 히즈다르에게 도전할 텐데.'

여왕의 행렬과 히즈다르 조 로라크의 행렬은 나란히 붙어서 느릿느릿 미린을 가로질렀고, 마침내 태양 빛에 금빛 돔이 반짝이는 은총의 신전이 그들 앞에 나타났다. '아름답기도 하지.' 여왕은 스스로에게 그렇게 말하려 했지만, 그녀의 내면에는 어쩔 수 없이 다리오를 찾아 주위를 둘러보는 어리석은 어린 여자애가 있었다. '그이가 널 사랑한다면, 달려와서 검을 겨누고 널 데려갈 거야. 라에가르가 그 북부 여자를 데려갔듯이.' 내면의 소녀는 그렇게 주장했으나, 여왕은 바보 같은 생각임을 알았다. 설령 그녀의 대장이 그런 짓을 시도할 만큼 미쳤다 해도, 100미터 앞에 오기도 전에 놋쇠 짐승단이 그를 죽여버릴 터였다.

갈라자 갈라레가 하얀색, 분홍색, 붉은색, 파란색, 금색, 자주색 옷을 입은 은총의 자매들에게 둘러싸여 신전 문밖에서 그들을 기다리고 있었다. '전보다 수가 적어졌어.' 대니는 에자라를 찾아보았으나 보이지가 않았다. '설마 적리병이 에자라마저 앗아 갔나?' 여왕은 적리병이 퍼지지 않게 아스타포인들을 성벽 밖에서 굶겼으나, 그래도 병은 퍼졌다. 많은 수가 쓰러졌다. 해방 노예도, 용병도, 놋쇠 짐승단도, 심지어 도트락인마저 걸렸으나 아직 거세병만은 아무도 쓰러지지 않았다. 대니는 최악이 지나갔기를 기도했다.

은총자들이 상아 의자와 황금 그릇을 내놓았다. 대너리스 타르가르옌은 술을 밟지 않도록 우아하게 토카 자락을 잡은 채 상아 의자의 푹신한 벨벳 좌석에 앉았고, 히즈다르 조 로라크는 내시 50명이 노래를 부르고 만 명의 눈이 지켜보는 가운데 무릎을 꿇고 그녀의 샌들 끈을 풀어 발을 씻겼다. '부드러운 손길이야.' 그녀는 따뜻하고 향기로운 기름이 발가락 사이로 스미는 가운데 생각했다. '마음도 부드럽다면, 시간이 지나면 이 사람을 좋아하게 될지 몰라.'

발이 깨끗해지자 히즈다르가 부드러운 수건으로 닦아주고, 대니의 샌들을 다시 묶은 후 일어서게 도왔다. 그들은 손을 잡고 녹색 은총자를 따라 신전 안으로 들어갔다. 신전 안은 향냄새가 짙었고, 기스의 신들이 그림자를 두르고 벽감 속에 서 있었다.

네 시간 후, 그들은 황금 사슬로 손목과 발목을 한데 묶은 남편과 아내가 되어 다시 신전 밖으로 나갔다.

존

셀리스 왕비는 딸과 딸의 어릿광대, 하녀들과 말벗들, 그리고 기사와 맹약검사와 50명의 중장병으로 이루어진 수행단과 함께 캐슬블랙에 들이닥쳤다. '모두 왕비의 사람들이군.' 존 스노우는 알고 있었다. '셀리스를 수행할진 모르지만, 실제로는 멜리산드레를 섬기는 사람들이야.' 붉은 여사제는 이스트워치에서 전서조가 도착하기 거의 하루 전에 이 방문에 대해 경고했다.

그는 새틴과 보웬 마시, 그리고 긴 검은 망토를 걸친 위병 여섯 명과 함께 마구간 옆에서 왕비 일행을 맞이했다. 셀리스 왕비에 대해 사람들이 하는 말의 절반만 사실이라 해도, 그 앞에 수행원들 없이 나가서는 안 될 노릇이었다. 셀리스가 존을 말구종으로 착각하고 고삐를 넘겨줄 수도 있었다.

눈구름이 마침내 남쪽으로 몰려가 잠시 숨 돌릴 틈을 준 참이었다. 존 스노우가 남부의 왕비 앞에 한쪽 무릎을 꿇을 때는 공기에 따뜻한 기운마저 감돌았다. "전하. 캐슬블랙이 전하와 전하 일행을 환영합니다."

셀리스 왕비가 그를 내려다보았다. "고맙네. 자네의 총사령관에게 데려다주게."

"형제들이 제게 그 영광을 돌렸습니다. 제가 존 스노우입니다."

"자네가? 젊다고는 들었지만……." 셀리스 왕비의 얼굴은 초췌하고 창백했다. 스타니스의 왕관과 똑같이, 불길 모양을 본떠 만든 적금 왕관을 썼다. "……일어나도 좋소, 스노우 공. 이쪽은 내 딸, 시린이오."

"왕녀님." 존은 고개를 살짝 숙였다. 시린은 못생긴 아이였고, 목과 뺨 일부를 뻣뻣하게 갈라진 회색 피부로 만들어놓은 회색비늘병 때문에 더 추해졌다. "형제들과 제가 왕녀를 받듭니다." 그는 소녀에게 말했다.

시린이 얼굴을 붉혔다. "고맙습니다, 사령관님."

"내 친척인 액셀 플로렌트 경과는 아는 사이겠지요?" 왕비가 말을 이었다.

"전서조로만 압니다." '보고서로도 알지요.' 바닷가 이스트워치에서 받은 편지들에는 액셀 플로렌트 이야기가 많았고, 그중에 좋은 이야기는 거의 없었다. "액셀 경."

"스노우 공." 통통한 플로렌트는 다리가 짧고 가슴이 굵었다. 거친 털이 뺨과 턱살을 덮고 귀와 콧구멍에서도 비어져 나왔다.

"내 충성스러운 기사들이오." 셀리스 왕비가 소개를 이어갔다. "나버트 경, 베네톤 경, 브루스 경, 파트렉 경, 도어덴 경, 말레곤 경, 램버트 경, 퍼킨 경." 각각이 차례로 고개를 숙였다. 왕비는 굳이 어릿광대의 이름을 소개하지 않았지만, 사슴뿔 모자에 달린 소방울과 통통한 두 뺨에 새겨진 알록달록한 문신을 못 보고 넘어가기는 힘들었다. '패치페이스였지.' 코터 파이크는 편지에서 그 어릿광대 이야기도 했다. 그는 광대가 팔푼이라고 했다.

이어서 왕비가 흥미로운 수행인을 손짓해 불렀다. 키가 크고 빼빼 마른 남자로, 자주색 펠트로 만든 기이한 3단 모자 때문에 키가 더 커 보였다. "그리고 이쪽은 타이코 네스토리스 선생으로, 스타니스 국왕 전하와 협의

하러 온 브라보스 강철은행의 사절이오."

은행가는 벗은 모자로 곡선을 그리며 절을 했다. "총사령관님. 사령관님과 형제분들의 환대에 감사드립니다." 그는 다른 억양이 거의 느껴지지 않는 유창한 공용어를 구사했다. 존보다 15센티는 더 큰 이 브라보스인은 턱에 밧줄처럼 가늘면서 허리까지 내려오는 긴 수염을 길렀다. 로브는 어두운 자주색이었는데, 가장자리에 흰담비 털을 둘렀다. 높고 빳빳한 옷깃이 여윈 얼굴을 감쌌다. "너무 큰 불편을 끼치는 게 아니길 바랍니다."

"천만에요. 더없이 환영합니다." '솔직히 말하면 이 왕비보다 환영이야.' 코터 파이크는 앞서 보낸 까마귀에서 이 은행가가 온다는 점도 알렸다. 존 스노우는 그에 대해 생각해둔 바가 있었다.

존은 왕비를 돌아보았다. "전하를 위해 왕의 탑에 있는 왕실 거처를 준비해두었습니다. 원하시는 만큼 오래 머물다 가십시오. 이쪽은 저희 집사장, 보웬 마시입니다. 수행인들의 거처를 찾아줄 겁니다."

"우리 거처를 마련해주다니 친절하기도 하셔라." 왕비의 말 자체는 예의 발랐으나, 말투는 '그 정도는 마땅히 해야지. 그 거처가 나에게 흡족하길 바라는 게 좋을 거다'라고 말했다. "오래 머물진 않을 거요. 기껏해야 며칠 정도겠지. 피로가 풀리는 대로 새 권좌인 나이트포트로 갈 생각이오. 이스트워치에서 오는 여정이 지치더군."

"말씀대로 하시죠, 전하." 존이 말했다. "분명히 춥고 배가 고프실 텐데요. 저희 휴게실에 따뜻한 식사가 기다리고 있습니다."

"잘됐구려." 왕비는 마당을 이리저리 보았다. "하지만 우선 멜리산드레 님과 상의를 하고 싶소."

"그러시죠, 전하. 사제님 거처도 왕의 탑에 있습니다. 이쪽으로 오시겠습니까?" 셀리스 왕비가 고개를 끄덕이고 딸의 손을 잡더니, 존이 앞장서서 안내하도록 허락했다. 액셀 경과 브라보스인 은행가, 그리고 나머지 일행도 모직물과 모피를 덮어쓴 오리 새끼들처럼 따라왔다.

"전하." 존 스노우는 말했다. "제 건설자들이 전하를 맞이할 수 있게 나이트포트를 최대한 정리했습니다만…… 그래도 많은 부분이 폐허로 남아 있습니다. 장벽에서 제일 큰 성채인데, 아직 일부분밖에 복구할 수 없었습니다. 바닷가 이스트워치가 더 편하실 수도 있습니다."

셀리스 왕비는 코웃음을 쳤다. "이스트워치는 됐소. 거긴 마음에 들지 않았어. 왕비는 자기 지붕 아래 주인이어야 하는 법이거늘. 그 코터 파이크는 거칠고 불쾌한 데다, 싸우기 좋아하고 인색한 남자더군."

'코터 파이크가 당신에 대해 하는 말을 들어봐야 하는데.' "그 점은 송구합니다만, 나이트포트는 전하의 마음에 더 부족할까 걱정입니다. 저희가 말하는 곳은 궁전이 아니라 요새입니다. 음울하고 추운 곳이지요. 반면에 이스트워치는—"

"이스트워치는 안전하지 않아." 왕비는 딸의 어깨에 한 손을 얹었다. "이 아이는 왕의 적통 후계자요. 시린은 언젠가 철왕좌에 앉아 칠왕국을 통치할 것이오. 시린이 해를 입지 않게 지켜야 하는데, 이스트워치는 공격을 받게 될 곳이지. 나이트포트는 내 남편이 우리의 권좌로 선택한 곳이니, 우리는 거기서 지낼 거요. 우리는…… 아!"

껍데기만 남은 사령관의 탑 뒤에서 거대한 그림자가 나타났다. 시린 왕녀가 꺅 소리를 냈고, 왕비의 기사들 셋이 동시에 숨을 들이켰다. 또 한 명은 충격받은 나머지 새로운 붉은 신을 잊어버리고 "일곱이여 우리를 구하소서"라고 외쳤다.

"두려워 마십시오." 존이 말했다. "이 거인은 해롭지 않습니다, 전하. 운운이라고 합니다."

"운 웨그 운 다르 운." 거인의 목소리는 산비탈을 굴러떨어지는 바윗돌처럼 우르릉거렸다. 그는 일행 앞에 무릎을 꿇었다. 무릎을 꿇고 앉았어도 그들보다 한참 높았다. "왕비에게 무릎 꿇는다. 작은 왕비님." 분명 레더스가 가르쳐준 말일 터였다.

시린 왕녀의 눈이 접시만해졌다. "거인이네요! 이야기 속에 나오는 진짜 정말 거인이야. 그런데 왜 저렇게 웃기게 말해요?"

"아직 공용어를 몇 마디 모릅니다." 존이 말했다. "자기네 땅에서는 거인들이 옛 언어를 쓰거든요."

"만져봐도 돼요?"

"안 그러는 게 좋겠다." 시린의 어머니가 경고했다. "저 모습을 보렴. 지저분하잖니." 왕비는 찌푸린 얼굴을 존에게 돌렸다. "스노우 공, 이 짐승 같은 자가 장벽 이쪽 편에서 뭘 하고 있는 거요?"

"운운도 전하의 일행과 마찬가지로 밤의 경비대 손님입니다."

왕비는 그 답을 탐탁해하지 않았다. 왕비의 기사들도 마찬가지였다. 액셀 경은 혐오스럽다는 듯 얼굴을 찌푸렸고, 브루스 경은 불안한 웃음소리를 냈고, 나버트 경은 말했다. "거인은 다 죽었다고 들었는데."

"거의 다 죽었죠." '이그리트는 거인들을 위해 울었지.'

"어둠 속에서 죽은 자가 춤을 추네." 패치페이스가 발을 끌며 기괴한 춤을 췄다. "나는 알아, 나는 안다네, 오 오 오." 이스트워치에서 누군가가 그에게 비버 가죽, 양가죽, 토끼털로 어릿광대 망토를 만들어줬다. 모자 위로 뽐내는 사슴뿔에는 종이 여러 개 달렸고, 다람쥐 모피로 만든 긴 갈색 덮개가 귀를 가렸다. 광대가 발을 디딜 때마다 종소리가 울렸다.

운운은 넋을 놓고 광대를 바라보았지만, 거인이 손을 뻗자 광대는 종을 울리며 펄쩍 뛰어 물러섰다. "아 안 돼, 아 안 되지, 안 되지." 그러자 운운이 벌떡 일어섰다. 왕비는 시린 왕녀를 붙잡아 뒤로 당겼고, 기사들은 검에 손을 뻗었으며, 패치페이스는 놀라서 휘청거리다가 발을 헛디뎌 눈 더미에 털썩 주저앉았다.

운운이 웃음을 터뜨렸다. 거인의 웃음소리는 드래곤의 포효도 짓누를 정도였다. 패치페이스는 두 귀를 가렸고, 시린 왕녀는 어머니의 모피에 얼굴을 묻었으며, 왕비의 기사 중에서 제일 대담한 기사가 검을 들고 앞으로 나섰다. 존이 한 팔을 들어 그를 가로막았다. "저 친구를 화나게 하진 않는 게 좋을 겁니다. 검을 집어넣으세요, 경. 레더스, 운운을 데리고 하딘의 탑으로 돌아가게."

"지금 먹어, 운운?" 거인이 물었다.

"지금 먹어." 존이 맞장구를 치고 레더스에게 말했다. "운운이 먹을 채소 더미와 자네 먹을 고기를 보내지. 불을 피우게."

레더스가 히죽 웃었다. "그러겠습니다, 사령관님. 하지만 하딘의 탑은 뼈가 시리게 추워서요. 혹시 저희 몸을 데울 와인도 좀 보내주실 수 있습니까?"

"자네는 괜찮지만 운운은 안 돼." 운운은 캐슬블랙에 오기 전까지 와인을 마셔본 적이 없었지만, 일단 맛을 보자 어마어마하게 좋아했다. '지나치게 좋아하지.' 당장 술 취한 거인까지 더하지 않아도 씨름할 문제는 충분히 많았다. 존은 왕비의 기사들을 돌아보았다. "제 아버지께선 사용할 게 아니라면 절대 검을 뽑지 말아야 한다고 하시곤 했지요."

"난 쓸 생각이었소." 기사는 말끔하게 면도하고 바람에 상한 얼굴이었다. 하얀 모피 망토 속에 파란색 오각별을 새긴 은란 전포를 입고 있었다. "난 밤의 경비대가 저런 괴물들을 상대로 왕국을 지킨다고 알고 있었는데. 저런 괴물을 애완용으로 둔단 소린 못 들었어."

'빌어먹을 남부 바보가 하나 더 왔군.' "경은……?"

"왕의 산에서 온 파트렉 경이오."

"경의 산에서는 손님을 어떻게 대하는지 모릅니다만, 북부에서는 손님을 경건하게 대합니다. 운운은 이곳의 손님입니다."

파트렉 경이 미소 지었다. "어디 말해보시오, 총사령관. 다른자들이 나타나도 환대할 계획이신가?" 기사는 왕비를 돌아보았다. "전하, 제가 잘못 본 게 아니라면 저기가 왕의 탑입니다. 제게 영광을 내려주시겠습니까?"

"그러지." 왕비는 파트렉 경의 팔을 잡더니 눈길도 주지 않고 밤의 경비대원들을 지나쳐 걸어갔다.

'저 왕비는 제일 따뜻한 데가 왕관 위의 불길이로군.' 존은 외쳤다. "타이코 공, 잠시 이야기 좀 하시죠."

브라보스인이 멈춰 섰다. "공이 아닙니다. 그저 브라보스 강철은행의 종복일 뿐이에요."

"코터 파이크에게 들으니 세 척의 배와 함께 이스트워치에 오셨다고요. 갈레아스선, 갤리선, 그리고 범선까지."

"그랬습니다. 이 계절엔 협해를 건너는 게 위험할 수 있어서요. 한 척만이라면 침몰할 수 있어도 세 척이 같이 움직이면 서로 도울 수 있지요. 강철은행은 언제나 이런 문제에 신중하답니다."

"떠나시기 전에 조용히 대화를 나눌 수 있을까요?"

"얼마든지요, 사령관님. 그리고 브라보스에선 지금만 한 때는 없다는 말이 있습니다만, 어떻습니까?"

"좋습니다. 제 개인방으로 갈까요, 아니면 혹시 장벽 위에 가보시겠습니까?"

은행가는 광활하고 희끄무레한 얼음이 하늘을 이고 우뚝 선 위쪽을 흘긋 보았다. "저 위는 굉장히 추울 것 같은데요."

"그렇기도 하고, 바람도 심하지요. 가장자리를 멀리하며 잘 걸어야 합니다. 바람에 밀려 떨어진 사람들이 있거든요. 그래도 장벽은 지상의 다른 어떤 곳과도 달라요. 장벽에 올라가볼 기회가 다시는 안 올지도 모릅니다."

"죽을 때가 되면 괜히 조심했다고 후회할 테지만, 하루 종일 안장에 앉아서 보냈더니 따뜻한 방 쪽이 유혹적으로 들리는군요."

"그럼 제 개인방으로 가시죠. 새틴, 멀드와인을 좀 가져다줘."

무기고 뒤쪽에 자리한 존의 거처는 특별히 따뜻하진 않더라도 조용하기는 했다. 불이 꺼진 지 오래였다. 새틴은 구슬픈 에드처럼 열심히 장작을 넣지 않았다. 모르몬트의 까마귀가 새된 소리로 "옥수수!"라고 외치며 그들을 맞이했다. 존은 망토를 걸었다. "스타니스를 찾아오신 게 맞습니까?"

"그렇습니다. 셀리스 왕비께서는 까마귀로 딥우드모트에 소식을 보내어, 스타니스 전하에게 제가 나이트포트에서 기다린다고 알릴 수도 있다고 하셨습니다. 제가 가져온 문제는 편지에 맡기기엔 너무 섬세해서요."

"빚이군요." '달리 뭐겠어?' "스타니스의 빚입니까? 그 형의 빚입니까?"

은행가는 양손 손가락을 맞댔다. "스타니스 공의 부채 상황이나, 부채가 없는 상황에 대해 제가 논하는 것은 적절치 않겠습니다. 로버트 왕의 경우는…… 로버트 전하의 필요를 채워드리는 것은 저희의 기쁨이었지요. 로버트가 살아 있는 동안에는 모든 게 좋았습니다. 하지만 이제 철왕좌는 모든 상환을 중단했습니다."

'라니스터가 정말 그렇게 멍청할 수도 있나?' "스타니스에게 그 형의 빚에 대한 책임을 물을 순 없을 텐데요."

"그 빚은 철왕좌의 빚입니다." 타이코가 말했다. "그리고 누구든 그 의자에 앉는 사람이 갚아야 합니다. 어린 왕 토멘과 그 조언자들이 실로 완고하게 구시니, 저희는 스타니스 왕과 이 문제를 이야기해보려 합니다. 스타니스 왕이 저희의 신뢰를 받을 가치가 있음을 증명하신다면, 그분에게 필요한 도움을 보태는 것이 당연히 저희의 큰 기쁨이 되겠지요."

"도움." 까마귀가 외쳤다. "도움, 도움, 도움."

대부분은 강철은행이 장벽에 사절을 보냈다는 사실을 안 순간 존이 추측한 대로였다. "마지막으로 소식을 들었을 때, 전하께선 볼턴 공과 그 동맹들과 맞서기 위해 윈터펠로 진군하고 계셨습니다. 원한다면 거기까지 찾으러 가실 수도 있겠지만, 위험이 따르겠지요. 스타니스의 전쟁에 휩쓸릴 수도 있습니다."

타이코는 고개를 숙였다. "강철은행에서 일하는 저희는 철왕좌를 섬기는 여러분 못지않게 자주 죽음을 직면한답니다."

'내가 섬기는 게 철왕좌인가?' 존 스노우는 이제 확신할 수 없었다. "말과 식량, 안내인, 그 외에 딥우드모트까지 가시는 데 필요한 건 다 제공해드릴 수 있습니다. 거기서부터는 직접 스타니스를 찾으셔야 할 겁니다." '그리고 대못에 꽂힌 머리통을 찾게 될 수도 있겠지.' "대가가 따릅니다."

"대가." 모르몬트의 까마귀가 우짖었다. "대가, 대가."

"언제나 대가가 따르기 마련이지요?" 브라보스인이 미소 지었다. "경비대의 요구는 무엇입니까?"

"우선 귀하의 배입니다. 승조원들도 함께요."

"세 척 다요? 저는 브라보스에 어떻게 돌아가지요?"

"한 번의 항해만 필요할 뿐입니다."

"위험한 항해겠군요. 우선이라고 하셨습니까?"

"대출도 필요합니다. 봄까지 우리를 먹여 살릴 돈이 필요해요. 식량을 사고, 그 식량을 우리에게 가져다줄 배를 고용할 돈이."

"봄까지요?" 타이코가 한숨을 내쉬었다. "그건 불가능합니다, 사령관님."

스타니스가 뭐라고 했었던가? '대구 파는 노파처럼 흥정을 하는구나, 스노우 공. 에다드 공이 생선 장수에게서 널 얻었더냐?' 그런지도 몰랐다.

불가능이 가능이 되는 데 거의 한 시간이 걸렸고, 조건에 합의하기까지 다시 한 시간이 걸렸다. 새틴이 가져온 멀드와인병이 좀 더 골치 아픈 지점들을 해결하는 데 도움이 됐다. 존 스노우가 브라보스인이 작성한 양피지 문서에 서명했을 때쯤에는 둘 다 반쯤 취했고 꽤 불만스러웠다. 존은 그게 좋은 신호라고 생각했다.

브라보스 배 세 척으로 이스트워치 함대는 열한 척이 될 텐데, 여기에는 코터 파이크가 존의 지시로 징발한 이벤 포경선, 비슷하게 징발한 펜토스의 무역 갤리선 한 척, 그리고 너덜너덜한 리스 군선 세 척이 포함되었다. 이 군선들은 살라도르 산의 예전 함대 소속으로, 가을 폭풍에 쫓겨 북부로 돌아왔다. 살라도르 산의 배 세 척은 모두 수리가 급한 상태였지만, 지금쯤이면 수리도 다 끝났을 것이다.

열한 척도 충분치는 않지만, 더 기다렸다간 하드홈의 자유민들이 다 죽은 뒤에나 구조대가 도착할 터였다. '지금 아니면 영영 못 해.' 하지만 두더지 엄마와 그녀를 따르는 사람들이 밤의 경비대에 목숨을 맡길 정도로 절박한지 여부는…….

존과 타이코 네스토리스가 개인방을 나섰을 때는 날이 어두워져 있었다. 그사이에 눈이 내리기 시작했다. "우리에게 주어진 휴식은 짧았던 것 같군요." 존은 망토를 좀 더 단단히 여몄다.

"겨울이 가깝습니다. 제가 브라보스를 떠나던 날에는 수로에 얼음이 얼었어요."

"저희 사람 셋이 브라보스에 들렀던 게 오래지 않습니다만. 나이 많은 학사와 가수, 그리고 젊은 집사였습니다. 야인 여자와 아이를 올드타운까지 호위해가고 있었지요. 혹시 그 일행과 마주치지는 않으셨겠지요?"

"안타깝지만 못 만났습니다. 웨스테로스인들은 매일같이 브라보스에 들릅니다만, 대부분은 넝마주이 항만으로 왔다 가지요. 강철은행의 배들은 자줏빛 항만에 정박합니다. 원하신다면 집에 돌아가고 나서 그 사람들에 대해 물어볼 순 있습니다."

"그러실 필요는 없습니다. 지금쯤은 안전하게 올드타운에 도착했겠지요."

"그랬기를 빕시다. 이맘때 협해는 위험한 데다, 최근에는 징검돌 군도에 낯선 배들이 보인다는 심란한 보고가 있었어요."

"살라도르 산인가요?"

"리스 해적 말입니까? 그자가 옛 소굴로 돌아갔다는 말이 있지요. 그리고 레드와인 공의 함대도 '부서진 팔'을 통과하고 있습니다. 분명 집으로 돌아가는 길이겠지요. 하지만 지금 말한 배들과 사람들은 저희도 잘 알고 있습니다. 이 배들은…… 아주 먼 동쪽에서 왔을지도 모릅니다……. 드래곤에 대한 묘한 이야기도 들리더군요."

"드래곤이 여기 하나 있었으면 좋겠군요. 모든 게 조금은 따뜻해질지 모르는데요."

"농담도 참. 제가 웃지 않더라도 용서하십시오. 브라보스인들은 발리리아와 발리리아 드래곤 군주들의 격노로부터 달아난 사람들의 후손입니다. 저희는 드래곤에 대해 농담을 하지 않아요."

'그래, 그렇겠지.' "사과드립니다, 타이코 공."

"사과하실 필요는 없습니다, 사령관님. 이젠 배가 고프군요. 큰돈을 빌려드리고 나면 식욕이 돋지요. 친절을 베풀어 연회장으로 가는 길을 알려주시겠습니까?"

"직접 데려다드리겠습니다." 존이 손짓으로 가리켰다. "이쪽입니다."

도착하고 나니 은행가와 함께 식사하지 않는 것도 예의가 아니었기에, 존은 새턴을 보내어 음식을 가져오게 했다. 새로 온 사람들에 대한 호기심에 비번이거나 깨어 있는 대원들이 다 나와서, 지하실이 따뜻하고 북적거렸다.

왕비와 그 딸은 없었다. 지금쯤은 왕의 탑에 적응하고 있으리라. 하지만 브루스 경과 말레곤 경은 나와서, 대원들에게 이스트워치와 바다 건너의 최신 소식을 풀어놓았다. 왕비의 귀족 말벗 세 명은 함께 앉아서 하녀들과 그들을 감탄하며 바라보는 밤의 경비대원 십여 명의 시중을 받았다.

문에 더 가까운 자리에서는 왕비의 수관이 수탉 두 마리를 공격하며, 뼈에 붙은 고기를 빨아 먹고 한 입 먹을 때마다 에일을 마셔댔다. 액셀 플로렌트는 존 스노우를 보자 뼈를 던져버리고는, 손등으로 입가를 닦고 느긋하게 걸어왔다. 휜 다리와 술통 같은 가슴, 튀어나온 귀 때문에 우스꽝스러운 모습이었지만, 존은 그를 비웃을 만큼 어리석지 않았다. 그는 셀리스 왕비의 숙부였고, 제일 처음 왕비를 따라 멜리산드레의 붉은 신을 섬기기로 한 사람 중 하나였다. '친족 살해자는 아니라도, 그 비슷하긴 하지.' 아에몬 학사는 액셀 플로렌트의 형이 멜리산드레에게 화형당했는데, 액셀 경은 막으려고 하지도 않았다고 했었다. '어떤 작자가 자기 형이 산 채로 불타는 걸 가만히 서서 지켜볼 수 있지?'

"네스토리스." 액셀 경이 말했다. "그리고 총사령관. 합석해도 될지?" 그는 답하기도 전에 장의자에 앉았다. "스노우 공, 혹시 물어봐도 된다면…… 스타니스 국왕 전하께서 편지에 적으신 야인 공주 말인데…… 어디에 있소?"

'여기서 멀리 떨어진 곳에 있지. 신들이 자비로우시다면 지금쯤 거인의 재앙 토르문드를 찾았을 거야.' "발은 만스 레이더의 아내이자 그의 아들을 낳은 댈라의 여동생입니다. 스타니스 왕께서 댈라가 출산 중에 죽은 후 발과 그 아이를 포로로 거두셨지만, 발은 경이 생각하시는 것 같은 공주가 아니에요."

액셀 경은 어깨를 으쓱였다. "뭐든 간에, 이스트워치 대원들이 주장하기론 아름다운 계집이라더이다. 내 두 눈으로 직접 보고 싶구려. 거 야인 여자들 중엔, 뭐랄까, 남편으로 의무를 다하자면 뒤집어놓아야 할 여자들이 있잖소. 총사령관만 괜찮다면 그 여자를 꺼내다가 좀 보여주시오."

"발은 어디 살펴보시라고 내보이는 말이 아닙니다, 경."

"치아는 세어보지 않겠다고 약속하리다." 플로렌트가 히죽 웃었다. "아, 걱정 마시오. 받아 마땅한 예의를 다 갖춰서 대할 테니."

'나에게 발이 없다는 걸 알고 있군.' 마을에는 비밀이 없는 법이고, 캐슬 블랙도 마찬가지였다. 발의 부재를 공공연히 이야기하지는 않았어도 몇 명은 알고 있었고, 밤이면 휴게실에서 대원들이 떠들었다. '무슨 소릴 들었을까?' 존은 궁금했다. '얼마나 믿고 있을까?' "용서하십시오. 하지만 발은 여기 나오지 않을 겁니다."

"내가 가보리다. 그 계집을 어디다 두셨소?"

'당신에게서 멀리.' "안전한 곳입니다. 그만하면 됐습니다, 경."

기사는 얼굴을 붉혔다. "사령관, 내가 누군지 잊었소?" 입김에서 에일과 양파 냄새가 났다. "내가 왕비님에게 말씀드려야 하오? 전하께서 한마디만 하면 그 야인 계집을 벌거벗긴 채 연회장에 데려와 볼 수도 있어."

'아무리 왕비라도 그럴 수 있다면 굉장한 재주겠는데.' "왕비께선 저희의 환대를 그렇게 이용하지 않으실 겁니다." 존은 그 말이 사실이길 빌며 말했다. "아쉽지만, 저는 주인의 의무를 잊기 전에 자리를 떠야겠습니다. 타이코 공, 실례하겠습니다."

"그래요, 가보셔야죠." 은행가가 말했다. "즐거웠습니다."

밖에서는 눈이 더 펑펑 쏟아지고 있었다. 훈련장 너머 왕의 탑은, 창문 불빛이 쏟아지는 눈에 가려지며 거대한 그림자로 변했다.

개인방으로 돌아가보니 늙은 곰의 까마귀가 가대 탁자 뒤에 놓인 가죽 참나무 의자 등받이 위에 앉아 있었다. 까마귀는 존이 들어가자마자 먹을 것을 달라고 우짖기 시작했다. 존은 문가에 놓인 자루에서 말린 옥수수를 한 줌 집어 바닥에 뿌리고 의자에 앉았다.

타이코 네스토리스가 협약문 사본을 한 장 두고 갔다. 존은 그 사본을 세 번 읽었다. '간단했어.' 그는 생각했다. '내 희망보다 더 간단했어. 이렇게 간단하면 안 되는데.'

마음이 불편했다. 브라보스의 돈은 밤의 경비대 창고가 비어갈 때 남쪽에서 식량을 사 올 수 있게 해줄 것이다. 겨울을 날 정도의 식량을 말이다. 아무리 긴 겨울이 된다 해도. '길고 험난한 겨울이 된다면 경비대는 영영 빠져나가지 못할 빚에 파묻히겠지.' 존은 스스로를 일깨웠다. '하지만 빚이냐 죽음이냐 선택일 때는 돈을 빌리는 게 나아.'

그렇지만 마음에 들지는 않았다. 봄이 와서 그 돈을 갚아야 할 때는 더더욱 마음에 들지 않을 것이다. 타이코 네스토리스는 예의 바르고 교양 있는 사람으로 보였지만, 브라보스 강철은행은 빚을 회수할 때 무시무시하기로 유명했다. 아홉 자유도시에 저마다 은행이 있었고, 어떤 도시는 은행이 여러 곳 있어서 뼈다귀를 두고 싸우는 개들처럼 한 푼 한 푼을 두고 싸웠지만, 강철은행은 나머지 모든 은행을 합친 것보다 더 부유하고 더 강력했다. 군주들이 그보다 못한 은행에 채무를 갚지 않으면, 파산한 은행가들이 아내와 자식들을 노예상에게 팔고 자살했다. 군주들이 강철은행에 채무를 갚지 않으면, 어디선가 새로운 군주들이 튀어나와서 왕좌를 빼앗았다.

'그 통통하고 가엾은 토멘도 곧 교훈을 얻을지 모르지.' 라니스터에겐 로버트 왕의 빚을 거부할 이유가 충분히 있겠지만, 그래도 어리석은 짓이었다. 스타니스가 강철은행의 조건을 거절할 만큼 완고하지만 않다면, 브라보스인들은 스타니스에게 필요한 돈을 다 내어줄 것이다. 용병단 열 개를 사고 백 명의 영주들에게 뇌물을 먹이고, 병사들에게 돈을 지불하고, 먹이고, 입히고, 무장을 갖출 만한 돈을. '스타니스가 윈터펠 성벽 아래 죽어서 누워 있는 게 아니라면, 방금 철왕좌를 얻었는지도 몰라.' 멜리산드레가 불속에서 그것도 보았을까 궁금했다.

존은 하품을 하며 등을 뒤로 기대고 기지개를 켰다. 내일은 코터 파이크에게 보낼 편지 초안을 쓸 것이다. '열한 척의 배로 하드홈에 가세요. 최대한 많이 데리고 돌아와요. 여자와 아이 우선으로.' 그들이 출항해야 할 때였다. '그렇지만 내가 직접 가야 할까, 코터에게 맡겨야 할까?' 늙은 곰은 직접 순찰을 이끌었다. '그래. 그리고 영영 돌아오지 않았지.'

존은 눈을 감았다. 아주 잠깐……

그리고 뻣뻣하게 굳은 몸으로 깨어났다. 늙은 곰의 까마귀가 "스노우, 스노우"라고 떠들어대고 멀리가 그의 몸을 흔들고 있었다. "사령관님, 사령관님을 찾습니다. 죄송합니다. 웬 여자가 발견됐습니다."

"여자?" 존은 손등으로 눈을 비벼 졸음을 털어내며 일어나 앉았다. "발인가? 발이 돌아왔나?"

"발은 아닙니다, 사령관님. 장벽 이쪽입니다."

'아리아.' 존은 허리를 바로 세웠다. 분명히 아리아일 것이다.

"여자." 까마귀가 우짖었다. "여자, 여자."

"타이와 다넬이 몰스타운 남쪽 20리쯤에서 마주쳤습니다. 둘이 왕의 가도 남쪽으로 달아난 야인 몇을 추격하고 있었는데요. 그놈들도 데리고 돌아왔지만, 그러다가 그 여자를 만난 겁니다. 귀족이랍니다. 그리고 사령관님을 뵙고 싶다고 했습니다."

"몇이나 같이 있었지?" 그는 수반으로 가서 얼굴에 물을 끼얹었다. 맙소사, 정말 피곤했다.

"없었습니다. 혼자 왔어요. 타고 온 말은 죽어가고 있었습니다. 갈비뼈가 앙상하니 가죽만 남아서, 땀투성이로 절뚝거렸어요. 그 말은 놓아주고, 여자는 심문하려고 데려왔습니다."

'죽어가는 말을 탄 회색 소녀.' 멜리산드레의 불길은 거짓말하지 않은 모양이었다. 하지만 만스 레이더와 창 마누라들은 어떻게 된 걸까? "지금 어디에 있나?"

"아에몬 학사님 방입니다." 노학사는 따뜻하고 안전하게 올드타운에 가 있을 테지만, 캐슬블랙 대원들은 여전히 그 방을 그렇게 불렀다. "추위에 새파래져서 심하게 떨고 있었기에 타이가 클라이다스에게 보이고 싶어 했습니다."

"잘했어." 존은 다시 열다섯 살이 된 기분이었다. '동생아.' 그는 일어서서 망토를 걸쳤다. 멀리와 함께 훈련장을 가로지르는 동안에도 눈은 계속 쏟아졌다. 동쪽에 금빛 새벽이 찾아왔지만, 왕의 탑에 있는 멜리산드레의 방 창문에는 아직도 불그레한 빛이 깜박였다. '저 여자는 잠을 안 자나? 무슨 게임을 하고 있는 겁니까, 여사제여? 만스 레이더에게 다른 일이라도 같이 맡긴 겁니까?'

아리아라고 믿고 싶었다. 다시 아리아의 얼굴을 보고, 아리아를 향해 웃으며 머리를 헝클어뜨리고, 이젠 안전하다고 말해주고 싶었다. '하지만 안전하진 않을 거야. 윈터펠은 불타고 무너졌고, 이제 어디에도 안전한 곳은 없어.'

아무리 원한다 해도 아리아를 여기에 데리고 있을 수는 없었다. 장벽은 여자가 있을 곳이 아니었고 고귀한 태생의 소녀라면 더더욱 그랬다. 스타니스나 멜리산드레에게 넘길 수도 없었다. 스타니스 왕은 아리아를 자기 부하 중 누군가, 호프나 매시 아니면 거인 살해자 고드리와 결혼시키고 싶어 할 테고 붉은 여인이 어떻게 이용하고 싶어 할지는 신들만 알 터였다.

존이 생각할 수 있는 최선의 해결책은 아리아를 이스트워치로 보내고 코터 파이크에게 협해를 건너가는 배에 태워 보내라고 부탁하는 것뿐이었다. 싸워대는 이 왕들의 손이 닿지 않는 먼 곳으로. 그러려면 배들이 하드홈에서 돌아올 때까지 기다려야 하리라. '타이코 네스토리스와 함께 브라보스로 돌아갈 수도 있을 거야. 강철은행이라면 아리아를 대녀로 들일 귀족 가문을 찾아줄 수 있을지 몰라.' 그러나 브라보스는 자유도시 중에서 제일 웨스테로스와 가까웠기에…… 가장 좋으면서도 가장 나쁜 선택지가 될 터였다. '로라스나 이벤 항구가 더 안전할지도 몰라.' 하지만 어디로 보내든 아리아에겐 생활을 지탱할 돈과 머리를 가릴 지붕, 지켜줄 사람이 필요할 것이다. 아직 어린아이에 불과했다.

아에몬 학사가 썼던 방은 워낙 따뜻하다 보니 멀리가 문을 당겨 열자 확 피어난 수증기가 두 사람 모두의 눈을 가렸다. 방 안 벽난로에는 새로 피운 불이 타고, 장작이 탁탁 소리를 냈다. 존은 젖은 옷 무더기를 넘어갔다. "스노우, 스노우, 스노우." 위에서 까마귀들이 외쳤다. 소녀는 몸집의 세 배는 큰 검은색 모직 망토를 휘감고 불가에 몸을 말고 잠들어 있었다.

멈칫할 정도로 아리아를 닮기는 했지만, 그것도 잠시뿐이었다. 키가 크고, 마르고, 뼈가 툭 튀어나오게 앙상하고, 갈색 머리는 굵게 땋아서 가죽 끈으로 묶은 활달해 보이는 소녀였다. 얼굴이 길고, 턱이 뾰족하고, 귀는 작았다.

하지만 나이가 많았다. 너무 많았다. '이 여자애는 거의 내 또래야.' "뭘 좀 먹었나?" 존은 멀리에게 물었다.

"빵과 수프만 먹었습니다." 클라이다스가 의자에서 일어났다. "아에몬 학사님은 천천히 먹이는 게 좋다고 늘 말씀하셨지요. 더 먹었다간 소화할 수 없었을지도 모릅니다."

멀리가 고개를 끄덕였다. "다넬이 홉의 소시지를 하나 가지고 있어서 한 입 먹으라고 줬는데, 손도 대지 않았어요."

존은 이해가 갔다. 홉의 소시지는 지방과 소금으로 만들어서 생각하기도 싫은 물건이었다. "그냥 쉬게 둬야 할지도 모르겠군요."

그때 소녀가 작고 하얀 가슴팍에 망토를 꽉 움켜쥐고 일어나 앉았다. 어리둥절한 얼굴이었다. "어디……?"

"캐슬블랙입니다, 아가씨."

"장벽이군요." 소녀의 눈에 눈물이 고였다. "온 거예요."

클라이다스가 다가갔다. "가엾은 아가. 몇 살인가요?"

"다음 명명일이면 열여섯이에요. 그리고 아이가 아니에요. 다 자라서 꽃을 피운 여자죠." 소녀는 망토로 입을 가리고 하품을 했다. 망토 자락 사이로 한쪽 맨무릎이 튀어나왔다. "사슬 목걸이를 안 했네요. 학사신가요?"

"아니에요. 하지만 학사님을 모셨지요." 클라이다스가 말했다.

'약간 아리아를 닮긴 했어.' 존은 생각했다. '굶주리고 앙상하지만, 머리색도 같고 눈 색깔도 같아.' "날 찾았다고 들었습니다. 난—"

"존 스노우죠." 소녀는 땋은 머리를 뒤로 넘겼다. "제 가문과 당신 가문은 피와 명예로 묶여 있어요. 제 말을 들어주세요, 혈족이여. 제 숙부인 크레간이 바싹 쫓아오고 있어요. 숙부가 절 카홀드로 데려가게 하시면 안 돼요."

존은 소녀를 빤히 보았다. '난 이 여자애를 알아.' 눈매며 자세, 말하는 모습에 익숙한 데가 있었다. 잠시 기억이 잡힐 듯 말 듯 하다가, 기억이 났다. "알리스 카스타크."

그러자 소녀의 입술에 미소의 유령 같은 게 떠올랐다. "혹시 기억하려나 했어요. 지난번에 절 봤을 때는 제가 여섯 살이었죠."

"아버지와 함께 윈터펠에 왔었죠." '롭이 참수해버린 그 아버지.' "무엇 때문에 왔는지는 기억이 안 나는군요."

소녀는 얼굴을 붉혔다. "절 형제분과 만나게 하려고 간 거였어요. 아, 다른 핑계가 있긴 했지만 진짜 이유는 그거였죠. 전 롭과 비슷한 나이였고, 아버지는 우리가 어울리는 짝이 될 수 있다고 생각했어요. 연회가 있었죠. 전 당신과 롭 둘 다와 춤을 췄고요. 롭은 아주 예의 발랐고 제가 아름답게 춤을 춘다고 했어요. 당신은 부루퉁했고요. 아버지는 서자들은 원래 그렇다고 하셨죠."

"기억납니다." 반만 거짓말이었다.

"여전히 좀 부루퉁하네요." 소녀가 말했다. "하지만 숙부님에게서 절 구해준다면, 그 정도는 용서할게요."

"숙부라면…… 아놀프 공입니까?"

"공이 아니에요." 알리스는 멸시를 담아 말했다. "제 오빠인 해리가 정당한 영주이고, 법에 따라 제가 그 후계자죠. 딸이 숙부보다 먼저예요. 아놀프 아저씨는 수호성주일 뿐이에요. 사실은 숙부가 아니라 종조부, 그러니까 제 아버지의 숙부고요. 크레간이 그 아들이에요. 사실은 5촌인데, 늘 숙부라고 불렀죠. 이제 그 작자들은 제가 크레간을 남편이라고 부르게 하려고 해요." 알리스는 주먹을 쥐었다. "전쟁이 터지기 전에 전 대린 혼우드와 약혼했어요. 우린 제가 꽃을 피울 때까지 결혼을 기다리고 있었는데, 킹슬레이어가 속삭이는 숲에서 대린을 죽여버렸죠. 아버지는 저와 결혼할 남부 귀족을 찾아주마 편지하셨지만, 그러지 못하셨어요. 당신 형제인 롭이, 라니스터를 죽였다는 이유로 아버지의 목을 잘랐죠." 알리스의 입매가 비틀렸다. "애초에 남쪽으로 진군한 이유가 라니스터를 죽이기 위해서였다고 생각했는데 말이에요."

"그렇게…… 단순하지가 않았어요. 카스타크 공은 포로 둘을 죽였습니다, 아가씨. 무장도 하지 않고, 감옥에 갇혀 있던 종자 소년들을요."

소녀는 놀라는 것 같지 않았다. "제 아버지가 그레이트존처럼 고함을 쳐대진 않았지만, 격분했을 때 위험하기론 못지않았죠. 하지만 이젠 죽었어요. 당신 형제도 죽었고요. 당신과 나는 아직 여기 살아 있네요. 우리 사이에 원한이 있나요, 스노우 공?"

"검은 옷을 입으면 불화도 예전 일이 됩니다. 밤의 경비대는 카홀드와 불화가 없고, 당신과도 없어요."

"다행이네요. 혹시나 했어요……. 아버지에게 오빠 하나는 수호성주로 남기고 가시라고 애걸했는데, 오빠들은 남쪽에서 얻을 영광과 몸값을 하나도 놓치고 싶어 하지 않았어요. 이제 토르와 에드는 죽었죠. 해리는 마지막으로 소식을 들었을 때 메이든풀에 포로로 잡혀 있었는데, 그것도 1년 전 소식이에요. 해리도 죽었을지 모르죠. 에다드 스타크의 마지막 남은 아들 말고는 누구에게 기대야 할지 몰랐어요."

"왜 왕은 아닙니까? 카홀드는 스타니스 지지를 선언했는데요."

"스타니스 지지 선언은 혹시 그러면 화난 라니스터가 불쌍한 해리의 목을 자르지 않을까 싶어서 아저씨가 한 짓이에요. 오빠가 죽으면 카홀드는 저에게 넘어와야 하지만, 아저씨들은 제 권리를 빼앗고 싶어 해요. 크레간이 제게 자식을 두면 더는 제가 필요 없겠죠. 이미 아내를 둘이나 땅에 묻은 작자예요." 알리스는 화를 내며 눈물을 문질러 닦았다. 아리아가 했을 법한 행동이었다. "절 도와주시겠어요?"

"결혼과 상속은 왕들이 결정하는 일입니다, 아가씨. 제가 스타니스에게 대신 편지를 쓰겠습니다만—"

알리스 카스타크는 웃었다. 하지만 절망의 웃음이었다. "쓰세요. 하지만 답장은 기대하지 마세요. 스타니스는 당신 편지를 받기 전에 죽을 거예요. 제 아저씨가 그렇게 만들걸요."

"무슨 뜻입니까?"

"아놀프가 윈터펠로 달려가고 있는 건 사실이지만, 당신 왕의 등에 단검을 꽂으러 가는 것뿐이에요. 오래전에 루스 볼턴과 손잡았거든요……. 돈과 사면해준다는 약속, 그리고 불쌍한 해리의 머리통을 대가로요. 스타니스 공은 도살장으로 행군해가고 있어요. 그러니 절 도와줄 수 없고, 설령 할 수 있대도 돕지 않을 거예요." 알리스는 검은 망토를 움켜쥐고 존 앞에 무릎을 꿇었다. "당신이 제 유일한 희망이에요, 스노우 공. 당신 아버님의 이름으로 간청합니다. 절 보호해주세요."

눈먼 소녀

소녀의 밤은 먼 별들과 눈밭에 반짝이는 달빛이 밝혔지만, 매일 새벽 깨어나면 어둠이었다.

소녀는 눈을 뜨고 주위를 감싼 암흑을 멍하니 바라보았다. 꿈은 이미 희미해져갔다. '정말 아름다웠는데.' 기억을 돌이키며 입술을 핥았다. 양이 매애거리는 소리, 양치기의 눈에 깃든 공포, 하나씩 죽일 때마다 개들이 내던 소리, 그녀의 무리가 으르렁대던 소리. 눈이 내리기 시작하면서 사냥감이 더 적어졌지만, 어젯밤 그녀의 무리는 성찬을 벌였다. 새끼 양과 다 자란 양과 개와 사람 고기. 그녀의 작은 회색 친척들 중엔 인간을, 심지어는 죽은 인간마저도 두려워하는 녀석들이 있었지만 그녀는 아니었다. 고기는 고기였고, 인간은 먹잇감이었다. 그녀는 밤 늑대였다.

하지만 꿈을 꿀 때만 그랬다.

눈먼 소녀는 몸을 굴려 일어나 앉았다가, 튀어 오르듯 일어서서 기지개를 켰다. 소녀의 잠자리는 차가운 돌 선반에 얹은 누더기 채운 매트리스였고, 깨어나면 언제나 몸이 뻣뻣하고 당겼다. 소녀는 굳은살이 박인 작은 맨발로 그림자처럼 조용히 수반까지 걸어가서 얼굴에 찬물을 끼얹고, 얼굴을 두드려 물을 말렸다. '그레고르 경, 던센, 친절한 라프. 일린 경, 메린 경, 세르세이 왕대비.' 소녀의 아침 기도였다. 그랬나? '아니야. 내 기도가 아니야. 난 아무도 아니야. 그건 밤 늑대의 기도야. 언젠가 밤 늑대는 그자들을 찾아서 사냥을 하고, 그자들의 두려움을 냄새 맡고 피를 맛볼 거야. 언젠가는.'

소녀는 옷 더미에서 속옷을 찾고, 킁킁 냄새를 맡아서 입어도 될 만큼 깨끗한지 확인한 후, 어둠 속에서 입었다. 하인 복장은 걸어놓은 자리에 있었다. 염색하지 않은 모직물로 만든 긴 튜닉으로, 올이 거칠고 까끌까끌했다. 소녀는 옷을 탁 털고는 매끄럽고 숙련된 한 동작으로 머리부터 뒤집어썼다. 양말이 마지막이었다. 한 짝은 검은색, 한 짝은 흰색. 검은 양말은 윗부분에 바느질 자국이 있고, 흰 양말은 없었다. 만져보면 맞는 발에 신었는지 확인할 수 있었다. 두 다리는 깡마르긴 했어도 힘세고 탄력 있었으며 매일 길어졌다. 그래서 기뻤다. 물의 춤꾼은 다리가 튼튼해야 했다. 눈먼 베스는 물의 춤꾼이 아니지만, 영원히 베스로 있지는 않을 터였다.

부엌으로 가는 길은 알고 있었으나, 몰랐다 해도 코로 찾아갔을 것이다. '매운 고추와 튀긴 생선.' 소녀는 킁킁거리며 복도를 걷다가 결론을 내렸다. '그리고 움마의 오븐에서 막 꺼낸 빵.' 그 냄새에 배가 꾸르륵거렸다. 밤 늑대는 성찬을 먹었으나, 그렇다고 눈먼 소녀의 배가 차지는 않았다. 꿈속의 고기가 영양분이 될 수 없다는 건 일찌감치 배운 바였다.

소녀는 고추기름에 바삭하게 튀겨서 손이 델 정도로 뜨겁게 나온 정어리로 아침을 먹었다. 움마의 아침 빵 끄트머리를 뜯어 남은 기름을 닦아 먹고, 물 탄 와인으로 입가심하면서 그 맛과 냄새를, 손가락에 닿은 거친 빵 껍질 감촉을, 기름의 미끄러움을, 손등에 있는 반쯤 나은 긁힌 상처에 닿은 고추의 따가움을 음미했다. '듣고, 냄새 맡고, 맛보고, 감촉을 느껴.' 그녀는 스스로를 일깨웠다. '보지 못하는 사람들이 세상을 알 방법은

많아.'

누군가가 뒤에서 들어왔다. 부드러운 밑창을 댄 슬리퍼를 신고 쥐새끼처럼 조용히 움직였다. 소녀는 콧구멍을 벌름거렸다. '친절한 남자야.' 남자들은 여자들과 냄새가 달랐고, 공기 중에 오렌지 냄새도 났다. 사제는 손에 넣을 수만 있다면 오렌지 껍질을 씹어서 숨결에 향기를 더하기를 좋아했다.

"그래서 오늘 아침 너는 누구냐?" 친절한 남자가 식탁 상석에 앉으면서 묻는 소리가 들렸다. '탁, 탁.' 소리가 들리고, 작게 갈라지는 소리가 났다. '첫 번째 계란을 깨고 있어.'

"아무도 아니에요." 소녀는 대답했다.

"거짓말. 나는 너를 안다. 너는 눈먼 거지 소녀다."

"베스죠." 예전에, 소녀가 아리아 스타크였던 시절, 윈터펠에서 베스라는 아이를 알았었다. 그래서 그 이름을 골랐을지도 모른다. 아니면 그저 눈먼 베스라는 말이 입에 잘 붙어서였는지도 모른다.

"가엾은 아이야." 친절한 남자가 말했다. "눈을 다시 찾고 싶으냐? 부탁만 하면 보일 것이다."

그는 매일 아침 같은 질문을 던졌다. "내일은 그러고 싶을지 모르죠. 오늘은 아니에요." 소녀의 얼굴은 모든 것을 숨기고, 아무것도 드러내지 않는 고요한 물이었다.

"원하는 대로 해라." 남자가 계란 껍질을 까는 소리, 이어서 소금 숟가락을 집어 드는 희미한 은 부딪치는 소리를 들을 수 있었다. 그는 계란에 소금을 듬뿍 치기를 좋아했다. "어젯밤에 우리 가엾은 눈먼 소녀는 어디로 구걸을 갔지?"

"초록 장어 여관요."

"그리고 어제 우리 곁을 떠날 때는 몰랐다가 지금은 새로 알게 된 세 가지가 무엇이냐?"

"바다군주는 아직 아파요."

"그건 새로운 사실이 아니다. 바다군주는 어제도 아팠고, 내일도 아플 것이다."

"아니면 죽겠죠."

"바다군주가 죽는다면, 그건 새로운 사실이 되겠지."

'바다군주가 죽으면 선출이 이루어지고, 칼날들이 튀어나오겠지.' 브라보스는 그렇게 돌아갔다. 웨스테로스에서라면 죽은 왕을 큰아들이 이을 테지만, 브라보스인들에겐 왕이 없었다. "토르모 프레가가 새 바다군주가 될 거예요."

"초록 장어 여관에서 그렇게들 말하느냐?"

"네."

친절한 남자는 계란을 한 입 베어 물었다. 소녀는 계란 씹는 소리를 들었다. 그는 입안이 가득 찬 채 말하는 법이 없었다. 그가 삼키고 나서 말했다. "어떤 남자들은 와인에 지혜가 있다고 말하지. 그런 자들은 바보다. 다른 여관에서는 다른 이름들이 퍼지고 있을 것을 의심하지 말아라." 그는 계란을 한 입 또 베어 물고, 씹고, 삼켰다. "네가 전에는 몰랐다가 지금은 아는 새로운 사실 세 가지가 무엇이냐?"

"전 어떤 남자들은 토르모 프레가가 새로운 바다군주가 될 게 분명하다고 말한다는 걸 알아요." 소녀는 대답했다. "술 취한 남자들이요."

"아까보다 낫구나. 또 뭘 알지?"

'강역에 눈이 오고 있어요. 웨스테로스에요.' 그렇게 말해버릴 뻔했다. 그러나 그랬다간 어떻게 알았는지 물을 테고, 소녀의 답을 좋아할 것 같지 않았다. 소녀는 어젯밤을 떠올리며 입술을 씹었다. "창녀 시브론이 임신했어요. 아버지가 누군지 확신은 없지만, 자기가 죽인 티로시 용병일지도 모른다고 생각해요."

"알게 되어 좋구나. 그리고 또?"

"인어 여왕이 물에 빠져 죽은 인어를 대신할 새 인어를 뽑았어요. 프레스태인가(家)의 하녀가 낳은 딸인데, 땡전 한 푼 없는 열세 살이지만 아름다워요."

"처음에는 다들 그렇지." 사제가 말했다. "하지만 네 두 눈으로 직접 보지 않고서는 그 여자가 아름다운지 알 수가 없는데, 너는 보지 못했다. 너는 누구냐, 아이야?"

"아무도 아니에요."

"내 앞에 보이는 건 거지 소녀인 눈먼 베스다. 베스는 형편없는 거짓말쟁이지. 네 의무를 수행하거라. 발라 모르굴리스."

"발라 도하에리스." 소녀는 그릇과 잔, 나이프와 숟가락을 챙겨 일어섰다. 마지막으로 지팡이를 움켜쥐었다. 길이가 1.5미터쯤 되는 가늘고 탄력 있는 나무 지팡이로, 소녀의 엄지손가락 굵기에 맨 위 30센티미터는 가죽을 감아놓았다. '사용법만 익히면 눈보다 나아.' 깡마른 부랑아는 그렇게 말했었다.

거짓말이었다. 그들은 소녀를 시험하기 위해 자주 거짓말을 했다. 어떤 지팡이도 한 쌍의 눈동자보다 낫지는 않았다. 하지만 있으면 좋긴 했으므로, 소녀는 언제나 지팡이를 가까이 두었다. 움마는 지팡이 때문에 소녀를 '막대기'라고 부르기도 했지만, 이름은 아무래도 상관없었다. 그녀는 그녀였다. '아무도 아니지. 난 아무도 아니야. 그냥 눈먼 소녀고, 그냥 다면신의 종복일 뿐.'

매일 저녁 식사 때마다 부랑아는 우유를 한 잔 가져와서 소녀에게 마시라고 했다. 그 우유에선 눈먼 소녀가 곧 싫어하게 된 이상하고 쓴 맛이 났다. 실제로 혀에 닿기 전에 경고를 주는 희미한 냄새만으로도 구역질이 날 정도였지만, 그래도 소녀는 한 잔 다 마셨다.

"얼마나 오래 눈먼 채로 있어야 해?" 소녀는 묻곤 했다.

"어둠이 빛만큼 좋아질 때까지." 부랑아는 그렇게 대답하곤 했다. "아니면 네가 눈을 돌려달라고 할 때까지. 청하기만 하면 보게 될 거야."

'그러고 나서 날 멀리 보내겠지.' 그보다는 눈이 머는 쪽이 나았다. 그들은 소녀를 굴복시키지 못할 것이다.

눈이 먼 채로 깨어난 날, 부랑아는 소녀의 손을 잡고 흑백의 집이 서 있는 바위 속 지하실들과 터널들을 지나 정식 신전으로 올라가는 가파른 돌계단까지 안내했다. "올라가면서 계단 수를 세. 손가락으로 벽을 스치면서 걸어. 벽에 눈에는 보이지 않지만, 만지면 뚜렷하게 알 수 있는 표지들이 있어."

그게 첫 번째 배움이었다. 그 외에도 배울 게 많았다.

오후에는 독과 약에 대해 배웠다. 소녀는 후각과 촉각과 미각의 도움을 받았지만, 독의 경우에는 만져보거나 맛보는 게 위험할 수 있었고, 부랑아의 좀 더 독한 조합들은 냄새 맡는 것조차 안전하지 않았다. 소녀는 새끼손가락이 데고 입술에 물집이 잡히는 데 익숙해졌고, 한번은 속이 너무 아파서 며칠 동안 아무것도 먹지 못하기도 했다.

저녁 식사 시간에는 언어 수업이 이루어졌다. 눈먼 소녀는 브라보스어를 이해하고 그럭저럭 말할 수 있었으며 야만인의 억양도 거의 없앴지만, 친절한 남자는 만족하지 않았다. 그는 소녀가 고급 발리리아어 실력을 높이고 리스와 펜토스의 언어도 배워야 한다고 했다.

저녁이면 소녀는 부랑아와 거짓말 게임을 했지만, 눈으로 볼 수 없으니 게임이 많이 달라졌다. 때로는 말투와 단어 선택만으로 추측해야 했다. 또 때로는 부랑아가 얼굴을 만져보게 해주기도 했다. 처음에는 게임이 훨씬, 훨씬 힘들어서 불가능에 가까웠다……. 그러나 좌절감에 비명을 지르기 직전쯤, 모든 게 확 쉬워졌다. 소녀는 거짓말을 들어서 알아내고, 입과 눈 주위 근육의 움직임으로 감지하는 법을 배웠다.

이외의 많은 의무가 그대로 유지됐고, 그런 일을 하러 돌아다니면서 소녀는 가구에 걸려 넘어지고, 벽을 들이받고, 쟁반을 떨어뜨리고, 신전 안에서 속수무책으로 길을 잃었다. 한번은 계단에서 거꾸로 곤두박질칠 뻔했는데, 다른 생애, 그러니까 아리아라는 이름의 소녀였던 시절에 시리오 포렐이 가르쳐준 균형 감각 덕분에 가까스로 제때 멈춰 설 수 있었다.

만약 소녀가 아직 아리나 족제비나 캣이었다면, 아니 심지어 스타크 가문의 아리아였다 해도 혼자 울다가 잠드는 밤이 있었겠지만…… 아무도 아닌 자에겐 눈물이 없었다. 눈이 보이지 않으면 가장 단순한 일조차 위험했다. 소녀는 부엌에서 움마와 일하다가 열 번 넘게 화상을 입었다. 양파를 썰다가 손가락을 뼈가 드러나도록 벤 적이 한 번, 지하실에서 자기 방을 찾지 못해 계단 밑 바닥에서 잔 적이 두 번이었다. 온갖 벽감과 구석 때문에 신전은 위험했다. 눈먼 소녀가 귀를 쓰는 방법을 배운 후에도 위험했다. 소녀의 발소리가 천장에 부딪쳐 울리고 돌로 만든 신상 서른 개의 다리에 메아리치면 벽이 움직이는 것 같았고, 잔잔한 검은 물웅덩이도 소리에 이상한 변화를 일으켰다.

"네겐 다섯 가지 감각이 있다." 친절한 남자는 말했다. "다른 네 가지 감각을 쓰는 법을 익히면 베이고 긁히고 딱지가 앉는 일이 줄어들 거다."

이제는 피부에 닿는 공기 흐름을 느낄 수 있었다. 냄새로 주방을 찾고, 향취로 남자와 여자를 구별할 수 있었다. 움마와 하인들, 보조사제들을 발소리로 파악하고, 냄새를 맡을 만큼 가까이 오기도 전에 구별할 수 있었다(그러나 부랑아나 친절한 남자는 예외였다. 그들은 일부러 내는 게 아니면 소리를 거의 내지 않았다). 신전에서 타는 촛불에도 각각의 향기가 있었다. 향초가 아니어도 심지에서 희미한 연기 냄새를 피웠다. 일단 코를 쓰는 방법을 익히고 나니, 고함을 듣는 것처럼 분명하게 알 수 있었다.

죽은 자들에게도 고유의 냄새가 있었다. 매일 아침 죽은 사람을 찾는 것도 소녀가 맡은 일이었다. 웅덩이 물을 마신 후에 어디에 누워서 눈을 감았든 찾아야 했다.

오늘 아침에는 두 명을 찾았다.

한 남자는 촛불 하나가 나부끼는 아래, 이방인의 발치에 죽어 있었다. 촛불의 열기를 느낄 수 있었고, 초에서 나는 향기가 코를 간지럽혔다. 소녀는 그 초가 검붉게 타오른다는 사실을 알고 있었다. 눈이 보이는 사람들에게는 시신이 불그레한 빛에 잠긴 듯 보일 것이다. 소녀는 하인들을 불러 시신을 치우기 전에 무릎을 꿇고 남자의 얼굴을 만지며 턱선을 따라가보고, 손가락으로 뺨과 코를 쓸어보고, 머리카락을 만져보았다. '빽빽한 곱슬머리. 주름이 없는 잘생긴 얼굴. 젊었구나.' 소녀는 그 남자가 어쩌다가 여기 와서 죽음이라는 선물을 찾았을지 궁금했다. 죽어가는 자객들이 끝을 재촉하려고 흑백의 집을 찾는 일은 자주 있었지만, 이 남자의 몸에선 상처를 찾을 수 없었다.

두 번째 시신은 나이 든 여자였다. 사랑했고 상실한 것들의 환영을 보여주는 특별한 촛불이 타는 숨겨진 벽감 한 곳에서, 꿈꾸는 침상 위에 잠들어 있었다. 친절한 남자는 그것이 달콤한 죽음이며 온화한 죽음이라 말하기를 좋아했다. 소녀의 손가락은 늙은 여자가 미소 짓는 얼굴로 죽었음을 알려줬다. 죽은 지 오래되지는 않았다. 손에 닿는 몸이 아직 따뜻했다. '피부가 정말 부드러워. 천 번은 접고 구긴 낡고 얇은 가죽 같아.'

시신을 옮길 하인들이 도착하자, 눈먼 소녀도 그들을 따라갔다. 그들의 발소리를 안내 삼았지만, 계단을 내려갈 때는 그 수를 헤아렸다. 소녀는 모든 층계의 계단 수를 외우고 있었다. 신전 아래에 있는 지하실과 터널의 미로에서는 두 눈이 멀쩡한 사람도 자주 길을 잃었지만, 눈먼 소녀는 그 미로를 샅샅이 익혔고, 기억이 흔들릴 때는 지팡이의 도움으로 길을 찾을 수 있었다.

시신들이 지하실에 놓였다. 눈먼 소녀는 어둠 속에서 작업에 착수하여 죽은 사람의 장화와 옷과 다른 소지품을 벗겨내고, 지갑을 비우고 주화 수를 헤아렸다. 감촉만으로 주화를 구별하는 기술은 눈을 빼앗은 후 부랑아가 그녀에게 제일 처음 가르쳐준 것 중에 하나였다. 브라보스 주화들은 오랜 친구나 다름없었다. 손가락 끝으로 표면을 스치기만 해도 알았다. 다른 땅, 다른 도시에서 온 주화들은 그보다 힘들었고, 아주 먼 곳에서 온 주화는 더 힘들었다. 볼란티스 돈이 제일 흔했는데, 페니만 한 작은 주화들로 한쪽에는 왕관, 반대쪽에는 해골이 새겨져 있었다. 리스 주화는 타원형이었고 벌거벗은 여자가 담겼다. 다른 주화들에는 배, 아니면 코끼리, 아니면 염소가 찍혀 있었다. 웨스테로스 주화는 한쪽이 왕의 두상, 반대쪽이 드래곤이었다.

늙은 여자에겐 지갑이 없었고, 가느다란 손가락 하나에 낀 반지 외에는 돈이 될 만한 것도 없었다. 잘생긴 남자 쪽에서는 웨스테로스의 드래곤 금화 네 닢이 나왔다. 엄지손가락으로 가장 많이 닳은 금화를 문지르며 어느 왕인지 알아보려는데, 등 뒤에서 조용히 문 열리는 소리가 들렸다.

"거기 누구야?" 소녀는 물었다.

"아무도 아니다." 깊고, 거슬리고, 차가운 목소리였다.

그리고 움직였다. 소녀는 한쪽으로 비껴 서며 지팡이를 잡고 얼굴을 보호하기 위해 들어 올렸다. 나무와 나무가 부딪치는 탁 소리가 났다. 타격이 강해서 손에 쥔 지팡이가 떨어질 뻔했다. 소녀는 놓치지 않고 마주 그었고…… 상대가 있어야 할 자리에는 빈 공간만 있었다. "거기가 아니다." 목소리가 말했다. "눈이 안 보이나?"

소녀는 대답하지 않았다. 말을 하면 남자가 낼 소리에 뒤섞이기만 한다.

소녀는 남자가 움직이는 것을 알았다. '왼쪽, 오른쪽?' 소녀는 왼쪽으로 뛰어 오른쪽으로 지팡이를 휘둘렀지만, 아무것도 치지 못했다. 뒤에서 날아온 따끔한 공격이 다리 뒤쪽을 베었다. "귀가 안 들리나?" 소녀는 휙 돌면서 왼손에 쥔 지팡이를 휘둘렀지만, 놓쳤다. 왼쪽에서 웃음소리가 들렸다. 소녀는 오른쪽을 베었다.

이번에는 해냈다. 소녀의 지팡이가 남자의 지팡이를 쳐냈다. 충격에 팔이 찌르르 울렸다. "좋아." 목소리가 말했다.

눈먼 소녀는 그게 누구 목소리인지 몰랐다. 아마 보조사제 누군가이리라. 그 목소리를 들어본 기억은 없었지만, 다면신의 종복들이 얼굴을 바꾸듯 쉽게 목소리를 바꾸지 못할 이유가 있을까? 소녀를 제외하면 흑백의 집에는 하인 둘, 보조사제 셋, 요리사 움마, 그리고 소녀가 '부랑아'와 '친절한 남자'라고 부르는 사제 둘이 있었다. 다른 이들이 때로는 비밀 통로로 오갔지만, 이곳에 사는 사람은 그들뿐이었다. 소녀의 적도 그중 하나일 수 있었다.

소녀는 지팡이를 돌리며 옆으로 달렸고, 뒤에서 나는 소리를 듣고 그 방향으로 홱 몸을 돌렸으나 허공만 때렸다. 그와 동시에 남자의 지팡이가 소녀의 다리 사이로 들어와 다시 몸을 돌리는 것을 방해하더니, 정강이를 긁고 내려갔다. 소녀는 비틀거리다가 한쪽 무릎을 꿇었는데, 혀를 깨물 정도로 세게 바닥을 때렸다.

그 순간 소녀는 멈췄다. '돌처럼 가만히. 그자는 어디 있지?'

남자가 뒤에서 웃었다. 그는 소녀의 한쪽 귀를 세게 때리고는, 허둥거리며 일어서려는 소녀의 손가락 관절을 쳤다. 지팡이가 달그락 소리를 내며 돌바닥에 떨어졌다. 소녀는 분노에 씩씩거렸다.

"계속해라. 지팡이 집어. 오늘은 다 때렸다."

"아무도 날 때리지 못해." 소녀는 네 발로 기어 다니며 지팡이를 찾아서,

멍 들고 지저분해진 몸으로 벌떡 일어났다. 지하실은 고요했다. 남자는 사라졌다. 아니, 정말 사라졌을까? 남자가 바로 옆에 서 있다 해도 소녀는 알 수 없었다. '숨소리를 들어봐.' 스스로에게 말했지만, 아무 소리도 안 났다. 1분을 더 기다린 후에 소녀는 지팡이를 기대어놓고 작업을 다시 시작했다. '눈만 보였어도 피가 나게 때려줄 수 있었어.' 언젠가는 친절한 남자가 소녀의 눈을 돌려줄 테니, 그때는 모두에게 보여주리라.

늙은 여자의 시신은 차갑게 식었고, 자객의 시신은 굳었다. 소녀는 익숙했다. 대개 소녀는 산 사람보다 죽은 사람과 더 시간을 많이 보냈다. '수로의 고양이' 캣이었을 때 있었던 친구들이 그리웠다. 허리가 아픈 늙은 브루스코, 그의 딸 탈리아와 브리아, '배'에서 공연하는 배우들, 행복한 항구의 메리와 창녀들, 그 외 모든 도둑과 부둣가 쓰레기가 그리웠다. 무엇보다도 캣이 제일 그리웠다. 두 눈보다 더 그리울 정도였다. 소녀는 솔티나 비둘기 고기, 족제비나 아리로 살 때보다 캣으로 사는 게 더 좋았다. '그 가수를 죽였을 때 내가 캣도 죽인 거야.' 친절한 남자는 어차피 다른 감각을 익히게끔 시각을 빼앗았을 거라고 말했지만, 그건 반년 후가 될 예정이었다. 흑백의 집에는 눈먼 보조사제들이 흔했지만, 소녀처럼 어린 경우는 드물었다. 그러나 소녀는 후회하지 않았다. 대리언은 밤의 경비대 탈영병이었다. 죽어 마땅했다.

친절한 남자에게도 그렇게 말했었다. "네가 누가 살고 누가 죽을지 결정하는 신이냐?" 그는 물었다. "우리는 기도하고 제물을 바친 후에 다면신의 표시를 받은 이들에게만 선물을 준다. 처음부터 늘 그렇게 해왔다. 우리 조직의 시작에 대해, 최초의 종복이 어떻게 죽음을 바라는 노예들의 기도에 응답했는지 이야기해줬지. 처음에는 오직 갈망하는 이들에게만 선물이 주어졌다……. 그러나 어느 날, 최초의 종복은 자기 자신이 아니라 주인의 죽음을 기도하는 노예의 목소리를 들었다. 너무나 열렬히 바란 나머지 노예는 기도의 응답을 받을 수 있도록 자신이 가진 모든 것을 바쳤다. 최초의 우리 형제에게도 이 제물이 다면신에게 기꺼울 것으로 보였는지, 그날 밤 기도를 들어줬다. 그런 후에 그 노예에게 가서 말했지. '너는 그자의 죽음을 위해 네가 가진 모든 것을 바쳤지만, 노예에겐 목숨 외에 가진 게 없다. 신께서 너에게 바라는 것도 그것이다. 지상에서 보내는 남은 나날 동안 그분을 섬겨라.' 그리고 그 순간부터 우리는 둘이 되었다." 사제의 손이 소녀의 팔을 부드럽지만 강하게 잡았다. "모든 인간은 죽기 마련이다. 우리는 죽음 자체가 아니라 죽음의 도구다. 그 가수를 죽였을 때, 너는 신의 힘을 직접 행사했다. 우리는 인간을 죽이지만, 인간을 심판하지는 않는다. 알아들었느냐?"

'아뇨.' 소녀는 생각했다. 그리고 대답했다. "네."

"거짓말. 그래서 너는 길을 보게 될 때까지 어둠 속을 걸어야 한다. 우리를 떠나고 싶다면 상관없다. 청하기만 하면, 눈을 다시 찾게 될 것이다."

'아뇨.' 소녀는 생각했다. 그리고 대답했다. "아뇨."

그날 저녁, 식사를 하고 거짓말 게임을 잠시 한 후, 눈먼 소녀는 누더기 조각을 묶어 쓸모없는 눈을 가리고, 동냥 그릇을 찾은 후에 부랑아에게 베스의 얼굴을 쓰게 도와달라고 부탁했다.

부랑아는 눈을 빼앗은 날 소녀의 머리를 박박 밀었는데, 그것을 '배우 머리'라고 불렀다. 많은 배우들이 가발이 더 잘 맞게 머리를 밀었기 때문이다. 그러나 민머리는 거지들에게도 쓸모가 있었고, 이와 벼룩이 끓지 않게 해주기도 했다. 그래도 가발 이상이 필요했다. 부랑아가 말했다. "진물이 흐르는 상처로 뒤덮어줄 수도 있지만, 그랬다간 여관과 술집 주인들이 문 앞에서 널 내쫓을 거야." 그래서 부랑아는 소녀에게 얽은 자국을 만들어주고, 한쪽 뺨에는 까만 털이 돋아난 가짜 사마귀를 붙였다. "추해?" 눈먼 소녀가 물었다.

"예쁘진 않지."

"좋네." 소녀는 예쁘게 보이고 싶었던 적이 없었다. 멍청한 아리아 스타크일 때도 그랬다. 소녀를 보고 예쁘다는 사람은 아버지밖에 없었다. '아버지와 가끔 존 스노우가 그랬지.' 어머니는 언니처럼 머리를 감고 잘 빗고 드레스를 더 신경 써서 입으면 예뻐질 수도 있다고 말하곤 했다. 언니와 언니 친구들과 나머지 사람들에게 소녀는 그냥 말상 아리아였다. 하지만 이제 그들은 다, 아리아까지 포함해서 다 죽었다. 이복형제인 존 말고는 전부다. 어떤 밤이면 소녀는 넝마주이 항만에 있는 술집과 매춘굴에서 존에 대한 이야기를 들었다. 어떤 남자는 존을 '장벽의 검은 서자'라고 불렀다. '존이라 해도 눈먼 베스는 못 알아볼 거야.' 그렇게 생각하면 슬퍼졌다.

소녀가 입은 옷은 빛바래고 너덜너덜한 넝마였지만, 따뜻하고 깨끗했다. 소녀는 그 속에 칼을 세 개 숨겼다. 하나는 장화 속, 하나는 소매 속, 하나는 등허리에 칼집째 꽂았다. 브라보스인들은 대체로 친절해서 가엾은 눈먼 거지 소녀를 해치기보다는 도와주는 편이었으나, 언제나 소녀를 쉽게 강탈하거나 강간할 만한 상대로 볼 나쁜 놈들은 있었다. 세 개의 칼은 그런 놈들에 대비한 무기였지만, 아직까지 눈먼 소녀가 칼을 써야 하는 일은 없었다. 금이 간 목제 동냥 그릇과 삼줄 허리띠로 옷차림이 완성됐다.

소녀는 '거인'의 포효가 일몰을 알릴 때 출발하여 신전 문에서부터 내려가는 계단 수를 헤아린 다음, 지팡이로 다리를 두드리며 수로를 건너 신들의 섬으로 향했다. 옷이 척척 달라붙는 느낌과 맨손에 느껴지는 축축한 공기 감촉으로 안개가 짙은 날임을 알 수 있었다. 브라보스의 안개는 소리에도 기묘한 영향을 미쳤다. '오늘 밤은 도시 절반이 반쯤 안 보이겠네.'

신전들을 지나쳐 걸으면서 소녀는 별의 지혜를 숭배하는 종단의 보조사제들이 천문대 위에서 저녁 별들을 향해 노래하는 소리를 들을 수 있었다. 허공에 걸린 연기 냄새를 따라 구불구불한 길을 걸어가면 붉은 사제들이 빛의 군주의 집 밖에 둔 거대한 청동 화로에 불을 피우고 있었다. 곧 허공에 번지는 열기마저 느껴졌다. 붉은 를로르의 숭배자들이 소리 높여 기도했다. "밤은 어둡고 공포가 가득하니."

'나에겐 아니야.' 소녀의 밤은 달빛에 물들었고 무리의 노랫소리, 뼈에서 뜯어낸 붉은 고기의 맛, 회색 친척들의 따뜻하고 친숙한 냄새가 가득했다. 소녀는 낮에만 눈이 멀고 혼자였다.

물가는 낯설지 않았다. 캣은 넝마주이 항만 부둣가와 골목길을 돌아다니며 브루스코의 홍합과 굴과 대합을 팔았었다. 넝마를 걸치고 머리를 밀고 가짜 사마귀를 붙인 소녀는 그때와 모습이 달라졌지만, 그래도 혹시 모르니 '배'와 '행복한 항구'를 비롯하여 캣이 제일 잘 알았던 곳들은 피했다.

여관과 술집은 향기로 알았다. '검은 뱃사공'에선 짠 내가 났다. '핀토의 집'에선 시큼한 와인과 고약한 치즈 냄새, 그리고 옷을 갈아입지도 머리를 감지도 않는 핀토 본인의 냄새가 났다. '돛 수선공' 앞의 연기 자욱한 공기에선 언제나 구운 고기 냄새가 매캐했다. '일곱 등잔의 집'은 향냄새가 떠돌았고, '새틴 궁전'에는 코르티잔이 되기를 꿈꾸는 예쁜 어린 소녀들의 향수 냄새가 났다.

특유의 소리들도 있었다. '모로고 여관'과 '초록 장어 여관'은 대부분 밤마다 가수들이 공연을 했다. '추방자 여관'에서는 손님들이 직접 노래를 불렀는데, 술 취한 목소리였고 언어가 50가지는 됐다. '연깃집'에는 언제나 뱀 모양의 배를 젓는 사공들이 꽉 차서 신들과 코르티잔들에 대해, 그리고 바다군주가 바보인지 아닌지에 대해 다투어댔다. '새틴 궁전'은 훨씬 조용해서 애정을 속삭이는 말과 비단 가운이 스치는 소리, 그리고 여자들이 키득대는 소리만 들렸다.

베스는 매일 밤 다른 곳에서 구걸을 했다. 여관과 술집 주인들은 자주 나타나지 않아야 소녀의 존재를 훨씬 잘 참아준다는 사실을 일찌감치 배운 터였다. 어젯밤에는 초록 장어 여관 밖에 있었으니, 오늘 밤은 '피의 다리'를 건넌 후에 왼쪽이 아니라 오른쪽으로 틀어서 넝마주이 항만 반대쪽 끝, '가라앉은 마을' 바로 옆에 있는 핀토의 집으로 향했다. 핀토는 시끄럽고 냄새나긴 해도 지저분한 옷과 엄포 속에 부드러운 심장을 지니고 있었다. 핀토는 술집이 너무 꽉 차지만 않으면 소녀를 따뜻한 실내에 들일 때가 많았고, 가끔은 에일 한 잔에 딱딱하게 굳은 요리라도 주면서 자기 이야기를 들려주기도 했다. 젊은 시절 핀토는 징검돌 군도에서 가장 악명 높은 해적이었다고 했다. 그는 자기 위업을 하염없이 늘어놓기를 세상에서 제일 좋아했다.

오늘 밤은 운이 좋았다. 술집이 거의 비었기에 소녀는 불에서 멀지 않은 조용한 구석에 앉을 수 있었다. 소녀가 자리를 잡고 다리를 접자마자 뭔가가 허벅지를 쓸었다. "또 너야?" 눈먼 소녀가 말했다. 한쪽 귀 뒤를 긁어주자 고양이는 소녀의 무릎에 뛰어올라 가르랑대기 시작했다. 브라보스에는 고양이가 많았으며, 핀토의 집에는 특히 많았다. 늙은 해적은 고양이들이 행운을 가져오고 술집에 해충과 쥐가 들끓지 않게 해준다고 믿었다. "나 알지?" 소녀는 속삭였다. 고양이들은 가짜 사마귀에 속지 않았다. 그들은 수로의 고양이를 기억했다.

눈먼 소녀에겐 좋은 밤이었다. 핀토는 기분이 좋았고 소녀에게 물 탄 와인 한 잔과 냄새나는 치즈 한 조각, 그리고 장어 파이 반쪽을 줬다. "핀토는 아주 좋은 사람이야." 그는 그렇게 말하더니 자리를 잡고 앉아서 향신료 선박을 잡았던 때 이야기를 했다. 소녀가 벌써 열 번도 넘게 들은 이야기였다.

시간이 지나자 술집에 손님이 찼다. 핀토는 곧 소녀에게 신경도 쓰지 못할 만큼 바빠졌지만, 단골 손님 몇 명이 소녀의 동냥 그릇에 동전을 떨궜다. 모르는 이들이 차지한 자리들도 많았다. 피와 고래기름의 악취가 풍기는 이벤 포경선원들, 머리에 향기로운 기름을 바른 자객 두 명, 로라스 출신으로 핀토의 칸막이 좌석은 그의 배를 집어넣기에 너무 작다고 불평하는 뚱뚱한 남자 하나. 그리고 나중에는 리스인이 셋 왔는데, 폭풍에 망가진 채로 어젯밤에 힘겹게 브라보스에 들어왔다가 오늘 아침 바다군주의 위병들에게 압수당한 갤리선 '굿하트(Goodheart)'호의 선원들이었다.

리스인들은 난로에 제일 가까운 자리를 차지하고 시커먼 타르 같은 럼주를 마시며 조용히, 그 누구도 엿듣지 못하게 작은 소리로 대화를 나눴다. 하지만 소녀는 그 누구도 아니었기에 대부분의 말을 들었다. 잠시 동안은 품에서 가르랑대는 수고양이의 노란 눈을 통해 그들을 볼 수조차 있는 듯했다. 한 명은 늙었고 한 명은 젊었으며 한 명은 귀 한쪽을 잃었지만, 셋 다 옛 프리홀드의 피가 아직까지 진하게 흐르는 리스인답게 밝은 금발에 매끄러운 흰 피부였다.

다음 날 아침, 친절한 남자가 그 전에는 몰랐다가 이제는 알게 된 세 가지가 무엇인지 물었을 때 소녀는 답을 준비하고 있었다.

"바다군주가 왜 굿하트호를 압수했는지 알아요. 그 배는 노예를 싣고 있었어요. 여자와 아이 수백 명을 밧줄로 묶어서 선창에 실었죠." 브라보스는 도망 노예들이 세운 도시였고, 여기에선 노예 무역을 금지했다.

"그 노예들이 어디에서 왔는지도 알아요. 웨스테로스의 야인들이었는데, 하드홈이라는 곳에서 왔죠. 저주받은 옛 폐허예요." 소녀가 아직 아리아 스타크였던 시절, 윈터펠에서 낸 할멈이 하드홈에 대해 이야기해준 적이 있었다. "장벽 너머의 왕이 죽은 큰 전투 이후에 야인들은 달아났고, 숲 마녀가 하드홈에 가면 배가 와서 따뜻한 곳으로 싣고 가리라고 말했어요. 하지만 찾아간 배는 폭풍 때문에 북쪽으로 밀려간 리스 해적선 굿하트와 코끼리호 두 척뿐이었죠. 그들은 수리를 하려고 하드홈에 닻을 내렸다가 야인들을 봤지만, 수천 명이나 되어 다 태울 공간이 없었기에 여자와 아이만 데려가겠다고 말했어요. 야인들에겐 먹을 게 없었기 때문에 남자들이 아내와 딸을 보냈는데, 두 배가 바다에 나가자마자 리스인들은 야인들을 아래로 몰고 가서 밧줄로 묶었어요. 다 리스에서 팔 작정이었죠. 그런데 또 폭풍을 만나서 두 배가 헤어졌어요. 굿하트호는 피해가 너무 심해서 선장으로서도 여기 들어올 수밖에 없었지만, 코끼리호는 리스까지 돌아갔을지도 몰라요. 핀토의 집에 온 리스인들은 코끼리호가 배를 더 끌고 돌아갈 거라고 생각해요. 노예값이 뛰고 있는데, 하드홈에 여자와 아이가 수천 명은 더 있다고 했어요."

"알게 되어 좋구나. 이제 두 가지다. 세 번째도 있느냐?"

"네. 그동안 절 때린 게 사제님이었다는 걸 알아요." 소녀의 지팡이가 빠르게 움직여 남자의 손가락을 때리고, 남자가 쥐고 있던 지팡이가 달그락 소리를 내며 바닥을 굴렀다.

사제는 얼굴을 찌푸리고 손을 뒤로 뺐다. "눈먼 소녀가 그걸 어떻게 알 수 있었지?"

'당신을 봤거든.' "이미 세 가지를 말했어요. 네 가지를 말할 필요는 없죠." 내일은 어젯밤 핀토의 집에서부터 소녀를 따라온 고양이에 대해, 서까래에 숨어서 그들을 내려다보고 있는 고양이에 대해 말할지도 모른다. '말하지 않을 수도 있고.' 남자가 비밀을 가질 수 있다면, 소녀도 가질 수 있었다.

그날 저녁 식사로 움마는 소금을 발라 구운 게를 냈다. 우유 잔을 받아 든 눈먼 소녀는 코를 찡그리며 세 번에 나누어 들이켰다. 그러다가 헉 소리를 내며 잔을 떨어뜨렸다. 혀에 불이 붙은 것 같았고, 와인을 벌컥벌컥 마시자 그 불이 목구멍과 콧구멍까지 번졌다.

"와인은 도움이 안 될 거고, 물은 마셔봤자 불길만 거세질 거야." 부랑아가 말했다. "이걸 먹어." 손에 빵 크트머리가 쥐어졌다. 소녀는 빵을 입안에 욱여넣고 씹어 삼켰다. 도움이 됐다. 두 번째 빵은 더욱 도움이 됐다.

그리고 아침이 와서 밤 늑대가 떠난 후 눈을 뜨자, 전날 밤만 해도 촛불이 없던 자리에 촛불이 타고 있었다. 불안정한 불길이 행복한 항구의 창녀처럼 앞뒤로 흔들렸다. 그렇게 아름다운 풍경을 본 적이 없었다.

윈터펠의 유령

죽은 남자는 내벽 기단부에서 발견됐다. 목은 부러졌고, 밤사이 눈에 파묻혀 왼쪽 다리만 눈 위로 드러나 있었다.

램지의 개들이 파내지 않았다면 봄까지 묻혀 있었을지 모른다. 뼈다귀 벤이 개들을 떼어냈을 때는 회색 제인이 죽은 남자의 얼굴을 너무 많이 뜯어 먹은 후여서, 그가 누군지 확인하는 데 반나절이 걸렸다. 로저 리스웰과 함께 북쪽으로 온 44세의 중장병이었다. "주정뱅이요." 리스웰이 단정 지었다. "보나 마나 벽 위에서 오줌이라도 누던 게지. 발이 미끄러져 떨어졌고." 아무도 반박하지 않았다. 하지만 테온 그레이조이만은 누가 오줌을 누겠다고 캄캄한 밤에 눈으로 미끄러운 계단을 밟고 흉벽을 오를까 생각했다.

그날 아침 수비군이 베이컨 기름에 튀긴 퀴퀴한 빵을 먹는 동안(그 베이컨은 귀족과 기사가 먹었다), 장의자에서 오가는 대화에 그 시체는 거의 언급되지 않았다.

"스타니스가 성 안에 친구들을 뒀어." 테온은 어느 하사관이 중얼거리는 소리를 들었다. 너덜너덜한 전포에 나무 세 그루를 수놓은 걸 보니 톨하트 병사였다. 경계 근무가 막 교대된 참이라, 추운 데서 들어온 남자들이 발을 탕탕 굴러 장화와 바지에 묻은 눈을 털어내는 사이 점심 식사가 나왔다. 피 소시지와 리크, 그리고 오븐에서 꺼내어 아직 따뜻한 갈색 빵이었다.

"스타니스?" 루스 리스웰의 기수 하나가 웃어댔다. "스타니스는 지금쯤 눈에 파묻혀 죽었을걸. 그게 아니면 얼어붙은 꼬리를 다리 사이에 말고 장벽으로 다시 달려갔겠지."

"10만 병사를 거느리고 우리 성벽 1, 2미터 앞에 진을 치고 있을 수도 있어." 세르윈의 색깔을 입은 궁수가 말했다. "이 폭풍 속에선 그래도 못 볼 거야."

눈은 계속, 그치지도 않고, 자비 없이 밤낮으로 쏟아졌다. 벽 위에 눈이 쌓이고 흉벽 요철을 평평하게 채웠으며, 하얀 담요가 모든 지붕을 뒤덮고 천막들은 그 무게에 아래로 처졌다. 마당을 가로지르다가 길을 잃는 일이 없게 건물과 건물 사이에 밧줄을 쳤다. 파수병들은 화로에 반쯤 언 손을 데우느라 경비탑에만 북적이고, 성벽 길은 종자들이 만들어놓은 눈 파수병들에게 맡겼다. 눈사람들은 바람과 날씨가 공을 들인 덕분에 매일 밤 더 커지고 더 괴상해졌다. 눈을 뭉쳐 만든 주먹에 쥐인 창마다 들쭉날쭉 얼음 수염이 자라났다. 눈 조금쯤은 무섭지 않다고 으르렁대더니 동상에 한쪽 귀를 잃은 호스틴 프레이 못지않게 인간 같았다.

마당에 매인 말들이 제일 괴로웠다. 체온을 유지하라고 덮어준 담요는 주기적으로 바꿔주지 않으면 흠뻑 젖어 얼어붙었다. 추위를 물리치려 불을 피워도 해로움이 더 컸다. 군마들은 불을 두려워하여 벗어나려고 발버둥 치다가 줄을 꼬면서 스스로는 물론이고 다른 말들까지 상처를 입혔다. 마구간에 들어간 말들만이 안전하고 따뜻했지만, 마구간들은 이미 넘치는 상태였다.

"신들이 우리에게 등을 돌렸어." 대연회장에서 늙은 로크 공이 그런 말을 하기도 했다. "이게 신들의 분노야. 지옥처럼 차가운 바람에 끝나지 않는 눈. 우린 저주받았어."

"스타니스가 저주받은 거지." 어느 드레드포트 병사가 주장했다. "폭풍 속에 밖에 있는 건 그놈이잖아."

"스타니스 공은 우리 생각보다 따뜻하게 지낼지도 몰라." 어느 멍청한 자유기수가 언쟁에 나섰다. "스타니스의 여마법사는 불을 부를 수 있어. 그 여자의 붉은 신이라면 이 눈을 녹일 수 있을지 몰라."

'어리석은 말이야.' 테온은 즉시 알았다. 그 남자는 노란 딕과 시큼한 알린과 뼈다귀 벤이 듣는 곳에서 너무 크게 말했다. 그 이야기를 전해 듣자 램지 공은 서자의 자식들을 보내어 그 남자를 잡아다가 눈밭에 끌고 나갔다. "스타니스를 아주 좋아하는 모양이니, 그놈에게 보내주마." 램지는 그렇게 말했다. 춤춰봐 데이먼이 기름을 바른 긴 채찍으로 자유기수를 몇 대 후려갈겼다. 그리고 스키너와 노란 딕이 저놈의 피가 얼마나 빨리 얼까를 두고 내기를 하는 사이, 그 남자는 '성곽 문'으로 끌려갔다.

윈터펠의 거대한 정문은 닫아서 빗장을 지른 데다가 눈과 얼음에 꽉 막힌 나머지, 들어 올리려면 우선 쇠창살문에 붙은 얼음을 깨야 했다. 사냥꾼의 문은 최근에 사용한 적이 있어서 얼음 문제는 없었으나 상황은 비슷했다. 왕의 가도 문은 최근에 쓴 적이 없어서 도개교 쇠사슬까지 꽝꽝 얼어붙었다. 그래서 내벽에 난 작은 아치형 샛문인 성곽 문만 남았다. 얼어붙은 해자 위로 내리는 도개교는 있으나 외벽을 통과하는 문은 붙어 있지 않아, 출입문이라 하기도 힘들었다. 외벽으로는 갈 수 있었으나 그 너머 세상으로 나갈 수는 없었다.

피 흘리는 자유기수는 다리를 건너 계단 위로 끌려가는 동안에도 저항하고 있었다. 그리고 스키너와 시큼한 알린이 남자의 팔다리를 잡고 성벽에서 25미터 아래 땅으로 던져버렸다. 눈이 워낙 높이 쌓이다 보니 남자를 통째로 집어삼켰지만…… 성곽에 있던 장궁수들이 그자가 나중에 부러진 다리를 끌고 눈 속을 기어 나가는 모습을 봤다고 주장했다. 궁수 하나는 꿈틀꿈틀 기어가는 그 남자의 엉덩이에 깃털 화살을 박아줬다. "한 시간이면 죽을 거요." 램지 공이 장담했다.

"아니면 해가 지기 전에 스타니스 공의 거시기를 빨고 있겠지." 창녀잡이 엄버가 응수했다.

"부러져 떨어지지 않게 조심해야 할걸요." 리카드 리스웰이 낄낄거렸다. "이 눈 속에 밖에 있는 놈이라면 거시기가 꽝꽝 얼었을 테니까."

"스타니스 공은 폭풍에 졌어요." 더스틴 부인이 말했다. "몇십 리 밖에서 죽었거나 죽어가고 있을 겁니다. 겨울이 최악의 몫을 하게 둡시다. 며칠만 더 있으면 눈이 스타니스와 스타니스의 군대를 묻어버릴 겁니다."

'그리고 우리도 묻어버리겠지.' 테온은 더스틴 부인의 어리석음에 놀라며 생각했다. 바브리 더스틴은 북부 사람이니 더 잘 알아야 마땅했다. 옛 신들이 듣고 있을지 몰랐다.

저녁 식사는 콩 포리지와 전날 구운 빵이어서, 평민 병사들이 투덜거렸다. 소금 통 위쪽에 앉은 귀족과 기사는 햄을 먹고 있었다.

나무 그릇 위에 몸을 굽힌 채 콩 포리지를 다 먹어가던 테온은 어깨를 건드리는 손길에 숟가락을 떨어뜨렸다. "건드리지 마." 그는 몸을 비틀어, 램지의 개가 물기 전에 바닥에 떨어진 숟가락을 낚아채며 말했다. "다신 건드리지 마."

여자는 테온 옆에, 너무 가까운 곳에 앉았다. 아벨의 세탁부였다. 이 여자는 어려서 열다섯, 아니면 열여섯 살쯤이었고 감지 않은 덥수룩한 금발에 입맞춤을 부르는 뾰로통한 입술이 특징이었다. "만지기를 좋아하는 여자도 있거든요." 그녀는 살짝 웃으며 말했다. "괜찮으시다면, 전 홀리예요."

'창녀 홀리.' 그는 생각했지만, 홀리는 예쁜 편이었다. 예전 같으면 웃으면서 그 여자를 무릎에 끌어 올렸을 테지만, 그런 날은 지나갔다. "뭘 원해?"

"그 지하묘지 좀 보려고요. 어디 있어요? 데려다주실래요?" 홀리는 새끼 손가락으로 머리채를 돌돌 말아 장난을 쳤다. "깊고 어둡다면서요. 만지기 좋은 데잖아요. 죽은 왕들이 보고 있을 거고."

"아벨이 보냈나?"

"그럴지도 모르죠. 내가 알아서 왔을지도 모르고. 하지만 원하는 게 아벨이라면 데려올 수 있어요. 나리에게 달콤한 노래를 불러줄 거예요."

여자가 하는 말마다 테온에게 이건 계략이라고 외쳤다. '하지만 누구의 계략이고, 무슨 목적일까?' 아벨이 그에게 원할 게 뭐가 있을까? 아벨은 그저 가수였고, 류트와 가짜 웃음을 지닌 포주에 불과했다. '내가 성을 어떻게 빼앗았는지 알고 싶어 해. 하지만 노래를 만들기 위해서는 아니야.' 답이 떠올랐다. '우리가 어떻게 들어왔는지 알고 싶은 거야. 그 방법으로 나갈 수 있게.' 볼턴 공은 윈터펠을 아기 포대기처럼 꽉꽉 싸매놓았다. 볼턴의 허락 없이는 아무도 들어오거나 나갈 수 없었다. '달아나고 싶은 거야. 아벨도 아벨의 세탁부들도.' 이해는 갔지만, 그래도 테온은 말했다. "난 아벨이든, 너든, 네 자매 누구든 상관하고 싶지 않아. 그냥 날 좀 내버려둬."

밖에서는 눈이 춤추듯 휘몰아쳤다. 테온은 더듬더듬 성벽까지 가서 벽을 따라 성곽 문으로 걸어갔다. 하얗게 내뿜는 입김을 보지 못했다면 위병들을 작은 왈더가 만든 눈사람으로 착각할 뻔했다. "벽을 걷고 싶은데." 테온은 허공에 하얀 입김을 내뿜으며 말했다.

"저 위는 빌어먹게 추워." 한 위병이 경고했다.

"이 아래도 빌어먹게 춥지." 다른 위병이 말했다. "네놈 좋을 대로 해, 변절자." 그는 손짓해서 테온을 통과시켰다.

계단은 눈이 쌓인 데다 미끄러워서, 어둠 속에서는 위험하기 짝이 없었다. 일단 성벽 길에 이르자 자유기수를 던져버린 곳을 금세 찾을 수 있었다. 테온은 요철을 채운 갓 내린 눈벽을 밀어내고 몸을 내밀었다. '뛰어내릴 수도 있어.' 그는 생각했다. '그놈은 살았는데, 나라고 죽겠어?' 뛰어내릴 수도 있다. 그리고……. '그리고 뭐? 다리 하나 부러진 채 눈에 깔려 죽으려고? 기어 나가서 얼어 죽으려고?'

미친 짓이었다. 램지가 개들을 데리고 사냥하러 나올 것이다. 신들이 자비롭다면 붉은 제인과 제즈와 헬리슨트가 테온을 갈가리 찢을 테고, 더 나쁘면 산 채로 다시 잡혀 올 것이다. "난 내 이름을 기억해야 해." 그는 중얼거렸다.

다음 날 아침에는 아에니스 프레이 경의 나이 많은 종자가 오래된 성내 묘지에서 벌거벗고 얼어 죽은 채로 발견됐다. 얼굴에 서리가 심하게 앉아서 가면을 쓴 것처럼 보였다. 아에니스 경은 그 남자가 너무 취해서 눈 폭풍에 길을 잃었다고 했지만, 왜 옷을 벗고 밖으로 나갔는지 설명할 수 있는 사람은 없었다. '또 다른 주정뱅이라.' 테온은 생각했다. 와인은 모든 의심을 잠재웠다.

이어서 그날이 다 가기도 전에 플린트 가문의 노궁수 한 명이 머리가 깨진 채로 마구간에서 발견됐다. 램지 공은 말에 걷어차였다고 단언했다. '그보다는 곤봉 같은데.' 테온은 생각했다.

예전에 봤던 연극처럼, 하나같이 너무나 익숙했다. 배우만 바뀌었을 뿐이다. 루스 볼턴은 지난번에 테온이 맡았던 역할이었고, 죽은 사람들은 아가르, 붉은 코 가이니르, 암울한 겔마르 역할이었다. '구린내도 거기 있었지.' 그는 기억했다. '하지만 그건 다른 구린내였어. 손에 피를 묻히고 입술에선 꿀처럼 달콤한 거짓말을 뚝뚝 떨어뜨리던 구린내. 구린내, 구린내, 피비린내와 운이 맞는 구린내.'

이 죽음들 때문에 루스 볼턴의 귀족들은 대연회장에서 공공연히 다퉜다. 인내심을 잃어가는 이들도 있었다. "언제까지 여기 앉아서 도무지 오지 않는 왕을 기다려야 하는 거요?" 호스틴 프레이 경이 외쳤다. "스타니스에게 싸움을 걸어서 끝장을 내버려야지."

"성을 떠나자고?" 외팔이 하우드 스타우트가 꺽꺽댔다. 말투만 들어도 성을 나가느니 차라리 남은 팔을 자르겠다는 마음이 전해졌다. "눈 속을 무작정 돌진하자는 거요?"

"스타니스 공과 싸우려면 우선 찾기부터 해야 합니다." 루스 리스웰이 지적했다. "우리 척후병들이 사냥꾼의 문으로 나갔지만, 최근에는 아무도 돌아오지 않았어요."

와이먼 맨덜리 공이 거대한 배를 철썩 두드렸다. "화이트하버는 같이 달려 나가기를 두려워하지 않소이다, 호스틴 경. 앞장서시오. 그러면 내 기사들이 그 뒤를 달릴 것이오."

호스틴 경이 뚱보에게 고개를 돌렸다. "그래, 내 등에 창을 꽂을 만큼 가까이 따라오시겠지. 내 친척은 어디 있소, 맨덜리? 말해보시오. 당신 아들을 돌려준 당신 손님들 말이오."

"내 아들의 뼈 말이겠지." 맨덜리가 단검으로 햄 덩어리를 찍었다. "아주 잘 기억하지. 둥근 어깨에 말만 번지르르하던 라에가르. 칼을 뽑는 데에는 그렇게 빠를 수가 없던 대담한 제러드 경. 언제나 주화를 짤깍거리던 첩보대장 사이먼드. 그들이 웬델의 뼈를 집으로 가져왔지. 윌리스를 약속대로 멀쩡하고 안전한 몸으로 나에게 돌려준 건 타이윈 라니스터였소. 타이윈 공은 약속을 지키는 남자였지. 일곱이여 타이윈의 영혼을 구하소서." 와이먼 맨덜리는 햄을 입에 던져 넣고 요란하게 씹고는 입맛을 다시며 말했다. "길에는 위험이 즐비하다오, 호스틴 경. 난 화이트하버를 떠날 때 경의 형제들에게 손님 선물을 줬소. 결혼식에서 다시 만나자고 다짐도 했지. 우리가 헤어지는 모습을 본 증인이 많소이다."

"많다고?" 아에니스 프레이가 조롱했다. "당신과 당신 부하들만이 아니고?"

"무슨 말을 하고 싶은 거요, 프레이?" 화이트하버의 영주는 소매로 입을 닦았다. "경의 말투가 마음에 들지 않는군. 그래, 아주 마음에 안 들어."

"어디 마당으로 나와보시지, 비곗덩어리. 그러면 네놈이 소화할 만한 피투성이 고깃덩이를 잔뜩 대접하겠다." 호스틴 경이 말했다.

와이먼 맨덜리는 웃음을 터뜨렸지만, 그의 기사 대여섯 명이 즉시 몸을 일으켰다. 그들을 진정시키는 건 로저 리스웰과 바브리 더스틴 몫이었다. 루스 볼턴은 아무 말도 하지 않았다. 그러나 테온 그레이조이는 볼턴의 색 옅은 눈에서 한 번도 보지 못한 뭔가를 보았다. 불편함. 아니 심지어는 두려운 기색마저 있었다.

그날 밤에는 새 마구간이 눈의 무게로 무너져 파묻혔다. 말 스물여섯 마리와 말구종 두 명이 무너진 지붕에 깔리거나 눈에 파묻혀서 질식해 죽었다. 시체를 파내는 데에만 오전이 거의 다 갔다. 볼턴 공은 잠시 마당에 나가서 현장을 살피더니, 남은 말들을 바깥 마당에 아직 묶어두었던 말들과 같이 안으로 들이라고 지시했다. 그리고 병사들이 시체를 다 파내고 말들을 도축하기가 무섭게 또 다른 시체가 발견됐다.

이번에는 술에 취해 넘어졌다거나 말에 걷어차였다고 치부할 수가 없었다. 죽은 자는 램지의 총아인, 땅딸하고 부스럼투성이에 추하게 생긴 중장병 노란 딕이었다. 그의 '물건(dick)'이 정말 노란색이었는지는 알 수 없었다. 누군가가 그 물건을 잘라서 이가 세 개나 부러질 정도의 힘으로 입에 쑤셔 넣었기 때문이다. 요리사들이 주방 바깥에서 목까지 눈에 파묻힌 딕을 발견했을 때는, 사람이나 그 물건이나 파랗게 얼어 있었다. "시체를 태워라." 루스 볼턴이 명령했다. "그리고 이 일은 입도 벙긋하지 말아라. 소문이 퍼지게 두지 않겠다."

그래도 소문은 퍼졌다. 정오 무렵에는 윈터펠 대부분이 그 이야기를 들었고, 많은 사람이 노란 딕을 총애했던 램지 볼턴의 입으로 들었다. 램지 공은 다짐했다. "이런 짓을 한 놈을 잡으면, 내가 직접 살가죽을 벗겨서 바삭바삭하게 구워 끝까지 다 먹이겠다." 살인자의 이름을 고하면 드래곤 금화 한 닢을 받을 수 있다는 말이 퍼졌다.

저녁 무렵이 되자 대연회장에서는 악취가 심하게 났다. 수백 마리의 말에다 개와 사람이 한 지붕 밑에 들어차면서 바닥은 진흙과 녹은 눈에 말똥과 개똥, 심지어 사람 똥까지 더해져 끈적끈적했고 공기에선 젖은 개와 젖은 모직물, 젖은 말 담요 냄새가 진동했다. 북적이는 장의자에선 편안함이라곤 찾을 수 없었지만, 그래도 음식은 있었다. 요리사들은 갓 도축한 말고기를 큼지막하게 썰어서 겉은 까맣게 타고 속은 핏물이 배어나게 굽고 구운 양파와 순무를 곁들여 냈다……. 이번만은 평민 병사들도 귀족과 기사 못지않게 먹었다.

말고기는 망가져버린 테온의 치아에는 너무 질겼다. 씹으려고만 해도 극심한 고통이 찾아왔다. 그래서 테온은 단검을 뉘어 순무와 양파를 으깨서 먹어치우고, 말고기를 아주 잘게 잘라서 한 조각 한 조각을 빨아 먹은 후에 뱉었다. 그러면 맛은 볼 수 있었고, 기름과 피에서 영양분도 들어왔다. 하지만 뼈는 능력 밖이었기에 개들에게 던져주었고, 회색 제인이 물고 달아나자 세라와 윌로가 으르렁대며 뒤쫓는 모습을 지켜보았다.

볼턴 공은 아벨에게 식사하는 동안 연주하라고 명했다. 가수는 〈철 기마창〉을 노래하더니 〈겨울 처녀〉를 불렀다. 바브리 더스틴이 좀 더 명랑한 노래를 주문하자, 가수는 〈왕비는 샌들을 벗어 던지고, 왕은 왕관을 벗어버렸네〉와 〈곰과 아름다운 처녀〉를 불렀다. 프레이들도 노래에 합세했고, 심지어 북부인 몇 명도 후렴구에 맞춰 주먹으로 탁자를 두드리며 "곰! 곰이라고요!"라고 외쳤다. 그러나 그 소리가 말들을 겁주는 바람에 곧 노래를 그만두고 음악도 잦아들었다.

서자의 자식들은 횃불 하나가 연기를 피워 올리는 벽 횃불 꽂이 아래에 모여 있었다. 루톤과 스키너는 주사위를 던지고 있었고, 툴툴이는 여자 하나를 무릎에 앉히고 가슴을 쥐었다. 춤춰봐 데이먼은 앉아서 채찍에 기름을 먹이는 중이었다. "구린내." 데이먼이 외쳤다. 그는 개를 부를 때처럼 채찍으로 자기 종아리를 쳤다. "다시 냄새가 나기 시작하는구나, 구린내야."

테온은 조용히 "네"라고 대답할 수밖에 없었다.

"이 일이 다 끝나면 램지 공께서 네놈 입술을 잘라내실 거다." 데이먼이 기름걸레로 채찍을 닦으며 말했다.

'내 입술이 부인의 다리 사이에 들어갔으니까. 그런 모욕을 벌하지 않을 수야 없지.' "그렇겠죠."

루톤이 시끄럽게 웃어댔다. "저놈이 원하는 것 같은데."

"꺼져라, 구린내." 스키너가 말했다. "네놈 냄새를 맡으면 속이 뒤집힌다." 다른 놈들이 웃음을 터뜨렸다.

테온은 그들이 마음을 바꾸기 전에 얼른 도망쳤다. 놈들이 그를 괴롭히려고 바깥으로 따라 나오지는 않을 터였다. 술과 요리, 기꺼이 안기는 여자와 따뜻한 불이 안에 있는 한은 그랬다. 테온이 밖으로 나갈 때 아벨은 〈봄에 피어나는 처녀들〉을 부르고 있었다.

밖에서는 눈이 어찌나 쏟아지는지, 1미터 앞도 보기가 힘들었다. 테온은 사방이 가슴까지 오는 눈벽에 에워싸인 채 하얀 황야에 혼자 서 있었다. 고개를 들자 눈송이가 차갑고 부드러운 입맞춤처럼 뺨을 쓸었다. 등 뒤의 대연회장에서 흘러나오는 음악 소리를 들을 수 있었다. 이제는 조용하고 슬픈 노래였다. 그는 한순간 평화롭기까지 한 기분을 느꼈다.

더 걸어가자 두건 달린 망토를 휘날리며 반대 방향에서 걸어오는 남자와 마주쳤다. 서로를 앞에 두고 눈이 마주쳤다. 남자는 단검에 손을 올렸다. "변절자 테온. 친족 살해자 테온."

"아니야. 난 친족이…… 난 강철인이었어."

"너야 다 가짜였지. 어떻게 아직 숨을 쉬고 있나?"

"신들이 아직 나에게 볼일이 안 끝났거든." 테온은 이자가 그 살인자일까, 노란 딕의 남근을 입에 쑤셔 넣고 로저 리스웰의 병사를 성곽에서 밀어버린 그 밤도둑일까 생각하며 대답했다. 이상하게도 무섭지는 않았다. 그는 왼손 장갑을 벗었다. "램지 공도 나에게 볼일이 안 끝났고."

남자는 손을 보더니 소리 내어 웃었다. "그렇다면 그놈에게 맡겨두지."

테온은 팔다리에 눈이 덮이고 손과 발이 추위에 얼얼해질 때까지 눈보라 속을 걷다가, 다시 내벽을 올랐다. 30미터 위로 올라가자 약한 바람이 눈을 휘젓고 있었다. 흉벽 오목한 부분마다 눈이 쌓였다. 테온은 눈벽을 주먹으로 때려서 구멍을 내야 했다……. 그래봤자 해자 너머는 보이지도 않았다. 외벽도 모호한 그림자와 어둠 속에 뜬 흐릿한 불빛 몇 개밖에 안 보였다.

'세상이 사라졌네.' 킹스랜딩, 리버런, 파이크, 강철 군도…… 칠왕국 전체가, 테온이 평생 알았던 모든 곳이, 읽어봤거나 꿈꿔본 모든 곳이 사라졌다. 오직 윈터펠만 남았다.

그는 여기에 유령들과 함께 갇혔다. 지하묘지의 오래된 유령들과 그가 직접 만든 새로운 유령들. 미켄과 팔렌, 붉은 코 가이니르, 아가르, 암울한 겔마르, 에이콘워터의 방앗간 마누라와 그 여자의 어린 두 아들, 나머지 모두. '내 작품이야. 내 유령들이야. 다들 여기 있고, 화가 나 있어.' 그는 지하묘지와 사라진 검들을 생각했다.

테온은 거처로 돌아갔다. 젖은 옷을 벗는데 강철 정강이 월튼이 찾아왔다. "따라와라, 변절자. 영주님께서 대화하고 싶어 하신다."

깨끗한 마른 옷이 없었기에 그는 젖은 누더기를 다시 주워 입고 뒤따라갔다. 강철 정강이는 주성으로, 예전에는 에다드 스타크의 방이었던 개인 방으로 갔다. 볼턴 공 혼자가 아니었다. 더스틴 부인이 창백하고 엄한 얼굴로 같이 앉아 있었다. 로저 리스웰은 망토를 쇠로 만든 말 머리 브로치로 여몄고, 아에니스 프레이는 여윈 뺨이 추위에 벌게진 채 불가에 서 있었다.

"자네가 성 안을 돌아다니고 있었다는 말을 들었다." 볼턴 공이 운을 뗐다. "마구간에서, 주방에서, 막사에서, 성벽 위에서 봤다는 보고들이 있었어. 무너진 아성의 폐허 근처, 캐틀린 부인의 예전 성소 밖에서도 보였고 신의 숲에도 들락거렸지. 부정하나?"

"아닙니다, 나리." 테온은 그 말을 붙였다. 그래야 볼턴 공이 좋아했다. "잠을 잘 수가 없습니다, 나리. 그래서 걷습니다." 그는 고개를 숙이고, 바닥에 흩어진 퀴퀴한 골풀에 시선을 고정했다. 볼턴의 얼굴을 보는 건 현명하지 못한 행동이었다.

"전 전쟁 전에 여기 사는 아이였습니다. 에다드 스타크의 대자였죠."

"자넨 인질이었다." 볼턴이 말했다.

"예, 나리. 인질이었습니다." '그렇지만 내 집이었어. 진짜 집은 아니라도, 내가 아는 가장 좋은 집이었지.'

"누군가가 내 부하들을 죽이고 있다."

"예, 나리."

"자네는 아니겠지?" 볼턴의 목소리가 더욱 부드러워졌다. "내가 베푼 모든 친절을 그런 배신으로 갚지야 않았겠지."

"예, 나리. 제가 아닙니다. 제가 어떻게요. 전…… 그냥 걷기만 합니다."

더스틴 부인이 입을 열었다. "장갑을 벗어보게."

테온이 퍼뜩 고개를 들었다. "제발, 안 됩니다. 전…… 전……."

"하라는 대로 해." 아에니스 경이 말했다. "두 손을 보여봐."

테온은 장갑을 벗고 두 손을 들어 올렸다. '벌거벗고 저들 앞에 서는 것도 아니잖아. 그 정도로 나쁘지는 않아.' 그의 왼손은 손가락이 세 개였고, 오른손은 네 개였다. 램지는 오른손은 새끼손가락만, 왼손은 약지와 검지를 빼앗았다.

“서자가 이런 거군.” 더스틴 부인이 말했다.

“실례지만 제…… 제가 잘라달라고 했습니다.” 램지는 언제나 그가 부탁하게 만들었다. ‘램지는 언제나 내가 애걸하게 만들지.’

“자네가 왜?”

“제…… 제게 손가락이 그렇게 많이 필요하질 않아서요.”

“넷이면 충분해요.” 아에니스 경은 뾰족한 턱에 쥐 꼬리처럼 돋아난 가느다란 갈색 수염을 만지작거렸다. “오른손은 손가락이 네 개잖습니까. 아직 검을 쥘 수 있어요. 단검이라도.”

더스틴 부인이 웃어젖혔다. “프레이는 다 그렇게 멍청한가요? 저 꼴을 봐요. 단검을 쥔다고? 숟가락 쥘 힘도 없습니다. 정말로 저 녀석이 서자의 역겨운 짐승을 제압하고 남근을 목에 밀어 넣을 수 있었다고 생각해요?”

“죽은 자들은 모두 튼튼한 사내였습니다.” 로저 리스웰이 말했다. “그리고 단검에 찔린 자도 없어요. 변절자는 우리의 살인자가 아닙니다.”

루스 볼턴의 엷은 눈은 스키너의 가죽 벗기는 칼처럼 날카롭게 테온을 쏘아보고 있었다. “동의해야겠군요. 힘은 제쳐두더라도, 저 녀석에겐 내 아들을 배신할 능력이 없어요.”

로저 리스웰이 끙 소리를 냈다. “저놈이 아니면 누구죠? 성 안 남자들 중에 스타니스의 첩자가 있는 건 명백하군요.”

‘구린내는 남자가 아니야. 구린내는 아니야. 나는 아니야.’ 테온은 더스틴 부인이 이들에게 지하묘지에 대해서나, 사라진 장검에 대해 이야기했을까 궁금했다.

“맨덜리를 조사해야 해요.” 아에니스 프레이 경이 중얼거렸다. “와이먼 맨덜리는 우릴 좋아하지 않아요.”

리스웰은 넘어가지 않았다. “하지만 맨덜리 공은 스테이크와 고기 파이를 좋아하지요. 어두울 때 성 안을 돌아다니려면 식탁을 떠나야 했을 겁니다. 맨덜리가 식탁 앞을 떠날 때는 한 시간씩 변소에 쪼그려 앉을 때뿐이에요."

"와이먼 공이 직접 한다고는 안 하겠습니다. 병사를 300명 데려왔어요. 기사도 100명이고. 그중 누구든—"

"밤일은 기사의 일이 아니에요." 더스틴 부인이 말했다. "그리고 당신네 피의 결혼식에서 혈족을 잃은 건 와이먼 공만이 아닙니다, 프레이. 창녀잡이는 댁들을 좋아할 것 같나요? 그레이트존을 잡고 있지만 않았다면 당신들의 창자를 뽑아서 강제로 먹였을 거예요. 혼우드 부인이 손가락을 먹었을 때처럼 말입니다. 플린트, 세르윈, 톨하트, 슬레이트…… 다들 젊은 늑대 옆에 보낸 사람이 있었어요."

"리스웰 가문도 마찬가지지요." 로저 리스웰이 말했다.

"배로턴의 더스틴 가문도 그렇고요." 더스틴 부인은 입술을 조금 벌려 희미하고 음산한 미소를 지었다. "북부는 기억합니다, 프레이."

아에니스 프레이의 입매가 분노에 떨렸다. "스타크는 우리의 명예를 더럽혔소. 당신네 북부인들은 그걸 기억하는 게 좋을걸."

루스 볼턴이 갈라진 입술을 문질렀다. "이런 싸움은 쓸모가 없어요." 그는 테온에게 손을 저었다. "가봐도 좋네. 주의해서 돌아다니도록. 그러지 않았다간 내일은 붉은 웃음을 짓는 자네를 발견하게 될지도 모르니."

"분부대로 하겠습니다, 나리." 테온은 불구가 된 두 손에 장갑을 끼고 불구가 된 발을 절뚝이며 나갔다.

늑대의 시간이 오도록 테온은 잠 못 든 채 무거운 모직물과 기름때 낀 모피 더미에 파묻혀, 지쳐서 잠이 들 수 있지 않을까 생각하며 내벽을 또 한 바퀴 돌고 있었다. 다리는 무릎까지 눈에 뒤덮였고, 머리와 어깨에도 하얗게 눈이 쌓였다. 내벽 이쪽 구역에서는 바람이 얼굴을 때리고, 녹은 눈이 얼음 눈물처럼 뺨을 따라 흘러내렸다.

그때 나팔 소리가 들렸다.

길고 낮은 신음 같은 나팔 소리는 마치 성곽 위에 걸리고 캄캄한 공기에 매달린 듯했고, 듣는 사람 모두의 뼛속까지 적셨다. 성벽을 따라 서 있던 파수병들 모두가 창을 더 꽉 움켜쥐며 소리가 들린 쪽으로 몸을 돌렸다. 윈터펠의 망가진 홀과 아성에서는 귀족들이 다른 귀족들을 조용히 시키고, 말들이 히힝대고, 잠들어 있던 사람들이 어두운 구석에서 일어났다. 전투 나팔 소리가 잦아들기가 무섭게 북소리가 울리기 시작했다. 둥 둥 둥 둥 둥. 그리고 사람들의 입에서 입으로, 작고 하얀 입김에 쓴 이름이 전해졌다. '스타니스.' 그들은 속삭였다. '스타니스가 여기 있어. 스타니스가 왔다. 스타니스, 스타니스, 스타니스야.'

테온은 부르르 몸을 떨었다. 바라테온이든, 볼턴이든 상관없었다. 스타니스는 장벽에 있는 존 스노우와 손을 잡았고, 존이라면 순식간에 그의 목을 자를 것이다. '한 서자의 손아귀에서 벗어나서 다른 서자의 손에 죽다니, 무슨 농담인지.' 테온이 웃는 법을 기억했다면 큰 소리로 웃었을 것이다.

북소리는 사냥꾼의 문 너머 늑대 숲에서 들려오는 것 같았다. '성벽 바로 밖에 있어.' 테온은 성벽 길을 따라 걸어갔다. 스무 명 중 한 명 정도가 똑같이 걸어갔다. 그러나 사냥꾼의 문 옆에 선 탑에 도착했어도, 하얀 베일 너머에는 아무것도 보이지 않았다.

"저놈들이 우리 성벽을 불어서 무너뜨리려는 건가?" 전투 나팔 소리가 다시 울리자 플린트 하나가 농담을 던졌다. "자기가 조라문의 나팔이라도 찾은 줄 아나 보지."

"스타니스가 성을 강습할 정도로 어리석을까요?" 파수병 하나가 물었다.

"스타니스는 로버트가 아니야." 배로턴 병사가 단언했다. "주저앉을 거야.

어디 봐. 밖에서 우릴 굶겨 죽이려 들 거야."

"자기 불알이 먼저 얼어서 떨어질걸." 다른 파수병이 말했다.

"우리가 나가서 싸워야 해." 프레이 하나가 선언했다.

'그렇게 해.' 테온은 생각했다. '눈 속으로 달려 나가서 죽어. 윈터펠은 나와 유령들에게 맡기고.' 루스 볼턴이 그런 싸움을 반기리라는 감이 왔다. '이 짓을 끝내야 하거든.' 성 안은 오랜 수성전을 견디기엔 너무 붐볐고, 여기 모인 귀족들 중에 너무 많은 수가 충성심이 확실치 않았다. 뚱뚱한 와이먼 맨덜리, 창녀잡이 엄버, 혼우드 가문과 톨하트 가문 남자들, 로크와 플린트와 리스웰, 모두 다 북부인들이었고 헤아릴 수도 없이 오랫동안 스타크 가문에 충성을 맹세했다. 그들을 여기에 붙잡아두는 건 에다드 공의 핏줄인 여자애 하나였는데, 그 여자애는 다이어울프 가죽을 뒤집어쓴 양에 불과했다. 그러니 이 연극이 망하기 전에 북부인들을 내보내어 스타니스와 싸우라고 하는 게 좋겠지. '눈밭에 도살장이 펼쳐지겠지. 그리고 누구든 쓰러질 때마다 드레드포트의 적은 줄어드는 거야.'

테온도 싸워도 좋다고 허락을 받을 수 있을까 궁금했다. 그러면 적어도 검을 손에 쥐고, 남자답게 죽을 수 있을 텐데. 램지라면 절대 그런 선물을 주진 않겠지만, 루스 공은 줄지도 모른다. '빈다면 해줄지도 몰라. 난 시키는 일을 다 했고, 내 역할을 수행했어. 그 여자애를 결혼시켰어.'

죽음은 테온이 꿈꿀 수 있는 가장 달콤한 구원이었다.

신의 숲에서는 아직도 눈이 땅에 닿자마자 녹아내렸다. 뜨거운 웅덩이에서 피어오르는 수증기에선 이끼와 진흙과 부패의 향취가 났다. 따뜻한 안개가 허공에 걸려 나무들을 어두운 망토를 두른 키 큰 파수병들로 바꿔놓았다. 낮 동안에는 이 수증기에 싸인 숲이 옛 신들에게 기도하러 오는 북부인들로 가득할 때가 많았으나, 지금은 테온 그레이조이의 독차지였다.

그리고 숲의 심장부에 있는 영목은 모든 것을 아는 붉은 눈으로 기다리고 있었다. 테온은 웅덩이 옆에 멈춰 서서 나무줄기에 새겨진 붉은 얼굴 앞에 고개를 숙였다. 여기에서도 북소리를 들을 수 있었다. 둥 두둥 둥 두둥 둥 두둥. 멀리서 울리는 천둥처럼, 한꺼번에 사방에서 북을 치는 것만 같았다.

바람이 없는 밤이라 눈이 차가운 검은 하늘에서 똑바로 내려와 쌓이고 있었건만, 심장 나무의 잎사귀들이 바스락거리며 그의 이름을 불렀다. "테온." 나무가 속삭이는 것 같았다. "테온."

'옛 신들이야.' 그는 생각했다. '옛 신들은 나를 알아. 내 이름을 알아. 나는 그레이조이 가문의 테온이었지. 에다드 스타크의 대자였고, 그 자녀들의 친구이자 형제였어.' 그는 무릎을 꿇었다. "제발, 제게 검 한 자루만 주십시오. 구린내가 아니라 테온으로 죽게 해주십시오." 믿을 수 없을 만큼 따뜻한 눈물이 뺨을 적셨다. "저는 강철인이었습니다. 파이크의…… 강철 군도의 아들이었습니다."

잎사귀 하나가 떨어져서 그의 이마를 스치고 웅덩이에 내려앉았다. 물 위에 뜬 잎사귀는 피 묻은 손처럼 다섯 손가락이 달린 붉은 잎이었다. "……브랜." 나무가 중얼거렸다.

'그들이 알아. 신들이 알아. 내가 한 짓을 본 거야.' 그리고 이상하게도 한 순간, 영목의 하얀 줄기에 브랜의 얼굴이 새겨져서 붉고 현명하고 슬픈 눈으로 그를 내려다보는 것 같았다. '브랜의 유령이야.' 그는 생각했지만, 미친 생각이었다. 브랜이 왜 테온을 괴롭히려 한단 말인가? 그는 브랜을 좋아했고, 브랜에게 아무 해도 끼치지 않았다. '우리가 죽인 건 브랜이 아니었어. 리콘이 아니었어. 방앗간집 아들들이었지. 에이콘워터 강가의 방앗간.' "나에겐 머리가 두 개 필요했어. 안 그러면 사람들이 날 조롱했을 거야…… 비웃었을 거야…… 다들……."

누군가의 목소리가 들렸다. "누구한테 이야기하는 거야?"

테온은 램지에게 발각당했다는 생각에 겁에 질려서 몸을 돌렸지만, 세탁부들에 불과했다. 홀리, 로완, 그리고 이름 모를 또 한 명. "유령들." 그는 불쑥 말했다. "유령들이 나에게 속삭여. 유령들이…… 내 이름을 알아."

"변절자 테온." 로완이 그의 귀를 잡고 비틀었다. "그래, 머리통이 두 개 필요했단 말이지?"

"안 그러면 사람들이 비웃었을 거라잖아." 홀리가 말했다.

'이들은 이해 못 해.' 테온은 몸을 틀어 귀를 빼내고 물었다. "뭘 원해?"

"너." 세 번째 세탁부, 목소리가 낮고 머리가 희끗희끗한 나이 많은 여자가 말했다.

"말했잖아. 당신을 만지고 싶다니까, 변절자." 홀리가 미소 지었다. 그녀의 손에 칼이 나타났다.

'비명을 지를 수도 있어.' 테온은 생각했다. '누군가는 듣겠지. 이 성엔 무장한 병사가 가득해.' 그래봐야 도우러 오기 전에 그는 죽을 테고, 땅바닥에 스며든 그의 피가 심장 나무를 먹일 것이다. '그래서 나쁠 건 또 뭐야?' "그래 만져. 날 죽여." 테온의 목소리엔 반항보다 절망이 더 깃들어 있었다. "어서 해. 다른 놈들처럼 나도 해치워. 노란 딕과 나머지 놈들. 너희였지."

홀리가 웃었다. "어떻게 그게 우리겠어? 우린 여자들이야. 젖가슴과 음부 달린 여자. 겁을 주려는 게 아니라 씹질하러 온 거라고."

"저자가 널 해쳤어?" 로완이 물었다. "손가락을 잘라냈지? 꼼질대는 발가락들 살가죽을 벗기고? 이도 뽑았고? 가엾어라." 그녀가 그의 뺨을 톡톡 두드렸다. "그런 일은 이제 더 없을 거야. 내가 약속할게. 네가 기도해서 신들이 우릴 보냈어. 테온으로 죽고 싶다고? 우리가 그렇게 해줄게. 거의 아프지 않게, 순식간에 죽여주지." 그녀는 미소 지었다. "하지만 아벨에게 노래를 부르고 나서야. 아벨이 기다려."

티리온

"경매 97번." 경매사가 채찍을 휘둘렀다. "여러분의 기분 전환에 딱 좋게 훈련된 난쟁이 한 쌍입니다."

경매대는 드넓은 갈색 스카하자단강이 노예상만으로 흘러드는 자리에 세워졌다. 노예 우리 뒤로 간이 화장실용 도랑이 있었는데, 티리온 라니스터는 그곳 악취와 섞인 공기 중의 소금기를 맡을 수 있었다. 더위보다는 습기가 더 신경 쓰였다. 공기 자체가 머리와 어깨를 따뜻한 젖은 담요로 덮은 것처럼 몸을 눌렀다.

"개와 돼지도 포함입니다." 경매사가 외쳤다. "이 난쟁이들이 타는 동물이지요. 다음번 연회에서 손님들을 즐겁게 해주시거나, 바보극에 쓰십쇼."

응찰자들은 나무 장의자에 앉아서 과일주를 마시고 있었다. 몇 명은 노예들에게 부채질을 받았다. 많은 이들이 토카를 입었는데, 노예상만의 오래된 혈통이 사랑하는 기묘한 옷으로 우아한 만큼 비실용적이었다. 좀 더 수수하게 입은 사람들도 있었다. 튜닉에 두건 달린 망토를 입은 남자들, 염색한 비단옷을 입은 여자들. 여자들은 창녀 아니면 사제일 가능성이 높았다. 이 먼 동쪽에서는 그 둘을 구별하기가 힘들었다.

장의자들 뒤편에서는 서부인 한 무리가 서서 농담을 주고받으며 경매 과정을 비웃었다. '용병들이군.' 티리온은 알아차렸다. 장검, 비수와 단검, 투척 도끼, 그리고 망토 아래에 갖춰 입은 사슬 갑옷이 보였다. 머리와 수염과 얼굴을 보면 대부분 자유도시 출신이었지만, 여기저기서 웨스테로스인일 수 있는 외모도 보였다. '저들도 사는 건가? 아니면 그냥 구경하러 온 건가?'

"누가 이 한 쌍의 경매를 시작하시겠습니까?"

"300." 고색창연한 가마에 탄 노부인이 응찰했다.

"400." 어마어마하게 뚱뚱한 융카이인이 가마에 바다 괴물처럼 누워서 외쳤다. 금색 술이 달린 노란 비단옷으로 몸을 감싼 모습이 일리리오를 넷은 합친 것 같았다. 티리온은 그 괴물을 짊어져야 하는 노예들이 불쌍했다. '적어도 우린 가마꾼은 안 되겠지. 난쟁이라서 얼마나 행복한지.'

"거기다 1." 보라색 토카 차림의 노파가 말했다. 경매사는 불쾌한 표정을 지었지만 경매를 불허하지는 않았다.

셀래소리 코란호에서 내린 노예 선원들은 하나씩 팔려나갔는데, 대충 은화 500닢에서 900닢 사이 가격이었다. 숙련된 뱃사람은 가치 있는 상품이었다. 그들은 노예상들이 망가진 배에 올랐을 때 아무도 싸우려 들지 않았다. 그들에게 이건 그저 소유주가 바뀌는 일이었다. 항해사들은 자유인이었지만, 강변의 과부가 계약서를 써주면서 이런 상황이 올 경우 몸값을 대겠다고 약속했었다. 살아남은 불타는 손가락 세 명은 아직 팔리지 않았지만, 그들은 빛의 군주의 재산이니 어딘가 붉은 신전에서 다시 사들일 거라 기대할 수 있었다. 얼굴에 문신으로 새긴 불길이 그들의 계약서였다.

티리온과 페니에겐 그런 보장이 없었다.

"450." 경매가가 올랐다.

"480."

"500."

응찰은 고급 발리리아어로 외치기도 하고, 기스 잡종 언어로 외치기도 했다. 손가락을 들거나 손목을 비틀거나, 색칠한 부채를 휘저어 신호하는 사람도 있었다.

"우릴 같이 팔아서 다행이에요." 페니가 소곤거렸다.

노예상이 그들을 쏘아보았다. "입 다물어라."

티리온은 페니의 어깨를 한 번 꾹 쥐었다. 그의 이마에는 엷은 금발과 흑발의 머리 가닥이 붙었고, 등에는 넝마가 된 튜닉이 달라붙었다. 땀 때문이기도 했고, 말라붙은 피 때문이기도 했다. 티리온이야 조라 모르몬트처럼 노예상들과 싸울 정도로 바보는 아니었지만, 그래봤자 처벌은 피하지 못했다. 티리온의 경우에 채찍을 부른 건 입이었다.

"800."

"거기다 50."

"거기다 1."

'우리도 선원 하나만큼은 값이 나가네.' 티리온은 생각했다. 하지만 구매자들이 원하는 건 이쁜 돼지일 수도 있었다. '훈련 잘된 돼지는 찾기 힘들지.' 확실히 무게당 얼마로 팔리는 건 아니었다.

은화 900닢에 달하자 응찰이 느려지기 시작했다. 951에서 멈췄다(아까의 노파였다). 그러나 경매사는 눈치가 빨랐기에, 난쟁이들은 모여든 사람들에게 쇼를 맛보여줘야 했다. 으득이와 이쁜 돼지가 경매대로 끌려 올라왔다. 안장도 굴레도 없이 올라타기는 꽤 까다로웠다. 티리온은 돼지가 움직이자마자 굴러떨어져서 엉덩방아를 찧으며 응찰자들의 폭소를 끌어냈다.

"1000." 무섭도록 뚱뚱한 남자가 외쳤다.

"거기다 1." 또 그 노파였다.

페니의 입은 일그러진 미소를 지은 채 굳어 있었다. '여러분의 기분 전환에 딱 좋게 훈련된.' 거기에 대해서는 페니의 아버지가 책임질 게 많았다. 난쟁이들을 위해 마련된 어떤 작은 지옥에 가 있든 간에.

"1200." 노란 비단옷의 바다 괴물이었다. 옆에 서 있던 노예가 음료수를 건넸다. '보나 마나 레몬주스겠지.' 그 노란 두 눈이 경매장을 노려보는 모습이 티리온은 불편했다.

"1300."

"거기다 1." 노파였다.

'아버지는 언제나 라니스터 하나에겐 평범한 남자 열 배의 가치가 있다고 했는데 말이야.'

1600에 이르자 다시 응찰이 느려졌기에, 노예상은 응찰자 몇 명을 안내해 난쟁이들을 더 가까이에서 보게 했다. 그는 장담했다. "여자는 어립니다. 둘을 접붙여서 새끼들로 돈을 꽤 받을 수 있어요."

"이놈은 코가 절반이 없잖아." 노파는 자세히 보더니 불평했다. 주름진 얼굴이 못마땅한 듯 일그러졌다. 살은 구더기처럼 흰데, 보라색 토카를 휘감고 있으니 곰팡이 핀 말린 자두 같았다. "눈도 짝짝이야. 꺼림칙하게."

"마님께선 아직 제일 좋은 부분을 못 보셨습니다." 티리온은 무슨 뜻인지 분명히 알도록 제 사타구니를 움켜쥐었다.

노파는 분노해서 식식 소리를 냈고, 티리온은 등에 채찍을 맞고 따가운 타격에 무릎을 꿇었다. 입안에 피 맛이 가득했다. 그는 히죽 웃으며 침을 뱉었다.

"2000." 장의자들 뒤쪽에서 새로운 목소리가 날아왔다.

'용병이 난쟁이는 뭐에 쓰려고?' 티리온은 더 잘 보려고 몸을 일으켰다. 새로운 응찰자는 나이 많은 남자였는데, 머리는 하얗지만 키가 크고 몸이 좋았으며, 질긴 가죽 같은 갈색 피부에 희끗희끗한 수염을 짧게 깎았다. 빛바랜 자주색 망토 속에는 장검 한 자루와 단검 띠가 반쯤 감춰져 있었다.

"2500." 이번에는 여자 목소리였다. 키가 작고 허리가 굵고 가슴은 묵직했으며 화려한 갑옷을 입은 젊은 여자였다. 검은색 강철 흉갑에는 금상감으로 발톱에 쇠사슬을 매달고 날아오르는 하피 모양이 새겨져 있었다. 노예 병사 둘이 그 여자를 방패에 태워서 어깨 높이까지 들어 올렸다.

"3000." 갈색 피부의 남자가 군중을 뚫고 앞으로 나왔고, 그의 동료 용병들이 응찰자들을 밀치고 길을 냈다. '그래. 더 가까이 와.' 티리온은 용병들을 다루는 방법을 알았다. 이 남자가 연회에서 까불라고 그를 사려 할 리 없었다. '날 아는 거야. 날 데리고 웨스테로스로 돌아가서 누이에게 팔 생각이야.' 티리온은 미소를 감추려 입을 문질렀다. 세르세이와 칠왕국은 세상 반대편에 있었다. 거기까지 가기 전에 많은 일이 일어날 수 있었다. '난 브론도 돌려세웠어. 나에게 기회만 준다면 이 용병도 돌려놓을 수 있을지 몰라.'

노파와 방패를 탄 여자는 3000에서 경매를 포기했지만, 노란 옷의 뚱보는 포기하지 않았다. 그는 노란 눈으로 용병들을 가늠해보더니 혀로 노란 이를 핥고 말했다. "은화 5000 내지."

용병은 얼굴을 찌푸리더니, 어깨를 으쓱이고 돌아섰다.

'일곱 지옥이여.' 티리온은 거대한 노란 배 나리의 소유물이 되고 싶지 않은 마음이 확고했다. 가마에 축 늘어진 모습, 산더미 같은 누런 살에 돼지 눈 같은 노란 눈과 토카 비단 사이로 비어져 나오는 이쁜 돼지만 한 가슴만 봐도 소름이 돋을 지경이었다. 게다가 그 남자에게서 퍼지는 냄새는 경매대 위에서도 맡을 수 있었다.

"응찰이 더 없으면—"

"7000!" 티리온이 외쳤다.

장의자에 웃음소리가 번졌다. "난쟁이가 자기를 사고 싶어 하는군." 방패

위의 여자가 말했다.

티리온은 도발적인 웃음을 날렸다. "영리한 노예는 영리한 주인을 둬야 마땅한데, 댁들은 다 바보 같아 보이거든."

이 말에 응찰자들은 더 크게 웃어댔고, 경매사는 얼굴을 찡그리며 이게 득이 될지 안 될지 생각하느라 채찍을 만지작거렸다.

"5000이라니 모욕이야!" 티리온은 외쳤다. "난 곡예도 하고, 노래도 부르고, 재담도 한다고. 댁들 마누라를 범해서 비명을 올리게도 하지. 아니면 댁들 적의 마누라도 좋겠지. 적에게 수치를 주기에 그보다 더 좋은 방법이 있겠어? 난 노궁을 쥐면 살인자가 되고, 시바스 탁자를 사이에 두면 내 세 배는 큰 남자들을 벌벌 떨게 하지. 심지어 가끔은 요리도 해. 나라면 내 몸값으로 은화 1만은 부르겠어! 내가 그 정도 값어치는 한다고, 아무렴. 아버지는 나보고 빚은 언제나 갚아야 한다고 하셨지."

자주색 망토를 걸친 용병이 돌아섰다. 다른 응찰자들 너머로 티리온과 눈이 마주치자 그는 미소를 지었다. '따뜻한 미소로군.' 티리온은 생각했다. '우호적이야. 하지만 젠장, 눈은 차갑군. 아무래도 저놈이 우릴 사는 건 좋지 않을지도 모르겠어.'

노란 거한이 가마에서 몸을 꿈틀거리는데, 크고 넙데데한 얼굴에 짜증이 어려 있었다. 그는 기스카어로 시큰둥하게 중얼거렸다. 내용은 티리온이 알 수 없었지만, 말투는 명백했다. "또 응찰한 건가?" 티리온은 고개를 기울였다. "나는 캐스털리록의 금을 다 주지."

이번에는 맞기 전에 채찍 소리를 먼저 들었다. 허공을 찢는 가늘고 날카로운 휘파람 소리. 티리온은 채찍을 맞고 끙 소리를 냈지만, 쓰러지지 않을 수 있었다. 문득 제일 골치 아픈 문제가 오전 달팽이 요리에 어느 와인을 마실지 정하는 것이었던 여행 초반이 떠올랐다. '드래곤을 쫓다가 어떻게 되나 보라지.' 그의 입에서 웃음이 터져 나와 맨 앞줄에 앉은 응찰자들에게 피와 침을 튀었다.

"넌 팔렸다." 경매사가 선언하더니, 한 대를 더 때렸다. 그저 때릴 수 있어서 때렸다. 티리온도 이번에는 쓰러졌다.

위병 하나가 티리온을 잡아 일으켰다. 또 하나는 창끝으로 페니를 찔러 경매대 아래로 내려가게 했다. 다음 경매 물품이 벌써 그들이 섰던 자리로 올라가고 있었다. 열다섯, 열여섯쯤 된 여자애로 이번에는 셀래소리 코란호에서 내린 사람이 아니었다. 티리온은 그 여자를 몰랐다. '대너리스 타르가르옌과 같거나 비슷한 나이로군.' 노예상은 곧 소녀를 벌거벗겼다. '적어도 우린 저런 수치는 면했네.'

티리온은 융카이 숙영지 너머 미린의 성벽을 응시했다. 문이 너무나 가까워 보였다……. 그리고 노예 우리에서 도는 이야기를 믿을 수 있다면, 미린은 당장에는 자유도시였다. 저 허물어져가는 벽 안에서는 아직 노예제와 노예 무역이 금지였다. 저 문까지만 가서 통과하면 다시 자유인이 될 터였다.

그러나 그건 페니를 버리지 않는 한 불가능했다. '페니는 개와 돼지도 데려가고 싶어 하겠지.'

"그렇게 끔찍하진 않을 거예요. 그쵸?" 페니가 소곤거렸다. "우리한테 돈을 정말 많이 냈잖아요. 친절하게 굴지 않을까요?"

'우리가 재미있게만 해주면 그렇겠지.' "우린 막 다루기엔 너무 비싼 몸이지." 그는 마지막 두 번의 채찍질로 등에서 피를 흘리면서도 그렇게 안심시켰다. '하지만 우리의 쇼가 재미없어지면…… 그리고 재미없어질 수밖에 없지…….'

주인의 감독관이 노새가 끄는 수레와 병사 둘과 함께 그들을 넘겨받으려 기다리고 있었다. 얼굴이 길고 좁은 데다 턱에 기른 수염은 금사로 묶었고, 뻣뻣한 검붉은색 머리카락은 관자놀이쯤에서 튀어나와서 날카로운 손톱이 달린 두 손 같은 모양이었다. "참으로 귀여운 작은 것들이로구나." 그는 말했다. "내 아이들이 생각나는걸……. 아니, 내 자식들이 죽지 않았다면 그랬겠지. 내가 잘 돌봐주마. 이름을 말해라."

"페니요." 페니는 겁에 질려 작은 목소리로 속삭였다.

'라니스터 가문의 티리온, 캐스털리록의 정당한 주인이시다, 이 징징대는 벌레야.' "욜로."

"대담한 욜로. 똑똑한 페니. 너희는 융카이의 현명한 주인들 가운데서도 추앙받는 학자이자 전사이신 고귀하고 용맹하신 예잔 조 카가즈 님의 재산이다. 예잔 님은 친절하고 자애로운 주인이시니 운 좋은 줄 알아라. 그분을 너희 아버지처럼 생각하고."

'기꺼이 그러지.' 티리온은 생각했지만, 이번에는 입을 다물었다. 보나 마나 곧 새로운 주인을 위해 쇼를 보여줘야 할 텐데, 채찍질을 또 받을 수는 없었다.

"너희 아버지는 특별한 보물들을 제일 사랑하시니, 너희를 아끼실 거다." 감독관이 말했다. "그리고 나로 말하자면, 어렸을 때 돌봐주던 보모처럼 여겨라. 내 아이들은 모두 나를 보모라고 부르지."

"경매 99번." 경매사가 외쳤다. "전사."

그들 다음에 올라간 여자애는 빠르게 팔려서, 젖꼭지가 분홍색인 작은 가슴께에 옷을 움켜쥔 채 새 주인에게 넘겨지고 있었다. 노예상 둘이 그 자리에 조라 모르몬트를 끌고 나왔다. 기사는 허리에 두른 천 말고는 벌거벗은 몸이었고, 등에는 채찍 자국이 선명했으며 얼굴은 알아보기 힘들 정도로 부어 있었다. 손목과 발목은 사슬에 묶였다. '나에게 했던 대접을 자기도 맛보는군.' 티리온은 생각했지만, 덩치 큰 기사의 비참한 모습을 본다고 즐겁지는 않았다.

모르몬트는 크고 굵은 팔에 목 근육이 발달한 거대한 남자라, 사슬에 묶여서도 위험해 보였다. 거칠고 시커먼 가슴 털 덕분에 사람이라기보다는 짐승 같았다. 눈은 둘 다 멍이 들어, 기괴하게 부은 얼굴에 검은 구덩이가 두 개 파인 형상이었다. 한쪽 뺨에 낙인이 찍혔는데, 악마의 가면 모양이었다.

노예상들이 셀래소리 코란호에 우르르 몰려들었을 때, 조라 경은 장검을 들고 맞이해서 세 명을 베어 죽인 후에야 제압당했다. 선원들은 그를 기꺼이 죽이려 들었지만, 선장이 막았다. 전사는 언제나 괜찮은 값을 받기 때문이었다. 그래서 모르몬트는 사슬로 노에 묶여 죽기 직전까지 두들겨 맞고, 굶주리고, 낙인이 찍혔다.

"크고 힘센 놈입니다." 경매사가 선언했다. "화가 드글드글합니다. 투기장에서 멋진 쇼를 보여줄 겁니다. 누가 300에 시작하시겠습니까?"

아무도 응찰하지 않았다.

모르몬트는 잡다한 군중에게 신경도 쓰지 않았다. 그의 두 눈은 포위선 너머, 수많은 색깔의 벽돌로 쌓은 오래된 벽 안의 먼 도시에 박혀 있었다. 티리온은 그 표정이 책처럼 쉽게 읽혔다. '너무나 가까우면서 너무나 멀구나.' 이 불쌍한 작자는 너무 늦게 돌아왔다. 대너리스 타르가르옌은 결혼했다고, 노예 우리를 지키는 위병들이 낄낄대며 말해줬다. 고귀한 만큼이나 부유한 미린의 노예상을 왕으로 맞이했고, 평화 협정이 확실하게 맺어지면 투기장이 다시 열릴 것이라 했다. 다른 노예들은 위병들이 거짓말을 한다고, 대너리스 타르가르옌이 노예상들과 평화 협정을 맺을 리 없다고 주장했다. '미사.' 그들은 대너리스를 그렇게 불렀다. 누군가가 티리온에게 일러주길 그게 '어머니'라는 뜻이라 했다. 그들은 서로서로에게 곧 은빛 여왕이 도시에서 나와서 융카이인들을 박살 내고 그들의 사슬을 끊어주리라 속삭였다.

'그리고 우리 모두에게 레몬 파이를 구워주고 우리의 지린내 나는 상처에 입 맞춰서 낫게 해주겠지.' 티리온은 생각했다. 그는 여왕이 구출해주리라 믿지 않았다. 필요하다면 직접 구제할 것이다. 장화 발가락 속에 쑤셔 넣어둔 버섯이라면 티리온과 페니 둘 몫으로는 충분했다. 으득이와 이쁜 돼지는 알아서 해야겠지만.

보모는 아직도 주인의 새 상품들을 가르치고 있었다. "시키는 대로만 하면 애지중지 대접받는 어린 귀족들처럼 살게 될 거다." 그는 장담했다. "명에 불복하면…… 뭐, 그런 짓은 안 하겠지? 우리 귀염둥이들이 그럴 리가 없지." 그는 손을 뻗어 페니의 뺨을 꼬집었다.

"그럼 200 어떻습니까." 경매사가 말했다. "이렇게 덩치 큰 놈인데, 세 배 정도는 가치가 있습니다. 얼마나 훌륭한 경호원이 되겠습니까! 어떤 적수도 여러분을 못살게 굴지 못할 겁니다!"

"가자, 작은 친구들아." 보모가 말했다. "너희를 새집으로 데려다주마. 융카이에서라면 너희는 카가즈 가문의 황금 피라미드에 살면서 은접시에 식사하겠지만, 여기에서는 초라한 군사용 천막에서 소박하게 산다."

"100닢 주실 분 안 계십니까?" 경매사가 외쳤다.

그제야 응찰이 나오기는 했지만, 고작 은화 50닢이었다. 응찰자는 가죽 앞치마를 두른 깡마른 남자였다.

"거기다 1." 보라색 토카를 입은 노파가 말했다.

병사 하나가 페니를 들어 올려 노새 수레에 실었다. "저 노파는 누굽니까?" 티리온은 그에게 물었다.

"자리나. 저 노파의 싸움꾼들은 싸구려 전사들이지. 영웅의 먹잇감이랄까. 네 친구는 곧 죽겠다."

'내 친구 같은 건 아니었어.' 그래도 티리온 라니스터는 보모를 돌아보고 말하고 있었다. "저 노파가 갖게 두면 안 됩니다."

보모가 실눈을 뜨고 그를 보았다. "이건 무슨 소음이지?"

티리온은 손가락질을 했다. "저 친구도 우리 쇼의 일부예요. 곰과 아름다운 처녀 쇼요. 조라가 곰, 페니가 처녀, 제가 페니를 구하는 용감한 기사죠. 제가 춤을 추다가 저놈의 불알을 때려요. 아주 웃기죠."

감독관은 눈을 가늘게 뜨고 경매대를 보았다. "저놈?" 조라 모르몬트의 경매가는 은화 200닢까지 올라 있었다.

"거기다 1." 보라색 토카의 노파가 말했다.

"너희 곰이라. 알겠다." 보모는 군중 사이로 총총히 달려가더니, 가마에 누운 거대한 노란 융카이인에게 몸을 굽히고 귀에 속삭거렸다. 주인이 턱살을 흔들며 고개를 끄덕이고 부채를 들어 올렸다. "300." 융카이인이 쌕쌕거리는 목소리로 외쳤다.

노파가 코웃음을 치더니 등을 돌렸다.

"왜 그랬어요?" 페니가 공용어로 물었다.

'정당한 질문이야. 내가 왜 그랬을까?' 티리온은 생각했다. "네 쇼는 지루해지고 있었어. 자고로 극단이라면 춤추는 곰이 있어야지."

페니는 비난하는 눈으로 그를 보더니, 수레 뒤쪽으로 가서 이제 세상에 남은 진정한 친구는 으득이뿐이라는 듯이 개를 끌어안고 앉았다. '정말 그럴지도 몰라.'

보모가 조라 모르몬트를 데리고 돌아왔다. 노예 병사 두 명이 모르몬트를 노새 수레 뒤편, 두 난쟁이 사이에 내던졌다. 기사는 반항하지 않았다. '여왕이 결혼했다는 소식을 들더니 투지가 다 사라졌군.' 티리온은 깨달았다. 주먹과 채찍, 곤봉으로도 못한 일을 속삭임 하나가 해냈다. 그 말이 모르몬트를 망가뜨렸다. '노파가 데려가게 둘 걸 그랬어. 이래서는 흉갑에 달린 젖꼭지만큼도 쓸모가 없겠는걸.'

보모가 노새 수레 앞에 올라가서 고삐를 잡았고, 그들은 포위 진영을 뚫고 그들의 새로운 주인인 고귀한 예잔 조 카가즈의 거처로 출발했다. 수레

양옆으로 둘씩 노예 병사 네 명이 같이 걸었다.

페니는 울지 않았지만, 눈이 음울하니 붉었고, 으득이에게서 시선을 들지 않았다. '보지만 않으면 이 모든 게 사라질지 모른다고 생각하나?' 조라 모르몬트 경은 아무도, 아무것도 보지 않았다. 그는 사슬에 묶인 채 몸을 웅크리고 앉아 생각에 잠겨 있었다.

티리온은 모든 것을, 모든 사람을 보았다.

윤카이 숙영지는 하나의 진영이 아니라 백 개의 진영이 미린 성벽을 에워싸고 초승달 모양으로 촘촘히 붙어 있었는데, 나름의 대로와 골목길, 술집과 매춘굴, 양호 지역과 불량 지역이 생긴 비단과 돛천 도시였다. 포위선과 바다 사이에 천막들이 노란 버섯처럼 돋아나 있었다. 비와 햇빛을 막아줄 낡고 얼룩진 천 조각에 지나지 않는 작고 초라한 천막들도 있었지만, 그 옆에는 백 명이 자도 너끈할 막사 천막들과 지붕 위 기둥에 하피를 번쩍이는 궁전처럼 큰 비단 천막들이 서 있었다. 어떤 진영은 질서정연해서 천막들이 중앙의 불구덩이 주위로 원을 그리며 서 있고, 안쪽 원에는 무기와 갑옷을 쌓고 바깥쪽에는 말들을 묶었다. 어떤 곳은 혼돈 그 자체가 다스리는 모양새였다.

미린을 둘러싼 메마르고 타버린 황야는 몇십 리를 가도록 나무 한 그루 없이 평평하게 뻗어나갔지만, 윤카이 배들이 남쪽에서 목재와 가죽을 가져와서 거대한 트레뷰셋 투석기 여섯 대를 세웠다. 강쪽만 빼고 도시 삼면에 배치했으며, 깨진 돌 더미와 불만 붙이면 되는 역청과 송진 바구니로 주위를 둘러쌌다. 수레 옆을 걷던 병사 하나가 티리온이 어딜 쳐다보는지 보더니 뻐기면서 트레뷰셋마다 이름이 있다고 말했다. '드래곤 분쇄기', '마귀할멈', '하피의 딸', '사악한 자매', '아스타포의 유령', '마즈단의 주먹'이었다. 천막들 위로 12미터 솟아오른 이 투석기들은 포위 진영에서 제일 눈에 띄는 지물이었다. "드래곤 여왕은 저것들을 보기만 하고도 무릎을 꿇었지." 병사가 큰소리쳤다. “그대로 히즈다르의 고귀한 거시기나 빨고 있지 않으면 우리가 성벽을 다 무너뜨려줄 거야.”

티리온은 등이 피투성이 날고기 꼴이 되도록 채찍을 맞는 노예를 보았다. 남자들이 쇠고랑을 차고 절그렁거리며 한 줄로 행진했다. 창과 소검을 들고 있었지만, 사슬이 서로의 손목과 발목을 연결하고 있었다. 구운 고기 냄새가 났고, 한 남자가 스튜 냄비에 넣으려고 개의 가죽을 벗기는 모습이 보였다.

죽은 자들도 보였고, 죽어가는 자들의 신음도 들렸다. 떠다니는 연기와 말 냄새, 바다에서 풍겨오는 톡 쏘는 소금 내 사이로 피와 똥 냄새가 났다. ‘이질 종류로군.’ 그는 천막에서 두 용병이 용병의 시체를 들고 나오는 모습을 보다가 깨달았다. 손가락이 씰룩거렸다. 언젠가 아버지가 질병은 어떤 전투보다 빨리 군대를 쓸어버릴 수 있다고 말했었다.

‘그러니 더 탈출해야겠군. 그것도 빨리.’

500미터도 못 가서 재고해볼 만한 이유가 생겼다. 달아나려다가 잡힌 노예 세 명 주위에 사람들이 모여 있었다. “우리 귀여운 보물들은 착하고 말 잘 들을 거 알지.” 보모가 말했다. “달아나려는 것들이 어떻게 되나 보렴.”

잡힌 노예들은 줄지어 나무 기둥에 묶여 있었고, 투석병 두 명이 그들에게 기술을 시험했다. “톨로스인이지.” 위병 하나가 설명했다. “세상 제일가는 무릿매꾼들이야. 돌 대신 부드러운 납덩이를 던지거든.”

티리온은 장궁이 훨씬 멀리까지 공격하는데 새총 같은 물건으로 돌을 던지는 게 무슨 의미냐고 생각했었지만, 이제까지는 톨로스인의 솜씨를 본 적이 없었다. 그들의 납덩이는 다른 투석병들이 쓰는 매끈한 돌멩이보다 훨씬 큰 피해를 입혔고, 어떤 장궁 화살보다도 더 지독했다. 납덩이가 잡힌 노예 하나의 무릎을 때리자 피와 뼈가 튀더니 무릎 아래쪽 다리가 검붉은 힘줄에 매달려 축 늘어졌다. ‘허, 다시는 달리지 못하겠군.’ 티리온은 그 남자가 비명을 지르는 사이 생각했다. 도망 노예의 비명 소리가 종군 매춘부들의 웃음소리와 투석병이 빗맞히는 데 돈을 걸었던 자들의 욕설과 뒤섞여 아침 공기에 울려 퍼졌다. 페니는 외면했지만, 보모가 그 턱을 잡고 고개를 다시 돌렸다. "똑바로 봐라." 그는 명령했다. "거기 곰, 너도."

조라 모르몬트가 고개를 들어 보모를 응시했다. 티리온은 조라의 두 팔에 힘이 들어가는 것을 볼 수 있었다. '목을 졸라 죽이기라도 하면 우리 모두 끝장나는 거야.' 하지만 기사는 얼굴을 찡그릴 뿐, 고개를 돌려 피투성이 쇼를 보았다.

동쪽에서는 미린의 거대한 벽돌벽이 아침 아지랑이 속에 일렁였다. 그게 이 가엾은 바보들이 가고 싶어 한 피난처였다. '그렇지만 얼마나 오래 피난처로 남을까?'

보모는 도망 노예 셋이 다 죽은 후에야 다시 고삐를 잡았다. 노새 수레가 굴러갔다.

그들의 주인이 차지한 진영은 '마귀할멈' 남동쪽으로, 그 투석기 그늘에서부터 거의 몇 에이커를 뻗어나갔다. 예잔 조 카가즈의 소박한 천막이란 레몬색 비단으로 만든 궁전이었다. 아홉 개의 뾰족 지붕마다 중앙 기둥 끝에 금박 입힌 하피가 서서 햇빛에 반짝였다. 그보다 작은 천막들이 주위에 원을 그리고 섰다. "저것들은 우리 고귀하신 주인님의 요리사들, 첩들, 전사들과 몇몇 총애가 덜한 친척들이 사는 곳이다." 보모가 말했다. "하지만 너희 작은 귀염둥이들은 예잔 님의 천막에서 자는 드문 특권을 누릴 거다. 그분은 보물을 가까이 두기를 좋아하시지." 그는 모르몬트에게 얼굴을 찌푸렸다. "곰, 너는 말고. 너는 크고 못생겼으니 바깥에 사슬로 매어둬야겠다." 기사는 반응하지 않았다. "우선 너희 모두 목걸이를 차야지."

그 목걸이란 쇠로 만들어서 얇게 금박을 입힌 물건으로, 빛을 받으면 반짝거렸다. 금속에 예잔의 이름이 발리리아 상형문자로 새겨졌고, 귀 밑에 작은 종을 두 개 달아놓아서 걸을 때마다 딸랑딸랑 종소리가 울렸다. 조라 모르몬트는 부루퉁하니 말없이 목걸이를 받아들였지만, 페니는 무기제조인이 목걸이를 목에 딱 맞게 조이자 울기 시작했다. "너무 무거워요." 페니는 불평했다.

티리온은 페니의 손을 꼭 잡고 거짓말을 했다. "이건 순금이야. 웨스테로스에서는 귀족 여자들이나 이런 목걸이를 꿈꾼다고." '낙인보다야 목걸이가 낫지. 벗겨낼 수 있잖아.' 그는 샤에를 떠올리고, 샤에의 목을 세게 조일 때 금사슬 목걸이가 반짝이던 모습을 생각했다.

그 후, 보모는 조라 경의 사슬을 요리불 근처 말뚝에 매어두고 난쟁이 둘은 주인의 천막 안으로 데리고 들어가서 어디에서 잘지 보여줬다. 노란 비단 벽으로 주 천막에서 분리시켜둔 카펫 깔린 골방 같은 곳이었다. 그들은 이 공간을 예잔의 다른 보물들과 함께 써야 했다. 배배 꼬인 털투성이 '염소 다리'가 달린 소년, 만타리스에서 온 머리 둘 달린 소녀, 수염 난 여자, 그리고 문스톤과 미르 레이스로 만든 옷을 입은 '스위츠(Sweets)'라는 가냘픈 존재였다. "내가 남자인지 여자인지 판단하려고 하는구나." 스위츠는 두 난쟁이 앞에서 말하더니, 치마를 걷어 올려 아래에 뭐가 있는지 보여줬다. "둘 다야. 주인님은 날 제일 사랑하시지."

'기형 박물관이군.' 티리온은 깨달았다. '어디선가 어느 신이 웃고 있겠어.' 그는 자주색 머리에 보라색 눈을 지닌 스위츠에게 말했다. "멋지군. 이번만은 우리가 예쁜이들이길 꿈꾸고 있었는데 말이야."

스위츠는 키득거렸지만, 보모는 즐거워하지 않았다. "농담은 오늘 저녁, 우리 고귀한 주인님을 위해 공연할 때를 위해 아껴둬라. 주인님을 즐겁게 해드린다면 보상을 두둑하게 받을 거다. 그렇지 못하면……." 그는 티리온의 뺨을 때렸다.

감독관이 나가고 나자 스위츠가 말했다. "보모는 조심하는 게 좋아. 그놈이야말로 여기에서 유일하게 진짜 괴물이거든." 수염 난 여자는 알아들을 수 없는 기스카 방언을 썼고, 염소 소년은 교역어라고 불리는 후두음 강한 선원들의 혼합어를 했다. 두 머리의 소녀는 정신 박약이었다. 머리 하나는 오렌지만 해서 아예 말을 하지 못했고, 나머지 머리 하나는 치아를 갈아놓았고 누구든 자기 우리에 너무 가까이 다가가면 으르렁거렸다. 하지만 스위츠는 네 가지 언어를 유창하게 했고, 그중 하나는 고급 발리리아어였다.

"주인님은 어때요?" 페니가 불안해하며 물었다.

"두 눈이 노랗고, 악취가 나지." 스위츠가 대답했다. "10년 전에 소토리오스에 갔었는데, 그 후부터 계속 안이 썩어가고 있어. 잠시라도 자기가 죽어간다는 걸 잊게 해주면 더없이 관대해질 수 있지. 아무것도 거부하지 마."

재산으로서 사는 방법을 배울 시간은 그날 오후밖에 없었다. 예잔의 시중 노예들이 욕조에 뜨거운 물을 채웠고, 난쟁이들은 목욕을 허락받았다. 페니가 먼저 씻고, 티리온이 다음에 씻었다. 그다음엔 또 다른 노예가 티리온의 등에 난 상처가 덧나지 않게 따끔거리는 연고를 바르고, 서늘한 습포제로 덮었다. 그들은 페니의 머리카락을 잘랐고, 티리온의 수염을 다듬었다. 둘은 부드러운 슬리퍼와 소박하지만 깨끗한 새 옷을 받았다.

저녁이 오자 보모가 돌아와서 쇼를 보여줄 시간이라고 말했다. 예잔은 융카이의 최고사령관인 고귀한 유르카즈 조 윤자크를 접대할 터였고, 난쟁이들이 공연을 해야 했다. "너희 곰도 풀어줄까?"

"오늘 밤은 말고요." 티리온이 말했다. "우선 주인님을 위해 마상시합부터 하고, 곰은 다음번을 위해 남겨두죠."

"그러자. 재롱을 다 부리고 나면 식사와 술 시중을 도울 거다. 손님들에게 쏟지 않게 조심해라. 그랬다간 경을 칠 거다."

그날 저녁 유희의 시작은 공 던지기 묘기였다. 이어서 활력이 넘치는 공중제비 곡예사 3인조가 나왔다. 그 후에는 염소 다리 소년이 나와서 유르카즈의 노예 하나가 뼈 피리를 부는 가운데 기괴한 지그를 췄다. 티리온은 그 노예에게 혹시 〈카스타미어에 내리는 비〉를 아느냐고 물어볼까 싶었다. 차례를 기다리는 동안 그는 예잔과 손님들을 주시했다. 귀빈석에 앉은 말린 자두 같은 인간이 윤카이의 최고사령관인 모양이었는데, 흔들거리는 걸상만큼 퍽이나 강력한 모습이었다. 다른 윤카이 귀족 십여 명이 그를 수행했다. 용병대장도 두 명이 참석했는데, 각각이 또 대원 십여 명을 대동했다. 하나는 우아한 펜토스인으로, 회색 머리에 비단옷을 입었으나 망토만큼은 찢어지고 피 얼룩이 진 천 조각 수십 가지를 기워 만든 누덕누덕한 물건이었다. 또 한 명의 용병대장은 아침에 티리온과 페니를 사려고 했던 남자로, 희끗희끗한 수염을 기른 갈색 피부의 웅찰자였다. "갈색 벤 플럼이야." 스위츠가 그 이름을 말했다. "둘째 아들들의 대장이지."

'웨스테로스인인 데다 플럼이라. 갈수록 좋아지는군.'

"너희가 다음이다." 보모가 알렸다. "재미있게 굴어라, 작은 귀염둥이들아. 안 그러면 크게 후회할 거다."

티리온이 예전 그로트의 재주는 반도 익히지 못했지만, 그래도 돼지를 탈 순 있었고, 원할 때 돼지 등에서 떨어져서 몸을 굴려 벌떡 일어날 수도 있었다. 결과적으로 반응이 좋았다. 난쟁이들이 비틀비틀 달리며 나무 무기로 서로를 때려대는 광경은 킹스랜딩에서 있었던 조프리의 결혼 피로연 못지않게 노예상만의 포위 진영에서도 웃음을 불러일으키는 모양이었다. 티리온은 생각했다. '경멸이란, 어디서나 통하는 언어지.'

난쟁이 하나가 떨어지거나 한 대 맞을 때마다 제일 크게, 제일 오래 웃는 사람은 그들의 주인인 예잔으로, 지진이 나면 비곗덩어리가 저럴까 싶게 온몸을 흔들어댔다. 손님들은 유르카즈 조 윤자크가 어떻게 반응하는지 보고 따라했다. 최고사령관은 너무나 쇠약해 보여서, 티리온은 그자가 웃다가 죽지는 않을까 걱정스러웠다. 페니의 투구가 창에 맞고 날아가 어느 심술궂게 생긴 융카이인의 녹색과 금색 줄무늬 토카 자락에 떨어지자, 유르카즈는 암탉처럼 캑캑거렸다. 문제의 융카이 귀족이 투구 안에 손을 넣었다가 물이 뚝뚝 떨어지는 커다란 자주색 멜론을 꺼내자, 사령관은 얼굴색이 그 과일 곤죽과 같아질 때까지 씨근댔다. 사령관이 주최자에게 고개를 돌리고 뭐라고 속삭이자, 주인은 키득거리며 입술을 핥았다……. 그러나 티리온이 보기에는 그 째진 노란 눈에 노기가 살짝 깃든 것 같았다.

그 후에 두 난쟁이는 나무 갑옷과 땀에 젖은 옷을 벗고, 시중을 들라고 주어진 산뜻한 노란 튜닉으로 갈아입었다. 티리온은 자주색 와인병을 받았고, 페니는 물병을 들었다. 그들은 슬리퍼를 신은 발로 두꺼운 카펫을 가만가만 밟으며 천막 안의 잔들을 채웠다. 보기보다 힘든 일이었다. 오래지 않아서 티리온의 다리는 심한 경련을 일으켰고, 등에 난 상처가 하나 터져서 노란 리넨 튜닉에 피가 배어 나왔다. 티리온은 혀를 깨물고 계속 술을 따랐다.

손님 대부분은 다른 노예들만큼이나 그들에게도 관심 없었으나…… 융카이인 하나가 술에 취해서는 예잔에게 두 난쟁이를 접붙여보자고 했고, 또 한 명은 티리온이 어쩌다가 코를 잃었는지 알고 싶다고 했다. '댁 마누라의 사타구니에 밀어 넣었더니 물어 끊었지 뭐요.' 그렇게 대답할 뻔했지만…… 폭풍을 겪으면서 아직은 죽고 싶지 않다는 생각을 확인했기에, 대신 이렇게만 대답했다. "건방진 벌로 잘렸습니다요."

그때 호안석 술을 단 파란 토카 차림의 귀족 하나가 티리온이 경매대에서 시바스 실력으로 큰소리쳤다는 점을 기억해냈다. "어디 한번 시험해봅시다." 시바스 탁자와 말이 정식으로 준비됐다. 몇 분 후, 얼굴이 시뻘게진 귀족은 격분해서 탁자를 밀고 카펫 위에 시바스 말을 뿌리면서 융카이인들의 웃음을 샀다.

"이기게 해줬어야죠." 페니가 소곤거렸다.

갈색 벤 플럼이 미소 지으며 엎어진 탁자를 세웠다. "다음엔 나와 둬보지, 난쟁이. 젊었을 때 둘째 아들들이 볼란티스와 계약을 맺어서, 그때 시바스를 배웠거든."

"저는 노예일 뿐입니다. 제가 언제 누구와 시바스를 둘지는 제 고귀한 주인님이 결정하시죠." 티리온은 예잔을 돌아보았다. "주인님?"

노란 귀족은 그 말에 즐거워하는 것 같았다. "뭘 거시겠소, 대장?"

"제가 이기면, 이 노예를 제게 주십시오." 플럼이 말했다.

"안 되오." 예잔 조 카가즈가 말했다. "하지만 내 난쟁이를 이길 수 있다면, 내가 저놈을 사느라 치른 값을 주지. 금화로."

"좋습니다." 용병이 말했다. 카펫에 흩어졌던 말들을 주워 올리고, 두 사람은 게임판에 마주 앉았다.

첫 판은 티리온이 이겼다. 두 번째 판은 플럼이 이겨서 내기에 건 돈이 두 배가 됐다. 세 번째 대결을 준비하면서 티리온은 적수를 연구했다. 갈색 피부에, 뺨과 턱에 난 회색과 흰색이 섞인 수염을 바싹 깎았고, 얼굴에는 수많은 주름과 몇 개의 오래된 흉터가 진 플럼은 상냥한 인상이었고, 미소 지으면 더 그래 보였다. '믿음직한 신하로군.' 티리온은 판단을 내렸다. '모두가 제일 좋아하는 아저씨, 웃음과 오랜 격언과 투박하고 수수한 지혜가 가득하지.' 그러나 그건 다 사기다. 미소는 플럼의 눈까지 이르지 못했고, 신중함의 베일 뒤에는 탐욕이 숨어 있었다. '굶주렸지만 경계심이 강해.'

용병은 아까 융카이 귀족만큼 형편없는 선수였지만, 게임이 대담하기보다는 무덤덤하면서 끈질겼다. 시작할 때 배열은 매번 다르면서도 똑같았다. 보수적이고, 방어적이고, 수동적이었다. '이기려는 게임이 아니야.' 티리온은 깨달았다. '지지 않으려는 방식이야.' 그 방식이 두 번째 판에는 먹혔는데, 그때는 티리온이 위험 부담이 큰 공격에 나선 탓이었다. 세 번째, 네 번째, 다섯 번째 판에서는 먹히지 않았고 다섯 번째 판이 마지막이었다.

마지막 판이 끝날 때쯤, 요새는 폐허가 되고 드래곤은 죽고, 앞은 코끼리 부대에 막히고 중기병에게 후위를 내준 플럼은 고개를 들어 미소 지으며 말했다. "욜로가 또 이겼군. 네 수면 죽겠어."

"세 수입니다." 티리온이 드래곤을 툭 건드렸다. "제가 운이 좋았죠. 다음 게임을 하기 전에 제 머리를 문지르시면 어떨까요, 대장님. 손가락에 행운이 좀 묻을 수도 있잖습니까." '그래봤자 지겠지만, 이것보다는 나은 게임이 될지 모르지.' 티리온은 씩 웃으면서 게임판에서 물러서서 와인병을 집고 꽤 돈을 번 예잔 조 카가즈와 상당히 가난해진 갈색 벤 플럼에게 다시 술을 따르려 몸을 돌렸다. 그의 거대한 주인은 세 번째 판이 진행되는 사이 술에 취해 잠들었고, 누렇게 뜬 손가락 사이로 술잔이 빠져나가 카펫에 와인을 쏟았지만, 그래도 깨어나면 기뻐할 터였다.

최고사령관 유르카즈 조 윤자크가 우람한 노예 둘의 부축을 받아 나가자, 다른 손님들도 떠나도 좋다는 신호가 된 모양이었다. 천막 안이 비자 보모가 다시 나타나서 시중꾼들에게 남은 음식으로 잔치를 벌여도 좋다고 말했다. "빨리 먹어라. 자기 전에 다시 다 치워야 해."

티리온이 저린 다리와 고통의 비명을 지르는 피투성이 등으로 무릎을 꿇고 앉아서 고귀한 예잔이 쏟은 와인이 고귀한 예잔의 카펫에 남긴 얼룩을 문질러 닦으려는데, 감독관이 채찍 끝으로 부드럽게 그의 뺨을 두드렸다. "욜로. 잘해줬다. 너도 네 아내도."

"제 아내 아닙니다."

"그럼 네 창녀인가. 둘 다 일어나라."

티리온은 한쪽 다리를 덜덜 떨면서 불안정하게 일어섰다. 허벅지가 꽉 뭉쳐서 쥐가 나는 바람에 페니의 손을 빌려서야 일어날 수 있었다. "저희가 뭘 했게요?"

"많이 해줬지." 감독관이 말했다. "보모가 아버지를 기쁘게 해드리면 보상을 받을 거라 하지 않았더냐? 보았다시피 고귀한 예잔께선 귀여운 보물들을 잃기 싫어하시지만, 유르카즈 조 윤자크 님께서 이런 익살스러운 것들을 독차지하는 건 이기적이라고 설득하셨단다. 기뻐하거라! 너희는 평화협정을 축하하기 위해 다즈낙 대투기장에서 마상시합을 하는 영광을 누리게 됐다. 수천 명이 너희를 보러 올 거야! 수만 명이! 아, 얼마나 즐겁겠느냐!"

제이미

레이븐트리는 오래된 성이었다. 오래된 돌들 사이에 이끼가 무성하게 자라, 노파의 다리에 튀어나온 힘줄처럼 이리저리 벽을 뒤덮었다. 성의 대문 양옆을 거대한 탑이 옹위하고, 성벽이 꺾이는 자리마다 그보다 작은 탑이 지켰다. 모든 게 사각이었다. 곡선 벽은 돌이 빗맞는 경향이 더 높으니 투석기를 상대할 때는 둥근 탑과 반달 모양 성벽이 나으련만, 레이븐트리는 건설자들이 그런 지혜를 짜내기 전에 지어졌다.

이 성은 지도에서도 사람들도 블랙우드 협곡이라고 부르는 크고 풍요로운 골짜기를 지배했다. 분명 협곡이기는 하나, 여기에는 검은색이든 갈색이든 초록색이든 간에 수천 년간 나무가 자란 적이 없었다. 옛날에는 자랐으나, 도끼가 나무를 다 베어낸 지 오래였다. 한때 참나무 숲이 우뚝 섰던 곳에 집과 방앗간과 성채가 섰다. 땅은 나무도 풀도 없이 질척했고, 여기저기에 녹다 만 눈밭이 남았다.

그러나 성벽 안에는 아직 작게나마 숲이 있었다. 블랙우드 가문은 안달인이 웨스테로스에 오기 전 최초인이 그랬듯 옛 신들을 지키고 숭배했다. 그곳 신의 숲에는 레이븐트리의 사각탑만큼 오래됐다는 나무들이 있었고,

특히 심장 나무가 그랬다. 위쪽으로 뻗은 가지들이 몇십 리 밖에서도 마치 하늘을 긁는 손가락뼈처럼 보이는 거대한 영목이었다.

제이미 라니스터와 그의 호위병들이 굽이치는 언덕을 지나 협곡에 들어섰을 때, 예전에 레이븐트리를 에워싸고 있었던 밭과 농장과 과수원은 거의 남아 있지 않았다. 진흙과 잿더미, 그리고 여기저기 시커멓게 타고 남은 집과 방앗간 껍데기뿐이었다. 그 황야에 잡초와 가시덤불이 자라기는 했으나, 작물이라고 부를 수 있는 것은 없었다. 제이미는 눈이 닿는 곳마다 아버지의 손길을 보았다. 가끔 길옆에 얼핏 보이는 뼈에서도 그랬다. 대부분은 양들의 뼈였으나, 말도 있었고, 소도 있었고, 가끔은 인간의 두개골이나 갈빗대에서 잡초가 자라는 머리 잃은 사람 뼈도 보였다.

리버런과 달리, 레이븐트리를 에워싼 대군은 없었다. 이 포위전은 좀 더 사적인 일이었고, 몇백 년간 계속 이어진 춤사위에서 제일 최근에 밟은 스텝이었다. 성을 에워싼 조노스 브라켄의 병력은 기껏해야 오백 정도였다. 제이미의 눈에 공성탑이나 공성추, 투석기는 보이지 않았다. 브라켄은 레이븐트리의 성문을 부수거나, 그 높고 두꺼운 벽을 강습할 생각이 없었다. 구원이 찾아올 기미가 없는 가운데 적수를 굶기는 데 만족하고 있었다. 분명 포위전을 시작했을 때는 돌격과 접전이 있었을 테고, 화살이 날아다니기도 했으리라. 반년이 지나자 모두가 그런 헛짓을 하기엔 너무 지쳤다. 지루함과 타성이 그 자리를 대신했다. 규율의 적이었다.

'끝날 때가 지났어.' 제이미 라니스터는 생각했다. 리버런은 이제 안전하게 라니스터의 손아귀에 들어왔으니, 젊은 늑대의 짧았던 왕국에서 남은 곳은 레이븐트리뿐이었다. 레이븐트리가 항복하고 나면 트라이던트 강가에서 제이미가 할 일도 끝나고, 킹스랜딩으로 돌아갈 수 있었다. '왕에게.' 그는 스스로에게 그렇게 말했지만, 마음속 다른 부분은 '세르세이에게'라고 속삭였다.

세르세이를 대면하기는 해야 하리라. 도시로 돌아갈 때까지 최고성사가 세르세이를 죽이지만 않는다면. "바로 와줘." 리버런에서 페클던에게 태우게 한 편지에 그렇게 적혀 있었다. "도와줘. 구해줘. 그 어느 때보다 지금 네가 필요해. 사랑해. 사랑해. 사랑해. 바로 와." 제이미도 그 절실함이 진짜라는 것은 의심하지 않았다. 나머지에 대해서는……. '내가 아는 한 란셀과 오스먼드 케틀블랙과 잤고 문보이와도 잤을지 모르지…….' 설령 그때 돌아갔다 해도 구할 가망은 없었다. 세르세이는 제기된 모든 반역죄에 유죄였고, 제이미에겐 오른손이 없었다.

대열이 들판에서 달려가자, 파수병들은 두려움보다는 호기심을 보이며 그들을 응시했다. 아무도 경보를 울리지 않았는데, 제이미에게는 잘된 일이었다. 조노스 브라켄 공의 천막은 찾기 어렵지 않았다. 숙영지에서 제일 큰 천막이었고, 제일 좋은 곳에 위치했다. 개울물 옆에 솟아오른 낮은 언덕 꼭대기라, 레이븐트리의 성문 두 개가 잘 보였다.

천막은 갈색이었고, 중앙 기둥에서 펄럭이는 군기도 갈색이었다. 금색 방패꼴 바탕에 브라켄 가문의 붉은 준마가 뒷발을 들고 선 깃발이었다. 제이미는 병사들에게 말에서 내리라고 명하고, 원한다면 섞여 들어도 좋다고 말했다. "너희 둘은 빼고." 군기잡이들은 예외였다. "가까이 있어라. 오래 걸리지 않을 거다." 제이미는 '명예'에서 훌쩍 뛰어내려, 검집에 든 장검을 덜컥이며 브라켄의 천막으로 성큼성큼 걸어갔다.

천막 문밖에 서 있던 위병들은 제이미가 다가가자 불안한 눈빛을 교환했다. "나리." 한 명이 말했다. "오셨다고 알릴까요?"

"내가 직접 알리겠다." 제이미는 황금 손으로 천막 문을 젖히고 허리를 굽혀 안으로 들어갔다.

그들은 제이미가 들어갔을 때 진심으로 몰두해 있었다. 발정이 제대로 나서 열중한 나머지 둘 다 제이미의 도착도 알아차리지 못했다. 여자는 눈을 감고 있었다. 두 손은 브라켄의 등에 난 거친 갈색 털을 움켜잡았고, 브라켄이 몸을 밀어 넣을 때마다 숨을 들이켰다. 브라켄은 그 여자의 가슴에 머리를 묻고, 두 손은 여자의 엉덩이를 쥐고 있었다. 제이미가 헛기침을 했다. "조노스 공."

여자가 눈을 번쩍 뜨더니 놀라서 소리를 질렀다. 조노스 브라켄은 몸을 굴려 떨어져서 검집을 찾고는, 벌거벗은 채로 칼을 손에 들고 일어나며 욕을 했다. "이런 망할 일곱 지옥 같으니라고. 누가 감히 ― " 그러다가 그는 제이미의 하얀 망토와 금빛 흉갑을 보고 칼끝을 내렸다. "라니스터?"

"즐거움을 방해해서 미안하군요, 조노스 공." 제이미는 반쯤 웃으며 말했다. "하지만 좀 급해서 말이오. 이야기 좀 할 수 있겠소?"

"이야기라. 그러쇼." 조노스 공은 장검을 꽂았다. 제이미만큼 키가 크지는 않았지만 몸은 더 육중했고, 두꺼운 어깨와 굵은 팔은 대장장이도 부러워할 수준이었다. 뺨과 턱을 갈색 수염 그루터기가 뒤덮었다. 눈도 갈색이었는데, 그 눈동자에 깃든 노기는 잘 감추지 못했다. "기습을 하셨구먼. 온다는 소리도 못 들었는데."

"그리고 난 방해가 된 것 같고." 제이미는 침대에 누운 여자를 보고 웃었다. 여자는 한 손으로 왼쪽 가슴을 가리고 반대쪽 손은 다리 사이를 가려, 오른쪽 가슴을 드러낸 채였다. 젖꼭지가 세르세이보다 색이 진했고 세 배는 컸다. 여자는 제이미의 시선을 느끼자 오른쪽 젖가슴을 가렸지만, 그러느라 불두덩이 드러났다. "종군 매춘부들은 다 저렇게 정숙한가?" 그는 물었다. "순무를 팔고 싶다면 늘어놓고 보여줘야 할 텐데."

"들어오신 후 계속 제 순무는 보고 계셨잖아요." 여자는 담요를 찾아 허리까지 끌어 올리고는, 한 손으로 눈을 가린 검은 머리카락을 걷어냈다. "그리고 이건 파는 게 아니랍니다."

제이미는 어깨를 으쓱였다. "혹시 엉뚱한 착각을 했다면 사과하지. 내 동생은 창녀를 백 명도 더 알았을 테지만, 나는 하나밖에 몰라서."

"전리품이외다." 조노스 브라켄은 바닥에 떨어진 바지를 주워 털었다. "블랙우드의 맹약검사 한 놈 거였는데 내가 그놈 머리를 둘로 쪼개놨소. 손 내려라, 여자. 라니스터 공께서 그 가슴을 제대로 보고 싶으시다잖느냐."

제이미는 그 말을 무시하고 조노스에게 말했다. "바지를 거꾸로 입고 계신데." 조노스가 욕을 하는 사이, 여자는 침대에서 미끄러져 내려와서 흩어진 옷가지를 낚아챘다. 여자가 몸을 굽히고 돌리고 손을 뻗는 사이 가슴과 사타구니 사이에서 손가락이 불안하게 꿈틀거렸다. 몸을 가리려고 노력하는 모습이 이상하게 자극적이었다. 그냥 벌거벗고 돌아다녔다면 별 느낌이 없었을 텐데. "이름이 있나, 여자?" 그가 물었다.

"어머니가 지어주신 이름은 힐디랍니다." 여자는 지저분한 원피스를 머리에 꿰어 입고 머리채를 흔들어 풀었다. 얼굴은 발만큼이나 지저분했고 다리 사이 털은 조노스 브라켄의 누이라고 해도 믿을 만큼 무성했지만, 그래도 이 여자에겐 뭔가 끌리는 데가 있었다. 그게 들창코인지, 갈기같이 덥수룩한 머리인지…… 아니면 치마를 입은 후에 무릎을 살짝 굽혀 인사하는 방식인지. "제 반대쪽 신발 보셨어요, 나리?"

조노스 공은 그 질문에 짜증이 난 것 같았다. "네 신발을 가져다달라니, 내가 무슨 시녀냐? 정 없으면 맨발로 걸어. 나가라."

"우리 나리께서 절 데리고 집에 가서 귀여운 부인과 같이 기도하게 해주지 않으시겠다는 뜻이겠죠?" 힐디는 깔깔대며 제이미에게 뻔뻔한 표정을 지었다. "경은 귀여운 부인이 있으시고요?"

'아니. 누이가 있지.' "내 망토 색이 안 보이나?"

"하얀색이네요. 하지만 손은 순금이잖아요. 그런 남자가 좋더라. 나리께선 여자가 어떤 게 좋으세요?"

"순수한 게 좋지."

"여자요. 딸이 아니라."

그는 미르셀라를 생각했다. '그애에게도 말해야겠지.' 도르네인들은 좋아하지 않을 것이다. 도란 마르텔이 미르셀라를 아들과 약혼시킨 건 로버트의 핏줄이라고 믿어서였다. '엉킨 매듭이 한둘이 아니구나.' 제이미는 칼을 한 번 휘둘러서 매듭을 다 잘라버릴 수 있다면 좋겠다고 생각했다. "나는 서약을 했어." 그는 피곤한 마음으로 힐디에게 말했다.

"그럼 경에게 줄 순무는 없네요." 여자는 짓궂게 말했다.

"나가라." 조노스 공이 버럭 소리쳤다.

여자는 나갔다. 하지만 신발 한 짝과 옷더미를 움켜쥐고 제이미 옆을 지나치면서 손을 뻗어 바지 위로 그의 남근을 한 번 쥐고 갔다. "힐디예요." 여자는 그렇게 말하고 나서 반쯤 벗은 채 천막 밖으로 뛰어나갔다.

'힐디라.' 제이미는 생각했다. "부인은 어떻게 지내시오?" 여자가 사라지자 그는 조노스 공에게 물었다.

"내가 어떻게 알겠소? 그 여자의 성사에게 물어보쇼. 경의 아버지가 우리 성을 불태웠을 때, 신들이 우릴 벌하는 거라고 생각하더니 이제 기도밖에 안 한다오." 조노스는 마침내 바지를 제대로 돌려 입고 앞을 묶고 있었다. "왜 여기까지 온 거요? 검은 물고기 때문인가? 어떻게 달아났는지는 들었지."

"그래요?" 제이미는 간이 의자에 앉았다. "혹시 직접 들으셨나?"

"브린덴 경이 나한테 뛰어올 정도로 바보는 아니지. 내가 그 남자를 좋아한다는 건 부정하지 않겠소. 그래도 나나 내 식구 근처에 얼굴을 들이밀면 사슬을 채울 거요. 그자는 내가 무릎을 굽혔다는 걸 알거든. 그자도 똑같이 했어야 하는데. 언제나 고집이 어지간했지. 그자의 형님도 그리 말했을 거외다."

"타이토스 블랙우드는 무릎을 굽히지 않았지." 제이미가 지적했다. "검은 물고기가 레이븐트리에 피신할 수도 있겠소?"

"그럴 수도 있겠지만, 그러자면 내 포위선을 뚫고 가야 할 텐데 아직 그 자에게 날개가 돋았단 소식은 못 들었소. 오래지 않아서 타이토스야말로 피난처가 필요할 거요. 성 안에선 쥐와 나무뿌리를 먹고 있거든. 다음 보름이 오기 전에 항복할 거요."

"오늘 해가 지기 전에 항복할 거요. 내가 조건을 제시해서 왕의 평화 안으로 돌아오게 만들 작정이니."

"그렇군." 조노스 공은 브라켄의 붉은 준마를 앞에 수놓은 갈색 모직 튜닉을 입었다. "에일 한 잔 드시겠소?"

"아니오. 하지만 나 때문에 삼갈 건 없어요."

조노스는 뿔잔을 채워 반쯤 마신 후에 입을 닦았다. "조건이라. 무슨 조건이오?"

"뻔한 조건들. 블랙우드 공은 반역을 자백하고 스타크와 툴리와의 동맹을 정식으로 철회해야 하오. 신과 인간 앞에서 앞으로는 하렌홀과 철왕좌에 충성을 맹세한 봉신으로 남을 것을 맹세하면, 왕의 이름으로 내가 사면을 해주겠지. 물론 금화 한두 동이는 상납받을 것이고. 반역의 대가랄까. 레이븐트리가 다시는 봉기하지 않는다는 보증으로 인질도 받아야지요."

"그놈 딸." 조노스가 제안했다. "블랙우드에겐 아들이 여섯 있지만, 딸은 하나요. 그 딸을 애지중지하지. 코흘리개 어린애인데, 일곱 살이나 됐으려나."

"어리지만, 될 것 같군요."

조노스 공은 남은 에일을 들이켜고 뿔잔을 내던졌다. "우리가 약속받은 영지와 성은?"

"그게 어느 땅이었지요?"

"크로스보리지(Crossbow Ridge, 노궁산)에서 러팅메도(Rutting Meadow, 발

정 초원)까지, 위도스워시(Widow's Wash, 과부강) 동쪽 강둑 땅과 그 강에 있는 섬 전부요. 그라인드콘밀과 로드스밀, 머디홀의 폐허, 래비시먼트, 배틀 계곡, 올드포지, 버클 마을, 블랙버클 마을, 케언스, 클레이풀, 그리고 장이 서는 머드그레이브 마을. 말벌 숲, 로겐의 숲, 그린힐, 바르바의 젖무덤도. 블랙우드 놈들은 거길 미시의 젖무덤이라 부르지만 원래 바르바였소. 허니트리와 거기 벌집도 다. 여기, 보시겠다면 내가 다 표시해놨소이다." 그는 탁자 위를 뒤져서 양피지 지도 하나를 꺼냈다.

제이미는 성한 손으로 지도를 받았지만, 펼쳐서 붙들고 있으려면 황금 손을 써야 했다. "상당한 땅이군." 그는 말했다. "영지가 4분의 1은 느시겠소."

브라켄은 고집스럽게 입매에 힘을 넣었다. "이 땅은 전부 다 예전에 스톤헤지에 속했소. 블랙우드가 우리한테서 훔쳐 갔지."

"여기, 젖무덤 사이의 이 마을은?" 제이미는 금박 손가락으로 지도를 두드렸다.

"페니트리요. 거기도 예전엔 우리 땅이었지만, 백 년 동안 왕실 봉토였소. 거긴 뺍시다. 우린 오직 블랙우드가 훔쳐 간 땅만 요구하는 거요. 경의 아버지는 우리가 타이토스 공을 무릎 꿇리면 그 땅을 되찾게 해주겠다고 약속했소."

"하지만 말을 달리면서 보니 성벽에는 툴리의 깃발이 휘날리고 있더군요. 스타크의 다이어울프도 아직 있고. 타이토스 공은 무릎을 꿇지 않은 것 같은데."

"우리가 그놈과 그놈 병사들을 들판에서 몰아내어 레이븐트리 안에 가뒀소. 강습할 만한 병사만 준다면야 모조리 무덤에 집어넣으리다."

"내가 충분한 병력을 제공한다면, 적을 무릎 꿇리는 건 공이 아니라 내 병사들이겠지요. 그렇다면 내가 보상을 받아야 할 것이고." 제이미가 손을 놓자 지도가 다시 말렸다. "괜찮다면 이 지도는 가져가겠소."

"지도는 가지쇼. 땅은 우리 거요. 라니스터는 언제나 빚을 갚는다던데. 우린 당신네를 위해 싸웠어."

"그 두 배의 시간 동안 우리와 싸웠고."

"그건 왕이 사면한 일이고. 난 조카와 서자를 경의 칼에 잃었소. 당신네 산더미가 내 수확물을 훔치고 못 가져가는 건 다 태워버렸고, 내 성에도 불을 지르고 내 딸 하나는 강간했지. 보상은 받아야겠소."

"산더미는 죽었고, 내 아버지도 죽었소." 제이미는 말했다. "그리고 목을 보전했으면 충분한 보상이라고 말할 사람도 있을 거요. 당신은 스타크 지지를 선언했고, 왈더 공이 스타크를 죽일 때까지 신의를 지켰잖소."

"그냥 죽인 게 아니라 비열하게 살해했고, 내 혈연인 훌륭한 남자들도 열 명 넘게 죽였지." 조노스 공은 고개를 돌리고 침을 뱉었다. "그래, 난 젊은 늑대에게 신의를 지켰소. 경에게도 신의를 지킬 거요. 날 공정하게 대우하기만 한다면. 내가 무릎을 굽힌 건 죽은 사람을 위해 죽거나, 가망 없는 목표를 위해 브라켄의 피를 뿌려봐야 소용없다는 걸 알아서요."

"분별력 있군요." '타이토스 공이 더 명예로웠다고 말할 사람도 있겠지만 말이지.' "공은 땅을 받을 거요. 다는 아니더라도. 어쨌든 블랙우드를 반쯤은 무릎 꿇렸으니까."

조노스 공도 이 말에는 만족하는 것 같았다. "단장이 공정하다고 생각하는 몫에 만족하리다. 하지만 조언을 좀 해도 괜찮다면, 블랙우드 놈들에게 너무 온화하게 나가봐야 소용없소. 그놈들 피엔 배신이 흐르거든. 안달인이 웨스테로스에 오기 전엔 브라켄 가문이 이 강을 다스렸지. 우리가 왕이었고 블랙우드는 우리의 봉신이었는데, 우리를 배신하고 왕관을 찬탈했어. 블랙우드는 하나같이 변절자로 태어났소. 협상할 때 그 점을 기억하시는 게 좋을 거요."

"아, 그러지요." 제이미는 약속했다.

제이미가 브라켄의 포위진에서 레이븐트리 성문으로 달려갈 때는, 페클던이 화평의 깃발을 들고 앞을 달렸다. 문루 성곽에서 스무 쌍의 눈이 그들이 성에 도착하는 모습을 지켜보았다. 그는 '명예'의 고삐를 당겨 해자 앞에 세웠다. 가장자리에 돌을 깐 깊은 녹색 물에는 더껑이가 가득했다. 제이미가 케노스 경에게 '헤록의 나팔'을 불라고 명하려는 순간, 도개교가 내려왔다.

타이토스 블랙우드 공은 본인 못지않게 앙상한 군마를 타고 외벽 안뜰에서 그를 맞이했다. 레이븐트리의 영주는 아주 키가 크고 아주 말랐으며, 매부리코에 긴 머리, 검은색보다 회색이 더 많이 보이는 텁수룩한 수염이 특징이었다. 반질반질한 진홍색 갑옷 흉갑에는 죽어서 잎사귀도 없는 하얀 나무를 은으로 새겼고, 마노로 만든 까마귀 떼가 그 나무로부터 날아올랐다. 어깨에는 까마귀 깃털로 만든 망토가 휘날렸다.

"타이토스 공." 제이미가 말했다.

"경."

"들어오게 해줘서 고맙군요."

"환영한다고는 않겠어요. 경이 오기를 기대했다는 사실도 부인하지 않겠고. 내 검을 받으러 왔겠지요."

"난 이 일을 끝내러 왔습니다. 공의 병사들은 용맹하게 싸웠으나, 전쟁에서는 졌어요. 항복할 준비 됐습니까?"

"왕에게 하지요. 조노스 브라켄에게가 아니라."

"이해합니다."

블랙우드는 잠시 머뭇거렸다. "내가 말에서 내려 지금 이 자리에서 무릎을 꿇길 바랍니까?"

백 개의 눈이 지켜보고 있었다. "바람이 차고 뜰이 진흙탕이군요." 제이미는 말했다. "일단 조건에 동의하고 나서 개인방 카펫에 무릎 꿇어도 됩니다."

"기사다운 말씀이군." 타이토스 공이 말했다. "갑시다, 경. 내 성에 음식은 부족할지 몰라도 예의가 없었던 적은 없어요."

블랙우드의 개인방은 동굴 같은 목재 아성 2층에 있었다. 안에 들어가니 벽난로에 불이 타오르고 있었다. 거대한 검은 참나무 들보가 높은 천장을 떠받치는 휑뎅그렁한 방이었다. 벽은 모직 태피스트리가 덮었고, 넓은 격자문 한 쌍이 신의 숲을 내다보고 있었다. 노란 유리를 끼운 두꺼운 마름모꼴 유리창으로 이 성에 레이븐트리라는 이름을 안겨준 나무의 울퉁불퉁한 가지가 보였다. 캐스털리록의 '돌 정원'에 있는 영목보다 열 배는 큰 오래된 영목이었다. 그러나 이 나무는 나뭇잎도 없이 죽어 있었다.

"브라켄이 독을 썼지요." 주인이 말했다. "천 년 동안 잎 하나 내밀지 않았어요. 학사들이 말하길 또 천 년이 지나면 돌이 될 거라는군요. 영목은 절대 썩지 않거든요."

"까마귀들은?" 제이미가 물었다. "까마귀는 어디 있습니까?"

"해 질 녘에 와서 밤새 앉아 있지요. 수백 마리예요. 까만 잎사귀처럼 가지마다, 줄기마다 빽빽하게 뒤덮지요. 수천 년 동안 그렇게 찾아왔습니다. 어떻게 오는지, 왜 오는지는 아무도 모르지만 저 나무는 매일 밤 까마귀들을 불러들이죠." 블랙우드는 등받이가 높은 의자에 앉았다. "체면상 내 주군에 대해 물어봐야겠군요."

"에드무어 경은 제 포로로 캐스털리록으로 향하는 중입니다. 그 부인은 아이가 태어날 때까지 트윈스에 남고, 그 후에는 아기와 함께 에드무어 경에게 가게 됩니다. 에드무어는 탈출하려 하거나 반란을 꾀하지 않는 한 오래 살 겁니다."

"길고 쓰라린 인생이겠지요. 명예 없는 삶이라니. 사람들은 죽는 날까지 그분이 싸우기를 두려워했다고 할 겁니다."

'부당한 비난이지.' 제이미는 생각했다. '자식 때문에 겁먹은 거야. 내가 누구 아들인지 아니까. 내 고모보다 그 녀석이 더 잘 알았지.' "직접 내린 선택입니다. 그자의 숙부라면 피를 보고야 말았겠죠."

"그것만은 우리 의견이 같군요." 블랙우드의 목소리는 아무것도 내비치지 않았다. "혹시 브린덴 경을 어찌했는지 물어도 될까요?"

"검은 옷을 입으라고 제안했습니다. 그러지 않고 달아났지요." 제이미는 미소 지었다. "혹시 여기 숨기고 있습니까?"

"아뇨."

"숨겨뒀다면 나에게 말했을까요?"

이번에는 타이토스 블랙우드가 미소 지을 차례였다.

제이미는 살아 있는 손으로 황금 손가락을 감싸 두 손을 모았다. "이제 조건을 이야기할 때가 됐군요."

"여기가 내가 무릎을 꿇을 자린가요?"

"원하신다면 그러시죠. 아니면 그냥 꿇었다고 할 수도 있고."

타이토스 공은 그대로 앉아 있었다. 그들은 곧 중요한 조건들에 합의했다. 자백, 충성 맹세, 사면, 그리고 지불해야 할 금과 은. "어떤 땅을 요구하시겠습니까?" 타이토스가 물었다. 제이미가 지도를 내밀자 그는 흘긋 보고 쿡쿡거렸다. "아무렴. 그 변절자가 보상을 꼭 받아야겠지."

"그래요. 하지만 생각보다는 작은 보상일 겁니다. 해준 일이 작아서요. 이 중에 어느 땅을 내놓아도 되겠습니까?"

타이토스 공은 잠시 생각했다. "우드헤지, 크로스보리지, 그리고 버클."

"폐허와 산, 그리고 움막 몇 개요? 공, 반역을 했으니 고통은 받아야죠. 브라켄이 최소한 이 방앗간들 중 하나는 원할 겁니다." 방앗간은 쏠쏠한 세금원이었다. 영주는 방앗간에서 빻는 모든 곡식의 10분의 1을 받았다.

"그러면 로드스밀로 합시다. 그라인드콘은 우리 거예요."

"그리고 마을 하나 더요. 케언스?"

"케언스의 돌무더기 밑에 묻힌 조상님들이 있습니다." 그는 지도를 다시 보았다. "허니트리와 벌집들을 주지요. 꿀이 그렇게 많아지면 살찌고 이가 썩겠지."

"그럼 됐군요. 하지만 마지막으로 하나만 더요."

"인질이로군요."

"그렇습니다. 딸이 하나 있는 걸로 압니다."

"베타니." 타이토스 공은 충격받은 얼굴이었다. "나에겐 형제 둘에 누이도 있어요. 남편을 여읜 숙모도 둘 있고. 조카들에 사촌들도 있습니다. 그만하면 만족할 줄 알았는데……."

"공의 자식이어야 합니다."

"베타니는 여덟 살밖에 안 됐어요. 웃음 많고 다정한 아이예요. 내 성에서 하루 거리도 나가본 적이 없어요."

"그 아이에게 킹스랜딩을 보여줘서 안 될 것 있습니까? 전하께서도 비슷한 나이죠. 친구가 하나 더 생기면 기뻐할 겁니다."

"친구 아비가 불쾌하게 하면 목매달 수 있는 친구 말입니까?" 타이토스 공이 물었다. "내겐 아들이 넷 있습니다. 대신 아들을 하나 데려가면 어떨까요? 벤은 열두 살이고 모험을 갈망하지요. 괜찮다면 경의 종자가 될 수도 있어요."

"종자는 이미 어째야 하나 싶게 많습니다. 제가 오줌을 쌀 때마다 서로 제 물건을 받쳐 들겠다고 싸우죠. 그리고 공에겐 아들이 넷이 아니라 여섯일 텐데요."

"예전엔 그랬지요. 로버트가 막내였는데 튼튼하지가 않았어요. 아흐레 전에 설사병으로 죽었습니다. 루카스는 피의 결혼식에서 살해당했고. 왈더 프레이의 네 번째 부인이 블랙우드였건만, 트윈스에서는 친척 관계가 손님의 권리만큼이나 가치가 없더군요. 루카스를 저 나무 밑에 묻고 싶지만, 프레이 놈들은 아직까지 내 아들의 뼈를 돌려주지 않았어요."

"그건 제가 해결하지요. 루카스가 맏아들이었습니까?"

"둘째 아들입니다. 브린덴이 맏아들이자 후계자지요. 이제 그다음이 호스터인데 안타깝게도 책벌레예요."

"킹스랜딩엔 책이 많지요. 동생이 가끔 읽던 모습이 기억나는군요. 공의 아들도 보고 싶어 할지 모르겠습니다. 호스터를 인질로 받지요."

블랙우드는 눈에 띄게 안심했다. "고맙습니다." 그는 잠시 머뭇거렸다. "이런 말을 해도 될지 모르겠지만, 조노스 공에게도 인질을 요구하시는 게 좋겠습니다. 딸을 하나 받으시지요. 그렇게 발정이 났어도 아들을 둘 만큼 사내답진 못했더군요."

"서자가 하나 있었는데 전쟁 중에 죽었습니다."

"그랬나요? 해리가 사생아인 건 사실이지만, 조노스가 아버지인지는 의문스러워서 말입니다. 해리는 금발이었고 잘생겼었지요. 조노스는 둘 다 아니고." 타이토스 공이 일어섰다. "함께 저녁 식사를 하는 영광을 베풀어 주시겠습니까?"

"다음에 하지요." 이 성은 굶주려 있었다. 제이미가 그들의 입에 들어갈 음식을 훔쳐서 좋을 게 없었다. "저는 오래 머물지 못합니다. 리버런에 가야 해서요."

"리버런? 아니면 킹스랜딩?"

"둘 다요."

타이토스 공은 굳이 설득하려 하지 않았다. "호스터는 한 시간 안에 출발 준비가 될 겁니다."

그랬다. 소년은 한쪽 어깨에 침낭을 메고 옆구리엔 두루마리 한 묶음을 낀 행색으로 마구간 옆에서 제이미를 맞이했다. 많아야 열여섯 살일 텐데도 제 아비보다 키가 커서, 정강이와 팔꿈치가 두드러지는 뼈만 앙상하고 흐느적대는 몸이 2미터는 넘었고 머리카락이 빳빳하게 일어나 있었다. "단장님. 제가 인질인 호스터입니다. 다들 호스라고 불러요." 소년은 히죽 웃었다.

'이게 장난인 줄 아나?' "다들이 누구지?"

"제 친구들. 형제들요."

"난 네 친구도 아니고 형제도 아니다." 그제야 소년의 얼굴에서 웃음기가 사라졌다. 제이미는 타이토스 공을 돌아보았다. "오해가 없도록 확실히 해두지요. 베릭 돈다리온 공, 미르의 토로스, 산도르 클리게인, 브린덴 툴리, 그리고 스톤하트라는 여자……. 다들 무법자이자 반역자이고, 국왕과 국왕의 충실한 신하들 모두에게 적입니다. 혹시라도 공이나 공의 부하들이 그들을 숨기거나, 보호하거나, 어떤 식으로든 돕는 것을 알게 된다면 주저하지 않고 아들의 머리통을 보낼 겁니다. 잘 이해하기 바랍니다. 그리고 이것도 기억해두세요. 난 라이먼 프레이가 아닙니다."

"그렇지요." 블랙우드 공의 입가에서 따뜻한 기운이 흔적 없이 사라졌다. "누굴 대하는지 나도 압니다. 킹슬레이어."

"좋아요." 제이미는 '명예'에 올라 문 쪽으로 말 머리를 돌렸다. "추수 잘하시고 왕의 평화를 즐기시길 바랍니다."

그는 멀리 달리지 않았다. 조노스 브라켄 공이 레이븐트리 밖, 성능 좋은 노궁을 쏘면 맞힐 만한 거리를 겨우 벗어난 곳에서 기다렸다. 그는 마갑을 씌운 군마에 올라 사슬과 판금 갑옷을 다 갖춰 입고, 말 털을 단 회색 강철 대투구까지 쓴 모습이었다. "저들이 다이어울프 깃발을 내리는 걸 봤소." 그는 제이미가 다가가자 말했다. "끝난 거요?"

"끝났소. 집에 가서 밭에 씨나 뿌리시죠."

조노스 공이 면갑을 올렸다. "경이 저 성에 들어갔을 때보다 지금 경작할 밭이 더 늘었으리라 믿소만."

"버클, 우드헤지, 허니트리와 벌집 전부." 하나 깜빡했다. "아, 그리고 크로스보리지."

"방앗간." 조노스가 말했다. "방앗간이 하나 있어야 해."

"로드스밀."

조노스 공이 코웃음을 쳤다. "그래, 그만하면 되겠군. 일단은." 그는 페클던과 함께 뒤따라 달려온 호스터 블랙우드를 가리켰다. "저 녀석을 인질로 내어준 거요? 경이 속았구먼. 저놈은 약해. 피가 아니라 물이 흐르지. 키가 저렇게 커봐야 무슨 소용이람. 내 딸 중에 누구든 저놈을 썩은 가지처럼 부러뜨릴 수 있을 거요."

"공은 딸이 몇이지요?" 제이미가 물었다.

"다섯이오. 둘은 첫째 마누라, 셋은 셋째 마누라가 낳았지." 그는 너무 많이 말해버렸을지도 모른다는 걸 너무 늦게 깨달은 듯했다.

"궁정으로 하나 보내시오. 섭정 대비를 수행하는 특권을 누리게 될 테니."

그게 무슨 뜻인지 깨달은 조노스의 얼굴이 어두워졌다. "스톤헤지의 우정에 이렇게 보답하는 거요?"

"왕대비를 섬기는 건 대단한 영광이오." 제이미는 조노스 공을 일깨웠다. "딸에게도 그 점을 이해시키는 게 좋을 거요. 올해가 가기 전에 보게 되길 바라오." 그는 조노스 공이 대답하기를 기다리지 않고 금박차로 '명예'의 옆구리를 가볍게 건드려 달려갔다. 제이미의 부하들이 대열을 갖추고 깃발을 휘날리며 따라왔다. 성과 포위진은 곧 그들의 말발굽이 일으킨 먼지에 가려 뒤쪽으로 사라졌다.

레이븐트리로 오는 길에 무법자도 늑대도 만나지 못했기에, 제이미는 다른 길로 돌아가기로 했다. 신들이 자비를 베푼다면 검은 물고기와 우연히 마주치거나, 베릭 돈다리온이 어리석은 공격에 나서도록 꾀어낼 수도 있으리라.

저녁이 왔을 때 일행은 위도스워시를 따라가고 있었다. 제이미가 인질을 불러 제일 가까운 여울을 어디에서 찾을지 묻자, 소년은 앞장서서 그들을 이끌었다. 일행이 얕은 물을 철벅이며 강을 건너는 사이, 태양은 풀이 무성한 언덕들 뒤로 저물고 있었다. "젖무덤이에요." 호스터 블랙우드가 말했다.

제이미는 조노스 공의 지도를 떠올렸다. "저 두 언덕 사이에 마을이 하나 있지."

"페니트리요." 소년이 그의 기억을 뒷받침했다.

"오늘 밤은 저기에 진을 친다." 마을 사람들이 있다면 브린덴 경이나 무법자들에 대해 알지도 몰랐다. "조노스 공이 저게 누구 젖무덤인지를 두고 뭐라고 하던데." 그는 어두워져가는 두 언덕과 마지막 햇빛을 향해 말을 몰면서 블랙우드 소년에게 물었다. "브라켄과 블랙우드가 부르는 이름이 다르다고."

"예, 단장님. 한 백 년 가까이 그랬어요. 그 전에는 어머니의 젖무덤 아니면 그냥 젖무덤이었고요. 언덕이 두 개인데다 생긴 게 딱……."

"뭘 닮았는지는 내 눈에도 보인다." 제이미는 저도 모르게 천막 안에 있었던 여자와, 그 여자가 크고 거무스름한 젖꼭지를 가리려던 모습이 생각났다. "백 년 전에 뭐가 달라진 거지?"

"자격 없는 왕 아에곤이 바르바 브라켄을 정부로 들였죠." 책벌레 소년이 대답했다. "굉장히 풍만한 여자였다는데, 어느 날 왕이 스톤헤지에 방문해 사냥을 나갔다가 저 젖무덤을 보더니……."

"자기 정부 이름을 따다 붙였다?" 아에곤 4세는 제이미가 태어나기 오래 전에 죽었지만, 지금 생각나는 당시 역사만으로도 그 후에 일어난 일을 짐작하기엔 충분했다. "다만 그 후에 브라켄을 버리고 블랙우드를 정부로 삼왔겠군?"

"멜리사 아가씨였죠." 호스터가 짐작을 확인해줬다. "별명은 미시였어요. 저희 신의 숲에 그분 조각상이 있어요. 미시는 바르바 브라켄보다 훨씬 아름다웠지만 몸매가 날씬했고, 바르바는 미시가 남자애처럼 가슴이 납작하다고 하고 다녔죠. 아에곤 왕이 그 말을 듣고는……."

"미시에게 바르바의 젖무덤을 줬다 이거지." 제이미는 웃고 말았다. "블랙우드와 브라켄 사이의 싸움은 어떻게 시작된 거냐? 그것도 적혀 있나?"

"적혀 있어요." 소년이 대답했다. "하지만 그 역사 중에 일부는 브라켄 학사들이 썼고 일부는 저희 학사들이 썼죠. 자기들이 기록한다고 주장하는 사건이 일어나고도 몇백 년 후에요. 역사는 영웅 시대까지 거슬러 올라가요. 그 시절엔 블랙우드가 왕가였어요. 브라켄은 말 사육으로 이름난 소영주였고요. 브라켄은 왕에게 마땅히 내야 할 세금을 내지 않고, 말을 키워서 번 돈으로 용병을 사서 왕을 끌어내렸죠."

"그게 언제 일어난 일이지?"

"안달인이 오기 500년 전에요. 만약 《진정한 역사》를 믿는다면 천 년 전이고요. 다만 안달인이 언제 협해를 건넜는지 아무도 몰라서요. 《진정한 역사》에서는 안달인이 오고 나서 4000년이 흘렀다고 하지만, 어떤 학사들은 2000년밖에 안 됐다고 주장하거든요. 특정 시점을 지나면 모든 날짜는 흐릿하고 혼란스러워지고, 명료한 역사란 안개 속의 전설이 되어버리죠."

'티리온은 이 녀석을 좋아했겠군. 책에 대해 토론해가며 밤새 떠들 수도 있었겠어.' 그는 잠시 동생에 대한 응어리진 마음을 잊었다가, 꼬마 악마가 무슨 짓을 했는지 기억해냈다. "그러니까 캐스털리 가문이 아직 캐스털리록을 차지하고 있던 시절에 한 가문이 다른 가문에게서 빼앗은 왕관을 두고 아직까지 싸운다, 그런 거냐? 수천 년 동안 존재하지 않은 왕국의 왕관을 두고?" 제이미는 쿡쿡거렸다. "그렇게 오랜 세월, 그렇게 많은 전쟁, 그렇게 많은 왕을 거쳤으면…… 누군가 평화를 찾았을 만도 한데."

"누군가는 찾았죠. 그런 누군가가 많았어요. 저희는 브라켄과 백 번은 평화 협정을 맺었고, 결혼도 많이 했어요. 모든 브라켄에겐 블랙우드의 피가 흐르고, 모든 블랙우드에겐 브라켄의 피가 흘러요. 늙은 왕의 평화는 반 세기를 갔죠. 하지만 그러고 나서 새로운 분쟁이 일어났고, 옛 상처가 터지고 다시 피를 흘리기 시작했어요. 아버지 말씀으론 늘 그런 식이래요. 사람들이 자기 조상에게 일어난 부당한 일을 기억하는 한, 영원히 이어지는 평화는 없다고요. 그래서 저희도 몇 세기고 몇 세기고 계속 이러는 거예요. 저희는 브라켄을 미워하고, 브라켄은 저희를 미워하고. 제 아버지는 절대 끝나지 않을 거라고 하세요."

"끝날 수도 있지."

"어떻게요? 제 아버지는 오래된 상처는 절대 낫지 않는다고 하셨어요."

"내 아버지도 하신 말씀이 있지. 절대 죽일 수 있는 적에게 상처만 입히지 말라. 죽은 자는 복수하지 않는다."

"그 아들들은 하죠." 호스터가 미안하다는 듯 말했다.

"그 아들들도 죽이면 못 하지. 내 말이 의심스러우면 캐스털리 가문에 물어봐라. 타벡 부부에게, 아니면 카스타미어의 레인 가문에게. 드래곤스톤의 왕자에게 물어봐." 순간 서쪽 언덕들 위에 내려앉은 짙은 붉은색 구름을 보니 진홍색 망토에 싸여 있던 라에가르의 자식들이 떠올랐다.

"그래서 스타크를 다 죽이신 건가요?"

"다는 아니야." 제이미는 말했다. "에다드 공의 딸들은 살았지. 하나는 막 결혼했고. 또 하나는……." '브리엔느, 어디 있나? 그 애를 찾았나?' "……신들이 자비롭다면 그 애는 자기가 스타크라는 걸 잊겠지. 건장한 대장장이나 얼굴 둥그런 여관 주인과 결혼해서 집 안을 아이들로 가득 채우고, 어느 기사가 자기 아이들의 머리통을 벽에 짓이기는 날이 오리라는 두려움은 품지 않고 살 수도 있겠지."

"신들은 자비로우시죠." 제이미의 인질이 머뭇거리며 말했다.

'계속 그렇게 믿어라.' 제이미는 명예에 박차를 가했다.

페니트리는 예상보다 훨씬 큰 마을이었다. 여기에도 전쟁이 왔다 갔다. 까맣게 타버린 과수원과 껍데기만 남아 무너진 집들이 그 사실을 증언했다. 그러나 집을 그 세 배는 새로 지은 것 같았다. 제이미는 검푸른 하늘 아래 20여 채의 지붕에 올라간 새 이엉과 갓 자른 나무로 만든 문들을 보았다. 오리 연못과 대장간 사이에는 이 마을 이름의 이유인 늙고 키 큰 참나무가 서 있었다. 울퉁불퉁한 뿌리가 천천히 기어가는 갈색 뱀들처럼 땅 위아래로 꿈틀거리고, 거대한 줄기에는 낡은 동전 수백 개가 박혀 있었다.

페클던이 그 나무를 응시하더니, 빈집들을 보았다. "사람들은 다 어디 있죠?"

"숨어 있지." 제이미가 말했다.

집 안에선 불을 다 껐지만, 몇 집에서는 아직도 연기가 올랐고, 차갑게 식은 집은 하나도 없었다. 살아 있는 것이라곤 '뜨거운' 해리 메렐이 채소밭에서 발견한 암염소밖에 없었지만…… 그 마을에는 강역의 어느 성채 못지않은 요새가 하나 있었고, 제이미는 높이가 3.5미터에 달하는 두꺼운 돌벽의 그 요새에서 마을 사람들을 찾을 수 있으리라 짐작했다. '약탈자들이 오면 저 벽 속에 숨었군. 그래서 아직 마을이 남아 있는 거야. 그리고 지금도 또 저기 숨어 있어. 나에게서.'

그는 명예를 몰고 요새 문으로 향했다. "거기 요새 안. 우린 해칠 생각이 없다. 우린 왕의 부하들이야."

문 위 벽에 얼굴들이 나타났다. "우리 마을을 불태운 것도 왕의 부하들이었소." 한 남자가 아래에 대고 외쳤다. "그 전엔 다른 왕의 부하들이 우리 양을 빼앗아 갔어. 다른 왕이었지만, 우리 양에겐 아무 상관 없는 문제였지. 왕의 부하들이 하슬리와 오몬드 경을 죽였고, 레이시를 죽을 때까지 강간했어."

"내 부하들은 아니다." 제이미가 말했다. "문을 열겠나?"

"너희가 가고 나면 그럴 거야."

케노스 경이 가까이 말을 달려왔다. "저 정도 문은 쉽게 부수거나 불태울 수 있습니다."

"그동안 저들은 우리에게 돌을 던지고 화살을 쏴대겠지." 제이미는 고개를 저었다. "피를 보게 될 텐데, 뭐하러? 이 사람들은 우리에게 아무 해도 끼치지 않았어. 저 집들에서 쉬긴 하겠지만, 아무것도 훔치지 않도록 하지. 우리에겐 식량이 있으니까."

반달이 하늘에 떠오르는 동안, 그들은 마을 공동 풀밭에서 말들을 먹이고 염장 양고기와 말린 사과, 딱딱한 치즈로 저녁을 먹었다. 제이미는 적게 먹었고 페클던과 인질 호스터와 함께 와인 한 부대를 나눠 마셨다. 늙은 참나무에 박힌 동전 수를 헤아려보려 했지만, 동전이 너무 많아서 자꾸 숫자를 놓쳤다. '저게 다 뭘 위한 거지?' 호스터 블랙우드에게 물어보면 말해 줄 테지만, 그래서야 수수께끼를 망치는 격이었다.

그는 아무도 마을을 떠나지 못하게 파수병을 세웠다. 기습하는 적이 없도록 척후도 내보냈다. 자정 무렵, 척후병 두 명이 포로로 잡은 여자 하나를 데리고 돌아왔다. "아주 대담하게 말을 몰아 오더니 단장님과 이야기를 하고 싶답니다."

제이미는 일어섰다. "아가씨. 이렇게 빨리 다시 보게 될 줄은 몰랐군." '맙소사, 마지막으로 봤을 때보다 10년은 늙어 보이는군. 대체 얼굴은 어떻게 된 거야?' "그 붕대는…… 부상을 입었군……."

"물렸습니다." 그녀는 칼자루를 만졌다. 제이미가 준 검, '서약의 수호자'였다. "경은 제게 임무를 주셨지요."

"그 여자애를 찾았나?"

"찾았습니다." 타스의 처녀, 브리엔느가 말했다.

"어디 있지?"

"말을 달려 하루 거립니다. 경을 데려갈 수는 있지만…… 혼자 와야 합니다. 그러지 않으면 사냥개가 그 애를 죽일 겁니다."

부록

— 웨스테로스 —

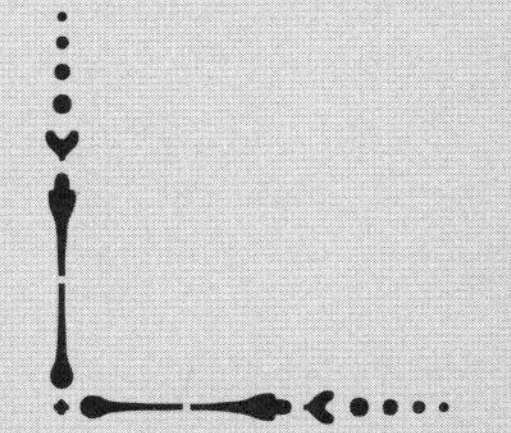

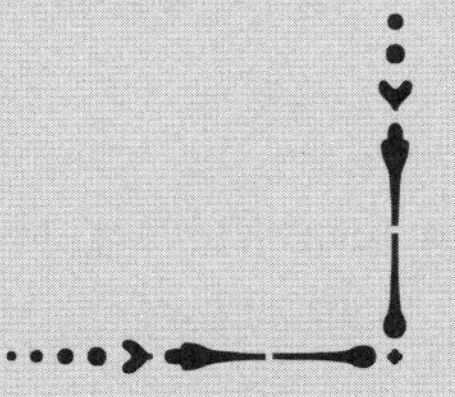

소년 왕

토멘 왕의 깃발은 금색 바탕에 검은색으로 그려진 바라테온의 왕관 쓴 수사슴과 진홍색 바탕에 금색으로 그려진 라니스터의 사자가 서로 싸우는 형상이다.

토멘 바라테온 토멘 1세, 안달인과 로인인과 최초인의 왕, 칠왕국의 주인, 8세 소년

마저리 왕비 토멘의 아내, 티렐 가문 출신, 세 번 혼인, 두 번 남편을 잃고 반역죄로 고발받아 바엘로르 대성소에 구금 중

› **메가 티렐, 앨라 티렐, 엘리너 티렐** 왕비의 말벗이자 사촌, 간통죄로 고발

› › **알린 앰브로즈** 엘리너의 약혼자, 종자

세르세이 라니스터 토멘의 어머니이자 왕대비, 캐스털리록의 여주인, 반역죄로 고발받아 바엘로르 대성소에 구금 중

토멘의 형제들

{조프리 바라테온 1세} 형, 결혼식 피로연 중 독살당함

미르셀라 바라테온 왕녀 누나, 9세 소녀로 선스피어에 도란 마르텔 대공의 대녀로 가 있으며 트리스탄 마르텔과 약혼

› **맹공 기사, 수염 아가씨, 장화** 토멘의 새끼 고양이들

토멘의 숙부들

제이미 라니스터 경 일명 킹슬레이어, 대비의 쌍둥이, 킹스가드 단장

티리온 라니스터 일명 꼬마 악마, 난쟁이, 국왕을 시해한 죄로 고발, 유죄 선고를 받음

다른 친척

{타이윈 라니스터} 외조부, 캐스털리록의 주인이자 서부의 관리자, 왕의 수관이었으며 변소에서 아들인 티리온에게 살해당함

케반 라니스터 경 외종조부, 섭정이자 왕국의 수호자, 도르나 스위프트와 결혼

› **란셀 라니스터 경** 두 사람의 아들, 성스러운 '전사의 아들'에 속한 기사

› **{윌렘}** 리버런에서 살해당함

› **마틴** 윌렘의 쌍둥이, 종자

› **제이네** 케반 경의 딸, 3세 소녀

젠나 라니스터 부인 외고모할머니, 에몬 프레이 경과 결혼

› **{클레오스 프레이 경}** 두 사람의 아들, 무법자들에게 사망

›› **타이윈 프레이** 일명 타이, 클레오스의 아들

›› **윌렘 프레이** 클레오스의 아들, 종자

› **라이오넬 프레이 경** 젠나의 둘째 아들

› **{티온 프레이}** 셋째 아들, 종자였다가 리버런에서 살해당함

› **왈더 프레이** 일명 붉은 왈더, 막내아들, 캐스털리록의 시동

{타이겟 라니스터 경} 외종조부, 달레사 마브랜드와 결혼

› **타이렉 라니스터** 그들의 아들, 종자, 킹스랜딩 식량 폭동 중에 실종

›› **에메산드 헤이포드 부인** 타이렉의 어린 아내

{제리온 라니스터} 외종조부, 바다에서 실종

› **조이 힐** 그의 서녀

토멘 왕의 소협의회

케반 라니스터 경 섭정

메이스 티렐 공 왕의 수관

파이셀 대학사 조언자 겸 치료사

제이미 라니스터 경 킹스가드 단장

팍스터 레드와인 공 대제독이자 해군관

콰이번 자격 박탈 학사이며 사령술사라 알려짐, 첩보관

세르세이 왕대비의 이전 소협의회

{자일스 로스비 공} 재정대신이자 재무관, 기침병으로 사망

오턴 메리웨더 공 사법대신이자 법률관, 세르세이 왕대비가 체포되자 롱테이블로 달아남

오레인 워터스 드리프트마크의 서자, 대제독이자 해군관, 세르세이 왕대비가 체포되자 왕실 함대를 이끌고 바다로 달아남

토멘 왕의 킹스가드

제이미 라니스터 경 단장

메린 트랜트 경

보로스 블런트 경 해임 후 복직

발론 스완 경 미르셀라 왕녀와 함께 도르네에 있음

오스먼드 케틀블랙 경

로라스 티렐 경 꽃의 기사

{아리스 오크하트 경} 도르네에서 사망

토멘의 킹스랜딩 조정

문보이 왕실 어릿광대

페이트 8세 소년, 토멘 왕 대신 매 맞는 아이

올드타운의 오몬드 왕실 하프 연주자이자 음유시인

오스프리드 케틀블랙 경 오스먼드 경과 오스니 경의 형제, 도시 경비대장

노호 디미티스 브라보스의 강철은행에서 보낸 사절

{그레고르 클리게인 경} 일명 달리는 산더미, 독이 있는 부상으로 사망

레니퍼 롱워터스 레드킵 지하감옥의 하급간수장

마저리 왕비의 연인 혐의자들

왓 자칭 푸른 음유시인이라는 가수, 고문으로 미쳐버린 죄수

{하프쟁이 해미시} 고령의 가수, 억류 중 사망

마크 멀런도어 경 블랙워터 전투에서 원숭이와 한쪽 팔 절반을 잃음

키 큰 탤러드 경, 램버트 턴베리 경, 바야드 노크로스 경, 휴 클리프턴 경

잘라바르 쇼 붉은 꽃 협곡의 왕자, 여름 군도의 망명자

호라스 레드와인 경 무죄로 밝혀져 풀려남

호버 레드와인 경 무죄로 밝혀져 풀려남

세르세이 왕대비의 주요 고발자

오스니 케틀블랙 경 오스먼드 경과 오스프리드 경과 형제로, 종단에 잡혀 있음

종단 사람들

최고성사 신자들의 아버지, 지상에서 일곱의 대변자, 연약한 노인

우넬라 성사, 모엘 성사, 스콜레라 성사 왕대비의 간수들

토버트 성사, 레이나드 성사, 루시언 성사, 올리도르 성사 최고신관단

아글란틴 성사, 멜리슨트 성사 바엘로르 대성소에서 일곱을 섬김

테오단 웰스 경 일명 진실의 기사 테오단 경, '전사의 아들'의 독실한 지휘관

참새들 가장 초라하면서 맹렬한 신심을 지닌 이들

킹스랜딩 사람들

차타야 값비싼 매춘굴의 소유주

› **알라야야** 그녀의 딸

› **댄시, 마레이** 차타야 아래에서 일하는 여자들

토보 모트 무기제조 장인

킹스랜딩 주위 지역에서 철왕좌에 충성을 맹세한 영주들

렌프레드 라이커 더스큰데일의 영주

› **루퍼스 리크 경** 외다리 기사, 더스큰데일 던포트의 수호성주

{탠다 스토크워스} 스토크워스의 여주인, 엉덩이 골절로 사망

› **{팔리스}** 그녀의 맏딸, 검은 감옥에서 비명을 지르며 죽음

›› **{발만 버치 경}** 팔리스 부인의 남편, 마상시합에서 살해당함

› **롤리스** 둘째 딸, 머리가 모자람, 스토크워스의 여주인

›› **티리온 태너** 그녀의 갓난 아들, 아버지가 백 명

›› **블랙워터의 브론 경** 그녀의 남편, 용병이었다가 기사가 된 인물

› **프렌켄 학사** 스토크워스에서 봉직

장벽의 왕

스타니스는 빛의 군주를 뜻하는 불타는 심장을 깃발에 담았다. 노란 바탕에 오렌지색 불길에 둘러싸인 붉은 심장이다. 그 심장 안에는 검은색으로 바라테온 가문의 문장인 왕관 쓴 수사슴이 들어 있다.

스타니스 바라테온 스타니스 1세, 스테폰 바라테온 공과 카사나 에스터몬트 부인의 둘째 아들, 드래곤스톤의 영주, 자칭 웨스테로스의 왕

스타니스 왕과 함께 캐슬블랙에 있는 인물들

아샤이의 멜리산드레 일명 붉은 여인, 빛의 군주 를로르의 여사제

그의 기사와 맹약 검사

› **리차드 호프 경** 부사령관

› **고드리 파링 경** 일명 거인 살해자

› **저스틴 매시 경**

› **로빈 피즈버리 공**

› **하우드 펠 공**

› **클레이턴 서그스 경, 콜리스 페니 경** 왕비 쪽 사람들로 빛의 군주를 열렬히 따르는 추종자

› **월람 폭스글러브 경, 험프리 클리프턴 경, 오르문드 와일드 경, 하리스 코브 경** 기사들

데반 시워스와 브라이엔 파링 그의 종자들

만스 레이더 장벽 너머의 왕, 그의 포로

› **야인 왕자** 만스 레이더의 어린 아들

›› **길리** 아이의 유모, 야인 여자

››› **괴물** 길리의 어린 아들, 길리의 아버지 {크래스터}의 자식

바닷가 이스트워치

셀리스 왕비 플로렌트 가문 출신, 스타니스의 아내

› **시린 왕녀** 그들의 딸, 11세 소녀

›› **패치페이스** 시린의 문신투성이 어릿광대

액셀 플로렌트 경 왕비의 숙부, 왕비 쪽 사람들의 선봉, 자칭 왕비의 수관

› **나바트 그랜디슨 경, 베네톤 스케일스 경, 왕의 산의 파트렉 경, 음침한 도어덴 경, 레드풀의 말레곤 경, 램버트 화이트워터 경, 퍼킨 폴라드 경, 브루스 버클러 경** 왕비의 기사와 맹약검사

다보스 시워스 경 비 숲의 영주, 협해의 제독, 왕의 수관, 일명 양파 기사

리스의 살라도르 산 해적이자 바다 용병, 발리리안호와 갤리선 함대의 주인

타이코 네스토리스 브라보스 강철은행에서 온 특사

군도와 북부의 왕

파이크의 그레이조이는 영웅 시대 회색 왕의 후손이라고 주장한다. 전설에 따르면 회색 왕은 바다 자체를 다스리고 인어를 아내로 맞이했다. 드래곤 아에곤은 강철 군도 마지막 왕의 혈통을 끊었으나, 강철인들이 고대 관습을 되살려 자기들 중에서 으뜸을 선택하는 것은 허락했다. 그들은 파이크의 비콘 그레이조이 공을 선택했다. 그레이조이 문장은 검은색 바탕에 금색 크라켄이다. 가언은 '우리는 씨를 뿌리지 않는다'이다.

유론 그레이조이 회색 왕 이후로 헤아려 유론 3세, 강철 군도와 북부의 왕, 소금과 바위의 왕, 바닷바람의 아들, 파이크의 수확 영주, 침묵호의 선장, 일명 까마귀 눈

{발론} 그의 큰형, 강철 군도와 북부의 왕으로, 회색 왕 이후 헤아려 발론 9세, 추락사

› **알라니스 부인** 할로우 가문 출신, 발론의 과부

그들의 자녀

› **{로드릭}** 그레이조이 반란 당시 시가드에서 참살됨

› **{마론}** 그레이조이 반란 당시 파이크 성벽에서 참살됨

› **아샤** 딸, 블랙윈드호의 선장이며 딥우드모트의 정복자, 에릭 아이언메이커와 결혼

› **테온** 북부인들에게는 변절자 테온으로 불림, 드레드포트의 포로

빅타리온 동생, 강철 함대의 함대장, 강철 승리호의 주인

아에론 동생, 일명 젖은 머리, 익사한 신의 사제

그의 선장과 맹약검사

썩은 이 토월드, 눌린 얼굴 존 마이어, 로드릭 프리본, 붉은 노잡이, 왼손잡이 루카스 코드, 퀠론

험블, 하렌 하프호어, 서자 케멧 파이크, 노비 콸, 돌 손, 양치기 랄프, 로드스포트의 랄프

그의 선원들

{크래곤} 지옥 나팔을 불었다가 사망

그의 휘하 영주들

에릭 아이언메이커 일명 모루 파괴자 에릭 또는 정의로운 에릭, 강철 군도의 집사장이자 파이크의 수호성주, 과거 유명했던 노인, 아샤 그레이조이와 결혼

강철 군도의 영주들

파이크

저먼드 보틀리 로드스포트의 영주

월든 윈치 아이언홀트의 영주

올드윅

던스턴 드럼 드럼, 올드윅의 영주

노언 굿브러더 섀터스톤의 영주

스톤하우스

그레이트윅

고롤드 굿브러더 해머혼의 영주

트리스턴 파윈드 실스킨포인트의 영주

스파르

멜드레드 멀린 페블턴의 영주

오크몬트

알린 오크우드 일명 오크몬트의 오크우드

발론 타우니 공

솔트클리프

도너 솔트클리프 공

선덜리 공

할로우

로드릭 할로우 일명 독서가, 할로우의 영주, 텐타워스의 주인, 할로우 중의 할로우

› **시그프리드 할로우** 일명 은발의 시그프리드, 로드릭의 종조부, 할로우홀의 주인

› **호토 할로우** 일명 곱사등이 호토, 미광의 탑의 주인, 로드릭의 사촌

› **보어문드 할로우** 일명 파란 보어문드, 해리단힐의 주인, 로드릭의 사촌

더 작은 섬

길버트 파윈드 론리라이트의 영주

강철인 정복자들

방패 군도

웃지 않는 안드릭 사우스실드의 영주

이발사 누트 오큰실드의 영주

마론 볼마크 그린실드의 영주

해라스 할로우 경 그레이실드의 영주, 그레이가든의 기사

모트카일린

랄프 케닝 수호성주이자 지휘관

› **아드락 험블** 한쪽 팔 절반이 없음

› **다곤 코드** 누구에게도 항복하지 않음

토르헨스퀘어

다그머 일명 갈라진 턱, 거품 고래호의 선장

딥우드모트

아샤 그레이조이 크라켄의 딸, 블랙윈드호의 선장

› **처녀 칼** 아샤의 연인, 검사

› **트리스티퍼 보틀리** 아샤의 이전 연인, 로드스포트의 후계자, 자기 땅을 버림

› **녹슨 수염 로곤, 불길한 혓바닥, 난쟁이 롤프, 긴도끼 로렌, 루크, 손가락, 여섯 발가락 할, 처진 눈 데일, 얼 할로우, 크롬, 나팔 하겐과 그의 아름다운 붉은 머리 딸** 아샤의 선원들

› **퀜톤 그레이조이** 아샤의 친척

› **다곤 그레이조이** 아샤의 친척, 일명 주정뱅이 다곤

— 다른 가문들 —

아린 가문

아린은 산과 협곡의 왕들로부터 내려오는 가문이다. 문장은 하늘색 바탕에 하얀 달과 매. 아린 가문은 다섯 왕 전쟁에서 어떤 역할도 하지 않았다. 아린의 가언은 '명예만큼 드높게'이다.

로버트 아린 이어리의 영주, 협곡의 방어자, 모친이 칭하기로 진정한 동부의 관리자, 병약한 8세 소년으로 별명은 스위트로빈

{라이사 부인} 로버트의 어머니, 툴리 가문 출신으로 존 아린 공의 과부, 달의 문에서 밀려 떨어져 죽음

피터 베일리시 로버트의 보호자, 일명 리틀핑거, 하렌홀의 영주, 트라이던트의 지배자이자 협곡의 호국공

- **알레인 스톤** 피터 공의 서녀로 열세 살 처녀, 실제로는 산사 스타크
- **로소르 브룬 경** 피터 공을 섬기는 용병, 이어리의 위병대장
- **오스웰** 피터 공을 섬기는 머리 센 중장병, 때로는 케틀블랙이라고도 불림
- **셰이디글렌의 셰드리치 경** 일명 미친 쥐, 피터 공 밑에 들어온 방랑기사
- **아름다운 바이런 경, 명랑한 모가스 경** 피터 공 밑에 들어온 방랑기사들

로버트의 가신과 가솔

콜먼 학사 조언자, 치료사 겸 교사

모드 금니가 특징인 잔혹한 간수

그레첼, 매디, 멜라 하녀들

로버트 공 휘하, 산과 협곡의 영주들

욘 로이스 일명 청동 욘, 룬스톤의 영주

› **안다르 경** 그의 아들, 룬스톤의 후계자

네스토 로이스 공 협곡의 고위 집사이자 달의 관문 수호성주

› **알바르 경** 그의 아들이자 후계자

› **미란다** 그의 딸, 일명 란다, 과부지만 거의 처녀

› **미아 스톤** 로버트 왕의 서녀

라이오넬 코브레이 하츠홈의 영주

› **린 코브레이 경** 그의 동생, 유명한 검 '레이디 폴론'을 휘두름

› **루카스 코브레이 경** 그의 동생

트리스톤 선덜랜드 세 자매 군도의 영주

› **고드릭 보렐** 스위트시스터의 영주

› **롤랜드 롱소프** 롱시스터의 영주

› **알레산더 토런트** 리틀시스터의 영주

아냐 웨인우드 아이언오크스의 주인

› **모턴 경** 아냐 부인의 맏아들이자 후계자

› **도넬 경** 피의 관문의 기사

› **월러스** 막내아들

› **해롤드 하딩** 아냐 부인의 대자, 흔히 '후계자 해리'라 불리는 종자

사이먼드 템플턴 경 나인스타스의 기사

존 린덜리 스네이크우드의 영주

에드문드 왁슬리 위켄덴의 기사

제롤드 그래프턴 걸타운의 영주

{이언 헌터} 롱보우홀의 영주, 최근 사망

› **길우드 경** 이언 공의 맏아들이자 후계자, 현재 '젊은 헌터 공'으로 불림

› **유스터스 경** 이언 공의 둘째 아들

› **할란 경** 이언 공의 막내아들

젊은 헌터 공의 가솔

› **윌라멘 학사** 조언자이자 치료사, 교사

호턴 레드포트 레드포트의 영주, 세 차례 결혼

› **재스퍼 경, 크레이턴 경, 존 경** 그 아들들
› **미첼 경** 막내아들로, 막 기사가 됨, 룬스톤의 이실라 로이스와 결혼
베네다르 벨모어 스트롱송의 영주

달의 산맥 산악민 족장들
돌프의 아들 샤가 달까마귀 씨족, 현재 왕의 숲에서 무리를 이끄는 중
티멧의 아들 티멧 불탄 남자 씨족
체윅의 딸 첼라 검은 귀 씨족
칼로의 아들 크론 달형제 씨족

바라테온 가문

바라테온 가문은 대가문 중에서 가장 젊어, 정복 전쟁 중 정복자 아에곤의 서자라는 소문이 있었던 오리스 바라테온이 마지막 폭풍 왕인 오만한 아르길락을 쓰러뜨려 참살하면서 탄생했다. 아에곤은 오리스에게 상으로 아르길락의 성과 영지와 딸을 내렸다. 오리스는 그 딸을 신부로 맞이하고 그 집안의 깃발과 영전, 가언을 자기 것으로 취했다.

아에곤 정복에서 283년 후, 스톰스엔드의 영주인 로버트 바라테온이 미친 왕 아에리스 타르가르옌 2세를 쓰러뜨리고 철왕좌를 차지했다. 그의 왕권 주장은 아에곤 타르가르옌 5세의 딸이었던 조모의 혈통에서 나왔지만, 로버트는 자신의 전투 망치가 곧 왕위의 자격이라 말하기를 더 좋아했다.

바라테온의 문장은 금빛 바탕에 검은색 왕관 쓴 수사슴이다. 가언은 '맹위는 우리의 것'이다.

{로버트 바라테온} 바라테온 1세, 안달인과 로인인과 최초인의 왕, 칠왕국의 주인이자 왕국의 수호자, 멧돼지에게 받혀 사망

세르세이 왕비 그의 아내, 라니스터 가문 출신

그들의 자녀

› **{조프리 바라테온 왕}** 조프리 1세, 결혼식 피로연에서 살해당함

› **미르셀라 왕녀** 선스피어의 대녀, 트리스탄 마르텔 공자와 약혼

› **토멘 바라테온 왕** 토멘 1세

그의 형제들

스타니스 바라테온 드래곤스톤의 반역 영주이자 철왕좌 참칭자

› **시린** 그의 딸, 11세

{렌리 바라테온} 스톰스엔드의 반역 영주이자 철왕좌 참칭자, 스톰스엔드 앞 숙영지 한가운데에서 살해당함

그의 서출들

미아 스톤 19세 처녀, 달의 관문에서 네스토 로이스 공을 섬김

겐드리 강역의 무법자, 자기 혈통에 대해 모름

에드릭 스톰 플로렌트 가문의 델레나 부인이 낳은 서자로, 인지받은 자식이며 리스에 숨겨짐

› **앤드류 에스터몬트 경** 에드릭의 보호자

› **제랄드 가워 경, '생선 장수' 르위스, 탤리힐의 트리스턴 경, 오머 블랙베리** 보호자와 경호원

{배라} 킹스랜딩의 창녀가 낳은 서녀, 세르세이의 명으로 살해당함

다른 친척들

엘던 에스터몬트 경 그린스톤의 영주, 로버트의 외가

› **아에몬 경** 엘던의 아들

› › **알린 경** 아에몬의 아들

› **로마스 경** 엘던의 아들

› › **앤드류 경** 로마스의 아들

스톰스엔드에 충성을 맹세한 휘하, 폭풍 영주들

다보스 시워스 비 숲의 영주, 협해의 제독, 왕의 수관

› **마리아** 그의 아내, 목수의 딸

› › **{데일, 알라드, 매토스, 매릭}** 첫째부터 넷째 아들까지, 블랙워터 전투에서 사망

› › **데반** 스타니스 왕의 종자

› › **스타니스, 스테폰**

길버트 파링 경 스톰스엔드의 수호성주

› **브라이엔** 길버트의 아들, 스타니스 왕의 종자

› **고드리 파링 경** 길버트의 사촌, 일명 거인 살해자

엘우드 메도스 그래스필드킵의 주인, 스톰스엔드 집사장

셀윈 타스 일명 저녁 별, 타스의 영주

› **브리엔느** 그의 딸, 타스의 처녀, 또는 미녀 브리엔느

› › **포드릭 페인** 그녀의 종자, 10세 소년

로넷 코닝턴 경 일명 붉은 로넷, 그리핀스루스트의 기사

› **레이먼드와 알린느** 로넷의 동생들

› **로날드 스톰** 로넷의 서자

› **존 코닝턴** 로넷의 친척, 과거 그리핀스루스트의 영주이자 왕의 수관으로, 아에리스 타르가르옌 2세에게 추방됨, 술을 마시다가 죽었다고 여겨짐

레스터 모리겐 크로스네스트의 영주

› **리차드 모리겐 경** 그의 동생이자 후계자

› **{가이야드 모리겐 경}** 일명 녹색의 가이야드, 그의 동생, 블랙워터 전투에서 참살됨

아르스탄 셀미 하비스트홀의 영주

› **바리스탄 셀미 경** 그의 종조부

캐스퍼 와일드 레인하우스의 영주

› **오르문드 와일드 경** 그의 숙부, 노기사

하우드 펠 펠우드의 영주

휴 그랜디슨 일명 회색 수염, 그랜드뷰의 영주

세바스티온 에롤 헤이스택홀의 영주

클리포드 스완 스톤헬름의 영주

베릭 돈다리온 블랙헤이븐의 영주, 일명 번개 영주, 강역의 무법자로, 여러 번 참살당했으며 지금은 죽은 것으로 여겨짐

{브라이스 카론} 나이트송의 영주, 블랙워터에서 필립 푸트 경에게 참살됨

› **필립 푸트 경** 그의 참살자이자 애꾸눈의 기사, 나이트송의 영주

› **롤랜드 스톰 경** 그의 천출 이복동생, 일명 나이트송의 서자, 자칭 나이트송의 영주

로빈 피즈버리 포딩필드의 영주

메리 메르틴스 미스트우드의 여영주

랄프 버클러 브론즈게이트의 영주

› **브루스 버클러 경** 그의 사촌

프레이 가문

프레이 가문은 툴리 가문의 휘하에 있지만, 언제나 의무를 성실히 수행하지는 않았다. 다섯 왕 전쟁 발발 당시 롭 스타크는 그의 딸이나 손녀딸 중 한 명과 결혼하겠다는 맹세로 왈더 공의 충성을 얻어냈다. 그가 맹세를 어기고 제인 웨스털링과 결혼하자, 프레이 가문은 루스 볼턴과 공모하여 젊은 늑대와 그 추종자들을 살해했다. 이 자리는 '피의 결혼식'으로 알려지게 되었다.

왈더 프레이 크로싱의 영주

첫 번째 아내, 로이스 가문의 {페라 부인}

{스테브론 경} 그들의 맏아들, 옥스크로스 전투 이후 사망

에몬 경 둘째 아들, 젠나 라니스터와 결혼

아에니스 경 북부에서 프레이군을 이끌고 있음

› **아에곤 블러드본** 아에니스의 아들, 범법자

› **라에가르** 아에니스의 아들, 화이트하버에 사절로 감

페리안 왈더 공의 맏딸, 레슬린 하이 경과 결혼

두 번째 아내, 스완 가문의 {시레나 부인}

제러드 경 화이트하버에 사절로 감

루시언 성사 다섯째 아들

세 번째 아내, 크레이크홀 가문의 {애머레이 부인}

호스틴 경 명성 드높은 기사

리테네 왈더 공의 둘째 딸, 루시아스 바이프렌 공과 결혼

사이먼드 일곱째 아들, 돈 계산 담당, 화이트하버에 사절로 감

댄웰 경 여덟째 아들

{메렛} 아홉째 아들, 올드스톤스에서 목매달려 죽음

› **왈다** 메렛의 딸, 일명 뚱뚱한 왈다, 드레드포트의 영주 루스 볼턴과 결혼

› **왈더** 메렛의 아들, 일명 작은 왈더, 8세, 램지 볼턴의 종자

{제레미 경} 열 번째 아들, 익사

레이먼드 경 열한 번째 아들

네 번째 아내, 블랙우드 가문의 {알리사 부인}

로타르 열두 번째 아들, 일명 절름발이 로타르

자모스 경 열세 번째 아들

› **왈더** 자모스의 아들로 일명 큰 왈더, 8세, 램지 볼턴의 종자

훨렌 경 열네 번째 아들

모리야 셋째 딸, 플레멘트 브락스 경과 결혼

티타 넷째 딸, 일명 처녀 티타

다섯 번째 아내, 휀트 가문의 {사리아 부인}

› 소생 없음

여섯 번째 아내, 로스비 가문의 {베타니 부인}

퍼윈 경 열다섯 번째 아들

{벤프레이 경} 열여섯 번째 아들, 피의 결혼식에서 입은 부상으로 사망

윌라멘 학사 왈더 공의 열일곱 번째 아들, 롱보우홀에서 봉직

올리바 왈더 공의 열여덟 번째 아들, 과거 롭 스타크의 종자였음

로슬린 다섯째 딸, 피의 결혼식에서 에드무어 툴리 공과 결혼, 그의 아이를 임신

일곱 번째 아내, 파링 가문의 {아나라 부인}

아르윈 여섯째 딸, 14세 처녀

웬델 열아홉 번째 아들, 시가드에 시동으로 가 있음

콜마 스무 번째 아들, 11세로 종단에 들어가기로 되어 있음

왈티르 스물한 번째 아들, 일명 티르, 10세 소년

엘마 스물두 번째이자 막내아들, 아리아 스타크와 잠시 약혼했었음

시레이 일곱째 딸이자 막내딸, 7세 소녀

여덟 번째 아내, 에렌포드 가문의 조유즈 부인

› 현재까지 소생 없음

여러 여자에게서 태어난 왈더 공의 사생아들

왈더 리버스 일명 서자 왈더

멜위스 학사 로스비에서 봉직

제인 리버스, 마틴 리버스, 라이거 리버스, 로넬 리버스, 멜라라 리버스 등

라니스터 가문

캐스털리록의 라니스터 가문은 철왕좌에 대한 권리를 주장하는 토멘 왕의 중요 지지자로 남아 있다. 그들은 영웅 시대 전설적인 트릭스터 '영리한 란'의 후손이라고 자랑한다. 캐스털리록과 골든투스의 황금 덕분에 대가문 중에서 가장 부유하다. 라니스터의 상징은 진홍색 바탕에 금색 사자이며, 가언은 '내 포효를 들으라!'이다.

{타이윈 라니스터} 캐스털리록의 영주, 라니스포트의 방패, 서부의 관리자, 왕의 수관, 변소에서 난쟁이 아들에게 살해당함

타이윈 공의 자식들

세르세이 제이미와 쌍둥이, 로버트 바라테온 1세의 과부, 현재 바엘로르 대성소의 죄수

제이미 경 세르세이와 쌍둥이, 일명 킹슬레이어, 킹스가드 단장

› **조스민 페클던, 가렛 페이지, 루 파이퍼** 그의 종자들

› **일린 페인 경** 혀를 잃은 기사, 최근까지 왕의 집행관 겸 처형인이었음

› **로넷 코닝턴 경** 일명 붉은 로넷, 그리핀스루스트의 기사, 포로를 데리고 메이든풀로 가게 됨

› **아담 마브랜드 경, 플레멘트 브락스 경, 알린 스택스피어 경, 스테폰 스위프트 경, 험프리 스위프트 경, '힘센 멧돼지' 라일 크레이크홀 경, '맨턱' 존 베틀리 경** 리버런에 있는 제이미 경의 군에 있는 기사들

티리온 일명 꼬마 악마, 난쟁이이며 친족 살해자, 협해 건너로 망명한 도망자

캐스털리록의 가솔들

크렐린 학사 치료사, 교사 겸 조언자

바일러 위병대장

베네딕트 브룸 경 훈련대장

하얀 미소 왓 가수

타이윈 공의 형제와 그 자손

케반 라니스터 경 스위프트 가문의 도르나와 결혼

젠나 부인 이제는 리버런의 영주가 된 에몬 프레이 경과 결혼

› **{클레오스 프레이 경}** 대리 가문의 제인과 결혼, 무법자들에게 살해당함

›› **타이윈 프레이** 클레오스의 맏아들, 일명 타이, 이제는 리버런의 후계자

›› **윌렘 프레이** 클레오스의 둘째 아들, 종자

› **라이오넬 프레이 경, {티온 프레이}, '붉은 왈더' 왈더 프레이** 젠나의 아들들

{타이겟 라니스터 경} 매독으로 사망

› **타이렉** 타이겟의 아들, 실종되어 죽은 것으로 추정

›› **에메산드 헤이포드 부인** 타이렉의 어린 아내

{제리온 라니스터} 바다에서 실종

› **조이 힐** 제리온의 서녀, 11세 소녀

타이윈 공의 다른 가까운 친척들

{스태퍼드 라니스터 경} 사촌이자 타이윈 공의 부인과 형제, 옥스크로스에서 도끼에 참살됨

› **세레나와 미리엘** 스태퍼드의 딸들

› **대븐 라니스터 경** 스태퍼드의 아들

다미언 라니스터 경 친척, 시에라 크레이크홀과 결혼

› **루시온 라니스터 경** 두 사람의 아들

› **라나** 두 사람의 딸, 안타리오 재스트 공과 결혼

마고트 부인 친척, 티투스 피크 공과 결혼

휘하 봉신과 충성을 맹세한 검사, 서부의 영주

데이먼 마브랜드 애시마크의 영주

롤랜드 크레이크홀 크레이크홀의 영주

세바스톤 파먼 미의 섬 영주

타이토스 브락스 혼베일의 영주

퀜튼 베인포트 베인포트의 영주

하리스 스위프트 경 케반 라니스터 경의 장인

레지나드 에스트렌 윈드홀의 영주

가웬 웨스털링 크래그의 영주

셀몬드 스택스피어 공

테런 케닝 케이스의 영주

안타리오 재스트 공

로빈 모어랜드 공

알리산느 레포드 부인

르위스 리든 딥덴의 영주

필립 플럼 공

개리슨 프레스터 공

로렌트 로치 경 지주기사

가스 그린필드 경 지주기사

라이몬드 비카리 경 지주기사

레이나드 러티거 경 지주기사

맨프리드 유 경 지주기사

티볼트 헤더스푼 경 지주기사

마르텔 가문

도르네는 일곱 왕국 중에서 마지막으로 철왕좌에 충성을 맹세한 왕국이었다. 도르네인은 혈통, 관습, 지리, 역사 모든 면에서 다른 왕국들과 다르다. 다섯 왕 전쟁이 터졌을 때, 도르네는 아무 역할도 맡지 않았으나, 미르셀라 바라테온을 트리스탄 공자와 약혼시키면서 선스피어는 조프리 왕을 지지하겠다고 선언했다. 마르텔의 깃발은 금색 창에 꿰뚫린 붉은 태양이며 가언은 '굽히지 않고, 휘지 않고, 꺾이지 않으리'이다.

도란 니메로스 마르텔 선스피어의 영주, 도르네 대공

멜라리오 그의 아내, 자유도시 노보스 출신

두 사람의 자녀

› **아리안느 공녀** 선스피어의 후계자

› **쿠엔틴 공자** 갓 기사로 서임, 이론우드의 대자

› **트리스탄 공자** 미르셀라 바라테온과 약혼

›› **그린블러드의 가스코인 경** 트리스탄의 맹약위사

도란 대공의 형제들

{엘리아 공녀} 킹스랜딩 약탈 중에 강간 살해당함

› **{라에니스 타르가르옌}** 엘리아의 어린 딸, 킹스랜딩 약탈 중 살해당함

› **{아에곤 타르가르옌}** 젖먹이 아기로, 킹스랜딩 약탈 중에 살해당함

{오베린 공자} 일명 붉은 독사, 결투 재판 중 그레고르 클리게인 경에게 참살됨

› **엘라리아 샌드** 오베린 공자의 애인, 하먼 울러 공의 서녀

모래뱀 오베린 공자의 딸들

› **오바라** 올드타운의 창녀에게서 둔 딸
› **니메리아** 일명 니메리아 아가씨, 볼란티스 귀족 여인에게서 둔 딸
› **티엔** 성사에게 둔 딸
› **사렐라** 무역상에게서 둔 딸로 무역선 선장
› **엘리아** 엘라리아 샌드의 딸
› **오벨라** 엘라리아 샌드의 딸
› **도리아** 엘라리아 샌드의 딸
› **로레자** 엘라리아 샌드의 딸

도란 대공의 조정–물의 정원

아레오 호타 노보스 출신의 용병, 위병대장
칼레오트 학사 조언자, 치료사, 가정교사

도란 대공의 조정–선스피어

마일스 학사 조언자, 치료사 겸 교사
리카소 선스피어의 대집사, 늙고 눈이 멂
만프레이 마르텔 경 선스피어의 수호성주
알리세 레이디브라이트 재정관리
미르셀라 바라테온 왕녀 대공의 대녀, 트리스탄 공자와 약혼
› **{아리스 오크하트 경}** 그녀의 맹약위사, 아레오 호타에게 참살됨
› **로자먼드 라니스터** 그녀의 시녀 겸 말벗, 먼 친척

도란 대공의 휘하 봉신, 도르네의 영주

앤더스 이론우드 이론우드의 영주, 돌의 길 관리자, 일명 왕의 피
› **이니스** 그의 맏딸, 리온 알리리온과 결혼
› **클레투스 경** 앤더스의 아들이자 후계자
› **그위네스** 막내딸, 12세
하먼 울러 헬홀트의 영주
델론 알리리온 갓즈그레이스의 여영주
› **리온 알리리온** 델론의 아들이자 후계자

다고스 맨우디 킹스그레이브의 영주
라라 블랙몬트 블랙몬트의 여영주
니멜라 톨랜드 고스트힐의 영주
쿠엔틴 쿼가일 샌드스톤의 영주
데지엘 달트 경 레몬우드의 기사
프랭클린 파울러 스카이리치의 영주, 일명 늙은 매, 대공의 고갯길의 관리자
사이먼 산타가르 스포츠우드의 기사
에드릭 데인 스타폴의 영주, 종자
트레보 조데인 토르의 영주
트레먼드 가갈렌 솔트쇼어의 영주
다에론 베이스 레드듄스의 영주

스타크 가문

스타크의 혈통은 건설자 브랜던과 겨울의 왕들까지 거슬러 올라간다. 그들은 수천 년간 윈터펠에서 북부의 왕으로 통치했고, '무릎 꿇은 왕' 토르헨 스타크에 이르러 드래곤 아에곤과 전투를 벌이지 않고 충성 맹세를 선택했다. 윈터펠의 에다드 스타크 공이 조프리 왕에게 처형당하자 북부인들은 철왕좌에 대한 충성을 버리고 에다드 공의 아들인 롭을 북부의 왕으로 선포했다. 다섯 왕 전쟁에서 롭 스타크는 모든 전투에 이겼으나, 외숙부의 결혼식에서 프레이와 볼턴에게 배신당해 살해됐다.
북부의 왕이 휘날리는 깃발은 수천 년째 그대로이다. 윈터펠의 스타크를 상징하는 회색 다이어울프들이 새하얀 바탕을 뛰어가는 모습이다.

{롭 스타크} 북부의 왕이며 트라이던트의 왕, 윈터펠의 영주, 일명 젊은 늑대, 피의 결혼식에서 살해당함

{그레이윈드} 롭의 다이어울프, 피의 결혼식에서 죽음

형제들
산사 롭의 누이, 티리온 라니스터와 결혼
› **{레이디}** 산사의 다이어울프, 대리성에서 죽음
아리아 11세 소녀, 실종되어 사망 추정
› **니메리아** 아리아의 다이어울프, 강역을 돌아다니는 중
브랜던 일명 브랜, 9세의 불구 소년, 윈터펠의 후계자, 사망 추정
› **서머** 브랜의 다이어울프
리콘 4세 소년, 사망 추정

› **섀기독** 리콘의 다이어울프, 검은색으로 사나움

› **오샤** 윈터펠의 포로였던 야인 여자

존 스노우 롭의 이복형제, 밤의 경비대 소속

› **고스트** 존의 다이어울프, 하얀색이고 소리를 내지 않음

다른 친척들

벤젠 스타크 숙부, 밤의 경비대 제1순찰자, 장벽 너머에서 실종, 사망 추정

{라이사 아린} 이모, 이어리의 여주인

› **로버트 아린** 라이사의 아들, 이어리의 영주이자 협곡의 방어자, 병약한 소년

에드무어 툴리 외숙부, 리버런의 영주, 피의 결혼식에서 포로로 잡힘

› **로슬린 부인** 프레이 가문 출신, 에드무어의 신부, 임신 중

브린덴 툴리 경 외종조부, 일명 '검은 물고기', 최근까지 리버런의 수호성주였고 현재는 쫓기는 신세

윈터펠의 휘하 봉신, 북부의 영주들

존 엄버 일명 그레이트존, 라스트허스의 영주, 트윈스의 포로

› **{존}** 일명 스몰존, 그레이트존의 맏아들이자 후계자, 피의 결혼식에서 참살됨

› **모스** 일명 까마귀 밥, 그레이트존의 숙부, 라스트허스의 수호성주

› **호서** 일명 창녀잡이, 그레이트존의 숙부, 라스트허스의 수호성주

{클레이 세르윈} 세르윈의 영주, 윈터펠에서 죽음

› **조넬레** 클레이의 누이, 32세 처녀

루스 볼턴 드레드포트의 영주

› **{도메릭}** 루스의 적자이자 후계자, 배앓이로 사망

› **월튼** 일명 강철 정강이, 부대장

› **램지 볼턴** 서자, 일명 볼턴의 서자, 혼우드의 영주

›› **왈더 프레이와 왈더 프레이** 일명 큰 왈더와 작은 왈더, 램지의 종자

›› **뼈다귀 벤** 드레드포트의 견사장

›› **{구린내}** 악취로 유명한 중장병, 램지를 가장하고 있다가 참살됨

서자의 자식들, 램지의 중장병들

›› 노란 딕, 춤춰봐 데이먼, 루톤, 시큼한 알린, 스키너, 툴툴이

{리카드 카스타크} 카홀드의 영주, 죄수들을 살해한 죄로 젊은 늑대에게 참수됨

› **{에다드}** 아들, 속삭이는 숲에서 참살됨

› **{토르헨}** 아들, 속삭이는 숲에서 참살됨

› **해리온** 아들, 메이든풀의 포로

› **알리스** 딸, 15세 처녀

› **아놀프** 숙부, 카홀드 수호성주

›› **크레간** 아놀프의 맏아들

›› **아토르** 아놀프의 작은아들

와이먼 맨덜리 화이트하버의 영주, 엄청나게 뚱뚱함

› **윌리스 맨덜리** 와이먼의 맏아들이자 후계자, 많이 뚱뚱함, 하렌홀의 포로

›› **레오나** 윌리스의 아내, 울필드 가문 출신

››› **위나프리드** 그들의 딸, 19세 처녀

››› **윌라** 그들의 딸, 15세 처녀

› **{웬델 맨덜리}** 와이먼의 둘째 아들, 피의 결혼식에서 참살됨

› **말론 맨덜리** 와이먼의 사촌, 화이트하버 수비대장

› **테오모어 학사** 조언자이자 교사, 치료사

› **웩스** 12세 소년, 과거 테온 그레이조이의 종자, 벙어리

› **바티무스 경** 노기사, 외다리에 애꾸눈이며 자주 술에 취해 있는 울프스덴의 수호성주

› **가스** 간수이자 처형 집행인

›› **루 부인** 그의 도끼

› **테리** 젊은 옥사쟁이

매기 모르몬트 곰섬의 여주인, 일명 암곰

› **{데이시}** 매기의 맏딸이자 후계자, 피의 결혼식에서 참살됨

› **알리산** 매기의 딸, 젊은 암곰

› **라이라, 조렐, 리안나** 매기의 딸들

› **{제오 모르몬트}** 매기의 오빠, 밤의 경비대 총사령관으로 부하들에게 참살됨

›› **{조라 모르몬트 경}** 제오 공의 아들, 망명 중

하울랜드 리드 그레이워터워치의 영주, 호상민

› **지아나** 하울랜드의 아내, 호상민

›› **미라** 그들의 딸, 젊은 사냥꾼

› › **조젠** 녹색 시야를 타고난 소년

갤버트 글로버 딥우드모트의 주인, 미혼

› **로벳 글로버** 갤버트의 동생이자 후계자

› › **시벨** 로벳의 처, 로크 가문 출신

벤지콧 브랜치, 코 없는 네드 우즈 딥우드모트에 충성을 맹세한 늑대 숲 사람들

{헬만 톨하트 경} 토르헨스퀘어의 주인, 더스큰데일에서 참살됨

› **{벤프레드}** 헬만의 아들이자 후계자, 스토니쇼어에서 강철인에게 참살됨

› **에다라** 헬만의 딸, 토르헨스퀘어에 포로로 잡혀 있음

› **{레오발드}** 헬만의 동생, 윈터펠에서 사망

› › **베레나** 레오발드의 아내, 혼우드 가문 출신, 토르헨스퀘어의 포로

› › › **브랜던과 베렌** 아들들, 마찬가지로 토르헨스퀘어의 포로

로드릭 리스웰 개울 지대의 영주

› **바브리 더스틴** 로드릭의 딸, 배로턴의 여주인, {윌람 더스틴 공}의 과부

› › **하우드 스타우트** 바브리의 신하, 배로턴의 소영주

› › › **{베타니 볼턴}** 하우드의 딸, 루스 볼턴 공의 두 번째 아내, 열병으로 사망

› **로저 리스웰, 리카드 리스웰, 루스 리스웰** 다투기 좋아하는 친척이자 휘하 봉신들

리에사 플린트 위도스워치의 여영주

온드류 로크 올드캐슬의 영주, 노인

고산 부족장들

› **휴고 월** 일명 큰 들통, 또는 월

› **브랜던 노리** 일명 노리

› **토렌 리들** 일명 리들

› › **덩컨** 맏아들, 일명 큰 리들, 밤의 경비대 대원

› › **모건** 둘째 아들, 일명 중간 리들

› › **리카드** 셋째 아들, 일명 작은 리들

› **토르겐 플린트** 최초의 플린트 혈통, 일명 플린트 또는 늙은 플린트

› › **검은 도넬 플린트** 아들이자 후계자

› › **아토스 플린트** 둘째 아들, 검은 도넬의 이복형제

툴리 가문

리버런의 에드민 툴리 공은 정복자 아에곤에게 제일 먼저 충성을 맹세한 강역 영주였다. 승리한 아에곤은 툴리 가문에 트라이던트 전역의 지배권을 줌으로써 이를 보상했다. 툴리의 문장은 푸른색과 붉은색 물결 바탕에 은색으로 뛰어오르는 송어이며 툴리의 가언은 '가족, 의무, 명예'이다.

에드무어 툴리 리버런의 영주, 자기 결혼식에서 사로잡혀 프레이의 포로가 됨

로슬린 부인 신부, 프레이 가문, 현재 임신 중
{캐틀린 스타크 부인} 누이, 윈터펠의 에다드 스타크 공의 과부, 피의 결혼식에서 참살됨
{라이사 아린 부인} 누이, 협곡의 존 아린 공의 과부, 이어리에서 떠밀려 죽음
브린덴 툴리 경 숙부, 일명 검은 물고기, 최근까지 리버런의 수호성주, 현재는 무법자

리버런의 가솔들
바이먼 학사 조언자, 치료사, 교사
데스몬드 그렐 경 훈련대장
로빈 라이거 경 위병대장
› **꺽다리 루, 엘우드, 델프 등** 위병들
유세리데스 웨인 리버런의 집사

에드무어의 휘하 봉신, 트라이던트 영주들
타이토스 블랙우드 레이븐트리의 영주
› **브린덴** 그의 맏아들이자 후계자

› **{루카스}** 둘째 아들, 피의 결혼식에서 참살됨

› **호스터** 셋째 아들, 책벌레

› **에드문드, 알린** 아래 아들들

› **베타니** 딸, 8세 소녀

› **{로버트}** 막내아들, 설사병으로 사망

조노스 브라켄 스톤헤지의 영주

› **바바라, 제인, 캐틀린, 베스, 알리산느** 그의 다섯 딸들

› **힐디** 종군 매춘부

제이슨 말리스터 시가드의 영주, 자기 성에 연금된 포로 상태

› **파트렉** 제이슨의 아들, 아버지와 함께 포로 상태

› **데니스 말리스터 경** 제이슨 공의 숙부, 밤의 경비대원

클레멘트 파이퍼 핑크메이든캐슬의 영주

› **마크 파이퍼 경** 클레멘트의 아들이자 후계자, 피의 결혼식에서 포로로 잡힘

캐릴 밴스 웨이페어러스레스트의 영주

› **리안** 캐릴의 맏딸이자 후계자

› **리알타, 엠피리아** 캐릴의 딸들

노버트 밴스 아트란타의 눈먼 영주

테오마르 스몰우드 에이콘홀의 영주

윌리엄 무튼 메이든풀의 영주

셸라 휀트 쫓겨난 하렌홀의 여영주

할먼 페이지 경

라이몬드 굿브룩 공

티렐 가문

티렐은 '리치 평원의 왕' 집사 가문으로 일하면서 권세를 얻었으나, 정원사인 최초인의 왕 가스 그린핸드의 혈통이라 주장한다. 가드너 가문의 마지막 왕이 '불의 들판'에서 참살되자, 그의 집사였던 할렌 티렐이 정복자 아에곤에게 하이가든을 바쳤다. 아에곤은 그에게 하이가든성과 리치 평원의 지배권을 허락했다. 메이스 티렐은 다섯 왕 전쟁 발발 당시 렌리 바라테온 지지를 선언하고 딸인 마저리와 결혼시켰다. 렌리가 죽자 하이가든은 라니스터 가문과 동맹, 마저리는 조프리 왕과 약혼한다.
티렐의 문장은 풀밭 바탕에 황금색 장미이며 가언은 '강하게 자라리'이다.

메이스 티렐 하이가든의 영주, 남부의 관리자, 변경의 수호자, 리치의 고위 원수

알러리 부인 메이스의 아내, 올드타운의 하이타워 가문 출신

두 사람의 자녀

› **윌라스** 두 사람의 맏아들, 하이가든의 후계자

› **갈란 경** 일명 용사, 둘째 아들, 새로 브라이트워터의 영주로 승격

›› **레오넷 부인** 그의 아내, 포소웨이 가문

› **로라스 경** 꽃의 기사, 막내아들, 킹스가드 결의형제, 드래곤스톤에서 부상

› **마저리** 딸, 두 번 결혼하고 두 번 남편을 잃음

마저리의 말벗과 시녀들

›› **메가, 알라, 엘리너** 친척

››› **알린 앰브로즈** 엘리너의 약혼자, 종자

›› **알리산느 불워 아가씨, 알리스 그레이스포드 부인, 메레디스 크레인(일명 메리), 타에나 메리웨더 부인, 니스테리카 성사** 말벗들

올레나 부인 메이스의 홀어머니, 레드와인 가문 출신, 일명 가시 여왕

메이스의 누이들

미나 부인 아버의 영주 팍스터 레드와인 공과 결혼

› **호라스 레드와인** 아들, 호버와 쌍둥이, 일명 호러

› **호버 레드와인** 아들, 호라스와 쌍둥이, 일명 슬로버

› **데스메라 레드와인** 딸, 16세

잔나 부인 존 포소웨이 경과 결혼

숙부들

가스 티렐 숙부, 일명 방귀쟁이, 하이가든의 대집사

› **가아스와 가렛 플라워스** 가스의 서자

모린 티렐 경 숙부, 올드타운의 도시 경비대 대장

고르몬 학사 숙부, 시타델의 학자

하이가든의 가솔들

로미스 학사 조언자, 치료사, 교사

이곤 바이어웰 위병대장

보티머 크레인 경 훈련대장

버터범프스 어릿광대, 심하게 뚱뚱함

휘하 봉신, 리치의 영주들

랜딜 탈리 혼힐의 영주, 트라이던트에서 토멘 왕의 군대를 지휘

팍스터 레드와인 아버의 영주

› **호라스 경과 호버 경** 팍스터의 쌍둥이 아들

› **발라바르 학사** 팍스터 공의 치료사

아르윈 오크하트 올드 오크의 여영주

마티스 로완 골든그로브의 영주

레이톤 하이타워 올드타운의 목소리, 항구의 주인

험프리 휴엣 오큰실드의 영주

› **팔리아 플라워스** 험프리의 서녀

오스버트 세리 사우스실드의 영주

거터 그림 그레이실드의 영주

모리발드 체스터 그린실드의 영주

오턴 메리웨더 롱테이블의 영주

› **타에나 부인** 오턴의 아내, 미르 여인

› › **러셀** 그녀의 아들, 6세 소년

아서 앰브로즈 공 알리산느 하이타워와 결혼

로렌트 캐스웰 비터브리지의 영주

기사와 맹약검사

존 포소웨이 경 초록 사과 포소웨이 가문

탠튼 포소웨이 경 붉은 사과 포소웨이 가문

밤의 경비대 결의형제

존 스노우 윈터펠의 서자, 998번째 밤의 경비대 총사령관

고스트 그의 하얀 다이어울프

에디슨 톨렛 일명 구슬픈 에드, 사령관의 집사 겸 종자

캐슬블랙

아에몬 (타르가르옌) 학사 치료사이자 조언자, 눈이 먼 102세 노인

› **클라이다스** 아에몬의 개인 집사

› **샘웰 탈리** 아에몬의 개인 집사, 뚱뚱한 책벌레

보웬 마시 집사장

› **세 손가락 홉** 집사 겸 요리장

› **{도날 노이}** 외팔이 무기제조인이자 대장장이, 문에서 강대한 마그에게 참살됨

› **미련퉁이 오언, 꼬인 혀 팀, 쿠겐, 다정한 도넬 힐, 왼손잡이 루, 제렌, 막댓가지 윌** 집사들

오델 야윅 제1건설자

› **남는 장화, 할더, 알벳, 맥주 통, 러니머드의 알프** 건설자들

셀라다르 성사 주정뱅이 종교인

블랙잭 불워 제1순찰자

› **디웬, 흰눈 케지, 거인 베드윅, 매타, 회색 깃털 가스, 왕의 숲의 울머, 엘론, 초록 창 가렛, 벼룩 풀크, 피파(핍), 들소 그렌, 검은 베나르, 팀 스톤, 로리, 수염쟁이 벤, 톰 발리콘, 큰 리들, 고디, 롱타운의 루크, 털북숭이 할** 순찰자들

레더스 까마귀로 전향한 야인

알리서 쏜 경 과거 훈련대장

자노스 슬린트 공 과거 킹스랜딩 도시 경비대장, 짧게 하렌홀 영주였음

강철 에멧 이스트워치에서 옴, 훈련대장

› **'망아지' 하레스, 쌍둥이 아론과 엠릭, 새틴, 홉로빈** 훈련 중인 신병들

섀도타워

데니스 말리스터 경 섀도타워 사령관

› **월러스 매시** 데니스 경의 개인 집사 겸 종자

› **멀린 학사** 치료사 겸 조언자

› **{반쪽 손 쿼린}, {종자 달브리지}, {에벤}** 순찰자들, 귀곡성 고개에서 참살됨

› **바위뱀** 순찰자이자 산악인, 귀곡성 고개에서 도보 중 실종

바닷가 이스트워치

코터 파이크 강철 군도의 사생아 출신, 이스트워치 사령관

› **하문 학사** 치료사 겸 조언자

› **묵은 넝마 소금** 검은 새호의 선장

› **글렌던 휴엣 경** 훈련대장

› **메이너드 홀트 경** 발톱호의 선장

› **러스 발리콘** 폭풍 까마귀호의 선장

야인, 또는 자유민들

만스 레이더 장벽 너머의 왕, 캐슬블랙의 포로

{댈라} 그의 아내, 출산 중 사망

› **그들의 갓 태어난 아들** 전투 중 태어남, 아직 이름은 없음

› **발** 댈라의 여동생, '야인 공주'로 불리는 캐슬블랙의 포로

› › **{자알}** 발의 연인, 추락사

부대장, 족장, 약탈자

뼈다귀 영주 조롱으로 래틀셔츠라 불림, 약탈자이며 한 전단의 지도자, 캐슬블랙의 포로

› **{이그리트}** 젊은 창 마누라(여전사), 존 스노우의 연인, 캐슬블랙 공격 중 사망

› **장창 릭** 전단원

› **랙와일, 레닐** 전단원들

토르문드 러디홀의 꿀술 왕, 일명 '거인의 재앙, 허풍쟁이, 나팔수, 얼음을 깨는 사나이, 천둥주먹, 곰들의 남편, 신들에게 말하는 자, 만군의 아버지'

› **키다리 토레그, 순둥이 토르윈드, 도르문드, 드린** 토르문드의 아들들

› **문다** 토르문드의 딸

울보 또는 우는 남자, 악명 높은 약탈자이며 한 전단의 지도자

{개 머리 하르마} 장벽 아래에서 참살됨

› **할렉** 하르마의 동생

{스티르} 텐족의 마그나, 캐슬블랙 공격 중 참살됨

› **시고른** 스티르의 아들, 텐족의 새로운 마그나

여섯 몸의 바라미르 변신자, 어려서는 '럼프'라고 불림

› **애꾸, 능글이, 살금이** 그의 늑대들

› **{범프}** 그의 형제, 개에게 물려 죽음

› **{하곤}** 양아버지, 와르그이자 사냥꾼

시슬 창 마누라, 매섭고 못생김

{브라이어, 그리셀라} 변신자들, 오래전에 죽음

보로크 일명 멧돼지, 많은 두려움을 사는 변신자

왕의 피 게릭 붉은 수염 레이먼의 핏줄

› **그의 세 딸들**

방패 분쇄기 소렌 유명한 전사

하얀 가면 모나 전사 마녀, 약탈자

노부 이곤 아내를 열여덟 둔 부족장

큰 바다코끼리 얼어붙은 해안의 지도자

두더지 엄마 숲 마녀, 예언을 곧잘 함

브로그, 장사꾼 개빈, 사냥꾼 하알, 미남 하알, 방랑자 하우드, 눈먼 도스, 나무 귀 카일렉, 바다표

범잡이 데빈 자유민 사이의 족장과 지도자

{오렐} 일명 독수리 오렐, 변신자로 귀곡성 고개에서 존 스노우에게 참살됨

{마그 마르 툰 도 웨그} 일명 강대한 마그, 거인, 캐슬블랙 문에서 도날 노이에게 참살됨

운 웨그 운 다르 운 일명 운운, 거인

로완, 홀리, 다람쥐, 마녀 눈 윌로, 프레냐, 머틀 창 마누라들, 장벽의 포로

장벽 너머

귀신 들린 숲

브랜던 스타크 일명 브랜, 윈터펠의 왕자이자 북부의 후계자, 9세의 불구 소년

브랜의 동반자이자 보호자

› **미라 리드** 16세 처녀, 그레이워터워치의 영주 하울랜드 리드의 딸

› **조젠 리드** 미라의 동생, 13세, 녹색 시야의 저주를 받음

› **호도** 단순한 청년, 키가 2미터가 넘음

› **콜드핸즈** 브랜의 안내인, 검은 옷을 입었으며, 과거에는 아마도 밤의 경비대원이었던 것 같지만, 지금은 수수께끼

크래스터의 요새(한때 밤의 경비대원이었던 배신자들)

비수 크래스터를 살해

잘린 손 올로 늙은 곰 제오 모르몬트를 살해

그린어웨이의 가스, 마우니, 그럽스, 로스비의 앨런 예전에 순찰자였던 이들

굽은 발 카를, 고아 오스, 투덜쟁이 빌 예전에 집사였던 이들

빈 언덕 아래 동굴

세눈박이 까마귀 마지막 그린시어, 마법사이자 꿈 출몰자, 과거에는 브린덴이라는 이름의 밤의 경비대원이었고, 지금은 인간이라기보다는 나무에 가까움

숲의 아이들 땅의 노래를 부르는 이들, 죽어가는 종족의 마지막 몇 명

› **이파리, 물푸레, 비늘, 검은 칼, 눈 타래, 석탄**

— 협해 너머 에소스 —

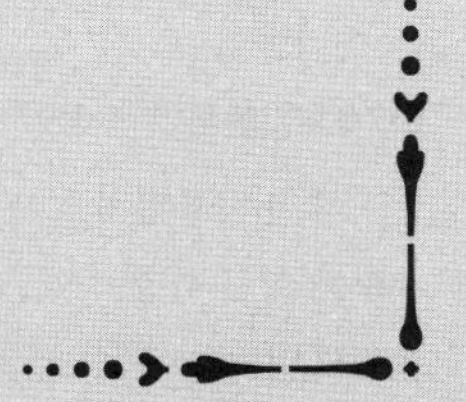

브라보스

페레고 안타리온 브라보스의 바다군주, 병으로 약해지고 있음

콰로 볼렌틴 브라보스 제일검, 바다군주의 수호자
벨레지어 아더리스 일명 흑진주, 같은 이름의 해적 여왕 혈통을 이은 코르티잔
베일의 숙녀, 인어 여왕, 달그림자, 황혼의 딸, 나이팅게일, 시인 유명한 코르티잔들
친절한 남자와 부랑아 흑백의 집에 거하는 다면신의 종복들
› **움마** 신전 요리사
› **잘생긴 남자, 뚱뚱한 친구, 귀족, 엄숙한 얼굴, 사팔뜨기, 굶주린 남자** 다면신의 비밀스러운 종복들
아리아 스타크 흑백의 집에서 일하는 수련생, 아리, 낸, 족제비, 비둘기 고기, 솔티, 수로의 고양이(캣)로도 불림
브루스코 생선 장수
› **탈리아, 브리아** 그의 딸들
메랄린 일명 메리, 넝마주이 항만 근처의 매춘굴 '행복한 항구' 소유주
› **선원의 아내** 행복한 항구의 창녀
› **라나** 그녀의 딸, 젊은 창녀
붉은 로고, 길로로 도타레, 길레노 도타레, 깃펜이라 불리는 작가, 요술쟁이 코소모 행복한 항구의 손님들
타가나로 부둣가 소매치기, 도둑
› **카소** 바다표범의 왕, 타가나로가 훈련한 바다표범
시브론 살인 취향이 있는 부둣가 창녀
술고래 딸 종잡을 수 없는 성격의 창녀

볼란티스

통치자 삼두

말라콰 마에기르 볼란티스의 삼두, 호랑이

도니포스 파에니미온 볼란티스의 삼두, 코끼리

니에소스 바사르 볼란티스의 삼두, 코끼리

볼란티스 사람들

베네로 빛의 군주 를로르의 최고사제

› **모쿼로** 베네로의 오른팔, 를로르의 사제

강변의 과부 부유한 해방 노예 여성, 보가로의 창녀로도 알려져 있음

› **과부의 아들들** 그녀의 사나운 경호원들

페니 난쟁이 여성, 배우

› **이쁜 돼지** 그녀의 돼지

› **으득이** 그녀의 개

› **{그로트}** 페니의 오빠, 난쟁이 배우로 살해당해 목이 베임

알리오스 카에다르 삼두 후보

파르퀠로 바엘라로스 삼두 후보

벨리초 스타에곤 삼두 후보

그라즈단 모 에라즈 융카이에서 온 사절

노예상만

노란 도시 융카이

유르카즈 조 윤자크 융카이 군대와 동맹군들의 최고사령관, 노예상이며 흠잡을 데 없는 혈통의 귀족 노인

예잔 조 카가즈 별명은 노란 고래, 무시무시한 비만에, 허약하고, 엄청나게 부유함

› **보모** 그의 노예 감독관

› **스위츠** 자웅동체의 노예, 그의 보물

› **스카** 하사관, 노예 병사

› **모고** 노예 병사

모르가즈 조 제르진 자주 술에 취해 있는 귀족, 별명은 주정뱅이 정복자

고르자크 조 에라즈 귀족이자 노예상, 별명은 푸딩 얼굴

파에자르 조 파에즈 귀족이자 노예상, 별명은 토끼

가즈도르 조 알라크 귀족이자 노예상, 별명은 떨리는 뺨 각하

파에자르 조 미라크 귀족이며 키가 작으며, 별명은 꼬마 비둘기

체즈다르 조 라에즌, 마에존 조 라에즌, 그라즈단 조 라에즌 귀족이며 삼형제, 별명은 철컹이 나리들

전차몰이, 야수치기, 향수 영웅 귀족이자 노예상

붉은 도시 아스타포

클레온 대왕 일명 도살자 왕

클레온 2세 클레온의 후임자, 8일간의 왕

목 벤 왕 이발사, 클레온 2세의 목을 긋고 왕관을 훔침

창녀 여왕 클레온 2세의 정부, 그가 살해된 후 왕권을 주장함

바다 건너의 여왕

타르가르옌은 고대 발리리아 프리홀드의 고위 귀족들로부터 내려오는 드래곤 혈통으로, 연보라색이나 남색 혹은 보라색 눈과 은금색 머리카락이 특징이다. 혈통을 순수하게 보존하려던 타르가르옌 가문은 남매나 사촌, 숙부와 조카 사이가 결혼하는 일이 잦았다. 왕조의 설립자인 정복자 아에곤은 두 누이 모두를 아내로 맞아 양쪽에 아들을 두었다. 타르가르옌의 깃발은 검은색 바탕에 붉은색으로 그려진 삼두룡으로, 아에곤과 두 누이를 나타낸다. 타르가르옌의 가언은 '불과 피'이다.

대너리스 타르가르옌 대너리스 1세, 미린의 여왕, 안달인과 로인인과 최초인의 여왕, 칠왕국의 주인, 왕국의 수호자, 거대한 풀 바다의 칼리시, 폭풍의 딸 대너리스, 타지 않는 분, 드래곤의 어머니

드로곤, 비세리온, 라에갈 대너리스의 드래곤들

{라에가르} 대너리스의 오빠, 드래곤스톤의 왕자, 트라이던트에서 로버트 바라테온에게 참살됨
› **{라에니스}** 라에가르의 딸, 킹스랜딩 약탈 중 살해당함
› **{아에곤}** 라에가르의 아들, 젖먹이 아기, 킹스랜딩 약탈 중 살해당함
{비세리스} 대너리스의 오빠, 비세리스 3세, 일명 거지 왕, 녹인 금 왕관을 쓰게 됨
{드로고} 대너리스의 남편, 도트락의 칼, 부상이 악화되어 사망
› **{라에고}** 칼 드로고와의 사이에서 가진 사산아, 미리 마즈 두르에 의해 배 속에서 사망

여왕을 지키는 이들
바리스탄 셀미 경 일명 대담한 바리스탄, 과거 로버트 왕의 킹스가드 단장

바리스탄 경이 기사 훈련을 시키고 있는 종자와 청년

› **툼코 로** 바실리스크 제도 출신

› **라라크** 일명 채찍, 미린 출신

› **붉은 양** 라자르인 해방 노예

› **기스카 삼형제**

힘센 벨와스 내시이자 과거 투기장 노예

대너리스의 도트락 혈맹기수들

› **조고** 채찍, 피 중의 피

› **아고** 활, 피 중의 피

› **라카로** 아라크, 피 중의 피

지휘관과 부대장

다리오 나하리스 화려한 티로시인 용병, 용병단 '폭풍 까마귀' 대장

벤 플럼 일명 갈색 벤, 혼혈 용병, 용병단 '둘째 아들들'의 대장

회색 벌레 내시, 거세병 보병단을 지휘하는 지휘관

› **영웅** 거세병 부지휘관

› **충실한 방패** 거세병 창병

몰로노 요스 돕 해방 노예병단 '충실한 방패'의 대장

줄무늬 등 사이먼 해방 노예병단 '자유 형제들'의 대장

마르셀렌 해방 노예병단 '어머니의 병사들'의 대장, 내시이며 미산데이의 오빠

그롤리오 펜토스 출신, 과거 대상선 새듈레온호의 선장, 지금은 함대 없는 함대 제독

로모 도트락의 자카 란

미린 조정

레즈낙 모 레즈낙 간살스러운 대머리 시종장

스카하즈 모 칸다크 일명 민머리, 도시 경비대 '놋쇠 짐승단'의 머리를 박박 깎은 대장

시녀와 하인

이리, 지키 젊은 도트락 여성

미산데이 나스 출신의 서기이자 통역가

그라자르, 퀘자, 메자라, 케즈미아, 아자크, 바카즈, 미클라즈, 다자르, 드라카즈, 제자네 미린 피라미드의 아이들, 여왕의 술잔 담당과 시동

미린 사람들, 귀족과 평민

갈라자 갈라레 녹색 은총자, 은총의 신전 최고사제

› **그라즈단 조 갈라레** 사촌, 귀족

히즈다르 조 로라크 부유한 미린 귀족, 전통 있는 혈통

› **마르가즈 조 로라크** 그의 사촌

릴로나 리 해방 노예이자 하프 연주자

{하지아} 농부의 딸, 4세

거인 고호르, 크라즈, 뼈 부수는 벨라쿼, 카운트의 카마론, 겁 없는 이소크, 얼룩 고양이, 흑발의 바르세나, 강철 피부 해방 노예이자 투기장 싸움꾼

불확실한 동맹자, 거짓 친구, 알려진 적

조라 모르몬트 과거 곰섬의 영주

{미리 마즈 두르} 신처이자 마기, 라자르의 위대한 양치기를 섬기는 종

자로 쇼안 닥소스 콰스의 상인 왕자

퀘이트 아샤이 출신의 가면 쓴 그림자술사

일리리오 모파티스 자유도시 펜토스의 마지스터, 칼 드로고와의 혼인을 주선함

클레온 대왕 아스타포의 도살자 왕

여왕의 구혼자들

노예상만

다리오 나하리스 티로시인, 용병이자 '폭풍 까마귀' 대장

히즈다르 조 로라크 부유한 미린의 귀족

스카하즈 모 칸다크 일명 민머리, 미린의 약간 격이 떨어지는 귀족

클레온 대왕 아스타포의 도살자 왕

볼란티스

쿠엔틴 마르텔 공자 선스피어의 영주이자 도르네 대공인 도란 마르텔의 큰아들

그의 맹약위사와 벗

› **{클레투스 이론우드 경}** 이론우드의 후계자, 해적에게 참살됨

› **아치발드 이론우드 경** 클레투스의 사촌, 일명 덩치

› **게리스 드링크워터 경**

› **{윌람 웰스 경}** 해적에게 참살됨

› **{케드리 학사}** 해적에게 참살됨

로인

젊은 그리프 푸른 머리의 18세 청년

› **그리프** 그의 양아버지, 황금 용병단에 있었던 용병

그의 동반자, 교사, 경호자

› **롤리 덕필드 경** 일명 오리, 기사

› **레모어 성사** 종단의 여성

› **할돈** 일명 반쪽 학사, 가정교사

› **얀드리** 수줍은 처녀호의 주인이자 선장

› **이실라** 얀드리의 아내

바다

빅타리온 그레이조이 강철 함대장, 일명 강철 선장

› **어스름 여인** 혀가 없음, 빅타리온의 침실 노예, 까마귀 눈 유론의 선물

› **커윈 학사** 그린실드섬에서 잡힘, 까마귀 눈 유론의 선물

강철 승리호의 선원들

› **짝귀 울프, 라그노 파이크, 롱워터 파이크, 톰 타이드우드, 버튼 험블, 퀠론 험블, 말더듬이 스테파**

휘하 선장들

› **로드릭 스파르** 일명 들쥐, 비탄호 선장

› **붉은 랄프 스톤하우스** 붉은 농담호 선장

› **맨프리드 멀린** 솔개호 선장

› **절름발이 랄프** 퀠론 공호 선장

› **톰 코드** 일명 냉혈한 톰, 애통호 선장

› **다에곤 셰퍼드** 일명 검은 양치기, 단도호 선장

용병단의 용병들

황금 용병단

1만 강병, 충성심 향방은 불확실

집 없는 해리 스트릭랜드 총대장

› **왓킨** 그의 종자 겸 술잔 담당

› **{마일스 토인 경}** 일명 블랙하트, 4년 전 사망, 총대장

› **검은 발라크** 흰머리의 여름 군도인, 용병단 궁수대 대장

› **리소노 마르** 최근까지 자유도시 리스에 있었던 용병, 용병단 정보감

› **고리스 에도리엔** 최근까지 자유도시 볼란티스에 있었던 용병, 용병단 경리감

› **프랭클린 플라워스 경** 사이더홀의 서자, 리치 출신의 용병

› **마크 맨드레이크 경** 노예 제도에서 탈출한 망명자, 천연두 자국이 있음

› **라스웰 피크 경** 망명 영주

›› **토만, 파이크우드** 그의 형제들

› **트리스탄 리버스 경** 사생아, 무법자, 망명자

› **캐스퍼 힐, 험프리 스톤, 말로 제인, 딕 콜, 윌 콜, 로리마스 머드, 존 로스스톤, 라이몬드 피즈, 브렌델 번 경, 덩컨 스트롱, 데니스 스트롱, 쇠사슬, 젊은 존 머드** 용병단 하사관들

› **{아에고르 리버스 경}** 일명 비터스틸, 아에곤 타르가르옌 5세의 서자, 황금 용병단의 설립자

› **{마엘리스 블랙파이어 1세}** 일명 괴물 마엘리스, 용병단의 과거 총대장, 웨스테로스 철왕좌 참칭자, 9인대의 일원, 아홉 닢 왕의 전쟁 중에 참살됨

바람결단

기마병과 보병 합이 이천, 융카이에게 고용됨

누더기 왕자 과거 자유도시 펜토스의 귀족, 용병대 대장이자 설립자

› **카고** 일명 시체 살해자, 누더기 왕자의 오른팔
› **덴조 단** 전사 음유시인, 누더기 왕자의 왼팔
› **휴 헝거포드** 하사관, 과거 용병단 경리감, 횡령의 벌로 세 손가락을 잘림
› **오슨 스톤 경, 루시퍼 롱 경, 숲의 윌, 딕 스트로, 진저 잭** 웨스테로스 출신 용병들
› **이쁜이 메리스** 용병단 심문관
› **책벌레** 볼란티스 용병이며 악명 높은 독서가
› **콩줄기** 노궁수, 최근 미르에 있었음
› **늙은 뼈다귀 빌** 풍상에 닳은 여름 군도인
› **미리오 미라키스** 최근까지 펜토스에 있었던 용병

고양이 용병단

삼천 강병, 융카이에게 고용됨

핏빛 수염 용병대장

긴 기마창단

팔백 기마병, 융카이에게 고용됨

길로 레간 용병대장

둘째 아들들

오백 기마병, 대너리스 여왕에게 충성 서약

갈색 벤 플럼 용병대장

› **카스포리오** 일명 교활한 카스포리오, 자객, 부지휘관
› **티베로 이스타리온** 일명 잉크통, 경리감
› **망치** 주정뱅이 대장장이 겸 무기제조인
›› **쇠못** 그의 견습생
› **날치기** 하사관, 외팔
› **켐** 젊은 용병, 플리바텀 출신
› **보코코** 무시무시한 명성을 떨치는 도끼잡이
› **울란** 하사관

폭풍 까마귀

오백 기마병, 대너리스 여왕에게 충성 서약

다리오 나하리스 대장이자 지휘관

› **홀아비** 부지휘관

› **조킨** 궁수대장

드래곤과의 춤 2

얼음과 불의 노래 제5부

1판 1쇄 발행 2013년 9월 4일
개정판 1쇄 발행 2020년 8월 3일
개정판 3쇄 발행 2023년 8월 25일

지은이 · 조지 R. R. 마틴
옮긴이 · 이수현
펴낸이 · 주연선

총괄이사 · 이진희
책임편집 · 심하은 이경란
표지 및 본문 디자인 · 이다은
마케팅 · 장병수 김진겸 이한솔 이선행 강원모
관리 · 김두만 유효정 박초희

(주)은행나무
04035 서울특별시 마포구 양화로11길 54
전화 · 02)3143-0651~3 | 팩스 · 02)3143-0654
신고번호 · 제 1997-000168호(1997. 12. 12)
www.ehbook.co.kr
ehbook@ehbook.co.kr

ISBN 979-11-90492-90-4 04840
ISBN 978-89-5660-898-3 (세트)

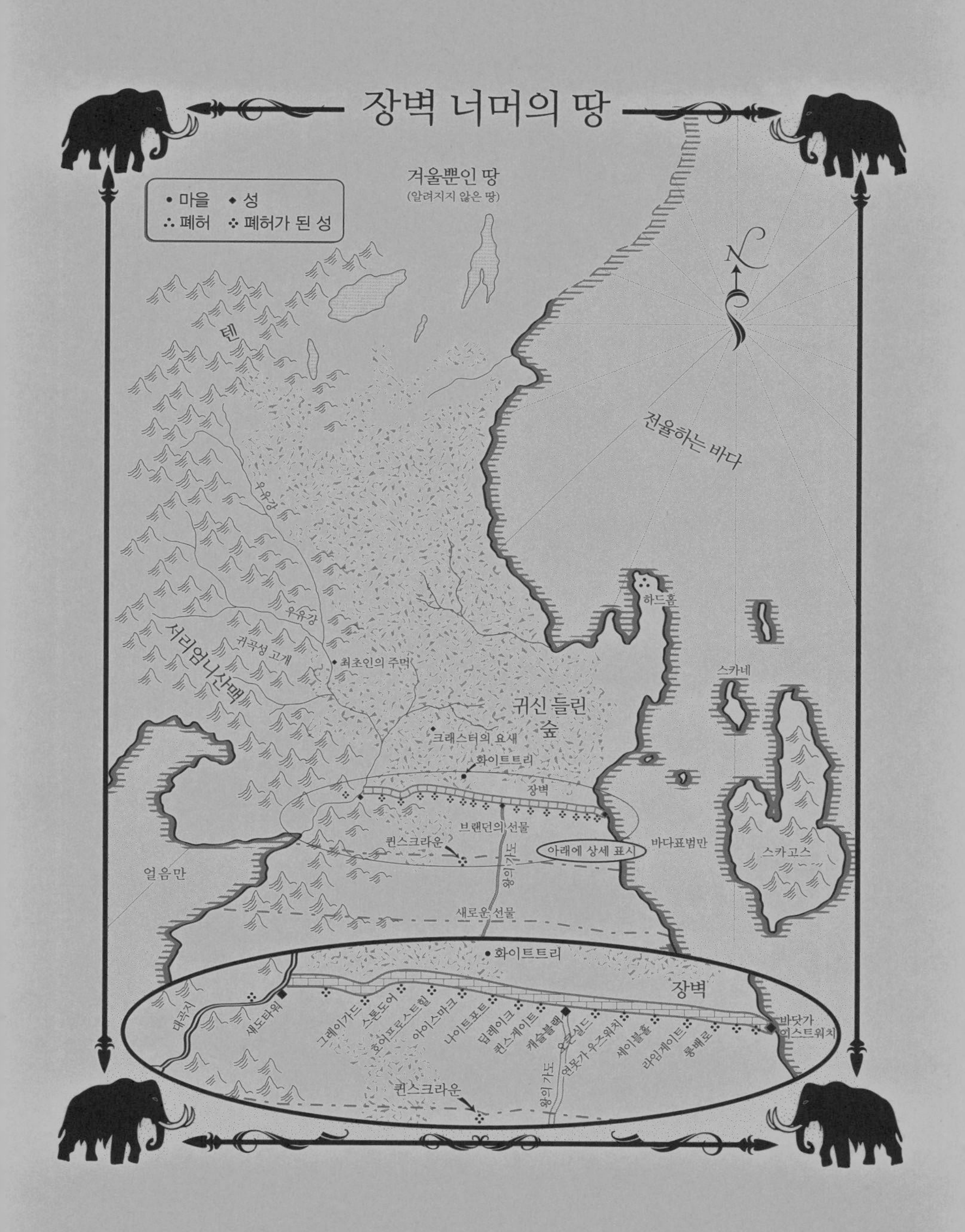

장벽 너머의 땅
겨울뿐인 땅
(알려지지 않은 땅)
• 마을 ◆ 성
∴ 폐허 ✣ 폐허가 된 성
텐
서리엄니산맥
우유강
귀곡성 고개
최초인의 주먹
전율하는 바다
하드홈
스카네
스카고스
귀신 들린 숲
크래스터의 요새
화이트트리
장벽
브랜던의 선물
퀸스크라운
아래에 상세 표시
바다표범만
얼음만
왕의 가도
새로운 선물
화이트트리
장벽
대곡지
섀도타워
그레이가드
스톤도어
호어프로스트힐
아이스마크
나이트포트
딥레이크
퀸스게이트
캐슬블랙
오큰실드
연못가 우즈워치
세이블홀
라임게이트
롱배로
바닷가 이스트워치
왕의 가도
퀸스크라운

자유도시
● 도시
• 마을
∴ 폐허
브라보스
로라스
떨리는 바다
액스 반도
안달로스
노보스
로인 상류
작은 로인
벨벳 구릉지
펜토스
고얀 드로헤
코호르 숲
코호르
로인
평야 지역
니 사르
아르 노이
대거 호수
로룰루
소로스(크로얀)
미르
티로시
분쟁 지역
셀호루
셀호리스
발리사르
볼론 테리스
볼란티스
리스
핑거스
꽃게만
협해
타스
십브레이커만
도르네해
도르네
© 2011 Jeffrey L. Ward

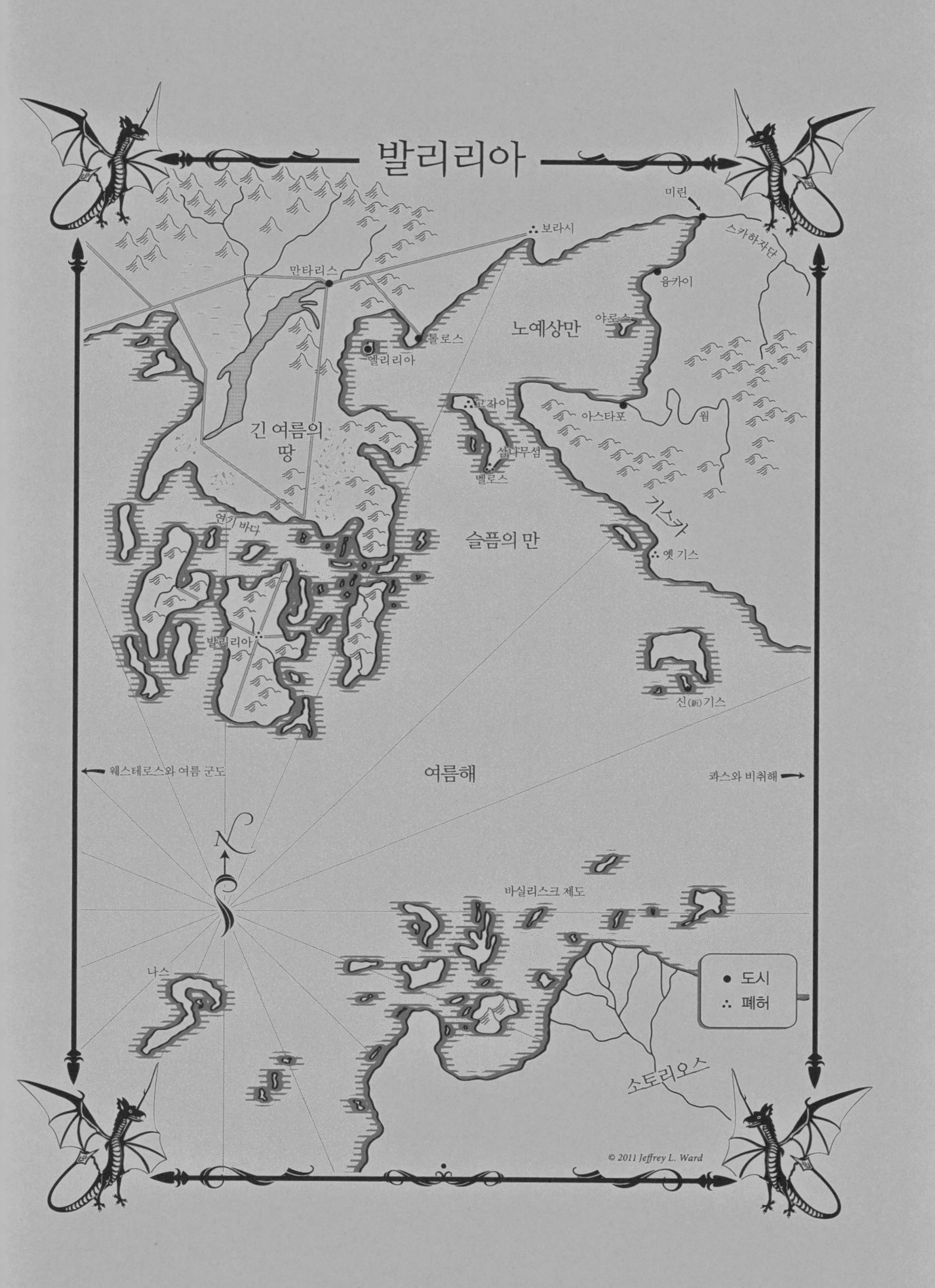
발리리아
미린
보라시
스카하자단
만타리스
융카이
톨로스
노예상만
야로스
엘리리아
고자이
아스타포
웜
긴 여름의
땅
삼나무섬
벨로스
기스카
연키 바다
슬픔의 만
옛 기스
발리리아
신(新) 기스
웨스테로스와 여름 군도
여름해
콰스와 비취해
N
바실리스크 제도
나스
도시
폐허
소토리오스
© 2011 Jeffrey L. Ward